Der Abgrund des Bösen

Richard Montanari

Der Abgrund des Bösen

Krimi

Aus dem Amerikanischen von
Karin Meddekis

Weltbild

Die amerikanische Originalausgabe erschien 2013 unter dem Titel *The Stolen Ones*
bei Sphere / Little, Brown Book Group, London.

Besuchen Sie uns im Internet:
www.weltbild.de

Genehmigte Lizenzausgabe für Verlagsgruppe Weltbild GmbH,
Steinerne Furt, 86167 Augsburg
Copyright der Originalausgabe © 2013 by Richard Montanari
Published by Arrangement with Richard Montanari
Dieses Werk wurde im Auftrag der Jane Rotrosen Agency LLC vermittelt durch
die Literarische Agentur Thomas Schlück GmbH, 30827 Garbsen.
Copyright der deutschsprachigen Ausgabe © 2015 by Bastei Lübbe AG, Köln
Übersetzung: Karin Meddekis
Umschlaggestaltung: Johannes Frick, Neusäß
Umschlagmotiv: Corbis, Düsseldorf (© Beau Lark)
Gesamtherstellung: GGP Media GmbH, Pößneck
Printed in the EU
ISBN 978-3-95569-926-0

2018 2017 2016 2015
Die letzte Jahreszahl gibt die aktuelle Lizenzausgabe an.

Das Erste, was der Jäger im Schnee sah, war ein Schatten, eine lange, bläulich schimmernde Silhouette neben ein paar Ahornbäumen mitten auf der Wiese.

Es war tiefe Dämmerung an einem Tag Mitte März, und die Dunkelheit hatte noch nicht alle Tiere verschluckt und die Nacht noch nicht all ihre Opfer. Jedenfalls nicht die in dieser Größe.

Vorsichtig ging der Jäger weiter, und bei jedem Schritt knirschte die gefrorene Erde unter seinen Füßen. Das Knirschen hallte durch das Tal, und kurz darauf wurde es vom Schrei einer Eule übertönt. Es war ein trauriger Klagelaut, der ihn an das Mädchen erinnerte und an die Nacht, als sich alles verändert hatte.

Auf dem Berg wurde es still.

Als der Jäger sich den Bäumen näherte, tauchte der Schatten wieder auf. Er erkannte einen Mann, einen großen Mann, der keine zehn Meter von ihm entfernt stand.

Der Jäger wollte seine Armbrust anlegen, doch er konnte seine Arme nicht heben. Diese Lähmung hatte ihn schon einmal befallen, vor tausend schlaflosen Nächten. Damals, als er einen goldenen Schild auf der Brust getragen und Menschen gejagt hatte. In jener Nacht hätte er für dieses Leiden beinahe mit dem Leben bezahlt.

Als der große Mann ins Mondlicht trat, sah der Jäger sein Gesicht zum ersten Mal seit drei Jahren.

»Mein Gott«, sagte der Jäger. »*Du.*«

»Ich habe es gefunden.«

Zuerst glaubte der Jäger, der Mann würde eine fremde Sprache sprechen. So lange schon hatte er keine andere Stimme als seine eigene mehr gehört. Es dauerte nicht lange, bis er begriff, was diese vier Wörter bedeuteten. Er versuchte, die Wörter zu verdrängen und sich von ihrer Macht zu befreien, doch sie hatten sich schon ihren Weg in seine Vergangenheit und in seine Seele gebahnt.

Der Jäger ließ die Waffe fallen, sank auf die Knie und begann zu schreien.

Die Wolken schoben sich wieder vor den Mond, und der Wind trug seine Schreie davon.

EINS

1

Leise wie Staub bewegt er sich in der Stadt unter der Stadt durch die unterirdischen, dunklen Gewölbe, wo die toten Seelen flüstern und die Jahreszeiten niemals wechseln.
  Am Tage geht er durch die Stadt, in der die Menschen wohnen. Er ist der Mann mit dem abgetragenen Mantel im Bus, der Mann in dem grauen Overall eines Arbeiters, der Mann, der Ihnen die Tür aufhält, der mit dem Finger an den Rand seiner Mütze tippt, wenn Sie eine Frau sind, und der höflich nickt, wenn Sie ein Mann sind.
  Seine förmliche und zurückhaltende Art erinnert an vergangene Zeiten. Es ist weder Höflichkeit noch Aufmerksamkeit, und man kann es auch nicht als Zuvorkommenheit bezeichnen, obwohl die meisten Menschen, die ihm begegnen, sich zu seiner vornehmen Art äußern würden, wenn man sie fragte.
  Nachts hat er die Abgründe der menschlichen Laster gesehen, und er weiß, dass es seine eigenen sind. Nachts geht er durch das Labyrinth seiner Steingänge und der dreckigen Räume und bezeugt Treffen in ruhigen Kellerräumen. Nachts irrt er durch die Traumarkaden.
  Sein Name ist Luther.
  Als er zwölf Jahre alt war, tötete er zum ersten Mal einen Menschen.
  Und hörte nie wieder damit auf.

In fünf Tagen werden riesige Baumaschinen kommen, und die Erde wird zu beben beginnen. An diesem späten Wintermorgen steht er als Dritter in der Schlange an der Kasse in dem City Fresh Market in der West Oxford Street.

Die alte Frau steht vor ihm. Er schaut auf ihre Einkäufe: fünf Pakete Götterspeise in verschiedenen Geschmacksrichtungen, ein Viertelliter Sahne mit reduziertem Fettgehalt, dünne Spaghetti, ein Becher cremige Erdnussbutter.

Das Essen einer Krebskranken, denkt er.

Hinten in ihrer Strickjacke ist ein kleines Loch, aus dem mehrere Fäden herausragen. Darunter sieht er einen Riss in der Bluse. An der Stelle hat sie das Label herausgeschnitten, vermutlich weil es ihre Haut gereizt hat. Sie trägt bequeme, fest geschnürte Schuhe mit flachen Absätzen. Ihre Fingernägel sind kurz geschnitten und sehr sauber. Sie trägt keinen Schmuck.

Er beobachtet die Frau, die alle eingegebenen Preise auf dem LCD-Display überprüft und gar nicht bemerkt, dass sie für eine Verzögerung sorgt, oder es ist ihr gleichgültig. Er erinnert sich an ihren Eigensinn. Als sie bezahlt hat, nimmt sie ihre Einkaufstasche und geht ein paar Schritte auf den Ausgang zu. Sie überprüft den Kassenbon, um sicherzustellen, dass sie nicht betrogen wurde.

Der Mann beobachtet sie schon seit Jahren und hat gesehen, dass sich Falten in ihr Gesicht gegraben und Flecken auf ihren Händen gebildet haben. Die Arthrose zwingt sie, langsamer zu gehen. Damals schritt sie immer hoch erhobenen Hauptes durch die Gänge. Was einst wirkte wie herrisches Auftreten, das Vertrautheit oder Freundschaft verhinderte, ist nun dem schlechten Benehmen einer mürrischen alten Frau gewichen.

Als sie an der Tür ankommt, stellt sie ihre Tasche ab und knöpft ihren Mantel zu. Sie wird beobachtet, aber nicht nur von dem großen Mann hinter ihr.

Ein siebzehnjähriger Junge lungert in der Nähe eines Redbox-Filmautomaten herum, an dem man Filme ausleihen kann. Er beobachtet alles und lauert auf eine günstige Gelegenheit.
Als die Frau ihre Tasche wieder in die Hand nimmt, lässt sie ihre Kreditkarte auf den Boden fallen. Sie bemerkt es nicht.
Der Junge hingegen schon.

Träumen Sie?
Ja.
Wo sind Sie?
In Tallinn. In der Altstadt.
Welches Jahr haben wir?
Es ist 1958, neunzehn Jahre nach dem Ende der ersten Unabhängigkeit. Bis Weihnachten sind es noch fünf Tage. Die Lebensmittel sind knapp, aber die Lichter verströmen dennoch Freude.
Wohin gehen Sie?
Nach Lasnamäe. Dort werde ich einen Mann treffen.
Wer ist der Mann?
Ein blinder Mann, ein Deutsch-Balte. Ein Dieb. Er bestiehlt ältere Leute, die ohnehin nicht viel haben. Er hat einem Freund etwas gestohlen, und ich hole es heute Nacht zurück.
Wie ist das möglich? Wie kann ein blinder Mann so etwas tun?
Er weiß noch nichts von seiner Blindheit.

Luther hält Abstand, als er den Dieb die West Oxford Street hinunter zur Marston Street und dann Richtung Süden verfolgt. Viele der Gebäude in diesem trostlosen, verwahrlosten Viertel stehen leer und sind mit Brettern vernagelt.

Ehe sie die Jefferson Street erreichen, biegt der Dieb in eine Gasse ein und drückt mit der Schulter eine Tür auf.

Luther folgt ihm. Als sein Schatten die Mauer gegenüber von der zersplitterten Tür verdunkelt, bemerkt der Dieb ihn. Er erschrickt und dreht sich hastig um.

Sie sind allein.

»Du hast etwas, das dir nicht gehört«, sagt Luther.

Der Dieb mustert ihn von oben bis unten, schätzt ab, wie groß und wie stark er wohl ist, und sucht nach einer verräterischen Wölbung, die auf eine Waffe hinweist. Als er keine sieht, wird er mutig. »Wer sind Sie, verdammt?«

»Nur ein Fremder in zerlumpter Kleidung.«

Der Blick des Diebes wandert zur Tür und zurück zu Luther. »Ich hab Sie gesehen. Sie waren in dem Geschäft.«

Luther schweigt. Der Dieb tritt einen Schritt zurück, und das nicht unbedingt, um sich zu schützen, sondern um ein Gefühl dafür zu bekommen, wie viel Platz ihm bleibt.

»Was wollen Sie?«, fragt der Dieb. »Ich hab zu tun.«

»Und was soll das sein?«

»Das geht Sie gar nichts an, verdammt.« Der Dieb bewegt die rechte Hand langsam zu seiner Gesäßtasche. »Vielleicht nehme ich Ihnen ja weg, was Sie haben. Vielleicht mach ich ja Sie fertig, Pendejo.«

»Vielleicht.«

Die Hand des Diebes nähert sich der Gesäßtasche. Jetzt wirkt er nervös. »Sie sprechen so komisch. Wo kommen Sie eigentlich her?«

»Von überall und nirgends. Ich komme von einem Ort, der genau unter deinen Füßen liegt.«

Der Dieb schaut auf den Boden, als läge die Antwort dort und als könnte dort plötzlich ein Reiseführer mit Eselsohren auftauchen.

Als er den Blick hebt, legt der Mann, der vor ihm steht, seinen Mantel ab, zieht den Schlapphut aus seiner Gesäßtasche und setzt ihn auf. Was gerade noch Neugier war, verwandelt sich nun in etwas anderes, in einen Albtraum. Der Dieb mustert den Mann in dem abgetragenen, braunen Anzug mit den ausgefransten Ärmeln, den schief aufgenähten Taschen und dem fehlenden Knopf. Er sieht die Blutflecken.
Blitzschnell greift der Dieb in seine Gesäßtasche und zieht eine Halbautomatik heraus, eine schwarze Hi-Point 9-mm. Doch ehe er sie entsichern kann, schlägt der Mann ihm die Waffe aus der Hand und wirft ihn brutal zu Boden.
Nachdem Luther den Dieb gebändigt hat, verharrt er einen Augenblick, bevor er die Waffe aufhebt. Er überprüft das Magazin und lädt die Waffe durch. »Was hattest du damit vor?«, fragt er.
Der Dieb ringt nach Atem. »Nichts.«
Luther legt die Waffe auf eine Holzpalette neben seinen Füßen.
»Mein Name ist Luther«, sagt er. »Ich halte es für wichtig, dass du das weißt.«
Der Dieb erwidert nichts.
»Ich sage das, weil ich aus Erfahrung weiß, dass das, was in diesem Raum passiert, einen Wendepunkt in deinem Leben darstellen wird. Du wirst vielen Menschen von diesem Ereignis erzählen, und sie werden dich fragen: ›Wie hieß der Mann?‹«
»Ich brauche nicht zu wissen, wer Sie sind.«
»Nun, ich habe dir nur gesagt, wie ich genannt werde, und nicht, wer ich bin.«
»Nehmen Sie einfach alles, was ich habe, Mann. Was ich gesagt habe, war nicht so gemeint. Ich hätte Sie nicht erschossen.«
Luther nickt. »Ich möchte dir eine Frage stellen. Wenn du

nachts schläfst oder nach einem guten Essen einen Mittagsschlaf hältst, träumst du dann?«
»Was?«
»Es ist eine einfache Frage. Träumst du?«
»Nein, ich ... Ja, ich träume.«
»Einige Menschen behaupten, sie träumen nicht, aber die Wahrheit ist, dass wir alle träumen. Was diese Menschen sagen wollen, ist, dass sie sich oft nicht an ihre Träume erinnern.«
Luther durchquert den Raum und lehnt sich gegen die Wand. Der Dieb späht auf die Waffe auf der Palette. In seinem Blick spiegelt sich die Erkenntnis, dass er es nicht schaffen wird, sie an sich zu reißen.
»Ich gebe dir ein Beispiel«, sagt Luther. »Weißt du, dass mitunter, wenn wir träumen, alles mit einer Situation beginnt, die sich mit einem Mal wie durch ein Wunder verändert? Vollkommen verändert? Das Träumen fällt nämlich tatsächlich in den Bereich der Magie.«
Der Dieb schweigt.
»In dem Traum bist du, sagen wir, ein berühmter Matador. Du stehst mit dem wilden Stier in der Arena, und Tausende jubeln dir zu. Du schwenkst die Muleta und hebst deinen Degen, um dem Stier den tödlichen Stich zu versetzen. Plötzlich verfügst du über die Fähigkeit zu fliegen, über die Menge aufzusteigen, deinen Schatten auf die Landschaft zu werfen und das Salz des Meeres zu riechen. Ich behaupte, dass man solche Träume nur schwer abschütteln kann. Für die meisten von uns ist es eine große Enttäuschung aufzuwachen, eine solche göttliche Macht loszulassen und festzustellen, dass wir einfach der Mensch sind, der wir immer waren. Noch immer dem Chaos des irdischen Lebens ausgesetzt.«
Luther geht ein paar Schritte Richtung Tür, wirft einen Blick in die Gasse und fährt fort.

»Als ich heute das Haus verließ, träumte ich nicht von der Situation, in der wir uns nun befinden. Ich nehme jedoch an, dass du davon geträumt hast.«

»Nein, Mann«, sagt der Dieb. »Das habe ich nicht. Lassen Sie mich ...«

»Und dennoch hast du diese Furcht erregende Waffe mitgenommen.«

»Nur zu meinem Schutz.«

»Vor wem? Vor alten Frauen mit Kreditkarten?«

Der Dieb schaut auf seine Hände. »Ich hatte nicht vor, sie zu benutzen.«

»Verstehe«, sagt Luther. »Im weitesten Sinne glaube ich dir sogar. Und darum könnte es doch noch gut für dich ausgehen.«

Die Augen des Diebes leuchten wieder. »Was muss ich tun?«

Luther geht auf ihn zu und hockt sich vor ihn hin. »Es gibt einen Traum von einem blinden Mann. Kennst du ihn?«

Der Dieb schüttelt den Kopf.

»Es heißt, wenn jemand von Blindheit träumt, bedeutet es, dass es eine Wahrheit über ihn gibt, die er nicht akzeptieren will, oder dass er von seinem Weg im Leben abgekommen ist. Ich glaube, das trifft auf dich zu.«

Der Dieb beginnt zu zittern.

»Ich bin hier, um dir zu helfen, deinen Weg zu finden, Jaak Männik.«

»Wer?«

Luther antwortet ihm nicht. Er nimmt die Waffe des Diebes in die Hand, greift dann unter sein Jackett und zieht ein langes Messer mit einem Elfenbeingriff hervor.

»Nein«, sagt der Dieb. »Das können Sie nicht machen.«

»Du hast recht. Und darum wirst du es selbst tun. Du wirst dir die Augen ausstechen, während der Matador seinen Degen schwingt, und dann wirst du endlich sehen.«

»Sie sind verrückt, Mann!«

»Es steht weder dir noch mir zu, darüber zu entscheiden«, sagt Luther. Er hebt einen dreckigen Lappen vom Boden auf und reicht ihn dem Dieb. »Für das Blut.«

»Nein, Mann. Das kann ich nicht.«

»Nun, es ist auch eine schwierige Angelegenheit. Man muss extreme Vorsicht walten lassen. Wenn du das Messer zu tief hineinstößt, durchtrennst du den Sehnerv, ja, aber du könntest es auch in deinen Stirnlappen stoßen. Wenn du es machst, besteht die Möglichkeit – und so wie ich es verstanden habe, ist sie wirklich sehr groß –, dass du überleben wirst. Wenn ich es mache, wirst du nicht überleben, fürchte ich. Ich kann dir die Entscheidung nicht abnehmen.«

Luther steht wieder auf.

»Siehst du den alten Kalender an der Wand hinter mir?«, fragt Luther.

Der Dieb schaut auf die Wand. Dort hängt an einem Nagel ein vergilbter Kalender. Januar 2008. »Ja.«

»Siehst du das Datum vom fünfzehnten Januar?«

Der Dieb nickt.

Ohne ein weiteres Wort wirbelt Luther herum und feuert mit der Waffe genau in die Mitte des winzigen Quadrats vom fünfzehnten Januar. Dann dreht er sich wieder zu dem Dieb um, reicht ihm das Messer und tritt zurück.

»Sag mir, für welchen Traum entscheidest du dich? Willst du noch viele Jahre als blinder Mann leben oder hier an diesem furchtbaren Ort sterben?«

Luther riecht den Gestank des Urins, als der junge Mann sich in die Hose pinkelt. In der Kälte des ungeheizten Raums steigt vom Schoß des Diebes Dampf auf.

»Sie werden mich nicht töten, wenn ... wenn ich es tue?«

»Nein. Du hast mein Wort.« Er schaut auf die Uhr. »Aber du

musst es in den nächsten dreißig Sekunden tun. Mein Versprechen gilt nur für diesen Zeitraum.«

Der Dieb atmet tief ein und stoßweise aus. Dann richtet er zögernd das Messer auf sich.

»Ich kann das nicht!«

»Fünfundzwanzig Sekunden.«

Der Dieb beginnt zu schluchzen. Seine Hand zittert, als er das Messer näher an sein Gesicht heranführt. Er hebt die linke Hand, um die rechte zu stabilisieren, und starrt auf die Klinge wie auf einen brennenden Rosenkranz, auf dem die Sünden wie Perlen aufgereiht sind.

»Zwanzig Sekunden.«

Der Dieb beginnt zu beten.

»Dios te salve, Maria.«

»Fünfzehn Sekunden.«

»Llena eres de gracia.«

»Zehn Sekunden.«

»El Señor es contigo.«

»Fünf Sekunden.«

Genau in dem Augenblick, als die Spitze der Klinge das linke Auge um 11.05 Uhr durchbohrt, hält draußen eine Bahn mit einundzwanzig Fahrgästen an. Die Schreie des Diebs werden von dem Kreischen der Bremsen übertönt und von den Abgasen verschluckt.

Als dem Dieb das Messer aus den Händen fällt, herrscht Stille.

Der Dieb, der Ezequiel Rivera »Cheque« Marquez hieß, hatte immer geglaubt, dass der Tod, wenn er kommt, von einem gleißenden weißen Licht oder Engelsgesang begleitet wird. Als seine Mutter mit einunddreißig Jahren in einer osteopathischen

Klinik in Camden, New Jersey, starb, wollte er es glauben. Vielleicht wollen es alle achtjährigen Kinder glauben.
Cheque Marquez erlebte diesen Augenblick keineswegs so. Der Tod war kein Engel in einem langen, wallenden Gewand.
Der Tod war ein Mann in einem abgewetzten, braunen Anzug.

Eine Stunde später steht Luther vor dem Haus der alten Frau. Von der gegenüberliegenden Straßenseite aus schaut er zu, wie sie das Laub von ihrer Veranda fegt. Er wundert sich, wie klein sie ist und wie groß sie ihm einst erschien.
Luther weiß, dass er sie das nächste Mal in ihrem Schlafzimmer mit den Spitzengardinen, dem süßlichen Geruch, der Tapete, die sich von den Wänden löst, den Mäusen und dem Körperpuder sehen wird. Bei dem Besuch wird er die Kreditkarte in ihr Portemonnaie zurückstecken.
In den kommenden Tagen muss alles an seinem Platz liegen. Alles muss so sein, wie es immer war. Luther hatte die Begegnung mit dem Dieb nicht geplant, aber wenn die Kreditkarte der alten Frau fehlte, könnte sich alles ändern. Es könnte bedeuten, dass sie ihren vorletzten Tag unter die Lupe nahmen.
Er hatte ihr Haus schon drei Mal besucht und am Fußende des Betts gesessen, während sie sich unruhig im Schlaf hin und her wälzte und Dämonen sie jagten. Welche, das konnte er nur erahnen. Vielleicht war er einer dieser Dämonen. Vielleicht wusste die Frau, dass er es sein würde, wenn ihre Zeit gekommen war.
Am Ende kommt immer irgendjemand.

2

Detective Jessica Balzano saß in einem hellen Raum und streckte die linke Hand in die Luft. Durch ein Fenster hinter ihr drang Straßenlärm herein. Zuerst dachte sie, sie wäre allein, doch dann stellte sie fest, dass rings um sie herum Menschen waren. Sie sah sie nicht, doch sie wusste es mit der gleichen Gewissheit, wie man etwas in einem Traum weiß. Wenn in einem Traum in jeder Ecke Gefahren lauern könnten, weiß man, dass man nur von diesen Gefahren träumt und dass einem nichts zustoßen wird. Man muss nur aufwachen, und dann ist es vorbei.

Aber das hier war kein Traum. Sie saß in einem Seminarraum und hob die Hand. Mindestens ein Dutzend Menschen starrten sie an.

Richtige Menschen.

»Miss Balzano?«, sagte jemand.

Der Mann, der vorne in dem Raum stand und ihren Namen kannte, war dünn, blass und um die sechzig. Er trug eine verwaschene blaue Strickjacke mit Schulterbesätzen und eine beigefarbene Kordhose, die an den Knien ausgebeult war. Er lächelte verhalten, als hätte er so etwas schon einmal gemacht und als wäre dies ein Scherz, über den alle anderen lachen konnten.

Alle außer Jessica Balzano.

Ehe Jessica antworten konnte, traf sie die Erkenntnis wie ein Schlag, und sie schämte sich entsetzlich. Sie lag nicht in ihrem gemütlichen kleinen Haus in Süd-Philadelphia neben ihrem

Mann Vincent im Bett, während die beiden Kinder wohl behütet in ihren Zimmern im zweiten Stock schliefen. Stattdessen war sie an der Uni. Es war ihr zweites Studienjahr an der juristischen Fakultät.

Sie hatte gewusst, dass es so werden würde, aber sie hatte nicht gewusst, dass es *so* werden würde. Sie hatte auch geahnt, dass dies eines Tages geschehen würde, und jetzt war es geschehen. Sie war im Seminar eingeschlafen.

Jessica ließ den Arm sinken, und tausend Fragen schossen ihr durch den Kopf. Was war das für ein Seminar? Vertragsrecht? Schadensersatzrecht? Zivilprozessrecht?

Sie hatte keine Ahnung.

Jessica schaute auf die Tafel und sah ein Zitat von Louis Nizer: *Bei einem Kreuzverhör gibt es ebenso wie beim Angeln nichts Unangenehmeres, als von seinem Fang ins Wasser gezogen zu werden.*

Das half ihr jetzt auch nicht weiter.

»Miss Balzano?«, sagte der Professor. »Freiheitsberaubung?«

Gott segne ihn, dachte Jessica. Zum Glück hatte er die Frage wiederholt.

»Die drei Merkmale der Freiheitsberaubung sind: vorsätzliche Festnahme, Festnahme ohne Einverständnis und die rechtswidrige Festnahme«, antwortete Jessica.

»Sehr gut.« Der Professor zwinkerte ihr zu. Er arbeitete schon seit fünfundzwanzig Jahren als Dozent an der juristischen Fakultät. Jessica war nicht die erste Studentin, die in seinem Seminar einschlief. Sie würde auch nicht die letzte sein.

Jessica griff unter den Tisch und kniff sich so fest in das Fleisch zwischen Daumen und Zeigefinger, dass es fast zu bluten begann. Das war ein alter Trick, um nicht einzuschlafen, wenn man Nachtschicht hatte und von elf Uhr abends bis sieben Uhr morgens arbeiten musste. Der Leiter ihrer praktischen Ausbildung im ersten Jahr nach der Polizeiakademie hatte ihr den Trick beigebracht.

In den nächsten vierzig Minuten probierte Jessica jeden Trick, den sie jemals gelernt hatte, um wach zu bleiben. Zum Glück rief der Dozent sie nicht noch einmal auf, und irgendwie hielt sie bis zum Ende der Stunde durch.

Auf dem Weg zum Wagen sah Jessica eine kleine Gruppe ihrer Kommilitonen, die den Parkplatz Ecke Cecil B. Moor und Broad Street überquerten. Sie waren alle um die zwanzig, hellwach, glücklich und voller Lebensenergie. Jessica hätte sie am liebsten erschossen.

»Hey, Jessica«, sagte einer von ihnen. Er hieß Jason Cole und führte den inoffiziellen Titel des süßesten Jungen in der Klasse, in der es jede Menge Konkurrenz um diesen Titel gab. »Da hast du dich gerade aber gut aus der Affäre gezogen.«

»Danke.«

»Einen Augenblick lang dachte ich schon, du würdest dich total blamieren.«

Da liegst du gar nicht mal so falsch, dachte Jessica. »Keine Chance«, sagte sie und schloss den Wagen auf. »Ich war schon in schwierigeren Situationen.«

Jason lächelte. Er trug eine Zahnspange und sah damit noch süßer aus. »Wir setzen unser Seminar im Starbucks fort. Hast du Lust mitzukommen?«

Sie wussten natürlich alle, dass sie Polizistin war, und noch dazu Detective in der Mordkommission. Sie wussten auch, dass sie versuchte, drei Leben unter einen Hut zu bekommen – Detective, Mutter und Studentin. Es war eine organisatorische Meisterleistung, neben den Seminaren am frühen Morgen, am späten Abend und am Wochenende alle anderen beruflichen und familiären Verpflichtungen zu erfüllen. Jessica hätte sich gerne selbst bedauert. Dabei war es für viele Leute, die in ihrem Alter studierten, der ganz normale Wahnsinn. Jedenfalls wäre sie jetzt am liebsten nach Hause gefahren, um das Nickerchen fortzusetzen, das sie im Seminar begonnen hatte. Aber das war nicht möglich. Abgesehen von den tausend anderen Dingen, die sie noch erledigen musste, hatte sie eine Zwölf-Stunden-Schicht vor der Brust.

Es war ihr erster Tag nach einem zweiwöchigen Urlaub.

»Ich muss arbeiten«, sagte Jessica. »Vielleicht das nächste Mal.«

Jason hob den Daumen. »Wir halten dir einen Platz frei.«

Hundemüde stieg Jessica in ihren Wagen. Sie starrte auf die Fachbücher auf dem Sitz und fragte sich nicht zum ersten Mal in den vergangenen achtzehn Monaten, wie sie sich in eine solche Lage hatte bringen können.

Derzeit arbeitete Jessica vier Tage pro Woche in der Abteilung für besondere Ermittlungen. Diesem großzügigen Angebot ihres Captains hatte auch der Inspector zugestimmt und – was besonders wichtig war – ihr Ehemann Vincent. Meistens musste sie sich mit rund fünf Stunden Schlaf pro Nacht begnügen. Ein solches Leben als zweiundzwanzigjährige Studentin zu führen, war eine Sache, aber eine ganz andere, wenn jenseits der fünfunddreißig schon die Osteoporose in der Ferne lauerte.

In der Mordkommission des Philadelphia Police Departments gab es drei Abteilungen, und zwar eine, die in aktuellen Fällen ermittelte; eine andere für besondere Ermittlungen, wobei es sich größtenteils um ungelöste Fälle handelte; und die Fahndungsabteilung. Was die Dringlichkeit betraf, den Fall abzuschließen, und die Notwendigkeit, Überstunden zu machen, stellte die Abteilung für besondere Ermittlungen geringere Anforderungen als die anderen Abteilungen. Dennoch konnte die körperliche und psychische Belastung bei den Ermittlungen in ungelösten Fällen genauso stark sein wie bei neuen Mordfällen. Allerdings war es möglich, die Arbeitstage etwas besser zu strukturieren. Es bestand auch nicht der starke Druck, in den ersten achtundvierzig Stunden einen entscheidenden Durchbruch zu erzielen und um jeden Preis eine Verhaftung durchzuführen.

Diesen Beruf hatte Jessica sich ausgesucht, und sie erinnerte sich noch genau an den Augenblick, als sie diese Entscheidung traf. Sie war dreizehn Jahre alt gewesen und hatte mit ihrem Bruder Michael den Gerichtssaal im Rathaus besucht. Die beiden Kinder wollten dabei sein, wenn ihr Vater – damals Sergeant Peter Giovanni – vor dem Richter Liam McManus als Zeuge aussagte.

An jenem Tag saß Jessica in der hinteren Reihe. Sie verfolgte interessiert den Prozess, bei dem der Staatsanwalt und der Verteidiger sich einen wahren Schlagabtausch lieferten. Da Jessica in einer Polizistenfamilie aufgewachsen war, wusste sie, dass es viele Jobs gab, die zur Einhaltung und Durchsetzung der Gesetze beitrugen – Polizisten, Richter, Kriminaltechniker, Rechtsmediziner. Doch aus irgendeinem Grunde fühlte sie sich sofort zu dieser exklusiven Bühne hingezogen, denn was sich dort abspielte, war von entscheidender Bedeutung. Wenn alle anderen ihre Jobs gemacht hatten, kam es auf das klare, emotionslose Denken zweier Menschen an, um anhand der vorliegenden Beweise entweder auf schuldig oder unschuldig zu plädieren.

Die junge Jessica Giovanni war von diesem Beruf richtiggehend fasziniert gewesen. Beim anschließenden Mittagessen mit ihrem Bruder und ihrem Vater in Frank Clements Tavern, die sich damals gegenüber vom Old Original Bookbinder's, dem berühmten Fischrestaurant, befand, hatte Jessica eine klare Vorstellung von ihrer Zukunft. Als sie in ihr Käsesteaksandwich biss, beobachtete sie fast ehrfürchtig, wie Rechtsanwälte, Staatsanwälte und Richter – und sogar ein zukünftiger Richter des Obersten Gerichtshofs von Pennsylvania – gemeinsam in der viel besuchten, verqualmten Kneipe saßen. Viele von ihnen kamen an ihren Tisch, um mit ihrem Vater zu plaudern.

An diesem Tag schmiedeten sie Pläne für ihre Zukunft: Michael würde Polizist werden und Jessica Staatsanwältin. So war es geplant. Es würde so ähnlich sein wie in der Krimiserie *Law & Order*, nur dass die Episoden in Süd-Philadelphia spielten. Peter Giovanni – einer der Polizisten mit den meisten Auszeichnungen in der Geschichte des Philadelphia Police Departments – trat als Lieutenant in den Ruhestand. Er würde den mürrischen ehemaligen Polizisten spielen, der seine San-Marzano-Tomaten im Garten züchtete, seine Kinder moralisch unterstützte und kernige Witze riss.

Alles lief nach Plan, bis zu diesem schrecklichen Tag im Jahr 1991, als Michael, der als Marine im Desert Storm kämpfte, in Kuwait ums Leben kam.

Plötzlich war Michael Giovanni, Jessicas wundervoller Bruder – ihr Beschützer, ihr Vertrauter und ihr größter Held –, nicht mehr da.

Jessica erinnerte sich gut daran, wie sie in der Nacht, als sie von Michaels Tod erfuhren, mit ihrem Vater im Wohnzimmer saß und er angestrengt versuchte, nicht vor ihr zu weinen. Als sie eine Woche später neben Michaels Sarg kniete, war ihr klar, dass sie ihren Traum, Juristin zu werden, auf Eis legen musste, und das vielleicht für immer. Nun würde *sie* diejenige sein, die in die Fußstapfen ihres Vaters trat. Sie hatte ihre Entscheidung, die Polizeiakademie zu besuchen, in den folgenden Jahren niemals bereut, nicht ein einziges Mal. Doch sie spürte, dass jetzt der richtige Zeitpunkt war, wenn sie jemals das Juraexamen ablegen wollte.

Ob sie nach dem Abschluss des Studiums jemals zum Juraexamen antreten würde, wusste sie nicht genau, aber sie war es ihrem Bruder schuldig, es wenigstens zu versuchen.

Jessica startete den Wagen und schaute auf die Uhr. Es war fünf vor zwölf. Ihr blieben noch fünf Minuten, wenn sie pünktlich im Roundhouse sein wollte. Und das bei dem Verkehr in Philadelphia! Sie öffnete das Handschuhfach und nahm ein Twix heraus. Viele Kalorien, viel Zucker und keine Nährstoffe.

Ja.

Mit dem Schokoriegel in der Hand fuhr Jessica Balzano vom Parkplatz und fädelte sich in den Verkehr in der Broad Street ein.

Wenn Gott ihr heute wohlgesinnt war – und sie war in vielerlei Hinsicht gesegnet, sodass sie in naher Zukunft nicht noch mehr von Gott erwarten konnte –, würde sie um Mitternacht zu Hause sein und im Bett liegen.

Gott erhörte sie nicht.

3

Als Jessica im Roundhouse ankam, dem Verwaltungsgebäude der Polizei Ecke Achte und Race Street, hielten sich in dem Großraumbüro nicht viele Kollegen auf. Die Detectives der Mordkommission, deren Schicht von sieben bis sechzehn Uhr ging, waren unterwegs. Die wenigen anwesenden Detectives telefonierten, verschickten Faxe oder saßen am Computer. Einige taten so, als würden sie eifrig arbeiten, damit die Chefin nicht mitbekam, dass ihre Ermittlungen ins Stocken geraten waren.

Kaum hatte Jessica den Mantel ausgezogen und sich auf ihren Stuhl gesetzt, da steuerte Sergeant Dana Westbrook, Jessicas unmittelbare Vorgesetzte, auch schon quer durchs Büro auf sie zu. Sie war Anfang fünfzig und hatte in der Elitetruppe der Marines gekämpft. Trotz ihrer Größe von gerade mal eins dreiundsechzig war Westbrook eine imposante Erscheinung. Seitdem sie die Nachfolge des in den Ruhestand getretenen Ike Buchanan übernommen hatte, hatte sie ihre Fähigkeiten in dieser von Männern dominierten Domäne – was sie vermutlich immer bleiben würde – bewiesen. Die Tatsache, dass Dana Westbrook beim Bankdrücken ihr eigenes Gewicht plus zwanzig Pfund drücken konnte, war dabei kein Nachteil.

Als Westbrook sich ihr näherte, sah Jessica den Ausdruck auf dem Gesicht ihrer Vorgesetzten. Der Ausdruck sagte: Es gibt Arbeit.

Keine Ruhe für die Rechtschaffenen, dachte Jessica.

Jessica und ihr Partner hatten gerade die Ermittlungen in einem Mordfall abgeschlossen. Daher lag im Augenblick nichts weiter an, als ein paar Unterlagen zu sortieren und abzuheften.

Es sah so aus, als würde sich das gleich ändern.

»Hey, Sergeant«, sagte Jessica.

»Guten Morgen, Jessica.«

Jessica spähte zu der Wanduhr hinüber. Der Morgen war definitiv vorbei. Sie fragte sich, ob Dana Westbrook einen Scherz machte oder diese Begrüßung aus Gewohnheit gewählt hatte. »Was liegt an?«

Westbrook hielt eine dünne Akte hoch. Jessica nahm an, dass es sich um eine Akte in einem Mordfall handelte, die im Jargon der Mordkommission meistens als »Mordakte« bezeichnet wurde. Sie war bei den Ermittlungen in einem Mordfall das A und O. Mit jedem neuen Fall wurde eine neue Akte angelegt. Nach dem Abschluss der Ermittlungen – falls sie überhaupt abgeschlossen wurden – sollte diese Akte jedes einzelne Blatt Papier enthalten, das den Fall betraf. Dazu gehörten kurze Zusammenfassungen, Zeugenaussagen, Ergebnisse der Obduktion und der toxikologischen Untersuchungen, Berichte der Ballistik, Fotos vom Tatort sowie von der Umgebung und sogar die handgeschriebenen Notizen der ermittelnden Detectives. Natürlich gab es Sicherungssysteme, kriminaltechnische Daten, die in verschiedenen Laboren auf Festplatten gesichert wurden. In der Regel bezogen sich bei einer Mordermittlung aber alle auf die Unterlagen in der Akte.

»Wir haben einen ungelösten Fall«, sagte Westbrook. »Etwa einen Monat alt.«

»Ich soll die Ermittlungen übernehmen?«, fragte Jessica.

Westbrook nickte.

»Gibt es neue Hinweise?«

Wenn in einem neuen Mordfall ermittelt wurde, legten sich

alle mächtig ins Zeug, nicht nur die Detectives und die Bosse in der Mordkommission, sondern auch die Kollegen in der Kriminaltechnik und alle Mitarbeiter in den Laboren, die in den Fall involviert waren. Die Auffassung, dass die ersten achtundvierzig Stunden bei einer Mordermittlung von entscheidender Bedeutung waren, war keine Farce. Zeugen litten schon nach kurzer Zeit an Amnesie, die Natur begann die Spuren zu vernichten, Verdächtige suchten das Weite. Die traurige Wahrheit war, dass die Aufklärung eines Verbrechens immer schwieriger wurde, wenn die Ermittler innerhalb der ersten Woche keine verwertbaren Spuren fanden. Nach einem Monat galt ein Fall als ungelöst.

»Es gibt im Grunde keine richtige neue Spur«, sagte Westbrook. »Jedenfalls nichts Handfestes. Nachdem der leitende Ermittler den Tatort besichtigt und den ersten Bericht geschrieben hat, wurde das Haus des Opfers versiegelt.«

Jessica wusste nicht, was Westbrook meinte. Tatorte wurden immer versiegelt. Jedenfalls bis die Ermittler den Tatort wieder freigaben.

»Ich weiß nicht, ob ich Ihnen folgen kann.« Jessica schaute Westbrook fragend an.

»Wenn ich versiegelt sage, meine ich, das Eigentum wurde durch einen Gerichtsbeschluss vom Anwalt des Opfers versiegelt. Offenbar hatte das Opfer nur eine Angehörige, eine entfernte Cousine in New York, mit der er anscheinend nicht besonders gut auskam. Das Opfer starb, ohne ein Testament zu hinterlassen, und das bedeutet, dass die Cousine alles erbt, was das Opfer an Geld und Besitz hinterlassen hat. Am Tag des Mordes arrangierte sie zwischen ihrem Anwalt und dem Ermittler ein Treffen am Tatort. Als sie den Tatort verließen, wurde das Haus versiegelt.«

»Das Opfer wurde also nicht in seinem Haus getötet.«

»Nein«, sagte Westbrook. »Die Leiche wurde in einem Park im Nordosten gefunden.«

»Und warum jetzt?«

»Dem Bezirksstaatsanwalt ist es gelungen, das Siegel von dem Haus des Opfers entfernen zu lassen.« Westbrook gab Jessica einen kleinen Umschlag. »Hier sind die Adresse und der Haustürschlüssel.« Sie hielt die Akte hoch. »Alles andere ist hier drin.« Dana Westbrook legte die Akte auf den Schreibtisch. Normalerweise waren die Akten ein paar Zentimeter dick, aber diese schien nur drei oder vier Dokumente zu enthalten.

»Sieht ziemlich dünn aus, Sergeant«, sagte Jessica.

Westbrook schaute kurz auf den Boden und hob dann sofort wieder den Blick. »Es fehlen ein paar Unterlagen. Im Grunde fehlt das meiste.«

»Ich verstehe nicht. Warum fehlen die Unterlagen?«

Westbrook strich über ihren Pullover. »Das war einer der letzten Fälle von John Garcia.«

Jetzt verstand Jessica es.

4

Der Name des Toten war Robert August Freitag. Am Tag seiner Ermordung war er unverheiratet, kinderlos, eins siebzig groß und wog dreiundachtzig Kilogramm. In fünf Tagen wäre er siebenundfünfzig Jahre alt geworden. Er hatte braunes Haar und braune Augen.

Als Jessica die Akte aufschlug, sah sie als Erstes ein Bild des Opfers. Es ähnelte dem Porträtfoto einer Führungskraft, wie man sie oft in Jahresberichten oder auf Webseiten eines Unternehmens fand. Robert Freitag war ein sympathisch aussehender Mann mittleren Alters, dessen Schläfen allmählich ergrauten. Auf dem Foto trug er ein blaues Sakko, ein weißes Hemd, eine grün-weiß gestreifte Krawatte und eine Pilotenbrille mit Gleitsichtgläsern.

Freitag hatte bei einem Unternehmen namens CycleLife als Logistikmanager gearbeitet. In dem Bericht stand, dass er am 20. Februar 2013 von seinem Haus in der Almond Street in Port Richmond zu einem kleinen Lebensmittelgeschäft auf der Allegheny Avenue gegangen war. Dort hatte er Vollkornbrot, zwei Dosen Süßkartoffeln, ein Paket Duftkerzen und ein Snickers gekauft. Die Überwachungskameras zeigten, dass er das Geschäft um 18.22 Uhr wieder verlassen hatte.

Danach hatte ihn niemand mehr lebend gesehen.

Die Nachbarschaft war mit Sicherheit befragt worden. Die Anwohner und Mitarbeiter in den Geschäften in der Nähe des Hauses des Opfers wurden immer befragt. In der Akte fand Jessica aber keine entsprechenden Protokolle und ebenfalls keinen Obduktionsbericht. Freitags Leichnam hatte man eine Woche nach dem Mord eingeäschert.

In der Akte befanden sich keine Aufnahmen des Tatorts, aber eine kurze Beschreibung. Robert Freitags Leiche wurde am frühen Morgen von einem Jogger entdeckt. Der Tote saß auf einem alten Holzstuhl mitten auf einem Sportplatz im Priory-Park, einem dicht bewaldeten Gebiet im Nordosten Philadelphias, wenige Straßen vom Delaware River entfernt.

Jessica musste die Zusammenfassung zwei Mal lesen. Laut rechtsmedizinischer Untersuchung war der Tod durch den Blutverlust aufgrund eines Schädelbruchs eingetreten.

Tatsächlich hatte jemand ein fünfundzwanzig Zentimeter langes, verrostetes Stück Stahl in Freitags Hinterkopf gerammt.

Ein Kollege aus der Abteilung für Schusswaffen und Ballistik identifizierte die Mordwaffe als einen Schienennagel.

Die Kriminaltechniker sicherten und untersuchten eine Reihe von Schuhabdrücken im Schnee rund um das Mordopfer. Sie kamen zu dem Ergebnis, dass ein Schuh der Größe 13, was der europäischen Größe 46 entsprach, die Abdrücke hinterlassen hatte. Vermutlich handelte es sich um einen in Europa hergestellten Arbeitsstiefel einer unbekannten Marke. Der Abdruck war in keiner Datenbank aufgeführt. Da in der Schneeschicht keine anderen Spuren gefunden wurden, gingen die Ermittler davon aus, dass der Mörder Robert Freitag in die Mitte des Sportplatzes getragen hatte. Aufgrund von Freitags Gewicht und der Tiefe der Spuren wurde angenommen, dass der Mörder zwischen fünfundachtzig und hundert Kilogramm wiegen musste.

Die Größe des Mörders, seine Nationalität, sein Geschlecht und sein Alter waren unbekannt. Das bedeutete, dass annähernd vierzig Prozent der erwachsenen Bevölkerung Philadelphias zum Kreis der Verdächtigen gehörten.

Jessica schaute auf den großen Briefumschlag, den Dana Westbrook auf ihren Schreibtisch gelegt hatte. Er enthielt eine Videokassette des Tatorts.

Der leitende Ermittler des Falls war ein alter Hase namens John Garcia gewesen. Während der Ermittlungen im Mordfall Robert Freitag war er eines Morgens in der Eingangshalle des Roundhouse zusammengebrochen. Er wurde auf dem schnellsten Wege in ein Krankenhaus gebracht. Die Ärzte diagnostizierten einen Hirntumor und führten eine Notoperation durch.

Die Operation misslang. John Garcia starb auf dem OP-Tisch.

Obwohl sie sich beide nicht als enge Freunde bezeichnet hätten, mochte Jessica John Garcia und hatte im Laufe der Jahre in ein paar Fällen mit ihm zusammengearbeitet.

In den Monaten vor dem Zusammenbruch und der anschließenden Operation war Jessica ebenso wie vielen anderen Kollegen in der Abteilung Garcias zunehmend sonderbares Verhalten aufgefallen, seine unvollständigen Sätze und seine merkwürdigen unlogischen Aussagen. Niemand sagte etwas, und alle schoben es auf Übermüdung.

Später erfuhren sie dann, dass Garcias Verhalten die traurige Folge des Tumors war, der in seinem Schädel wuchs. Seine persönlichen Notizen im Mordfall von Robert Freitag zeigten besonders krass das fehlende logische Vorgehen. Viele Notizen hatte Garcia sich nicht gemacht. In der Akte lagen nur drei zerrissene Blätter. Sie waren alle mit einer Reihe kindlicher Zeichnungen von Blumen, Eisenbahnen, Tieren und Häusern mit Schornsteinen, aus denen spiralförmig Rauch aufstieg, versehen.

Die Ermittlungsakte von Robert Freitag hätte Dutzende von Berichten und Zeugenaussagen enthalten müssen. Stattdessen enthielt sie nur ein paar Blätter mit Kritzeleien. Keine guten Voraussetzungen, um irgendwo ansetzen zu können.

Jessica klappte die Akte zu und legte sie auf den Stuhl neben sich. Während sie aus dem Fenster auf den Parkplatz hinter dem Roundhouse und den unaufhörlichen kalten Regen schaute, ging ihr eine Frage immer wieder durch den Kopf. Und diese Frage lautete: *Warum?*

In den meisten Mordermittlungen folgte die Frage nach dem *Warum* auf die Fragen nach dem *Wer* und dem *Wann*. Häufig brauchte Jessica nur die ersten Zeilen einer Zusammenfassung zu lesen, und schon wusste sie, warum jemand ermordet worden war. Der zufällige Beobachter wusste nicht, dass die Morde in Philadelphia größtenteils innerhalb eines kleinen Personenkreises verübt wurden – Drogen, Mafia, Prostitution, Gangs. Natürlich gab es hier zahlreiche Überschneidungen. Jessica und fast alle Detectives, die sie kannte – wobei es ein paar unrühmliche Ausnahmen gab –, nahmen jeden Mordfall in ihrem Revier ernst. Wenn jedoch ein ganz normaler Bürger ermordet wurde, rückte das Motiv in den Mittelpunkt.

Im Fall von Robert Freitag lagen auf die Fragen nach dem Wie, dem Wann und dem Wo klare Antworten vor. Er war am 20. Februar 2013 zwischen dreiundzwanzig Uhr und Mitternacht auf einem Sportplatz in einem Park im Nordosten von Philadelphia ermordet worden. Nach den spärlichen vorliegenden Ergebnissen der rechtsmedizinischen und kriminaltechnischen Untersuchungen musste der Mord im Priory-Park verübt worden sein.

In Philadelphia gab es eine Reihe von Parks, in denen Mordopfer häufig abgelegt wurden, nachdem die Mörder sie woanders getötet hatten. Doch offenbar deuteten die Spuren eindeutig darauf hin, dass Freitag in dem Park auch ermordet worden war. Das entsprach nicht der Regel.

Jessica schaute sich das letzte Blatt in der Akte an. Es war ein Ausdruck der Finanzen des toten Mannes. Solange Freitag lebte, schien er ein ziemlich undurchsichtiger Typ gewesen zu sein. Die Ermittlungen nach seinem Tod brachten zumindest in Bezug auf seine finanzielle Situation Klarheit. Seine einzige Angehörige, eine entfernte Cousine aus Forest Hills, New York, eine Frau namens Edna Walsh, war die Erbin seines nicht besonders großen Vermögens.

Außer den Wertgegenständen in seinem Haus besaß Freitag festverzinsliche Wertpapiere im Wert von sechstausend Dollar und ein Tagesgeldkonto mit einem Guthaben von etwa zweitausend Dollar zum Zeitpunkt seiner Ermordung. Er hatte kein Auto und die Hypothek für sein Haus seit drei Jahren abgezahlt.

Jessica spähte auf die Videokassette auf dem Schreibtisch. Sie hatte keine Lust, sich den Film anzusehen, aber sie musste es tun.

Sie nahm die Videokassette in die Hand, durchquerte das große Büro und betrat einen kleinen Raum neben dem Verhörraum A. In dem unordentlichen Raum standen vier Monitore und Videorekorder. Jessica nahm die Kassette aus der Hülle, legte sie ein und drückte auf Play.

Die erste Aufnahme zeigte die Angabe der Zeit und des Datums ebenso wie den Namen des Opfers und den des Tatortes. Ein paar Sekunden später begann der Film. Er war mit einer Handkamera aufgenommen worden, und die Kamera schwenkte zu einer Person, die in der Mitte des Sportplatzes saß, etwa dreißig Meter entfernt. Es handelte sich um das Mordopfer. Der Tote saß auf einem alten Holzstuhl und war mit einer durchsichtigen Plastikplane bedeckt.

Die Kamera näherte sich dem Mordopfer. Auf der Plastikplane lagen vorne zwei dicke Steine, damit sie nicht wegflog.

Hinter dem Mordopfer hatte jemand – vermutlich ein Kollege der Kriminaltechnik – zwei dicke Äste wie Pfähle in die Erde gerammt. Als die Kamera genau auf das Opfer gerichtet war, sah Jessica die verschwommenen Farben des Fleisches unter der Plane, das sich rosa, rot und braun verfärbt hatte.

Immer wieder landeten Schneeflocken auf der Linse, und der Fotograf musste den Arm vorstrecken, um sie zu reinigen. Auf einem der Bilder fing die Kamera zwei Kriminaltechniker ein. Die beiden jungen Männer zogen sich ihre Regenjacken des Police Departments eng um ihre Körper, traten mit den Füßen auf den Boden und bliesen auf ihre Hände, obwohl sie Handschuhe trugen. In diesem Augenblick zweifelten sie garantiert sehr konkret an ihrer Berufswahl, nahm Jessica an.

Solche Situationen hatte sie auch schon erlebt.

»Okay«, sagte jemand in dem Film. Es hörte sich nach John Garcia an.

Einer der Kriminaltechniker bückte sich und entfernte die beiden großen Steine, die dafür sorgten, dass die Plastikplane nicht wegflog. Dann nahm er die beiden Ecken in die Hand. Sein Kollege zog die beiden Pfähle hinter dem Opfer aus dem Boden und hielt die beiden anderen Ecken der Plane fest. Sie schauten beide nicht in die Kamera, sondern vermutlich zu dem leitenden Detective. Langsam hoben die beiden Kriminaltechniker die Plastikplane hoch. Sie hielten sie über den Kopf des Mordopfers und bemühten sich, es vor dem Schnee zu schützen. Offenbar hatte jetzt ein Graupelschauer eingesetzt.

Als die Plastikplane das Gesicht des Opfers freigab, sah Jessica den Toten zum ersten Mal. Dieser Anblick würde ihr noch einige Albträume bescheren.

Robert Freitag war zum Zeitpunkt seines Todes sechsundfünfzig Jahre alt gewesen, doch durch einen Blick in sein Gesicht – oder dem, was davon übrig geblieben war – konnte man sein Alter unmöglich bestimmen. Es wies kaum noch menschliche Züge auf. Der Kopf war fast auf das Doppelte seiner normalen Größe angeschwollen. An der Stelle, wo die Nase gewesen war, sah Jessica nur noch unförmiges, dunkelblaues und violettrotes Gewebe. Die beiden Augenlider über den stark geschwollenen, weit geöffneten Augen waren gerissen. Auf den Augäpfeln hatte sich eine dickflüssige grüne Substanz gebildet, die aufgrund der schnell sinkenden Temperaturen allmählich zu gefrieren begann. Der Tote trug ein langärmeliges weißes Hemd, das fast überall von getrocknetem Blut und Fleischfetzen bedeckt war.

Jetzt umkreiste die Kamera den Toten, und Jessica warf zum ersten Mal einen Blick auf die Mordwaffe. Das, was sie darüber gelesen hatte, hörte sich schon entsetzlich an, aber noch schlimmer war der Anblick. Der Schienennagel, der aus dem Kopf des Opfers herausragte, hatte den Schädel des Mannes beinahe in zwei Teile gespalten. Festgefrorene Knochensplitter klebten auf der zerrissenen Kopfhaut. Am Hemdkragen des Toten hingen Fleischfetzen.

Plötzlich war Jessica – vielleicht zum ersten Mal in ihrem Leben – heilfroh, dass sie das Mittagessen hatte ausfallen lassen.

Als die Kamera wieder zur Vorderseite des Opfers schwenkte, sah Jessica etwas, das ihr vorhin nicht aufgefallen war. Da es in dieser trostlosen, winterlichen Umgebung vollkommen fehl am Platze war, wunderte sie sich, dass sie dieses Detail übersehen hatte. Aus den gefalteten Händen des Opfers ragte eine getrocknete Blume heraus. Eine weiße Blume mit einem gelben Blütenstempel in der Mitte. Jessica stoppte die Wiedergabe und überprüfte die Liste der aufgeführten Beweisstücke. Die Kriminaltechniker hatten alle Kleidungsstücke des Opfers, die Mordwaffe und den Stuhl, auf dem Freitag saß, aufgeführt. Eine Blume wurde nicht erwähnt.

Jessica schaute sich die Blume genauer an. Sie war keine besonders große Blumenkennerin. Wenn es um Zimmer- und Gartenpflanzen ging, hatte sie das Gegenteil eines grünen Daumens. Sie brauchte den Pflanzen nur einen bösen Blick zuzuwerfen, und schon gingen sie ein. Daher machte sie sich eine Notiz, sich dieses Bild auszudrucken.

Sie ließ den Film weiterlaufen. Ehe er zu Ende war, schwenkte die Kamera zu der Stelle, wo John Garcia stand. Für den Bruchteil einer Sekunde blickte Garcia genau in die Kamera, und Jessica spürte, wie sich ihr Herz zusammenzog. Vor einem Monat hatte sie ihn noch gesehen, und jetzt gehörte ihm ein Platz in dem Teil ihres Herzens, der verstorbenen Menschen vorbehalten war.

Jessica spulte den Film zurück und spielte ihn noch einmal ab. Als die Kamera wieder auf Johns Gesicht gerichtet war, drückte sie auf Pause.

Im Hintergrund war ein wenig unscharf der Leichnam von Robert August Freitag zu sehen. Im Vordergrund stand der Detective, der die Aufgabe hatte, den Mörder des Mordopfers zu finden. Achtundvierzig Stunden nach der Aufnahme des Films war John Garcia ebenfalls tot.

In den Augen des Mannes spiegelte sich Verwirrung, was auf den heimtückischen Tumor in seinem Kopf zurückzuführen war, doch Jessica sah auch die Güte in seinem Blick. John Garcia war ein überaus sympathischer Mensch gewesen.

Jessica drückte auf die Auswurftaste, zog die Kassette heraus und steckte sie wieder in den Umschlag. Wir kümmern uns um deinen Fall, John, murmelte sie. Ruhe in Frieden, mein Freund.

Jessica kehrte an ihren Schreibtisch zurück und steckte den kleinen Umschlag mit dem Schlüssel ein, den sie brauchte, um Zugang zum Haus des Opfers zu erhalten. Als sie ihren Mantel anzog, lief Dana Westbrook durchs Büro.

»Haben Sie Kevin gesehen, Sergeant?«

Westbrook zeigte in die Richtung, in der ungefähr der Nordosten Philadelphias lag, und sagte: »Er ist schon am Tatort. Er wartet auf Sie.«

»Im Priory-Park?«

Westbrook nickte. »Ja, im Priory-Park.«

5

Detective Kevin Francis Byrne stand im kalten Regen am Rande des Sportplatzes und dachte: *Alle Tatorte ähneln sich.*

Wenn er in seinen vielen Jahren bei der Mordkommission eine Wahrheit gelernt hatte, dann dass ein Ort, an dem ein Mord geschehen war – ob nun in einem Mietshaus in der Innenstadt, in einer Villa in Chestnut Hill oder auf einer saftigen, grünen Wiese –, nie wieder von Frieden erfüllt sein würde. Ein Wahnsinniger hatte den einst unberührten Ort erobert.

Für Byrne war es mehr als das. In seiner Zeit als Detective hatte er die grauenvollen Folgen der Gewalt kennengelernt, die zerstörten Leben, die Bürde der Verdächtigungen, des Hasses und des Misstrauens. Ein Stadtviertel vergaß so etwas nie mehr.

Schon vor langer Zeit hatte Byrne sich von der Vorstellung verabschiedet, dass ein Fall, soweit es die Familie betraf, jemals hundertprozentig abgeschlossen werden konnte. Für die Polizei, die Gerichte und die Politiker bedeutete das Abschließen eines Mordfalls eine Zahl in der Kriminalstatistik, eine Schlagzeile in der Zeitung, einen Slogan für eine Wahlkampagne. Für die Überlebenden war es ein nie endender Albtraum.

Manchmal vergaß Byrne einfache Dinge. Einmal hatte er über ein Jahr lang vergessen, zwei Anzughemden in der Reinigung abzuholen. Er erinnerte sich hingegen sehr detailliert an jeden Fall, in dem er jemals ermittelt hatte, und an jede persönliche Benachrichtigung der Angehörigen eines Mordopfers.

Wenn Byrne durch die Stadt fuhr, wiesen ihn oft ein bestimmtes Gefühl und die Gänsehaut auf den Armen darauf hin, dass er am Tatort eines Mords vorbeikam. Seit mehr als zwanzig Jahren – seitdem er selbst länger als eine Minute für tot erklärt worden und dann ins Leben zurückgekehrt war – hatte er diese Intuitionen, diese vagen Gefühle, die ihn dunkle Pfade hinunterführten.

Als Byrne an diesem Tag am Tatort stand, sah er keine Blumen, keine Kränze, keine Kreuze, keine Erinnerung an das Böse, das hier geschehen war. Der Platz sah sicherlich so aus wie schon vor hundert Jahren.

Es war aber nicht mehr derselbe Ort.

Byrne folgte dem Weg, auf dem Robert Freitag seines Erachtens auf den Platz gelangt sein musste.

Als er die Unterlagen in der Akte gelesen hatte, war ihm als Erstes aufgefallen, dass es keine handgezeichnete Skizze des Tatorts gab. Sogar im Zeitalter von iPads und Nexus-Tablets war es immer noch üblich, eine Bleistiftskizze des Tatorts anzufertigen. Die besonders Ehrgeizigen brachten ihr eigenes Millimeterpapier mit.

Ob John Garcia so kurz vor dem Ende seines Lebens in der Lage gewesen war, eine solche Tatortskizze anzufertigen, wussten sie nicht.

Byrne fragte sich, wie Garcia sich wohl gefühlt haben mochte. Er selbst war zwei Mal von einer Kugel am Kopf getroffen worden. Das erste Mal hatte ihn die Kugel nur gestreift. Beim zweiten Mal war es wesentlich schlimmer gewesen. Nur durch viel Glück waren keine dauerhaften Schäden zurückgeblieben. Allerdings musste er sich nun für den Rest seines Lebens jährlich einer Kernspintomographie unterziehen. Angeblich handelte es sich bei der MRT um eine reine Vorsichtsmaßnahme, jedenfalls nach den Worten seiner Neurologen. Tatsächlich bestand für Kevin Byrne das Risiko einer Vielzahl neurologischer Krankheiten, wozu nicht zuletzt auch Aneurysmen und Hirntumore gehörten.

In vielen Nächten – viel zu vielen, ehrlich gesagt – durchforstete er schlaflos das Internet nach Horrorberichten über Aneurysmen und Tumore, und vor allem nach Anzeichen, die auf eine solche Erkrankung hinweisen könnten. In den ersten Tagen nach diesen Bushmill-getränkten Internetrecherchen war er davon überzeugt, dass er neun der zehn Symptome schon bei sich beobachtet hatte.

In letzter Zeit gab es ein Anzeichen, das sich hartnäckig hielt. Vermutlich hätte er mit seinen Ärzten darüber sprechen sollen, aber ihm fehlte der Mut dazu.

Als Byrne in diesem Augenblick am Rand des gefrorenen Platzes stand, hing ein Geruch in der Luft, und er war sich sicher, dass kein anderer ihn riechen konnte. Einerseits hoffte er, dass es eine vernünftige Erklärung dafür gab, und andererseits hoffte er, dass nicht.

Byrne schloss die Augen und atmete tief ein. Es bestand kein Zweifel. Der Geruch führte ihn in eine Zeit und an einen Ort, den er nicht sehen konnte. Eine Fülle von Empfindungen überschwemmten ihn, und er wusste, dass sie zu Erinnerungen gehörten, die nicht die Seinen waren.

Er glaubte den Geruch von Sackleinen und menschlichen Exkrementen zu riechen und etwas schwächer den von nassem Stroh.

6

Der Priory-Park im Nordosten der Stadt lag zwischen der Frankford Avenue und den Ufern des Delaware River. Das stark bewaldete, fünfundzwanzig Hektar große Gebiet verdankte seinen Namen dem Kloster, das Anfang des achtzehnten Jahrhunderts dort gestanden hatte. Bis auf eine kleine Steinkapelle im Nordwesten waren alle Gebäude längst abgerissen worden. Durch den dichten Wald schlängelte sich ein Nebenarm des Poquessing Creek, der im Delaware River mündete, nur ein paar hundert Meter vom östlichen Rand des Parks entfernt.

Als Jessica in die Chancel Lane einbog, sah sie die einsame Gestalt am südlichen Rand des Parks stehen. Es war zwar erst zwei Wochen her, seitdem sie ihren Partner gesehen hatte, aber es kam ihr irgendwie länger vor. Wenn man so eng zusammenarbeitete wie sie und Byrne, war es beinahe wie in einer Ehe. Zuerst empfand man die Zeit, in der man sich nicht sah, als eine willkommene Atempause. Doch schon nach einer Weile, wenn die Leute ringsherum nicht begriffen, was man sagen wollte, und Dinge nicht so sahen wie man selbst, begann man, den anderen ebenso zu vermissen wie die unkomplizierte Verständigung miteinander. In den letzten zwei Wochen hatte Jessica mehr als einmal etwas gesehen, gehört oder gelesen und spontan den Wunsch verspürt, es ihrem Partner zu erzählen.

Sicher, sie hatte ihren Mann Vincent, doch Vincent Balzano und Kevin Byrne hätten unterschiedlicher nicht sein können, nur dass sie beide zum Grübeln neigten. Ebenso wie ihr Ehemann stellte auch ihr Partner in der Mordkommission eine ideale Ergänzung zu ihrer eigenen Persönlichkeit dar.

In beiden Beziehungen konnte jeder mal ausflippen und auch mal launisch sein, aber nicht zur selben Zeit.

Im vergangenen Jahr war Byrne bei den Ermittlungen in einem Mordfall schwer verletzt worden und lange Zeit nicht arbeitsfähig gewesen. In all seinen Jahren bei der Polizei war er nie zuvor so lange im Job ausgefallen. Viele in der Abteilung waren überzeugt gewesen, dass er in den Ruhestand treten würde. Doch dann tauchte er eines Tages wieder im Roundhouse auf, als wäre nichts geschehen. Und wenig später ermittelte er gemeinsam mit Jessica in einem neuen Fall.

Jessica, die ihn wohl besser kannte als irgendjemand sonst in der Abteilung und vielleicht auf der ganzen Welt, hatte jedoch eine Veränderung bemerkt. Byrne gehörte zwar nicht zu den Detectives, die ständig witzige Bemerkungen machten, aber es kam hin und wieder vor. In den letzten sechs Monaten allerdings schien er noch ernster geworden zu sein. Ernst war vielleicht das falsche Wort. Sie hatte den Eindruck gewonnen, als wäre er ein wenig nachdenklicher als früher.

Als Jessica ihren Partner, der sich gegen den grauen Nebel abhob, am Rand des Sportplatzes stehen sah, wirkte er einsamer als jemals zuvor.

Es regnete unaufhörlich. Wie immer lag Jessicas Schirm – ein großer London Fog Auto Stick, den Vincent, Sophie und Carlos ihr im letzten Jahr zu Weihnachten geschenkt hatten – im Kofferraum. Der große, stabile Stockschirm hielt Regen und Wind stand. Warum sie ihn im Kofferraum aufbewahrte, wusste sie nicht. War es nicht einfacher, einen Regenschirm auf den Rücksitz zu legen?

Als Jessica den Wagen parkte, sah sie, dass Byrne einen dieser kleinen Regenschirme in der Hand hielt, die man sich in der Market Street für fünf Dollar kaufte, wenn man vom Regen überrascht wurde. Er schützte kaum seine breiten Schultern und hielt gerade einmal den Kopf einigermaßen trocken. Eine starke Windbö, und er würde umklappen. Der Wind frischte gerade auf. Jessica nahm ihren Notizblock, steckte ihn in die Manteltasche und drückte drei Mal auf den Stift. Das hatte sie sich vor Jahren angewöhnt, als wäre sie Dorothy und würde weinrote Pumps tragen. Jessica steckte den Stift ein, atmete tief durch und machte sich darauf gefasst, vom Regen augenblicklich bis auf die Haut durchnässt zu werden. Kurz entschlossen öffnete sie die Tür, lief zum Kofferraum, nahm den Schirm heraus und spannte ihn auf.

Sie überquerte die Straße und ging auf Byrne zu.

»Hey, Partner.«

Byrne drehte sich zu ihr um. Die Angst, die Jessica vor seinen gelegentlichen melancholischen Stimmungen hatte, war augenblicklich wie weggeblasen. Seine grünen Augen strahlten wie immer.

»Hey.«

»Soll das ein Schirm sein?«

Byrne lächelte. »Eine Notlösung. Ich freue mich, dass du wieder da bist.«

»Danke.« Jessica zeigte auf den Platz. »Bist schon über den Platz gelaufen?«

Diese Frage hätte sie ihrem Partner gar nicht zu stellen brauchen, denn sie wusste, dass er es getan hatte.

»Ja.« Byrne zeigte auf eine Stelle, die etwa zehn Meter von der Straße entfernt lag. »Dort wurde die Leiche gefunden.«

»Was ist mit der Akte?«, fragte Jessica. »Bist du auf dem Laufenden?«

»Soweit das möglich ist.«
»Konntest du etwas mit Johns Notizen anfangen?«
»Nicht viel.«
John Garcia hatte keinen Partner gehabt, und daher konnten sie niemanden zu dem Fall befragen. Seine seltsamen Kritzeleien würden wohl für immer ein Geheimnis bleiben.
»Und es gibt keine Hinweise, wo die fehlenden Unterlagen sein könnten?«, fragte Byrne.
»Nein. Ich habe in jeder Akte in der Schublade und in den Schubladen darüber und darunter nachgesehen. Aber nichts gefunden.« Jessica bemühte sich, den Schirm so zu halten, dass er sie beide vor dem eisigen Regen schützte. Plötzlich fegte eine Windbö über den Platz und durchnässte sie beide. Sie rückten ein Stück näher zusammen.
»Hast du dir den Film angesehen?«, fragte Jessica.
Byrne schüttelte den Kopf. Er wusste, dass Jessica ihn sich ansehen und ihn informieren würde, wenn es etwas gab, das er wissen musste. Gab es nicht.
»Bevor ich losgefahren bin, habe ich noch ein bisschen rumtelefoniert«, sagte Jessica. »Ich habe um die Sicherungskopien der fehlenden Unterlagen gebeten. Sie sind unterwegs.«
Bei diesen Unterlagen handelte es sich um die rechtsmedizinischen und toxikologischen Berichte ebenso wie um einen detaillierten Bericht der Abteilung für Schusswaffen und Ballistik über die Mordwaffe. Von all diesen Unterlagen existierten natürlich digitale Kopien, aber es würde eine Weile dauern, bis sie die bekamen. Der Mord an Robert Freitag galt inzwischen als ungelöster Fall. In der Stadt der Brüderlichen Liebe hatte es seitdem mehr als dreißig Morde gegeben, und jedes Opfer verdiente die Aufmerksamkeit aller Abteilungen in den ersten kritischen Tagen.

Jessicas Blick wanderte durch den Priory-Park. »Ist es zu spät, um heute noch meine Dienstmarke zurückzugeben?«

Byrne lächelte. »Das kannst du machen, aber ich glaube nicht, dass du eine volle Rückerstattung bekommst. Und dann gibt es da noch die Rücknahmegebühr.«

»Irgendwas ist immer.« Jessica schaute auf die Uhr. Sie war klitschnass und durchgefroren und wollte so schnell wie möglich hier weg. Andererseits wusste sie, dass es für ihren Partner wichtig war, genug Zeit an einem Tatort zu verbringen, und das auch an einem so nasskalten Tag wie heute. »Sollen wir zurückfahren?«, fragte sie dennoch.

»Klar.«

»Fährst du hinter mir her?«

»Nein, ich fahre mit dir. Ich will mich später noch mal hier im Park ein wenig umschauen und nachsehen, ob es von irgendeiner Stelle aus eine freie Sicht auf den Platz gibt.«

Im Westen standen die nächsten Häuser. Obwohl der Blick von diesen Häusern auf den Park durch dichte Bäume versperrt war, konnte es nicht schaden, die Bewohner zu befragen. Vielleicht hatte John Garcia schon mit einigen gesprochen, aber in der Akte befanden sich keine entsprechenden Protokolle. Sie mussten die Anwohner noch einmal befragen. Allerdings lieferten Befragungen in der Nachbarschaft einen Monat nach einem Mord selten nützliche Hinweise.

Die fehlenden Unterlagen und die seltsamen Notizen von John Garcia bedeuteten, dass sie nicht einmal bei Null begannen, sondern weit davor, denn es gab weder eine Leiche noch einen Tatort, die sie untersuchen konnten.

Der Tatort hatte seine Geheimnisse längst preisgegeben.

Zwanzig Minuten später bogen Jessica und Byrne in die Almond Street ein. Vor dem Reihenhaus von Robert Freitag hielten sie an.

Keiner der beiden hatte Lust, aus dem warmen Wagen auszusteigen.

»Ich hab ganz vergessen zu fragen«, sagte Byrne, »wie läuft es an der Uni?«

Jessica schüttelte den Kopf. »Frag mich nicht.«

»So schlimm?«

»Ich bin heute im Unterricht eingeschlafen.«

»Schlafen war meine Hauptbeschäftigung, als ich noch zur Schule ging.«

»Mit erhobener Hand?«

»Nein«, sagte Byrne. »Der Punkt geht an dich. Andererseits habe ich auch nie die Hand gehoben.« Er zeigte auf den Stapel Bücher. »Hat dir jemand angeboten, deine Bücher zu tragen?«

»Ich bitte dich. Ich hab Klamotten, die älter sind als diese Studenten.«

»Jess, du hast einen Pferdeschwanz und siehst keinen Tag älter aus als die anderen.«

Jessica schaltete den Motor aus. »Du bist ein fantastischer Lügner. Hast du jemals überlegt, Jura zu studieren?«

Byrne lächelte. »Und das Showgeschäft aufzugeben?«

Es war ein einstöckiges Haus aus den Zwanzigerjahren mit einer Steinfassade, das dritte Haus hinter der Kreuzung. Vier Sandsteinstufen führten zur Haustür hinauf, die ebenso wie die des Nachbarhauses von einem weißen Vordach geschützt wurde. Die beiden ebenerdigen Kellerfenster waren mit Glasbausteinen verkleidet und die Fenster auf der Vorderseite wie bei den meisten Häusern auf der Straße mit Eisenstäben gesichert.

Jessica öffnete die Fliegengittertür. Die Haustür selbst war mit einem orangefarbenen Aufkleber des Philadelphia Police Departments versiegelt, den John Garcia zwei Tage vor seinem Tod unterschrieben hatte.

Der Aufkleber war unversehrt. Niemand hatte Robert Freitags Haus seither betreten.

Jessica nahm den Briefumschlag aus der Tasche, den Dana Westbrook ihr gegeben hatte, riss ihn auf und ließ den Schlüssel in ihre Hand gleiten. Sie steckte ihn ins Schloss.

Als sie die Tür aufschloss, drehte sie sich zu ihrem Partner um.

»Du hast also noch keinen neuen Fall?«

Byrne schüttelte den Kopf. »Philly hat sich in der vergangenen Nacht gut benommen.«

»Kaum zu glauben.«

7

Jessica glaubte daran, dass Einsamkeit einen bestimmten Geruch hatte und einem trostlosen, stillen Vakuum glich. Beides deutete darauf hin, dass der Bewohner eines Ortes eine klare Linie zog zwischen dem Haus, in dem er sein einsames Leben lebte, und dem Rest der Welt.

Robert Freitags kleines Reihenhaus war so ein Ort. Als Jessica eintrat, spürte sie Freitags Abgeschiedenheit, seinen Wunsch, sich abzuschotten.

An der Wand zur Linken stand eine billige Couch, und rechts davon, in einem perfekten Neunzig-Grad-Winkel, ein dazu passender Sessel. Auf dem Couchtisch lagen zwei Fernbedienungen genau nebeneinander und eine kleine Schale mit drei Karamellbonbons.

In dem TV-Regal gegenüber der Couch stand ein siebenundzwanzig Zoll großer Flachbildfernseher, auf beiden Seiten eingerahmt von Büchern, größtenteils Taschenbücher oben und zwei Reihen gebundene Bücher darunter. Jessica sah auf den ersten Blick, dass viele Romane aus den Achtzigern und Neunzigern stammten. Sie fragte sich, ob Freitag die Bücher mit dem Haus übernommen hatte.

Über der Couch hing einer dieser typischen Landschaftsdrucke, der auch an der Wand eines günstigen Interstate-Motels hätte hängen können. Ansonsten waren die Wände des Wohnzimmers und des angrenzenden Esszimmers leer.

Jessica und Byrne waren ein eingespieltes Team und folgten ihrer üblichen Routine in solchen Situationen: Byrne stieg die Treppe in den Keller hinunter, während Jessica sich oben umsah.

Im ersten Stock befanden sich zwei Schlafzimmer und das Badezimmer. Jessica ging den kurzen Flur zum ersten Schlafzimmer hinunter, in dem nur zwei Wäschekörbe standen. In dem einen lagen zwei blaue Badehandtücher und in dem anderen ein weißes Unterhemd und eine Boxershorts.

Das Badezimmer war genauso sauber und aufgeräumt wie der Rest des Hauses. Jessica öffnete den Spiegelschrank: Paracetamol, Mundwasser, Deo, Zahnseide. Keine verschreibungspflichtigen Medikamente.

Sie ging den Flur hinunter zu dem anderen Schlafzimmer.

Ein Bett, eine Kommode und ein kleiner Frisiertisch. Eine dünne Schicht Staub bedeckte alle glatten Oberflächen.

Im Wandschrank hingen zwei dunkle Anzüge, zwei marineblaue Sakkos, fünf oder sechs kurzärmelige Hemden und ebenso viele gestreifte Krawatten. Im oberen Fach lagen ein paar Pullover mit V-Ausschnitt und ein Samsonite-Koffer aus den Siebzigern. Jessica nahm den Koffer heraus, legte ihn aufs Bett und öffnete ihn. Der Koffer war fast leer. In einer kleinen Plastiktasche lagen Miniflaschen Shampoo, Haarspülung und Bodylotion für die Reise. Offenbar waren sie alle noch nicht benutzt worden. Jessica legte den Koffer zurück in den Schrank. Anschließend überprüfte sie alle Taschen in den Kleidungsstücken, ohne jedoch etwas zu finden.

Obwohl sie das schon unzählige Male gemacht hatte, fühlte sie sich immer so, als würde sie die Privatsphäre eines Opfers verletzen. Sie hatte kein Problem damit, einen Verdächtigen einer Leibesvisitation zu unterziehen und seine Sachen zu durchsuchen, aber bei den Dingen, die einem Mordopfer gehört hatten, war das etwas anderes. Jessica dachte oft darüber nach, welche Überraschungen ihre eigenen Schränke, Schubladen und Koffer wohl bereithielten.

Sie öffnete die Schubladen der Kommode. Socken in der einen, Unterwäsche in einer anderen, T-Shirts in der dritten. Robert Freitag war sehr auf Ordnung bedacht gewesen.

Jessica stieg die Treppe hinunter und betrat die Küche. Wie der Rest des Hauses auch, war sie fast zu sauber. Auf dem Griff des Kühlschranks waren keine Flecken, und in der Küchenschublade, in der Besteck und Schneidemesser aufbewahrt wurden, lagen keine Krümel. Das Haus war zwar nicht blitzblank, aber nah dran.

Bei ihrem Rundgang durch die einzelnen Räume machte Jessica Dutzende von Fotos, hauptsächlich zur eigenen Orientierung. Sie druckte sie niemals aus, damit sie nicht am Ende mit offiziellen Tatortfotos verwechselt wurden. Im Zeitalter von PhotoShop bot das einem cleveren Verteidiger die Möglichkeit, alle Fotobeweise anzuzweifeln.

Während Jessica sich im ersten Stock umgesehen hatte, hatte Byrne den Inhalt aus dem kleinen Schreibtisch im Wohnzimmer herausgenommen und auf dem Tisch im Esszimmer verteilt.

»Hast du im Keller etwas gefunden?«, fragte Jessica.

Byrne schüttelte den Kopf. »Waschmaschine und Trockner, ein Tannenbaum in einer Kiste und ein zusammengeklapptes Laufband. Das war es so ungefähr.«

Jessica trat ins Esszimmer. Auf dem Tisch stand ein Suppenteller mit einem umgedrehten Kaffeebecher darin. Daneben lagen eine zusammengefaltete Leinenserviette und ein Silberlöffel. Alles war sauber. Offenbar hatte Robert Freitag alles für sein Essen vorbereitet, das er nicht mehr genießen konnte. Auf dem Stiel des Löffels war eine Gravur, die vielleicht auf ein bestimmtes Ereignis hinwies. Jessica zeigte auf die Unterlagen auf dem Tisch.

»Das ist alles, was in dem Schreibtisch lag?«, fragte sie.
Byrne nickte.

Freitags persönliche Unterlagen waren sorgfältig sortiert und beschränkten sich wie alles andere in seinem Leben auch auf das Notwendigste – ein Scheckheft, ein ordentlich zusammengebundener Stapel Strom- und Gasrechnungen, ein paar mit einer Büroklammer zusammengeheftete Coupons für chinesische Imbisse und Reinigungen in der Nähe. Soweit sie wussten, hatte Robert Freitag keinen Computer, kein Handy und keinen Pager. Sein Interaktionsbereich mit der Außenwelt war klein. Sie fanden keine persönlichen Briefe, keine Geburtstags- oder Weihnachtskarten.

Jessica überprüfte die Liste der getätigten Überweisungen und fand, was sie erwartet hatte: Rechnungen für Strom und Wasser, Versicherungen, Einkommenssteuer, die Rechnungen eines Arztes und Zahnarztes. Sie notierte sich die Namen der Ärzte.

Das Einzige, was sie sich noch ansehen mussten, waren die Bücher auf den Regalen.

Schweigend durchquerten sie das Wohnzimmer. Byrne übernahm das Regal auf der linken Seite und Jessica das auf der rechten. Die größtenteils stark abgegriffenen Taschenbücher auf den Regalen stammten aus zweiter Hand. Es handelte sich um Romane bekannter Schriftsteller: Stephen King, John Grisham, Tom Clancy. Jessica blätterte sie alle nacheinander durch und fand nichts.

»Jess«, rief Byrne. »Sieh mal.«

Er hielt ein vergilbtes gebundenes Buch in der Hand, eine alte Ausgabe eines Buchclubs. Das Cover war an ein paar Stellen eingerissen. *Dreams and Memory.*

»Nie gelesen.«

»Ich auch nicht«, meinte Byrne. »Ich warte, bis es verfilmt wird.«

»Steckt in dem Buch etwas?«

Byrne blätterte es durch. »Nichts. Aber hier steht eine Widmung.« Er schlug das Buch auf und blätterte bis zur ersten Seite. Auf der linken Seite stand in einer geschwungenen Handschrift eine kurze Widmung in blauer Tinte:

Vielleicht zum Träumen.

»Nur die Widmung? Keine Unterschrift?«

»Nein.«

»Sieht aus wie ein Fachbuch«, sagte Jessica. »Passt irgendwie nicht zu dem anderen Lesestoff im Haus, oder?«

»Stimmt.«

Byrne blätterte wieder zu der ersten Seite und dann zu der Seite mit den Verlagsangaben. Das Buch war 1976 erschienen.

»Ich habe in keinem der anderen Bücher eine Widmung gefunden«, sagte Jessica. »Du?«

»Nein, nur in diesem hier.«

Byrne betrachtete die Widmung einen Moment, ehe er das Buch hinten aufschlug. Auf der letzten weißen Seite waren mit Bleistift ein paar symmetrische Figuren gezeichnet. Ein langes Rechteck, links davon ein viel kleineres Rechteck und oben auf der Seite ein kleines, perspektivisch gezeichnetes Quadrat. Er zeigte Jessica die Seite. »Sagt dir das was?«

Jessica schaute auf die Zeichnungen. »Keine Ahnung, was das bedeuten soll.«

Nachdem Byrne noch einen Blick auf die Widmung geworfen hatte, stellte er das Buch wieder ins Regal. Die beiden Detectives waren hier fertig und dabei keinen Deut schlauer als vorher. Jedenfalls hatten sie nichts gefunden, was auf die Person hinwies, die Robert August Freitag auf so brutale Weise ermordet hatte.

»Dieser Typ war ein Geist«, sagte Jessica.

»Ja, aber warum?«, erwiderte Byrne. »Und wie ist so etwas möglich?«

Jessica dachte darüber nach. Sie fragte sich, wie viele Menschen in ihrer Stadt und ebenso in anderen Städten ein solches Leben führten. Vollkommen unauffällig, ohne irgendwelche Spuren zu hinterlassen. Bevor sie losgefahren war, hatte sie im Büro Robert Freitags Namen im Internet eingegeben und nichts gefunden. In der heutigen Zeit war es fast unmöglich, keine digitalen Spuren zu hinterlassen. Doch Robert Freitag war das offenbar gelungen.

»Und warum hat jemand einen Schienennagel in seinen Kopf gerammt, wenn er ein stinknormaler Mensch war?«, fragte Byrne sie.

Das war im Augenblick die wichtigste Frage.

Ehe sie sich anschickten, das Haus zu verlassen, trat Byrne zur hinteren Wand des Wohnzimmers und blickte den kurzen Flur hinunter, der zur Küche führte.

Wie auf allen anderen Dingen im Haus lag auch auf den Fußleisten eine dünne Staubschicht. In der Mitte des Flurs schien der Staub heller zu sein. Fast weiß.

»Siehst du das?«, fragte Byrne und zeigte auf den Staub auf dem Boden.

»Ja. Sieht so aus, als könnte das von der Deckenlampe stammen.«

Wortlos kehrte Jessica ins Esszimmer zurück und holte einen der Stühle. Sie stellte ihn unter die Lampe und stieg hinauf. Während sie sich mit einer Hand an der Decke abstützte, schob sie einen Finger hinter die Halterung und zog sie behutsam nach unten. Sie konnte die Lampe mühelos herunternehmen. Jessica öffnete beide Klammern, reichte Byrne die Glaskuppel und die Halterung und schaute zur Decke hoch.

»Hm, Partner?«, sagte Jessica. »Ich bin keine Expertin, aber da müssten doch zumindest Kabel sein, oder?«

»Sollte man meinen.«

In der Decke waren tatsächlich keine Kabel, sondern nur ein grob in die Gipskartonplatte geschnittenes Loch mit Metallleisten an den Rändern. Jessica vergewisserte sich, dass sie sicher auf dem Stuhl stand, und griff mit der Hand in die Öffnung. Es dauerte nicht lange, bis sie etwas fand.

»Da steht eine Schachtel.«

Jessica dachte kurz daran, die Kriminaltechniker zu rufen, damit sie das, was in der Zwischendecke versteckt war, herausholten. Heutzutage war alles möglich, auch dass in der Decke eines Toten eine Schachtel mit einer Bombe stand. Andererseits war das hier kein offizieller Tatort, und zudem hatte Jessica, ehe sie sich zurückhalten konnte, bereits automatisch die Hände daraufgelegt. Als sie sie zu der Öffnung schob, rieselte der Staub herunter.

»Halt mich fest«, bat Jessica ihren Partner.

Byrne legte eine Hand auf Jessicas Rücken, als sie sich auf die Zehenspitzen stellte und die Schachtel herauszog. Es war ein alter Schuhkarton von Nike mit einem dicken Gummiband um die Mitte. Jessica reichte Byrne den Karton, stieg vom Stuhl herunter und strich sich den Staub aus den Haaren.

Sie gingen mit dem Schuhkarton in das kleine Esszimmer. Byrne zog sein Handy aus der Tasche und machte ein paar Fotos von dem Karton. Dann entfernte er das Gummiband und nahm den Deckel ab. Jessica bemerkte, dass sie die Luft anhielt.

Oben in dem Karton lag ein großer weißer Briefumschlag. Er war zugeklebt und trug eine Unterschrift auf der Lasche. Das Mordopfer hatte sorgfältig mit *Robert A. Freitag* unterschrieben. Byrne nahm den Umschlag heraus und legte ihn auf den Tisch. Unter dem Umschlag lag eine Seite aus einer Zeitung. Byrne nahm das zusammengefaltete Zeitungsblatt heraus und legte es neben den Karton.

»Was haben wir denn da?«, rief Jessica. Unten in dem Karton lagen sechs mit Gummibändern umwickelte Geldbündel, obenauf jeweils ein Einhundert-Dollar-Schein.

Jessica warf Byrne einen Blick zu. Diesen Blick kannten sie beide sehr gut. Er bedeutete, dass sich in diesem Augenblick etwas geändert hatte, auch wenn sie nicht wussten, was. Ehe Byrne das Geld berührte, machte er von allen Gegenständen Fotos.

Er zog Latexhandschuhe an, nahm die Geldstapel vorsichtig in die Hand und blätterte sie durch. Es waren alles Einhundert-Dollar-Scheine.

»Das sind alte Geldscheine. Nicht nummeriert.«

Byrne legte die Geldstapel zurück in den Karton.

Als Jessica den Umschlag in die Hand nahm, fühlte sie sofort, dass er Papier enthielt, das stärker war als normales Schreibpapier. Sie hielt ihn ins Licht. Aufgrund der rechteckigen Form und der Größe von etwa neun mal dreizehn Zentimetern vermutete sie, dass es sich um Fotos handeln könnte.

Ohne zu zögern, zog Jessica ihr Messer aus der Tasche, ein zehn Zentimeter langes, gezacktes Messer von Gerber, das sie fast immer bei sich trug. Sie warf Byrne einen Blick zu. »Sollen wir?«

»Wenn schon, denn schon.«

Vermutlich hätten sie den Umschlag erst im Roundhouse öffnen sollen, aber nun, da sie ihn gefunden hatten, wollten sie beide nicht länger warten. Jessica klappte die rasiermesserscharfe Klinge heraus und schlitzte den Umschlag vorsichtig unten auf, um die Unterschrift auf der Lasche nicht zu beschädigen. Sie schüttete den Inhalt auf den Esszimmertisch.

Wie sie vermutet hatte, enthielt der Umschlag Fotos. Byrne drehte eins nach dem anderen um.

Es waren alte Fotos mit zerknickten Ecken und verblassten Farben. Doch es war nicht die Qualität der Fotos, die ihr Interesse weckte, sondern das, was sie zeigten.

Es waren Fotos von nackten Menschen.

Auf einem war eine Frau zu sehen, irgendwo zwischen Mitte Fünfzig und Mitte Sechzig. Sie saß auf dem Rand eines Betts mit einem Stahlrahmen und starrte auf etwas auf dem Boden. Ihre kleinen, herabhängenden Brüste waren von einer dunklen Flüssigkeit bedeckt. Auf einem anderen Foto sahen sie zwei Männer, ebenfalls in den Sechzigern, die sich vor dem Hintergrund einer gestrichenen Betonwand streichelten. Wieder ein anderes zeigte einen Mann und eine Frau auf einem Bett. Drei nackte Männer, die alle eine mehr oder weniger starke Erektion hatten, beobachteten sie beim Sex. Die Männer waren nur vom Hals an abwärts zu sehen. Bei einem vierten handelte es sich um die sehr verschwommene Nahaufnahme eines Gesichts mit einer geöffneten Tür im Hintergrund.

Keins der Bilder war auch nur im Entferntesten erotisch. Es waren hässliche, voyeuristische Schnappschüsse von Leuten, die entweder keine Ahnung hatten, dass sie fotografiert wurden, oder denen es gleichgültig war.

Byrne drehte die Bilder um. Auf den Rückseiten stand nichts, keine Daten, keine Uhrzeiten, keine Namen. Auf einem war ein bräunlicher Fleck, vielleicht der Teilabdruck einer Kaffeetasse.

Er stapelte die Fotos aufeinander, zog eine Papiertüte aus der Tasche und steckte die Fotos hinein. In eine zweite Tüte steckte Byrne den Umschlag, in dem sie die Bilder gefunden hatten, und einen von Robert Freitag entwerteten Scheck für einen späteren Unterschriftenvergleich.

Jessica nahm das Zeitungsblatt, das zwischen dem Umschlag und dem Bargeld gelegen hatte, und faltete es auseinander. Es handelte sich um die erste Seite des Lokalteils aus dem *Philadelphia Inquirer*, zwei Wochen, bevor Robert Freitag tot aufgefunden worden war.

Sie überflog die Seite mit den Lokalnachrichten aus Philadelphia – ein Mitglied des Stadtrats steckte in Schwierigkeiten, weil er bei der Zahlung seiner Steuern getrickst hatte; eine Ankündigung über den Bau neuer Eigentumswohnungen im Nordosten, zwei Mädchen aus Conshohocken durften an einem renommierten Klavierwettbewerb teilnehmen und ein paar Werbeanzeigen. Keiner der Artikel war mit einem Stift eingekreist, kein Wort unterstrichen und nichts ausgeschnitten.

»Findest du etwas?«, fragte Byrne.

Jessica überflog sicherheitshalber beide Seiten noch einmal. »Nichts.«

»Die Fotos sind jedenfalls viel älter als einen Monat. Wenn Freitag diese Zeitungsseite im Februar in den Karton gelegt hat, dann nicht ohne Grund. Sie wurde nicht benutzt, um etwas Wertvolles einzuwickeln. Das muss eine Bedeutung haben.«

Fest stand, dass Robert Freitag den Inhalt dieses Kartons hatte geheim halten wollen – sofern er es überhaupt gewesen war, der den Karton in der Decke versteckt hatte. Die Frage war: Hatten die Fotos und das Geld etwas damit zu tun, warum der Mann ermordet worden war? Hatte er diese Bilder aufgenommen? War er einer der Männer im Hintergrund? Befand sich sein Mörder unter den fotografierten Personen? Oder handelte es sich nur um den sonderbaren Zeitvertreib eines Voyeurs?

Genauso wichtig, wenn nicht sogar noch wichtiger, war die Frage nach dem Geld. Es schienen über dreißigtausend Dollar zu sein. Hatte Freitag sie unterschlagen? Und wenn, warum war sein Mörder dann nicht hierhergekommen und hatte das Haus auf den Kopf gestellt, um es zu suchen? Hatte John Garcia das Haus während seines einzigen Besuches hier aufgeräumt?

Keiner der beiden Detectives brauchte diese Fragen laut auszusprechen. Sie würden die Fotos und das Geld mitnehmen, beides den Beweismitteln zuführen und untersuchen lassen.

Robert Freitags Geheimnisse waren jetzt Bestandteil des Falls.

Sorry, Mrs. Edna Walsh aus Forest Hills, New York, dachte Jessica. Diesen Teil des Nachlasses ihres geliebten Verwandten wird die Polizei noch eine Weile festhalten. Vielleicht sogar für immer.

Als Jessica ihren Mantel zuknöpfte, versuchte sie sich innerlich schon mal auf den eisigen Regen draußen einzustellen. Ihr Blick wanderte noch einmal durch das kleine, trostlose Haus. Seit der Entdeckung dieser hässlichen Bilder hatte sich die Atmosphäre in dem Haus irgendwie verändert. Das, was sie zuerst als eine Art Trostlosigkeit empfunden hatte, schien ihr nun Verzweiflung zu sein. Jessica träumte von einer heißen Dusche. Sie drehte sich zu ihrem Partner um.

»Ich verstehe, warum er das Geld versteckt hat. Ich verstehe auch, dass er diese Bilder nicht auf dem Couchtisch liegen lassen wollte. Aber warum diese Seite aus dem *Inquirer*?«

»Gute Frage, Frau Staatsanwältin.«

Jessica lächelte. *Frau Staatsanwältin*. Sie fragte sich, ob sie tatsächlich jemals offiziell so angesprochen werden würde.

»Und warum diese Bilder?«, fragte Jessica. »Im ganzen Haus gibt es nichts, was im Entferntesten mit solchen Dingen

zu tun hat. Keine Zeitschriften wie *Playboy*, *Penthouse* oder *Hustler*. Gibt es den *Hustler* überhaupt noch?«
»Woher soll ich das wissen?«
»Schon klar.«
Die pornografischen Fotos und das Geld gaben dem Fall wenigstens eine Richtung. Vielleicht war Robert Freitag tatsächlich nicht einfach nur zur falschen Zeit am falschen Ort gewesen, ein ganz normaler Mann, der das Pech gehabt hatte, den Weg eines Irren zu kreuzen, der ihm einen Schienennagel in den Schädel rammt.
Jessica zog das Buch *Dreams and Memory* noch einmal aus dem Regal. Sie schlug es auf und schaute auf die Widmung.

Vielleicht zum Träumen.

Ehe sie es wieder ins Regal stellte, warf sie noch einmal einen Blick auf die letzte Seite. »Kevin.«
Byrne durchquerte den Raum. Jessica zeigte ihm das Buch. »Diese Zeichnungen. Diese drei geometrischen Formen.«
Ihr Partner spähte auf die Zeichnungen und dann den Flur hinunter, wo sie den Karton in der Decke gefunden hatten. Es bestand nicht der geringste Zweifel. Der Flur, der Lichtschalter auf der linken Seite und die quadratisch geformte Lampe an der Decke.
»Das ist eine Zeichnung des Flurs und der Lampe«, sagte Byrne.
»Sieht ganz so aus.«
»Als hätte er uns eine kleine Schatzkarte hinterlassen. Er wollte, dass wir den Karton finden.«
»Genau das glaube ich auch, Partner.« Jessica nahm eine

Beweismitteltüte aus der Tasche und steckte das Buch hinein. Ein weiteres Teil des immer größer werdenden Puzzles.

Auf dem Weg zum Auto sah Jessica, dass die Haustür des Nebenhauses geöffnet war.
Sie warf Byrne einen Blick zu und klopfte an die Fliegengittertür. Es dauerte nicht lange, bis eine Frau Ende zwanzig erschien. Sie hatte diesen gestressten Blick einer Mutter, die sich ständig mit ihren kleinen Kindern auseinandersetzen musste.
Als Jessica sich vorstellte, hörte sie Schreie im Haus und den lauten Soundtrack von *Findet Nemo*. Sie versprach der Frau, dass es schnell gehen würde, und fragte sie, was sie wohl über Robert Freitag wusste.
»Ich habe dem anderen Detective schon gesagt, dass ich ihn an dem Abend, als er verschwand, gesehen habe.«
Jessica hätte die junge Frau gerne korrigiert und klargestellt, welches Schicksal Robert Freitag erlitten hatte, aber dazu bestand keine Notwendigkeit. »Sie haben ihn also am zwanzigsten Februar gesehen?«
»War das der Tag, als er ...?«
»Ja.«
»Ich weiß es nur, weil Robert zur selben Zeit nach Hause kommt wie mein Mann. Die Kinder laufen immer zur Tür und warten auf Howard. Sie schauen auf die Straße, und ich behalte sie im Auge. Darum habe ich ihn gesehen.«
»Mr. Freitag kam an dem Tag also zur üblichen Zeit nach Hause?«, hakte Jessica nach.
Die Frau nickte. »Ja. Als Howard an dem Abend nach Hause kam, bat ich ihn, noch schnell in den Supermarkt zu gehen und ein paar Dinge einzukaufen. Ich habe ihn auf der

Veranda abgefangen und ihm die Einkaufsliste gegeben. Als ich den Blick hob, sah ich Robert auf der Straße.«
»Aus welcher Richtung kam er?«
»Von dort. Wie immer.« Sie zeigte zur Allegheny Avenue.
»War noch jemand bei ihm?«
»Ich erinnere mich jetzt nicht mehr genau, aber ich glaube nicht. Ich glaube, ich habe ihn nie in Begleitung gesehen.«
»Und seine Hände?«, fragte Jessica. »Hat er etwas getragen?«
Die Frau zuckte mit den Schultern. »Tut mir leid. Ich erinnere mich nicht. Ich glaube es aber nicht.«
»Erinnern Sie sich, was er an dem Tag anhatte?«
»Nicht genau. Wahrscheinlich trug er schwarze oder graue Sachen. Er war ein ziemlich trister Typ.« Sie schlug eine Hand vor den Mund. »Tut mir leid. Das war nicht sehr freundlich.«
»Kein Problem.« Jessica machte sich ein paar Notizen. »Kannte Ihr Mann Mr. Freitag gut?«
»Nein. Er hat sich nicht besonders für ihn interessiert.«
»Warum?«
»Nun, es ist nicht so, als hätte er ihn nicht gemocht. Er kannte ihn ja kaum. Er fand ihn ein bisschen ... unheimlich.«
»In welcher Beziehung unheimlich?«
»Er nannte ihn den ›traurigen August‹.«
»Er kannte seinen zweiten Vornamen?«, fragte Jessica.
Die Frau errötete. Wenn sie es zugab, würde das bedeuten, dass sie einen Blick auf die Post des Mannes geworfen hatte.
»Nein«, sagte sie. »Seine Eltern haben diesen Ausdruck früher manchmal benutzt.«
Jessica steckte ihr Notizheft ein. »Okay. Danke, dass Sie sich Zeit genommen haben.«
»Gern geschehen. Ich bin nur froh, dass wir neue Nachbarn bekommen.«

»Nachbarn?«, wunderte Jessica sich.
»Ja, nebenan ziehen neue Mieter ein.«
»In das Haus von Robert Freitag ziehen neue Mieter?«
»Ich bin ganz sicher. Stimmt das etwa nicht?«
»Ich weiß es nicht«, sagte Jessica. »Wie kommen Sie darauf, dass nebenan neue Mieter einziehen?«
»Ich habe drüben in dem Haus Stimmen gehört.«
Jessicas Blick wanderte zu Byrne und wieder zurück zu der Frau. »Wann war das?«
Die junge Frau dachte kurz nach. »Vor ein paar Tagen. Vielleicht vor einer Woche. Ich erinnere mich, dass ich froh war, als ich die Stimmen drüben gehört habe, verstehen Sie? Dass dort wieder jemand wohnen wird. Wenn ein Haus bewohnt wird, werden nicht so schnell Einbrecher angelockt.«
»Sie haben in dem Haus Stimmen gehört?«, fragte Jessica und zeigte auf Robert Freitags Haus. »Sind Sie sicher, dass die Stimmen aus dem Haus kamen?«
»Das war ich bis zu diesem Augenblick.« Sie zeigte auf das Reihenhaus auf der anderen Seite. »Ich weiß, dass Kate und Jennie – das sind die beiden jungen Frauen, die auf der anderen Seite wohnen – tagsüber nicht zu Hause sind. Daher können die Stimmen nicht von dort gekommen sein. Ja, ich bin sicher.«
Jessica nahm sich vor, der Sache nachzugehen. »Könnte es auch ein Radio, ein Fernseher oder eine CD gewesen sein?«
Die Frau zuckte mit den Schultern. »Nein, das glaube ich nicht.«
»Kein Problem.« Jessica reichte ihr eine Visitenkarte. »Wenn Ihnen noch etwas einfallen sollte, rufen Sie uns doch bitte an.«
»Mach ich.«
Jessica und Byrne liefen die Straße entlang, bogen um die Ecke und dann in die Gasse hinter den Häusern. Als sie Freitags Haus erreichten, schaute Jessica sich das Siegel auf der

Hintertür genau an. Es war unversehrt. Dann nahm sie das Siegel aus der Tasche, das sie zerschnitten und von der Haustür abgezogen hatte, als sie gekommen waren. Die beiden Siegel waren identisch.

Vor den Fenstern waren Gitterstäbe, und auf beiden Türen hatten Siegel geklebt.

»Wie kann sie Stimmen in diesem Haus gehört haben?«, fragte Jessica, als sie zum Wagen zurückkehrten.

»Gute Frage«, sagte Byrne. »Andererseits ist es ein Wunder, dass sie bei dem Geschrei der Kinder überhaupt etwas gehört hat.«

Als sie die Ecke erreichten, wurde der Regen wieder stärker. Jessica war total durchgefroren.

»Am besten, wir lassen zuerst die Fingerabdrücke untersuchen, und dann bringen wir das Zeug in die Dokumentenabteilung«, sagte sie. »Anschließend sprechen wir mit Freitags ehemaligen Kollegen bei CycleLife.«

Während Byrne alles in den Kofferraum des Taurus packte, verschloss Jessica die Tür zu Robert Freitags Haus. Sie zog ein neues Siegel von der Folie, klebte es auf den Spalt zwischen Tür und Türrahmen und unterschrieb es.

Einen kurzen Augenblick blieb sie auf der Treppe stehen und schaute die Straße in beide Richtungen hinunter, auf die Reihenhäuser, in denen unzählige Menschen mit den unterschiedlichsten Biografien wohnten. Sie fragte sich, welche Geheimnisse sich in diesen Häusern verbargen und wie viele davon Träume und wie viele Albträume waren.

8

Sechzehn Jahre zuvor

»Ich hab was gehört«, flüsterte Bean. »Das weiß ich genau.«
»Nein, du hast bestimmt nichts gehört.«
»Doch, Tuff.« Bean warf ihre Bettdecke zurück und setzte sich auf den Bettrand. »Ich hab was gehört. Mit meinen *Ohren*.«
Tuff schaltete die Nachttischlampe ein. Es gehörte zu ihren Aufgaben, sich um ihre kleine Schwester zu kümmern, wenn sie Angst hatte, und das schien in letzter Zeit ständig der Fall zu sein. Sie schaute auf die Uhr. Es war nach Mitternacht. Wenn ihre Mutter das Licht unter der Tür sah, war der Teufel los. »Was hast du gehört?«
Bean zuckte mit den Schultern.
»Okay. Wo hast du das Geräusch gehört? Unter dem Bett?«
Bean schüttelte den Kopf.
»Draußen?«
»Nein.«
Resigniert richtete Tuff sich auf und schüttelte ihr Kopfkissen auf. »Wo dann?«
Bean zeigte mit ihrem kleinen Zeigefinger auf den Schrank.
Tuff schaute auf den Schrank und zurück zu Bean. Das war mittlerweile Routine geworden. Seitdem Bean vor sechs Monaten vier geworden war, spielte sich so etwas fast jede Nacht ab. Damals hatte die Angst begonnen. Damals war ihr Vater bei einem Arbeitsunfall ums Leben gekommen. Damals hatte ihre

Mutter angefangen, die braunen Flaschen im Haus zu verstecken.
»Im Schrank ist niemand, Bean.«
Bean nickte aufgeregt, was bedeutete: *Oh doch, da ist ganz bestimmt jemand im Schrank.*
Tuff stand auf, zog ihre Pantoffeln an und ging zum Fenster. Sie strengte sich mächtig an, um es zu öffnen. »Siehst du? Das Fenster ist zu und verriegelt. Es ist *fest* verriegelt. Möchtest du versuchen, es zu öffnen?«
Bean schüttelte den Kopf. Tuff versuchte noch einmal, es zu öffnen. Wie erwartet bewegte es sich keinen Millimeter. Sie klopfte zwei Mal auf die Glasscheibe, um zu beweisen, dass sie nicht kaputt war. »Wir sind im ersten Stock. Wie soll hier jemand hereinkommen?«
Bean zuckte mit den Schultern.
Tuff setzte sich auf Beans Bett und schaute in die hellblauen Augen ihrer Schwester. Das Leben, das sie geführt hatten, bevor ihr Vater gestorben war, schien eine Million Jahre her zu sein.
»Du weißt, dass ich nicht zulassen würde, dass dir etwas zustößt, nicht wahr?«
Bean starrte auf den Schrank und zuckte wieder mit den Schultern. Tuff legte eine Hand unter das Kinn ihrer Schwester und drehte deren Kopf behutsam in ihre Richtung. »Das weißt du doch, oder?«
Jetzt nickte Bean. »Ja, das weiß ich.«
»Gut.«
Tuff schlug die Decke zurück. Bean stieg ins Bett. Tuff deckte ihre Schwester zu und zog ihr die Decke bis zum Kinn hoch. Sie nahm Beans drei Lieblingsteddys und setzte sie an die Wand – eine kleine Plüscharmee, um sie vor Eindringlingen zu schützen: von draußen, von drinnen und auch vor eingebildeten Eindringlingen.

»Wir müssen jetzt schlafen«, sagte Tuff. »Mom bringt uns um.« Sie nahm ein Buch vom Nachttisch. Es war *Goodnight, Moon* von Margaret Wise Brown. Eins von Beans Lieblingsbüchern. »Soll ich dir noch eine Geschichte vorlesen?«

Bean schüttelte den Kopf. Tuff legte das Buch wieder auf den Nachttisch. Sie wusste, was sie tun musste. Wenn sie es nicht tat, würde das die ganze Nacht so weitergehen.

»Möchtest du, dass ich in den Schrank sehe?«, fragte sie.

Bean nickte.

Tuff lächelte. »Du bist der größte Angsthase der Welt, weißt du das?«

Bean rollte die Finger zusammen. »Ja.«

Tuff strich ihrer Schwester das feine blonde Haar aus der Stirn, gab ihr einen Kuss auf die Wange und durchquerte den Raum.

»Bist du bereit?«

Bean legte ihre Hände auf die Augen. »Nein.«

»Ich mache es trotzdem.«

Mit theatralischer Geste riss Tuff die Schranktür auf, um ihrer kleinen Schwester zu beweisen, dass in dem Schrank nur ihre Kleidung und ihre Spielsachen waren. Wie immer.

Doch dieses Mal war es nicht so.

Dieses Mal stand ein Mann im Schrank.

Ein großer Mann in zerlumpter Kleidung.

9

Auf dem Weg zur Kriminaltechnik hielten Jessica und Byrne im Roundhouse an, um die Fotos, die sie in Robert Freitags Zwischendecke gefunden hatten, zuerst auf Fingerabdrücke untersuchen zu lassen. Sie protokollierten auch, dass sie das Geld abgegeben und in den Tresor geschlossen hatten.

Die kriminaltechnischen Labore waren in einem gut gesicherten Gebäude Ecke Achte und Poplar Street untergebracht. Im Untergeschoss wurden Schusswaffen und Waffen aller Art untersucht. Im Erdgeschoss befand sich die Kriminaltechnik mit der Dokumentenabteilung und den chemischen Laboren, in denen neben Drogen Haare und Fasern analysiert wurden, ebenso wie das DNA-Labor.

Die Mitarbeiter der Ballistik, der Dokumentenabteilung und der Kriminaltechnik waren allesamt eingeschworene Polizeibeamte. Die anderen waren Angestellte der Polizeibehörde.

Von allen Abteilungsleitern war keiner extravaganter und engagierter als Sergeant Helmut Rohmer. Mit seinen eins neunzig und dem seit Kurzem geschorenen Schädel erinnerte er ein wenig an Shrek, nur dass er ein ruhigerer Typ war als der tollkühne Held. Das Dokumentenlabor schien für ihn so etwas wie sein zweites Zuhause zu sein. Bekannt war er unter anderem für seine riesige Kollektion schwarzer T-Shirts, und es wurde gemunkelt, dass er fast hundert davon besaß. Heute stand auf dem T-Shirt: TEIL DES PROBLEMS.

Er bestand darauf, Hell genannt zu werden.

Jessica und Byrne betraten den Raum. Hell Rohmer trug ein paar riesige Kopfhörer. Seine Augen waren geschlossen, und seine Füße lagen auf dem Schreibtisch.

Jessica ging zu ihm und klopfte behutsam auf Hells Fuß.

Der große Mann bekam einen mächtigen Schreck.

Mit hochrotem Gesicht stand Hell Rohmer auf und warf dabei seinen Stuhl um. Er schaltete den MP3-Player aus, nahm die Kopfhörer ab und legte sie weg.

»Hey, Detectives, ich hab gar nicht gesehen, dass Sie reingekommen sind.« Er stellte den Stuhl wieder hin.

»Ich wollte Sie nicht erschrecken«, sagte Jessica, auch wenn das nicht ganz der Wahrheit entsprach. »Wie geht es Doni?«

Donatella Rohmer war Hells Tochter aus erster Ehe. Wenn Jessica sich richtig erinnerte, musste sie jetzt zwölf oder dreizehn sein.

Hell rang noch immer nach Fassung und schob ein paar Dinge auf seinem Schreibtisch hin und her. »Hm, Doni hält mich für einen Dinosaurier. Alles, was ihr Vater sagt und macht, ist total bescheuert. Überwinden sie diese Phase irgendwann?«

Jessica wusste es nicht. Sie hoffte es jedenfalls, denn bei ihrer Tochter Sophie hatte diese Phase gerade begonnen. Hell schaute Byrne fragend an.

»Es geht vorüber«, sagte Byrne. »Bei Colleen war das genauso. Jetzt hält sie mich für den coolsten Typen überhaupt. Sie hat mir zum Geburtstag ein iPhone 5 geschenkt.«

»Super.«

»Wenn ich nur begreifen würde, wie das Ding funktioniert.«

»Da kann ich Ihnen auch nicht helfen«, sagte Hell. »Bei der Arbeit benutze ich natürlich Windows, aber zu Hause bin ich ein Pinguin.«

Jessica und Byrne starrten ihn an.

»So werden Linux-Nutzer genannt. Pinguine.«

Die beiden Detectives sagten nichts weiter dazu. Hell lehnte sich gegen den Arbeitstisch. »Und was verschafft mir die Ehre?«

Byrne nahm die Beweismitteltüte mit den Fotos aus der Tasche. Er öffnete die Lasche und schüttete den Inhalt auf den Tisch.

Hell betrachtete das oberste Foto mit der älteren, nackten Frau auf dem verrosteten Bett. »Wie ich sehe, haben *Sie* wenigstens ein Privatleben.«

Er schaute sich die sonderbaren Fotos aufmerksam an. Als er das letzte Foto mit dem Paar auf dem Bett betrachtete, das von drei Männern beim Sex beobachtet wurde, hörte Jessica, wie er tief einatmete. »Wow.«

»Genau das dachte ich auch«, sagte Byrne.

Hell hob den Blick und sah die beiden Detectives an. »Um was geht es?«

Jessica skizzierte kurz den Mordfall, in dem sie ermittelten.

»Ein Schienennagel?«, fragte Hell. »Im Ernst?«

»Ja«, sagte Jessica. »Und der war auch noch verrostet.«

Hell brauchte einen Moment, um die Informationen zu verarbeiten. Er zeigte auf die Fotos. »Und wo haben Sie die Fotos gefunden?«

»Im Haus des Opfers. Sie lagen in einem Schuhkarton, der in der Decke versteckt war.«

»War es feucht da oben?«

»Nicht besonders. Es schien trocken zu sein.«

»Waren die Fotos eingewickelt? In eine Plastiktüte oder in Zeitungspapier?«

»Sie lagen in einem weißen Briefumschlag«, sagte Jessica. »Er war zugeklebt.«

»Haben Sie den Umschlag mitgebracht?«

»Ja, haben wir.«

Hell nahm eins der Fotos in die Hand. »Ich nehme an, die Fingerabdrücke wurden bereits gesichert?«

»Ja.«

»Wer hat das übernommen?«

»Tommy D.«

Hell Rohmer nickte mit einer Miene, in der sich fast Ehrfurcht spiegelte. »Er ist gut.«

Das entsprach den Tatsachen. Tom DeMarco war der Beste im Philadelphia Police Department, was das Sichern und Abgleichen von Fingerabdrücken betraf.

»Er hat uns versprochen, der Sache höchste Priorität einzuräumen«, fügte Jessica hinzu, damit auch Hell verstand, wie dringend die Sache war. Dabei wusste sie gar nicht, ob es sich bei diesem Material – den grotesken Fotos – um nützliche Hinweise zur Klärung ihres Mordfalles handelte.

Hell lächelte. »Mit *uns* meinen Sie *Ihnen*, nicht wahr?«

»Was soll ich sagen? Tommy mag mich.«

»Aha.«

Hell richtete die Deckenleuchte so aus, dass das Licht genau auf die Fotos fiel. Er stemmte die Hände in die Hüften, was er oft tat, wenn er vor dem Abgrund eines neuen Rätsels stand, und betrachtete die Bilder aufmerksam.

»Was können Sie uns auf den ersten Blick sagen?«, fragte Jessica ihn.

»Es sind natürlich Polaroidfotos.«

Hell fasste die Fotos vorsichtig an den Ecken an und verteilte sie auf dem Tisch. Er sortierte sie zwei Mal neu, vielleicht um die Reihenfolge zu finden, in der sie aufgenommen worden waren. In dem grellen Licht des Dokumentenlabors sahen die Fotos noch grotesker aus.

»Ich würde sagen, sie wurden Mitte der Siebziger aufge-

nommen. Vielleicht auch etwas später. Es handelt sich wahrscheinlich um einen Film vor dem SX-70-System.«
»Was heißt das?«, fragte Jessica. »Was ist SX-70?«
Hell schaute sie fassungslos an. »Erinnern Sie sich nicht mehr an die großangelegte Polaroid-Werbung für SX-70? *Das Zeitalter der Wunder ... eine faltbare, elektronisch gesteuerte, motorbetriebene, einäugige Spiegelreflexkamera im Taschenformat, die das Unmögliche möglich macht?*«
Jessica erwiderte nichts.
»Laurence Olivier?«, fügte Hell hinzu.
Laurence Olivier hat Werbung gemacht?, dachte Jessica. »Klar«, log sie. »Ich erinnere mich.«
Hell schüttelte den Kopf und zog sich ein Paar Leinenhandschuhe an. Er hielt eins der Fotos, bei dem sich eine Ecke von dem Karton gelöst hatte, ins Licht. »Sehen Sie das? Diese Fotos wurden auf Karton aufgezogen. Damals kaufte man den Packfilm, und in der Kassette waren acht oder zehn dieser selbstklebenden Kartons, auf den die Bilder aufgezogen wurden. Vorher gab es bei den Sofortbildern das Problem, dass sie sich oft zusammenrollten.«
Hell hielt sich das Foto unter die Nase und roch daran. Weder Jessica noch Byrne sagten ein Wort. Dann legte Hell das Bild wieder auf den Tisch.
»Mein Vater hatte damals mehrere Polaroid-Kameras«, sagte er. »Seine Lieblingskamera, die er immer mit nach Cape May nahm, war eine alte 250er mit dem Mischbildentfernungsmesser und dem automatischen Parallaxenausgleich. Eine großartige Kamera. Ich wünschte, ich hätte sie noch.«
Einen kurzen Augenblick lang hing Hell seinen Gedanken nach. Das passierte ab und zu, wenn er von technischen Spielereien träumte. Die beiden Detectives warteten.
»Hell«, sagte Jessica schließlich.

»Sofortbildkamera. Überlegen Sie mal, was sich dadurch alles verändert hat. Dr. Land war ein Genie.«

Jessica spähte auf die grässlichen Fotos auf dem Tisch. Sie glaubte nicht, dass Dr. Land so etwas im Sinn gehabt hatte.

»Ein toller Mann. Und was ist mit diesem Film?«

»Okay«, sagte Hell und kehrte in die Gegenwart zurück. »Sieht aus wie ein Film vom Typ 108. Niedrige Filmempfindlichkeit. Ich glaube, sie lag damals bei fünfundsiebzig. Der Fotograf hat kein Blitzlicht benutzt. Darum sind die Bilder so dunkel.«

»Besteht die Möglichkeit herauszufinden, wo der Film gekauft wurde?«, fragte Jessica.

»Der 108er?«

»Ja.«

»Das war der meist verkaufte Polaroid-Film überhaupt. Ich glaube, er wurde vierzig Jahre lang produziert. Die lange Antwort auf Ihre Frage lautet nein. Der Film wurde weltweit verkauft. Später stellte das Unternehmen für das SX-70-System auf Polacolor um, aber da war der 108er noch überall erhältlich.«

»Können Sie feststellen, wann die Aufnahmen gemacht wurden?«

Hell lächelte. »Da gibt es *immer* eine Möglichkeit. Das dauert natürlich eine Weile. Ich muss mehrere Tests durchführen. Ich weiß, dass man diesen Film nicht mehr kaufen kann, jedenfalls nicht im Geschäft. Der Verkauf wurde 2003 eingestellt. Das heißt aber nicht, dass nicht jemand ein paar Filme gehortet und die Kamera weiterhin benutzt haben könnte.«

»So einen Film hätte man noch benutzen können?«, fragte Jessica.

»Sicher, solange er nicht extremen Temperaturen oder Licht ausgesetzt war.«

Hell drehte die Fotos um und richtete die Lampe mit dem Schwingarm richtig aus. »Auf den ersten Blick würde ich behaupten, diese Bilder sind mindestens zehn Jahre alt. Die vergilbte Rückseite sagt mir, dass sie vor langer Zeit aufgenommen wurden.«

Hell drehte die Fotos wieder um. »Sieht so aus, als wären gute Fingerabdrücke auf den Bildern. Die beste Oberfläche überhaupt, um Fingerabdrücke zu sichern.«

Er hatte recht. Glatte, nicht poröse Oberflächen waren der Traum für die Kollegen, die die Fingerabdrücke sicherten. Jessica hatte in ihrer Zeit bei der Polizei auch schon gesehen, dass auf schwierigen Oberflächen wie Zigaretten, Apfelsinenschalen, Steinen und sogar Bettlaken Fingerabdrücke gesichert werden konnten. Leider gab es keine zuverlässige Möglichkeit, um das genaue Alter eines Fingerabdrucks zu bestimmen.

»Kann ich die Fotos noch hierbehalten?«, fragte Hell.

»Klar«, sagte Byrne.

»Es müsste möglich sein, den Zeitraum, als dieser Film auf den Markt kam, einzugrenzen. Dann können wir vielleicht die Zeit näher bestimmen, in der die Bilder gemacht wurden.«

Byrne nahm das Foto mit dem verschwommenen Gesicht im Vordergrund und der geöffneten Tür dahinter, die zu einem beleuchteten Raum führte, in die Hand. Mit der anderen zog er ein Papiertuch aus der Box auf dem Arbeitstisch und wischte das Puder, mit Hilfe dessen die Kollegen die Fingerabdrücke gesichert hatten, von dem Bild. »Das hier nehme ich mit und trage es aus.«

Byrne bezog sich auf die Dokumentation der Beweismittel. Sie wussten nicht, ob es sich bei diesen Fotos überhaupt um Beweisstücke handelte, aber es schadete nicht, sich streng an die Vorschriften zu halten und genau zu notieren, wo sich welche Aufnahme gerade befand. Jessica fragte sich, ob und wann so etwas für sie in einem Gerichtssaal von entscheidender Bedeutung sein könnte.

Austragen war ein Begriff aus der Anfangszeit der Polizeiarbeit in Philadelphia. Heute wurden alle Beweisstücke mit einem Barcode versehen.

Byrne steckte das Foto, das er mitnehmen wollte, in eine Beweismitteltüte, und Hell klebte einen Barcode darauf. Das Philadelphia Police Department benutzte ebenso wie alle anderen Polizeibehörden im ganzen Land größtenteils Papiertüten für die Lagerung und den Transport von Beweismitteln, vor allem, wenn sie es mit flüssigen Beweismitteln zu tun hatten, bei denen die Gefahr einer Schimmelbildung bestand. Sobald die Beweismittel überprüft worden waren, wurden sie in Plastiktüten aufbewahrt, um eine Kreuzkontamination zu vermeiden.

Byrne nahm eine zweite Beweismitteltüte aus seiner Brieftasche und reichte sie Hell.

»In diesem Umschlag waren die Fotos«, sagte er.

Hell nahm den Umschlag heraus und betrachtete ihn einen Moment. »Jemand hat auf der Lasche unterschrieben, für den Fall, dass ein anderer den Umschlag öffnet.«

»Davon gehen wir aus.«

»Und darum haben Sie ihn unten aufgeschnitten«, folgerte Hell. »Ganz schön clever.«

»Jeder hat mal einen lichten Augenblick«, sagte Byrne. »In der Tüte ist auch ein entwerteter Scheck des Mordopfers. Für mich sehen die beiden Unterschriften gleich aus, aber es wäre gut, wenn Sie einen Blick darauf werfen würden.«

»Alles klar. Ich liebe Handschriften.«

Die Kollegen aus der Kriminaltechnik, die sich mit der Überprüfung von Dokumenten aller Art beschäftigten, hatten es oft mit Handschriften zu tun. Niemand war besser darin als Hell Rohmer.

»Heute Nachmittag muss ich noch ein paar andere Dinge erledigen, aber anschließend kümmere ich mich sofort darum.«
»Danke, Hell.«
Jessica ging zur Tür und warf einen Blick zurück.

Der große Mann schaute auf die alten Fotos und dachte vielleicht darüber nach, welche technischen Möglichkeiten ihm zur Verfügung standen, um mehr über die Bilder zu erfahren.

10

Das Unternehmen CycleLife war auf der Rückseite eines roten Backsteinhauses untergebracht, das sich zwei Firmen teilten. Es lag an der Schnellstraße in einem Gewerbegebiet im Südosten der Stadt.

Auf der Fahrt dorthin suchte Jessica die Firma auf ihrem iPhone und fand die Webseite des Unternehmens. Dort stand, dass CycleLife Seniorensessel mit Aufstehhilfe, Rollatoren, Haltegriffe, Duschwannenstühle, Badewannenlifte, Elektromobile, Rampen und viele andere medizinische Hilfsmittel vertrieb. Die Zentrale des Unternehmens war in Philadelphia, und in Allentown sowie York gab es Kataloggeschäfte.

Als sie auf den Parkplatz fuhren, standen dort nur zwei Fahrzeuge: ein weißer Lieferwagen und ein roter Kia Rio. Auf der Tür des Lieferwagens war das Logo von CycleLife aufgebracht.

Auf dem Weg zu dem Gebäude trafen sie eine Frau, die gerade herauskam. Sie war Anfang vierzig und trug ein elegantes blaues Kostüm und eine weiße Bluse. Sie schien es eilig zu haben.

Byrne zog seine Brieftasche mit dem Dienstausweis heraus, öffnete sie und stellte sich und Jessica vor.

Die Frau begrüßte sie beide mit einem kurzen Nicken. Die Hand konnte sie ihnen nicht geben, denn sie war voll bepackt mit Mappen, Katalogen, zwei Telefonbüchern und zwei Tragetaschen, die beide mit Unterlagen vollgestopft waren.

»Wie ist Ihr Name, Ma'am?«

»Oh, Verzeihung«, sagte sie. »Karen Jacobs.«

Byrne zeigte auf das Namensschild neben der Tür. »Arbeiten Sie bei CycleLife?«

»Ja«, antwortete sie. »Ich bin die nationale Kundenbetreuerin.«

»Wir würden Ihnen gerne ein paar Fragen stellen. Es wäre schön, wenn Sie einen Moment Zeit für uns hätten.«

Es sah ganz so aus, als hätte die Frau *keinen* Moment Zeit für sie. Die Rushhour hatte eingesetzt, und sie musste vermutlich schnell nach Hause, um Essen zu kochen, ihre Kinder irgendwo einzusammeln und viele andere Dinge zu tun. Jessica konnte ein Lied davon singen. Doch Kevin Byrne hatte eine besondere Art, diese Frage zu stellen – vor allem, wenn er sie Frauen stellte –, sodass sich die meisten gesprächsbereit zeigten.

Als Karen Jacobs' starre Haltung sich entspannte, wusste Jessica, dass sie sich erweichen lassen würde.

»Geht es um Robert?«, fragte sie.

»Von welchem Robert sprechen Sie?«

»Freitag«, sagte Karen Jacobs. »Robert Freitag. Darum sind Sie doch hier, oder nicht?«

»Ja.«

»So oft bekommen wir keinen Besuch von der Polizei.«

Byrne lächelte. »Darüber sind Sie sicherlich froh.«

»Da kann ich Ihnen nicht widersprechen.«

Byrne nickte.

»Haben Sie die Person gefasst, die das getan hat?«

Jessica fiel auf, dass die Frau von der *Person* und nicht von dem *Mann* sprach. Die meisten sagten, der *Mann* oder der *Typ*, der das getan hat.

»Noch nicht«, sagte Byrne. »Wir arbeiten daran.«

Karen Jacobs schaute sehnsüchtig auf ihren Wagen und wandte sich dann wieder den beiden Detectives zu. »Wir können auch reingehen.« Sie drehte sich zu der Tür um. »Wenn es Ihnen recht ist.«

»Gerne«, sagte Byrne.

Die Frau jonglierte mit den Telefonbüchern und Mappen in ihrer Hand, während sie den richtigen Schlüssel an ihrem Schlüsselbund suchte.

»Geben Sie mir die Sachen«, bot Byrne an.

Karen Jacobs zögerte, als handelte es sich um hochsensibles Material, doch dann drückte sie Byrne das ganze Zeug in die Hände. »Danke.«

Sie schloss die Doppeltür aus Glas auf und trat ein. Als Jessica ihr mit Byrne folgte, fiel ihr auf, dass ihr Partner die Frau beobachtete. Karen Jacobs, die in diesem Augenblick ziemlich gestresst und nach dem vermutlich langen Arbeitstag ein wenig zerzaust aussah, war nicht unattraktiv.

Als sie in einer kleinen Nische in der Empfangshalle verschwand und ein paar Zahlen in die Alarmanlage eingab, stieß Jessica Byrne an und flüsterte: »*Meine* Bücher trägst du nie.«

Sie saßen in dem kleinen von Leuchtstoffröhren erhellten Wartebereich. Zwei Sofas, die sich gegenüberstanden, ein Sessel, zwei Beistelltische mit Glasplatten, ein Couchtisch, auf dem Zeitschriften aus Handel und Gewerbe ausgelegt waren: *Sports 'N Spokes, AAH, New Mobility.*

»Ich habe mit dem anderen Detective gesprochen, nachdem ... nachdem das passiert ist«, begann Jacobs. »Ich habe ihm alles gesagt, was ich wusste.«

»Das muss Detective Garcia gewesen sein«, sagte Byrne.

»Ja. Ich habe seine Karte noch. Arbeitet er nicht mehr für die Polizei?«

»Nein, Ma'am. Detective Garcia ist verstorben.«

Jessica beobachtete die Frau, als Byrne ihr das mitteilte. Karen Jacobs gehörte keineswegs zu den Verdächtigen in diesem Fall, aber die Art, wie jemand die Nachricht vom Tod eines Menschen aufnahm, sagte viel über ihn aus.

Sie erblasste. »Oh, das tut mir leid. Das wusste ich nicht.«

»Natürlich nicht. Er war ein guter Mensch und ein guter Detective. Jetzt haben Detective Balzano und ich die Ermittlungen übernommen.«

Karen Jacobs nickte und warf kurz einen Blick auf die Wanduhr.

»Wie lange hat Mr. Freitag hier gearbeitet?«, fragte Byrne.

Sie dachte kurz nach. »Etwas über fünf Jahre, glaube ich. Ich kann in seiner Personalakte nachsehen, wenn Sie es genau wissen müssen.«

»Das wäre sehr hilfreich«, sagte Byrne. »Wir nehmen die Unterlagen mit, wenn wir gehen.«

»Tut mir leid, die sind nicht hier.«

Byrne hob den Blick von seinem Block. »Sie sind nicht hier?«

»Nein. Sie werden woanders aufbewahrt. Ich kann sie Ihnen in einer Stunde faxen lassen, wenn Sie mir Ihre Faxnummer geben.«

Byrne reichte ihr eine Karte. »Erinnern Sie sich, wo Mr. Freitag gearbeitet hat, ehe er in dieser Firma anfing?«

»Ich bin ziemlich sicher, dass er eine Weile als Kundenbetreuer bei Aetna war, aber ich müsste noch mal nachsehen, damit ich Ihnen nichts Falsches sage.«

»Wie viele Leute arbeiten hier?«

»Wir sind nur zu sechst. Wir brauchen mindestens zwei weitere Mitarbeiter, doch bei den Sparmaßnahmen heutzutage ...«

»Wurde Mr. Freitags Stelle neu besetzt?«

»Ja, sicher. Sogar ein Unternehmen unserer Größe braucht einen Logistikmanager.«

Byrne machte sich ein paar Notizen. »Wie gut kannten Sie Robert?«

Jessica hatte darauf gewartet, dass aus *Mr. Freitag Robert* wurde. Wie aufs Stichwort.

»Wirklich nicht besonders gut, wenn man bedenkt, wie oft ich ihn gesehen habe. Er war ein Einzelgänger.«

»Wie habe ich das zu verstehen?«

Karen Jacobs zeigte auf die Wände ringsherum. »Wie Sie sehen, sind wir kein großes Unternehmen. Jedenfalls was die Geschäftsräume betrifft. Die größten Umsätze machen wir über Online- und Katalogverkäufe. Wir haben ein Lager in Newark, und von dort verschicken wir weltweit die Bestellungen.«

Byrne nickte und wartete.

»Was ich sagen will, ist, dass wir hier eng zusammenarbeiten und es nicht viele Geheimnisse gibt. Wir wissen, wer einen schlechten Tag hat, weil es abends spät geworden ist, wer nicht auf seine Ernährung achtet, wer krank und wer verliebt ist.«

»Und Sie sagen, Robert hatte keine Freunde hier?«

»Ich versuche, es Ihnen zu erklären. Ich glaube, als Robert das zweite Jahr bei uns gearbeitet hat, haben wir eine dieser überdimensional großen Pop-up-Geburtstagskarten für ihn gekauft. Wir wussten nur, dass er Geburtstag hatte, weil es in seinem Lebenslauf stand. So etwas Persönliches hätte er niemals jemandem erzählt.« Karen Jacobs rutschte auf dem Stuhl hin und her, schlug die Beine übereinander und fuhr fort. »Jedenfalls haben wir ihm an dem Tag in der Mittagspause diese Karte geschenkt. In seiner unnachahmlichen Art errötete Robert leicht, murmelte danke, packte sein Sandwich ein, in das er nicht ein einziges Mal hineingebissen hatte, und verließ fluchtartig den Pausenraum.«

Jessica und Byrne schwiegen. Sie spürten, dass die Geschichte noch weiterging.

»Als Alonzo – Alonzo Mayweather, unser IT-Fachmann – am nächsten Tag ein paar geschredderte Dokumente in die große Papiertonne auf dem Hof warf, fielen ihm die roten Pappschnitzel auf. Er schob das andere Papier zur Seite und sah, dass Robert die große Geburtstagskarte geschreddert und dann ganz unten in die Tonne geworfen hatte, damit sie niemand entdeckte. Sonderbar, oder?«

Ein wenig unsozial, dachte Jessica. Sicherlich unhöflich, aber nicht unbedingt sonderbar. Sie hatte genügend sonderbare Typen in ihrem Job kennengelernt.

»Warum hat er die Karte nicht mit nach Hause genommen und sie dort weggeworfen?«, fügte Karen hinzu.

Es war eine rhetorische Frage, aber Byrne beantwortete sie dennoch. »Ich fürchte, die Frage kann ich Ihnen nicht beantworten, Ma'am.«

»Ich brauche Ihnen wohl kaum zu sagen, dass wir ihm nie wieder eine Geburtstagskarte geschenkt und ihm nie wieder zum Geburtstag gratuliert haben.«

Das erklärte zum Teil, warum sie in Freitags Haus keine Karten gefunden hatten. Falls er welche bekommen hatte, hatte er sie offenbar gar nicht mit nach Hause genommen.

Byrne stellte Karen Jacobs die üblichen Fragen und machte sich ein paar Notizen. Viel brauchte er sich nicht aufzuschreiben.

»Fällt Ihnen jemand ein, der mit Robert Probleme gehabt haben könnte?«, fragte Byrne. »Jemand, dem er Geld schuldete, oder jemand, der ihm Geld schuldete?«

Karen Jacobs dachte kurz nach. »Nein. Ich glaube nicht,

dass er gezockt hat, und auch nicht, dass er jemals etwas mit Drogen zu tun hatte.«

Ob jemand etwas mit Drogen zu tun hat, weiß man nie genau, dachte Jessica, aber vielleicht trog Karen Jacobs ihr Gefühl ja tatsächlich nicht.

»Wie sieht es mit persönlichen Beziehungen aus? Freundinnen, ein eifersüchtiger Freund?«

Bei dem Wort »Freund« lächelte die Frau. »Robert war nicht schwul, wenn Sie das meinen.«

Jessica war ziemlich sicher, dass Byrne wissen wollte, ob Robert Freitag sich mit einer Frau getroffen haben könnte, die einen eifersüchtigen Freund hatte. Ihr Partner ging nicht auf die Bemerkung ein.

»Gibt es jemanden in der Firma, der eine engere Beziehung zu Mr. Freitag hatte?«

Karen Jacobs dachte nach. »Nicht, dass ich wüsste. Es war unmöglich, ihn näher kennenzulernen.«

Byrne machte sich eine Notiz. »Fehlte auf Ihren Geschäftskonten jemals Geld? Gab es unberechtigte Abhebungen?«

Diese Frage schien sie zu schockieren. »Sie meinen die Konten von CycleLife?«

»Ja.«

»Wollen Sie damit sagen, Robert hat Firmengelder unterschlagen?«

»Das habe ich nicht gesagt. Wir müssen alle Möglichkeiten in Betracht ziehen.«

Karen Jacobs zuckte mit den Schultern. »Davon weiß ich nichts. Wie gesagt, wir sind eine kleine Firma. Wenn so etwas passiert wäre, hätte ich es erfahren.«

»Hatte Robert Zugriff auf die Konten?«

»Nein. Nur der Firmeneigentümer, Mr. Larson, hat Zugriff auf die Konten. Er unterschreibt alle Schecks.« Sie zeigte auf ein Foto an der Wand, auf dem ein weißhaariger Mann einer Frau in einem Rollstuhl die Hand schüttelte.

Byrne warf Jessica einen Blick zu. Sie schüttelte den Kopf. Nein, sie hatte keine weiteren Fragen. Als die beiden Detectives aufstanden, stand auch Karen Jacobs auf und strich ihren Rock glatt.

»Vielen Dank, dass Sie sich Zeit genommen haben«, sagte Byrne.

»Gern geschehen.« Sie schaute auf die Uhr. »Die Rushhour ist fast vorbei. Wahrscheinlich bin ich zur selben Zeit zu Hause wie sonst auch.«

»Wir möchten Sie nicht länger aufhalten«, sagte Byrne. »Aber könnten Sie uns noch die Liste der Angestellten geben?«

»Natürlich.« Karen Jacobs ging zum Empfangstisch und gab etwas auf der Computertastatur ein. Sekunden später begann der Laserdrucker zu arbeiten. Sie nahm den Ausdruck und reichte ihn Byrne.

»Danke. Und diese anderen Informationen faxen Sie uns dann? Die Bewerbungsunterlagen und den Lebenslauf von Robert Freitag?«

Sie hielt ihr Handy hoch. »Ich rufe sofort dort an.«

»Eine Frage hätte ich noch«, sagte Byrne.

»Okay.«

»Sie haben doch mit Detective Garcia gesprochen. Hat er Ihnen ähnliche Fragen gestellt wie wir?«

Karen Jacobs dachte kurz nach. »Nein. Ehrlich gesagt, habe ich einige Dinge gar nicht verstanden, über die er sprach.«

»Zum Beispiel?«

»Nun, er fragte mich nach Roberts letztem Arbeitstag und wollte wissen, ob er an dem Tag beunruhigt oder aufgewühlt gewirkt hatte. Als ich ihm sagte, dass mir nichts Ungewöhnliches aufgefallen sei, hat er mich eine ganze Weile angestarrt.«

»Und dann?«

»Nichts. Später fragte er mich, ob ich die Musik wohl ausschalten könnte.«

»Die Musik?«

»Ja. Allerdings war gar keine Musik an. Manchmal lassen wir leise Hintergrundmusik laufen, aber an dem Tag nicht.«

Byrnes Blick wanderte zu Jessica und zurück zu Karen Jacobs. Er knöpfte seinen Mantel zu und steckte den Notizblock in die Tasche.

»Fällt Ihnen sonst noch etwas zu Robert ein?«, fragte er an der Tür.

Karen Jacobs dachte kurz nach. »Nein. Robert war ein Buch mit sieben Siegeln. Vielleicht finden Sie etwas bei den Dingen, die wir aus seinem Schreibtisch genommen haben.«

Jessica hob den Blick zu ihr. »Sie haben die Sachen noch?«

»Ja. Sie liegen in einem Karton im Lagerraum. Wir dachten, vielleicht kommt jemand aus seiner Familie und holt die Sachen ab. Es kam nie jemand. Es ist nicht viel.«

»Haben Sie Detective Garcia Roberts Schreibtisch gezeigt, als er hier war?«, fragte Jessica.

»Nein.«

»Und warum nicht?«

»Das hat zwei Gründe, Detective. Erstens standen wir alle unter Schock, nachdem wir gerade erfahren hatten, dass Robert ermordet worden war. Es war das erste Mal, dass jemand, den ich persönlich kenne, ermordet wurde, und ich hoffe, es passiert nie wieder.«

»Das verstehe ich gut«, sagte Jessica. »Und der zweite Grund?«

Karen Jacobs zuckte mit den Schultern. »Detective Garcia hat nicht gefragt, ob er sich den Schreibtisch ansehen kann.«

Sie standen auf dem Parkplatz des Gewerbegebiets. Der Regen hatte für einen Moment nachgelassen. Da es ab und zu noch tröpfelte, war aber anzunehmen, dass der nächste Schauer nicht lange auf sich warten lassen würde. Der weiße Karton im DIN-A4-Format stand auf der Motorhaube.

»Ich frage mich, was es noch für Fragen gibt, die man normalerweise in einer solchen Situation stellt und die John nicht gestellt hat«, sagte Jessica.

»Ja, das frage ich mich auch.«

Jessica öffnete den Karton. Karen Jacobs hatte recht. Viel war das nicht – ein Hefter, ein Klebebandabroller, die Gelben Seiten von Philadelphia, ein Telefonbuch und ein Schreibtischkalender, bei dem die einzelnen Blätter nach hinten geklappt wurden. Jessica nahm den Kalender heraus, legte ihn auf die Motorhaube und blätterte ihn durch.

»Irgendwelche Einträge um den zwanzigsten Februar herum?«, fragte Byrne.

Jessica schaute nach. Die Seite vom 20. Februar, dem Tag, als Robert Freitag ermordet wurde, fehlte. Die Seiten der sechs vorangegangenen Tage ebenfalls. Das nächste Kalenderblatt war vom 13. Februar. Jessica nahm ihre Maglite und richtete deren Strahl auf das Papier. Sie sah Abdrücke, die darauf schließen ließen, dass jemand auf dem darüberliegenden Kalenderblatt etwas geschrieben hatte.

»Kannst du erkennen, was da steht?«, fragte Byrne.

»Schwierig.«

»Wenn wir einen Bleistift hätten.«

»Ich glaube, wir haben einen.« Jessica wühlte in dem weißen Karton und zog nach kurzer Suche einen Bleistift heraus, der allerdings nicht angespitzt war. Einen Anspitzer mit einer Kurbel und einem kleinen Auffangbehälter fand sie auch.

»Zum Glück war unser Freund Robert von der alten Schule«, sagte Byrne.

Während er den Anspitzer festhielt, kurbelte Jessica und blies anschließend auf die Spitze des Bleistifts. Dann rieb sie vorsichtig damit über die Abdrücke auf dem Kalenderblatt. Wie in den alten Filmen wurde bald sichtbar, was dort stand. Als Jessica fertig war, richtete sie ihre Taschenlampe wieder auf das Blatt.

»Sieht aus wie JCD 10K 8P.« Sie reichte Byrne das Kalenderblatt. »Was meinst du?«

Byrne überflog, was da stand. »Tja, Robert macht auf mich nicht den Eindruck eines Läufers. Darum glaube ich nicht, dass sich das 10K auf einen Zehn-Kilometer-Lauf bezieht.«

»Normalerweise starten Läufe auch nicht um acht Uhr abends.«

»Stimmt.«

»JCD«, sagte Jessica. »Klingelt da was bei dir?«

»Noch nicht«, erwiderte Byrne. »Sieh mal auf die Mitarbeiterliste von CycleLife. Vielleicht stimmen diese Buchstaben mit den Anfangsbuchstaben eines Mitarbeiters überein.«

Jessica zog die Liste aus der Tasche und überflog sie. »Nichts. Es gibt eine Judith, aber sie heißt mit Nachnamen Blaylock.« Sie schaute wieder auf das Kalenderblatt.

»Gehen wir zunächst einmal davon aus, dass er das am vierzehnten Februar geschrieben hat«, sagte Byrne.

»Sechs Tage, bevor er ermordet wurde.«

»Freitag trifft sich mit diesem JCD, bekommt das Geld, sie treffen eine Vereinbarung, das Vertrauen wird enttäuscht, und sechs Tage später wird er umgebracht.«

»Okay, und warum wurde sein Haus dann nicht auf den Kopf gestellt?«, fragte Jessica ihren Partner.

Byrne dachte kurz nach. »Wir müssen erst einmal alle Fakten sammeln. Gehen wir zunächst ebenfalls davon aus, dass der Killer durch seine Tat eine klare Ansage machen wollte.«

»Ja«, sagte Jessica. »Aber an wen?«

Byrne runzelte die Stirn. »An *wen?* Du hörst dich an wie eine Anwältin.«

»Ich gewöhne mich langsam daran.«

»Das würde natürlich bedeuten, dass Freitag in kriminelle Machenschaften verwickelt war oder zumindest in eine sehr gefährliche Betrügerei.«

»Ich habe nicht den Eindruck gewonnen, dass Freitag zum organisierten Verbrechen gehört haben könnte.«

Byrne nahm den Bleistift, rieb noch einmal mit der Spitze über die Seite und blies den Graphitstaub weg. Es kam nichts weiter zum Vorschein.

»Wie kommt es, dass so etwas in Filmen immer perfekt funktioniert?«, fragte Jessica.

»In Filmen funktioniert alles perfekt. Wenn nicht, wird die Szene nachgedreht.«

»Cary Grant hatte in *Der unsichtbare Dritte* keine Probleme mit dieser Methode.«

»Ich bin auch nicht Cary Grant.«

»Bist du wohl.« Jessica nahm Byrne den Kalender aus der Hand. Sogar im Licht der Taschenlampe konnte man nicht eindeutig erkennen, ob dort 10 K oder 10 E stand. Jetzt zweifelte Jessica auch an den drei Großbuchstaben JCD. Sie legte den Kalender wieder in den Karton. »Hell fällt schon etwas ein.«

Byrne schaute auf die Uhr. »Heute wird das nichts mehr.«

Jessica wusste, was Byrne meinte. Da sie es mit einem ungelösten Fall zu tun hatten, konnten sie die Kollegen aus der Kriminaltechnik nicht zu sehr unter Druck setzen, vor allem wenn es für sie bedeutete, Überstunden zu machen.

Sie zeigte auf den Ausdruck, den sie von Karen Jacobs bekommen hatten. »Wir sollten die Namen hier überprüfen.«

11

Detective Joshua Bontrager gehörte schon seit fast sieben Jahren zur Mordkommission des Philadelphia Police Departments. Davor hatte er bei der Verkehrsüberwachung gearbeitet. Die Mordkommission hatte Bontrager damals in einem Fall um Hilfe gebeten, der die Ermittler nach Berks County – Joshs Heimat – geführt hatte. In diesem Fall war seine einzigartige Qualifikation gefragt gewesen, die kein anderer Detective in Philadelphia – überhaupt kaum ein anderer Detective – vorweisen konnte. Josh Bontrager war nämlich in einer amischen Familie aufgewachsen.

Bevor er auf die Polizeiakademie ging, war er allerdings aus der Kirche ausgetreten. Seitdem Jessica ihn kannte, hatte er sich von einem Jungen vom Lande in einen cleveren Detective verwandelt. Mittlerweile konnte er sich in der harten Realität der Mordermittlungen in einer Stadt wie Philadelphia durchsetzen.

Aus seinem früheren Leben hatte er sich jedoch etwas bewahrt, das seine Kollegen in der Abteilung immer wieder in Erstaunen versetzte. In all den Jahren bei der Mordkommission hatte noch nie jemand Josh Bontrager fluchen hören. Nicht ein einziges Mal. Manchmal stand er kurz davor, aber in letzter Sekunde sagte er dann doch *Scheibenkleister!* oder *Mensch!* oder *Zum Kuckuck noch mal!*

Damit hatte er einen Rekord aufgestellt, den es zu brechen galt. Ein allgemeingültiges Merkmal aller Polizisten in allen Polizeibehörden weltweit war die Fähigkeit, sehr kreativ und ausdauernd zu fluchen. Es lief seit Jahren eine Wette, wann Josh Bontrager zum ersten Mal *Scheiße* sagen würde.

Wenn jemand hörte, dass Josh Bontrager kurz davor stand zu fluchen, ohne es tatsächlich zu tun, musste er einen Dollar in die Kasse einzahlen. Mittlerweile hatten sie schon über sechshundert Dollar zusammen, und es sah so aus, als würde noch eine Menge Geld hinzukommen. Derjenige, der in der Nähe der Kasse stand, wenn es geschah, bekam das Geld und konnte es der von ihm persönlich bevorzugten gemeinnützigen Organisation spenden. Das war bei ihnen immer der Polizeisportverein.

Als Jessica und Byrne das Großraumbüro betraten, saß Josh Bontrager an seinem Schreibtisch und war in eine Akte vertieft.

»Joshua Bontrager!«, rief Jessica.

Bontrager hüpfte vor Schreck von seinem Stuhl auf. »Was ist?«

»Lässt du dir einen Bart wachsen?«

Josh Bontrager hatte sehr helles Haar und einen fast blonden Bart. Er wurde purpurrot. »Das ist kein Bart, sondern ein Kinnbart.«

»Bart ist Bart, oder nicht?«

Bontrager strich sich übers Kinn. »Nein, nicht ganz. Amische Männer lassen sich Bärte wachsen.«

»Ich dachte, du bist ein amischer Mann.«

»Offiziell nicht mehr.«

Jessica betrachtete ihn von allen Seiten. »Sieht wirklich gut aus. Richtig sexy.«

Josh Bontrager errötete wieder. Bei ihm war es tatsächlich so, als würde man auf einen Schalter drücken. An. Aus. Dazwischen gab es nichts. »Danke.«

Jessica ritt nicht länger darauf herum. Sie zeigte auf die Akte auf dem Schreibtisch.

»Was hast du da?«, fragte sie.

»Wir haben einen Toten in North Marston gefunden, im Erdgeschoss eines leer stehenden Hauses«, sagte Bontrager. Er nahm ein paar Tatortfotos aus einem Umschlag. »Dem Toten wurden die Augen ausgestochen.«

»Die Untersuchung des Rechtsmediziners hat ergeben, dass das die Todesursache war?«

Bontrager nickte. »Er nimmt an, dass ein sehr langes Messer durch die Augen des Opfers bis in sein Gehirn gestochen wurde.«

»Entzückend«, sagte Jessica.

»Vermutlich eine schmale, zwanzig Zentimeter lange Klinge.«

Jessica schaute sich die entsetzlichen Fotos an. Das Opfer war ein Weißer oder ein Hispanoamerikaner, vermutlich noch keine zwanzig Jahre alt. Er lag zusammengesackt an einer mit Graffiti besprühten Wand neben der Tür. Sein Gesicht war ebenso wie das ehemals helle Hemd blutüberströmt.

Dort, wo einst seine Augen waren, sah man jetzt nur noch dunkle Löcher.

»Wissen wir schon, wer der Tote ist?«, fragte Byrne.

»Nein. In der Straße standen zahlreiche Fahrzeuge. Wir überprüfen die Besitzer gerade.«

»Meinst du, er war Mitglied einer Gang?«

Bontrager schüttelte den Kopf. »Sieht nicht so aus. Er hat keine Tattoos.«

»Irgendwelche Zeugen?«, fragte Byrne.

Bontrager steckte die Tatortfotos in die Akte. »Massenamnesie. Wie immer.«

»Habt ihr die Anwohner schon befragt?«

»Ja, haben wir. Jedenfalls haben wir ein Mal an jede Tür geklopft.«

»Wenn ihr noch Unterstützung braucht«, bot Byrne an.

»Danke.«

Befragungen in der Nachbarschaft wurden immer mindestens ein zweites Mal wiederholt. In einer Stadt wie Philadelphia oder in jeder anderen Großstadt, in der viele Menschen wohnten, die Schichtarbeit machten, lag es im Interesse der Detectives, die Befragungen in einem Abstand von vier, acht oder zwölf Stunden zu wiederholen. Mindestens die Hälfte der Anwohner, an deren Türen sie bei der ersten Befragung klopften, öffnete nicht, könnte aber später wieder zu Hause sein. In mehr als einem Fall hatten erneute Befragungen in der Nachbarschaft zu entscheidenden Hinweisen geführt.

»Arbeitest du allein an dem Fall?«, fragte Byrne.

Bontrager schüttelte den Kopf. »Nein, gemeinsam mit Maria.«

Maria Caruso war eine sehr attraktive junge Frau. Alle wussten, dass Josh eine Schwäche für sie hatte – besser gesagt, war er total in sie verknallt –, aber keiner wusste, ob sie sich auch privat trafen. Obwohl die obersten Bosse eine solche Beziehung nicht ausdrücklich verboten, war es besser, sie geheim zu halten. Niemand konnte vorhersehen, ob eine Gerichtsverhandlung durch so etwas scheitern könnte.

Bontrager schaute auf die Uhr. »Ich muss los«, sagte er. »Wir müssen herausfinden, wer der Mann ist, ehe alle Spuren in diesem blöden Fall verlorengehen.«

Jessica warf Byrne einen Blick zu. *Blöd.* Als Josh das Büro verließ, warfen sie beide einen Dollar in die Kasse in der Schublade des Aktenschrankes.

Nachdem Josh Bontrager nun einen neuen Mordfall übernommen hatte, stand Byrne als Nächster auf der Liste. Die Detectives rückten auf dieser Liste der Reihe nach weiter vor, bis sie wieder ganz oben standen. Dabei spielte es keine Rolle, ob man seine anderen Fälle abgeschlossen hatte oder nicht.

Byrne, der schon über zwanzig Jahre dabei war, musste keinen Telefondienst machen, aber er hatte Bereitschaft, bis der nächste Mord geschah. Und der geschah immer. In Philadelphia County waren seit drei Jahrzehnten keine achtundvierzig Stunden vergangen, ohne dass es einen mysteriösen Todesfall gegeben hatte.

Es war neunzehn Uhr, als Jessica die Namen der Angestellten von CycleLife überprüfte. Bei dem Unternehmen hatten sechs Angestellte gearbeitet, als Robert Freitag dort als Logistikmanager tätig gewesen war – was auch immer das sein mochte. Jessica nahm sich vor, sich schlau zu machen. Von Freitags Kollegen hatte niemand einen Eintrag im NCIC oder im PCIC, der nationalen und regionalen Verbrecherdatenbank. Ein Mann, ein gewisser Alonzo Mayweather, der Freitags geschredderte Geburtstagskarte in der Papiertonne gefunden hatte, schien Probleme zu haben, sich an die Geschwindigkeitsbegrenzung zu halten. In den letzten sechs Jahren war er elf Mal bei der Überschreitung der zugelassenen Höchstgeschwindigkeit erwischt worden. Er musste für sechs Monate seinen Führerschein abgeben, hatte ihn aber mittlerweile wieder zurück.

Das war alles. Keine Mörder, keine Ganoven. Jedenfalls nicht unter den Mitarbeitern von CycleLife. Oder falls doch ein Mörder in ihrer Mitte war, hatte er es geschafft, niemals auch nur wegen des kleinsten Vergehens aufzufallen. Wenn man bedachte, mit welch einer Brutalität Robert Freitag ermordet worden war, war das allerdings eher unwahrscheinlich.

Anschließend informierte Jessica sich im Internet, wozu Schienennägel sonst noch benutzt wurden. Sie erfuhr, dass einige Leute mit Schienennägeln tatsächlich oder symbolisch ihr Grundstück »festnagelten«. Um ihren Besitz vor Zwangsräumung oder auch nur vor Belästigung zu schützen, schlugen sie in alle vier Ecken ihres Grundstücks einen Schienennagel. Sie fand auch heraus, dass dem Gebrauch von Eisen im Kongo eine besondere Bedeutung zugeschrieben wurde, weil in dem Metall, einem kongolesischen Glauben zufolge, der Geist eines mutigen Kriegers weiterlebte.

Jessica schrieb sich auf: *Eisen + Rituale?*

Außerdem versuchte sie herauszufinden, was für eine Blume Robert Freitag in der Hand gehalten hatte. Leider lag ihnen die Blume nicht vor. Daher war es noch schwieriger, sie in einem Online-Lexikon aller Blumen, die in diesem Teil der Welt wuchsen, zu finden. Jessica nahm sich vor, Floristen in der Stadt das ausgedruckte Standbild zu zeigen. Wenn das zu keinem Ergebnis führte, würde sie Kontakt zu einem Fachmann an einem der vielen Colleges und Universitäten in Philadelphia aufnehmen.

In den Datenbanken der Polizei hatte Jessica kaum etwas über die Angestellten von CycleLife gefunden, die alle mehr oder weniger eine weiße Weste hatten. In der Hoffnung, etwas mehr über sie zu erfahren, schickte sie sich gerade an, ihre Namen bei Google einzugeben, als Byrne mit ein paar Unterlagen in der Hand durchs Büro lief.

Sie erzählte ihm, was sie bei ihrer Suche in den Verbrecherdatenbanken und über die Schienennägel herausgefunden hatte.

»Meinst du, es könnte ein Ritualmord gewesen sein?«

Jessica zuckte mit den Schultern. »Beim jetzigen Stand der Dinge ist alles möglich.« Sie zeigte auf die Unterlagen, die Byrne in der Hand hielt. »Was hast du da?«

»Ich hab mit einem Mitarbeiter der Bahn gesprochen. Er hat gesagt, dass die Arbeiter alte Schienennägel oft einfach neben den Schienen liegen lassen, wenn sie durch neue ersetzt werden, obwohl das eigentlich nicht so vorgesehen ist.«

»Sie lassen sie nicht verschrotten?«

»Seit ein paar Jahren machen sie es meistens, aber er meinte, dass ein so alter, verrosteter Schienennagel wie unsere Mordwaffe von überall stammen könnte. Sie sehen alle gleich aus.«

»Scheiße«, sagte Jessica.

»Stimmt. Was ist mit der Blume?«

»Ich hab noch nichts gefunden.« Jessica hielt den Farbausdruck der Blume hoch, eine vierfache Vergrößerung des Bildes, das sie von dem Videofilm gemacht hatten. »Weißt du, was das für eine Blume ist?«

Byrne betrachtete das Bild. »Keine Ahnung. Hat Dana sich das schon angesehen?«

Dana Westbrook war ihre hausinterne Expertin, wenn es um Blumen und Pflanzen ging. Ihr Büro sah fast aus wie ein Gewächshaus, in dem alles blühte und gedieh. »Ja«, sagte Jessica. »Sie kennt die Blume auch nicht. Morgen bringt sie ein paar Fachbücher mit.«

»Ach übrigens, ich hab Tommy D. vorhin auf der Treppe getroffen«, sagte Byrne. »Ich hab eine gute und eine schlechte Nachricht.«

»Ich will beide gleichzeitig hören.«

»Und wo bleibt da der Spaß?«

»Da hast du auch wieder recht. Dann entscheide du.«

»Okay.« Byrne hielt ein Blatt hoch. »Wir haben Treffer bei den Fingerabdrücken auf den Fotos.«

»Aber das macht uns nicht glücklich.«

»Noch nicht«, sagte Byrne. »Es gab vier eindeutige Übereinstimmungen. Bei allen vier Treffern handelt es sich um Männer mit Vorstrafen.«

»Ich gehe mal davon aus, sie waren nicht vorbestraft, weil sie ständig bei Rot über die Straße gelaufen sind.«

Byrne schaute auf das Blatt. »Nein. Wir haben hier zwei

Fälle von schwerer Körperverletzung, zwei bewaffnete Raubüberfälle, einen Betrugsfall und mehrere Einbrüche und Diebstähle.«

Jetzt war Jessicas Aufmerksamkeit geweckt. »Wir sprechen also über Gefängnispornografie, richtig?«

»Vermutlich.«

Sie hatten ein paar Fotos mit Fingerabdrücken von Männern mit Vorstrafen. Es bestand die Möglichkeit, dass die Bilder in einem Landes- oder Staatsgefängnis herumgereicht worden waren.

»Und warum lagen sie in Robert Freitags Zwischendecke?«, fragte Jessica.

»Du meinst *unseren* Robert Freitag, einen Mann, der, soweit wir wissen, in seinem ganzen Leben nicht einmal einen Strafzettel für zu schnelles Fahren bekommen hat? Den Robert Freitag, der keine einzige Nacht in einer Ausnüchterungszelle verbracht hat?«

»Genau den.«

»Ich weiß es nicht«, sagte Byrne. »Noch nicht.«

Jessica versuchte, eine Verbindung herzustellen. Es gelang ihr nicht. Sie musterte ihren Partner. »Du hast noch mehr auf Lager, nicht wahr?«

»Ja, hab ich.«

»Okay«, sagte Jessica. »Ich sitze.«

»Diese Männer? Die Männer, die die Fotos angefasst haben?«

»Was ist mit ihnen?«

Byrne legte die Blätter nacheinander auf den Tisch. »Sie sind alle tot.«

12

SECHZEHN JAHRE ZUVOR

In wie vielen Nächten war der Mann in ihr Zimmer gekommen? Tuff wusste es nicht mehr, denn sie hatte nur noch verschwommene Erinnerungen daran. Er war jünger, als sie zuerst angenommen hatte. Vielleicht ein älterer Jugendlicher. Zuerst glaubte sie, er wäre so alt wie ihr Vater, der mit vierunddreißig Jahren gestorben war.

Tuff erinnerte sich jedoch deutlich an die erste Nacht, als der Mann in ihrem Zimmer gewesen war. Sie hatte die Schranktür geöffnet und war vor Schreck erstarrt, unfähig, sich zu bewegen oder zu sprechen. Am liebsten wäre sie sofort aus dem Zimmer gelaufen, aber sie konnte ihre Schwester mit dem großen Mann in der zerlumpten Kleidung nicht allein zurücklassen.

Schließlich ging sie rückwärts auf ihr Bett zu, bis sie mit den Beinen gegen den Bettrahmen stieß. Tuff brauchte keine Hilfe, um sich hinzusetzen. Sie hatte so weiche Knie, dass sie sofort aufs Bett sank.

Der Mann trat aus dem Schrank heraus und setzte sich auf den Stuhl, der an dem kleinen Schreibtisch neben dem Fenster stand. Zuerst sagte er nichts. Fast sah es so aus, als befände er sich in Trance.

Aus irgendeinem Grund machten sein Verhalten und die Art, wie er Tuff und Bean anschaute, ihnen keine Angst. Jedenfalls schien Bean keine Angst zu haben, und das war erstaunlich. Normalerweise fürchtete Bean sich immer sehr vor Fremden.

Als der Mann schließlich sprach, erfuhren sie, dass er viele Dinge über sie wusste. Er wusste, dass Bean ihren Spitznamen bekommen hatte, weil sie gerne grüne Bohnen aß. Kleine Kinder aßen nie gerne grüne Bohnen. Und sie wurde nur zu Hause Bean genannt. Nicht in der Vorschule oder sonst irgendwo. Nur von Mom und Dad und Tuff.

Woher konnte er diese Dinge wissen, wenn er kein Freund war?

Tuff wusste nicht mehr, wie oft er nach dieser ersten Nacht zu Besuch gekommen war. Sie war sicher, dass sie in einigen Nächten nicht einmal aufgewacht war. Sie glaubte sich zu erinnern, dass Bean mit dem Mann gesprochen hatte, aber später wusste sie nicht mehr, ob sie es nicht doch geträumt hatte.

Genauso deutlich wie an den ersten Besuch des Mannes erinnerte sie sich auch an seinen letzten. Bei diesem letzten Besuch war Tuff eingeschlafen, während der Mann gesprochen hatte. Davor hatten sie Apfelsaft mit einem bitteren Beigeschmack getrunken.

Das war die erste Nacht gewesen, in der sie diese Träume gehabt hatte, in denen sie durch dunkle Kellerräume lief und das leise, ferne Echo der Geräusche von Autos und Menschen hörte. In dem Traum führte der Mann in der zerlumpten Kleidung sie und Bean zu einem anderen Mann in einer weißen Jacke.

Der Mann stand in der Dunkelheit.

Tuff hatte auch früher oft geträumt, aber es waren andere Träume gewesen. Dieser Traum war real. Es kam ihr so vor, als träumte sie gar nicht, sondern als würde es tatsächlich *geschehen*. Sie spürte die Feuchtigkeit auf ihrer Haut und die kühle Luft, und sie sah krumme Schatten auf glänzenden Steinen.

Erst viele Jahre später, als die Träume zurückkehrten, verstand Tuff allmählich, wer der zerlumpte Mann gewesen war, wie er aus der Dunkelheit in ihr Leben getreten war und dass sie ihm, wenn sie jemals frei sein wollte, in die Dunkelheit folgen musste.

13

Byrne saß allein an einem Tisch im Point Breeze und trank seinen zweiten Jim Beam. Die Polizisten hatten ein paar Stammkneipen, in denen auch er verkehrte, aber an manchen Abenden stand ihm nicht der Sinn nach Gesellschaft und Gesprächen über die Arbeit.

Er nahm sein Handy aus der Tasche, öffnete den Ordner mit den Fotos und schaute sich die Aufnahmen an, die er heute gemacht hatte. Als er bei dem letzten Foto ankam, begann er wieder von vorn.

Dreißigtausend in bar.
Ein paar hässliche Fotos.
Eine Seite aus dem *Inquirer*.

Zuerst hatte Byrne geglaubt, Freitag hätte mit dem Zeitungspapier etwas Zerbrechliches eingewickelt, es in den Schuhkarton gelegt, den Gegenstand später ausgepackt und das Papier in dem Karton liegen lassen. Diese Möglichkeit verwarf er schnell wieder, denn das Papier war ordentlich zusammengefaltet.

Nein. Robert Freitag – und Byrne war ganz sicher, dass Freitag den Schuhkarton in die Zwischendecke gestellt hatte – hatte dieses Zeitungsblatt aus einem bestimmten Grund aufgehoben.

Da das Zeitungsblatt jetzt bei den Beweismitteln lag, hatte Byrne vorher noch von der Vorder- und Rückseite Kopien gemacht.

Er griff in die Tasche, zog die Kopien heraus und breitete sie auf dem Tisch aus. Es waren insgesamt sieben Artikel. Im Pennypack Park war ein Wolfshund eingefangen worden. Ein Artikel darüber, dass die Germantown Avenue viele Leute anzog, die sich für Geschichte interessierten. Ein Artikel über neue Eigentumswohnungen im Nordosten. Byrne wollte gerade die zweite Seite lesen, als sein Handy klingelte.

Er schaute auf die Nummer. Es war sein Vater. Etwas spät für Paddy Byrne, aber Kevin wusste, dass er sich gerne die Boxkämpfe auf HBO ansah. »Hey, Dad.«

»Es gibt ein Problem.«

Seit seiner Kindheit hatte Byrne diesen Satz nur zwei Mal von seinem Vater gehört. Einmal, als sein Vater zu einem Gewerkschaftstreffen fahren wollte, bei dem Padraig Byrne zur Wahl stand, die er auch letztendlich gewann. Auf dem Weg zur Versammlung war der Pontiac in dem meterhohen Schnee stecken geblieben. Und das andere Mal, als bei Byrnes Mutter Krebs diagnostiziert worden war.

Drei Mal in einem Leben, das bedeutete, dass etwas Schlimmes passiert sein musste.

»Was gibt's?«

»Mein Blutdruck.«

Sein Vater litt unter Bluthochdruck. Die Kälte kroch von den Füßen hinauf in Byrnes Brust. Er tastete in der Jackentasche nach den Autoschlüsseln und überlegte, welches Krankenhaus bei seinem Vater in der Nähe war. Ihm fiel keins ein.

»Was ist damit?«

»Mein Blutdruck«, sagte sein Vater noch einmal. »Damit stimmt was nicht.«

Oh Mann, dachte Byrne. Ebenso wie er selbst auch gehörte Padraig Byrne zu den Leuten, die nicht im Traum daran dachten, sich mit Cholesterinwerten oder ihrem Blutdruck zu beschäftigen oder mit irgendetwas, das mit der Gesundheit zu tun hatte. Es sei denn, es war zwingend erforderlich. Das erinnerte Byrne daran, dass seine jährliche MRT bald anstand.

Padraig Byrne hatte sein ganzes Leben als Hafenarbeiter gearbeitet und sich von Käsesteaksandwichs, Tastykakes und Harp Lager ernährt. Gesundheit war eine Nebensache. Genauso wie eine Versicherung gegen Hochwasserschäden.

»Was ist mit deinem Blutdruck?«, fragte Byrne.

»Er ist siebenundzwanzig zu acht.«

Die Zahlen ergaben keinen Sinn. »*Was?*«

»Mein Blutdruck ist siebenundzwanzig zu acht«, sagte Padraig. »Ich schaue in diesem Augenblick auf die Zahlen.«

»Ich verstehe nicht.« Einen Moment lang herrschte Schweigen. Eine Stille, die Byrne mit Schrecken erfüllte. »Dad?«

Zum Glück antwortete sein Vater kurz darauf. »Wie hoch muss er sein?«

»Was meinst du?«

»Wie hoch muss mein Blutdruck sein?«

Im vergangenen Jahr hatte Byrne seinem Vater ein hochmodernes Blutdruckgerät mit Manschette sowie Bücher über eine natriumarme und cholesterinsenkende Ernährung gekauft. Byrne hatte das Gerät aus der Tasche genommen und die kleine Broschüre durchgelesen, die Erklärungen zu der Benutzung in englischer, spanischer, portugiesischer und französischer Sprache enthielt. Dort stand auch, wie hoch die Werte sein mussten, und zusätzlich war eine Alters- und Gewichtstabelle abgedruckt. Wie alles, das irgendetwas mit medizinischen Dingen oder Gesundheit zu tun hatte, konnte Byrne sich nicht an ein einziges Wort oder eine einzige Zahl erinnern. Und gerade jetzt wäre es wichtig gewesen.

»Ich weiß es nicht«, sagte Byrne. »Stimmen die Zahlen denn auch?«

»Mein lieber Sohn«, erwiderte Padraig in einem Ton, der

sich anhörte, als wäre Byrne noch immer das Kleinkind, das nackt in dem aufblasbaren Planschbecken hinter dem Haus in der Reed Street saß und Schwachsinn murmelte, »habe ich nicht gerade gesagt, dass ich auf die Zahlen schaue?«

Diesen Ton kannte Byrne gut. Sein Vater war sich ganz sicher und duldete es nicht, dass jemand seine Aussage anzweifelte. »Wo bist du?«

»Wo ich bin? Ich bin zu Hause. Was hast du denn gedacht, wo ich bin? In Miami?«

»Zu Hause. Wo im Haus?«

»Ah, verstehe«, sagte Padraig. »Ich bin in der Küche. Und warum ist das so wichtig?«

»Hast du die Steckdose neben der Schale auf dem Sideboard benutzt?«

»Welche sonst?«

»Dad«, sagte Byrne erleichtert. »Diese Steckdose hat einen Dimmer.«

Schweigen.

Kurz darauf sagte sein Vater: »Ach ja?«

Die Iren, dachte Byrne. Manchmal fragte er sich, wie es möglich war, dass die Iren jemals die Verantwortung für seine Stadt hatten übernehmen können. »Ja. Die Steckdose in der Küche neben der Schale hat einen Dimmer.«

»Einen Dimmer?«

»Ja.«

»Warte mal.«

Byrnes Vater legte das Telefon auf den Tisch und schlurfte durch die Küche. Eine Minute später war er wieder da.

»Ich habe den Stecker jetzt in die Steckdose neben dem Herd gesteckt. Einen Moment.« Byrne hörte, wie sein Vater das Plastikgerät näher heranzog, die Manschette aufgeblasen wurde und die Luft zischend entwich. »So, dann schauen wir

mal, was wir da haben. Okay. Hundertachtzehn zu achtzig. Besser?«
»Besser.«
»Gott sei Dank!«, sagte Padraig. »Mann, bin ich dumm.«
»Nein, bist du nicht. Das hätte jedem passieren können«, beruhigte Byrne ihn, auch wenn ihm im Augenblick keine einzige Person einfiel.

Sie verabschiedeten sich, sagten wie immer »Pass auf dich auf« und legten auf.

Byrne bestellte sich noch einen Drink.

14

Luther lief durch die schmale Gasse zwischen zwei Gebäuden auf der Frankfort Avenue, griff in die Tasche seines Mantels und zog einen Schlüsselring heraus. Er schaute die Gasse in beide Richtungen entlang. Nachdem er sich überzeugt hatte, dass er allein war und nicht beobachtet wurde, stieg er die drei Stufen hinunter. Er steckte den Schlüssel ins Schloss, öffnete die Tür und trat ein.

Das Licht konnte er nicht einschalten, weil es in dieser Dreizimmerwohnung im Untergeschoss keinen Strom gab.

Luther hatte die Wohnung vor zwei Jahren gemietet und die gesamte Miete für zwei Jahre im Voraus sowie die Mietkaution bar in einer Summe bezahlt. Natürlich war ihm klar, dass Immobiliengeschäfte normalerweise nicht so abgewickelt wurden, aber er hatte die Macht des Geldes vor langer Zeit kennengelernt. Ohne eine Sekunde zu zögern, willigte der Besitzer des Hauses ein.

Luther wusste, dass dieser Mann in vielen Vierteln der Stadt solche Transaktionen durchführte. Er war ihm zwei Wochen lang gefolgt und hatte beobachtet, wie er an Straßenecken, in Imbissen und in Parkhäusern durch das geöffnete Autofenster weiße Briefumschläge entgegengenommen hatte. Luther verlangte, dass über diese Transaktion kein Mietvertrag und keinerlei Unterlagen existierten.

Der Hausbesitzer kam dem Wunsch gerne nach.

In der Wohnung standen keine Möbel, und daher konnte Luther auch nicht stolpern. Er brauchte nur seine kleine LED-

Taschenlampe, um den Weg zu dem Wandschrank zu finden, in dem der Wasserboiler hing oder vielmehr gehangen hatte.

Er öffnete die Tür des Schranks, trat ein und schloss sie wieder hinter sich. An der Decke befand sich ein großes Lüftungsgitter, das ehemals für den Luftaustausch gesorgt hatte. Luther nahm das Gitter heraus, umklammerte die Eisenstange, die er vor Jahren eingebaut hatte, und zog sich in den Zwischenraum hoch. Dann setzte er das Gitter wieder ein.

Nur wenige Menschen kannten das riesige Labyrinth der Katakomben unter der Stadt Philadelphia, die durch Abwasserkanäle mit einer Gesamtlänge von fast fünftausend Kilometern miteinander verbunden waren. Einige hatten einen Durchmesser von über acht Metern. Als kleiner Junge hatte Luther sich den Verlauf der verwinkelten Gänge, die es ihm erlaubten, unentdeckt unter der Stadt herumzulaufen, genau eingeprägt. An diesem Ort fühlte er sich zu Hause.

In vielerlei Hinsicht war es das einzige Zuhause, das er jemals besessen hatte.

An einigen Stellen lagen die Tunnel in Nord-Philadelphia mehr als zehn Meter unter den Straßen. Wenn Luther sich dort unten aufhielt, wusste er, wann es regnete, wann starker Verkehr herrschte, wann Abend- und Morgendämmerung einsetzten und wann die Luft in der Stadt neblig trüb war.

Hier unten lauerten Gefahren, aber Luther wusste, wo er sich verstecken konnte. Zwei Mal war er von sintflutartigen Überschwemmungen überrascht worden, als in Philadelphia plötzlich starke Regengüsse einsetzten. Durch die Regenwasserkanäle flossen die Wassermassen in den Delaware River.

Luther ging einen engen Gang mit niedriger Decke unter der Grant Avenue hinunter und achtete darauf, nicht in den schmalen Bach aus Regenwasser zu treten, der über das alte Kopfsteinpflaster floss. Er schlüpfte durch einen Durchgang in ein Gewölbe, das sich genau unter einem Gebäude befand, in dem einst eine Großküche untergebracht gewesen war. Selbst so viele Jahre, nachdem dort die letzten Gerichte gekocht worden waren, hing der Geruch von Zwiebeln und tierischen Fetten noch in der Luft. Und etwas schwächer erkannte er den ekelhaft süßen Geruch von Zuckerwatte.

Er ging den langen, dunklen Gang hinunter und hörte dabei hoch über seinem Kopf das unaufhörliche Dröhnen der Hauptstraße. Als er die Eingangstür erreichte, zog er die Schuhe aus, denn hier war Stille von größter Bedeutung. Behutsam öffnete er die Tür und betrat den hell erleuchteten Raum.

Luther setzte sich auf den Bettrand und staunte wie immer über dieses Wunder. Er wusste nichts über die Liebe – tatsächlich hätte er sie nicht von irgendwelchen anderen Gefühlen unterscheiden können, die andere Menschen hatten –, aber er kannte Frieden, und dieses Gefühl nannte er Liebe.

15

Als Byrne um kurz nach eins nach Hause kam, zog er seine Anzugjacke aus, nahm die Krawatte ab und goss sich einen Schluck Whiskey ein. Er schaltete das Licht aus, öffnete die Jalousien, setzte sich auf einen Stuhl ans Fenster und schaute auf die Straße.

Er dachte an Robert Freitag.

Nach Aussage einiger Leute – vermutlich der meisten Leute – war Freitag ein unbedeutender Mensch gewesen. Als junger Polizist hätte Byrne das wahrscheinlich auch gedacht. Doch wenn er in seinen über zwanzig Jahren bei der Mordkommission etwas gelernt hatte, dann, dass dem Tod kein Glanz anhaftete und dass alle Menschen im Tod gleich waren.

Es gab Menschen, die waren reicher als Robert Freitag, größer als er, stärker, hübscher, mächtiger. Byrne war der Meinung, dass jedes Mordopfer seine ungeteilte Aufmerksamkeit verdiente. Sicher, einige Fälle standen stärker im Fokus der Öffentlichkeit, was größtenteils durch die Berichterstattung der Medien oder den Druck der Politik auf die Polizei begünstigt wurde. Byrne hatte irgendwann aufgehört, sich diesem Druck zu beugen, und sich sogar dagegen gewehrt.

Alle Robert Freitags dieser Welt verdienten, dass er sein Bestes gab. Offenbar hatte auch der Killer bei diesem Mord sein Bestes gegeben.

Aber wenn Freitag so ein Nobody gewesen war, warum hatte er dann dem Mann, der ihm das Leben genommen hatte, so viel bedeutet? Dieses Verbrechen war auf eine derart brutale

Weise verübt und so sorgfältig in Szene gesetzt worden, dass Freitag dem Mörder unmöglich zufällig zum Opfer gefallen sein konnte.

Byrne nahm das Polaroidfoto aus der Hemdtasche und hielt es in die Dunkelheit. Er strich mit dem Finger über die glänzende Oberfläche und dachte an die Angst, die Freitag in den letzten Minuten seines Lebens verspürt haben musste. Byrne fragte sich, wann er das letzte Mal große Angst gehabt hatte. Die Ermittlung in Mordfällen bedeutete nicht, sich täglich in Gefahr zu begeben. Doch Byrne war schon so oft bei der Ausübung seines Dienstes verletzt worden, dass sich daraus keine Regel ableiten ließ.

Derzeit machte er sich höchstens Sorgen darum, dass es seiner Tochter gut ging. Zudem hatte er Angst vor dem Alter, und vor allem davor, alleine alt zu werden.

Byrne leerte sein Glas und goss sich noch einen Schluck ein. Er schaute hinaus auf den Verkehr auf der Straße, was er in letzter Zeit häufiger tat. Wohin die Menschen wohl fuhren, fragte er sich, und ob der Mann, den er suchte, vielleicht gerade an seinem Haus vorbeifuhr.

Er drehte das Ziffernblatt seiner Uhr ins Licht der Straßenlaterne. Obwohl sein Vater jetzt mit Sicherheit schlief, spielte er mit dem Gedanken, ihn anzurufen. Es war zu spät. Seit Jahren schob Byrne die Entscheidung hinaus, aber er wusste, dass es Zeit war, sich eine Wohnung in der Nähe seines Vaters zu suchen. Im Leben gab es keine Garantie. Ihnen blieben noch eine gewisse Anzahl an gemeinsamen Jahren, und niemand wusste, wie viele es waren.

Byrne steckte das Polaroidfoto wieder in die Hemdtasche, trank den Whiskey aus und ging ins Schlafzimmer. Er legte sich aufs Bett und schloss für einen kurzen Augenblick die Augen.

Kurz darauf forderte der anstrengende Tag seinen Tribut, und Byrne fiel in einen tiefen Schlaf.

In seinem Traum ging er einen langen, dunklen Gang hinunter und hörte hinter sich das Geräusch harter Schuhsohlen, die fest auf den nassen Boden traten. Jedes Mal, wenn er sich umdrehte, um zu sehen, wer ihm folgte, sah er niemanden.

Und wieder roch es nach nassem Stroh.

16

An diesem Tag hatte Jessica nur eine Vorlesung in Strafrecht. Sie begann um Viertel vor sieben und dauerte eine Stunde. Dieses Mal war sie fit. Um kurz nach fünf Uhr war sie aufgestanden, hatte Essen für Sophie und Carlos vorbereitet und sich vergewissert, dass Vincent lebte, er nicht mehr schlief und es ihm gut ging. Anschließend war sie zwanzig Minuten die Reed Street hinauf bis zur Vierten Straße gejoggt, dann hinunter bis zur Dickinson und zurück zur Moyamensing Avenue. Der Lauf in dem kalten Nieselregen hatte ihre Lebensgeister geweckt.

Als sie nun in dem Seminarraum saß und sich ihre letzte Vorlesung in diesem Fach anhörte, war sie hellwach und für alles gewappnet.

Zum ersten Mal seit langer Zeit hatte Jessica das Gefühl, dass sie es tatsächlich schaffen könnte.

Bei allen vier Männern, deren Fingerabdrücke sie auf den in Robert Freitags Zwischendecke versteckten Fotos gefunden hatten – den vier toten Männern – handelte es sich um Kleinkriminelle. Sie waren alle zu Tode gekommen, weil sie sich mit den falschen Leuten eingelassen hatten. Zwei Männer waren bei der Ausübung einer Straftat getötet worden – einer bei dem Versuch, eine Tankstelle in Portsmouth, New Hampshire, zu überfallen, und einer, als er in ein Haus in Fort Lauderdale eindringen wollte. Die beiden anderen Männer starben im

Gefängnis, einer in der Coyote Ridge Strafvollzugsanstalt in Washington State und der andere in Los Lunas in New Mexico. Den Akten zufolge hatte keiner der vier Männer gleichzeitig mit einem der anderen in derselben Strafvollzugsanstalt gesessen, und Verbindungen zu Robert Freitag waren nicht bekannt. Der letzte der vier Todesfälle hatte sich 1989 ereignet, und es war eher unwahrscheinlich, dass erneut Ermittlungen aufgenommen werden würden, um die näheren Umstände zu untersuchen. Zudem fielen alle vier Fälle nicht in den Zuständigkeitsbereich des Philadelphia Police Departments.

Jessica legte alle Informationen in die immer dicker werdende Akte, die sie im Mordfall Robert Freitag angelegt hatten. Weitere Recherchen in Bezug auf die vier Männer stellte sie erst einmal zurück.

Um kurz nach neun kam das Fax. Jessica wusste aus Erfahrung, dass einige Dinge oft länger dauerten als gehofft. Karen Jacobs hatte gestern versprochen, ihnen diese Informationen umgehend zukommen zu lassen. Auf dem Deckblatt des Fax stand eine kurze Entschuldigung.

So war es eben. Es lief nicht immer alles wie am Schnürchen.

Jessica überflog das zweiseitige Fax mit Robert Freitags Lebenslauf und seiner Bewerbung bei CycleLife. Sie las gerade die letzten Zeilen, als Byrne mit zwei großen Starbucks-Bechern in den Händen das Büro durchquerte.

»Du bekommst einen besonderen Platz im Himmel«, sagte sie.

»Zuerst muss ich dreihunderttausend Jahre in der Hölle absitzen«, erwiderte Byrne. »Trotzdem danke.«

Jessica nahm den Deckel des Bechers ab, damit der Kaffee etwas abkühlte. Sie spähte zu dem Kollegen am Telefon hinüber, der die Anrufe entgegennahm und protokollierte. »Noch kein neuer Fall?«

»Ich hab mir die aktuellen Meldungen angesehen. Zwei Schießereien in South Philly und eine Messerstecherei in Nicetown. Alle drei Opfer kämpfen noch ums Überleben.«

Einer der ältesten Sprüche in der Mordkommission lautete, dass die Ermordung eines Menschen nur eine schwere Körperverletzung mit tödlichen Folgen war. Bis feststand, dass es sich bei einem Todesfall um einen Mord handeln könnte, fiel jeder Fall zunächst in den Zuständigkeitsbereich der einzelnen Polizeireviere.

Dennoch schauten alle Detectives – oder zumindest alle, die oben auf der Liste standen – sobald das Telefon klingelte immer zum Schreibtisch in die Mitte des Büros.

Jessica nippte an ihrem Kaffee, lief quer durch den Raum zum Kopierer und machte eine Kopie des Fax. Sie gab Byrne die Kopien, und beide lasen sich den Lebenslauf durch.

»Bevor Robert bei CycleLife anfing, hat er bei Aetna als Kundenbetreuer gearbeitet, und davor bei Merck.«

»Die Unternehmen haben alle mit dem Gesundheitswesen zu tun«, sagte Byrne.

»Robert hat auf der West Philadelphia Highschool einen Abschluss gemacht und dann am Community College in Philadelphia ein zweijähriges Studium zum medizinischen Fachangestellten absolviert.«

»Das passt zu seinen Jobs.«

»Interessant«, sagte Jessica und zeigte unten auf die Seite. »Zwischen 1992 und 1996 gibt es eine Lücke von vier Jahren.«

»Keine Angaben.«

»Nichts. Schreibt man nicht normalerweise irgendetwas

hin, weil der zukünftige Arbeitgeber sowieso danach fragt? So etwas wie ›längere Reise durch Südamerika, um zu mir selbst zu finden‹, oder ›Elternzeit, als die Kinder klein waren‹?«

»Wir wissen jedenfalls, dass er nicht gesessen hat«, meinte Byrne. »Er hat also nicht versucht, eine Gefängnisstrafe in Graterford in seinem Lebenslauf zu unterschlagen.«

»Hat schon jemand mit seiner Cousine gesprochen?«

»Ich habe den Anwalt heute Morgen angerufen«, sagte Byrne. »Er hat sich noch nicht gemeldet.«

»Ich sehe hier nichts, womit der Typ genug Geld verdient haben könnte, um dreißigtausend Dollar in einem Schuhkarton zu verstecken.« Jessica sah sich die zweite Seite an und richtete sich auf. »Sieh dir das an. Den Namen und die Adresse, die er für Notfälle angegeben hat.«

Byrne spähte unten auf die Seite. »J. C. Delacroix.« Er hob den Blick zu Jessica. »JCD.«

»Wie in JCD 10K.«

»Oder 10E.«

Byrne rollte auf dem Stuhl zum Computer und gab die Daten ein. Sekunden später drehte er den Monitor zu Jessica um. Er hatte die Adresse bei Google Maps herausgesucht. Es war das vorletzte Reihenhaus in einer Straße in Brewerytown.

»Ich glaube nicht, dass es hier eine Hausnummer 10E gibt. Ich glaube eher, 10K steht für zehn Riesen«, sagte Byrne. »Dann wollen wir doch mal sehen, was J. C. Delacroix uns zu sagen hat.«

Ehe sie den Raum verließen, schaute Jessica noch einmal auf Robert Freitags Lebenslauf und die Lücke zwischen 1992 und 1996. Sie fragte sich: Was war in diesen vier Jahren geschehen?

17

Das Haus stand in einer schmalen Straße in Brewerytown in Nord-Philadelphia, einem Viertel, das zwischen dem Ostufer des Schuylkill River und der Fünfundzwanzigsten Straße lag. Im Norden verlief die Cecil B. Moore Avenue und im Süden die Parrish Street. Den Namen »Brewerytown« verdankte das Viertel den zahlreichen Brauereien, die Ende des neunzehnten Jahrhunderts am Schuylkill River ihre Blütezeit erlebten.

Es war ein schmales, zweistöckiges Backsteinhaus mit Außenanstrich. Zwei Stufen mit einem weißen, schmiedeeisernen Geländer an der Seite führten zu einer kleinen Veranda.

Als Jessica klingelte, fielen ihr die Löcher ober- und unterhalb der beiden Fenstern rechts neben der Tür auf. Offenbar hatten früher einmal Eisenstangen die Fenster gesichert. Brewerytown gehörte zwar nicht zu den Vierteln, die für ihr hohes Aufkommen an Kriminalität bekannt waren. Dennoch war die Wohngegend auch nicht so vornehm, dass man jegliche Wachsamkeit aufgeben konnte, nahm Jessica an.

Nachdem sie ein drittes Mal geklingelt hatten, traten Jessica und Byrne einen Schritt zurück und überprüften, ob sich hinter den Fenstern im Erdgeschoss und im ersten Stock etwas bewegte. Sie sahen nichts.

Die beiden Detectives gingen das kurze Stück bis zur nächsten Querstraße, bogen links um die Ecke und anschließend in die Gasse zwischen den Häusern. Sie liefen die Gasse hinunter und entdeckten ein Tor, das zum Hintereingang von Delacroix' Haus führte. Auf der kleinen Terrasse stand ein Mann mit Kopfhörern und pflegte seine Topfpflanzen. Es roch stark nach Kompost.

Jessica klopfte an das Tor, obwohl der Mann das Klopfen mit Sicherheit nicht hören konnte. Er hörte es nicht. Sie winkte, bis er sie schließlich bemerkte und die Kopfhörer abnahm. Trotz der Entfernung von einigen Metern hörte Jessica die Heavy-Metal-Klänge. Der Mann war in den Fünfzigern und hatte den Kampf gegen das Bauchfett bislang gewonnen. Er hatte eine Stirnglatze und trug eine ausgeblichene Levi's mit einer orangefarbenen Daunenweste. Im ersten Moment dachte Jessica, dass er zu alt war für diese Musik, doch dann wurde ihr bewusst, dass die Siebziger mittlerweile vierzig Jahre zurücklagen. Nicht wenige, die AC/DC hörten, sahen aus wie er.

»Hallo«, sagte der Mann. »Ich hab Sie gar nicht gesehen.«

»Kein Problem«, erwiderte Jessica. »Wir haben ein paar Mal geklingelt.«

Der Mann nickte. Er zeigte auf die sieben oder acht Pflanzkübel aus Redwood, die vor ihm auf der Erde standen. »Ich bereite alles für den Frühling vor«, sagte er und zeigte auf das komplizierte Rankgerüst an der Hauswand der kleinen Terrasse. Es bestand aus Kabelkanälen und Angelschnüren. »Die Misere der Gärtner in Philadelphia«, fügte er hinzu. »Man muss in die Höhe pflanzen.«

Jessica kannte diese Methode, denn sie war in einem Haus mit einem winzigen Garten in der Catherine Street aufgewachsen. Ihr Vater züchtete Tomaten und Schlangengurken an Stangen, die in den Himmel zu wachsen schienen. Damals war sie natürlich auch viel kleiner gewesen.

»Sind Sie Mr. Delacroix?«, fragte Jessica.

»Ja, der bin ich.« Der Mann zog seine Gartenhandschuhe aus und schob den Riegel vor dem Gartentor zur Seite. »Was kann ich für Sie tun?«

Jessica zeigte ihm ihren Dienstausweis. »Ich bin Detective Jessica Balzano. Das ist mein Partner Detective Byrne.«

Der Blick des Mannes glitt mehrmals zwischen ihnen hin und her. »Polizei?«

»Ja, Sir«, sagte Jessica. »Wir möchten Ihnen nur ein paar Fragen stellen.«

Der Mann drehte sich im Kreis und suchte einen Platz für seine Gartenhandschuhe. Dort standen zwei kleine Tische, auf die er sie hätte legen können, doch er wirkte ein wenig verwirrt. Und das nicht in dem Sinne, als hätte er etwas verbrochen, sondern eher so, als wäre er es nicht gewohnt, mit der Polizei zu sprechen.

»Dürfen wir reinkommen?«, fragte Jessica.

Der Mann kehrte in die Gegenwart zurück. »Ja, natürlich.« Er hielt ihnen das Gartentor auf. »Bitte.«

Jessica und Byrne überquerten die kleine Terrasse und betraten das Haus. Wie in vielen Reihenhäusern dieser Art gelangten sie zuerst in eine kleine Küche. Es folgte ein kurzer Flur, der zum Esszimmer und Wohnzimmer führte. Der Mann ging mit ihnen ins Wohnzimmer.

»Darf ich Sie fragen, wie Sie mit Vornamen heißen, Sir?«, fragte Jessica.

»James.«

»Haben Sie einen zweiten Vornamen?«

»Ja, Verzeihung. Charles«, sagte er. »Ich benutze ihn selten.«

Jessica schrieb sich die Anfangsbuchstaben des Namens auf und unterstrich die Buchstabenkombination. JCD.

»Mr. Delacroix, kennen Sie einen Mann namens Robert Freitag?« Als Jessica ihm die Frage stellte, beobachtete sie ihn ganz genau, um zu sehen, ob er irgendeine Reaktion wie zum Beispiel ein unbewusstes Zucken zeigte. Sie sah nichts.

»Verzeihung«, sagte Delacroix. »Würden Sie den Namen bitte wiederholen?«

»Freitag. Robert Freitag.« Jessica buchstabierte den Nachnamen.

Delacroix hob den Blick und drehte den Kopf zur rechten Seite. Das bewies, dass er angestrengt nachdachte und nicht versuchte, ihnen etwas vorzumachen.

»Nein«, sagte er. »Der Name sagt mir nichts.«

»Darf ich fragen, wo Sie arbeiten, Mr. Delacroix?«

»Ich arbeite bei der FlexPro Group.«

»Was machen Sie dort?«

»Ich arbeite in der Qualitätssicherung.«

»Haben Sie jemals bei CycleLife gearbeitet, oder hatten Sie schon einmal beruflich etwas mit dem Unternehmen zu tun?«

Der Mann schaute an die Decke und wieder nach rechts. Dann schüttelte er den Kopf.

»Tut mir leid, aber der Name sagt mir auch nichts.« Er lehnte sich gegen die Wand. Anstatt jedoch die Arme zu verschränken – eine typische Geste, wenn jemand sich der Befragung entziehen wollte –, steckte er die Hände in die Hosentaschen. Er wich zurück, machte aber nicht dicht. »Ich glaube, jetzt kommt die Stelle in den Krimiserien, wo der Mann immer fragt, um was es eigentlich geht«, sagte er mit einem nervösen Lächeln. »Darf ich fragen, um was es geht?«

Jessica lächelte auch, allerdings ein wenig verhalten. »Mr. Delacroix, wir sind von der Mordkommission und ermitteln in einem Mordfall.«

Das Wort wirkte auf ihn wie ein kleiner elektrischer Schock.

»Ein Mord?«

»Ja, Sir.«

»Dieser Robert...?«

»Freitag«, sagte Jessica. »Ja, Mr. Delacroix. Robert Freitag wurde im Februar ermordet.«
»Wie kommen Sie darauf, dass ich irgendetwas darüber wissen könnte? Ich habe von diesem Mann nie etwas gehört.«
»Dazu kommen wir gleich«, sagte Jessica. »Ich muss Sie noch einmal fragen: Der Name CycleLife sagt Ihnen nichts?«
»Nein.«
»Könnte es nicht sein, dass Sie in Ihrem Job bei FlexPro mit CycleLife zu tun hatten? Wenn ich mich nicht irre, ist Ihre Firma in der Pharmabranche tätig.«
Dieses Mal, als Jessica die Frage wiederholte, die Delacroix vorhin schon beantwortet hatte, verschränkte er die Arme vor der Brust.
»Ich bin *absolut* sicher.«
Jessica glaubte ihm. Während sie Delacroix ein paar Fragen stellte, schaute Byrne sich im Wohnzimmer um. Sie wechselten einen Blick, und Jessica sah, dass er übernehmen wollte. Das war das normale Vorgehen bei ihnen. Sobald ein Zeuge, auch ein möglicher Zeuge, sich der Befragung entzog, befragten sie ihn abwechselnd.

Byrne zeigte auf die Fotos über der Couch. Es waren große, professionell mit Passepartout gerahmte Schwarz-Weiß-Fotos, zwei Reihen mit jeweils vier Aufnahmen. Auf den meisten erkannte Jessica aus besonderen Perspektiven aufgenommene Wahrzeichen von Philadelphia.

»Haben Sie die Bilder gemacht?«, fragte Byrne ihn. »Sie sind sehr schön.«

Jessica beobachtete Delacroix. Seine Arme waren noch immer verschränkt, aber die Frage schien ihn zu besänftigen.

»Ja, sie sind von mir«, sagte er. »Ich versuche mich gerne als Fotograf.«

Byrne durchquerte das Wohnzimmer und betrachtete die

Fotos aus der Nähe. »Von versuchen kann hier kaum die Rede sein.« Er zeigte auf das Foto rechts oben, ein aus der Froschperspektive aufgenommenes Bauwerk, das aussah wie eine Pyramide. »Ist das Beth Sholom?«

Delacroix ließ die Arme sinken. »Ja. Kennen Sie die Gegend?«

»Ich bin in Philadelphia geboren und aufgewachsen«, sagte Byrne. »Allerdings komme ich leider eher selten dazu, nach Elkins Park zu fahren.«

Delacroix trat zu ihm. »Dieses Foto habe ich mittags gemacht. Die Sonne stand genau im Zenit und warf keine Schatten.«

In den nächsten Minuten sprachen die beiden Männer über die Fotos. Währenddessen sah Jessica sich im Wohnzimmer und im Esszimmer um. Die Räume waren nicht im Entferntesten so spartanisch eingerichtet wie das Haus von Robert Freitag – ein bisschen unaufgeräumt, aber gemütlich. In einer Ecke lagen Bücherstapel, auf der Couch Fernbedienungen, auf dem Couchtisch eine angebrochene Tüte Tortilla-Chips, um die ein Gummiband gewickelt war. Jessica warf einen Blick durch die Tür in die Küche. Im Spülbecken stand das schmutzige Geschirr von einem Tag. Dann schaute sie auf die Treppe, die in den ersten Stock führte. Eine ziemlich dicke Tigerkatze saß da und beobachtete sie. Normalerweise roch Jessica Katzenstreu sofort, aber sie hatte noch den Geruch des Komposts von der Terrasse in der Nase.

»Wissen Sie, Beth Sholom war die einzige Synagoge, die Frank Lloyd Wright entworfen hat«, sagte Delacroix.

»Das wusste ich nicht«, erwiderte Byrne.

Jessica beobachtete Delacroix, der leicht auf den Absätzen wippte. Byrne hatte ihn an der Angel. Sie wusste nämlich, dass ihr Partner über dieses Detail im Schaffen von Frank Lloyd Wright im Bilde war.

»Darf ich fragen, welche Kameras Sie benutzen?«, fragte Byrne. »Ich wollte meiner Tochter eine schenken und hab überhaupt keine Ahnung.«

Jetzt war Delacroix in seinem Element. »Ich habe mehrere«, sagte er. »Die Nikon D60 ist meine Lieblingskamera. Sie entspricht nicht mehr dem neuesten Stand der Technik, aber sie hat mich noch nie im Stich gelassen.«

»Die ist gut«, sagte Byrne. »Fotografieren Sie nur noch mit Digitalkameras?«

Delacroix lächelte. »Nein, ich fotografiere noch immer mit meiner AE-1.«

»Die alte Canon?«

»Genau die.«

Jessica ahnte, welche Frage gleich folgen würde. Sie hatte recht.

»Was halten Sie von Polaroid-Kameras?«

Delacroix schüttelte den Kopf. »Nein. Vor etwa zehn Jahren habe ich der städtischen Schule meine beiden Polaroids geschenkt. Seit der Digital-Fotografie hat man praktisch immer Sofort-Bilder. Ich hatte sie nur noch als Erinnerung aufgehoben.«

Byrne nickte. Er spähte zu Jessica hinüber und warf ihr den Ball wieder zu.

»Mr. Delacroix, wir möchten Sie nicht länger aufhalten. Sie sind sich also ganz sicher, dass Sie einen Mann namens Robert Freitag nie kennengelernt haben?«

»Ich kann mich an den Namen nicht erinnern. Tut mir leid.«

»Dann werden Sie sich bestimmt wundern, dass Mr. Freitag Sie in seiner Bewerbung auf eine Stellenanzeige bei CycleLife vor fünf Jahren als Kontaktperson für Notfälle angegeben hat.«

Delacroix machte ein schockiertes Gesicht. »Das überrascht mich wirklich sehr. Ich wüsste nicht, warum er mich angegeben haben sollte. Ich kenne ihn nicht.«

Jessica griff in ihre Aktentasche und zog das Fax heraus, das Karen Jacobs ihnen geschickt hatte. Sie reichte es Delacroix, woraufhin dieser in die Hosentasche griff und ein Brillenetui hervorholte. Er klappte es auf, setzte die Brille auf und überflog die Seite.

»Es steht ganz unten, Mr. Delacroix«, sagte Jessica.

Delacroix schaute auf das Ende der Seite. Er las die letzten Zeilen leise durch, bis er seinen Namen und seine Adresse fand. »Ah, jetzt verstehe ich. Das bin ich nicht.«

»Wie bitte?«

»Dort steht J. C. Delacroix. Das ist meine Schwester. Joan Catherine.«

»Ihre Schwester wohnt hier?«

»Ja. Nein.« Er räusperte sich. »Sie hat hier gewohnt. Nach ihrer Scheidung. Und sie hat ihren Geburtsnamen wieder angenommen. Ab und zu bekomme ich noch ihre Post.«

»Sie hat Mr. Freitag Ihnen gegenüber nie erwähnt?«

»Nein. Aber das überrascht mich nicht. Wir verkehren nicht in denselben Kreisen.«

»Verstehe.« Jessicas Blick fiel auf ein Foto an der Wand neben der Tür zur Küche. Auf dem Bild war James Delacroix in jüngeren Jahren mit einer etwa zehn Jahre älteren Frau abgebildet. Sie sah aus wie irgendeine Angehörige.

»Ist das Ihre Schwester?«, fragte Jessica und zeigte auf das Foto.

»Ja«, sagte er. »Das wurde in Atlantic City aufgenommen.«

»Wir müssen unbedingt mit Ihrer Schwester sprechen. Wie können wir sie am besten erreichen?«

»Sie wohnt genau gegenüber«, sagte Delacroix und sah auf

die Uhr. »Sie müsste jetzt zu Hause sein. Ich ruf sie schnell an.«

In solchen Situationen war es immer besser, einen potenziellen Zeugen unvorbereitet zu befragen. Doch ehe Jessica einschreiten und Delacroix auffordern konnte, seine Schwester nicht anzurufen, hatte dieser sein Handy bereits in der Hand und die Nummer über eine Kurzwahltaste gewählt. Jessica spähte zu Byrne hinüber. Er schaute aus dem Fenster auf das Haus gegenüber.

»Hey, Joanie«, sagte Delacroix. »Störe ich dich?«

Delacroix stellte sich neben Byrne ans Fenster und sah hinaus. Im Wohnzimmer in dem Haus gegenüber brannte Licht. »Du wirst es nicht glauben, aber du bist überführt.« Delacroix zwinkerte Jessica zu. »Die Polizei ist hier und stellt mir Fragen.« Delacroix hörte einen Moment zu. Die Gardine im Wohnzimmer gegenüber wurde zur Seite geschoben, und eine Frau war zu sehen. »Ja, sieht so aus, als wären sie dir auf die Schliche gekommen.« Delacroix winkte seiner Schwester zu. Sie winkte zurück. »Nein, nichts Ernstes. Okay. Klar.«

Er reichte Jessica das Handy.

»Ms. Delacroix?«

»Ja?«

»Ich bin Jessica Balzano vom Philadelphia Police Department. Wir müssten kurz mit Ihnen sprechen. Es wird nicht lange dauern. Könnten wir gleich herüberkommen?«

Die Frau zögerte kurz, aber nicht so lange, dass es Jessicas Misstrauen weckte.

»Ja, kein Problem«, sagte sie. »Ich bin gerade bei der Wäsche.«

»Verstehe. Ich verspreche Ihnen, dass wir Sie nicht lange aufhalten werden.«

»Wir?«

»Mein Partner und ich.«
Wieder eine kurze Pause, ehe sie »okay«, sagte.
»Super. Dann sind wir gleich da.«
Jessica gab James Delacroix das Handy zurück. Er hielt es ans Ohr, ohne etwas zu sagen. Seine Schwester hatte wohl schon aufgelegt.
»Mr. Delacroix«, sagte Jessica, als sie ihren Mantel zuknöpfte. »Entschuldigen Sie bitte, dass wir Ihnen Unannehmlichkeiten bereitet haben. Machen Sie sich keine Sorgen. Es sind reine Routinefragen. Wir müssen allen Spuren nachgehen.«
»Ich verstehe.«
»Wenn Sie möchten, können wir noch mal kurz vorbeikommen, wenn wir bei Ihrer Schwester waren.«
»Das würde mich beruhigen.«
»Machen wir gerne.«
Delacroix brachte sie zur Tür und schaute ihnen nach, als sie die Straße überquerten.

Während Jessica die wenigen Stufen zur Haustür hinaufstieg, trat Byrne ein paar Schritte zurück und betrachtete die Hausfassade. Vor allen Fenstern hingen die gleichen Spitzengardinen.

Jessica öffnete die Fliegengittertür. Als sie klopfte, ging die Tür auf, die nur angelehnt war. Sie klopfte noch einmal, worauf die Tür sich noch weiter öffnete. »Ms. Delacroix? Hier ist Detective Balzano.«

»Kommen Sie herein!«, rief die Frau, die sich offenbar im Keller aufhielt. »Ich nehme nur schnell die Wäsche aus der Maschine. Machen Sie es sich bequem. Ich bin gleich bei Ihnen.«

»Danke.« Die beiden Detectives traten ein und schlossen die Tür. Im Gegensatz zu Delacroix' Haus, das eindeutig auf einen männlichen Bewohner schließen ließ, wies das von Joan Catherine Delacroix unverkennbar auf eine weibliche Bewohnerin hin. Es war aber keineswegs mit dekorativen Elementen überladen. Auf der Polstergarnitur lagen Schonbezüge mit Blumenmuster. Die Wände waren in einem blassen Gelb gestrichen. Der alte, gut erhaltene Esszimmertisch aus Palisander mit den geschwungenen Beinen erinnerte Jessica an den Tisch ihrer Großmutter. In der Mitte stand eine Kristallschale mit Obst.

Nach ein paar Minuten hörten sie, dass die Waschmaschine oder der Trockner piepten und dadurch das Ende des Programms angezeigt wurde. Da die Frau auch jetzt nicht mit dem Wäschekorb die Treppe hinaufkam, ging Byrne zur Treppe und spähte in den Keller.

»Ms. Delacroix, soll ich Ihnen helfen?«

Keine Antwort.

»Ms. Delacroix?«

Wieder keine Antwort. Byrne warf Jessica einen Blick zu und spähte dann wieder die Treppe hinunter. »Ist alles in Ordnung, Ma'am?«

Nichts.

»Ich komme herunter.«

Jessica hörte, wie Byrne die Treppe hinunterstieg. Sonst hörte sie keine Geräusche im Haus. Byrne rief wieder den Namen der Frau. Eine Antwort hörte Jessica nicht. Kurz darauf kehrte Byrne aus dem Keller zurück.

»Da unten ist sie nicht.«

»Was soll das heißen, da unten ist sie nicht?«

»Das soll heißen, dass sie nicht da unten ist. Da unten sind

ein großer und zwei kleinere Kellerräume. Ich habe sie alle durchsucht. Sie ist nicht da.«
»Keine Tür nach draußen?«
»Nein.«
Jessica starrte an die Decke, über der der erste Stock lag.
»Meinst du, sie ist die Treppe hinaufgestiegen?«
»Möglich.«
»Eigentlich nicht«, widersprach Jessica. »Wir hätten sie doch sehen müssen, wenn sie die Treppe hinaufgegangen wäre. Wir hätten auch etwas gehört.«
»Sollte man meinen.«
»Steht ihre Wäsche im Keller?«
Byrne nickte. »Sie liegt im Wäschekorb und ist noch warm.« Er ging auf die Treppe zu. »Ich sehe oben mal nach. Das kann doch alles gar nicht sein.«
Während Byrne sich im ersten Stock umsah, überprüfte Jessica die Hintertür. Sie war verschlossen, und es steckte kein Schlüssel im Schloss. Die Gardine vor der Tür war aufgezogen. Jessica ging zur Haustür, öffnete sie und trat auf die Treppe. Sie schaute die Straße in beide Richtungen hinunter. Es waren keine Passanten zu sehen.

Als Jessica hörte, dass Byrne ins Wohnzimmer zurückkehrte, schloss sie die Tür und ging zu ihm. »Irgendetwas gefunden?«

Byrne schüttelte den Kopf. »Da oben ist sie nicht.«

Die beiden Detectives starrten sich einen Moment an und versuchten beide, sich einen Reim darauf zu machen. Es war nicht so, als wären sie in das Haus eingedrungen. Jessica hatte mit der Frau gesprochen, und sie schien gegen eine Befragung nichts einzuwenden gehabt zu haben.

Zwischen dem Anruf bei ihr und dem Zeitpunkt, als sie das Haus betreten hatten, waren keine zwei Minuten vergangen. Ihr Bruder hatte sie auf den Besuch der Polizei vorbereitet, und daher konnte man die Aktion weder als Überfall noch als Verhör bezeichnen. Fest stand, dass sie sich nun etwas mehr für diese Frau, die sie ursprünglich nur als Zeugin hatten befragen wollen, interessierten und für ihre Rolle, die sie in dieser Sache spielte.

»Willst du ihn anrufen, oder soll ich es machen?«, fragte Byrne.

Er meinte natürlich James Delacroix.

»Ich ruf ihn an«, sagte Jessica.

Sie nahm ihr iPhone in die Hand und rief ihn an. Es hatte kaum drei Mal geklingelt, da meldete Delacroix sich.

»Hallo?«

»Mr. Delacroix, hier ist noch einmal Jessica Balzano. Ist Ihre Schwester zufällig bei Ihnen?«

»Meine Schwester? Bei mir?«, erwiderte er nach einem kurzen Moment der Stille.

»Ja, Sir. War sie in den letzten Minuten kurz bei Ihnen?«

»Wie meinen Sie das? Ich denke, Sie sind drüben bei ihr.«

»Sind wir«, sagte Jessica. »Ehe wir mit ihr sprechen konnten, hat sie offenbar das Haus verlassen.«

Ein paar Sekunden herrschte unangenehme Stille. »Ich verstehe nicht.«

»Wir verstehen das auch nicht, Mr. Delacroix. Würden Sie bitte herüberkommen?«

Wieder herrschte Stille, und dieses Mal ein paar Sekunden länger. Jessica umklammerte das Handy. Ehe ihr Misstrauen geweckt wurde, willigte Delacroix ein, zu ihnen zu kommen.

Während sie auf James Delacroix warteten, stöberten Jessica und Byrne in den Sachen der Frau herum. Das Haus war offiziell kein Tatort. Daher durften sie es von Gesetzes wegen nicht durchsuchen. Selbst das Öffnen von Schubladen und Schränken und ein flüchtiger Blick hinein waren verboten. Doch die beiden erfahrenen Detectives konnten der Versuchung nicht widerstehen.

»Glaubst du, sie ist abgehauen?«, fragte Jessica.

»Vielleicht, aber das ergibt doch alles keinen Sinn. Du hast Freitags Namen nicht erwähnt, als du mit ihr telefoniert hast, nicht wahr?«

»Nein, hab ich nicht.«

»Und ihr Bruder auch nicht, als er sie angerufen hat. Sie wusste also gar nicht, worüber wir mit ihr sprechen wollten.«

»Es sei denn natürlich, es gibt etwas in ihrer Beziehung zu Freitag, das sie verheimlichen möchte, oder sie weiß irgendetwas darüber, was ihm zugestoßen ist.«

Byrne dachte darüber nach.

Wenige Minuten später stieg James Delacroix die Stufen hinauf, öffnete die Tür und betrat das Haus seiner Schwester.

»Verzeihen Sie bitte, dass es so lange gedauert hat. Ich habe schnell bei einigen von Joans Freunden angerufen.«

»Hatten Sie Glück?«, fragte Jessica.

Delacroix schüttelte den Kopf. »Nein. Molly Fowler, eine Freundin von ihr, wohnt zwei Straßen weiter. Ich weiß, dass Joan oft über das unbebaute Grundstück auf der anderen Straßenseite geht, wenn sie Molly besucht. Ich dachte, das hätte sie vielleicht heute auch gemacht. Aber Molly sagt, dass sie Joan schon ein paar Wochen nicht mehr gesehen hat.«

»Und sonst hat sie auch keiner gesehen oder etwas von ihr gehört?«

»Nein«, sagte Delacroix. »Ich habe auch zwei Mal auf ihrem Handy angerufen. Es ging nur die Mailbox an.«

»Hat es mehrmals geklingelt, oder sprang sofort die Mailbox an?« Durch diese Information hoffte Jessica zu erfahren, ob die Frau zu dem Zeitpunkt telefoniert hatte. Bei vielen Anbietern war es so, dass nach einem einzigen Klingelton die Mailbox ansprang, wenn man telefonierte. Manchmal auch, ohne dass es überhaupt klingelte.

»Es hat ein paar Mal geklingelt«, sagte Delacroix. »Sie haben es nicht im Haus klingeln hören, nicht wahr?«

Jessica schüttelte den Kopf. »Nein.«

Delacroix stemmte die Hände in die Hüften und schaute in Gedanken versunken auf den Boden.

»Hat sie so etwas schon einmal gemacht?«, fragte Byrne.

Delacroix hob den Blick. »Was meinen Sie mit *so etwas?*«, wiederholte er in feindseligem Ton.

»Was ich meine, Mr. Delacroix, ist: Vielleicht ist Ihre Schwester so beschäftigt, dass sie eine andere Verabredung vergessen hat, als sie einwilligte, mit uns zu sprechen. Mehr wollte ich damit nicht sagen.«

Delacroix stand noch immer wie erstarrt da. »Wenn Sie wissen wollen, ob meine Schwester senil ist oder an Demenz oder einer frühen Form von Alzheimer leidet, lautet die Antwort auf alle drei Fragen nein. Sie hat was im Kopf. Weit mehr als ich. Sie macht meine Steuererklärung.«

»Gut zu wissen. Dann hätten wir das auch geklärt.«

Delacroix lockerte seine starre Haltung ein wenig. »Würden Sie mir bitte noch mal erzählen, was geschehen ist? Sie sind hierhergekommen, und was passierte dann?«

»Als wir hier ankamen, stand die Tür einen Spalt auf. Wir haben sie aufgestoßen und an den Türpfosten geklopft.«

»Kam meine Schwester an die Tür?«

»Nein«, sagte Jessica. »Ich habe ihren Namen gerufen und mich vorgestellt. Sie rief aus dem Keller, dass sie gerade die Wäsche aus der Maschine nimmt.«

»Sie haben sie also gar nicht gesehen?« Es war eher eine

Feststellung als eine Frage, und mehr als nur ein bisschen vorwurfsvoll.

»Nein, Sir, wir haben sie nicht gesehen«, erwiderte Jessica. »Sie hat gesagt, sie würde gleich aus dem Keller hochkommen, und wir sollten es uns bequem machen.«

»Haben Sie etwas dagegen, wenn ich unten mal nachschaue?«, fragte Delacroix.

»Natürlich nicht«, sagte Byrne.

Ohne eine Sekunde zu zögern, durchquerte Delacroix schnellen Schrittes das Wohnzimmer und stieg polternd die Treppe hinunter. »Joanie?«, rief er. Keine Antwort. Jessica hörte, dass er ein paar Dinge im Keller hin und her schob. Ein paar Minuten später stieg er die Treppe langsam wieder hinauf.

»Haben Sie oben nachgesehen?«, fragte Delacroix.

»Ja«, sagte Jessica. »Haben wir.«

»Das gefällt mir gar nicht.« Delacroix setzte sich seufzend in einen Sessel. »Da stimmt was nicht. Das passt überhaupt nicht zu Joan. Das gefällt mir gar nicht.«

»Mr. Delacroix, es besteht absolut kein Grund zu der Annahme, dass Ihrer Schwester irgendetwas zugestoßen ist«, versuchte Byrne ihn zu beruhigen. »Es gibt mit Sicherheit ein Dutzend plausible Erklärungen, warum sie das Haus verlassen hat.«

»Sie verstehen das nicht. Ich weiß, dass einige Leute meine Schwester ein bisschen anstrengend finden und meinen, sie habe ... na ja, eine gemeine Ader, aber das stimmt nicht. Sie müssen wissen, dass Joan ihre Verpflichtungen sehr ernst nimmt. Sie ist immer zur abgesprochenen Zeit da, wenn sie eine Verabredung hat, auch wenn es sich um keinen wichtigen Termin handelt. Wenn sie gesagt hat, dass sie mit Ihnen sprechen wird, dann hat sie das auch so gemeint. Sie würde nicht einfach das Haus verlassen.«

Es sei denn, sie hat etwas zu verbergen, dachte Jessica.
Delacroix klopfte mit den Fingern auf die Sessellehnen. »Ab wann gilt eine Person für Sie als vermisst?«, fragte er.
»Davon sind wir noch weit entfernt«, sagte Byrne.
Delacroix hörte auf zu klopfen. »Was machen wir jetzt?«
»Wir sehen uns in der Nachbarschaft um. Wenn ich mich recht entsinne, gibt es in diesem Viertel ein paar Geschäfte und kleine Restaurants. Es ist möglich, dass Ihre Schwester kurz das Haus verlassen hat, um eine Flasche Weichspüler oder einen Kaffee zu kaufen, und dass sie in diesem Augenblick nach Hause zurückkehrt.«
Delacroix' Miene bewies, dass er nicht daran glaubte.
»Wir müssen hier abschließen«, sagte Byrne. »Haben Sie die Schlüssel für das Haus?«
Im ersten Moment sah es so aus, als hätte James Delacroix die Frage nicht verstanden. Doch dann erwachte er aus seiner Erstarrung. Er stand auf und wühlte in seiner Hosentasche. »Ja. Ich habe Schlüssel für den Vorder- und für den Hintereingang.«
»Die Tür hinten im Haus hat auch ein Sicherheitsschloss, nicht wahr?«, fragte Jessica.
Delacroix nickte. »Ja. Joan schließt sie immer ab und lässt den Schlüssel nie stecken. Sie hat Angst, jemand könnte die Glasscheibe zertrümmern, den Schlüssel herausziehen und die Tür von außen aufschließen. Sie bewahrt den Schlüssel in einer Schublade auf.« Er hielt einen Schlüsselbund hoch. »Ich habe aber einen Schlüssel.«
Jessica hatte die Hintertür überprüft. Sie war verschlossen. Darum war auch das Verschwinden von Joan Delacroix so mysteriös. Wie sollte sie auf dem Weg von der Kellertreppe, durch den kleinen Flur und durch die Küche zur Hintertür, unbemerkt an ihnen vorbeigekommen sein? Außerdem hätten

sie etwas hören müssen, wenn sie die Hintertür aufgeschlossen und von außen wieder zugeschlossen hätte, nachdem sie hindurchgegangen wäre. Das war nicht möglich.

»Ich überprüfe die Hintertür, und dann können wir gehen«, sagte Delacroix.

Als James Delacroix in die Küche ging, warf Jessica Byrne einen Blick zu. Was als Routinebefragung begonnen hatte, war nun in den Mittelpunkt ihrer Ermittlungen gerückt.

Nachdem Delacroix den Hinterausgang überprüft hatte, kehrte er ins Wohnzimmer zurück.

»Hat Ihre Schwester ein Auto?«, fragte Byrne.

»Nein«, sagte Delacroix. »Sie fährt mit öffentlichen Verkehrsmitteln. Wenn sie weite Strecken zurücklegen muss, leiht sie sich meinen Wagen, oder ich fahre sie.«

»Haben Sie nachgesehen, ob Ihr Wagen weg ist?«

»Natürlich.«

Jessica, Byrne und James Delacroix durchkämmten die fünf Straßen des Viertels in alle Richtungen. Niemand hatte Joan Delacroix gesehen.

Jetzt war es schon eine Stunde her, seit die Frau verschwunden war.

Als Jessica und Byrne auf die Rückkehr von James Delacroix warteten, hörten sie einen Schrei hinter dem Reihenhaus seiner Schwester.

»O Gott!«

Jessica und Byrne rannten zur Ecke und in die Gasse hinter den Häusern. James Delacroix lehnte leichenblass an einer Mauer.

»Mein Gott, nein«, stammelte er.

Jessica wollte ihn gerade fragen, was geschehen war, als er

auf die Erde zeigte. Dort lag auf dem rissigen Beton der Gasse, keine zwei Meter entfernt, ein Ohrclip mit einem Perlenanhänger.

Byrne ging auf James Delacroix zu und legte eine Hand auf seine Schulter, um ihn zu beruhigen. »Gehört dieser Ohrring Ihrer Schwester?«

Der Mann nickte und begann zu hyperventilieren.

Jessica kniete sich auf die Erde. Der Ohrring bestand aus billigem, goldfarbenem Metall mit einem Anhänger, an dem vermutlich unechte Perlen hingen. Es war nicht der weder besonders elegante noch besonders wertvolle Ohrring an sich, der Jessicas Aufmerksamkeit fesselte und ihr einen kalten Schauer über den Rücken jagte.

Der Ohrring war blutverschmiert.

18

Mittlerweile standen Streifenwagen aus dem zweiundzwanzigsten Revier auf beiden Seiten der Gasse, und ein Polizist sicherte die Eingangstür von Joan Delacroix' Haus. Jessica und Byrne versuchten von James Delacroix zu erfahren, wie der Alltag seiner Schwester normalerweise aussah. Aber verständlicherweise war der Mann furchtbar erschüttert und keine große Hilfe.

Sie standen in seinem Wohnzimmer, und Delacroix warf immer wieder hoffnungsvolle Blicke durch das Fenster auf das Haus gegenüber.

»Es besteht kein Grund zu der Annahme, dass Ihre Schwester schwer verletzt ist, Mr. Delacroix«, sagte Byrne. »Das Wichtigste ist jetzt, die Ruhe zu bewahren.«

Delacroix hob den Blick und starrte Byrne ängstlich an. »Ich weiß nicht, was ich machen soll. Soll ich sie noch mal anrufen?«

»Das machen wir. Wie ist die Nummer?«

Delacroix nannte sie ihm. Während Byrne zur Seite trat und die Nummer wählte, setzte Jessica das Gespräch mit Delacroix fort. Sie zeigte auf das Bild an der Wand. »Haben Sie noch ein anderes Bild von Ihrer Schwester?«, fragte sie.

»Ein Bild? Warum?«

»Wir würden gerne Kopien davon machen und sie an die Polizisten verteilen, die in diesem Viertel Streife fahren.«

Delacroix stand auf und ging ins Esszimmer. Er öffnete eine Schublade im Büffet, nahm ein zwanzig mal fünfundzwanzig

Zentimeter großes Foto heraus und gab es Jessica. Auf dem Bild trug Joan Delacroix die Arbeitskleidung einer Krankenschwester.

»Wie alt ist das Foto?«, fragte Jessica.

»Ich weiß nicht«, sagte Delacroix. »Vielleicht zehn Jahre.«

»Haben Sie kein neueres Foto?«

In diesem Augenblick kehrte Byrne aus der Küche zurück. Er schüttelte den Kopf. Er hatte die Frau nicht erreicht.

»Nein, ich ...«, begann Delacroix. »In letzter Zeit unternehmen wir nicht mehr so viel, sodass sich keine Gelegenheit ergibt, Fotos zu machen.«

»Kein Problem. Dann nehmen wir dieses Bild.«

»Warten Sie«, sagte Delacroix. »Ich habe ein neueres Foto. Es ist auf meinem Laptop. Ich habe es vor etwa einem Monat bei einer Wohltätigkeitsveranstaltung mit dem Handy aufgenommen. Joan wollte eigentlich nicht mit aufs Foto, aber ich habe sie trotzdem fotografiert.«

Delacroix nahm seinen Laptop aus der Hülle und schloss ihn an einen Drucker an, der auf dem Büffet im Esszimmer stand. Er drückte auf ein paar Tasten. Kurz darauf wurde das Foto ausgedruckt. Es war ein hochwertiger Ausdruck in Farbe, auf den noch eine zweite Kopie folgte. Delacroix gab Jessica und Byrne jeweils einen Ausdruck.

Ehe er seinen Laptop zuklappte, verharrte er plötzlich reglos. »Mir ist gerade etwas eingefallen.«

»Was denn?«, fragte Jessica.

»Ihr Handy. Die Nummer, die wir angerufen haben.«

»Was ist damit?«

»Ich habe ihr letztes Jahr ein iPhone geschenkt. Sie benutzt es nicht oft, aber sie hat es immer bei sich.«

»Ich verstehe nicht.«

»Wir haben auf dem iPhone diese App installiert. Manchmal

135

verlegt Joan ihr Handy, und sie hat große Angst, dass sie es irgendwo liegen lässt und Fremde Zugang zu ihren Daten bekommen.«

»Sie sagen, Sie haben diese App installiert?«

»Ja. *Finde mein iPhone*. Wenn sie das iPhone bei sich hat, können wir feststellen, wo sie ist.«

Delacroix setzte sich an den Esszimmertisch. Er drückte auf ein paar Tasten auf dem Laptop und öffnete das entsprechende Programm. Er gab eine Identifikationsnummer und ein Passwort ein. Kurz darauf wurde eine Karte von Philadelphia und Umgebung gezeigt. Delacroix drückte wieder auf ein paar Tasten, worauf ein Bereich im Nordosten zu sehen war.

In der Mitte war ein kleines Icon.

Als Jessica den Ort sah, gefror ihr das Blut in den Adern. Sie warf Byrne einen Blick zu. Er sah es auch. Sie wussten beide, was sie tun mussten, ohne ein Wort zu wechseln. Byrne würde bei Delacroix bleiben, und sie übernahm das Telefonat.

Jessica trat aus dem Haus auf die Straße. Sie wählte die Nummer, und Sekunden später meldete sich Dana Westbrook.

»Was gibt's, Jess?«

»Wir brauchen Streifenwagen im Priory-Park.«

»Wie viele?«, fragte Westbrook.

»Die ganze Kavallerie.«

19

Luther saß im Dämmerlicht des späten Nachmittags.
Die alte Frau hatte kein Wort gesagt und nicht einmal gefragt, warum. Sie kannte den Grund. Bei früheren Besuchen hatte er ihr Haus drei Mal nach Dingen durchsucht, die ihre Verbindung zu dem Krankenhaus bewiesen – Rundschreiben, Patientenlisten, Protokolle über medikamentöse Behandlungen und vieles andere. Er hatte nichts gefunden. Das bedeutete aber nicht, dass sie nicht woanders etwas aufbewahrte. Luther kannte sich gut aus mit Verstecken und geheimen Orten.

Es war eine ziemliche Herausforderung gewesen, sie aus dem Haus zu bringen, doch keine, der er nicht gewachsen gewesen war. Er hatte sie durch den Kriechkeller hinausgeschafft – eine Klappe, durch die er bereits bei seinen früheren Besuchen ins Haus eingedrungen war – und dann durch ein leer stehendes Schuhgeschäft fünf Häuser weiter.

Als sich rechts von ihm ein Schatten bewegte, sah Luther zu dem Polizisten hinüber, der keinen Meter von ihm entfernt stand. Für einen Moment erstarrte er, und seine Hand, in der er das Messer mit dem Elfenbeingriff hielt, wurde feucht. Doch die Gefahr war schnell vorüber.

In Windeseile ordnete Luther alles auf dem Tisch an und stieg die Treppe hinunter. Ein paar Minuten später schaute er auf die lodernden Flammen. In dem Traum war er in einem kleinen Dorf im Landkreis Harju. Zwei Männer hingen in einem Stall an einem Deckenbalken – Männer aus dem Ort, die den Bauern Geld zu Wucherzinsen geliehen hatten. Das Bild der grünen Landschaft wich schnell dem des nasskalten Untergeschosses in Gebäude G 10. In diesem Traum sah Luther, wie die Rückenteile schmutziger Krankenhaushemden verbrannten, feuerrote Flammen, die sich in das schwarze Fleisch fraßen. Er spürte Erregung in sich aufsteigen.

An diesem Morgen war der Arzt, der schon so lange tot war, aus der Dunkelheit getreten und hatte ihm gesagt, was er tun musste. Die Bagger kamen, und wenn sie die Erde umgruben, würden alle Geheimnisse ans Licht kommen. Das durfte nicht geschehen. Jede Leiche erzählte eine Geschichte, und jede Geschichte würde in den Ruin führen.

»Verstehen Sie, was Sie zu tun haben?«, fragte der Arzt.

»Ja«, sagte Luther.

»Kennen Sie die Träume?«

Luther schloss die Augen und lief in Gedanken durch die Traumarkaden, durch den langen Säulengang mit den leuchtenden Schaukästen, den sorgfältig angebrachten Dioramen der Toten.

»Ja, ich kenne sie.«

Als die Luft zu flimmern begann und es Zeit wurde, stand Luther auf, durchquerte den Raum und verschwand in der Dunkelheit, die schwärzer war als die tiefste Nacht.

20

Als Jessica und Byrne zum zweiten Mal innerhalb von zwei Tagen am Priory-Park ankamen, standen dort bereits zwei Einheiten aus dem achten Revier. Jessica hielt an und ließ den Motor laufen. Byrne sprang aus dem Wagen. Er sprach mit einem der Polizisten und kehrte sofort zu Jessica zurück.

»An allen vier Ecken des Parks stehen Streifenwagen. Zwei stehen auf der Hauptstraße und zwei auf der Chanel Lane.«

»Hat irgendjemand etwas gesehen?«, fragte Jessica.

Byrne schüttelte den Kopf. »Nein.«

Jessica stieg aus. Langsam drehte sie sich im Kreis und hielt Ausschau nach irgendetwas, das aus dem normalen Rahmen herausfiel. Sie sah nichts. Also kehrte sie zum Wagen zurück, nahm ihr Funkgerät heraus und zeigte auf die Baumreihe im Nordwesten des Parks, etwa hundert Meter entfernt.

»Ich gehe in diese Richtung«, sagte sie.

»Dann übernehme ich den südlichen Teil«, erwiderte Byrne.

Die beiden Detectives nahmen zwei Regenmäntel aus dem Kofferraum, ehe sie mit der Suche begannen. Eine weise Entscheidung, wie sich herausstellte. Als Jessica den Platz überquerte, zog sie die Kapuze des Regenmantels über den Kopf und band die Kordel unter dem Kinn zusammen. Gut, dass sie heute Stiefel trug. Handschuhe hatte sie allerdings nicht mitgenommen. Sie war erst vor einer knappen Minute aus dem Wagen gestiegen, und ihre Hände waren schon jetzt eiskalt.

Auf dem Weg zum Priory-Park hatten sie größtenteils geschwiegen. Es gab keinen konkreten Grund zu der Annahme, dass Joan Delacroix blindwütiger Gewalt zum Opfer gefallen war. Noch nicht. Es könnte eine Reihe harmloser Erklärungen für das frische Blut auf ihrem Ohrring geben. Doch weder Jessica noch Byrne glaubten daran. Sie hätten es gerne getan, aber ihre Erfahrungen wiesen in eine andere Richtung.

Als Jessica den bewaldeten Teil des Parks betrat, schützten die Bäume sie ein wenig vor dem Regen. Sie zog ihre Taschenlampe aus der Tasche und richtete das Licht auf die Erde. Keine Fußspuren.

Als sie etwa zwanzig Meter in Richtung des Baches gegangen war, sah sie es. Der Anblick auf den abgefallenen Kiefernnadeln und dem vermoderten Laub war so unerwartet, dass Jessica zwei Mal hinschauen musste. Beinahe wäre sie daran vorbeigegangen.

Es bestand nicht der geringste Zweifel. Da lag der zweite Ohrring der Frau.

Jessica funkte Byrne an. »Am besten, du kommst sofort hierher, Kevin. Die Polizisten sollen den Nordwesten des Parks sichern.«

Sie steckte das Funkgerät in die Tasche, griff unter die Regenjacke und zog die Waffe. Nur der unaufhörliche Regen war zu hören, und ihr Herz klopfte laut. Als sich kurz darauf Schritte näherten, wirbelte sie herum. Byrne bahnte sich einen Weg durch die Bäume.

Jessica zeigte auf den Ohrring auf der Erde. Byrne zog seine Waffe und richtete sie nach unten. Mit wenigen Metern Abstand voneinander, gingen die beiden Detectives zwischen den Bäumen hindurch auf den Bach zu. Als sie die Lichtung und das südliche Ufer des Bachs erreichten, sahen sie sie.

»Mein Gott«, sagte Jessica.

Joan Delacroix war tot. Sie lag auf dem Rücken im schlammigen Bachbett. Ihre Füße ragten in das eisige Wasser, und ihre beiden Arme waren zur Seite gestreckt. Auf beiden Händen lagen dicke Steine. Sogar aus sieben Metern Entfernung konnte Jessica erkennen, dass die rechte Seite ihres Schädels zertrümmert war. Sie sah noch etwas, und sie musste zwei Mal hinsehen, um es zu begreifen.

Die Frau hatte ihre Schuhe – weiße, feste Schuhe mit Gummisohlen – verkehrt herum an.

Jessica wandte sich ab und kämpfte gegen Wut, Übelkeit und Abscheu. Sie spähte zu Byrne hinüber. Er stand mit geschlossenen Augen in dem eisigen Regen auf der Lichtung, als würde er nach Atem ringen.

Im Park wimmelte es von Polizisten. Mindestens ein Dutzend Streifenwagen standen dort mit blinkendem Blaulicht. Sechs Kriminaltechniker durchkämmten das Gebiet rund um den Bach. Ab und zu, wenn sie glaubten, eine Spur entdeckt zu haben, stellten sie kleine Nummerntafeln auf.

Der strömende Regen erschwerte die Bemühungen, die Spuren am Tatort zu sichern.

Byrne hatte einen Schirm aufgespannt und schaute auf die tote Frau. Sie mussten auf einen Mitarbeiter aus der Rechtsmedizin warten, bis der Leichnam bewegt oder bedeckt werden durfte. Auch diese Demütigung blieb dem Mordopfer nicht erspart.

Während sie warteten, stand Detective Kevin Byrne zwei Meter von der Leiche entfernt und bewachte sie. Das hier war jetzt sein Fall, denn er hatte ganz oben auf der Liste gestanden.

Jessica saß im Taurus, wo die Heizung auf höchster Stufe lief. Sie war durchnässt und fror. Jemand hatte ihr einen heißen Kaffee gebracht. Sie nahm den Deckel ab, und schon ein paar

Minuten später war er nur noch lauwarm. Sie trank ihn dennoch. Als sie gerade wieder in den Regen hinaustreten wollte, klingelte ihr Handy. Es war Dana Westbrook.

»Was gibt's, Sergeant?«

»Wie schlimm ist es, Jess?«

Jessica spähte durch die Bäume auf die Frau, die ausgestreckt in dem Bach lag. »Schlimmer geht's kaum.«

»Ich bin unterwegs«, sagte Westbrook. »Inspector Mostow begleitet mich.«

Jessica hatte noch nicht über die Konsequenzen dieses Mordfalls nachgedacht, bis sie hörte, dass ein Inspector zum Tatort kommen würde. Es war üblich, dass einer der Vorgesetzten am Tatort auftauchte, aber selten jemand, der in der Hierarchie so weit oben stand. Eine Bewohnerin ihrer Stadt war vor den Augen von zwei Detectives entführt und brutal ermordet worden. Die lokalen Medien würden sie in der Luft zerreißen.

Jessica sagte nichts dazu.

»Da gibt es noch etwas, das Sie wissen sollten«, fügte Westbrook hinzu.

»Ich höre.«

»Der Leiter des zweiundzwanzigsten Reviers hat mich gerade angerufen. Er steht vor dem Haus der Toten in Brewerytown.«

Das ergab keinen Sinn. Warum war der Revierleiter vor Ort? Das Haus war jetzt ein Tatort und gehörte zu den Ermittlungen im Mordfall von Joan Delacroix.

»Ich verstehe nicht«, sagte Jessica. »Sie sprechen von dem Haus, in dem Joan Delacroix gewohnt hat?«

»Ja.«

»Was ist damit?«

Jessica hörte, wie Dana Westbrook tief Luft holte und langsam ausatmete. »Es ist abgebrannt.«

ZWEI

21

1948 – TALLINN, ESTLAND

Der Killer stand auf der anderen Seite des Platzes und beobachtete den Jungen. Diesem schien die Führungsrolle im Blut zu liegen. Er übernahm die Regie im Mittelfeld, und sobald er sich dem Tor näherte, schoss er einem Mitspieler den Ball zu, anstatt selbst den Ruhm zu ernten. Er bewegte sich mit fast tänzerischer Leichtfüßigkeit auf dem Platz.

Leider verlor das Team des Jungen mit 1:2.

Der Junge blieb zurück, als seine Teamkameraden sich auf der anderen Seite des Platzes versammelten. Er setzte sich auf eine Bank und las in einem Taschenbuch.

Der Killer näherte sich.

»Das war ein gutes Spiel«, sagte er.

Der Junge hob den Blick. Er hatte braune Augen, kastanienbraunes Haar und feine Gesichtszüge. »Wir haben verloren.«

»Ich weiß«, sagte der Mann. »Das passiert mitunter trotz größter Anstrengungen.«

Der Junge dachte darüber nach. »Vielleicht habe ich mich nicht genug angestrengt.«

Der Killer lächelte. »Wie alt bist du?«

»Neun.«

»Du bist sehr groß für dein Alter.«

Der Junge erwiderte nichts.

»Früher habe ich in der Nationalelf gespielt«, fuhr der Mann fort. »Da war ich natürlich viel jünger.«

Der Junge hörte ihm zu.

»Ich kann dir ein paar Dinge beibringen. Wir können den Erstkontakt trainieren. Das ist sicherlich die wichtigste Fähigkeit bei diesem Sport, aber sie wird oft unterschätzt. Hast du Lust?«

»Ja. Sehr gern.«

Der Killer schaute sich um. »Wir sollten nicht hier trainieren.« Er zeigte auf das Ende des Platzes. »Wenn die anderen Jungen es sehen, ist es nicht mehr unser Geheimnis.«

»Ich kenne einen guten Platz«, sagte der Junge. »Da ist es ruhiger.«

Der Junge stand auf, und sie überquerten die breite Straße. Es war Hochsommer, und die Brise vom Finnischen Meerbusen brachte eine willkommene Abkühlung.

Sie gingen auf einem schmalen Pfad durch den Lillepi-Park. Als sie auf eine kleine Lichtung gelangten, blieben sie stehen. Der Junge griff in seine Tasche, nahm den Fußball heraus und legte ihn dem Killer vor die Füße.

Dieser nahm seine Schultertasche ab und zog sein Oberhemd aus, unter dem er nur ein Unterhemd trug.

»Sie sehen stark aus«, sagte der Junge.

»Möchtest du wissen, wie stark ich bin?«

Der Junge nickte.

Der Killer hob den Jungen mühelos in die Luft. Als er ihn wieder neben sich auf den Boden stellte, konnte er den Duft seines Shampoos riechen. Es roch nach Zimt. Der Mann strich mit der Hand durch das Haar des Jungen. Der Junge leistete keinen Widerstand und rückte nicht von ihm ab.

»Zeigen Sie mir was«, sagte der Junge. »Dort drüben ist ein größerer Platz.«

Der Mann sah sich um. Für seinen Geschmack lag der Platz nicht abgelegen genug, doch der Junge war hübsch. Er folgte ihm.

»Wie heißt du?«, fragte er.
»Eduard.«
»Das ist ein schöner Name. Fast königlich.«
Sie erreichten eine kleine, sonnenüberflutete Wiese. Auf der rechten Seite sah der Killer etwas, das nicht hierher passte. Dort waren drei Gräber mit grob geschnitzten Kreuzen.
»Sieh mal«, sagte er. »Offenbar hat jemand seine Haustiere im Lillepi-Park begraben.«
Er ging auf die Kreuze zu, beugte sich hinunter und starrte auf die Namen. Dr. Andrus Kross. Marta Kross. Kaisa Kross.
»Dr. Andrus Kross«, sagte der Killer. »Den Namen kenne ich. Seltsam, dass er ...«
Zuerst reagierte er auf den Schnitt, als wäre sein Unterhemd nur an einem Dornenstrauch hängengeblieben. Als er den Blick senkte, sah er, dass sein Unterhemd von einer Seite zur anderen aufgeschlitzt war. Das Blut sickerte heraus, und er wusste, was geschehen war. Der Junge stand ein paar Meter entfernt und hielt ein Messer mit einem Elfenbeingriff und einer rasiermesserscharfen Klinge in der Hand.
Der Killer sackte zusammen.
Der Junge, der Eduard Olev Kross hieß – der Sohn von Andrus und Marta und der Bruder von Kaisa – füllte etwas von dem Blut des Mannes in ein kleines Fläschchen. Ehe er davonging, zog er das Messer noch einmal durch die Wunde. Die Eingeweide des Sterbenden glänzten in der Nachmittagssonne.
»Es heißt, dass Bauchwunden besonders schmerzhaft sein sollen«, sagte der Junge. Er nahm die drei provisorisch angefertigten Kreuze heraus und steckte sie in seine Tasche. Sein Vater, seine Mutter und seine Schwester waren nicht hier begraben worden. Sie lagen in einem Massengrab in Vru, und der Mann, der jetzt vor seinen Füßen lag und verblutete, hatte sie

ermordet.«»Man sagt, es kann sehr lange dauern, bis man stirbt.«
Der Junge war nicht neun, sondern zwölf Jahre alt. Er hängte die Tasche über seine Schulter.
»Was werden Sie in Ihren letzten Minuten denken, Major Abendrof?«, fragte er.
Der sterbende Mann drehte sich zu dem Jungen um. Obwohl sich sein Blick bereits trübte, glaubte er in dessen Augen etwas zu erkennen, das er noch nie bei einem so jungen Menschen gesehen hatte. In seinen Augen tobte das Böse wie ein gewaltiger Sturm.
Als sich zehn Minuten später die Gewitterwolken über dem Finnischen Meerbusen zusammenballten, war der Killer tot.

1977 – PHILADELPHIA, PENNSYLVANIA

Mit gespreizten Beinen saß die weiße Rita auf dem Boden und lehnte sich mit dem Rücken gegen die Wand. Das Fruchtwasser breitete sich auf dem dreckigen Linoleumboden aus. Sie wurde die weiße Rita genannt, weil es auf ihrer Station noch zwei weitere Frauen gab, die Rita hießen. Eine von ihnen war schwarz und die andere stumm. Das waren die schwarze Rita und die stumme Rita.
Der weißen Rita war es gelungen, ihre Schwangerschaft acht Monate lang vor den Mitarbeitern und den Mitpatienten zu verbergen. In vielen Nächten versuchte sie, ihre Gedanken zurückzuspulen – sie stellte sich ihr Gehirn vor wie ein großes Tonbandgerät –, um sich zu erinnern, wer der Vater sein könnte. Es gelang ihr nicht.
Die weiße Rita saß auf dem langen Gang, der unter anderem für den Transport der Patienten diente, in der Nähe der Stelle,

wo sich der lange Gang und der Echogang kreuzten. Die Leute schrien immer auf dem Echogang, um das Echo zu hören. Daher achtete niemand auf die weiße Rita, als sie zu schreien begann. Der lange Gang hatte keine Fenster, und daher konnte man nicht sehen, ob es Tag oder Nacht war. Stunden später schaute die weiße Rita zwischen ihre Beine und sah dort ein Baby liegen.
Jemand hatte ein Baby zurückgelassen.

In dieser Nacht arbeitete ein Krankenpfleger Mitte fünfzig, ein ehemaliger Sanitäter der Armee, auf dieser Station. Er hatte im zwölften Feldhospital in Frankreich gedient, in dem Dreck und Chaos des französischen Marinehospitals. Zuerst wurde es von den Deutschen überrannt und dann von den Alliierten, als sie Cherbourg befreiten.

Als der Krankenpfleger Anfang der Fünfzigerjahre eine Arbeit in diesem Krankenhaus in Philadelphia gefunden hatte, war er vielen Männer wiederbegegnet, die er in Cherbourg zusammengeflickt hatte. Die meisten hatten damals zu den vielen Kriegsgefangenen gehört, die nicht transportfähig gewesen waren, als die achtundsechzigste Sanitätstruppe abrückte. Wenn er diese apathischen Gestalten sah, fragte er sich oft, ob es nicht ein Fehler gewesen war, sie zu retten.

Als der Assistenzarzt dem Pfleger vom Nachtdienst das Neugeborene brachte, schaute dieser dem Baby in die Augen und fühlte etwas, das er nie zuvor gefühlt hatte. Da er unverheiratet und kinderlos war, hatte er nie darüber nachgedacht, wie es wohl wäre, für ein Kind zu sorgen.

Er wusch das Neugeborene und wickelte es in Tücher. Der Assistenzarzt, der das Baby gebracht hatte, sagte, er habe es auf dem langen Gang gefunden, in der Nähe des Zugangs zu den

Katakomben. Das bedeutete vermutlich, dass es das Baby einer der Frauen war, die unter der Vormundschaft des Staates standen.

Der Pfleger fragte sich: Was für eine Zukunft wird der Junge haben? Die Chance war groß, dass er in einem dreckigen Waisenheim aufwuchs und später im Gefängnis landete. Möglich war auch, dass es noch schlimmer kam und er hierher zurückkehrte, in diese Hölle auf Erden.

In einem Krankenhaus dieser Größe gab es viele Plätze, wo man das Baby verstecken konnte: Abstellkammern, Speiseaufzüge, Gänge für den Patiententransport, Keller, Speicher. Wie schwierig würde es sein? Hunderte und vielleicht Tausende von Männern und Frauen, die für das Personal und die Verwaltung fast so etwas wie Geister waren, hielten sich hier auf. Viele wurden nicht gewaschen, und ihre offenen Wunden oft wochenlang nicht versorgt.

Der Pfleger sah dem Baby wieder in die Augen und fragte sich, wie er es nennen sollte. Er glaubte fest daran, dass sich der Name, den jemand bekam, auf die Entwicklung seiner Persönlichkeit auswirkte. Seine Mutter war in Norwegen geboren worden. Obwohl sie den Namen ihres einzigen Sohnes bis zu ihrem Tod falsch aussprach – sie nannte ihn *Looter*, worüber sich die wenigen Freunde in seiner Kindheit gerne lustig gemacht hatten –, hatte er diesen Namen immer geliebt. Und er hatte ihm in seinen vierundfünfzig Lebensjahren gute Dienste erwiesen.

Der Mann beschloss, dem Baby seinen Namen zu geben. Er würde es Luther nennen.

1982 – NORDOST-ESTLAND

Die beiden toten Männer lagen unten im Steinbruch. Ihre Hosen hingen auf den Knöcheln, und ihre nackten, rosigen Hintern stellten einen starken Kontrast zu dem grellen Weiß des Kalksteins dar.

Der Mörder stand oben am Rande des Abgrunds. Er hörte nicht, dass sich vier Männer näherten.

Als er sich umdrehte, hob der kräftigste der Männer – ein wahrer Hüne in einer schlecht sitzenden Uniform der sowjetischen Infanterie – den Kolben seines alten Mosin-Nagant-Gewehrs und schlug es dem Mörder gegen das Kinn. Der Mörder sackte zusammen, doch die beiden anderen Soldaten sorgten dafür, dass er nicht in die Schlucht fiel.

Der vierte Mann der Truppe, der über dreißig Jahre älter war als die anderen, zog ein Taschentuch aus der Tasche. Er schlang es um seine rechte Hand und legte sie unter das Kinn des Mörders. Dann drehte er den Kopf des Mannes, der kaum noch bei Bewusstsein war, zu sich. Seit mehr als zwanzig Jahren hatte er ihn gejagt.

»*Hulkur*«, sagte der Mann. Das war das estnische Wort für Vagabund, und so wurde der Killer in seiner Heimat genannt. »Endlich habe ich dich.«

1990 – JÄMEJALA, ESTLAND

Seit acht Jahren war Eduard Kross in der großen psychiatrischen Klinik in der Landgemeinde Pärsti untergebracht und hatte noch kein einziges Wort gesprochen. Es wurde vermutet, dass er während seines jahrzehntelangen blindwütigen Mordens mehr als hundert Menschen getötet hatte. Vom Finnischen Meerbusen bis zu den Wäldern von Riga verübte er seine teuflischen Taten.

Vierunddreißig Jahre lang – von dem Tag an, als er dem Mann, dem er die Verantwortung für die Ermordung seiner Mutter, seines Vaters und seiner Schwester gab, den Bauch aufgeschlitzt hatte – war Eduard Kross ein Geist gewesen. Er bewegte sich in der Nacht, und es gab niemanden, der etwas über diesen Mann in dem Anzug aus Sackleinen und mit dem Filzhut hätte berichten können.

Der Arzt war noch jung, jedenfalls für eine solche Einrichtung, in der die meisten Ärzte schon die sechzig überschritten hatten.

Sein Name war Dr. Godehard Kirsch.

Der größte Teil der Belegschaft in diesem Krankenhaus in Estland wusste kaum etwas über Kirsch, doch es gab viele Vermutungen. Kaum Zweifel bestanden an dem Gerücht, dass er der einzige Erbe einer äußerst wohlhabenden Familie sei. Es hieß, sein verstorbener Großvater habe seine Millionen mit Gustav von Bohlen und Halbach gemacht. Dieser Preuße hatte das Glück gehabt, 1906 in die Krupp-Familie einzuheiraten, und den Weitblick besessen, sein Vermögen vor dem Krieg auf Schweizer Konten zu deponieren.

Anderen Gerüchten zufolge sollte Dr. Kirsch schon Monate vor seiner Ankunft in Estland angeordnet haben, dass bei Eduard Kross mit einer Reihe von Therapien begonnen wurde. Bei diesen Therapien wurde auch mit verschiedenen Medikamentenkombinationen experimentiert, um künstlich Träume zu erzeugen.

»Das ist er?«, fragte Kirsch und schaute durch den Einwegspiegel in Eduard Kross' Gummizelle.

»Ja«, sagte die Oberschwester. Riina war eine kräftige, grobknochige Frau Ende vierzig, die mit ihrer breiten Stirn und der ausgeprägten maskulinen Kinnpartie nach allen geltenden Schönheitsidealen nur als unattraktiv bezeichnet werden konnte. In ihren Jahren als Oberschwester in dieser Klinik hatte sie zahlreiche Männer wie Dr. Kirsch kennengelernt. Ehrgeizige, überqualifizierte Ärzte, die Grenzwissenschaften praktizierten und glaubten, aufgrund ihrer Doktortitel und ihres Vermögens das Personal wie ein teutonischer Hochmeister herumkommandieren zu können. Ja, er trug einen Doktortitel, doch so etwas hatte Riina noch nie beeindruckt.

Die Tatsache, dass sie von diesen Spielchen zwischen attraktiven Frauen und den Männern, mit denen diese zu tun hatten, ausgeschlossen war, gab ihr die Freiheit zu sagen, was sie dachte. Nicht selten geriet sie dadurch in Schwierigkeiten, und das war wohl auch der Grund, warum sie nicht in einer der größeren Kliniken in Tallinn oder Pärnu arbeitete.

»Wie lange ist er schon hier?«, fragte Dr. Kirsch.

Riina wusste, dass der Arzt die Antwort auf die Frage kannte. Sie fragte sich schon seit Jahren, warum sie immer wieder diese Spielchen spielten. »Etwas über acht Jahre«, erwiderte sie lächelnd.

»Und welche Fortschritte hat er gemacht?«

Riina hätte beinahe gelacht, hielt sich aber im letzten Augenblick zurück. Lachen war unprofessionell. »Es gibt keine Fortschritte, Dr. Kirsch. Wir verfügen weder über das notwendige Personal noch über die erforderlichen Mittel, um Resozialisierungsmaßnahmen oder auch nur die Ansätze einer Verhaltenstherapie durchführen zu können.«

»Und was machen Sie dann hier, *Lapsehoidja* Riina?«

Die Bezeichnung war eine Beleidigung. Das Wort bedeutete Babysitter und nicht Krankenschwester. Riina legte ihr Klemmbrett auf den Schreibtisch und baute sich vor dem Arzt auf. Er war nur wenige Zentimeter größer als sie, und daher standen sie sich fast auf Augenhöhe gegenüber. Sie wartete, bis der Arzt ihr den Blick zuwandte.

»Dr. Kirsch, wir sind eine Verwahranstalt – noch dazu eine verfallene, provinzielle Verwahranstalt – für kriminelle Geisteskranke. Nicht mehr und nicht weniger. Wir baden sie, machen ihre Scheiße und ihr Erbrochenes weg, schreiten ein, wenn ihre Gewaltausbrüche durch die Medikamente nicht unterdrückt werden, und schließen sie nachts ein. Was machen *Sie*, Dr. Kirsch?«

Der Arzt fuhr unbeeindruckt fort. »Welche Medikamente bekommt er?«

Riina schlug das oberste Blatt auf ihrem Klemmbrett um. »Drei Mal täglich 900 mg Lithium.«

Der Arzt zog seinen Mantel und die teuren Lederhandschuhe an. Dann reichte er der Oberschwester ein paar Dokumente. »Ich habe eine Stelle in den Vereinigten Staaten angenommen. In Philadelphia, um genau zu sein. Mr. Kross wird mich begleiten. Wir können viel von ihm lernen.«

Riina schaute auf das oberste Formular. »Davon weiß ich nichts.«

Ohne die Oberschwester anzusehen, gab Dr. Kirsch ihr ein weiteres Dokument. Offenbar handelte es sich um eine Patientenverlegung in eine Anstalt in Nowosibirsk, was im weitesten Sinne der Einweisung in einen Gulag gleichkam.

Riina wusste, was das bedeutete.

»Meines Wissens hat er noch kein Wort gesprochen«, sagte Kirsch.

Riina legte die Formulare wie eine gute, kleine *Lapsehoidja* in die Akte.

»Er spricht«, sagte sie.

Der Arzt, der schon an der Tür stand, drehte sich erstaunt um. »Er spricht?«

»Ja.« Riina knallte die Aktenschublade zu und setzte sich auf den Rand ihres Schreibtischs. Sie zog eine Zigarette aus der Schachtel und zündete sie in aller Ruhe an.

Die Zeit war ihre einzige Waffe.

»Aber nur im Schlaf«, sagte sie schließlich.

1990 – Philadelphia, Pennsylvania

Luthers Welt in dem Krankenhaus, das Cold River genannt wurde, waren die Kellergewölbe, die die Gebäude tief unter der Erde miteinander verbanden. Die kilometerlangen Steinkorridore wurden nur von dem matten Licht der in Metalldrahtgitter eingefassten Lampen erhellt. Luther gab jedem Gang einen Namen, als handelte es sich um Straßen in der Stadt über ihm. Jungen und Mädchen in seinem Alter – Patienten unter achtzehn Jahren sollte es hier eigentlich nicht geben, aber Luther kannte etliche – sah er nur bei den gelegentlichen Picknicks, die das Personal im Sommer manchmal veranstaltete.

Luther mochte keine Sonne.

Die unterirdischen Gänge führten ihn von den Krankenstationen zu den Unterkünften der Ärzte und von den Schwesternwohnheimen zur Kantine. Dort schlug er sich mit dem Essen, das übrig geblieben war, den Bauch voll, bis er fast platzte.

Der große Luther war vor drei Jahren an Magenkrebs gestorben. Er hatte sich heimlich um den Jungen gekümmert, bis dieser durch die Gänge des Cold River laufen konnte, ohne Angst haben zu müssen, entdeckt oder hinausgeworfen zu werden. In der kleinen Patientenbibliothek hatte er ihm das

Lesen beigebracht. Oft musste Luther Seiten überspringen, weil sie mit Kot und Essensresten verschmiert waren.

Im Müll fand Luther alte Briefe und Notizen, durch die er erfuhr, welche Krankheiten in diesem Krankenhaus behandelt wurden: organische Psychosen (Senilität und Syphilis), toxische Psychosen (Alkohol), affektive Psychosen (bipolare Störungen) und sogar neurologische Leiden wie Halbseitenlähmung und Chorea.

Luther wusste nicht, an welcher dieser Krankheiten er litt. Vielleicht an allen.

Luther war nicht das einzige Kind, das in dem riesigen Komplex des Cold River geboren wurde. Weit gefehlt. Bei den vielen Hunderten von Patienten, die unter der Vormundschaft des Landes und des Staates standen, litten viele an zahllosen psychischen Störungen. Sexuelle Übergriffe waren da an der Tagesordnung. Mehr als einmal hatte Luther sich um ein Neugeborenes gekümmert, das er in den Gebäuden oder auf dem Grundstück gefunden hatte und das achtlos wie Müll weggeworfen worden war. Oft starben sie an Unterkühlung, oder sie wurden, wenn sie jemand fand, in eine entsprechende Einrichtung gebracht. In seinen Jahren in Cold River kümmerte Luther sich um Dutzende von Babys, wenn auch mitunter nur für ein paar Tage.

In den Reihen des Personals und der Patienten war es bekannt, dass sich im Laufe der Jahre viele männliche Patienten selbst ins Cold River einwiesen, weil hier Essen und Sex immer frei verfügbar waren.

Als Luther zwölf Jahre alt war, lag ein Patient mit bipolaren Störungen namens Hubert Tilton mit gefesselten Armen und Beinen ein ganzes Jahr lang in einem Bett an einer Wand auf dem langen Gang. Das Essen und die Ausscheidungen wurden ihm durch Schläuche zu- und abgeführt, und für Luther sah beides gleich aus. Er beobachtete ihn von der Patienten-Infotheke in der Nähe, die nie besetzt war. Während der Mann dahinsiechte, malte Luther jede Woche ein Bild von ihm. Manchmal las er ihm nachts etwas vor. Hubert sagte niemals ein Wort, aber Luther spürte, dass dem alten Mann die Abenteuerromane von Jack London gefielen.

Eines Tages, als Luther zur gewohnten Zeit zu ihm ging, waren Hubert und sein Bett nicht mehr da. Luther kehrte in seinen Unterschlupf zurück, einen Abstellraum in der Nähe des Echogangs. Aber vorher stahl er noch einen Hefter vom Schreibtisch des Stationsleiters.

In dieser Nacht heftete Luther im Schein einer Taschenlampe alle Zeichnungen von Hubert Tilton zusammen und machte ein Daumenkino daraus.

Je nachdem, in welche Richtung er das Heft durchblätterte, würde Hubert von nun an leben oder sterben, so wie es ihm gerade gefiel.

Im Frühling herrschte plötzlich große Aufregung, aber Luther wusste nicht, warum. Schließlich erfuhr er, dass zwei Männer kamen: ein Arzt und ein Patient. Sie würden in dem neuen Gebäude G10 wohnen.

Luther fand, dass das Gebäude für zwei Personen verdammt groß war.

Es mussten große Männer sein.

1992 – Philadelphia, Pennsylvania

Nach seiner Ankunft in dem Krankenhaus stellte Dr. Kirsch ein kleines Team zusammen, das ihn bei seinen Forschungen unterstützen sollte. Dazu gehörten eine psychiatrisch geschulte Krankenschwester, ein Anästhesist und ein Krankenwärter.

Der Patient, Eduard Kross, wurde in eine weiße Gummizelle gesperrt, die von zwölf Leuchtstoffröhren an der Decke erhellt wurde. Das Licht wurde niemals ausgeschaltet. Alle vierundzwanzig Stunden wurde Kross in einen dunklen Raum gebracht, wo er eine Injektion bekam. Es handelte sich um einen Cocktail aus Morphium, Fluoxetin und Scopolamin. Innerhalb weniger Minuten fiel er in einem tranceähnlichen Zustand zwischen Schlafen und Wachen, den sie die Traumarkaden nannten.

Nacht für Nacht brachten Dr. Kirsch und sein Team Eduard Kross in den dunklen Raum mit der hochmodernen Ausstattung und den Aufnahmegeräten. Von seinem Posten unterhalb des dunklen Raums aus konnte Luther so gut wie nichts verstehen. Meist klang es einfach nur, als würde sich jemand unterhalten. Hin und wieder, wenn Luther in der stickigen Enge inmitten der Maschinen und technischen Anlagen fast eindöste, hörte er die Schreie.

Im Herbst 1994 hörte plötzlich alles auf. Es gab Gerüchte, und Luther nahm an, dass sie der Wahrheit entsprachen, da in dem dunklen Raum Stille herrschte.

Eduard Kross war tot.

Als Luther in dieser Nacht auf dem Dach des Gebäudes G10 saß, beobachtete er zwei Männer, die einen großen Leichensack in einen der Patiententransporter des Krankenhauses luden. Der Wagen verließ das Grundstück ohne Licht.

Es war nicht das erste Mal, dass Luther so etwas beobachtete.
Bei Hundert hatte er aufgehört zu zählen.

1996

Dr. Kirsch entdeckte Luther auf dem Echogang. Der Arzt war nicht besonders groß. Es gab viele Patienten, dachte Luther damals, die ihn problemlos zu Boden hätten werfen können. Aber Kirsch war ein sehr vornehmer, kultivierter Mann, und die weltmännische Art, die ihm anhaftete, kannte Luther bisher nur aus Büchern.

»*Träumen Sie?*«, fragte der Arzt ihn auf Deutsch.

Luther verstand die Frage nicht.

»Träumen Sie?«, wiederholte der Arzt auf Englisch.

»Nein«, sagte Luther. »Ich träume nicht.«

Der Arzt nahm ihn an die Hand. »Träume sind ein magischer Ort. Kommen Sie mit. Ich zeige Ihnen, was ich meine.«

Sie gingen einen langen Gang hinunter, durch eine Reihe verschlossener Türen und dann einen anderen Gang hinunter. Es war der sauberste, den Luther jemals gesehen hatte. Der Boden glänzte, und die Wände hatten keine Kratzer oder Schrammen. Das Licht der Deckenbeleuchtung war so grell, dass es ihn blendete.

Sie kamen zu einer Tür, auf der stand: G10/A6. Der Arzt nahm einen Schlüssel aus der Tasche und schloss die Tür auf. Sie betraten einen kleinen, dunklen Raum. Der Arzt schloss die Tür hinter ihnen und schaltete das Licht ein. Luther stand vor einem Fenster, hinter dem sich ein anderer Raum befand. Dort saß ein Mann auf einem Holzstuhl. Er trug ein schmutziges Krankenhaushemd, und sein Mund war geöffnet. Sein

Kopf hing schlaff auf einer Schulter. Er hatte langes graues Haar und einen Vollbart. Luther sah getrocknete Essensreste in dem Bart des Mannes.

Der Arzt drückte auf einen Knopf auf seinem Schaltpult. »Sehen Sie sich alles genau an.« Luther stellte sich vor das Fenster, und kurz darauf wurde eine Tür in dem anderen Raum geöffnet. Ein alter, hagerer Mann trat ein. Er trug einen fleckigen grünen Overall, und er hinkte.

Der alte Mann zog eine messerscharfe Schere aus der Tasche. Luther stockte der Atem. Er erwartete, dass Krankenwärter in den Raum stürzen, den alten Mann zu Boden werfen und ihm die Schere abnehmen würden. Solche Instrumente waren streng verboten.

Doch das geschah nicht.

Stattdessen begann der alte Mann, das Haar des anderen Mannes abzuschneiden, das auf dessen wundem Schädel wuchs wie Unkraut auf einem ungepflegten Weg. Der alte Mann trat zwischendurch immer wieder einen Schritt zurück, um sein Werk zu begutachten. Er schnitt hier und da ein bisschen ab und schaute sich seine Arbeit dann wieder an.

Zu Luthers Entsetzen und Erstaunen hörte der alte Mann aber nicht auf, als er mit dem Haar des anderen Mannes fertig war. Mit der rasiermesserscharfen Schere schnitt er plötzlich die Spitze eines der beiden Ohren des anderen Mannes ab. Dann trat er schnell zur anderen Seite und schnitt die Spitze des zweiten Ohrs ab. Über beide Seiten des Gesichts rann Blut. Luther warf dem Arzt einen Blick zu und rechnete damit, dass dieser einschritt und die Sache beendete. Doch der Arzt beobachtete alles ganz genau. Luther wandte seine Aufmerksamkeit ebenfalls wieder dem Geschehen in dem anderen Raum zu.

Schließlich widmete sich der alte Mann den Fingerspitzen

des anderen Mannes und hörte erst auf, als er die Spitzen von allen Fingern und den beiden Daumen abgeschnitten hatte. Zwischendurch trat er immer wieder zurück, um sich alles anzusehen und zu begutachten.

Unter dem Stuhl bildete sich eine Blutlache.

»Der Mann mit der Schere träumt«, sagte der Arzt. »Er träumt, er ist ein Gartenarchitekt.«

»Was ist das?«, fragte Luther.

Der Arzt erklärte es ihm und fuhr fort.

»Der Mann mit der Schere träumt, es ist Hochsommer – blauer Himmel, eine warme Brise, alles steht in voller Blüte. Er schneidet Laub und kleine Zweige von einem großen Strauch ab, um ihm eine fantasievolle Form zu verleihen. Die eines Pfaus oder vielleicht eines Delphins.«

»Warum tritt er immer wieder einen Schritt zurück?«, fragte Luther.

»Er überprüft die Symmetrie.«

Der alte Mann begann nun mit den Zehen des Mannes in dem Krankenhaushemd. Mittlerweile war dieser blutüberströmt.

»Und der Mann auf dem Stuhl?«, fragte Luther.

»Was soll mit ihm sein?«

»Träumt er auch?«

»Oh ja.«

»Was träumt er?«

Der Arzt legte eine Hand auf Luthers Schulter. »Er träumt vom Winter.«

Im Laufe des nächsten Jahres sah Luther viele Vorführungen. Einmal saß ein Mann in dem kleinen Raum nackt auf einem Stuhl. Um seinen Hals war eine Art Lätzchen gebunden, auf das kleine rote Hummer gedruckt waren.

Auf seinem Schoß stand eine Metallschale.
Luther und Dr. Kirsch schauten zu, wie der Mann eine Zange nahm und sich nacheinander die Zähne herauszog, die klirrend in die Schale fielen.

Als er fertig war, kam ein Krankenwärter und brachte den zahnlosen, blutenden Mann zur Tür.

Luther sah ihn nie wieder.

1997

Als der Gouverneur von Pennsylvania die Schließung des Krankenhauses anordnete und die Hauptgebäude abgerissen wurden, wurden viele Patienten einfach entlassen und ihrem Schicksal überlassen. Einige wurden in betreute Wohngemeinschaften und andere in Langzeitpflegeheime eingewiesen. Die meisten bekamen fünfzig Dollar und einen Busfahrplan.

Wochenlang war Luther wie erstarrt. Er wusste nicht, was aus ihm werden sollte. Seine Kenntnisse der Außenwelt stammten größtenteils aus Büchern. Der Gedanke, durch die dunklen, gefährlichen Straßen zu laufen, erfüllte ihn mit lähmender Angst.

Doch dank der Güte und Freundlichkeit von Dr. Godehard Kirsch fand Luther ein Zuhause am Ende des langen Gangs, einem breiten Gang, der unter dem zweiten Untergeschoss des Gebäudes G10 begann. Er endete fast eine Meile entfernt in einem Labyrinth von Räumen. Nie zuvor hatte Luther Räume gesehen, die so eingerichtet waren. G10 war das einzige Gebäude, das nach der Schließung des Cold River seinen Betrieb aufrechterhielt.

In den ersten sechs Monaten des Jahres 1997 erfuhr Luther, dass die Kellergewölbe unter dem Krankenhaus nicht die einzige unterirdische Welt in Philadelphia waren. Was die labyrinthartigen Gänge unterhalb der Stadt betraf, die hinter den Gewölben unter dem Krankenhaus begannen, verfügte Luther über einen genauen Plan in seinem Kopf. Er bewegte sich in vollkommener Dunkelheit, folgte oft Seitenkanälen und drang tief in das Kanalsystem ein. Er lernte alle Tricks der Kanalarbeiter und wusste genau, wann die Hausbesitzer abends zurückkehrten. Unter der Stadt lernte er viele Dinge.

Wenn Luther sich jedoch in den Traumarkaden aufhielt, reiste er mit Hilfe von Dr. Kirsch und seinen Mitarbeitern durch die Welt.

Nacht für Nacht verließ er in seinen Träumen die Mauern des Gebäudes G10. In den Traumarkaden, den aufgezeichneten Träumen von Eduard Olev Kross, war Luther nicht zu halten. In einigen dieser Träume war er ein Fälscher und ein Dieb. In anderen ein Hochstapler und ein Brandstifter. Und in vielen ein Mörder, wenn er in die Enge getrieben wurde.

In anderen Träumen – denen, die Luther am besten gefielen – suchte er ein kleines blondes Mädchen namens Kaisa. Ihr hübsches Gesicht war das letzte Diorama in den Traumarkaden, ein Ort, den Luther immer häufiger auf eigene Faust besuchte.

Luther suchte sie überall, in Häusern, in Cafés, in Bahnhöfen und sogar unter dem Stroh in den Scheunen. Er ging in Häuser, saß dort stundenlang in der nächtlichen Dunkelheit, wartete auf das erste Licht der Dämmerung und suchte Kaisa.

Nicht selten kam es zu gefährlichen Begegnungen. Aber er musste nicht ein einziges Mal sein Messer ziehen, ein hübsches

Messer aus russischem Stahl mit einem Elfenbeingriff, ein Geschenk von Dr. Kirsch.

Und eines Tages fand er das Mädchen.

Wochenlang war er überall in der Umgebung in Häuser eingedrungen und hatte alles gewissenhaft in sein Tagebuch geschrieben. Einmal glaubte er schon, das richtige Mädchen gefunden zu haben. Doch als Luther Zeuge eines heftigen Wutanfalls auf einem Spielplatz in der Nähe der Schule wurde, erkannte er, dass es nicht das richtige Mädchen war.

In der nächsten Nacht zog er wie immer seinen alten Anzug an und setzte den Filzhut auf. Als er in die Stadt hinaufstieg, wusste er, dass es diese Nacht anders sein würde. Am dunklen Himmel leuchtete die Mondsichel, und plötzlich hatte Luther das Gefühl, unsichtbar zu sein.

Er betrat das Haus durch den Keller und schlich in das kleine Wohnzimmer. Auf dem Kaminsims fand er zwei gerahmte Fotos von zwei kleinen Mädchen mit einem Altersunterschied von vier oder fünf Jahren. Als er das jüngere Mädchen mit dem schmalen roten Band in dem feinen blonden Haar sah, schlug ihm das Herz bis zum Hals.

Es war Kaisa.

In den nächsten drei Nächten kehrte Luther in das Haus zurück, lauschte, wartete und konnte seine Erregung kaum unterdrücken. In der vierten Nacht wartete er, bis es im Haus still wurde. Dann stieg er leise die Treppe hinauf und betrat das Kinderzimmer. Als er unten ein Geräusch hörte – ein elektrisches Gerät, das zu surren begann; vermutlich war das Kühlaggregat eines Kühlschranks angesprungen –, versteckte er sich im Wandschrank.

Als er das Gefühl hatte, dass keine Gefahr mehr bestand,

und er die Tür gerade öffnen wollte, wurde sie von außen aufgerissen. Nicht das Mädchen, das er so lange gesucht hatte, sondern ihre ältere Schwester stand vor ihm.

Eine Ewigkeit stand sie reglos da und starrte ihn an, als wäre sie in Trance. Schließlich wich sie rückwärts zu ihrem Bett zurück, bis sie gegen den Bettrahmen stieß. Luther trat aus dem Schrank heraus, setzte sich auf einen kleinen Stuhl und wandte sich dem kleinen blonden Mädchen zu. Es schien keine Angst vor ihm zu haben.

»Hallo«, sagte er leise. »Wie heißt du?«

»Ich bin Bean«, sagte das Mädchen.

»Träumst du?«

Das kleine Mädchen nickte.

»Komm«, sagte er. »Ich decke dich zu.«

Als kurz darauf beide Mädchen unter ihren Decken lagen, schaltete Luther das Licht aus. Er nahm den kleinen Kassettenrekorder aus der Tasche und stellte ihn auf den Nachttisch.

Jetzt war der Raum von unzähligen Schatten erfüllt. Luther setzte sich ans Fußende des Betts und drückte auf Play. Sofort darauf begann die Wiedergabe.

»Schlaft gut, ihr Kleinen«, sagte er. »Schlaft.«

Bei seinem letzten Besuch brachte Luther eine Flasche Apfelsaft mit und goss dem Mädchen und seiner Schwester ein kleines Glas davon ein. Nachdem sie den Saft getrunken hatten, zog er sie warm an, führte sie die Treppen hinunter und zu dem langen Gang, an dessen Ende der Arzt wartete.

Als er sie zurückbrachte, wusste er, dass die Kleine, die Bean hieß, die Richtige war.

In dieser Nacht, als sie eindöste, deckte Luther sie zu. Sie hob den Blick zu ihm und schloss langsam die Augen.

»In vielen Jahren, an deinem Geburtstag, komme ich zu dir zurück«, sagte Luther.

2010

In der Nacht, als Luther Bean zu dem Arzt zurückbrachte, hielt er sich die Ohren zu, um die Schreie nicht zu hören. Er musste an die weiße Rita denken. Natürlich kannte er sie nicht – es hieß, dass sie auf dem Echogang verblutet war –, aber er erinnerte sich auf die einzige Art an sie, die er kannte.
In seinen Träumen.
Als Monate später die Blumen in die Erde gepflanzt wurden und Luther sah, wie das verweste Fleisch, das einst Dr. Kirsch gewesen war, fortgebracht wurde, schloss er die Augen und betrat die Traumarkaden.
Er verließ sie nie wieder.

FEBRUAR 2013

Luther folgte dem Mann, als er das Lebensmittelgeschäft verließ, und führte ihn in eine Gasse hinter einigen Reihenhäusern. In dem Traum hatte der Vorschlaghammer in einer mit Schindeln verkleideten Scheune gelegen, in der es nach feuchtem Stroh und Dünger roch.
In diesem Traum fand Luther ihn auf einer Baustelle, ein paar Straßen von dem Haus des Mannes entfernt.

»Es ist lange her«, sagte der Mann. Er saß auf einem Holzstuhl mitten auf dem Sportplatz. Es hatte zu schneien begonnen.

»Ja«, sagte Luther.
»Der Arzt ist tot, wissen Sie.«
»Ich weiß.«
Der Mann ließ den Kopf hängen. Zuerst glaubte Luther, er würde anfangen zu weinen. Stattdessen begann er zu flüstern. Betete er? Vielleicht. Luther hatte so etwas schon mal gehört. Er selbst hatte noch nie gebetet, und er hätte auch nicht gewusst, zu wem er beten sollte. Doch er missgönnte niemals jemandem diese Gnade am Ende seines Lebens. Jeder hatte das Recht, in Würde zu sterben.
»Warum jetzt?«, fragte der Mann schließlich.
»Weil die Bagger da sind«, sagte Luther. »Die Bagger sind da, und sie werden alle Geheimnisse ans Licht bringen.«
Der Mann senkte den Kopf, schlug die Hände vors Gesicht und begann jetzt zu weinen.
Luther zog seinen Mantel aus. Der Mann hob den Blick und sah den alten Anzug aus Sackleinen mit den vielen Blutflecken. Er sah auch, was Luther in der rechten Hand hielt.
»Kennen Sie mich?«, fragte Luther.
Der Mann nickte. »Sie sind natürlich Eduard Kross.«
»Ja.«
»Und ich bin Toomas Sepp. Ich habe immer gewusst, wenn dieser Tag kommt, werde ich Sepp sein.«
Luther drückte ihm den Schienennagel in die Hand. Als kurz darauf Schneeflocken in Robert Freitags Haar glitzerten, hielt dieser sich den Schienennagel an den Hinterkopf.
Luther hob den Vorschlaghammer hoch in die Luft und schlug mit aller Kraft zu. Als das Metall auf das Metall stieß, hallte ein lautes Echo durch den Park.
Dann herrschte Stille. Nur die Stille des Schlafes, der warme und angenehme Trost des Mutterleibs.

MÄRZ 2013

Es war kurz nach einundzwanzig Uhr, und es herrschte nicht mehr viel Verkehr.

Luther beobachtete, wie in den Häusern in der Straße die Lichter an- und ausgingen. Die Bewohner beendeten ihr Abendessen, bereiteten alles für ihr Bad vor oder zogen sich ins Wohnzimmer zurück. Andere gingen in den Keller, um sich ihrem Hobby zu widmen oder sich – von der Straße durch Beton und Glasbausteine abgeschirmt – ihren Perversionen hinzugeben.

Er schaute auf das zweistöckige Reihenhaus, das ihn interessierte.

Was wusste er? Er kannte den Namen und den Beruf des Mannes, der dort wohnte. Er wusste, dass der Mann geschieden war. Er wusste, dass der Mann einen siebenjährigen Sohn hatte. Er wusste, dass der Junge jeden Dienstagabend gegen sieben Uhr die Aufgabe hatte, den Abfall hinauszubringen.

Bei seinen vielen Besuchen in dem kleinen Park auf der anderen Straßenseite hatte Luther den Jungen durch sein Kinderzimmerfenster im ersten Stock beobachtet. An den Wänden hingen Poster, und im Bücherregal standen Actionfiguren.

Es gab zwei Probleme.

Luther überquerte die Straße und schaute sich das Eisentor genauer an, das zum Hintereingang des Hauses führte. Das Tor sah neu aus, ein ziemlich protziges, verschnörkeltes Tor, das offenbar aus kaltgewalztem Stahl bestand. Es schien von demselben Hersteller zu stammen wie die Eisenstangen, die die Fenster im Erdgeschoss und im ersten Stock auf der Vorderseite des Hauses sicherten, nicht aber die Fenster im zweiten Stock. Als Luther zum ersten Mal hier gewesen war, hatte er festgestellt, dass zwar die Fenster auf der Vorderseite durch

Eisenstangen gesichert waren, die Seitenfenster jedoch nicht. Der Hausbesitzer, der Mann, für den Luther sich interessierte, nahm wohl an, dass das ziemlich teure Tor auf der Rückseite ausreichte, um Eindringlinge abzuhalten.

Man sollte nicht am falschen Ende sparen, dachte Luther.

Nein, das Tor stellte kein Hindernis dar. Schon seit vielen Jahren war Luther auf kein Schloss mehr gestoßen, das er nicht knacken konnte. Es gab jedoch zwei andere Hindernisse. Das Tor war durch eine Alarmanlage gesichert. Wenn das Tor nicht mit einem Schlüssel geöffnet und verschlossen wurde, wurde der Alarm ausgelöst. Auf dem Grundstück hinter dem Haus befanden sich zudem Bewegungsmelder.

Luther wusste, wie er ihnen aus dem Weg gehen konnte.

Ein anderes Hindernis, das etwas schwieriger zu überwinden sein würde, erkannte er an den beiden verkratzten Plastikschüsseln am Ende der kurzen Einfahrt. Doch ihm würde schon etwas einfallen.

Luther steckte die Hände in die Manteltaschen. Er verschmolz mit der Dunkelheit und überlegte bereits, welche Medikamente er brauchen würde.

Zuerst würde er sich um die alte Frau kümmern, und dann hatte er eine Verabredung mit einem Jungen, der auf einen Comichelden namens Spectre stand.

22

In der ganzen Straße stank es ekelerregend nach verbranntem Polstermaterial und Schaumstoff, nach geschmolzenem Plastik und verkohltem Holz.

Die Flammen waren bis zur Südseite des Reihenhauses vorgedrungen, wo die Feuerwehrleute die Fenster herausgebrochen hatten. Alles war schwarz und verbrannt. Über die Hitze hätte man sich an einem kalten, regnerischen Märznachmittag vielleicht noch gefreut, nicht aber über den beißenden Rauch.

Die anderen Häuser waren wohl nur dank des unaufhörlichen Regens verschont geblieben, erklärte der Captain der Feuerwehr, Mickey Dugan, der schon seit Ewigkeiten bei der Truppe war.

Man hatte eine Untersuchung eingeleitet, um die Brandursache zu ermitteln. Nach den Aussagen der beiden Polizisten, die das Haus vorne und hinten bewacht hatten, hatte niemand das Grundstück betreten oder verlassen, nachdem die Detectives Byrne und Balzano zum Priory-Park gefahren waren.

Die Ermittler fanden keine Papiere bei der am Ufer des Baches aufgefundenen Leiche, doch Jessicas und Byrnes Identifizierung der Frau reichte vorerst aus. Dem Bruder stand es noch bevor, seine Schwester später in der Leichenhalle offiziell zu identifizieren.

Unter den beiden Steinen auf den Händen der Toten hatte jeweils eine getrocknete, weiße Blume gelegen, die man zum FBI geschickt hatte. Sie hofften, dass die Ermittler dort feststellen konnten, um was für eine Blume es sich handelte.

Das iPhone der Frau fanden sie nicht. Sie riefen mehrmals die Nummer an, aber alle Anrufe wurden auf die Mailbox umgeleitet. Ob das iPhone nur ausgeschaltet, ob die SIM-Karte entfernt oder ob sie zerstört worden war, wussten sie nicht.

Um drei Uhr am Nachmittag hatte die Polizei Joan Delacroix' abgebranntes Haus großräumig abgesperrt.

Jessica und Byrne standen an der Ecke inmitten der immer größer werdenden Menschenmenge. Da diese Straße in Brewerytown sehr schmal war, hatten zahlreiche Anwohner auf beiden Straßenseiten ihre Häuser verlassen müssen, bis das Feuer unter Kontrolle war.

Während Jessica und Byrne darauf warteten, dass sie wieder ins Haus konnten, verglichen sie ihre Notizen. Sie waren sich einig, dass zwischen dem Zeitpunkt, als sie das Haus betreten hatten und das Opfer aus dem Keller gerufen hatte, und dem Moment, als Byrne die Treppe hinuntergestiegen war, nicht mehr als zwei Minuten vergangen waren.

Wie war es möglich, das Opfer in dieser kurzen Zeitspanne vor ihrer Nase verschwinden zu lassen?

Ehe sie versuchen konnten, diese Frage zu beantworten, tauchte James Delacroix wieder auf. Jessica fragte sich, ob der Mann seine Suche in dem Viertel vielleicht in einem immer größeren Umkreis fortgesetzt hatte.

Als Delacroix die Streifenwagen und die Löschfahrzeuge sah, rannte er über die Straße, duckte sich unter dem gelben Absperrband hindurch und schickte sich an, das Haus seiner Schwester zu betreten. Zwei junge Polizisten hielten ihn auf.

Byrne ging auf James Delacroix zu und trat mit ihm zur Seite.

»Was ... was ist passiert?«, fragte Delacroix.

Byrne wechselte rasch einen Blick mit Jessica und ging mit Delacroix ein paar Schritte die Straße hinunter. Dann stellte er sich vor ihn. »Mr. Delacroix, es tut mir sehr leid, aber ich habe schlechte Nachrichten für Sie.«
»Es geht um Joan?«
»Ja. Ich muss Ihnen leider mitteilen, dass Ihre Schwester tot ist.«
Byrne fing den Mann auf, als er zu Boden sank. Er winkte einen der Feuerwehrmänner herbei.
»Mr. Delacroix«, sagte Byrne, »dieser Mann kümmert sich um Sie. Sobald ich kann, komme ich wieder zu Ihnen.«
James Delacroix' Pupillen rollten nach oben. Im ersten Moment sah es so aus, als erlitte er einen Schock. Byrne legte ihm eine Hand auf den Arm, bis der Feuerwehrmann zu verstehen gab, dass er alles unter Kontrolle hatte.

Sechs Detectives der Mordkommission befragten die Anwohner. Viele Leute hielten sich noch auf der Straße auf, weil sie ihre Häuser nicht betreten durften. Nach und nach entspannte sich die Lage, und sie bekamen die Erlaubnis, nach Hause zurückzukehren.
An diesem Ort war nicht nur ein Haus abgebrannt, sondern zudem eine Frau entführt und kurz darauf ermordet worden.
Während die Detectives die Befragungen in der Nachbarschaft fortsetzten, liefen Jessica und Byrne die lange Gasse hinter den Reihenhäusern und Geschäften hinunter.
Am Ende der Gasse stand ein Mann mit verschränkten Armen und wartete ungeduldig. Es war ein stämmiger Asiat in einer Kochjacke und mit verärgerter Miene.
Byrne stellte sich und Jessica vor. Der Mann hieß Winston Kuo. Er war der Besitzer des Saigon Garden Restaurants. Das

kleine Lokal war nur vier Häuser von Joan Delacroix' Haus entfernt.

»Geht es um das Feuer?«, fragte Kuo.

»Ja und nein«, antwortete Byrne.

Der Mann nickte.

»Kannten Sie die Frau, die im vorletzten Haus am anderen Ende des Blocks gewohnt hat?«

Kuo dachte kurz nach. »Eine ältere Frau? Eine Weiße?«

»Ja.«

»Man kann nicht sagen, dass ich sie kannte. Wir haben uns ab und zu gesehen und uns kurz gegrüßt. Wie das so ist. Ich hab sie gesehen, wenn wir beide unseren Abfall rausgebracht haben.«

»Erinnern Sie sich, wann Sie sie zum letzten Mal gesehen haben?«

»Das ist mindestens ein paar Tage her. Vielleicht eine Woche.«

»Heute haben Sie die Frau nicht gesehen?«

»Nein.«

Jessica spähte die Gasse hinunter. Zwei junge Hilfskellner suchten während des Wartens in einem Hauseingang Schutz vor der Kälte. »Arbeiten die beiden jungen Männer bei Ihnen?«

Kuo schaute zu ihnen hinüber. »Ja.«

»Wenn es möglich ist, würden wir gerne mit ihnen sprechen.«

»Das könnte schwierig werden. Sie sprechen leider kein Englisch.«

»Könnten Sie die beiden fragen, ob sie Ms. Delacroix heute gesehen haben? Vor allem in der Stunde, bevor das Feuer ausbrach.«

»Kein Problem.«

Kuo rief den beiden jungen Männern etwas zu, woraufhin sie sofort zu ihnen herüberkamen. Ihre verängstigten Mienen ließen darauf schließen, dass sie vielleicht glaubten, Jessica und Byrne kämen von der Einwanderungsbehörde.

Kuo sprach vietnamesisch mit ihnen.

Die beiden jungen Männer hörten zu, wechselten einen Blick, schauten dann ihren Chef wieder an und schüttelten die Köpfe. Kuo stellte ihnen noch eine Frage und bekam dieselbe Antwort. Sie konnten gehen. Kuo wandte sich wieder den Detectives zu.

»Sie haben nichts gesehen. Der Jüngere der beiden hat gestern erst angefangen. Ich glaube nicht, dass er sie jemals gesehen hat, diese Miss...«

»Delacroix«, sagte Byrne. »Sie hieß Joan Delacroix.«

Kuo entging Byrnes gereizter Ton nicht. »Ms. Delacroix. Ich glaube nicht, dass er weiß, wer sie war.«

»Haben Sie in den letzten Tagen oder Wochen gesehen, dass jemand das Haus von Ms. Delacroix betreten oder verlassen hat?«, fragte Byrne ihn nun. »Sind Ihnen Besucher aufgefallen? Irgendetwas Ungewöhnliches?«

Kuo dachte darüber nach. »Kann ich nicht sagen. Normalerweise habe ich auch eine Menge zu tun. Im Augenblick bin ich der Einzige hier, dessen Existenz bedroht ist.«

Byrne zog eine Visitenkarte aus der Tasche und reichte sie dem Mann mit der üblichen Bitte, sich zu melden, falls ihm noch etwas einfiel. Ehe sie sich verabschiedeten, zeigte Kuo auf den ersten Stock des Hauses auf der anderen Seite der Gasse, ein ehemaliges Geschäft an der Ecke.

»Sie sollten mit Old Tony sprechen«, sagte Kuo.

»Old Tony?«, fragte Byrne. Er hob den Blick und sah jemanden am Fenster.

»Der sieht alles.«

»Soll das heißen, der Mann sitzt immer da?«

Kuo nickte. »Zuerst dachte ich, das wäre eine Schaufensterpuppe oder so was, verstehen Sie? Tag und Nacht sitzt der da. Er bewegt sich nie. Und eines Nachts hab ich dann die glühende Asche einer Zigarre gesehen. Glauben Sie mir, Old Tony entgeht nichts.«

Die Wohnung war vollgestopft mit Möbeln, Einrichtungsgegenständen für Geschäftsräume und Krimskrams. In einer Ecke stand eine große Abfalltonne der Stadt Philadelphia. Daneben hingen zwei riesige Pinnwände, auf die Hunderte von Zetteln geheftet waren: Flyer, Gutscheine und spezielle Angebote für alles Mögliche von Pizza über Massagen bis hin zu Tai-Chi-Kursen.
Der Bewohner des ersten Stocks des Eckhauses – Anthony Giordano – war Mitte achtzig, ein dünner, aber noch immer drahtiger Mann mit einem großen Kopf, widerspenstigem weißem Haar und wuscheligen Augenbrauen.
Byrne stellte sich und Jessica vor. Sie bahnten sich einen Weg zu der Ecke, in der Old Tony saß und die Nachbarschaft im Auge behielt. Winston Kuo hatte recht. Von hier aus konnte man eine Menge sehen.

»Ich habe sie mit diesem Kerl gesehen«, sagte Tony. »Der Wagen stand um die Ecke, aber ich habe ihn wegfahren sehen.«
»Kannten Sie den Mann?«
»Nein. Tut mir leid. Ich habe auch nur den oberen Teil seines Kopfes gesehen.«
»Ein Weißer oder ein Schwarzer?«
»Ein Weißer.«
»Und der Wagen?«, fragte Byrne. »Haben Sie den vorher schon mal gesehen?«

»Ja. Er stand vorher auch schon mal hier.«
»Können Sie ihn beschreiben?«
Tony strich über die Bartstoppeln auf seinem Kinn. »Tja, mit Automarken und Modellen kannte ich mich nie gut aus. Für Autos hab ich mich nie interessiert. Mein Ding waren Motorräder.«
»Welche Farbe hatte der Wagen?«
»Das ist einfach. Er war schwarz. Ein großer Wagen. Nicht neu.«
»Sprechen wir über einen großen Oldtimer?«, fragte Byrne. »Oldsmobile, Pontiac, Caddy?«
»Einen Caddy hätte ich erkannt.«
»Irgendetwas Auffälliges an dem Wagen? Beulen, Aufkleber, Lackschäden?«
Der alte Mann dachte nach. »Kann mich nicht erinnern.«
»Hatten Sie das Gefühl, dass die Frau, Ms. Delacroix, dem Mann freiwillig gefolgt ist?«
»Sie meinen, als wären sie Freunde?«
Byrne nickte.
»Ich glaube nicht. Er hat ihren Arm umklammert. Zuerst dachte ich, sie könnte die Mutter von dem Kerl sein. Sie wissen ja, wie junge Leute ihre Eltern heutzutage manchmal behandeln.«
»Ja, ich weiß.«
»So in der Art. Ich hätte ihm am liebsten eine runtergehauen.«
Byrne machte sich Notizen und nahm ein Foto von dem vollgestellten Bücherregal. Es zeigte den jungen Anthony Giordano in Uniform. Er stand zwischen zwei hohen Marmorsäulen. »Sind Sie Kriegsveteran?«
»Ja, Sir. Ich war bei der Militärpolizei. In Nürnberg.«
»Bei den Prozessen?«

Tony nickte. »Im Justizpalast. Bin bei Kriegsende zur Armee gegangen. Zu jung, um zu kämpfen, und zu alt, um zu Hause zu sitzen. Wir waren neun.«
Byrne lächelte. »Der wievielte waren Sie?«
»Der Allerletzte. Meine Uniform war so verschlissen, dass sie kaum noch zu gebrauchen war. Nichts hat richtig gepasst.«
Byrne zeigte auf das Foto. »Wie war das da so?«
»Die Schweine vor Gericht haben besser gegessen als wir. Und wir haben gut gegessen.«
Byrne stellte das Foto zurück aufs Regal.
»War Ihr Vater auch im Krieg?«, fragte Tony.
»Er hat zwischen den Kriegen gedient.«
»Guter Mann.«
»Ist er.«
»Weilt er noch unter uns?«
»Ja, er steht noch mit beiden Beinen fest auf der Erde.«
Tony nickte. »Darf ich Sie etwas fragen? Dieser Kerl mit dem Wagen?«
»Was ist mit ihm?«
»Hat er der Dame etwas Schlimmes angetan?«
»Ja«, sagte Byrne. »Ich fürchte, ja.«
Tony nickte wieder und zeigte auf den Karabiner, der an der Wand hing. Für Jessica sah das Gewehr so aus, als wäre es voll funktionstüchtig. »Ich sag Ihnen was. Kann ich den Scheißkerl ausschalten, wenn ich ihn das nächste Mal sehe? Ich bin noch immer ziemlich treffsicher.«
»Es wäre besser, wenn Sie mich anrufen würden«, erwiderte Byrne und reichte dem Mann eine Visitenkarte. »Mich oder meine Partnerin. Wir kümmern uns dann darum.«
Tony nickte wieder und dachte darüber nach. »Okay«, sagte er und schenkte Jessica ein Lächeln.
»Danke, Sir.«

Tony heftete die Karte an die Pinnwand, mitten in die Masse der Angebote für Dachrinnenreinigungen, Neubeschichtungen von Badewannen und die unbegrenzte Nutzung eines Solariums.

Als Jessica und Byrne zum Haus von Joan Delacroix zurückkehrten, packte die Feuerwehr gerade alles zusammen und sicherte das Gebäude. Captain Mickey Dugan ging auf die beiden Detectives zu. Er kannte Byrne schon fast dreißig Jahre, und daher konnten sie Klartext miteinander reden.
»Ihr könnt ins Haus«, sagte Dugan. »Aber nur ins Erdgeschoss und nur in die Räume, die auf der Nordseite liegen. Der Rest ist abgesperrt. Zum Keller ist der Zugang verboten.«
»Okay«, sagte Byrne.
»Kevin, das ist mein Ernst. Wenn du in den ersten Stock gehst und die Treppe einstürzt, kann ich die ganze Nacht hier verbringen, weil ich dich ausbuddeln muss.«

Ehe sie das Haus betraten, nahm Byrne Jessica zur Seite. »Jess, ich finde, wir sollten...«, sagte er leise.
Jessica hob eine Hand, um ihn zu unterbrechen. Sie wusste, was er sagen wollte. »Ich weiß, was du sagen willst.«
»Tatsächlich?«
»Klar. Hör zu, diese beiden Fälle hängen zusammen. Daran besteht nicht der geringste Zweifel.«
»Ich weiß«, sagte Byrne. »Aber du bist jetzt bei den Besonderen Ermittlungen. Dein Leben hat sich verändert. Du musst zur Uni.«
»Ach ja?«

Keine besonders überzeugende Erwiderung, dachte Jessica, vor allem, wenn sie mit jemandem sprach, der sie so gut kannte wie ihr Partner.

»Dir fehlt die Zeit, um in beiden Fällen zu ermitteln.«

»Ich hole die Seminare nach«, sagte Jessica. »Die Zeit dazu treibe ich schon irgendwie auf.«

»Und wenn nicht?«

Jessica hatte befürchtet, dass Byrne ihr diese Frage stellen würde. Sie hatte sich die Antwort vorher überlegt, aber sie würde sie ihm bestimmt nicht so überzeugend präsentieren, wie sie sie einstudiert hatte. Und genau das passierte auch.

»Dann mache ich halt im nächsten Semester da weiter, wo ich aufgehört habe, Kevin. Das ist kein Problem.«

Byrne wusste natürlich, dass das nicht der Wahrheit entsprach. Allerdings wusste er auch, dass es keinen Zweck hatte, es ihr auszureden. Es *war* ein Problem, und es war ihre Entscheidung.

Damit war das Gespräch zunächst einmal beendet.

Jessica und Byrne standen unten an der Treppe, während die Kriminaltechniker Fotos machten. Es gab keine Fußspuren, keine Blutspritzer auf den Stufen oder in dem kurzen Flur, der zur Hintertür führte. Wenn es dunkel genug war, würden sie einen Luminol-Test machen. Damit konnten die Ermittler selbst kleinste Blutspuren nachweisen, die für das bloße Auge unsichtbar waren.

»Warum haben wir nichts gehört?«, fragte Jessica.

Byrne antwortete ihr nicht sofort. Vielleicht gab es keine Antwort auf diese Frage. Doch Jessica wusste, dass ihr Leben sich in eine Hölle verwandeln würde, sobald die Presse Wind davon bekam. Eine Frau war entführt und ermordet worden, während zwei Detectives der Mordkommission in ihrem Wohnzimmer standen.

Das war ein Albtraum für die Pressestelle der Polizei.

Im Augenblick hatten Jessica und Byrne keine Zeit, darüber nachzudenken. Sie mussten den Tatort sichern und mit den Ermittlungen beginnen.

»Komm mit«, sagte Byrne.

Jessica folgte ihm den kurzen Flur hinunter ins Wohnzimmer. Sie stellten sich genau dorthin, wo sie gestanden hatten, als Byrne Joan Delacroix' Namen gerufen hatte.

»Wir standen genau hier, nicht wahr?«, fragte Byrne sie.

Jessica überprüfte ihren Standort. »Ja«, sagte sie. »Genau hier.«

Byrne drehte sich zu dem Flur um, der zur Treppe und zur Küche führte. Er stand in einem Fünfundvierzig-Grad-Winkel zum Durchgang, und seine linke Körperseite zeigte zur Rückseite des Hauses.

»Ich habe in diese Richtung gesehen, nicht wahr?«

»Ja.«

»Wie viel Zeit ist deiner Meinung nach vergangen zwischen dem Moment, als sie rief, dass sie gleich bei uns ist, und dem Moment, als ich die Treppe hinuntergestiegen bin?«

Jessica dachte nach. »Ich würde sagen, ungefähr zwei Minuten. Maximal.«

Byrne schaute auf die Uhr. Er stellte sich wieder an die Stelle, an der sie gestanden hatten, als die Frau aus dem Keller heraufrief. Dann drückte er auf einen kleinen Pin an einer Seite seiner Uhr. »Ich bin gleich bei Ihnen«, wiederholte Byrne noch einmal Ms. Delacroix' Worte. Eine Minute blieben sie schweigend dort stehen, während die Kriminaltechniker im Haus ein- und ausgingen. Die Umstände, um sich die entscheidenden Minuten vor Augen zu führen, waren nicht ideal. Sie mussten das Beste daraus machen.

Byrne schaute auf seine Uhr und drückte wieder auf den kleinen Pin.

»Er war schon im Keller, Jess. Verdammt, er hat da unten auf sie gewartet. Vermutlich war er schon unten im Keller, als wir drüben mit ihrem Bruder gesprochen haben.«

Jessica lief ein eiskalter Schauer über den Rücken. Was für ein gruseliger Gedanke, unbekümmert durchs Haus zu laufen und Hausarbeiten zu erledigen, während sich irgendwo in der Dunkelheit oder in einem Schrank jemand versteckte und auf einen günstigen Augenblick wartete, um zuzuschlagen.

»Nehmen wir zunächst einmal an, er *war* da unten und hat auf sie gewartet«, sagte Jessica. »In diesen zwei Minuten hat er sie überwältigt und gedroht, sie umzubringen, wenn sie nicht mitkommt.«

»Okay.«

»Aber wie ist er aus dem Haus herausgekommen?«

Byrne zeigte auf den kurzen Flur, der zur Hintertür führte. Dieser Bereich war nun mit gelbem Flatterband abgesperrt. »Das ist unmöglich. Ich hätte sie gesehen. Die Antwort liegt im Keller. Sie muss irgendwo da unten sein.«

Jessica stimmte ihm zu. Den Keller durften sie aber erst betreten, wenn das ganze Haus so weit abgesichert war, dass sie sich dort gefahrlos bewegen konnten. Das konnte Tage dauern.

»Und du hast nicht vielleicht ein paar Sekunden weggesehen?«, fragte Jessica.

Byrne erwiderte nichts.

Sie würden jeden Quadratzentimeter zwischen der Kellertreppe und der Hintertür unter die Lupe nehmen. Wenn es jemals einen Fall gegeben hatte, in dem Übertragungsspuren – was bedeutete, dass jeder überall, wo er sich bewegte, physikalische Spuren mitnahm und hinterließ – eine besondere Rolle spielten, dann war es dieser hier.

»Wir waren nicht schnell genug hier«, sagte Byrne.
»Kevin.«
»Das ist unser Job, Jess. Mein Gott, und wir standen genau hier.«

Sie standen in der kleinen Küche und schickten sich an, das Haus zu verlassen. Bevor sie ihre Mäntel zuknöpften, um sich gegen den Regen draußen zu schützen, schauten sie beide auf den Küchentisch. Sie sahen es in demselben Augenblick.
Auf dem Tisch stand ein Suppenteller und darin ein umgedrehter Kaffeebecher. Rechts daneben lag ein angelaufener Silberlöffel.
»Lag das vorhin auch schon da?«, fragte Jessica.
»Nein.«
Jessica nahm ihr Handy aus der Tasche und scrollte durch die Fotos, die sie von Robert Freitags kleinem Esszimmer gemacht hatte. Sie fand schnell das Foto, das sie suchte. Alles stimmte überein. »Sieh mal.«
»Derselbe Löffel.«
»Derselbe Löffel.«
Jessica, die Einweghandschuhe trug, griff den Löffel oben am Stiel und versuchte, die Gravur zu entziffern. Ebenso wie bei dem Löffel in Robert Freitags Haus war sie unlesbar.
»Er ist auf jeden Fall aus Silber«, sagte Jessica. »Und auf jeden Fall hat er eine Gravur.«
»Das hat er dorthingestellt, nachdem wir gegangen sind«, sagte Byrne. »Der Scheißkerl ist zurückgekommen. Er ist zurückgekommen, um das Haus abzufackeln.«
Jessica steckte den Löffel in eine Beweismitteltüte.
»Komm, wir machen eine kleine Spritztour.«

23

Das vierte Pfandhaus mit den drei goldenen Kugeln, die an einer hübsch geschwungenen Halterung draußen vor dem Geschäft hingen, war auf der Germantown Avenue in der Nähe der East York Street. In den Schaufenstern lagen Radiogeräte, akustische Gitarren, Lautsprecher, billige Uhren und sogar ein altes Instrument, das aussah wie eine Zither. Auf fast allen Gegenständen stand »zu verkaufen«, als könnte es noch einen anderen Grund geben, warum sie dort lagen.

Hier, bei Mr. Gold Pawn, war Jessica als Kind oft mit ihrem Vater gewesen, der in diesem Viertel einst Streifendienst verrichtet hatte. Von dem ehemaligen Besitzer – Moises Gold – hatte sie immer ein Wassereis geschenkt bekommen.

Das Geschäft wurde nun von Moises Golds Söhnen geführt, den Zwillingsbrüdern Sam und Sanford Gold.

Als Jessica und Byrne eintraten, läutete ein Glöckchen über der Tür. Jessica hatte das Gefühl, dass es hier noch genauso roch wie damals, als sie zehn Jahre alt gewesen war – ein Gemisch aus Glasreiniger, Raumspray mit Erdbeerduft und Zitronenreiniger. Durchdrungen wurde dieser Geruch von dem leichten Duft eines billigen Eau de Toilette.

Hinten im Geschäft saß Sammy Gold hinter der Theke. Er musste jetzt so um die fünfzig sein und hatte eine Figur wie eine riesige Flaschenbirne – kleiner Kopf, schmale Schultern, breite Brust und ein dicker Bauch. Im ersten Moment erkannte Jessica Sammy gar nicht. Er sah fast aus wie sein Vater und trug wie dieser ein von Schuppen übersätes schwarzes Poloshirt und ein Sakko mit Hahnentrittmuster. Es hätte sogar das seines Vaters sein können.

Sammy hob den Blick von den *Daily News*. »Mein Gott, ich glaub's nicht!«

»Sammy, wie geht es Ihnen?«

»Mit einem Fuß im Grab und mit dem anderen auf einer Bananenschale.«

Genau dasselbe hatte sein Vater vor fünfundzwanzig Jahren auch immer gesagt, dachte Jessica. Offenbar hatte sich der Spruch bewährt.

»Das ist mein Partner, Kevin Byrne.«

Die beiden Männer reichten sich die Hand.

»Was kann ich für Sie tun?«, fragte Sammy. Er faltete die Zeitung zusammen und legte sie auf die Theke.

Jessica nahm die Beweismitteltüte mit dem Löffel aus der Tasche. »Wir versuchen herauszufinden, woher dieser Löffel stammt.«

Sammy Gold zog ein schwarzes Samttuch unter der Theke hervor und rollte es aus. Jessica legte den Löffel darauf.

Sammy Gold brauchte sich den Löffel nicht lange anzuschauen.

»Ja«, sagte er. »Den Löffel kenne ich.«

»Sie haben ihn schon mal gesehen?«

»Ja, aber ist 'ne Weile her.« Er zeigte auf die Unterseite des Löffelstiels, wo die Gravur stand. »Sehen Sie das hier? Das ist eine Gravur zur Erinnerung an ein besonderes Ereignis oder einen besonderen Ort. Davon haben wir jede Menge.«

Sammy drehte sich um und zog eine lange Kiste aus Nussbaumholz aus einem Regal. Er stellte sie auf die Theke und öffnete sie. In der Kiste lagen ein paar Dutzend Löffel unterschiedlicher Größe und aus unterschiedlichen Materialien. Einige waren aus Gold und andere aus Silber.

»Besteck mit Gravur hat in der Regel keinen großen Wert«, sagte Sammy. »Das ist eher etwas für Sammler.« Er nahm einen kurzen, runden, vergoldeten Löffel aus der Kiste. »Dieser hier stammt vom Penn House. Ich glaube, er ist von 1776.« Jessica sah das kleine Preisschild auf der Rückseite. $ 95.00.
Sammy nahm einen zweiten Löffel heraus, dessen Löffelschale eine außergewöhnliche Form hatte. Sie sah aus, als wäre auf den vorderen Rand eine Spange geschweißt worden.
»Was ist das?«, fragte Jessica.
Sammy lächelte. »Das ist ein Schnurrbartlöffel.« Er zeigte auf die Spange, die sich über dem Löffel wölbte. »Das hier? Das sollte dafür sorgen, dass die Suppe den Schnurrbart nicht beschmutzte.«
In der Kiste lagen noch eine ganze Reihe unterschiedlichster Löffel – Münzlöffel, Löffel mit eingravierten Gesichtern auf den Stielen und ein paar, deren Löffelschalen mit Blumen bemalt waren.
»Das Zeug hier ist nicht viel wert. Ich gebe Ihnen die ganze Kiste für vierhundert.«
»Nein danke, im Moment sind wir nicht interessiert.«
Sammy zuckte mit den Schultern. Den Versuch war es wert.
Jessica nahm den Löffel in die Hand, den sie in Joan Delacroix' Haus gefunden hatten. »Sie sind also sicher, dass Ihnen so ein Löffel in Ihrem Geschäft schon mal untergekommen ist?«
»Nun, hundertprozentig nicht. Wie gesagt, bringt so was nicht viel ein. Eine Rolex, das würde ich wissen. Eine Fender Strat, sofort.«
Jessica zeigte auf die Gravur auf dem Stiel. »Wissen Sie, woher der Löffel stammt? An welches Ereignis er vielleicht erinnern soll?«
Sammy griff in eine Schublade und nahm eine beleuchtete

Juwelierlupe heraus. Er hielt sie vor das rechte Auge und schaute sich den Stiel des Löffels genau an. »Kann ich nicht lesen. Tut mir leid.« Er hob einen Finger. »Ich frag mal meinen Bruder. Der erinnert sich an alles.«

»Ich dachte, er hat sich aus dem Geschäft zurückgezogen.«

»Das dachte ich auch.« Sammy ging auf den Vorhang zu, der den Verkaufsraum von den privaten Räumlichkeiten trennte. »Sandy!«

Kurz darauf trat Sanford Gold vor den Vorhang. Er hielt ein großes, belegtes Baguette in der Hand, in das er schon mehrmals hineingebissen hatte.

Sanford Gold sah aus wie das Spiegelbild seines Bruders. Er hatte den Scheitel links und Sammy rechts. Beide trugen einen goldenen Ring am kleinen Finger, Sanford links und Sammy rechts.

»Du erinnerst dich doch an Jessica Giovanni, nicht wahr?«, fragte Sammy seinen Bruder.

Sanford starrte ihn an.

»Sie ist jetzt bei der Polizei. *Detective*.«

Sanford hörte auf zu kauen. Wahrscheinlich fielen ihm jetzt alle seine Schandtaten wieder ein.

Sammy zeigte ihm den Löffel. »So einen Löffel hatten wir doch schon mal, oder?«

Als Sandy begriff, dass ihm nichts anderes übrig blieb, als sich den Löffel anzusehen, legte er das Baguette auf die Theke und wischte sich die Hände an seinem Hemd ab. Dann setzte er seine Brille auf und betrachtete den Löffel.

»Und?«, fragte Sammy. »Solche Löffel hatten wir doch schon, oder?«

Sanford nickte.

»Erinnerst du dich, wer sie gebracht hat?«

»Das war dieser komische Lenny«, sagte Sanford.

»Lenny Pintar hat die Löffel gebracht?«
»Ja. Dieser geistig zurückgebliebene Typ.«
»Sandy, Lenny ist nicht zurückgeblieben.«
Sanford Gold zuckte mit den Schultern und steckte die Daumen unter den Gürtel. »Und wie nennt man das dann? Ich komme da nicht mehr mit, was man sagen darf und was nicht. Wer kommt denn da noch klar?« Er warf Jessica einen Blick zu. »Tut mir leid.«
Jessica nickte.
Sammy dachte kurz nach. »Okay. Vermutlich *ist* Lenny geistig zurückgeblieben, aber das sagt man nicht.«
»Warum nicht?«
Sammys Blick wanderte zu Jessica und Byrne und dann zurück zu seinem Bruder. »Du könntest höchstens sagen, er ist ein bisschen ...«
»Behindert«, sagte Byrne.
Sammy schnippte mit den Fingern. »Behindert. Danke.«
Jessica zog ihren Notizblock aus der Tasche. »Wie heißt er genau? Leonard ...?«
»Pintar«, sagte Sammy.
»Würden Sie den Namen bitte buchstabieren?«
Sammy buchstabierte ihn.
»Woher kennen Sie ihn?«
Sammy schaute seinen Bruder an. »Wie haben wir ihn kennengelernt, Sandy?«
Als Sammy die Frage stellte, biss Sandy in sein Baguette. Jessica hätte ihm am liebsten Handschellen angelegt und ihn mit voller Wucht auf die Glastheke geknallt. Wenn das Verhalten dieses Typen bei ihr schon solche Aggressionen auslöste, hätte Byrne ihn wahrscheinlich am liebsten erschossen. Im Augenblick war es besser, einen kühlen Kopf zu bewahren.

Sammy wandte sich von seinem Bruder ab. »Er war jahrelang Stammkunde hier.«
»Und wann kam er zum ersten Mal zu Ihnen?«, fragte Jessica.
»Vielleicht vor fünfzehn Jahren oder so. Aber so oft war er auch nicht hier.«
»Hat er im Laufe der Jahre viele Dinge verpfändet?«
»Nein«, sagte Sammy. »So ist es nicht. Er bringt ständig irgendwelche Sachen mit, meistens nur Ramsch. Ich hab immer Mitleid mit dem Kerl, weil er ein bisschen *behindert* ist, wie Sie es ausgedrückt haben. Er bringt uns was, und wir geben ihm ein paar Dollar. Mein alter Herr mochte ihn.«
»Wann haben Sie ihn zum letzten Mal gesehen?«
Sammy sah wieder seinen Bruder an. Als er begriff, dass von dort keine Hilfe zu erwarten war, dachte er kurz nach. »Müsste jetzt fast ein Jahr her sein. Bestimmt. Über ein Jahr.«
»Hat er da die Löffel gebracht?«
»Nein, das ist länger her. Vielleicht ein paar Jahre.«
Jessica machte sich eine Notiz. »Warum sagen Sie, er ist behindert?«
»So wie er sich benimmt und wie er spricht. Wenn Sie ihn mal kennenlernen, wissen Sie, was ich meine. Dann wissen Sie es sofort, okay?«
»Ja, verstehe«, sagte Jessica. Das stimmte zwar nicht ganz, aber sie wollte sich nicht ewig hier aufhalten. »Wissen Sie, ob Lenny schon mal gesessen hat?«
»Jetzt, wo Sie es sagen. Ja, ich glaube, er war mal im Knast. Ich glaube, er hat mal über das Scheißessen da gesprochen.«
»Wo oder wie lange, wissen Sie nicht?«
»Nein, keine Ahnung.«
Jessica machte sich noch ein paar Notizen. »Haben Sie ein Faxgerät?«

Als Sanford Gold das hörte, wurde er hellhörig. Er schluckte und wischte sich mit dem Handrücken über die Lippen. »Klar«, sagte er. »Was suchen Sie? Faxgerät ohne weitere Funktionen, ein Kombinationsgerät, Farbe? Tinte, Laser, Thermoband?«

»Ehrlich gesagt«, begann Jessica, »wollte ich nur ...«

»Wir haben Brother, HP, Panasonic, Samsung ...«

Jessica hob die Hand wie eine Verkehrspolizistin. »Ich wollte wissen, ob Sie ein Faxgerät haben, ein angeschlossenes Faxgerät, damit ich jetzt ein Fax hier empfangen kann.«

Sanford sah enttäuscht aus. Das hielt aber nicht lange an. Er nahm sein Baguette und verschwand durch den Vorhang in die Privaträume. Kein Verkauf, kein Interesse.

»Was wollen Sie machen?«, sagte Sammy. »Ich kann ihn ja nicht erschießen.«

»Klar können Sie das«, bemerkte Jessica.

Sammy lachte. Er griff in die Sakkotasche, zog ein mit einer Gravur versehenes Visitenkartenetui aus Silber heraus, öffnete es und nahm eine Karte heraus. »Die Faxnummer steht unten.«

Jessica nahm ihr Handy aus der Tasche und rief im Büro an. Sie bat einen Kollegen, Leonard Pintar zu überprüfen und die Ergebnisse sofort an das Pfandhaus zu faxen. Nach einer Minute begann das Faxgerät hinten im Laden zu drucken.

Sammy ging hinüber und nahm die beiden Seiten heraus. Jessica vermutete, dass er seine gesamte Willenskraft aufbieten musste, um sie nicht zu lesen. Er gab Jessica die beiden Blätter.

Jessica überflog das Fax und reichte es an Byrne weiter. Lenny hatte tatsächlich eine Vorstrafe, aber es handelte sich um ein kleines Vergehen. Vor zwei Jahren war er wegen Beamtenbeleidigung verhaftet worden. Anschließend stellte sich heraus, dass er seine Medikamente nicht genommen und es sich bei der Auseinandersetzung mit dem jungen Polizisten nur um ein Missverständnis gehandelt hatte. Er war weniger als sechsunddreißig Stunden in Haft gewesen und anschließend in die Obhut der Sozialbehörde von Pennsylvania übergeben worden. Jessica rief schnell bei dieser Behörde an und erfuhr, dass Leonard Pintar sich nicht mehr in der Obhut des Bundesstaates Pennsylvania befand. Seine aktuelle Adresse lag ihnen nicht vor. Sie rieten Jessica, es bei der Gesundheitsbehörde zu versuchen.

»Haben Sie vielleicht eine Ahnung, wo wir Leonard finden könnten?«, fragte Jessica.

Sammy dachte kurz nach. »Ja, er arbeitet im Reading Terminal Market.«

»An einem der Stände?«

»Nein, nein«, sagte Sammy. »Soviel ich weiß, steht er da rum und verteilt Flyer. Ich glaube an der Tür in der Nähe der Filbert. Er hat seinen eigenen Stil. Sie können ihn nicht übersehen.«

»Verstehe.«

»Übrigens, so einen Löffel können Sie in einen Aluminiumtopf mit kochendem Wasser legen. Sie müssen Salz hinzufügen, und schon ist der Löffel wie neu.«

»So einfach ist das?«

»Ja. Aber der Topf muss aus Aluminium sein.« Sammy drückte Byrne den Löffel in die Hand.

»Gut zu wissen«, sagte Jessica. Sie wusste, dass diese Informationen durch ihr Gehirn gerauscht waren, ohne dort hängen zu bleiben. Chemie war nicht ihre Stärke. Sie gab Sammy eine Karte. »Falls Ihnen noch etwas einfällt, rufen Sie mich bitte an.«

Sammy legte die Karte in ein ledernes Kartenetui. »Klar, *Detective*.« Das letzte Wort sprach er lächelnd aus und schüttelte den Kopf. »Ich habe noch immer das kleine Mädchen vor

Augen. Ich kann es nicht fassen, dass Sie jetzt eine erwachsene Frau sind.«
»Tja, man wird nicht jünger.«
Sammy lachte. »Wem sagen Sie das! Bestellen Sie Ihrem Dad schöne Grüße.«
»Mach ich.« Jessica hielt das Fax hoch. »Und vielen Dank.«
»Geht aufs Haus.«

24

Von allen großen Geschäften gefiel Home Depot Luther am besten. Er liebte die breiten Gänge, die hohen Regale, die Farben und die gesamte Präsentation – Werkzeug und Zubehör für Klempner- und Elektroarbeiten, Holz, Farben, Sanitär, Türen und Fenster. In jedem Gang gab es eine erstaunliche Auswahl an unterschiedlichsten Artikeln.

Am liebsten kaufte Luther Werkzeug. Im Laufe der Jahre hatte er ein großes Sortiment an Werkzeugen angesammelt, um das ihn nicht nur Hausbesitzer beneidet hätten, die ihre bessere Hälfte durch gelegentliche Modernisierungen des Hauses verwöhnten, sondern sogar richtige, engagierte Handwerker.

Er parkte den Toronado am Ende einer Parkreihe und ließ auf beiden Seiten einen Platz frei. Das war eine Marotte von ihm, und er hatte schon vor langer Zeit aufgegeben, sie sich abzugewöhnen. Heute trug Luther einen bis zum Hals zugeknöpften, dunkelblauen Handwerkeroverall und ein Basecap der Phillies. Auf der linken Brusttasche war ein weißes Oval, in dem der Name Preston mit rotem Garn aufgestickt war.

Als er das Geschäft betrat, begrüßte ihn eine Mitarbeiterin von Home Depot – eine hübsche junge Frau lateinamerikanischer Abstammung in den Zwanzigern – in der orangefarbenen Schürze des Baumarktes.

Luther nickte ihr lächelnd zu.

Heute suchte er etwas ganz Bestimmtes. Als er den Baumarkt betrat, wurde instinktiv sein Wunsch geweckt, in allen

Abteilungen herumzustöbern, was allerdings heute nicht möglich war. Auf ihn wartete Arbeit.

Da es in diesem Baumarkt keine Einkaufskörbe gab, nahm Luther einen der orangefarbenen Eimer, überlegte es sich aber noch mal anders. Er stellte ihn wieder auf den Stapel, kehrte zum Eingang zurück und holte sich einen Einkaufswagen.

Zehn Minuten später lief er durch den Gang mit dem Malerzubehör, in dem er sich gut auskannte. Er fand schnell, was er suchte – eine große Abdeckplane aus Plastik –, und ging dann zu dem Gang, in dem Ketten, Seile und Draht angeboten wurden.

Fünf Minuten später schob Luther den Einkaufswagen zu einer der Kassen. Während viele Kunden die Selbstbedienungskassen nutzten, wartete Luther in einer langen Schlange hinter einem Mann mit einem Dutzend Außensperrholzplatten auf seinem Einkaufswagen.

Luther zahlte immer bar.

Er schaute sich das Foto des lächelnden Mannes an. Luther hatte es in einer alten Broschüre der Gemeinschaftspraxis gefunden, wo der Mann arbeitete. Es war ein gewinnendes Lächeln, das seine strahlend weißen Zähne entblößte.

Ehe Luther die blutverschmierten Handschuhe reinigte, an denen noch das Blut der alten Frau klebte, machte er sich ein Sandwich und räumte alles weg, was er im Baumarkt gekauft hatte.

Als er auf den Hauptgang hinaustrat, spürte er, dass jemand hinter ihm stand.

Träumen Sie?
Ja.
Was sehen Sie?
Durch den Nebel sehe ich die Umrisse eines Mannes, eines korpulenten Mannes, der die Arme ausstreckt. Wir stehen im Wald von Baldohn, nicht weit von Riga entfernt. Der Frühling hat begonnen, und die Luft ist kalt und feucht.
Wer ist der Mann?
Er ist ein Geschäftsmann, der Besitzer eines kleinen Handwerksbetriebes. Er führt vor allem Elektroarbeiten aus. Sein Name ist Juris Spalva. Seine Taschen sind voller Steine.
Woher kennen Sie ihn?
Ich kenne ihn nicht. Ich weiß, was er getan hat.
Was hat er getan?
Er ist genauso wie der Mann, der meine Schwester getötet hat, eine Bestie. Er brachte oft junge Mädchen in diesen Teil des Waldes. Er fesselte ihre Hände immer mit Draht und zwang sie, sich auf den moosbedeckten Waldboden zu legen.
Weiß der Mann, warum Sie ihn an diesen Ort gebracht haben?
Ja, ich habe es ihm gesagt. Und ich habe ihm ein Bild meiner Schwester gezeigt.
Was wird mit ihm geschehen?
Er wird stehen, bis seine Beine ihn nicht mehr tragen. Dann wird sein Fleisch von dem Draht zerschnitten.
Träumen Sie?, fragte der Mann wieder auf Deutsch.
Ja, Doktor, ich träume.

25

Rachel Anne Gray stand in dem bogenförmigen Durchgang zur Küche und fragte sich, ob es zu spät war, um einen Bagger zu kaufen und das Haus dem Erdboden gleichzumachen. Sie sah auf die Uhr. Noch hatte sie genug Zeit. Sie musste nur richtig in Rage geraten und eine der tragenden Wände herausreißen. Schon wäre das Problem beseitigt. Das Haus würde sofort einstürzen.

Fassungslos starrte sie in die total verdreckte Küche. Drei der Schranktüren fehlten. Sie waren einfach herausgerissen worden. Auf dem PVC-Boden klebte eine Schicht aus ranzigem Fett, das von Katzenhaaren bedeckt war. In der Kaffeemaschine auf der Arbeitsplatte sah sie einen Rest Flüssigkeit – vermutlich war es einmal Kaffee gewesen –, in der nun wie in einem Seerosenteich kleine Schimmelpilze schwammen.

In einer Ecke des Wohnzimmers, in dem sich dreckige Kleidung, zugeklebte Umzugskartons und gebrauchte rote Plastiktrinkbecher stapelten, lag ein kleiner Haufen Hundescheiße. *Alte* Hundescheiße.

Rachel warf wieder einen Blick auf die Uhr. Jetzt hatte sie noch zehn Minuten Zeit. Wenn sie hier noch ein bisschen aufräumen wollte, musste sie sich beeilen.

Sie zog den Reißverschluss ihrer ledernen Einkaufstasche auf und hätte beinahe laut gelacht, als sie auf die Rolle Küchenpapier, den kleinen Handstaubsauger und die Flasche Zitronenreiniger schaute. Das waren ihre Waffen und in der Regel alles, was sie brauchte, um die Häuser, die sie Kunden zeigen wollte, schnell noch auf Vordermann zu bringen.

In diesem Fall reichten diese Dinge nicht aus.

Unten in der Tasche lag immer ein Paar Gummihandschuhe für Notfälle. Rachel nahm sie heraus, streifte sie über und durchquerte mit der Rolle Küchenpapier das Wohnzimmer. Jetzt sah sie, dass dort noch mehr Hundescheiße lag. Einige Haufen hatten sich schon weiß verfärbt. Rachel atmete tief ein, hielt die Luft an und begann dennoch zu würgen. Sie versuchte es noch einmal und entfernte den Haufen schnell mit dem Küchenpapier. Dann rannte sie zurück in die Küche und öffnete den Schrank unter der Spüle.

Natürlich hing dort kein Müllbeutel. Wozu brauchte man einen Müllbeutel, wenn man den Müll einfach auf dem Boden liegen lassen konnte?

Mein Gott, diese verdammten Mieter!

Rachel hörte, dass vor dem Haus eine Autotür zugeschlagen wurde. Das Einzige, was sie noch mehr hasste als Mieter, waren Käufer, die zu früh zu den Terminen auftauchten.

Sie legte die Hundescheiße in eine der Schubladen, zog die Gummihandschuhe aus und steckte sie in ihre Tasche. Dann lief sie zur Haustür und blickte durch das kleine Fenster.

Das Schlimmste stand ihr noch bevor. Ein Ehepaar Mitte fünfzig näherte sich dem Haus. Die Frau ging voran, und der Mann starrte auf die Regenrinne (die fast herunterfiel), auf das Dach (bei dem ein paar Dachpfannen fehlten) und die Ausfugung (gab es nicht) rund um die Fenster im ersten Stock. Er verzog schon jetzt das Gesicht.

Noch wussten sie nicht, dass das Äußere des Hauses das Beste war, was es zu bieten hatte.

Lächeln, Rachel.

Sie öffnete die Tür und trat auf die (schiefe) Veranda.

»Hallo!«, sagte sie. »Sie müssen Mr. und Mrs. Gormley sein. Ich bin Rachel Gray von Perry-Hayes-Immobilien. Ich freue mich, Sie kennenzulernen.«
Die Frau trat vor und streckte ihre (schlaffe) Hand aus. Sie begrüßten sich. Der Mann knurrte etwas mit Blick auf Rachel, was sie nicht verstand, und sagte dann: »Wann zum Teufel wurden die Bilder auf Ihrer Webseite gemacht?«
Mit dieser Frage hatte Rachel gerechnet. Sie wurde ihr oft gestellt. Viele der Fotos, die ihr Maklerbüro erhielt, stammten aus besseren Zeiten der Häuser, den besten Zeiten. Es war so ähnlich wie mit den Porträts in der Internet-Filmdatenbank, den Bildern von B-Schauspielern, deren Stern bereits im Sinkflug war.
»Vor ein paar Jahren, glaube ich«, sagte Rachel. »Das Haus ist schon seit einer Weile auf dem Markt, und darum ist dem Besitzer auch sehr daran gelegen, es zu verkaufen.«
»Online sieht es tausend Mal besser aus«, knurrte der Mann. »Wenn wir gewusst hätten, dass es in einem so schlechten Zustand ist, wären wir zu Hause geblieben.«
Rachel biss sich auf die Zunge.
»Es muss ein wenig instand gesetzt werden.« Rachel trat zur Seite, damit das Paar eintreten konnte. Die Behauptung, dass dieses Haus ein wenig instand gesetzt werden musste, war vergleichbar mit der, dass Joan Rivers sich schon mal einer Schönheitsoperation unterzogen hatte.
Rachel schloss die Tür und begriff nicht zum ersten Mal, dass es in solchen Situationen am Besten war zu schweigen. Hier gab es nichts zu verkaufen.
»Ach du heiliger Strohsack!«, rief der Mann.
Und in der Küchenschublade liegt Scheiße, hätte Rachel am liebsten hinzugefügt. Dann hätten sie alle laut gelacht, und die Sache hier wäre erledigt gewesen. Stattdessen sagte sie: »Dieses

Haus mit drei Schlafzimmern und einem Badezimmer verfügt über eine Wohnfläche von fünfundneunzig Quadratmetern. Wie Sie sehen, hat es hohe Decken. Waschmaschine und Trockner können übernommen werden.«
»Dreiundneunzig«, korrigierte der Mann sie.
»Wie bitte?«
»Es sind nicht fünfundneunzig Quadratmeter, sondern dreiundneunzig. So steht es in Ihrem Angebot.«
Rachel starrte ihn an. »Ja, natürlich«, sagte sie schließlich. »Mein Fehler. Kommen Sie. Ich zeige Ihnen die erste Etage.«
Als sie das Paar die Treppe hinaufführte, starrte sie immer geradeaus und hoffte, das Ehepaar machte es ebenso. Der verdreckte Teppichboden auf den Stufen wies zahlreiche Brandlöcher von Zigarettenasche auf. Das Geländer war locker, und die Wasserflecken an der Decke stammten vermutlich von einer undichten Stelle aus der Zeit der Truman-Regierung.
»Hier oben sind drei Schlafzimmer, einschließlich des Elternschlafzimmers. Die beiden anderen liegen hintereinander.«
Rachel sah, dass die Frau ein kleines Päckchen Erfrischungstücher aus der Tasche nahm. Sie konnte es ihr nicht verdenken.
Sie legte eine Hand auf den Türknauf des Elternschlafzimmers und hoffte, dass es vorzeigbar war. Normalerweise ging sie vor einer Besichtigung mit Interessenten einmal durch das ganze Haus, doch dazu hatte ihr heute die Zeit gefehlt.
Vorsichtig öffnete Rachel die Tür und zuckte zusammen. Vor ihr stand ein zehnjähriger Junge in einem Pyjama.
Sie trat ein und schloss schnell die Tür hinter sich.
»Hey«, sagte Rachel. »Ich bin Rachel von Perry-Hayes-Immobilien?«
Warum betonte sie diesen Satz wie eine Frage? Vielleicht weil es mitten am Tag war, mitten in der Woche, und weil dieses Kind eigentlich in der Schule sein müsste. Stattdessen hatte der

Junge offensichtlich auf einer dreckigen Matratze unter einer dreckigen Decke geschlafen.

Obwohl Rachel erst seit drei Jahren als Immobilienmaklerin arbeitete, hatte sie schon eine Menge erlebt. Einmal hatte sie sich in einer Souterrainwohnung in Nord-Philadelphia Flöhe geholt. Aber so etwas wie hier hatte sie noch nie erlebt.

»Ist deine Mutter da?«

Der Junge rieb sich die Augen. »Nein.«

»Okay. Und dein Vater?«

Der Junge gähnte. »Nee.«

»Du bist ganz allein?«

Er schüttelte den Kopf. »Meine Schwester ist da.«

Mein Gott, dachte Rachel. Hier war noch ein Kind?

Ehe Rachel etwas erwidern konnte, hörte sie ein Geräusch hinter sich. Die Tür wurde geöffnet. Vor ihr stand ein etwa achtjähriges Mädchen, das ebenfalls einen Pyjama trug und sie anstarrte.

Dahinter standen die Gormleys und fragten sich womöglich, ob diese Kinder wohl zum Inventar des Hauses gehörten. Vielleicht gehörten sie tatsächlich dazu.

»Hey«, sagte Rachel zu dem Mädchen und hätte sich fast noch einmal vorgestellt, aber wozu?

Ehe sie beide Kinder in eins der kleinen Zimmer sperren konnte, zog Ed Gormley eine Digitalkamera aus der Tasche und begann zu fotografieren. Rachel hätte sich gerne eingeredet, dass er die Fotos machte, um sie einem Bauunternehmer zu zeigen, sodass dieser ihm sagen konnte, was die Instandsetzung des Hauses ungefähr kosten würde. Aber das war unmöglich. In ihrem tiefsten Inneren wusste sie, dass er die Fotos schoss, um sie seinen Freunden in der Kneipe als Beispiel für das schlimmste nicht zum Abriss freigegebene Haus in Fishtown zu präsentieren.

Noch nicht zum Abriss freigegeben, korrigierte Rachel sich.

Sie drehte sich zu dem Jungen um. »Okay, ich muss jetzt meinen Job machen. War nett, dich kennenzulernen.«

Ohne ein Wort zu sagen, ging der Junge den Flur hinunter, drückte die Tür zum Badezimmer auf und ließ sie offen. Er hob den Toilettendeckel hoch und begann zu pinkeln. Laut.

Rachel schickte einen Blick zum Himmel und hoffte auf göttliche Hilfe. Vielleicht einen Blitz, der den Jungen und seine Schwester erschlug. Und noch einen Schuss in Mr. Gormleys Hintern.

Es geschah nichts.

Zum Glück stieg das Ehepaar schon die Treppe zum Keller hinunter. Rachel hatte noch keine Gelegenheit gehabt, ihn sich anzuschauen. Sie konnte sich aber vorstellen, wie es dort aussah. Vermutlich stand das Wasser knöchelhoch.

Als sie die Treppe hinuntergehen wollte, sah sie einen Schatten zu ihrer Linken. Es war das kleine Mädchen, und es hielt ein aufgeklapptes Handy in der Hand.

»Das ist für Sie«, sagte das Mädchen.

Rachel staunte. »Für mich?«

Das Mädchen nickte.

Rachel nahm das Handy in die Hand. Sie drückte es ans Ohr und hoffte, dass es etwas sauberer war als der Rest des Hauses. »Hier ist Rachel Gray.«

»Warum machen die Leute Fotos?«

Rachel hatte keine Ahnung, mit wem sie sprach. Es war die Stimme einer Frau, die sie nicht kannte. »Verzeihung?«

»Warum machen die Leute Fotos?«

Es dauerte einen Moment, bis Rachel begriff, worüber die Frau sprach. »Fotos von dem Haus?«

Die Frau fuhr fort. »Im Internet sind doch Fotos, verdammt. Sie brauchen keine Fotos zu machen, verdammt.«

Plötzlich fiel der Groschen. Das war nicht die Besitzerin des Hauses, sondern allem Anschein nach die Mutter der beiden Kinder. Die Frau fragte nicht, warum der Mann Fotos schoss, weil sie glaubte, das würde dem Verkauf des Hauses schaden. Sie war nur die Mieterin. Warum sollte ihr der Verkauf des Hauses Sorgen bereiten? Nein, nein. Sie hatte Angst, diese Leute, diese Fremden in ihrem Haus, könnten vom Jugendamt sein und die miserablen Zustände in dieser Bruchbude dokumentieren. Ganz zu schweigen davon, dass ihre beiden Kinder mitten am Tag alleine und unbeaufsichtigt waren. Rachel hätte es gerne erwähnt. Sie tat es nicht.

Stattdessen versuchte sie, die Frau zu beschwichtigen.

»Ah, verstehe. Jetzt weiß ich, was Sie meinen. Meine Kunden fotografieren das Innere des Hauses, um eine Vorstellung von den Arbeiten zu bekommen, die durchgeführt werden müssten, falls sie das Haus kaufen.«

»Sie brauchen keine Fotos mehr zu machen«, sagte die Frau. »Sagen Sie ihnen, sie sollen sich die Bilder im Internet ansehen. Geben Sie mir noch mal Charisse.«

Wer zum Teufel war Charisse?, dachte Rachel.

Ja, klar! Charisse war die kleine Schwester des Jungen. Sie reichte ihr das Handy. Als Rachel sich umdrehte, um die Treppe hinunterzusteigen, hörte sie das kleine Mädchen ungefähr zehn Mal »ja, ja« sagen.

Unten an der Treppe atmete Rachel tief durch und dachte darüber nach, wie sie vorgehen könnte, um den Verkauf des Hauses abzuschließen. Wenn sie dieses Haus verkaufte, würde sie sofort in die Ruhmeshalle der Vereinigung der Immobilienmakler von Philadelphia gewählt werden.

Im Grunde war es nicht wichtig.

Die Gormleys liefen bereits zurück zum Wagen. An ihrem Gang erkannte Rachel, dass die Sache für sie erledigt war. Wer konnte es ihnen verdenken?

Als Rachel fünf Minuten später zu ihrem Auto ging, schaute sie noch einmal zum Fenster im ersten Stock hoch. Der kleine Junge beobachtete sie mit großen, ausdruckslosen Augen wie ein kleiner, eingesperrter Hund.

26

Die Ähnlichkeit zwischen Leonard Pintar und dem gefaxten Foto reichte aus, um ihn zu erkennen, aber die vergangenen Jahre waren offenbar nicht leicht für ihn gewesen. Jessica schätzte den mittelgroßen, fast hageren Mann auf etwas über eins achtzig und sein Gewicht auf knapp siebzig Kilo.
Als sie den Reading Terminal Market betraten, entdeckten sie ihn sofort.
Er hat seinen eigenen Stil, hatte Sammy Gold gesagt.
Das war eine glatte Untertreibung.
Leonard Pintar trug ein lavendelfarbenes Hemd mit Umschlagmanschetten, eine graue Arbeitshose und schwarze Lacklederslipper, dieses Modell mit der Goldkette über dem Fußspann. Am linken Schuh fehlte die Kette und war durch eine Schnur ersetzt worden. Er hatte eine Haartolle, wie man sie in den Fünfzigerjahren getragen hatte, und hinter einem Ohr steckte eine Zigarette ohne Filter.
Jessica sprach ihn an. »Na, wie läuft's?«
Der Mann schaute zu ihr hinüber. »Ich bin ein Ass!« Er reichte ihr einen Flyer. Jessica nahm ihn entgegen.
»Sind Sie Leonard Pintar?«, fragte sie.
»Der Einzige. Abgesehen von meinem Daddy. Und seinem Daddy. Aber ich werde Lenny genannt.«
»Ich freue mich, Sie kennenzulernen, Lenny.« Jessica öffnete ihre Brieftasche.
Lenny starrte auf die Dienstmarke und den Dienstausweis. Er ballte eine Faust, streckte sie zur Decke und steckte die

Hände dann in die Hosentaschen. Er atmete tief ein und schnell aus. »Okay. Ich bin bereit.«

»Sie stecken in keinerlei Schwierigkeiten«, sagte Jessica, obwohl sie nicht genau wusste, ob das der Wahrheit entsprach. »Wir müssen Ihnen nur ein paar Fragen stellen.«

»Kein Mathe, okay?«

»Wie bitte?«

»Keine Mathe-Fragen. Und keine über Chemie.«

Jessica sah zu ihrem Partner hinüber. Byrne warf ihr diesen Blick zu, den sie gut kannte und der bedeutete: Der Typ ist dein Freund. Du beginnst mit der Befragung und führst sie zu Ende. Jessica wandte sich wieder Lenny zu. Sie musste die Sache jetzt durchziehen.

»Verstehe«, sagte sie. »Darf ich fragen, wo Sie wohnen, Lenny?«

»Ich wohne bei Mrs. Gilberto. Mrs. Gilberto macht großartige Hacksteaks. Sie müssen mal vorbeikommen.«

»Ich liebe Hacksteaks«, sagte Jessica. »Ist das eine Wohngruppe?«

Lenny nickte.

»Können Sie mir sagen, wie lange Sie schon dort wohnen?«

»Sehen Sie, jetzt fängt es schon an mit dem Rechnen.«

»Sie haben recht. Ich hab's vergessen.« Jessica konnte diese Information bei der Gesundheitsbehörde erfragen. »Meinen Sie, Sie wohnen schon lange dort?«

»Lange.«

»Und wo haben Sie vorher gewohnt?«

Lenny schaute an die Decke, und dieses Mal schien er zu rechnen. »Ich glaube, oben in Norristown.«

Wahnsinn, dachte Jessica. Eine klare Antwort. Mehr oder weniger. Normalerweise hätte sie jetzt gefragt, wo genau in Norristown er gewohnt hatte. Die Gemeinde lag etwa fünfundzwanzig Meilen von Philadelphia entfernt in Montgomery County, der Heimat von David Rittenhouse Porter, dem ehemaligen Gouverneur von Pennsylvania.

Jessica hatte aber das Gefühl, dass Lenny Pintar vom Norristown State Hospital sprach. Norristown war eine psychiatrische Klinik für die Langzeitunterbringung psychisch Kranker. Träger war die Sozialbehörde von Pennsylvania.

»Ah, okay«, sagte Jessica. »Sie meinen *Norristown*. In der Sterigere Street?«

Lennys Gesicht erhellte sich. »Ja! Waren Sie auch mal da?«

Offenbar wollte er wissen, ob sie Patientin dort gewesen war. In manchen Situationen – wie auch in dieser – hatte Jessica wirklich das Gefühl, reif für die Klapsmühle zu sein. »Eine Cousine von mir arbeitet dort.«

Lenny schnippte mit den Fingern. »Sie meinen bestimmt Margaret. Sie sehen genauso aus wie sie.«

»Das höre ich oft. Und davor? Wo haben Sie davor gewohnt?«

»Das ist kinderleicht. In dem großen Haus.«

Jessica wartete auf eine nähere Erklärung, doch die kam nicht. »Hat das große Haus noch einen anderen Namen?«

Lenny lächelte. »Das große Haus braucht keinen anderen Namen. Das Haus war so groß, dass sie Maschinen da reinbringen mussten.«

»Maschinen?«

Lenny nickte heftig. »Ja. Oh ja. Jeden Abend gleich nach dem Essen haben sie die Nebelmaschinen reingebracht. Meine Güte, waren die groß. So groß wie Müllwagen.«

Jessica warf Byrne einen Blick zu. Byrne grinste übers ganze Gesicht. Lenny lachte und zeigte mit dem Finger auf ihn.

»Sie wissen, dass ich sie reingelegt hab, oder?«, sagte Lenny.

»Gerade eben. Sie hat es nicht gemerkt, aber Sie. Sie ja.«

»Ja, ich hab's gemerkt«, sagte Byrne.
»Sie sind gut, Kumpel. Ganz schön clever, Herr Professor.«
»Die Nebelmaschinen. Der große Häuptling in *Einer flog übers Kuckucksnest*.«
Jessica hatte das Gefühl, dass Byrnes Erklärung eher für sie als für Lenny bestimmt war.
»Das ist ein alter Scherz aus der Klapse«, fügte Lenny an Jessica gewandt hinzu. »Alle Verrückten lieben diesen Scherz. Diejenigen, die ihn verstehen, jedenfalls.«
»Ein Klassiker«, sagte Byrne.
»Ein Punkt für den großen Mann. Für den großen *Häuptling*.«
Lenny hob eine Hand, um Byrne abzuklatschen. Jessica wunderte sich nicht, dass Byrne sich sofort darauf einließ. Byrne wusste, wie und wann man während eines lockeren Gesprächs allmählich geschickt mit einer Befragung begann. An dem Punkt waren sie aber noch nicht. Zum Glück ließ Lenny die Hand sinken und versuchte nicht, Jessica ebenfalls abzuklatschen. Sie war nicht bereit, ihn zu berühren.
Dieses Abklatschen bedeutete, dass der Ball nun in Byrnes Spielfeld lag. Er würde die Befragung fortsetzen.
»Wir sind hier, weil wir heute im Pfandhaus von Mr. Gold auf der Germantown Avenue waren«, sagte Byrne. »Kennen Sie das Geschäft, Lenny?«
»Ja. Es ist schön dort.«
»Der Mann, dem das Geschäft gehört, hat gesagt, dass Sie ab und zu dort waren. Stimmt das?«
Lenny nickte.
Byrne zog den Silberlöffel aus der Tasche, den sie aus Joan Delacroix' Haus mitgenommen hatten. »Ich muss alles über diese Löffel wissen, Lenny.«
»Ja, okay. Die Löffel. Messer. Gabel. Löffel.« Er zeichnete

etwas in die Luft. Vielleicht überlegte er, in welcher Reihenfolge sie auf den Tisch gelegt wurden.
»Sind die aus dem großen Haus?«, fragte Byrne.
»Ja klar. Für jeden einen.«
»Sie meinen, Löffel wie dieser hier? Mit der Gravur auf dem Stiel?«
Lenny kniff die Augen zusammen und schaute auf den Löffel. »Nein, nein, nein. Die Löffel, die wir hatten, da stand was anderes auf dem Stiel. Diese hier? Die Sie haben? Die waren für das Personal.«
Byrne wartete, aber es kam nichts mehr. »Was stand auf den Löffeln, die Sie hatten, Lenny?«
»Eigentum des Commonwealth of Pennsylvania«, sagte er in ernstem Ton. »Das hätten sie uns auch auf den Nacken stempeln können. Wie bei den Hemden von Walmart.«
»Und es waren dieselben Löffel?«
»Nein. Die Löffel, die wir hatten, waren aus anderem Stahl. Das hier waren die guten. Versilbert. Davon wurden die meisten geklaut.«
»Von den Patienten?«
Lenny schloss die Augen und schwieg.
»Wir interessieren uns nicht für die Dinge, die in dem großen Haus gestohlen wurden«, sagte Byrne.
Lenny öffnete die Augen wieder. »Ist die Frist abgelaufen?«
»Ja. Gerade erst letzte Woche. Die Verjährungsfrist ist abgelaufen. Sie haben nichts mehr zu befürchten.«
Lenny sah erleichtert aus. »Ich glaube, die Ärzte haben mehr gestohlen. Oft wurde der vordere Teil der Löffel, der runde Teil, abgerissen.«
Byrne zeigte auf die Löffelschale. »Sie meinen diesen Teil?«
»Ja. Diejenigen, die schon ewig da waren, haben die Löffel so lange gebogen, bis sie zerbrachen. Sie meinten, die Stiele

könnte man gut als Schlüssel benutzen. Sie meinten, wenn man lange genug probierte, würden einige Türen aufgehen. Ich hab es aber nie probiert.«

»Warum nicht?«, fragte Byrne.

Lenny zuckte mit den Schultern. »Mann, das Zeug auf meiner Seite der Tür war schon unheimlich genug. Ich wollte gar nicht sehen, was auf der anderen Seite war.« Er beugte sich vor, als wollte er Byrne ein Geheimnis anvertrauen. »Sie haben gesagt, er hätte sie *abgebissen*. Die runden Teile«, flüsterte er.

»Wer hat sie abgebissen?«

Lenny drehte sich um und schaute dann über Byrnes und Jessicas Schultern.

»Sie nannten ihn Null«, sagte er leise.

»Sie meinen, wie in null und nichtig?«, fragte Byrne.

»Ich hab nie von jemandem gehört, der Wichtig hieß.«

»Okay. Erzählen Sie mir etwas über diesen Null.«

»Es gab – wie soll ich sagen – Gerüchte über ihn. Er soll unglaublich was draufgehabt haben.«

»Was hat er denn so draufgehabt?«, fragte Byrne.

Jessica musste sich das Lächeln verkneifen. Byrne hatte sich vollkommen auf Lenny eingestellt. Sie hatte noch nie jemanden erlebt, der das besser konnte als er.

»Sie haben gesagt, dass Null mit einem abgebrochenen Löffel in dem großen Haus herumschleicht. Sie haben gesagt, er kann jedes Zimmer betreten.«

»Er hat den Löffel wie einen Dietrich benutzt.«

»Ganz genau, großer Häuptling. Und dann hat er auch noch die ganzen Schränke aufgemacht und darin herumgeschnüffelt.«

»Verstehe. Und dieser Null, hatte der auch einen Namen?«

»Ich weiß gar nichts über den. Aber ich glaube, jeder hat einen richtigen Namen.«

»Stimmt. Und wie kam es, dass Sie etwas über den Mann gehört haben?«

Lenny sah einen Moment zu Boden, ehe er sich vorbeugte und flüsterte: »Die Leute haben gesagt, er ist ein Mörder.«

Als Jessica das hörte, kam es ihr so vor – und ihrem Partner mit Sicherheit auch –, als wären alle Geräusche im Reading Terminal Market verstummt.

»Ein Mörder?«, fragte Byrne.

»Ja. Unter all den Verrückten in dem großen Haus – glauben Sie mir, ich hab sie alle kennengelernt, und die rochen alle wie alte Staubsauger – gab es nicht viele Mörder.«

»Okay. Verstehe.«

»Die meisten von uns waren nur ein bisschen zurückgeblieben, wie man so sagt. Oder vielleicht war das alles auch nur ein Traum. Ganz sicher bin ich mir nicht. In dem großen Haus drehte sich alles um Träume.«

»Träume?«

Lenny presste die Lippen fest zusammen. »Da müssen Sie Leo fragen.«

»Wer ist Leo?«

»*Leo*«, wiederholte Lenny, als handelte es sich um jemanden, den alle Menschen so gut kannten wie Cher oder Madonna.

»Leo ist sein Name. Der Mann, der das dicke Buch geschrieben hat. Über Träume. Sie sollten mit ihm sprechen. Mit mir hat er auch gesprochen, aber ich glaube, mein Name steht nicht drin. Ich habe in dem großen Geschäft am Rathaus mal ein Exemplar gesehen und hinten nachgeguckt.«

»Hinten? Hinten in dem Geschäft?«

»Hinten im *Buch*. In dieser langen Liste mit den ganzen Namen. Die war alphabetisch geordnet.«

»Das Sach- und Personenregister.«

»Genau. Kein Leonard P. Pintar. Mein Daddy hieß Leonard E. Er stand auch nicht drin.«

»Wissen Sie, wie Leo mit Familiennamen heißt?«, fragte Byrne.

Lenny vergrub das Gesicht in den Händen. Jessica dachte schon, er würde anfangen zu weinen. Die beiden Detectives warteten gespannt, bis Lenny schließlich den Blick hob und einfach sagte: »Nein.«

27

Rachel Gray hatte ihre Lizenz zur Immobilienmaklerin nicht auf dem üblichen Weg erworben.

Im letzten Jahr auf der Highschool hatte sie genügend Punkte angesammelt, sodass sie nicht jeden Tag Kurse besuchen musste. Daher konnte sie mit sechzehn an einem Work-and-Study-Programm teilnehmen. Als sie dann an der Drexel University ein fünfjähriges Studium mit Bachelor-Abschluss begann, bei dem Studium und Arbeit kombiniert wurden, stellte Rachel fest, dass sie alles verkaufen konnte. Mit siebzehn fand sie im Rahmen dieses Studiums einen Job als Verkäuferin hochwertiger Damenmode und wurde eine der jüngsten Filialleiterinnen in einer Damenboutique in der King of Prussia Mall.

Das war der Monat, in dem sie aus der Hölle auf Erden auszog, die ihr Zuhause gewesen war.

In den letzten sechs Monaten ihres Studiums hatte sie einen Job in einer schicken Damenboutique in der Nähe des Rittenhouse Square gefunden. Während Rachel mit der Besitzerin des Geschäfts nicht besonders gut auskam, einer Frau, die sich durch sie bedroht fühlte, verstand sie sich mit deren Mann prima. Dieser spekulierte immer überall in der Stadt mit Immobilien.

Der Mann bot an, Rachel die Ausbildung zur Immobilienmaklerin zu finanzieren.

Mit einundzwanzig Jahren fand Rachel, dass die Idee, Immobilien zu verkaufen, das Verrückteste war, was sie jemals gehört hatte. Wer kauft schon Immobilien? In kurzer Zeit absolvierte sie die sechzig Stunden, die man nachweisen musste, um die Prüfung zur Immobilienmaklerin abzulegen. Rachel bestand sie auf Anhieb. Einen Monat später versuchte sie, ihre erste Immobilie an den Mann zu bringen, und schloss das Geschäft nach wenigen Tagen ab.

Mit diesem einen Verkauf in der Tasche betrat Rachel das Hauptbüro von Prudential Roach in der Market Street 530 und wurde sofort eingestellt.

Nach zwei Jahren in den Schützengräben bei Prudential knüpfte Rachel Kontakt zu einer neuen, unabhängigen Immobilienfirma geleitet von zwei Frauen, die vor zwanzig Jahren ebenso angefangen hatten wie Rachel.

Von den circa dreißig Angestellten des Unternehmens kam nur etwa eine Handvoll jeden Tag ins Büro. Im Zeitalter des Smartphones konnte man als Immobilienmakler und sogar als Abteilungsleiter tätig sein, ohne sich je in der Geschäftsstelle blicken zu lassen. Rachel begriff aber sehr schnell, dass diejenigen, die jeden Morgen im Büro auftauchten, die Erfolgreichsten waren.

Zurzeit boomte in Philadelphia die Nachfrage nach Eigentumswohnungen. Leider waren die Provisionen nicht mehr so hoch wie noch vor zehn Jahren. Rachel und alle anderen ehrgeizigen Immobilienmakler in der Stadt versuchten das durch die Anzahl der Verkäufe auszugleichen.

Allein in dieser Woche hatte Rachel ein Dutzend Besichtigungstermine. Zwölf, die offiziell auf ihrer Liste standen.

Sie hatte aber noch andere Termine, die nicht dort standen.

Rachel saß mit ihrer Freundin Denise Sterling im Marathon Ecke Neunzehnte und Spruce. Denise, die nur ein paar Monate älter war als Rachel, arbeitete als Homestagerin, das heißt, als eine Art Stylistin für zum Verkauf stehende Häuser. Homestager wurden von Maklern oder Hausbesitzern engagiert, damit sie Häuser dekorierten oder »aufhübschten« in der Hoffnung, dass sich zögerliche Besichtigungstouristen in entzückte Käufer verwandelten.

»Wie war dein Wochenende?«, fragte Denise.

»Ich weiß gar nicht mehr, was das ist.«

Denise lächelte. »Das ist die Zeit, die Freitagnachmittag beginnt und Montagmorgen endet.«

»Super. Ich habe einem halben Dutzend Interessenten Immobilien in Bella Vista gezeigt.«

»Hört sich aufregend an. Springt für mich auch ein Job dabei raus?«

»Vielleicht. Was hast du gemacht?«

»Ich hab mich am Samstagabend mit diesem Typen im Blurr getroffen.« Das Blurr war ein angesagter Nachtclub in Old City. »Warum glauben Männer immer noch, Seidenbettwäsche wär sexy? Das ist so penthousemäßig. Uah!«

»Woher weißt du das mit seiner Seidenbettwäsche?«

»Ich bin Homestagerin. Das ist mein Job.«

»Flittchen.«

Denise lächelte. »Ich bevorzuge den Begriff Begleiterin.«

Rachel lachte und trank einen Schluck Kaffee. Sie erzählte Denise von ihren Erlebnissen in dem Haus in Fishtown.

»Da waren tatsächlich zwei Kinder?«, fragte Denise.

»Zwei habe ich jedenfalls gesehen.«

»Wenn ich es richtig verstanden habe, standen da also nicht zufällig Tiffany-Taschen oder Jacobsen Egg Chairs herum?«

Rachel lachte wieder. Viele Homestager bedienten sich des Tricks, eigene Möbel und Dekorationsgegenstände aufzustellen. Denise und ihr Partner Arnaud hatten eine kleine Halle in Port Richmond gemietet, in der sie Sofas, Esszimmergarnituren, Kunstgegenstände, Läufer, sogar Tischwäsche und vieles mehr lagerten. All diese Dinge standen jederzeit zur Verfügung, um das Interesse potenzieller Käufer bei der Besichtigung einer Immobilie durch eine gefällige Einrichtung zu steigern.

»Nein, stattdessen war das ganze Haus total versifft«, sagte Rachel.

Während sie ihren Kaffee tranken, spähte Denise auf die Kalender-App auf Rachels iPhone. »Oje.«

Rachel hob den Blick. »Was ist?«

Denise zeigte auf Rachels Termin um vier Uhr am nächsten Tag. »Wieder Mrs. Backfire?«

Mrs. Backfire nannten sie eine Frau namens Gloria Vincenzi.

»Ja«, sagte Rachel. »Was soll ich machen?«

»Hm, du hättest nein sagen können.«

Rachel schüttelte den Kopf. »Kann ich nicht. Noch nicht.«

Wenn man in einer Stadt wie Philadelphia Immobilien verkaufen wollte, stand man immer wieder vor besonderen Herausforderungen. Eine davon stellte das Verkaufsschild dar, was sich viele Leute, die nicht in dieser Branche arbeiteten, kaum vorstellen konnten. Es ging nicht um die Herstellung des Schildes oder das Material, aus dem es angefertigt wurde, sondern um die Frage, wo man es aufhängte.

Genauer gesagt, *wie* man es aufhängte.

Am einfachsten war es bei Reihenhäusern, deren Außentreppen ein Geländer hatten. Wenn es kein Geländer gab, bedeutete das, man musste ein Loch in das Mauerwerk bohren und brauchte oft einen Dübel. Rachel war mittlerweile recht geübt darin, Löcher in Steine zu bohren, und sie konnte sogar mit dem freundlichen Mitarbeiter bei Home Depot über Karbidbohrer diskutieren. Zu ihren Utensilien wie Glasreiniger, Gummihandschuhe, Küchentücher und Desinfektionsmittel kam oft noch eine Bohrmaschine hinzu. Ebenso wie ein Ersatzakku, der immer an ein Aufladegerät in ihrem Auto angeschlossen war.

Es gab Herausforderungen, vor denen alle Immobilienmakler in Philadelphia und in jeder Großstadt immer wieder standen. Rachel Gray musste hingegen noch eine andere Herausforderung meistern, die einige als Vorteil, die meisten aber als Nachteil ansahen.

Rachel war gerade mal einen Meter fünfzig groß.

Während ihrer Tätigkeit als Immobilienmaklerin hatte sie sehr schnell festgestellt, dass einige Käufer sie aufgrund ihrer geringen Körpergröße als Geschäftsfrau nicht ernst nahmen. Dadurch war der Job für sie doppelt so schwer wie für ihre Kollegen.

Viele Interessenten hatten den Eindruck, sie sei zu jung. Einmal hatte ein Käufer sie doch tatsächlich gefragt, ob sie ihr Angebot noch mit einem älteren Kollegen absprechen müsse. Und ein anderer Kunde hatte ihr mal den Kopf getätschelt. Am liebsten hätte sie ihm in die Eier getreten.

Rachel kannte alle Tricks – Kostüme mit vertikalen Streifen, die richtige Absatzhöhe für die Arbeit, Pullover mit V-Ausschnitt und dreiviertellangen Ärmeln, immer einfarbige Kleidung. Vor Kurzem hatte sie sich einen jungenhaften Kurzhaarschnitt schneiden lassen – oben kürzer, die Seiten etwas länger und nach hinten gekämmt. Und auch ihre Haarfarbe war so dezent wie nie zuvor, Mittelblond mit hellen Lichteffekten.

Trotz des Kopf-Tätschelns und der ach so lustigen Zwergenwitze gehörte Rachel immer zu den drei besten Verkäufern bei Perry-Hayes-Immobilien. Ihr Motto? Wenn du mit den Füßen den Boden berührst, bist du groß genug.

Das Ehepaar Justin und Paula Bader, mit dem sie um zwei Uhr einen Termin hatte, verspätete sich um zehn Minuten. Diese Zeit nutzte Rachel oft, um den Räumen den letzten Schliff zu verpassen, doch das war heute nicht notwendig. Dieses Haus, das Denise Sterling von Sterling Interiors geschickt und geschmackvoll dekoriert hatte, war perfekt. Aus der Stereoanlage kam leise Rockmusik. Der Esszimmertisch war mit Geschirr von Crate & Barrel gedeckt, und auf der Kommode im Schlafzimmer standen drei große, brennende Kerzen.

Um zehn Minuten nach zwei hörte Rachel, dass eine Autotür zugeschlagen wurde. Sie lief zur Eingangstür und musterte die Baders, die sich dem Haus näherten. Der Mann war groß und um die fünfundvierzig. Er trug eine Baumwollhose, Cowboystiefel und einen Pullover aus dunkelblauer Filzwolle mit gesteppten Patches auf den Schultern. Die Frau war fast genauso groß wie er und Ende dreißig. Bundfaltenhose von Bottega Veneta, passender Blazer mit Schalkragen und eine weiße Bluse. Sie trug eine Umhängetasche, die von Anya Hindmarch sein könnte, aber aus der Entfernung konnte Rachel nicht erkennen, ob es ein Imitat war.

Sie warf einen Blick auf den Wagen, der am Bordstein parkte. Ein neuer Audi A8.

Die Tasche war definitiv von Hindmarch.

Rachel setzte ein Lächeln auf und kniff sich in die Wangen. Showtime. Sie öffnete die Tür. »Hallo! Ich bin Rachel Gray.«

Der Mann war zuerst auf der Veranda. Er überragte sie um mehr als einen Kopf.
»Was für eine süße, kleine Maklerin«, sagte er.
Ja, so süß und klein wie dein Schwanz, mein Freund, dachte Rachel.
»Das höre ich oft«, erwiderte sie lächelnd. »Kommen Sie doch bitte herein.«

Vier Stunden später stand Rachel zu Hause in der Küche und betrachtete den großen Plan an der Wand. Von den fünfundneunzig Punkten darauf waren sechzig rot und der Rest grün. In den vergangenen drei Jahren waren mehr als fünfundsiebzig Prozent der Häuser in diesem Gebiet verkauft worden, und Rachel hatte sie alle besichtigt. Sie zu betreten, ohne im Besitz der entsprechenden Unterlagen zu sein, war nicht so einfach. Neben dem Plan an der Wand hingen zahlreiche Fotos, die sie mit Tesa zusammengeklebt hatte, sodass sie eine grobe Übersicht boten. Auf jedem der Fotos standen die Abmessungen, die Anzahl der Stockwerke und die genaue Lage des Objekts.
Rachel nahm eins der Fotos ab, legte es auf den Tisch und wählte eine Nummer.
»USS, Bancroft am Apparat.«
Bancroft Tyson war ein alter Freund, den sie während ihrer Ausbildung zur Immobilienmaklerin kennengelernt hatte. Er gehörte zu den hübschesten Männern, denen Rachel jemals begegnet war. In ihrem Job hatte sie es oft mit gut aussehenden Männern zu tun. Einige hatten ausgezeichnete Umgangsformen, ohne unbedingt hübsch zu sein, während andere durch bestimmte körperliche Vorzüge oder spezielle Fähigkeiten Sexappeal ausstrahlten. Bancroft hingegen war ganz ein-

fach ein hübscher Mann und tatsächlich nicht schwul. Rachel hätte alles gegeben, um solche Lippen und Wimpern zu haben wie er.

»Hey«, sagte Rachel.

»Ah, das skrupelloseste Verkaufsgenie der Welt.« Bancroft war der Einzige, dem Rachel nicht böse war, wenn er so mit ihr sprach.

Er arbeitete für ein Unternehmen namens USS – United Showing Service. Dieses Unternehmen koordinierte die Besichtigungstermine für Immobilienmakler. Alle größeren Immobilienhändler in Philadelphia und Umgebung waren Kunden bei USS. Wenn man einem Interessenten ein Haus zeigen wollte, das von einer anderen Immobilienagentur zum Kauf angeboten wurde, rief man bei USS an. Dort bekam man einen Termin und erfuhr die Kombination des Schlüsselsafes neben der Tür, in dem der Schlüssel lag.

Wenn man sich an USS wandte, konnte man sicher sein, dass kein anderer zu diesem Zeitpunkt die Immobilie besichtigte.

Sie wechselten ein paar belanglose Worte und kamen dann auf den Grund ihres Anrufs zu sprechen.

Bancroft senkte die Stimme. »Ich kann dir für das Projekt auf der Linden Avenue nur für heute Abend grünes Licht geben. Bis morgen früh um neun sind keine Termine vergeben.«

»Und wer ist der Makler?«, fragte Rachel.

Bancroft sagte es ihr. Es war das größte Immobilienunternehmen in Philadelphia. Bei einer so großen Agentur war es im Gegensatz zu einem kleinen Familienbetrieb unwahrscheinlich, dass jemand außerhalb der üblichen Besichtigungszeiten auftauchte.

Abgesehen von dem Besitzer. Dieses Restrisiko bestand immer.

Bancroft gab ihr die Information, die sie brauchte.
»Danke. Du bist ein Schatz«, sagte Rachel. »Hast was bei mir gut.«
»Sei vorsichtig«, flüsterte Bancroft.
Immer, dachte Rachel.

28

Es war eine Englische Bulldogge, die vermutlich um die achtzig Kilo wog, und das meiste davon waren Muskeln. Luther hatte kein Interesse daran, das exakte Gewicht des Hundes zu erfahren.

Er warf das mit Natrium-Pentobarbital präparierte Fleisch – ein ganzes Pfund frische Rinderbrust – über den Zaun. Der Hund rannte sofort herbei und verschlang es gierig. Wenn Luthers Berechnungen stimmten, würde es nicht länger als zwanzig Minuten dauern. Er hätte dem Hund das Mittel lieber gespritzt, damit er sich auf die Wirkung verlassen konnte, aber er wollte das Risiko nicht eingehen, sich dem Tier so weit zu nähern.

Wäre der Hund älter gewesen oder als Kampf- oder Wachhund ausgebildet worden, hätte er das Fleisch nicht angerührt. Luther war einst am Emajgi in Estland von einem russischen Kopfgeldjäger verfolgt worden, der zwei Schäferhunde bei sich führte. Auch die größte Menge an vergiftetem oder mit Chemikalien versetztem Fleisch hätte sie nicht von seiner Spur abgelenkt. Luther konnte sich nur dank des starken Frühlingsregens und seiner Fähigkeit retten, den Atem für lange Zeit anzuhalten, während er durch den Fluss schwamm.

An diesem Tag hatte der Regen in Philadelphia vorerst aufgehört. Die Straßen schimmerten im Licht der Straßenlaterne. Luther saß auf einer Bank an einer Bushaltestelle gegenüber von dem Reihenhaus und schaute auf die Uhr.

Es war Zeit.

Er nahm das Comicheft aus seiner Kuriertasche und legte es ein paar Meter vom Tor entfernt mit dem Cover nach oben auf die Straße. Kurz darauf hörte er am Ende der Einfahrt ein Geräusch.

Der Junge brachte den Abfall heraus, pünktlich auf die Minute.

Aus den Augenwinkeln beobachtete Luther den Jungen, der hinter dem Hund zum Tor lief. Der Junge schloss das Tor auf und kämpfte mit den beiden großen Mülltüten. Der Hund blieb auf dem Grundstück stehen. Luther hatte recht gehabt. Das Tor war alarmgesichert.

»Mister?«

Luther schloss kurz die Augen. Der Traum begann.

Er nahm die Kopfhörer ab und sah sich um. Sekunden später fiel sein Blick auf den Jungen.

»Verzeihung. Hast du mit mir gesprochen?«, fragte er ihn.

Der Junge zeigte auf das Comicheft auf dem Bürgersteig. Es war die Nr. 10 aus der *Spectre*-Serie und steckte noch in der Plastikhülle. Hierbei handelte es sich um eine etwas seltenere Ausgabe, die in recht gutem Zustand, aber nicht besonders wertvoll war. Luther hatte das Heft in einem Comicshop für 28,50 Dollar gekauft. Um auf der sicheren Seite zu sein, war er extra nach New Jersey gefahren. Er wollte kein Risiko eingehen, falls der Besitzer eines Geschäfts in Philadelphia den Jungen kannte. *Spectre* war nicht der bekannteste der DC-Helden.

»Gehört das Ihnen?«, fragte der Junge.

Luther tat so, als müsste er dem Finger des Jungen genau zu der Stelle folgen, wo das Heft lag. Er schaute auf das Comicheft auf der Erde. »Oh Mann«, sagte er und tat dann so, als würde er den Inhalt seiner Kuriertasche, die nicht verschlossen war, genau kontrollieren. »Es muss herausgefallen sein. Danke, mein Freund.«

Der Junge starrte ihn an. »Mögen Sie *Spectre*?«
Luther hob das Heft auf. Er packte es weder in seine Tasche, noch ging er auf den Jungen zu. Er drehte sich nur zu ihm um. »Ja, find ich ganz gut.«
Der Junge rollte mit den Augen. »*Ganz gut?* Im Ernst?«
Luther zuckte mit den Schultern. »Ich steh mehr auf Marvel-Comics.«
»Mann!«

»Ich weiß gar nicht, wie ich Captain America finde«, sagte der Junge. »Ich weiß nicht einmal, welche besondere Fähigkeit er eigentlich hat. Der Film war okay, aber auch nur wegen Hayley Atwell.«
Luther lächelte. »Das sag ich deinem Vater.«
»Sagen Sie es ihm ruhig. Er findet sie auch gut.«
Der Junge stand dort am offenen Tor, halb auf dem Grundstück und halb auf dem Bürgersteig. Der Hund, der neben ihm saß, drehte immer wieder den Kopf in Luthers Richtung und schnüffelte in der Luft. Luther nahm an, dass er noch nach dem Rindfleisch roch.
»Okay. Sie ist echt heiß«, sagte Luther und schaute auf die vier Fenster mit Blick auf die Gasse zwischen den Reihenhäusern. Er sah keine Schatten und keine Bewegungen. »Ich finde Marvel-Comics einfach klasse.«
»Tut mir leid«, sagte der Junge. »DC ist besser.«
»Meinst du wirklich?«
»Klar, Mann. Selbst wenn sie nur Superman und Batman herausgebracht hätten, würde das schon reichen.«
Luther hielt das *Spectre*-Heft hoch. »Ich habe drei Stück davon gekauft.«
Der Junge musterte ihn erstaunt. »Sie haben *drei* davon?«

»Ja. Eins für meinen Sohn und eins für meinen Neffen. Die sind beide ungefähr in deinem Alter.«

»Und für wen ist das dritte Heft?«, fragte der Junge.

Luther schaute auf die Fenster und die Straße hinunter, ehe er sich wieder dem Jungen zuwandte. »Okay. Du hast mich ertappt. Das dritte Heft ist für mich. Sag es aber niemandem.«

Der Junge lachte. »Ich dachte, Sie stehen mehr auf Marvel-Comics.«

»Schon, aber Spectre finde ich cool.«

Der Junge drehte sich um und schaute die Hauseinfahrt hinauf. »Würden Sie eins tauschen?«, fragte er Luther dann.

Luther straffte die Schultern. »Na ja, kommt darauf an, was der andere zu bieten hat.«

Ehe der Junge etwas erwidern konnte, sah Luther, dass die Gardinen an einem der Fenster im ersten Stock sich bewegten, und beschloss, besser zu gehen und an einem anderen Tag wiederzukommen. Der Hund war noch hellwach, und er würde niemals an der Bulldogge vorbei und die Einfahrt hochkommen.

Die Gardine bewegte sich nicht mehr. Luther wandte sich wieder dem Jungen zu.

»Hm«, meinte der Junge. »Ich könnte es gegen *Spiderman* 344 tauschen.«

»Interessant. 344.«

»Das ist *nur* das Heft, in dem zum ersten Mal Carnage auftaucht.«

»Weißt du, damit kenn ich mich nicht so gut aus«, sagte Luther. »Carnage ist super, aber ich glaube, ich würde ein Verlustgeschäft machen.« Er hielt sein Heft hoch. »Ganz zu schweigen davon, dass ich noch mal in das Geschäft gehen müsste, um ein neues Exemplar zu kaufen, um das hier zu ersetzen.«

»*Ich* finde, das ist ein gutes Geschäft«, sagte der Junge. »Ich tausche ständig Comichefte.«

Der Junge streichelte dem Hund über den Kopf. Als Verhandlungstaktik war das nicht schlecht, dachte Luther. Aus einer Position der Stärke heraus zu verhandeln.

Luther wartete eine angemessene Zeit, ehe er antwortete und einwilligte.

»Du verhandelst ganz schön hart, junger Mann.«

Der Junge grinste. Der Hund wedelte mit dem Schwanz. Vermutlich wollte er wieder gestreichelt werden. Luther bemerkte, dass die Vorderbeine des Hundes zitterten.

»Abgemacht?«, fragte der Junge.

»Ja, abgemacht.« Luther nahm das Comicheft aus seiner Kuriertasche und reichte es dem Jungen durch das Tor. Der Hund versuchte, daran zu schnuppern. »Und wann bekomme ich meine Ware?«

Der Junge drehte sich um, sah zur Terrasse hinter dem Haus und dann auf die Fenster. »Ich hole Ihnen das Heft. Aber ich darf Sie nicht ins Haus lassen. Sie müssen hier warten.«

»Kein Problem«, sagte Luther. »Ich warte hier. Alles cool.«

Bei dem Wort *cool* blieb der Junge stehen und drehte sich um. Er blickte die Straße in beide Richtungen hinunter. »Sie brauchen nicht auf der Straße zu warten.« Er schaute auf den dunklen Himmel. »Es fängt bestimmt wieder an zu regnen. Kommen Sie mit zur Terrasse. Die ist überdacht.«

Ehe Luther das Grundstück betrat, fragte er: »Ist dein Hund freundlich?«

Der Junge lächelte. »Wer? *Dolly?*«

»Dolly. Ist sie freundlich?«

»Klar«, sagte der Junge. »Sie ist noch ein Baby. Und wenn ich bei Ihnen bin, tut sie Ihnen nichts.«

Der Junge stieß das Tor auf. Luther trat hindurch. Als er

dem Jungen in den schmalen Durchgang folgte, steckte er eine Hand in die Manteltasche. Er schob sie durch eine Öffnung im Futter und strich über den Griff seines Messers. Luther ließ den Hund nicht aus den Augen. Falls dieser eine Gefahr witterte und ihn ansprang, würde er sich zu Boden werfen und versuchen, ihm die Kehle durchzuschneiden. Sollte es dazu kommen, konnte er nur hoffen, dass die Medikamente die Reaktionen der Bulldogge bereits verlangsamt hatten.

Nach ein paar Schritten sah Luther, dass die Hinterbeine des Hundes zitterten.

Die Terrasse hinter dem Haus war an drei Seiten von zwei Meter hohen Zäunen umgeben, die mit Efeu bewachsen waren und mit Clematis, die im Sommer wieder blühen würden. Dort standen ein schmiedeeiserner Tisch mit vier Stühlen und ein großer, mit einer Plastikplane bedeckter Grill. Die Grillsaison hatte noch nicht begonnen.

Luther warf schnell einen Blick auf die Fenster auf der Rückseite des Hauses. Es war nichts zu sehen.

»Ich bin gleich wieder da«, sagte der Junge.

»Das war die *Spiderman*-Ausgabe mit dem Tod von Gwen Stacy und dem gerahmten Wolverine-Poster, nicht wahr?«

Der Junge schüttelte kichernd den Kopf. Er schob die Glasschiebetür auf, trat ein und schloss sie hinter sich.

Keine Minute später war der Hund bewusstlos und Luther folgte dem Jungen.

29

Byrne starrte auf einen Plan vom Nordosten Philadelphias. Der Priory-Park war rot eingekreist. Er lag in einem Gebiet mit einer guten Anbindung zur I-95. Aus diesem Grund waren am südlichen Rand des Parks einige Gewerbegebiete entstanden. Als Byrne auf die Häuser im Norden des Parks schaute, fragte er sich, ob es da wohl eine Verbindung gab. Er fragte sich auch, ob John Garcia überhaupt Befragungen in der Gegend durchgeführt hatte, nachdem Robert Freitags Leiche hier entdeckt worden war, und wenn, in welchem Umfang. Byrne war die Straßen auf dieser Seite des Parks abgefahren und mehrmals ausgestiegen, um zu überprüfen, ob es eine Stelle gab, von der aus der Park gut einsehbar war. Er hatte keine gefunden.

Obwohl die Bäume vor einem Monat noch nicht belaubt gewesen waren, hatte man nicht durch sie hindurch auf den Platz sehen können. Einen Blick auf den Bach zu werfen, an dem Joan Delacroix' Leiche gelegen hatte, war hingegen möglich. Es gab ein halbes Dutzend Stellen, von denen aus sich einem Jogger oder einem Spaziergänger, der seinen Hund ausführte, eine gute Sicht auf den Fundort bot.

Byrne betrachtete die Fotos, die die Kriminaltechniker von Joan Delacroix' Leichnam mit den geschlossenen Beinen und den ausgestreckten Armen gemacht hatten. Warum hatte der Mörder die großen Steine auf ihre Hände gelegt? Warum hatte er der Frau die Schuhe verkehrt herum angezogen?

Was für eine Bedeutung hatten die weißen Blumen?, fragte Byrne sich.

Er blickte wieder auf den Plan und versuchte anhand der Orte, wo die beiden Leichen abgelegt worden waren, eine Systematik zu erkennen. Nein, korrigierte er sich. Sie waren nicht *abgelegt*, sondern bewusst *drapiert* worden. Byrne verfügte über genügend Erfahrungen mit Leichen, die in Parks aufgefunden wurden, und meistens ließen die Mörder sie einfach dort zurück. Manchmal vergruben sie die Leichen auch.

Im vorliegenden Fall hatte der Mörder seine Opfer aus einem bestimmten Grund mitten im Park zurückgelassen.

Der Mörder hatte Robert Freitag absichtlich zur Mitte des Platzes getragen, ihn auf den Stuhl gesetzt und mit dem Schienennagel getötet. Während seiner vielen Jahre bei der Polizei hatte Byrne es schon mit fast allen auch nur vorstellbaren Mordinstrumenten zu tun gehabt. Mit einem Schienennagel noch nie.

Joan Delacroix war, soweit sie es beurteilen konnten, zu dieser Stelle des Baches getragen worden. In der Nähe der Stelle, wo die großen Steine lagen, hatten sie tiefe Eindrücke im Boden gefunden. Das Opfer war durch stumpfe Gewaltanwendung getötet worden, vermutlich durch jeweils einen Schlag mit den großen Steinen.

Neben den Löchern hatten die Kriminaltechniker zwar Abdrücke von Schuhen gefunden, aufgrund des Regens aber keine eindeutigen Profile sicherstellen können. Das, was sie sicherstellen konnten, schloss jedenfalls nicht aus, dass die Profile mit den am Tatort von Robert Freitag gefundenen Schuhabdrücken übereinstimmen könnten.

Um sich später keine Vorwürfe zu machen, versuchte Byrne noch einmal die Nummer von Joan Delacroix' iPhone anzurufen. Wie auch bei den zahlreichen vorangegangenen Anrufen sprang wie erwartet sofort die Mailbox an.

Auf dem Weg nach Hause hielt Byrne bei Barnes & Nobles am Rittenhouse Square an. Dort kaufte er ein Exemplar des

Buches *iPhone für Dummies* und ging dann ins Cosi in der Walnut Street, um etwas zu essen. Nach dem Essen war er zuversichtlich, dass er ein FaceTime-Gespräch auf seinem iPhone hinbekommen würde.

Als er nach Hause kam, hatte er nur noch ein paar Minuten Zeit.

Jetzt wusste Byrne zwar, wie es funktionierte, doch die Frage war, wo er das Telefon am besten hinstellte. Er wollte nicht, dass der Hintergrund zu sehr von dem Gespräch ablenkte. Zuerst stellte er das Handy auf den Esszimmertisch und schaltete es ein. Nicht schlecht, dachte er, aber durch den Durchgang konnte man das unordentliche Schlafzimmer und das ungemachte Bett sehen. Zudem sah er in dem Licht so aus, als hätte er seit Tagen nicht geschlafen und sich nicht rasiert, was auch beinahe der Wahrheit entsprach.

Byrne ging in die Küche und stellte das iPhone auf die Durchreiche zum Esszimmer. Mit der eingeschalteten Deckenlampe und dem matten Licht der Tischlampe auf der Arbeitsplatte gefiel ihm der Hintergrund ganz gut. So gut, wie er es auf die Schnelle hinbekam.

Kurz darauf klingelte das Handy, und Byrne spürte einen Stich im Herzen. Er hatte seine Tochter seit ein paar Monaten nicht mehr gesehen. Als das Videobild auf dem Display des iPhones erschien, sah sie für ihn aus wie eine junge Frau, die wie Colleen aussah.

Aber es war Colleen.

Sie lächelte das Lächeln ihrer Mutter und begrüßte ihn in der Gebärdensprache. Byrne erwiderte den Gruß.

Colleen, die an Mondini-Dysplasie litt und seit ihrer Geburt gehörlos war, studierte an der Gallaudet University. Das war die erste und beste Universität für gehörlose und schwerhörige Studenten. Seitdem Colleen aus Philadelphia weggezogen war, sah Byrne seine Tochter nur noch alle paar Monate, und er vermisste sie sehr.

Im Hintergrund spielte Musik. Für Byrnes Geschmack war sie etwas zu laut – oder vielmehr wäre sie es gewesen, wenn er sich mit seiner Tochter in demselben Raum aufgehalten hätte. Colleen lenkte die Musik offenbar nicht ab. Sie hatten oft darüber gescherzt, dass es einer der Vorteile der Gehörlosigkeit war, Musik, die man hasste, und Idioten mit einer großen Klappe, nicht ertragen zu müssen. Manchmal beneidete Byrne seine Tochter. Vor allem was die Idioten betraf.

»Wie läuft's an der Uni?«, gebärdete Byrne. Diese Frage stellte er ihr immer. Colleen war eine hervorragende Studentin.

»Gut«, erwiderte sie. »Ich habe über ein zweites Hauptfach nachgedacht.«

Byrne war der Meinung, dass sie die Intelligenz von ihrer Mutter geerbt haben musste. Ein *zweites* Hauptfach. Er fragte sich oft, ob er es in ihrem Alter überhaupt geschafft hätte, ein Studium mit *einem* Hauptfach abzuschließen.

»Hört sich gut an.«

»Übrigens ... ich komme morgen.«

Das war eine Überraschung. »Morgen? Ich dachte, du wolltest erst in zwei Wochen kommen.«

Colleen lächelte. »Möchtest du deine tolle Tochter nicht sehen?«

»Natürlich. Was für eine Frage! Ich freue mich riesig.«

»Ich habe keine Seminare mehr, und die Prüfungen beginnen erst in einer Woche. Darum dachte ich, ich komme nach Hause.«

»Großartig. Ich führe dich in ein schickes Restaurant aus.«

»Das brauchst du nicht.«

»Wer sagt das?«

In diesem Augenblick lief jemand an der Kamera vorbei und gebärdete etwas für Colleen. Es ging so schnell, dass Byrne nicht erkennen konnte, was es bedeutete. Colleen antwortete und zeigte dann auf ihr iPhone. Der Junge, den Byrne auf etwa siebzehn schätzte, gebärdete ein *sorry* in die Kamera und ging schnell weg.

»Ich werde gerade abgeholt«, sagte Colleen.

»Was habt ihr vor?«

»Wir gehen ins Kino. Zwei Filme von Fellini. *La Strada* und *Amarcord*.«

Colleen musste Fellini mit den Fingern buchstabieren, weil Byrne den Namen nicht sofort verstand. Die Titel der Filme, die beide mit Untertiteln gezeigt wurden, kannte er jedoch. Obwohl Colleen Filme ohne Untertitel sehr gut an den Lippen ablesen konnte, hatte sie sich schon als junges Mädchen gerne ausländische Filme und Stummfilme angeschaut.

»Okay«, sagte Byrne. »Viel Spaß.«

»Sehen wir uns dann morgen?«

»Ich kann es kaum erwarten.«

Als sie diese Worte in die Kamera gebärdete, glaubte Byrne etwas zu sehen.

War das ein Ring? An ihrem *Ringfinger?*

»Was ist das?« Byrne zeigte auf Colleens rechte Hand, die auf der linken Seite des Displays zu sehen war.

»Was meinst du?«, fragte sie zurück.

»Dieser ... dieser *Ring?*«

»Ich muss los«, sagte Colleen. »Ich liebe dich.«

Ehe Byrne etwas erwidern konnte, wurde das Display schwarz. Eine Minute saß Byrne reglos da und rang nach Atem.

Hatte seine Tochter sich etwa *verlobt?* Kam sie deshalb zwei Wochen früher nach Philadelphia? Wollte sie ihm mitteilen, dass sie sich verlobt hatte?

Detective Kevin Byrne hatte plötzlich ein flaues Gefühl im Magen.

30

Der Mann saß auf einem der Stühle am Esszimmertisch. Er hatte die fünfzig zwar schon überschritten, aber sein Haar war nur an den Schläfen leicht ergraut. Luther fragte sich, ob er es färbte. Obwohl seine Erinnerung an ihn durch die vielen Jahre, in denen er ihn nicht gesehen hatte, und durch die Träume verschwommen war, erinnerte Luther sich an seine Eitelkeit. Er war sicher, dass er in dem Spiegelschrank im Badezimmer neben seinem Schlafzimmer ein Tönungsshampoo finden würde.

Dieser Mann konnte ihm den Weg dorthin jedoch nicht zeigen. Luther hatte ihm nicht nur Klebeband auf den Mund geklebt, sondern auch seine Füße mit Klebeband an die Stuhlbeine gebunden und seine Hände auf dem Rücken gefesselt.

Der Mann hieß Edward Richmond.

Dr. Edward Royce Richmond.

»Es ist viele Jahre her, seitdem wir beide ein Zimmer geteilt haben«, sagte Luther. »Ich wage zu behaupten, dass sich das Machtverhältnis geändert hat. Ist es nicht so?«

Der Blick des Mannes wanderte von einer Seite zur anderen.

»Ich weiß, dass Sie mir nicht antworten können. Ich habe die Frage nur gestellt, um Klarheit zu schaffen.«

Luther trat zum Kamin. Auf dem Sims standen eine Reihe von Familienfotos. Auf einem hatte der Mann, der einen dunklen Frack trug, den Arm um eine attraktive junge Frau gelegt. Luther nahm an, dass es seine Frau war.

»Sie ist sehr hübsch. Es ist jammerschade, dass Sie beide es nicht hinbekommen haben.«

Edward Richmond rutschte auf dem Stuhl hin und her und kämpfte gegen die Fesseln an.

Luther stellte das Bild zurück auf den Kaminsims und nahm ein anderes in die Hand. Auf diesem war der Junge als Kleinkind abgebildet. Es handelte sich um eins dieser preiswerten Fotos aus einem Fotostudio, die jungen Familien durch Postwurfsendungen angeboten wurden. Der Rahmen war billig und kitschig. Die Buchstaben auf fünf Keramikballons ergaben den Namen *Timmy*.

»Timmy«, sagte Luther. »Das ist der Name des Jungen.« Es war keine Frage, sondern eine Feststellung. »Ich finde, die Verniedlichung passt nicht zu seiner Persönlichkeit und seinem Auftreten. Ich glaube auch nicht, dass es in der Schule und später im Leben von Vorteil für ihn sein wird. Ich finde Timothy passender.«

Als der Mann den Namen seines Sohnes hörte, schwitzte er noch stärker.

Luther durchquerte den Raum und stellte sich vor Edward Richmond hin. Dann setzte er sich auf den Rand des Couchtisches und schaute dem Mann, den er in seine Gewalt gebracht hatte, in die Augen. »Einiges von dem, was ich hier holen wollte, habe ich schon. Sie wissen, worüber ich spreche, nicht wahr?«

Richmond schüttelte heftig den Kopf. Luther nickte. »Ich habe die Dinge, oder zumindest einiges von dem, was auf unsere gemeinsame Zeit hinweist. Ich habe die Rundschreiben gefunden, einige der Fotos und ein interessantes Dokument, das in dem großen Umschlag steckte, in dem Sie Ihr Testament aufbewahren. Soll ich es Ihnen vorlesen?«

Der Mann begann zu schreien, doch die Schreie wurden durch das Klebeband auf seinem Mund gedämpft.

Luther griff in seine Tasche, nahm das Dokument heraus und faltete es auseinander.

»Geständnis«, begann er. »*Alles, was ich getan habe, habe ich aus freien Stücken getan. Es war mein freier Wille, mich in den Jahren 1992 bis 1996 an den Forschungen zu beteiligen. Die Familien und Nachkommen der Menschen, denen ich Schaden zugefügt habe, bitte ich um Vergebung. Ich glaubte damals, dass das, was wir taten, im Interesse der Wissenschaft geschah. Heute weiß ich, dass ich unrecht hatte, und wenn es einen Gott gibt und ich nun vor ihm stehe, werde ich für meine Sünden geradestehen.*«

Luther verstummte. Er faltete das Blatt wieder zusammen und steckte es ein.

»Wissenschaft.« Luther wusste, dass er mehr nicht zu sagen brauchte. Ein sonderbarer Geruch stieg ihm in die Nase, und er sah nach unten. Edward Richmond hatte sich in die Hose gepinkelt. Damit war zu rechnen gewesen. Dieser Mann, der jetzt wie ein Häufchen Elend vor ihm saß, dieser hilflose Mann, der vor vielen anderen gestanden hatte, so wie Luther nun vor ihm stand, war mit Sicherheit selbst häufig Zeuge solch peinlicher Vorfälle geworden.

»Kommen wir zum Geschäftlichen«, sagte Luther.

Er zog seinen Mantel aus und hängte ihn über die Stuhllehne. Anschließend griff er in seine Gesäßtasche, zog den schwarzen Filzhut heraus und setzte ihn auf. Als der Mann seine Kleidung mit den vielen Blutflecken sah, begann er zu weinen. Seine Tränen rannen über das Klebeband.

»Jetzt werde ich Ihnen eine Frage stellen. Ich stelle Ihnen diese Frage nur ein Mal. Nicken Sie, wenn Sie mich verstanden haben.«

Der Arzt nickte mit tränennassem Gesicht.

»Okay. Bevor ich Ihnen die Frage stelle, sollten Sie wissen, dass Ihr Sohn oben im Badezimmer ist. Ich weiß, dass Sie wissen wollen, wie es ihm geht. Es geht ihm gut. Im Augenblick.«

Als Edward Richmond das hörte, versuchte er verzweifelt aufzustehen. Er wippte kräftig von einer Seite zur anderen, bis der Stuhl umfiel und krachend auf dem Boden landete. Luther erlaubte ihm, sich auszutoben. Dann stellte er den Stuhl wieder hin. Als der Arzt sich ein wenig beruhigt hatte, fuhr Luther fort.

»Wie schon gesagt, ist Timothy oben im Badezimmer. Ich habe ihn ungefähr so gefesselt wie Sie.« Luther legte seine Hände auf die Schultern des Mannes und hielt ihn fest. »Der einzige Unterschied ist, dass der Junge in der Badewanne sitzt. Das habe ich getan, damit ich sein Blut einfacher wegspülen kann.«

Jetzt schrie Richmond aus voller Kehle. Die Adern auf seinem Hals und der Stirn traten hervor. Als seine Kraft erschöpft war, fuhr Luther fort.

»Sie sollten wissen, dass es nicht dazu kommen muss. Als Wissenschaftler wissen Sie sicher, dass der Ausgang einer Sache nicht immer sicher ist.«

Luther beugte sich ganz nah an den Mann heran.

»Kehren wir zu meinem Anliegen zurück. Ich stelle Ihnen diese Frage, und Sie werden sie mir wahrheitsgemäß beantworten. Ich möchte wissen, ob hier in diesem Haus oder woanders irgendwelche Unterlagen existieren, die beweisen, dass Sie sich an den in der Zeit von 1992 bis 1996 im Cold River durchgeführten Experimenten beteiligt haben. Ich spreche über alles, egal wie klein oder unbedeutend es auch sein mag. Sie sagen mir, wo es ist, und ich entscheide dann, welche Bedeutung es hat.«

Luther setzte sich wieder auf den Rand des Couchtisches. Er schaute dem Mann in die Augen, die nun stark gerötet und tränennass waren.

»Ich ziehe Ihnen jetzt das Klebeband vom Mund«, sagte Luther. »Sie werden nicht schreien und Ihre Stimme nicht erheben. Wenn ich das Klebeband entfernt habe, stelle ich Ihnen die Frage, und Sie werden sie wahrheitsgemäß beantworten. Haben Sie mich verstanden?«

Richmond nickte langsam.

Luther zog das Klebeband vorsichtig ab. Als er es entfernt hatte, schnappte der Mann nach Luft und atmete mehrmals tief ein. Er begann so stark zu husten, dass seine Schultern bebten. Als er sich beruhigt hatte, stand Luther auf und stellte sich direkt vor ihn. »Haben Sie die Unterlagen, die ich suche?«

Der Arzt holte wieder tief Luft und versuchte sich zu fassen. »Sie verstehen das nicht. Die ganze Sache ist lange her. Ich bedauere zutiefst, was passiert ist. Sie müssen das nicht tun. Ich habe Geld. Es ist nicht viel, aber es gehört Ihnen.«

Luther wartete einen Augenblick und zog dann die Rolle Klebeband aus seiner Tasche. Er klebte wieder einen Streifen Klebeband auf den Mund des Mannes und lief die Treppe hinauf.

Als Luther die Treppe wieder hinunterstieg, glaubte er im ersten Moment, Edward Richmond sei tot. Sein Kopf hing auf der Brust, und er war kreidebleich.

Als Luther die letzte Stufe erreichte, knarrte diese unter seinem Gewicht, und der Mann richtete sich wieder auf. Offenbar hatte er für ein paar Sekunden das Bewusstsein verloren.

Mit dem Messer in der Hand durchquerte Luther das Wohnzimmer. Während der Mann auf die Klinge starrte, zog Luther ein weißes Taschentuch heraus und wischte das Blut von dem Messer.

»Ihr Sohn ist nicht tot. Noch nicht. Ich komme Ihnen jetzt

entgegen, was ich selten tue. Ich gebe Ihnen noch einmal die Gelegenheit, meine Frage zu beantworten.« Luther kniete sich vor ihn hin und legte das Messer auf den Boden. »Sehen Sie mich an, Dr. Richmond.«

Langsam wandte der Arzt ihm den Blick zu.

»Ich ziehe das Klebeband nun wieder von Ihrem Mund. Sie haben genau fünf Sekunden Zeit, um mir zu sagen, wo die Unterlagen oder Fotos sind, die ich suche. Wenn Sie es mir nicht sagen, bringe ich Ihren Sohn stückchenweise herunter.«

Luther zog das Klebeband weg. Diesmal mit einem Ruck. Der Mann zögerte keine Sekunde, um ihm zu sagen, was er wissen wollte. »In meinem Safe.«

»Wo ist der Safe?«

Edward Richmond sagte es ihm. Ohne dass Luther ihn fragen musste, nannte er ihm auch die Kombination.

Die Fotos führten ihn zurück in die Vergangenheit. An einige der Leute konnte Luther sich erinnern, an andere nicht. Er blätterte die Bilder durch und warf auf jedes einen kurzen Blick. Als er sich alle angesehen hatte, steckte er sie in die Tasche und kniete sich vor Dr. Edward Richmond hin.

»Haben Sie mir alles gesagt?«, fragte er.

Der Mann nickte.

»Gut. Es tut mir leid, Dr. Richmond, aber Ihre Zeit ist abgelaufen. Wenn ich erfahre, dass Sie mich angelogen haben und die Behörden die Wahrheit über Cold River erfahren, statte ich Ihrem Sohn einen Besuch ab. Vielleicht nicht sofort, aber eines Tages. Er wird aufwachen, und ich werde da sein.«

Luther zog den Reißverschluss an seiner Tasche zu und nahm das Messer in die Hand.

»Zeit zu gehen, Juris Spalva.«

Als Edward Royce Richmond den Namen des lettischen Geschäftsmanns hörte, erinnerte er sich an den Traum und das stählerne Würgeisen, den von Blut überschwemmten Waldboden und den von Tieren zerfressenen Leichnam. Jetzt schossen Dr. Richmond Tränen in die Augen.

Zehn Minuten später war es nicht Luther, der den Kofferraum des Wagens in der verschlossenen Garage öffnete. Luther träumte. Es war Eduard Kross, der die Haube des Kofferraums zuschlug.

Ehe er zum Priory-Park fuhr, musste er noch einmal anhalten.

31

Jessica träumte von warmem Sand und kaltem Wasser. Sie war drei Jahre alt und stand in Wildwood am Strand. Sie hielt einen roten Plastikeimer in einer Hand und schaufelte mit der anderen vorsichtig kleine Muscheln in den Eimer.

Ganz in der Nähe warfen ihr Bruder Michael und ein Freund sich eine Frisbeescheibe zu. Ihre Mutter und ihr Vater saßen auf einem großen, blauen Strandhandtuch. Wie immer hatte ihr Vater sein Kofferradio mitgenommen und verfolgte aufmerksam ein Baseballspiel, während ihre Mutter in einem Buch las. Alle paar Sekunden hob sie den Blick, um sich zu vergewissern, dass ihre kleine Tochter nicht nach Europa geschwemmt wurde.

Jessica spürte die Sonne auf ihrem Gesicht und das Wasser, das über ihre kleinen Zehen floss. Sie hörte die Schreie der Seemöwen und schmeckte das saure Bonbon auf ihrer Zunge.

Sie schaufelte Sand in ihren Plastikeimer. Doch als sie die Muscheln in den Eimer legen wollte, spürte sie, dass etwas nicht stimmte.

In dem Eimer lagen keine Muscheln, sondern getrocknete weiße Blumen.

Plötzlich ertönte hinter ihr ein Geräusch, als würde Metall auf Metall schlagen. Das laute Echo erklang, als wäre sie in einer Höhle.

Dann hörte sie Schritte.

Jessica richtete sich verwirrt auf. Das Herz schlug ihr bis

zum Hals. Sie drehte sich um und sah, dass Vincent, Sophie und Carlos hinter ihr standen.

Sie war gar nicht am Strand. Sie saß auf der Couch in ihrem Wohnzimmer.

Es dauerte einen Moment, bis Jessica sich wieder beruhigt hatte. Sie rieb sich den Schlaf aus den Augen und sah auf ihre Uhr. Sie trug gar keine Uhr.

»Habe ich geschnarcht?«, fragte sie.

Vincent zuckte mit den Schultern. »Nicht, dass es besonders aufgefallen wäre.«

»Was soll das heißen?«

»Das soll heißen, nicht mehr als sonst.«

»Was sagst du da?«, fragte Jessica. »Hast du gerade gesagt, ich *schnarche*?«

»Nein, mein Schatz. Das war ein Scherz.« Vincent stupste Carlos an. Carlos begann zu kichern.

Sophie zeigte auf den Fernseher. »Wer gewinnt, Mama?«

Offenbar wurde ein Spiel übertragen. »Keine Ahnung.«

Sophie setzte sich auf die Sofalehne. »Du weißt nicht, wer das Spiel gewinnt?«

Jessica drückte ihre Tochter an sich. »Ich weiß nicht einmal, wer da spielt, mein Engel.« Jessica schaute auf den Fernseher. Die Sixers spielten. »Das Baseballteam gewinnt.«

Jetzt begann Sophie zu kichern.

»Wie war der Flötenunterricht?«, fragte Jessica.

Sophie hatte sich in den Kopf gesetzt, ein Musikinstrument zu lernen, und ging seit Kurzem zum Flötenunterricht. Zuerst wollte sie ein Cello haben, aber das Risiko, dass ein paar Jahre lang kreischende Streichmusik durchs Haus hallte, war zu groß. Ganz zu schweigen von der Herausforderung, dass ihre Tochter ständig ein Instrument herumschleppen musste, das genauso groß war wie sie. Nach vielen Diskussionen hatten sie sich schließlich auf eine Flöte geeinigt. Sophie Balzano hatte sich überraschend schnell darauf eingelassen.

»Super. Ich habe mit Klavierbegleitung gespielt.«

»Hört sich gut an, mein Engel.« Jessica ärgerte sich im Stillen, dass sie so wenig von all diesen Dingen mitbekam. Das passierte in letzter Zeit viel zu häufig.

Vincent beugte sich hinunter und küsste Jessica auf den Kopf. »Hast du etwas gegessen?«

Jessica versuchte sich zu erinnern. »Ich bin Italienerin, Vince. Die Chance, dass ich gegessen habe, ist groß.«

»Ach, schade.« Vincent hielt zwei große, weiße Plastiktüten hoch und lächelte.

»Du warst bei Chickie's and Pete's?«, fragte Jessica.

Ihr Mann nickte.

»Ich glaube, ich habe nur eine Kleinigkeit gegessen.«

Eine Stunde später saß Jessica am Esstisch. Vor ihr lagen drei aufgeschlagene Fachbücher.

Zum letzten Mal hatte sie richtig gelernt, als sie ihre Bachelor-Prüfung in Strafrecht abgelegt hatte. Jessica war immer eine gute Schülerin gewesen, von der Grundschule bis zur Highschool, und das Lernen fiel ihr in den meisten Fächern leicht.

Als Tochter eines Polizisten wusste Jessica, dass sie die meisten Fähigkeiten, die sie auf der Straße brauchte, von älteren, erfahrenen Kollegen und durch die Ausübung ihres Jobs lernen würde. Im Unterricht und aus Lehrbüchern lernte man Dinge wie soziologische Untersuchungsmethoden und die Grundlagen der Opferforschung. Wenn es aber darum ging, einen eins achtzig großen, mit Crystal zugedröhnten Zwei-Zentner-Mann bei strömendem Regen zu Boden zu werfen, war es hilfreich, so etwas während der Ausbildung gelernt zu haben.

Die Lebenserfahrung und die blauen Flecken, die man davontrug, waren ebenso lehrreich wie alle Weisheiten der Welt.

Doch jetzt, im zweiten Jahr ihres Jurastudiums, stellte Jessica fest, dass ihr etwas Probleme bereitete, das für sie früher nie eins gewesen war: die Konzentration.

Immer wieder wanderten ihre Gedanken zu den aktuellen Fällen.

Sophie, die gerade ihre Mathe-Hausaufgaben machte, hob den Blick und sah, dass Jessica sie anstarrte.

»Was ist, Mama?«

»Nichts.«

»*Mama.*«

Erwischt! »Ich weiß nicht. Es ist irgendwie ... schön. Wie wir beide hier sitzen und Hausaufgaben machen.« Jessica hätte niemals geglaubt, dass sie einen solchen Satz einmal sagen würde.

»Was machst du gerade?«, fragte Sophie.

Jessica schaute auf das Fachbuch. »Im Augenblick beschäftige ich mich mit den unterschiedlichen Rechtsformen von Personengesellschaften, Kapitalgesellschaften und Gesellschaften mit beschränkter Haftung.«

Sophie lächelte. »Das haben wir letztes Jahr durchgenommen. Brauchst du Hilfe?«

»Könnte sein.«

Sophie legte ihren Stift auf den Tisch. »Ich hole mir ein Glas Kakao«, sagte sie. »Möchtest du auch ein Glas?«

»Nein danke.«

Sophie rutschte von ihrem Stuhl herunter und ging in die

Küche. Kurz darauf kehrte sie mit einem großen Glas Kakao und einem Untersetzer zurück. Jessica sah ein paar Kekskrümel auf ihrem Pullover. Sie war nicht gerade begeistert, dass Sophie gleich nach dem Essen Kekse aß. Aber sie beschloss, heute ein Auge zuzudrücken.

Ihre Tochter setzte sich wieder hin, verschränkte die Finger ineinander und machte ein ernstes Gesicht. Jessica fragte sich, was jetzt kommen würde.

»Mama?«

Jessica legte einen Finger auf die Seite in dem Fachbuch. Sie hatte denselben Satz jetzt vier Mal gelesen. »Ja, mein Engel?«

»Darf ich mir eine CD kaufen?«

»Eine CD?«

Sophie nickte. »Von meinem eigenen Geld.«

»Und von wem?«

»Adele.«

Jessica kannte den Namen, konnte die Musik aber nicht auf Anhieb einordnen. Waren die Texte der Sängerin für Elfjährige geeignet? »Welche denn?«

Sophie rollte mit den Augen. »Ich glaube, es gibt bisher erst zwei, Mama.«

»Ich weiß. Ihr erstes Album war ...«

Sophie rollte wieder mit den Augen. »*19*?«

»Als hätte ich das nicht auch gewusst«, sagte Jessica. »Ich sag dir was. Warum sparst du dein Geld nicht, und ich schaue nach, ob es die CD in der Bücherei gibt? Ich kann hier am Computer nachsehen.«

Sophie musterte ihre Mutter ungläubig. »Du meinst, du willst die CD rippen? Ist das überhaupt erlaubt?«

In diesem kritischen Augenblick zwischen Kindererziehung und Strafverfolgung klingelte Jessicas Handy. Gerettet. Jessica hob einen Finger und meldete sich.

Es war Byrne.

»Wir haben eine Leiche«, sagte er.

Diese Information trübte augenblicklich Jessicas Stimmung. Im Park konnten sie die Leiche wohl kaum gefunden haben. Der wurde bewacht. Sie fragte dennoch. »Im Priory-Park?«

»Ja. Im Priory-Park.«

»Ich dachte, der Park wird bewacht.«

»Wird er auch. Es waren vier Streifenwagen im Einsatz.«

Jessica beschloss, die Frage, die ihr auf der Zunge lag, jetzt nicht zu stellen. »Fahren wir hin?«

»Ja. Der Boss möchte, dass wir vor Ort sind. Kann Vince auf die Kinder aufpassen?«

»Ja, er ist zu Hause.«

»Ich hol dich in fünf Minuten ab.«

Jessica stieg die Treppe hinauf, um sich fertig zu machen, stellte den Lautsprecher ein und legte das Handy auf die Kommode. »Wissen wir, was passiert ist?«

»Ich habe noch nicht alle Details erfahren. Im Nordwesten des Parks wurde eine Leiche gefunden. In der Nähe der alten Kapelle.«

Jessica zog ihre Jeans und ein Kapuzensweatshirt mit dem Logo des Philadelphia Police Departments an. Anschließend nahm sie die Kassette aus dem obersten Fach des Wandschranks und schloss sie auf. »Wissen wir, wer der Tote ist?«, fragte sie, als sie die Dienstwaffe herausnahm und ins Holster steckte.

»Ja, wissen wir«, sagte Byrne. »Wir haben noch etwas, das wir bei den anderen Fällen nicht hatten.«

»Und das wäre?«

»Wir haben einen Verdächtigen in Gewahrsam genommen.«

32

Ein Detective der Mordkommission des Philadelphia Police Departments gelangte im Grunde auf demselben Weg zu einer goldenen Dienstmarke wie die Kollegen in anderen Abteilungen. Jeder Polizist begann seine berufliche Laufbahn natürlich bei der Schutzpolizei. Zu irgendeinem Zeitpunkt – in der Regel nach zwei oder drei Jahren im Streifendienst – fragte man sich, warum man diesen Job gewählt hatte und ob man Karriere machen wollte.

Es gab zahlreiche Gründe, die Polizeiakademie zu besuchen. Einige gingen im Anschluss an ihre Zeit bei der Armee zur Polizeiakademie, weil sie die Struktur, die Hierarchie und das Leben in einer paramilitärischen Organisation reizvoll fanden. Einige gingen zur Polizei, weil sie sich anderen Menschen gegenüber unterlegen oder überlegen fühlten. Erstere hofften, ihr mangelndes Selbstbewusstsein durch eine Dienstmarke und eine Waffe überwinden zu können. Die anderen glaubten, dass ihnen dieser Job die Chance bot, ihr ausgeprägtes Selbstbewusstsein zur Schau zu stellen. Ein paar gingen zur Polizei, weil sie wirklich Menschen helfen wollten.

Nachdem man aber ein paar Jahre Nachtschichten geschoben und sich mit allen möglichen Ärgernissen herumgeschlagen hatte – mit aggressiven Betrunkenen, zugedröhnten Zombies, schreienden Kindern, brutalen Räubern und der Plage häuslicher Gewalt, die von Jahr zu Jahr zuzunehmen schien –, kam der Augenblick, in dem man sich entscheiden musste. Einige beschlossen, den Job hinzuschmeißen, weil sie einsahen, dass die Polizeiarbeit nicht das Richtige für sie war. Sie schieden schon als Zwanzigjährige wieder aus dem Polizeidienst aus und suchten sich einen anderen Job, andere Herausforderungen und andere Berufe, die mit Sicherheit besser bezahlt wurden. Ein paar von denen, die beschlossen zu bleiben, strebten eine Karriere in der Mordkommission an. Für viele Polizisten gab es kein höheres Ziel als die Arbeit als Detective in der Mordkommission. Fast immer bedeutete ein Ausscheiden aus der Mordkommission einen Rückzug aus dem normalen Leben. Es kam selten vor, dass ein Detective der Mordkommission in eine andere Abteilung wechselte. Noch seltener kam es vor, dass ein Detective der Mordkommission, der in den Ruhestand getreten war, wieder zurückkehrte.

Jessica hatte einen solchen Fall erst ein Mal erlebt. Detective John Shepherd hatte sich den Weg in die Mordkommission hart erkämpft. Als er damals in diese Abteilung gekommen war, arbeiteten dort nur wenige Schwarze. John Shepherd wollte nicht anders behandelt werden als die anderen, und das wurde er auch nicht. Er verfügte über zahlreiche Fähigkeiten als Detective, aber seine Methoden im Verhörraum waren unübertroffen. Wenn die Detectives einen Verdächtigen im Verhörraum sitzen hatten, der dicht machte oder nach seinem Anwalt verlangte, zogen sie John Shepherd hinzu.

Vor ein paar Jahren war Shepherd in den Ruhestand getreten. Er arbeitete bei verschiedenen privaten Sicherheitsdiensten und fand schließlich einen guten Job als Leiter der Sicherheitsabteilung im Sheraton Society Hill. Doch die Herausforderungen in dieser Branche, in der es immer nur um gestohlenes Gepäck ging, Leute, die sich vordrängelten, und Zimmersafes, die nicht funktionierten, stellten ihn letztendlich nicht zufrieden. Vor vier Monaten war er zurückgekehrt und hatte angefragt, ob er seinen alten Job zurückbekommen könne. Die Mordkommission mit vier unbesetzten Stellen war froh, dass er wieder da war.

Noch deutlicher als vor fast zwanzig Jahren ging der mittlerweile Fünfzigjährige mit dem stark ergrauten Haar selbstbewusst seinen Weg, ohne sich beirren zu lassen.

Als Jessica und Byrne im Priory-Park ankamen, stand Shepherd hinter einem Streifenwagen auf der Chancel Lane und sprach mit einem Polizisten. Da sie in verschiedenen Schichten arbeiteten, waren weder Jessica noch Byrne Shepherd seit seiner Rückkehr begegnet.

»Schön, dass du wieder da bist, John«, sagte Jessica und umarmte ihn. »Wir haben dich vermisst.«

»Danke, Jess.« Er zeigte auf die Streifenwagen mit eingeschaltetem Blaulicht und auf den Transporter der Kriminaltechnik. »Wie ich sehe, hat sich nicht viel verändert.«

»Bist du wieder im Schichtdienst?«

»Ja«, sagte Shepherd.

Shepherd und Byrne schüttelten sich die Hand. »Ich freue mich, dich zu sehen, Johnny.«

»Hast du abgenommen?«, fragte Shepherd ihn.

Byrne lächelte. »Ja, hundert Gramm.« Er zeigte auf den Park. »Was haben wir?«

»Wir haben eine männliche Leiche, die auf der anderen Seite des Parks gefunden wurde. Ein Weißer um die fünfzig. Sieht so aus, als wäre er erdrosselt worden. Der Rechtsmediziner ist jetzt da.«

»Wer hat die Leiche gefunden?«, fragte Byrne.

Shepherd zeigte auf einen jungen Polizisten. »Police Officer Kenneth Weldon.« Er winkte den jungen Mann zu sich.

Der Polizist war sichtlich erschüttert. Er war erst einundzwanzig Jahre alt und nicht sehr groß. Vermutlich hatte er gerade die Mindestgröße, um überhaupt in den Polizeidienst eintreten zu können. Officer Weldon nickte den drei Detectives zu.

»Sagen Sie uns, was passiert ist«, forderte Shepherd ihn auf.

Der Polizist zeigte in die Richtung, wo sein Wagen zum Zeitpunkt des Vorfalls gestanden hatte. »Ich habe am nordwestlichen Ende des Parks geparkt, auf dem Parkplatz neben der mit Brettern vernagelten Kapelle. Über Funk erfuhr ich, dass eine Person gesichtet worden war, die vom Ende der Ashlar Road durch die Bäume dahinten Richtung Süden durch den Park ging.«

»Was haben Sie gemacht?«

»Ich habe übernommen«, sagte Weldon. »Unser Befehl lautete, jeden, der nach Einbruch der Dunkelheit durch den Park geht, anzuhalten. Ich bin sofort auf die Avenue und dann zur Chancel Lane gefahren. Als ich hier ankam, habe ich Dash getroffen.«

»Dash?«

»Verzeihung, Sir. Officer Dasher. Wagen 1814.«

»Was haben Sie beobachtet?«

»Als ich aus dem Wagen stieg, sah ich eine Person, einen weißen Mann. Er trug einen großen Sack auf den Schultern.«

»Wo haben Sie ihn gesehen?«

Weldon zeigte auf einen Punkt in der Mitte des Platzes, ungefähr zwanzig Meter entfernt. »Genau da.«

Jessica folgte seinem Finger. Trotz der eingeschalteten Scheinwerfer von vier Streifenwagen und des Transporters der Kriminaltechnik war dort alles in Dunkelheit getaucht. Die Stelle war nicht weit von der entfernt, wo sie Robert Freitag gefunden hatten.

»Was haben Sie gemacht?«, fragte Shepherd.

»Ich forderte ihn auf, den Sack fallen zu lassen und sich auf die Erde zu legen.«

»Hat der Mann den Befehl befolgt?«

»Ja, Sir«, sagte Weldon. »Ohne zu zögern.«

»Sie sagen, er wurde beobachtet, als er dort drüben zwischen den Bäumen aufgetaucht ist?« Shepherd zeigte auf den Nordosten des Parks. Die Stelle, an der sie die Leiche heute gefunden hatten, lag genau auf der anderen Seite.

»Ja, Sir.«

Shepherd dachte darüber nach. »Danke, Officer. Ich möchte, dass Sie erst einmal am östlichen Ende der Chancel Lane Position beziehen. Leiten Sie den Verkehr um.«

»Ja, Sir.«

Jessica sah die Erleichterung in den Augen des jungen Polizisten. Sogar in einer Stadt wie Philadelphia war es möglich, ein ganzes Arbeitsleben bei der Schutzpolizei zu verbringen, ohne mit einer einzigen Leiche konfrontiert zu werden. Dieser junge Polizist hatte diesbezüglich nun seine ersten Erfahrungen gesammelt.

Die drei Detectives gingen auf den Streifenwagen 1814 zu, dessen Motor noch lief. John Shepherd nickte dem jungen Polizisten zu, der neben dem Kofferraum stand, woraufhin Police Officer D. Dasher die hintere Wagentür öffnete. Ein paar Sekunden später stieg jemand aus.

Jessica war überrascht. Sie hatte sich den Verdächtigen wirklich anders vorgestellt.

Mit einem so blassen, abgeschlafften Jungen, den sie auf gerade mal siebzehn schätzte, hatte sie nicht gerechnet. Sein Haar war pechschwarz gefärbt, und er trug eine ähnliche Frisur wie Justin Bieber. Gewaschen hatte er es offenbar schon ein paar Wochen nicht mehr, und in seinem rechten Ohr steckten ein Dutzend Silberringe.

In dem grellen Licht der Scheinwerfer sah Jessica die glasigen Augen des Jungen. Er hatte mit Sicherheit etwas eingeworfen. Shepherd ging auf ihn zu und zeigte ihm seinen Dienstausweis.

Jessica bemerkte sofort, dass der Junge versuchte, den Coolen zu markieren. Sie ging davon aus, dass diese Fassade schnell bröckeln würde. Viele Leute glaubten, sie könnten in einem Verhörraum oder bei einer Befragung an einem Tatort eine Show abziehen, eine Annahme, die durch die seit Jahrzehnten laufenden TV-Krimiserien sicherlich noch gefördert wurde. Wenn Jessica sich Serien wie zum Beispiel *Law & Order* anschaute und sah, dass eine Mutter oder ein Fahrradkurier oder ein Verkäufer in einem Modegeschäft, die alle als Verdächtige in einem Mordfall verhört wurden, den Detectives das Leben schwer machten, musste sie wirklich lachen.

»Damit du es weißt: Ich bin der gute Cop, und sie ist noch netter als ich«, sagte Shepherd und zeigte auf Jessica. »Wenn es dir und mir nicht gelingt, eine gute Beziehung aufzubauen, dann kommt der böse Cop ins Spiel.«

»Wo ist der böse Cop?«, fragte der Junge nun schon ein wenig kleinlauter als noch vor ein paar Sekunden.

Byrne lehnte mit verschränkten Armen an dem Transporter der Kriminaltechnik. Shepherd zeigte auf ihn.

Dann trat er einen Schritt zurück, um dem Jungen ein wenig Raum zugeben. Shepherd nahm das Portemonnaie von der Motorhaube des Streifenwagens und klappte es auf. Nachdem er einen Blick auf den Führerschein geworfen hatte, schaute er den Jungen wieder an. »Dustin David Green«, sagte er. »Wohnst du noch in der Tasker?«

»Eigentlich nicht.«

Shepherd sah sich den Inhalt des Portemonnaies genau an,

fand aber nichts Interessantes. Er warf es auf die Motorhaube des Streifenwagens und ging ein Stück auf den Jungen zu.
»Tja, das fängt nicht gut an mit uns. Sehr schlecht sogar. Ich habe dir eine leichte Frage gestellt, die man ganz einfach mit ja oder nein beantworten kann. Das war die leichteste Frage, die ich dir in dieser Nacht stellen werde. Ich habe nämlich das Gefühl, dass wir die *ganze* Nacht miteinander verbringen werden.«
Der Junge schwankte leicht von einer Seite zur anderen.
»Okay, was ich meinte, ist, dass ich dort immer gewohnt habe. Jetzt häng ich mehr bei Freunden rum.«
»Schon besser«, sagte Shepherd. »Nicht gut genug, aber besser. Bevor wir hier fertig sind, brauche ich alle Namen und Adressen dieser Freunde.«
Shepherd trat ein Stück zurück und fuhr fort.
»Jetzt erzähle mir bitte, was du um diese Zeit hier im Park machst.«
Der Junge zuckte mit den Schultern. »Was wollen Sie wissen?«
Shepherd atmete tief ein und langsam aus. Dann strich er sich übers Kinn. »Okay, dann versuche ich es noch mal so zu formulieren, dass du es verstehst.«
Der Junge schwankte wieder hin und her. Shepherd legte ihm die Hände auf die Schultern, damit er nicht das Gleichgewicht verlor.
»Wir haben es jetzt mit einer offiziellen Mordermittlung zu tun«, erklärte Shepherd. »Hier in diesem Park wurde heute Nacht ein Mann getötet. Hast du mich so weit verstanden?«
Der Junge erblasste. »Hier wurde jemand umgebracht?«
»Ja, Dustin. Hier wurde jemand umgebracht.«
»Echt?«

»Ja, echt. Nicht wie in *Modern Warfare 3* oder *Left 4 Dead*, sondern echt.«

Der Junge starrte ihn an.

»Bis du etwas anderes von mir hörst, bist du unser Hauptverdächtiger. Könnte sein, dass du nie wieder nach Hause gehst. Nie wieder. Denk darüber nach. Von hier aus geht es aufs Revier, dann in den Gerichtssaal und von dort aus ins Gefängnis. Für immer. Und glaube mir, dir wird es im Gefängnis nicht gut ergehen. Innerhalb von zwei Tagen wirst du für Nicorette deinen Arsch verkaufen.«

Dieses von Shepherd geschilderte Szenarium würde sich vermutlich nicht genau so abspielen, wie er es beschrieb, doch das schien Dustin Green nicht zu wissen.

»Ich weiß nichts davon, dass jemand umgebracht wurde«, sagte er.

»Dann erzähle mir mal alles, Dustin, was du weißt«, forderte Shepherd ihn auf. »Schön langsam, damit sogar ich es verstehe.«

Der Junge schaute sich nach allen Seiten um. Zuerst warf er einen Blick über die linke und dann über die rechte Schulter, als wäre seine Geschichte unterwegs und würde wie ein Essen vom Chinesen um die Ecke gleich geliefert werden. Als er begriff, dass er Shepherd nicht länger hinhalten konnte, begann er. »Alles, was ich weiß, ist, dass dieser Typ gesagt hat, er würde mir fünfhundert Dollar geben, wenn ich in seinem Wagen zu diesem Park fahre. Das ist alles. Ich weiß nicht, was ich Ihnen sonst noch sagen könnte.«

»Wo hat er dich gefragt?«

»Old City. Zweite Straße.«

»Fünfhundert Dollar, und was noch?«

Der Junge wurde unruhig. »Nur die fünfhundert.«

Shepherd wartete einen Moment, ehe er zu dem Streifenwa-

gen ging. Er nahm eine kleine, zerknitterte Plastiktüte mit ein paar blauen Pillen von der Motorhaube. »Das gehörte doch auch zur Bezahlung, oder nicht?«, sagte er und hielt die Plastiktüte ins Licht.
»Das gehört mir nicht, Mann.«
»Verstehe«, sagte Shepherd. »Du willst also behaupten, jemand hat diese Pillen in deine Hosentaschen gesteckt?«
»Ich hab sie nur für jemanden aufbewahrt.«
»Für wen?«
»Meinen Cousin.«
»Wie heißt dein Cousin?«
»Was?«
Shepherd drehte sich zu Jessica um. »Ist es nicht erstaunlich, dass sie bei dieser Frage alle taub werden?«
Das war in der Tat erstaunlich. Bei dieser Frage hatte fast jeder, der mit der Polizei sprach, Hörprobleme. Die Welt war voll von namenlosen Cousins.
John Shepherd trat auf Dustin Green zu. Er war einen halben Kopf größer als der Junge. Die offizielle Spielzeit war vorbei.
»Komm«, sagte Shepherd. »Wir verhaften dich wegen Mordes.«
»Warten Sie.«
»Dreh dich um und leg deine Hände auf den Rücken.«
»*Warten Sie!*«
Shepherd trat zurück und schaute auf die Uhr. »Du hast genau eine Minute, um mir die ganze Geschichte zu erzählen. Die Zeit läuft.«
Der Junge begann.
»Okay, okay, okay. Dieser Typ hat mir das Geld und die Pillen gegeben und gesagt, ich soll mit seinem Wagen hierherfahren. Ich sollte in der Nähe der Kapelle parken, gleich neben

251

der Hauptstraße. Anschließend sollte ich zur anderen Seite des Parks laufen und dann diese Straße hinuntergehen.«
»Die Chancel Lane.«
»Heißt die so?«
»Warum hat dieser Typ dich gebeten, das zu tun?«
»Keine Ahnung. *Fünfhundert*, Mann. Da hab ich nicht viel gefragt.«
»Fandest du das nicht ein bisschen seltsam?«
Der Junge begann wieder zu schwanken. »Ich weiß nicht. Vielleicht.«
Shepherd zeigte auf den großen Müllsack, der hinter dem Streifenwagen auf der Erde lag. »Was ist mit dem Müllsack?«
»Er hat gesagt, ich soll den mitnehmen und ihn in der Mitte des Platzes auf die Erde legen. Das war alles. Ich schwöre bei Gott.«
»In unserem Gespräch ist es noch zu früh, um Gott ins Spiel zu bringen«, sagte Shepherd. »Wir werden diese Geschichte noch oft durchgehen. Sehr oft. Es ist wohl besser, wenn du Gott für später aufhebst.« Shepherd hielt ihm die kleine Plastiktüte vor die Nase. »Was ist das für ein Zeug?«
»Das soll irgendeine neue Art von Ecstasy sein.«
»Du hast also beschlossen, ein paar Pillen einzuwerfen und dich dann an die Arbeit zu machen?«
Der Junge wurde wieder unruhig. Jessica sah, dass er zu schwitzen begann. Stark. »Nein. Der Typ hat gesagt, wenn ich den Job anständig mache, könnten noch mehr Jobs rausspringen. Ich wollte also nichts vermasseln, indem ich mich zudröhne, bevor ich alles erledigt hatte. Der Typ hat ausdrücklich gesagt, dass ich die Pillen erst schlucken darf, wenn ich den Wagen abgestellt habe.«
»Du hast die Pillen also genommen, nachdem du im Park angekommen bist?«

Der Junge nickte.
»Wie viele?«
Er hielt zwei Finger hoch und spreizte sie wie beim Victory-Zeichen.
Shepherd dachte darüber nach. »Und wer ist der Typ?«
»Irgendein Typ, Mann.«
»Kennst du seinen Namen nicht?«
Der Junge schüttelte den Kopf.
»Woher kennst du ihn?«
Dustin zuckte wieder mit den Schultern. »Ich hab ihn mal gesehen. Wir haben ihn alle mal gesehen.«
»Wer sind *wir*?«
»Wir. Die Jungs, mit denen ich auf der Straße abhänge.«
»Sind das Jungs, die in dieselbe Schule gehen wie du?«
Dustin hätte beinahe gelacht. »Das sind Straßenkinder, Mann. Wir sehen diesen Typen ab und zu. Schon älter, aber cool. Manchmal hat er kleine Jobs für uns.«
»Du hast schon früher mal was für ihn gemacht?«
»Nein, ich nicht. Ich kenne aber welche, die haben was für ihn gemacht.«
»Und warum lässt er die Jungs Jobs für ihn machen?«
Plötzlich schien der Junge sich sehr für seine Schuhe zu interessieren. Er scharrte mit den Füßen, fuhr sich mit der Zunge über die Lippen und schwitzte. »Keine Ahnung, Mann. Er hat nie versucht, mich oder einen der anderen Jungs, die ich kenne, reinzulegen.«
»Wie sieht der Typ aus?«, fragte Shepherd. »Ein Schwarzer, ein Weißer oder ein Hispanoamerikaner?«
»Ein Weißer, ziemlich dünn.«
»Wie alt?«
Er zuckte wieder mit den Schultern. »Keine Ahnung, Mann. Dreißig? Vierzig? Wie alt sind Sie denn?«

Shepherd nahm ihm diese Frage nicht übel. Für Siebzehnjährige sind alle Erwachsenen vierzig.

»Könntest du ihn so beschreiben, dass ein Phantomzeichner ein Bild von ihm anfertigen kann?«

»Ja, kein Problem. Ich kann Ihnen sogar selbst ein Bild zeichnen. Ich bin ziemlich gut.«

Ehe John Shepherd die nächste Frage stellen konnte, schwankte der Junge wieder hin und her und verlor dieses Mal das Gleichgewicht. Jessica zweifelte allmählich daran, dass es sich bei diesen Pillen um Ecstasy handelte. Was auch immer es war, jedenfalls schien die Wirkung jetzt einzusetzen. Shepherd bemerkte es natürlich auch. Er führte den Jungen zum Streifenwagen und lehnte ihn gegen die Motorhaube. Dann setzte er das Verhör fort. »Sag mir, was für ein Wagen das war.«

Bei dieser Frage begann der Junge zu strahlen. »Eine saugeile Karre, Mann«, stieß er hervor und verstummte abrupt, als er begriff, dass ein Detective der Mordkommission vor ihm stand. »Ein toller Wagen, wollte ich sagen.«

»Ich muss wissen, was für eine Marke und was für ein Modell es war, Dustin.«

Der Junge schaute kurz zum Himmel hoch. »Das weiß ich nicht. Jedenfalls ein Oldtimer. So ein Oldtimer von anno dazumal. So wie in *Ein Duke kommt selten allein*. In supergutem Zustand.«

»Welche Farbe?«

»Schwarz.«

Jessica warf Byrne einen Blick zu. Genauso hatte der alte Tony Giordano den Wagen des Entführers von Joan Delacroix beschrieben.

»Hatte der Wagen eine durchgehende Sitzbank oder Sportsitze?«

Der Junge starrte ihn an. Den Unterschied kannte er nicht.

»Hat er dir gesagt, was in dem großen Müllsack ist?«, fragte Shepherd weiter.

Der Blick des Jungen trübte sich. Jessica fragte sich, wie lange Dustin David Green noch in der Lage war, Shepherds Fragen zu beantworten.

Der Detective winkte einen der Sanitäter zu sich.

»Der Junge hat gesagt, er hätte zwei von diesen Pillen geschluckt«, sagte Shepherd zu dem Sanitäter. »Das soll Ecstasy sein, aber das glaube ich nicht. Würden Sie das bitte überprüfen lassen?« Der Sanitäter nickte. Shepherd gab ihm die Plastiktüte mit den Pillen.

Anschließend ging er zu Police Officer Dasher hinüber. Er bat ihn, Dustin Green, sobald der Sanitäter sich den Jungen angeschaut hatte, ins Roundhouse zu bringen und ihn zu bewachen, bis er selbst dort auftauchte.

Als Shepherd zu den beiden Detectives zurückkehrte, fragte Byrne ihn: »Und was ist in dem großen Müllsack?«

»Geschreddertes Papier. Vermutlich aus dem Papiercontainer irgendeiner Firma. Die Kriminaltechnik versucht, ein paar der Papiere wieder zusammenzufügen. Vielleicht finden wir heraus, woher das Zeug stammt.«

»Dann diente der Junge nur als Ablenkung«, sagte Jessica.

»Sieht ganz danach aus.«

»Wo liegt das Opfer?«, fragte Byrne.

»Etwa zwanzig Meter von dem Parkplatz neben der Kapelle entfernt hinter den Bäumen.«

»Also in der Nähe der Stelle, wo Weldon geparkt hat, als er den Funkspruch erhielt.«

Shepherd nickte.

Jessica dachte darüber nach. Das war für jeden jungen Polizisten ein Albtraum. Sogar für Polizisten, die schon seit Jahren dabei waren. Weldon war durch ein Ablenkungsmanöver von seinem Posten weggelockt worden, um dann festzustellen, dass genau in dem Bereich, den er von seinem Standort hätte einsehen können, ein Mord verübt worden war.

»Was ist mit diesem schwarzen Wagen?«, fragte Jessica.

»Der Wagen, mit dem der Junge hierhergefahren ist.«

»Der ist längst weg«, sagte Shepherd. »Der Parkplatz wird jetzt von Polizisten bewacht. Ich hatte gehofft, dass wir Reifenspuren sicherstellen könnten. Bei dem verdammten Regen wird das wohl schwierig.«

Jessica hatte es kaum bemerkt. Der Regen schien überhaupt nicht mehr aufzuhören.

Jetzt konnte niemand mehr bestreiten, dass dieser Irre offenbar den Drang verspürte, seine Morde im Priory-Park zu begehen.

Als sie in Shepherds Wagen stiegen, fragte Jessica sich, wie der Mörder sich verhalten würde, sobald sie seine Beschreibung von Dustin Green bekommen hatten. Green war der Erste, der den Mann richtig gesehen hatte. Old Tony hatte ihn nur von oben gesehen.

Shepherd fuhr auf die Avenue und dann Richtung Norden. In wenigen Minuten hatten sie den nördlichen Rand des Parks erreicht. Sie hielten auf dem Parkplatz der alten Steinkapelle. Dort standen ein halbes Dutzend Polizeiautos und ein Transporter der Kriminaltechnik.

»Du hast gesagt, wir wissen, wer der Tote ist?«, fragte Byrne.

Shepherd nickte. »Ja, das wissen wir. Wir haben den Wagen überprüft.« Er zeigte auf den neuen Chrysler 300 auf dem Parkplatz. Sie würden den Wagen abschleppen und in eine Polizeigarage bringen, um ihn dort in aller Ruhe auf den Kopf zu stellen. Das Auto des Opfers galt ebenfalls als Tatort.

»Ich nehme an, der Mörder ist mit seinem Opfer in diesem

Chrysler 300 zum Park gefahren. Als der Streifenwagen den Funkspruch empfing, brachte er den Mann in das Waldstück, tötete ihn und fuhr dann in seinem eigenen Wagen weg.«

»In diesem mysteriösen schwarzen Wagen«, sagte Jessica.

Shepherd nickte. »Als Officer Weldon hierher zurückkehrte, sah er den Chrysler dort stehen. Der Schlüssel steckte im Zündschloss.« Shepherd stellte seinen Laptop auf das Armaturenbrett und drückte auf ein paar Tasten. Kurz darauf erschien ein Foto auf dem Monitor.

»Das ist unser Opfer. Dr. Edward R. Richmond, wohnhaft in der Spruce Street.«

Jessica warf Byrne einen Blick zu. Ein Arzt, eine Krankenschwester und ein Mann, der medizinische Hilfsmittel verkauft hat.

»Zwei Detectives sind zum Haus des Opfers gefahren. Die Türen waren offen.«

»Hielt sich jemand in dem Haus auf?«

Shepherd nickte. »Ein siebenjähriger Junge. Der Sohn des Opfers.«

»Wo war er?«

Shepherd schaute auf seine Notizen. »Im Badezimmer im ersten Stock. Er war mit Klebeband gefesselt und geknebelt.«

»Wie geht es ihm?«

»Ein paar Quetschungen, ein paar kleine Schnitte. Vermutlich steht er unter Schock.«

»Wissen wir schon, ob er unseren Verdächtigen beschreiben kann?«

»Keine Ahnung. Er wird gerade ins Krankenhaus gebracht. Ich habe in der Notaufnahme im Jefferson angerufen. Sie informieren uns, sobald er vernommen werden kann.«

Die drei Detectives blieben noch ein paar Minuten im Wagen sitzen und beobachteten die Kriminaltechniker, die

zwischen der Wiese und dem Transporter hin- und herliefen. Es dauerte nicht lange, bis der Rechtsmediziner mit seinem Fotografen im Schlepptau auftauchte. Er nickte Shepherd zu. Die Detectives konnten mit ihren Ermittlungen beginnen.
»Seid ihr bereit?«, fragte Shepherd.
Jessica hätte am liebsten *nein* gesagt. »Bringen wir es hinter uns«, sagte sie stattdessen.
»Im Kofferraum liegen Schirme.«
Als Jessica die Wagentür öffnete, hörte sie als Erstes das leise Dröhnen der Generatoren, die die Kriminaltechniker für ihre Scheinwerfer aufgestellt hatten. Sie nahm einen Schirm und ging zwischen den Bäumen hindurch auf das gespenstische Licht der Halogenlampen zu.
Das Opfer bot einen entsetzlichen Anblick. Edward Richmond hing mit ausgestreckten Armen zwischen zwei Bäumen an einem Draht, der um seinen Hals und beide Arme geschlungen und an den niedrigsten Ästen der Bäume befestigt worden war. Der Draht um seinen Hals hatte sich tief in seine Kehle geschnitten. Er trug ein weißes Hemd und eine dunkle Hose. Seine Füße waren ebenfalls mit Draht zusammengebunden. Der Leichnam warf einen langen Schatten auf den Waldboden und ähnelte einer Vogelscheuche.
Rings um seine blutbespritzten Füße lag ein Kreis aus weißen Blumen.
»Detective Shepherd?«, ertönte eine Stimme aus Shepherds Funkgerät. Es schien einer der Sanitäter auf der anderen Seite des Parks zu sein.
Shepherd meldete sich. »Ja.«
»Sind Sie noch am Tatort?«
»Ja«, sagte Shepherd. »Was gibt's?«
»Es wäre wohl am besten, wenn Sie zu uns zurückkommen.«

33

Rachel parkte auf der anderen Straßenseite. Es war ein Haus mit vier Schlafzimmern, zwei Badezimmern, einer Gästetoilette, Hartholzböden und einer Sonnenveranda. Für diese Straße war der Preis zu hoch, doch das war im Augenblick nicht Rachels Problem.

Sie stieg aus, nahm ihr Handy aus der Tasche und tat so, als würde sie telefonieren. Das war ein guter Trick, um sich in einer Straße umzusehen, ohne dass es auffiel. Sie wollte nicht, dass jemand sie für eine Einbrecherin hielt.

Rachel trug schwarze Kleidung – Stretchhose, Kapuzenshirt mit Reißverschluss und Stretchhandschuhe, die das Tastempfinden kaum einschränkten. Die Reflexivstreifen auf ihren Laufschuhen hatte sie mit einem schwarzen Marker übermalt. Eines Abends war ihr nämlich aufgefallen, dass man sie damit wahrscheinlich aus hundert Metern Entfernung sehen konnte.

Als Rachel sich überzeugt hatte, dass die Straße menschenleer war, ging sie auf die Eingangstür zu und suchte im Schein ihrer kleinen LED-Taschenlampe den Schlüsselsafe. Sie gab schnell die Kombination ein, die sie von Bancroft erfahren hatte, nahm den Schlüssel heraus und steckte ihn ins Schloss. Anschließend schaltete sie die Taschenlampe wieder aus und schaute noch einmal die Straße in beide Richtungen hinunter. Es war niemand zu sehen. Rachel wusste natürlich nicht, ob jemand sie von einem Fenster der Häuser gegenüber beobachtete, doch dieses Risiko ging sie immer ein. Sie musste es eingehen.

Rachel trat ein, schloss die Tür hinter sich und ging in den Keller.

Dort startete sie die Kompass-App auf ihrem iPhone und suchte ihren Standort. Dann nahm sie einen elektrischen Schraubenzieher aus der Tasche, entfernte das Lüftungsgitter und zog sich in den Kriechkeller hoch. Zum Glück bestand er größtenteils aus Beton. Sie hatte nur etwa einen halben Meter Platz, doch für Rachel reichte er aus. Sie steckte die Taschenlampe in den Mund und begann zu kriechen. Am Ende sah sie ein mattes Licht.

Sie ließ sich in den Zwischenraum hinunter, ging etwa zwanzig Meter Richtung Norden und gelangte nach ihren Berechnungen an eine Stelle, die genau hinter dem Eckhaus am Ende des Blocks lag. Wieder zog sie sich in den Kriechkeller hoch, aber dieses Mal hatte sie nicht so viel Glück. Der Boden bestand nicht aus Beton, sondern aus festgestampfter, feuchter, moderiger Erde.

Rachel nahm einen kleinen Mundschutz aus der Tasche und zog ihn über Mund und Nase. Als sie das Ende des Kriechkellers erreichte, verharrte sie einen Moment reglos und lauschte. Nachdem sie sich überzeugt hatte, dass nichts zu hören war, ließ sie sich auf den Kellerboden hinunter.

Oben im Haus hörte sie leise den Fernseher. Vermutlich lief irgendeine Sitcom. Rachel schaute auf die Uhr und nahm ihr Notizheft heraus. Wenn ihre Beobachtungen stimmten – und bisher deutete nichts auf das Gegenteil hin –, würde der Fernseher in zwanzig Minuten ausgeschaltet werden.

Rachel Gray saß auf dem Boden unter der Treppe und wartete, bis Stille eintrat.

34

Es war zwei Uhr in der Nacht, als Jessica und Byrne den Park verließen. Der Leichnam von Dr. Edward Richmond war vom Tatort zur Rechtsmedizin auf der University Avenue gebracht worden. Um halb zehn morgen früh würde der Rechtsmediziner mit der Obduktion beginnen.

Jessica und Byrne mussten in wenigen Stunden schon wieder im Roundhouse sein, wo eine Besprechung der Sondereinheit stattfand.

Um kurz nach ein Uhr hatten sie erfahren, dass sich Dustin Greens Haut auf dem Weg ins Krankenhaus bläulich verfärbte. Unterwegs verschlechterte sich sein Zustand. Ehe sie den Park verließen, informierte John Shepherd sie, dass Green Symptome einer sogenannten Hypoxie aufwies, eines vollständigen Sauerstoffmangels in den Lungen.

Um 1.07 Uhr starb Dustin Green.

Sie würden die Kollegen bitten, so schnell wie möglich die toxikologischen Untersuchungen durchzuführen. Gut möglich, dass die Angaben des Jungen der Wahrheit entsprachen. Dann war er von dem Mann, der ihn für fünfhundert Dollar und diese blauen Pillen engagiert hatte, damit er seinen Wagen fuhr, ermordet worden, um zu verhindern, dass die Ermittler ihn befragen konnten. Sie würden das Rauschgiftdezernat in die Ermittlungen einbeziehen und vermutlich zwei Detectives in die Sondereinheit aufnehmen, die versuchen sollten, die Herkunft der Pillen ausfindig zu machen.

Dieser Irre hatte jetzt vier Menschen auf dem Gewissen.

Als Jessica und Byrne in einem kleinen Wohngebiet westlich des Priory-Parks ankamen, das *The Cloisters* genannt wurde, war Jessica sicher, dass sie sich verfahren hatten, sagte aber nichts. Da wegen des Hochwassers Teile der I-95 gesperrt waren, hatten sie beschlossen, über den Roosevelt Boulevard zurück in die Stadt zu fahren, und waren falsch abgebogen.

Jessica schaute auf die Uhr. Es war zu spät, um stundenlang durch die Gegend zu irren. Sie tippte mit dem Finger auf das Display des Navigationsgerätes. »Was ist das hier noch mal?«

»Ich brauche keine Karte«, sagte Byrne. »Ich weiß, wo wir sind.«

Byrne fuhr in eine Einfahrt und drehte. Dann trat er kräftig aufs Gas, wie man es mitunter macht, wenn man begreift, dass man ein paar Straßen in die falsche Richtung gefahren ist, und die verlorene Zeit wieder aufholen will.

»Wir brauchen die detaillierten beruflichen Werdegänge der Opfer«, sagte Byrne. »Ein Arzt, eine Krankenschwester und ein Mann, der medizinische Hilfsmittel verkauft hat. Irgendwann in der Vergangenheit müssen sich ihre Wege gekreuzt haben. Entweder in der Schule oder im Job.«

Jessica machte sich ein paar Notizen.

»Ich glaube«, fuhr Byrne fort, »wir sollten die Nachbarschaft...«

Jessica sah zuerst den Schatten, und dann sah sie die Gestalt dort stehen. Keine sieben Meter entfernt. »*Kevin!*«, schrie sie.

Byrne trat auf die Bremse. Der Taurus geriet ins Schleudern.

Vor ihnen, mitten auf der Straße, mitten in der Nacht stand ein zweijähriges Mädchen.

Sie würden nicht mehr rechtzeitig zum Stehen kommen.

35

Luther saß auf dem Hauptgang, dem breiten Kellergewölbe unter dem Gebäude G10. Der lange Gang war fast eineinhalb Kilometer lang, und am Ende, wo Luther über drei Jahre gelebt hatte, diesem ruhigen Ort, sah er mattes gelbes Licht. Als Junge war er auf diesem Gang immer von einem Ende zum anderen gelaufen. Er hatte sich in den Nischen versteckt und beobachtet, wie Patienten von einem Gebäude zum anderen gebracht wurden. Wenn die Verrückten tobten und fantasierten, hatte er sich immer die Ohren zugehalten.

Das Echo verstummte niemals ganz.

Der tote Arzt stand vor ihm in der Dunkelheit.

»Sie haben mich enttäuscht«, sagte er.

Luther konnte den Arzt nicht sehen, aber er hatte seinen verkohlten Leichnam nach dem Brand gesehen. Es war besser so. »Ich weiß«, sagte er. Seine Stimme klang wie die eines Kindes.

Das Gesicht des Arztes glänzte, und seinen weißen Kittel konnte er in dem düsteren Licht nur erahnen. »Sie wissen, was Sie zu tun haben.«

Nach der Rückkehr aus dem Park hatte Luther gesehen, dass die Eingangstür offen war. Das war ein Fehler gewesen, der größte, den er jemals gemacht hatte.

Doch das war nicht Luthers größtes Problem. Bei Weitem nicht.

Sie wissen, was Sie zu tun haben.
Luther stand auf und ging langsam auf das Licht zu, als der letzte Traum vor seinem geistigen Auge abgespult wurde.
Nein, dachte Luther. Das ist nicht wie der Traum.
Das ist überhaupt nicht wie der Traum.

36

Das kleine Mädchen saß auf der schmiedeeisernen Bank in der Mitte des kleinen Wendekreises am Ende der Straße. Es hatte feines blondes Haar, blaue Augen und fast durchscheinende Haut. Die Kleine trug einen pinkfarbenen Kapuzenpullover mit aufgedruckten Glücksbärchis und eine Jeans. Die Baby-Reeboks an ihren Füßen, die kaum bis an den Rand der Bank reichten, sahen nagelneu aus. Sie hatte ein kleines pinkfarbenes Täschchen mit einem goldfarbenen Schulterriemen bei sich. An dem Reißverschluss hing ein Anhänger.

Als Byrne auf die Bremse getreten war, war das Mädchen nicht zurückgeschreckt. Es hatte überhaupt nicht auf den Wagen reagiert, der frontal auf es zuraste. Byrne gelang es, kurz vor der Kleinen zum Stehen zu kommen. Er fuhr ein Stück zurück und stellte den Wagen am Straßenrand ab. Den Motor ließ er laufen und die Scheinwerfer eingeschaltet.

Jessica hatte das kleine Mädchen in die Arme genommen und es auf die Bank gesetzt. Es hatte sich nicht dagegen gewehrt und auch nicht vor Schmerzen geweint. Das war gut. Allerdings sprach das Mädchen auch kein einziges Wort.

Das war nicht so gut.

Jessica kniete sich vor die Bank. »Ist alles in Ordnung, meine Süße?«, fragte sie.

Das kleine Mädchen schaute zu Byrne hinüber und dann auf seine Hände, ohne etwas zu erwidern.

»Wie heißt du?«

Die Kleine schwieg. In der Ferne hörten sie die Sirene eines

Krankenwagens. Vermutlich fuhr er die Avenue hinunter, die ein paar Straßen entfernt war. Die Kleine hob weder den Blick, noch reagierte sie auf eine andere Weise.

»Ich heiße Jessica. Das ist mein Freund Kevin.«

Keine Reaktion. Jessica war nicht ganz sicher, ob die Kleine sie überhaupt verstanden hatte. Ihr Blick war so fern, so traurig und so ... Was?

Weise, dachte Jessica. Das Mädchen war noch keine drei Jahre alt, doch in seinen Augen spiegelten sich lebenslange Qualen.

»Bist du verletzt?«, fragte Jessica. »Tut dir etwas weh?«

Das Mädchen antwortete nicht.

Jessica sah sich schnell das Gesicht, die Hände, die Arme und Beine des Kindes an, entdeckte aber keine sichtbaren Verletzungen. Keine Quetschungen, keine Schnittwunden, kein Blut und keine Risse in der Kleidung. Das bedeutete aber nicht, dass die Kleine nicht verletzt war.

Jessica stand auf und drehte sich langsam im Kreis. Nur in einem der Häuser in unmittelbarer Nähe brannte Licht, ein matter gelber Schimmer hinter einem Fenster im zweiten Stock eines Reihenhauses. Vermutlich ein Nachtlicht, dachte sie. Die anderen etwa ein Dutzend Häuser ringsherum waren dunkel, und die Bewohner schliefen bestimmt tief und fest. Nicht einmal das flackernde blaue Licht eines Fernsehers war hinter den geschlossenen Fensterläden der Fenster zu sehen.

Sie hockte sich wieder hin. »Kannst du mir zeigen, wo du wohnst? Ich kann dich zu deiner Mama bringen.«

Nichts.

Jessica zeigte über die linke Schulter. »Wohnst du in diesem Haus?«

Schweigen.

Jessica zeigte über die rechte Schulter. »In diesem Haus?«

Keine Reaktion.

In ihren Dienstjahren bei der Polizei hatte Jessica Tausende von Menschen befragt. Die meisten waren Bürger der Stadt, die keinerlei Informationen zu dem Fall, in dem sie ermittelten, beitragen konnten. Den Ermittlern standen unterschiedliche Fragetechniken zur Verfügung, und zunächst wurden natürlich immer dieselben Fragen gestellt: »Haben Sie etwas gesehen?« »Ist Ihnen etwas aufgefallen?« Bei einigen der Befragten handelte es sich um wichtige Zeugen, während sie sich von anderen kaum neue Erkenntnisse versprachen. Eine ganze Reihe von Zeugen wurde im Laufe der Befragungen zu Verdächtigen. In der Regel erkannte Jessica Hinweise darauf gut. Unwillkürliche Gesten und Eigenarten lieferten den Ermittlern wertvolle Informationen, denn sie wussten, dass selbst die hartgesottensten Kriminellen sie nicht verbergen konnten.

Als Jessica das kleine Mädchen nach seinem Zuhause fragte, beobachtete sie seine Augen genau. Die Kleine sah weder nach links noch nach rechts. Sie hob auch nicht den Blick zu einem der meist schmalen, zweistöckigen Häuser in der Nähe.

Wie war das möglich?, fragte Jessica sich. Hatte jemand dieses kleine Mädchen mitten in der Nacht mitten auf einer Kreuzung ausgesetzt, wie einen kleinen Hund, den er nicht mehr haben wollte?

Jessica starrte auf das kleine Plastiktäschchen, das auf dem Schoß des Mädchens lag. Es war oval und wies das Muster von Krokoleder auf. An dem Reißverschluss hing ein herzförmiger Anhänger.

»Ist es dir recht, wenn ich einen Blick in dein Täschchen werfe?«, fragte Jessica.

Bei dem Wort *Täschchen* hob das Mädchen den Kopf. Es drehte sich zu Byrne um und schaute ihn an. Jessica begriff, dass die Kleine wohl mit *ihm* sprechen wollte. Sie hatte schon drei oder vier Mal zu ihm hinübergesehen.

Jessica stand auf und trat ein paar Schritte zurück. Byrne kniete sich auf die Erde und legte seine Hände links und rechts von der Kleinen auf die Bank. Langsam hob sie den Blick zu ihm. Byrne lächelte.

In den folgenden Wochen musste Jessica immer wieder an diesen Augenblick denken. Es wäre ihr zwar ein wenig unangenehm, es vor Gericht zu beschwören, aber es kam ihr so vor, als ob das Mädchen errötete.

»Das ist eine sehr schöne Tasche«, sagte Byrne.

Nichts. Das Mädchen rutschte auf der Bank ein Stück zur Seite und schlug die Beine übereinander.

»Als meine Tochter in deinem Alter war, hatte sie auch so eine Tasche.«

Das Mädchen hob den Zeigefinger und ließ ihn wieder sinken. Es war eine Reaktion auf Byrnes Worte und seine Nähe. Ein gutes Zeichen.

»Zeig mal. Was für eine Farbe hat die Tasche?«, fragte Byrne und hielt sie in das gelbe Licht der Straßenlaterne. »Ist sie rot?«

Offenbar war das Mädchen zu clever, um auf diesen Trick hereinzufallen. Es schwieg.

Während Byrne seinen ganzen irischen Charme aufbot, um die Kleine um den Finger zu wickeln, ging Jessica zum Wagen und rief die Zentrale des Philadelphia Police Departments an. Sie erfuhr, dass weder in den vergangenen Stunden noch an diesem Tag jemand ein kleines Mädchen als vermisst gemeldet hatte. Das war selten in Philadelphia. Dann rief sie ihre unmittelbare Vorgesetzte an und bat sie, die Anfrage auf das Gebiet der fünf Countys auszuweiten, wozu auch Bucks, Chester, Montgomery und Delaware gehörten. Es war eher unwahrscheinlich, dass dieses kleine Mädchen mitten in der Nacht aus einem anderen County hierhergekommen sein könnte. Andererseits hatte Jessica in ihren Jahren bei der Polizei schon weitaus verrücktere Dinge erlebt.

Als sie am Telefon wartete, schaute sie zu Byrne und dem kleinen Mädchen hinüber. Sie saßen nun nebeneinander auf der Bank. Beide hatten die Hände auf dem Schoß gefaltet und starrten geradeaus, als warteten sie auf einen Bus. Jessica fiel auf, dass das Mädchen ein kleines Stück näher an den großen Mann herangerückt war.

Es dauerte nicht lange, bis Jessicas Vorgesetzte sich wieder meldete und ihr mitteilte, dass die Anfrage rausgegangen war.

»Danke, Chef«, sagte Jessica. »Danke.«

Sie beendete das Gespräch, kehrte zu der Bank zurück und setzte sich neben das Mädchen.

»Ist es dir recht, wenn Jessica einen Blick in dein Täschchen wirft?«, fragte Byrne die Kleine.

Obwohl sie anscheinend mehr mit Kevin Byrne sympathisierte, war er der Meinung, dass er sich an gewisse Spielregeln halten musste. Und Handtaschen waren Frauensache. Das Mädchen reagierte nicht. Jessica beugte sich langsam vor und nahm die Tasche behutsam von seinem Schoß.

»Kevin hat recht«, sagte sie. »Die Tasche ist sehr schön. Viel schöner als meine.«

Vorsichtig zog sie den Reißverschluss auf. In der Tasche lag nur ein halbes Sandwich, das in eine Plastiktüte eingewickelt war. Sonst nichts, keine Bilder und kein Ausweis, falls das Mädchen verloren gehen könnte. Jessica hielt die Plastiktüte mit dem Sandwich an den Ecken fest – wenn auch nur aus dem Grund, weil sie es sich zur Gewohnheit gemacht hatte –, legte sie zurück in die Tasche und zog den Reißverschluss zu.

»Wir wollen versuchen, das Haus zu finden, in dem du wohnst«, sagte Byrne. Offenbar hatte er beschlossen, nun keine

Fragen mehr zu stellen. Das war ein alter Trick, dessen man sich bei Kindern gerne bediente. Wenn man sie mit Aussagen konfrontierte, stimmten sie eher zu, wenn auch schweigend. Jessica und Byrne standen auf. Ein paar Sekunden später rutschte das kleine Mädchen von der Bank. Sie gingen auf den Wagen zu, der mit laufendem Motor am Straßenrand stand. Byrne öffnete die hintere Beifahrertür. Das kleine Mädchen hängte sich die Tasche über die Schulter und stieg ein. Byrne schnallte es behutsam fest, schloss die Tür und setzte sich auf den Beifahrersitz. Wahrscheinlich hätten sie im Roundhouse anrufen müssen, um einen Kindersitz anzufordern, aber es war mitten in der Nacht.

»Jess«, sagte Byrne.
»Was ist?«
»Warte mal.«
Jessica schaute Byrne fragend an. »Was ist denn?«
Byrne zeigte mit dem Daumen über die Schulter. »Sie kann nichts sehen.«

Jessica verstellte den Rückspiegel und blickte auf die Rückbank. Byrne hatte recht. Die Kleine konnte nicht hinaussehen und ihnen daher das Haus, in dem sie wohnte, nicht zeigen.

Byrne löste seinen Sicherheitsgurt, stieg aus und ging zur hinteren Tür. Kurz darauf stieg er mit der Kleinen wieder ein und setzte sie auf seinen Schoß. Er tat sein Bestes, um sie beide mit dem Sicherheitsgurt festzuschnallen. Das entsprach nicht den Vorschriften. Dadurch übertrat er eine Reihe von Straßenverkehrsgesetze der Stadt Philadelphia und vermutlich auch des Commonwealth of Pennsylvania.

»Alles okay?«, fragte Jessica.
»Ja«, erwiderte Byrne.
Wie erwartet, sagte das jüngste Mitglied ihrer Reisegruppe kein Wort.

Zwanzig Minuten später waren sie in einem Umkreis von ein paar hundert Metern jede Straße langsam hinauf- und hinuntergefahren. Anschließend kehrten sie zu der Stelle zurück, wo sie das Mädchen gefunden hatten.

Wie weit würde ein Mädchen in diesem Alter laufen?, fragte Jessica sich. Zwei Straßen? Drei? Sie erinnerte sich an die Zeit, als ihre Tochter Sophie noch ein Kleinkind gewesen war. Einmal war Sophie aus ihrem winzigen Vorgarten in Lexington Park ausgebüxt. Sie schaffte es fast bis zur nächsten Ecke, ehe Jessica alle Geschwindigkeitsrekorde brach, ihr hinterherlief und sie zurückholte. Sophie hätte in dem Alter damals niemals eine Straße überquert, doch auch auf Bürgersteigen und in Einfahrten lauerten genügend Gefahren.

Dieses kleine Mädchen hatte nicht nur die Straße überquert, sondern mitten auf einer Kreuzung gestanden. Wie lange hatte es dort gestanden? Hatte jemand das Kind gesehen und war einfach weitergefahren? Darüber wollte Jessica gar nicht nachdenken.

Sie schaute zu der Kleinen hinüber. Sie sah hundemüde aus. Ihr Kopf lehnte an Byrnes Schulter. Ihre Augen waren geöffnet, aber es würde nicht mehr lange dauern, bis sie einschlief.

Jessica und Byrne wechselten einen Blick. Beiden war klar, dass ihnen nun nicht mehr viele Möglichkeiten blieben. Wenn das kleine Mädchen ihnen keine Informationen lieferte, und danach sah es aus, konnten sie um diese Uhrzeit nicht viel tun.

Fünf Minuten später machten sie sich auf den Weg zum Kinderkrankenhaus.

37

Jessicas Cousine Angela war ein paar Jahre jünger als sie und arbeitete als examinierte Krankenschwester nachts im Kinderkrankenhaus. Auf dem Weg in die Stadt rief Jessica sie an und erzählte ihr von dem kleinen Mädchen, das sie gefunden hatten. Angela willigte ein, sich mit ihnen in der Notaufnahme zu treffen.

»Mit ihr ist alles in Ordnung«, sagte Angela. Sie zog ihre Latexhandschuhe aus und warf sie in einen Abfallbehälter. »Keine Quetschungen, keine Wunden. Jedenfalls äußerlich nicht.«

Sie standen im Wartezimmer der Notaufnahme, in der sich um diese Zeit kaum jemand aufhielt.

Jessica musste die Frage stellen, auch wenn sie es nicht gerne tat. »Keine sexuelle Gewalt?«

»Nein«, sagte Angela. »Nichts dergleichen. Gott sei Dank.«

»Wie alt schätzt du das Mädchen?«, fragte Byrne. »Zwei?«

Angela warf einen Blick durch das Fenster in den Untersuchungsraum. Das kleine Mädchen saß auf dem Untersuchungstisch und hatte die Hände fromm auf dem Schoß gefaltet.

»Ein bisschen älter«, meinte Angela. »Zweieinhalb. Ungefähr.«

»Und sie hat nichts gesagt?«, fragte Jessica.

Angela schüttelte den Kopf. »Kein einziges Wort.«

Jessica kam der Gedanke, dass das Mädchen vielleicht kein

Englisch sprach, aber auch dann hätte es irgendetwas sagen können. Oder nicht? Kinder in diesem Alter waren selten lange still.

»Hat die Kleine auf das, was du gesagt hast, reagiert?«, fragte Jessica ihre Cousine. »Ich meine, hattest du das Gefühl, dass sie versteht, was du sagst?«

»Auf jeden Fall. Ich habe sie gebeten, den Mund zu öffnen und ›Aah‹ zu sagen, und das hat sie gemacht. Als ich sie gebeten habe, auf dem Tisch ein Stück nach hinten zu rutschen, hat sie auch sofort reagiert. Ich würde sagen, sie ist die beste Patientin, die ich heute hatte. Auf jeden Fall die süßeste.«

Das war sie in der Tat. Sogar in dem grellen Licht der Leuchtstoffröhren sah sie aus wie ein kleiner Engel.

»Meinst du, sie ...?«

»Mir ist etwas aufgefallen«, unterbrach Angela Jessica. »Jedes Mal, wenn ich sie gebeten habe, etwas zu tun, hat sie zuerst durch das Fenster gesehen.«

»Zu uns?«, fragte Jessica.

»Nicht zu euch beiden. Nur zu Kevin.« Angela schlug Byrne freundschaftlich auf die Schulter. Angela war vom ersten Tag an ganz vernarrt in Kevin Byrne gewesen. »Sieht so aus, als hättest du eine kleine Verehrerin.«

Jessica schaute durch das Fenster in den Untersuchungsraum. Angela hatte recht. Das kleine Mädchen saß auf dem mit Papier bedeckten Untersuchungstisch und blickte Byrne mit seinen großen blauen Augen an.

»Meinst du, sie kann noch ein paar Minuten da sitzen bleiben?«, fragte Byrne.

»Sicher.«

Jessica und Byrne gingen den Gang hinunter zu dem Bereich, in dem die Verkaufsautomaten standen.

»Was sollen wir machen?«, fragte Byrne.

Jessica dachte über ihre Möglichkeiten nach und sah auf die Uhr. Es war zehn Minuten nach vier am Morgen. Wenn es noch nicht so spät beziehungsweise früher gewesen wäre, hätten sie zurückfahren und die Anwohner befragen können. Um diese Zeit war das nicht möglich, und zudem würde ihnen auch niemand diese Überstunden bezahlen. In ein paar Stunden würden die Detectives des zuständigen Reviers im Nordosten die Sache übernehmen. Das war kein Fall für die Mordkommission.

Fakt war, dass sie ein Kind, das niemand zu kennen oder zu vermissen schien, gefunden und getan hatten, was sie tun mussten. Mehr oder weniger. Das kleine Mädchen schien unversehrt zu sein. Sie waren mit ihm zum Krankenhaus gefahren und hatte es untersuchen lassen.

Keine Leiche, kein Fall für die Mordkommission. Sie hatten keine Wahl.

Sie mussten das kleine Mädchen zum Jugendamt bringen.

Unterwegs hielt Jessica auf Byrnes Bitte vor einem kleinen Geschäft an, das die ganze Nacht geöffnet hatte.

»Soll ich dir etwas mitbringen?«, fragte Byrne.

»Nein danke«, sagte Jessica.

Byrne löste den Sicherheitsgurt, hob das kleine Mädchen hoch und setzte es auf den Sitz. »Ich bin gleich wieder da.«

Als Byrne in das Geschäft ging, schaute das kleine Mädchen ihm nach. Jessica hätte gerne etwas gesagt, doch sie schwieg. Erstens war sie furchtbar müde. Zweitens hatte sie das Gefühl, es würde die Kleine nur verwirren, da sie sich offenbar stark zu ihrem Partner hingezogen fühlte.

Fünf Minuten später kehrte Byrne mit einer großen Plastiktüte zurück. Er stieg ein, griff in die Tüte und gab Jessica eine

Flasche Eistee light. Er kannte sie gut. »Nein danke«, bedeutete: Bring mir etwas mit, was meinen Ernährungsplan und meinen Tagesrhythmus nicht noch mehr durcheinanderbringt.

In der Aufnahme des Jugendamts beobachtete Jessica Byrne, der das Mädchen zu der Sozialarbeiterin brachte. Als er alle Formulare unterschrieben hatte, wurde es Zeit zu gehen. Ehe Byrne sich zur Tür umdrehte, griff er in die Plastiktüte und zog einen kleinen Plüschhasen heraus, den er zu einem viel zu hohen Preis vorhin in dem Geschäft gekauft hatte.

Zuerst reagierte das Kind nicht, doch dann nahm es den Hasen entgegen. Byrne machte ein paar Nahaufnahmen des Mädchens. Diese würden sie an die Kollegen der Vermisstenabteilung weiterleiten. Wenn sie nicht weiterkamen, würden sie das Bild an alle Fernsehsender schicken.

Byrne steckte die Kamera ein und stand auf. Obwohl Jessica schon seit Jahren mit Byrne zusammenarbeitete, vergaß sie oft, wie groß er war. Sie selbst war eins dreiundsiebzig, aber vor allem im Job trug sie gerne Schuhe mit Absätzen.

Sie warf ihrem Partner einen Blick zu. Neben dem kleinen Mädchen sah er tatsächlich aus wie eine Riese. Byrne küsste seinen Zeigefinger und berührte damit den Kopf des Mädchens. Dann drehte er sich um und ging zur Tür.

Das kleine Mädchen stand dort Hand in Hand mit der Sozialarbeiterin und wandte den Blick nicht von Byrne ab. Als Byrne und Jessica draußen waren, drehten sie sich noch einmal um und winkten. Anstatt ebenfalls zu winken, hob das kleine Mädchen die Hand und legte den Zeigefinger an die Lippen.

In Gedanken vertieft standen sie zehn Minuten später auf dem Parkplatz des Roundhouse neben ihren Wagen. Das kleine Mädchen hatte sie von dem grausamen Anblick des Mordopfers im Park und den laufenden Ermittlungen abgelenkt. Es würde aber nicht lange dauern, bis sie sich dem Fall wieder widmen mussten.

Der Himmel war dunkel. Jessica war froh darüber. Sie hasste es, bei Einbruch der Dämmerung schlafen zu gehen.

»Wie viele Stunden kann ein Mensch wach bleiben und noch funktionieren?«, fragte Jessica ihren Partner.

»Ein ganz normaler Bürger oder ein Polizist?«

»Ein Polizist.«

»Achtundvierzig Stunden.«

»Verdammt.« Seit so vielen Stunden war sie nicht annähernd auf den Beinen. Jessica öffnete die Tür ihres Wagens und zögerte. »Wir wissen beide, dass der Fall für uns nicht erledigt ist«, sagte sie und zeigte ungefähr in die Richtung des Jugendamts Ecke Fünfzehnte und Arch Street.

»Ja«, sagte Byrne.

»Wenn wir morgen über die Kleine sprechen, brauchen wir einen Namen für sie, nicht wahr?«

Byrne nickte.

»Ich meine, wir können nicht immer sagen ›das kleine Mädchen, das wir mitten auf der Straße gefunden haben‹.«

»Stimmt.«

Jessica fuhr fort, als hielte sie ein Eröffnungsplädoyer. Das erinnerte sie daran, dass sie noch Hausaufgaben machen musste. Und das in ihrem Alter! »Ich möchte auch nicht immer sagen, ›das kleine blonde Mädchen mit den blauen Augen‹.«

Byrne öffnete die Wagentür und zögerte. Dann griff er in den Plastikbeutel und zog die kleine rosafarbene Tasche heraus.

Jessica lächelte. »Ich glaube, die Tasche steht dir nicht so gut.«

»Du hast noch nicht meine neue Klamotten gesehen, die ich mir zu Ostern gekauft habe.«

»Wie hast du sie dazu gebracht, dir die Tasche zu geben?«

»Ich habe ihr vorgeschlagen, sie gegen den Plüschhasen zu tauschen«, sagte Byrne. »Ich hab sie sofort rumgekriegt.«

»Du hast die Kleine ganz schön um den Finger gewickelt.«

»Das ist eine Begabung.«

»Du hast es auch gesehen, als wir gegangen sind, nicht wahr? Sie hat den Finger auf die Lippen gelegt, als wollte sie uns bitten zu schweigen.«

»Ja«, sagte Byrne. »Das hab ich auch gesehen.«

»Hast du eine Idee, was das bedeuten sollte?«

»Keine Ahnung.«

Jessica atmete tief die kühle Nachtluft ein und bemühte sich krampfhaft wach zu bleiben. Es half nichts. Sie spielte mit ihrem Autoschlüssel. »Lass mich raten. Du fährst nicht sofort nach Hause, sondern hältst noch kurz Ecke Achte und Poplar an.«

Byrne lachte. »Ich dachte, ich spring kurz ins Labor und gebe das da ab. Es liegt auf dem Weg.«

Das stimmte sogar. Jessica stieg ein.

»Wie hieß die Straße, wo wir das kleine Mädchen gefunden haben?«, fragte Byrne.

Jessica dachte nach und rief sich die Begegnung in Erinnerung. Dann fiel ihr ein, dass sie ein Bild von dem Mädchen gemacht hatte, als es auf der Kreuzung stand. Das war eine alte Gewohnheit, jedenfalls seitdem Handykameras im Job benutzt wurden. Vor ein paar Jahren hatte sie sich angewöhnt, im Rahmen der Ermittlungen Fotos an Tatorten zu machen. Sie zog das Handy aus der Jeanstasche, öffnete den Fotoordner und fand schnell das Foto, das sie suchte. Auf dem Bild stand das kleine Mädchen mitten auf der Straße. Es sah so winzig, so zart und so verloren aus. Der Anblick versetzte Jessica einen Stich.

»Ich hab's.« Sie zeigte auf das Display, vergrößerte das Foto und zog den oberen Rand nach unten. »Das war die Kreuzung Abbot Road und Violet Drive.«

Byrne setzte sich in seinen Wagen. Er dachte kurz nach und drehte sich dann zu Jessica um. »Dann nennen wir sie Violet.«

38

Als Rachel sich dem Reihenhaus in der Callowhill näherte, sah sie sofort, dass ihr Schild, das sie vor wenigen Tagen mit äußerster Sorgfalt aufgehängt hatte, mit unleserlichen Gang-Graffiti beschmiert war.
Arschgeigen, dachte sie.
Sie öffnete den Kofferraum, nahm die Bohrmaschine heraus und spannte einen Philipps-Bohrer in das Bohrfutter. Sie drückte auf die Taste. Natürlich, der Akku war so gut wie leer.
Als sie ein paar Minuten später den neuen Akku eingelegt hatte, nahm sie das Schild von Perry-Hayes mit einem kleinen Bild von Rachel Gray in einer Ecke ab (Denise sagte, es sei ihre tatsächliche Größe, haha) und hängte das neue Schild auf. Es ging schnell, aber trotzdem war es nervig, denn sie hatte das in den vergangenen Tagen zig Mal gemacht.
Als Rachel das alte Schild in den Kofferraum legte, kam die Frau auf sie zu.
»Hey, Gloria«, sagte Rachel.
»Hey«, erwiderte die Frau.
Da Rachel sich mit Damenmode gut auskannte, interessierte sie sich immer für die Garderobe einer potenziellen Käuferin. Meistens konnte sie genau erkennen, von welchem Designer Outfit, Schuhe, Tasche, Accessoires und Schmuck stammten und wie teuer die Sachen ungefähr gewesen waren. Mitunter machte Rachel sich sogar einen Spaß daraus, das Parfum einer Kundin zu erraten. Wenn eine Frau, die besonders gut gekleidet war, ihr den Rücken zuwandte, schloss sie die Augen und

schnupperte in der Luft. Wenn sie einen Duft erkannte, machte sie der Frau ein Kompliment und fragte nach der Marke. In neun von zehn Fällen lag sie mit ihrer Vermutung richtig. Mit Gloria spielte Rachel leider ein anderes Spiel, und darüber ärgerte sie sich jedes Mal. Gloria Vincenzi besaß zwei oder drei verschiedene Outfits, die sie immer kombinierte. Vor ein paar Monaten hatte Rachel gesehen, dass die Säume an der Jacke der Frau allmählich aufgingen, und jetzt waren sie schon fast ganz aufgerissen. Es brach ihr das Herz.

»Als Frank und ich jung verheiratet waren, wohnten wir in einem Haus, das nicht viel kleiner war als dieses hier. Es war in der Fitzwater Street. Kennen Sie die Fitzwater?«
»Ja«, sagte Rachel. »Wir haben Immobilien in der Fitzwater. Wo stand denn Ihr Haus?«
In der Nähe der Kreuzung Fitzwater und Vierte Straße.
»In der Nähe der Kreuzung Fitzwater und Vierte Straße«, sagte die Frau.
Gleich neben der Reinigung.
»Gleich neben der Reinigung«, fuhr Gloria fort.
Frank Vincenzi, dachte Rachel.
Rachel hatte Gloria Vincenzi fast fünfzehn Häuser in einer Preisspanne von dreihunderttausend Dollar gezeigt, eine Spanne, die kein ernsthafter Hausinteressent normalerweise abdeckte. Jeder Hauskäufer verfügte über bestimmte finanzielle Möglichkeiten, die den Kaufpreis des gesuchten Hauses ganz konkret einschränkten. Also hatte Rachel versucht, mehr über ihre Kundin zu erfahren.
Mittlerweile wusste sie eine Menge über Glorias Mann Frank, bis hin zu seiner Vorliebe für Kartoffelpüree aus der Tüte von einer bestimmten Firma. Sie hatte ihn aber niemals

kennengelernt, und zwar weil es ihn gar nicht gab. Frank Vincenzi war schon 2001 an Bauchspeicheldrüsenkrebs gestorben. Gloria Vincenzi suchte noch immer ihr allererstes kleines Haus.

Als Rachel die Haustür aufschloss, sagte Gloria das, was sie jedes Mal sagte, und zwar: »Ich glaube, wir müssen weitersuchen. Ich rufe Sie an.«

Rachel wusste nicht, wie lange sie dieses Spielchen noch mitmachen würde. Im Augenblick war es für sie okay.

Sie verstand die Frau gut, weil sie selbst auch etwas suchte.

Als Rachel ins Büro zurückkehrte, lag auf ihrem Schreibtisch eine Notiz von ihrer Chefin. Diana wollte sie sprechen.

Rachel holte sich einen Kaffee, ging den Gang hinunter und klopfte an die Tür des Eckbüros ihrer Chefin.

Diana Perry war die Mitinhaberin der Firma und auch selbst Immobilienmaklerin.

»Herein«, sagte sie.

Diana war stets gut gekleidet. Obwohl sie ihre teurere Kleidung nur zu den monatlichen Dienstbesprechungen, zu Preisverleihungen und ähnlichen Veranstaltungen trug, kam sie jeden Tag modisch gekleidet ins Büro. Diana war Anfang vierzig, aber immer bemüht, jünger zu wirken.

»Mr. und Mrs. Bader waren heute Morgen hier.«

Die Baders waren das neureiche Ehepaar – der Typ mit den Cowboystiefeln und das Saks-Model. Rachel schaute ihrer Chefin ins Gesicht, um zu erraten, was jetzt kam. Wie alle guten Immobilienmakler verzog Diana Perry keine Miene.

»Sie sind an dem Haus interessiert und bereit, den vollen Preis zu zahlen. In bar.«

Ja!

Rachel versuchte, sich ihre Freude nicht zu stark anmerken zu lassen. »Weißt du, ich hatte ein gutes Gefühl«, sagte sie, was nicht der Wahrheit entsprach. Rachel hatte längst aufgegeben, irgendwelche Prognosen zu stellen. »Haben wir den Verkäufer schon angerufen?«

»Haben wir. Die Unterlagen sind unterwegs. Nicht schlecht für zwanzig Minuten Arbeit.«

Das entsprach der Wahrheit. Abgesehen vom Drogenhandel gab es kaum andere Möglichkeiten als den Immobilienhandel, um in kurzer Zeit viel Geld zu verdienen.

Diana stand auf, ging um den Schreibtisch herum und schloss die Bürotür. Dann setzte sie sich neben Rachel auf einen Stuhl.

»Zuerst einmal möchte ich dir gratulieren. Gute Arbeit.«

»Danke.«

Diana zögerte kurz. »Ich habe gestern einen interessanten Anruf bekommen.«

»Eine neue Immobilie?«, fragte Rachel.

»Ja und nein.«

Diana Perry hatte zwar Sinn für Humor, neigte aber nicht dazu, Spielchen zu spielen. Vor allem nicht, wenn es um den Job ging.

»Ich verstehe nicht«, sagte Rachel.

Diana klopfte mehrmals mit ihrem Kugelschreiber auf den Schreibtisch. »Es ging um dein Haus. Wir haben ein Angebot.«

Im ersten Moment glaubte Rachel, sie habe ihre Chefin missverstanden. »Mein Haus?«

Diana nickte.

»Aber mein Haus steht doch gar nicht zum Verkauf.«

»Das habe ich ihnen auch gesagt.«

Rachel kannte nicht viele Leute in ihrem Alter, die ein eigenes Haus besaßen. Sie hatte die Erbschaftssteuer von ihrer ersten großen Provision bezahlt, dem Verkauf eines großen Gebäudes mit zahlreichen Eigentumswohnungen an der Piazza, auf dem ehemaligen Grundstück der alten Schmidt-Brauerei.

Diana fuhr fort. »Ich dachte, dass es vielleicht ...«

... Zeit wird, dachte Rachel. Das wollte Diana sicherlich sagen, aber dazu war sie zu höflich. »Zeit wird?«

»Ja. Tut mir leid. Es geht mich ja eigentlich nichts an.«

»Ist okay«, sagte Rachel.

»Sie haben eine Summe genannt. Ich dachte, das solltest du wissen.«

»Eine schöne Summe?«

»Eine sehr schöne Summe. Denk darüber nach und sag mir Bescheid, wenn du sie erfahren möchtest.«

»Okay, Diana. Mach ich.«

Ein wenig benommen stand Rachel auf. Ihr großartiger Verkauf und der hübsche Scheck, den sie bekommen würde, ebenso wie die Vorstellung, tatsächlich ihr Haus zu verkaufen, verwirrten sie. Sie hatte nie daran gedacht, es zu tun, jedenfalls nicht jetzt, sondern höchstens später einmal, wenn sie älter war. Andererseits wollte sie sich auch nicht in eine Gloria Vincenzi verwandeln.

Während des Essens – einem einfachen Gericht beim Chinesen um die Ecke – dachte sie darüber nach.

Als sie nach Hause kam, schaltete sie den Fernseher ein, um die Stille zu vertreiben. Gegen zehn Uhr schaltete sie ihn wieder aus und stieg die Treppe zum Badezimmer hinauf. Sie putzte sich die Zähne, wusch sich das Gesicht und cremte es ein. Einen Augenblick stand sie dort und schaute in den Spiegel. Rachel hatte nicht viele ihrer Verwandten kennengelernt und wusste nicht einmal, woher ihre Vorfahren stammten und welche Gene sie in sich trug. Sie hatte helle Haut, helles Haar und blaue Augen, die dunkler waren als die der meisten anderen. Waren ihre Vorfahren Iren oder Schotten gewesen? Oder vielleicht stammte sie aus noch nördlicheren Gefilden, aus Skandinavien oder dem Baltikum.

Rachel schaltete das Licht aus, verließ das Badezimmer und ging den Flur hinunter. Wie immer rechnete sie schon im Voraus mit dem leisen Knarren der Holzbohlen in der Nähe der Treppe.

Sie spähte auf den Lichtstrahl, der unter der Tür am Ende des Flurs hindurchschien. Rachel berührte den Türknauf nicht und trat nicht ein. Das tat sie nie. Sie fragte sich, ob sie es jemals tun würde.

Es ging um dein Haus. Wir haben ein Angebot.

Rachel hatte sich oft gefragt, wie sie auf eine solche Nachricht reagieren würde. Sie dachte an die vielen Immobilien, die sie in den vergangenen Jahren verkauft hatte, und wie die Nachricht über ein gutes Angebot das Leben der Verkäufer veränderte. Eigentum – vor allem ein Haus – wechselte im Laufe seines Bestehens häufig den Besitzer.

Sie stieg die Treppe hinunter, ging in die Küche und kochte sich eine Tasse Kamillentee.

Als sie den Tee wegstellte, fiel ihr auf, dass in dem Schrank nur noch eine weitere Tasse stand. Wann hatte sie die anderen alle weggepackt? An welchem Tag hatte sie sich entschlossen, ein so einsames Leben zu führen, dass sie fast ihr ganzes Geschirr weggepackt hatte?

Sie zog sich an, verließ das Haus und blieb auf dem dunklen Bürgersteig stehen. Die Straße war menschenleer.

Rachel schaute auf das einsame Licht, das hinter dem Fenster im ersten Stock brannte. Sie rechnete immer damit, Schatten auf der Jalousie zu sehen, aber sie sah nie welche.

Das würde sie auch nie. Rachel wusste es, doch das hielt sie nicht auf.

Wir haben ein Angebot.

Vielleicht hatte Diana recht, dachte Rachel.

Vielleicht war es an der Zeit.

39

Nachdem sie die Leiche von Dr. Edward Richmond gefunden hatten, war eine Sondereinheit gebildet worden. Die obersten Bosse genehmigten alle Überstunden, die notwendig sein würden, um die vier Morde aufzuklären – Robert Freitag, Joan Delacroix, Edward Richmond und Dustin Green.

Acht Detectives gehörten der Sondereinheit an. Die Chefs der Mordkommission hatten mit den Leitern aller kriminaltechnischen Abteilungen, die mit diesen Fällen zu tun hatten, telefoniert – Fingerabdrücke, DNA, Waffen, Drogen, Dokumente – und vereinbart, dass auch ihre Überstunden genehmigt wurden.

Das FBI hatte ihnen die ersten Untersuchungsbefunde über die Blumen geschickt, die an allen drei Tatorten gefunden worden waren. Die weißen Blumen, die Robert Freitag und Joan Delacroix in den Händen gehalten hatten und die kreisförmig um Edward Richmonds Füße angeordnet gewesen waren, hießen *Anaphalis Margaritacea*. Besser bekannt war diese ganzjährige Blume, die in vielen Gegenden Nordamerikas wuchs, unter dem Namen Silberimmortelle. Dem Bericht des FBI zufolge waren die Blumen getrocknet und mit einem normalen Haarspray eingesprüht worden. Durch den Regen, der den Beweismitteln arg zugesetzt hatte, konnten keine weiteren Untersuchungen durchgeführt werden.

Was das kleine Mädchen betraf, so hatten zwei Detectives aus der Vermisstenabteilung in dem Gebiet, in dem Violet gefunden worden war, Befragungen durchgeführt. Sie sprachen mit fast allen Leuten, die dort wohnten, und zeigten ihnen das Bild des Mädchens, ohne jedoch neue Erkenntnisse zu gewinnen. Daher war Violets Bild an alle lokalen Fernsehsender geschickt und im *Inquirer* und den *Daily News* veröffentlicht worden. Bisher hatte sich niemand beim Jugendamt gemeldet und als Angehöriger des kleinen Mädchens ausgewiesen. Wenn sich niemand meldete, würde Violet noch heute in einer Wohngruppe untergebracht werden.

Kurz vor Mittag betrat John Shepherd das große Büro der Mordkommission. Er sah aus, als hätte er überhaupt nicht geschlafen. Bei einem neuen Mordfall war das oft der Fall, und das vor allem, wenn der Mord am Spätnachmittag oder am Abend entdeckt wurde.

»Das mit dem Jungen tut mir leid«, sagte Byrne.

Shepherd setzte sich auf den Rand des Schreibtisches. »Was meinst du, wie leid mir das erst tut«, sagte er. »Ich hab nichts aus ihm herausbekommen, bevor er sich verabschiedet hat. Keine Beschreibung des Täters. Außer dass es ein Weißer war, um die dreißig oder vierzig.«

»Ich nehme an, das war nicht nur Ecstasy, was er da genommen hat«, sagte Jessica.

Shepherd schüttelte den Kopf. »Die Pillen, die er bei sich hatte – also die Pillen, die er angeblich von dem Typen bekommen hat, dessen Wagen er zum Park fahren sollte –, waren mit Kaliumcyanid versetzt.«

»Cyanid?«, sagte Jessica. »Das hatten wir schon eine Weile nicht mehr.«

»Die toxikologischen Untersuchungen sind noch nicht abgeschlossen. Könnte auch ein ganzer Cocktail gewesen sein.«

»Unser Mann hat den Jungen also dazu gebracht, seinen Wagen in den Park zu fahren. Er wusste, dass der Junge die bunten Pillen schlucken und wir nichts aus ihm rauskriegen würden, wenn wir ihn schnappen.«

»Sieht ganz so aus«, sagte Shepherd. »Er hat sich darauf verlassen, dass der Junge zuerst seinen Job macht und sich nicht in dem schwarzen Wagen verabschiedet, ehe er im Park ankommt.«

»Warum hat er sich darauf verlassen?«, fragte Jessica.

»Gute Frage. Meiner Meinung nach kann es dafür nur zwei Gründe geben. Entweder, der Junge hat gehofft, dass er später noch mal einen Job für den Typen übernehmen kann, oder aber der Typ hat ihm wahnsinnige Angst eingejagt.«

Und das aus gutem Grund, dachte Jessica.

»Wie geht es dem Jungen?«, fragte Byrne. »Dem Sohn des Opfers.«

»Er ist stabil«, sagte Shepherd. »Ich hoffe, dass ich heute noch mit ihm sprechen kann.«

»Was ist mit dem Gedeck auf Richmonds Tisch?«

Shepherd nahm sein Handy aus der Tasche und scrollte durch die Fotos, bis er das Bild fand, das er suchte. Er vergrößerte es und zeigte es den beiden Detectives.

Auf dem Esszimmertisch im Haus des Opfers stand ein großer Suppenteller mit einem umgedrehten Kaffeebecher in der Mitte. Daneben lag auf einer zusammengefalteten Leinenserviette ein Silberlöffel.

Anthony Giordano sah heute bedeutend besser aus als bei ihrem ersten Treffen, als er in seiner Wohnung im ersten Stock am Fenster gesessen hatte, um die Gasse hinter Joan Delacroix' Haus zu beobachten. Er hatte sich den Bart geschnitten und sogar seine wuscheligen Augenbrauen gebändigt. Jessica fragte sich, ob er einen der Gutscheine eingelöst hatte, mit denen seine Pinnwände übersät waren.

»Vielen Dank, dass Sie gekommen sind«, sagte Byrne. »Wie sind Sie hierhergekommen?«

»Ich hab den Bus genommen.«

»Wir fahren Sie später nach Hause.«

Tony zeigte auf Jessica, die auf der anderen Seite des Raumes stand und mit John Shepherd sprach. »Ist sie Italienerin?«

Byrne lächelte. »Ja, ist sie.«

Tony warf Jessica noch einen Blick zu. »Mann, wenn ich fünfzig Jahre jünger wäre.«

»Habe ich Ihnen schon gesagt, dass sie mit einem Polizisten verheiratet ist?«

Tony schaute ihn erstaunt an. »Sie ist verheiratet?«

Byrne nickte.

»Sie trägt gar keinen Ring.«

»Die Zeiten ändern sich, mein Freund.«

Byrne zog ihm einen Stuhl heran. Tony setzte sich.

»Es gibt da ein paar Möglichkeiten herauszufinden, was für einen Wagen Sie neulich gesehen haben.«

»Sie meinen Bilder?«

»Ja«, sagte Byrne. »Wir haben die Bilder aber nicht hier. Sie sind im Internet.«

»Ich hoffe, Sie finden sie. Ich kenne mich da überhaupt nicht aus.«

»Kein Problem.«

Byrne setzte sich vor den Computer und öffnete eine Webseite, die sie mitunter konsultierten, um einen Wagentyp zu bestimmen. Die Webseite war nach Jahrzehnten unterteilt und begann mit den Dreißigerjahren des zwanzigsten Jahrhunderts.

»Wo sollen wir anfangen?«, fragte Byrne.
Tony dachte kurz nach. »In den Sechzigern. Da ging alles den Bach runter, und ich habe mich für Autos nicht mehr besonders interessiert. Ich glaube, älter war er auch nicht.«
»Okay. Sie haben gesagt, es war ein großer Wagen, nicht wahr? Eine große Limousine?«
»Ja.«
Sie scrollten durch die Datenbank mit den Fotos der großen Limousinen aus den Sechzigern: DeSotos, Imperials, Newports, New Yorkers, Galaxies, Lincoln Continentals. Keiner dieser Wagen sah so aus wie das Auto, das Tony gesehen hatte.

Sie fuhren mit den Siebzigerjahren fort und schauten sich Eldorados, Impalas, Mercury Marquis, Monte Carlos an. Byrne wollte gerade mit den Achtzigerjahren weitermachen, als Tony sich auf seinem Stuhl aufrichtete.

»Das ist er«, sagte er. »Der da.«
Anthony Giordano zeigte auf einen Oldsmobile Toronado von 1977.

»Wie sicher sind Sie, dass es der Wagen ist?«, fragte Byrne.
»Nicht hundertprozentig. Wie gesagt, ich habe den Wagen meistens nur von hinten gesehen, wenn er in der Straße geparkt hat. Meinen Sie, wir finden ein Bild vom Heck, das von oben aufgenommen wurde?«

»Im Internet finden wir alles.« Kurz darauf fanden sie bei Flickr die Aufnahme eines Toronados von oben.

»Das sieht verdammt nach dem Wagen aus«, sagte Tony.
»Super.« Byrne drückte auf ein paar Tasten und druckte mehrere Kopien des Bildes aus. Während sie auf die Ausdrucke warteten, sagte Tony: »Ist schon komisch mit den Autos. Es gibt diese Zeit von acht oder zehn oder zwölf Jahren im Leben der Zwölf- bis Zwanzigjährigen, bei Jungen jedenfalls, in der man jede Marke und jedes Modell kennt, jede Verände-

rung am Kühlergrill, an den Kotflügeln, am Spoiler und am Rücklicht.«

»Welche Zeit war das bei Ihnen?«, fragte Byrne.

»Die Vierzigerjahre.«

Byrne nickte. »Was war Ihr Traumauto?«

»Das ist leicht«, sagte Tony. »Der Buick Club Coupe von 1941. 3-Gang-Getriebe mit Lenkradschaltung. Fireball-8-Motor.«

»Welche Farbe?«

»Taubenblau.«

»Nicht schlecht.«

Die beiden Männer standen auf. »Wir sind sehr froh, dass Sie gekommen sind«, sagte Byrne und half dem alten Mann in den Mantel.

»Ich bin froh, wenn ich helfen kann«, erwiderte Tony. »Dann komme ich mal raus.«

»Wenn Sie den Wagen noch mal sehen, rufen Sie mich bitte an.«

»Mach ich.« Tony drehte sich zu Jessica um, die vor einem Computer saß.

»Sie ist also verheiratet, hm?«

»Ich fürchte, ja.«

»Die Guten sind immer vergeben.«

»Wie wahr«, sagte Byrne. »Kommen Sie. Ich bringe Sie runter.«

Als Byrne ins Büro zurückkehrte, saß Hell Rohmer mit einem großen, braunen Briefumschlag in der Hand an einem der Schreibtische. Er trug einen knielangen Ledermantel und einen dieser Strohhüte in Schwarz, die auch Kreissäge genannt wurden.

»Ich bin gekommen, um Geschenke zu verteilen«, sagte Hell.
»Geschenke sind gut«, erwiderte Byrne und winkte Jessica herüber.
»Es geht um die Polaroidfotos«, begann Hell. »Es ist mir nur gelungen, eins der Bilder von dem Karton zu lösen. Das hat folgenden Grund: Je länger irgendeine Form von Klebstoff auf einer Oberfläche haftet, desto stärker verbindet er sich mit den Fasern auf beiden Oberflächen, sodass praktisch eine einzige Schicht entsteht.«
»Das erkläre ich Kevin immer wieder«, sagte Jessica. »Vielleicht glaubt er mir jetzt.«
Hell lächelte. »Zuerst zu diesem Bild.« Er hielt eins der Polaroidfotos hoch. Es war die Aufnahme eines Mannes, der an dem langen, gedeckten Tisch saß. Jessica ahnte, was jetzt kommen würde, und ihr Herz begann zu rasen.
Hell zeigte auf das Geschirr und das Silberbesteck auf dem Tisch.
»Ich habe diesen Ausschnitt vergrößert«, sagte er. »Ich musste die Pixel ein bisschen manipulieren, aber nach mehreren kleinen Bearbeitungsschritten ist es mir gelungen, den Ausschnitt um achthundert Prozent zu vergrößern.« Er griff in den Umschlag, zog einen zwanzig mal dreißig Zentimeter großen Abzug heraus und legte ihn auf den Tisch. »Auf dem Stiel ist eine Gravur. Dort steht DVSH. Das heißt ...«
»Delaware Valley State Hospital«, sagte Byrne. »Cold River.«
Das Delaware Valley State Hospital wurde in der Öffentlichkeit meistens Cold River genannt, weil es in der Nähe des Delaware River lag. In den fast hundert Jahren seines Bestehens hatten viele Patienten das Grundstück verlassen und waren in den Fluss gefallen. Jene, die nicht ertranken oder an

Unterkühlung starben, hatten nach ihrer Rückkehr nur einen Reisetipp für ihre Mitpatienten: bloß nicht ins Wasser zu fallen.

Als Jessica noch klein gewesen war – sie nahm an, dass es vielen Kindern in Philadelphia so erging –, hatte ihr Vater ihr immer mit dieser Klinik gedroht.

»Räum dein Zimmer auf, oder ich bring dich ins Cold River«, hatte er oft gesagt. Das Cold River war eine Art Schreckgespenst gewesen. Die Klinik war vor vielen Jahren geschlossen worden.

»Diese Klinik hat Lenny Pintar gemeint«, sagte Jessica. »Das große Haus.«

Sie nahm die Vergrößerung in die Hand. Die Gravur auf dem Löffel war deutlich zu erkennen, denn als das Foto gemacht wurde, war die Gravur noch neu.

»Das sind unsere Löffel«, sagte sie.

»Ja, das sind sie«, stimmte Byrne ihr zu.

Hell hob den Blick. »Sie haben diese Löffel?«

»Lange Geschichte«, sagte Jessica.

Hell fuhr fort. »Okay. Was die Trennung dieser Fotos vom Karton betrifft, habe ich gute Nachrichten. Wenn es gelingt, die beiden Oberflächen zu trennen, wird die Oberfläche, auf die der Klebstoff ursprünglich aufgetragen wurde, eine wahre Fundgrube für Fingerabdrücke. Das funktioniert ähnlich wie bei der Sekundenkleber-Methode.«

Es war tatsächlich möglich, mit Hilfe der Dämpfe von Cyanacrylat, dem sogenannten Sekundenkleber, Fingerabdrücke sichtbar zu machen. Die Gegenstände, auf denen man Fingerabdrücke oder partielle Fingerabdrücke vermutete, wurden in eine geschlossene Kammer mit heißem Wasser, einem Heizelement und einer kleinen Menge Sekundenkleber gelegt. Mit dieser relativ unkomplizierten Methode konnte man

Fingerabdrücke auf glatten Oberflächen sicherstellen. Sie barg jedoch auch das Risiko, alle Fingerabdrücke zu verlieren, wenn der Gegenstand den Dämpfen zu lange ausgesetzt wurde. Jessica hatte schon oft erlebt, dass so etwas passierte. Um auf diese Weise mit dem Sekundenkleber Fingerabdrücke sichtbar zu machen, hatte man in der Regel nur einen Versuch.

Hell zog noch etwas aus dem großen Umschlag: die Vergrößerung eines Daumenabdrucks.

»Das war auf der Rückseite des Fotos?«, fragte Jessica.

»Ja«, sagte Hell. »Und weil ich schon als Kind immer Detektiv werden wollte, habe ich ein bisschen recherchiert.« Mit diesen Worten zog er ein Dokument aus der Innentasche seines Mantels. »Stimmen Sie bitte die *CSI*-Titelmusik an.«

»Hell.«

»Okay.« Er reichte Jessica den Ausdruck. »Der Mann, dessen Fingerabdrücke ich auf der Rückseite dieses hässlichen Fotos gefunden habe, wohnt in Nord-Philadelphia. Er heißt Lucius Winter.«

Jessica setzte sich vor den Computer. Sie überprüfte Lucius Winter in der lokalen Verbrecherdatenbank und wurde schnell fündig.

Lucius Winter war ein Kleinkrimineller: zwei Verurteilungen wegen Körperverletzung und eine Anklage wegen bewaffneten Raubüberfalls, von der er freigesprochen worden war. Seine letzte bekannte Adresse war angegeben.

Jessica hielt das Polaroidfoto des nackten Mannes, der an dem Tisch saß, neben das Foto auf dem Monitor. Es bestand kein Zweifel. Der Mann auf dem Foto war Lucius Winter.

Byrne stellte sich neben Jessica, drückte auf eine Taste auf der Tastatur und scrollte nach unten.

»Jess.«

Jessica starrte auf den Monitor. Das Herz schlug ihr bis zum Hals. Lucius Winter war ein Weißer, eins zweiundachtzig, dreiundachtzig Kilo, braune Augen, braune Haare. Doch es war keins dieser Details, das ihr sofort ins Auge sprang.

Lucius Winter besaß einen schwarzen Oldsmobile Toronado von 1977.

40

Die Zielperson wohnte in einem baufälligen Haus in der Fünften Straße nahe der Diamond Avenue. Sie saßen drei Häuser entfernt auf der gegenüberliegenden Straßenseite in einem Transporter, der nicht als Polizeifahrzeug zu erkennen war.

Zuerst mussten sie einen Durchsuchungsbeschluss beantragen, und das war ein ziemlich kompliziertes Verfahren. Mitunter zog es sich so in die Länge, dass man fast verrückt wurde. Während das Team in Stellung ging, blieb Jessica zurück und füllte den Antrag aus. Sie begründete schlüssig den hinreichenden Tatverdacht und faxte den Antrag an die Bezirksstaatsanwaltschaft, wo er von einem Bezirksstaatsanwalt geprüft werden musste. Mitunter musste sogar die Bundesanwaltschaft hinzugezogen werden.

Sobald der Bezirksstaatsanwalt überprüft hatte, dass der hinreichende Tatverdacht schlüssig begründet worden war, sodass der Antrag nicht zurückgewiesen werden konnte, musste er ihn einem Richter vorlegen. Es war immer eine Herausforderung, den richtigen Richter zu finden, der dann auch zur Verfügung stehen musste. Sobald ein Richter den Durchsuchungsbeschluss unterschrieben hatte, musste das Original zum Einsatzort gebracht werden.

Bevor der Durchsuchungsbeschluss nicht vorlag, konnten sie nichts anderes tun, als das Haus zu beobachten und zu warten. Sie konnten eine Person verfolgen, durften ihr Grundstück aber nicht betreten. Immer wieder fuhren Autos vorbei. Passanten liefen die Straße hinunter. Lucius Winter war nicht unter ihnen.

Byrne wählte noch einmal die Telefonnummer des Mannes. Es klingelte, doch er meldete sich nicht, und es ging kein Anrufbeantworter an.

Sie warteten.

Um drei Uhr bekam Byrne den Anruf. Der Durchsuchungsbeschluss lag vor.

Die Hecktür des Transporters wurde geöffnet. Zwei Polizisten der SWAT-Spezialeinheit stiegen aus und überquerten die Straße. Sie trugen die volle Ausrüstung für einen solchen innerstädtischen Einsatz und führten halbautomatische Gewehre vom Typ SIG 556 bei sich. Sie flankierten die Eingangstür des Hauses auf beiden Seiten, während einer der Detectives vom Polizeibezirk Nord, der eine Panzerweste trug, mit einer Stinger-Ramme in Position ging.

Byrne zog seine Waffe. Er stellte sich auf die linke Seite der Tür und John Shepherd auf die rechte Seite. Byrne zählte leise bis drei.

Der Detective holte Schwung und schlug die Ramme genau über dem Schloss gegen die Tür. Die Tür flog aus den Angeln und knallte auf die Erde.

»*Philadelphia Police Department! Durchsuchungsbeschluss!*«, rief einer der SWAT-Polizisten, als sie die Tür aufgebrochen hatten.

Byrne und John Shepherd betraten hinter ihnen das Haus.

Im dämmrigen Licht erkannte Byrne den Grundriss des kleinen Reihenhauses. Rechter Hand das Wohnzimmer, links die Treppe, ein kurzer Flur, der zur Küche führte. Der typische Schnitt dieser Art von Reihenhäusern, die nicht breiter waren als drei Meter.

»Erdgeschoss *sauber!*«, rief ein SWAT-Polizist. Einer von ihnen stieg die Treppe in den ersten Stock hinauf, und ein anderer stieg die Treppe in den Keller hinunter.

Im Wohnzimmer standen außer zwei Tischen vor den Fenstern keine Möbel. Auf beiden Tischen standen kleine Lampen ohne Schirme. Sie waren an alte Zeitschaltuhren angeschlossen, und in beiden Lampen steckten 25- oder 40-Watt-Birnen.

»Keller sauber!«, rief der SWAT-Polizist aus dem Keller.

»Erster Stock sauber!«

Das Haus war leer. Byrne und Shepherd steckten ihre Waffen ein und atmeten erst einmal tief durch. Byrne ging zu einer der Tischlampen und hielt eine Hand über die Glühbirne. Sie war warm. Er überprüfte die Zeitschaltuhr. Sie war so eingestellt, dass die Lampe um drei Uhr nachmittags anging und um drei Uhr morgens ausging.

Während John Shepherd die Treppe hinaufstieg, ging Byrne in die Küche. Ebenso wie im Wohnzimmer standen auch in diesem Raum außer der Einbauküche keine zusätzlichen Möbel. Auf allen Oberflächen lag eine dicke Staubschicht. Byrne berührte vorsichtig die Herdplatten. Eiskalt. Er öffnete den Kühlschrank. Er war ausgeschaltet und leer.

In den Schränken lag nichts außer zerrissenem Papier und Mäusekot. Als Shepherd aus dem ersten Stock zurückkehrte, drehte Byrne sich zu ihm um.

»Ist oben irgendetwas?«, fragte er.

Shepherd schüttelte den Kopf. »In einem der Zimmer steht ein Bett ohne Matratze. Die Schränke sind alle leer.«

Die beiden Männer machten sich ein Bild von dem, was sie hier gefunden hatten, und das war praktisch nichts. In diesem Haus wohnte niemand. Die Zeitschaltuhren an den Lampen sollten nur den Eindruck vermitteln, dass es bewohnt war.

»Ich sehe mich mal im Keller um«, sagte Byrne.

»Okay«, erwiderte Shepherd. »Ich beende den Sondereinsatz dann.«

Byrne stieg die schmale Treppe hinunter. Der Grundriss des

langen, schmalen Kellers entsprach dem des Erdgeschosses und des ersten Stocks des Hauses. In einer Nische stand der Heizofen, der aussah, als stammte er aus den Fünfzigern. An den freiliegenden Deckenbalken hingen dicke Spinnweben. Byrne schaute sich im Licht seiner Taschenlampe alles an: Staub, auch hier zerrissenes Papier und Mäusekot und ein alter, zusammengefalteter Kartentisch, der an einer Wand lehnte. Nichts, was auf einen Bewohner hinwies.

Byrne wollte die Treppe gerade wieder hinaufsteigen, als sein Blick auf der Mauer an der Straßenseite haften blieb und ihm auffiel, dass hier etwas fehlte.

Er durchquerte den Keller, drückte ein Ohr an die Wand und trat einen Schritt zurück. Irgendetwas stimmte hier nicht.

Er stieg die Treppe wieder hinauf und trat auf den Bürgersteig. Richtig. Die Fenster mit den Glasbausteinen auf Höhe des Bürgersteigs waren durch Eisenstangen gesichert.

Byrne kehrte ins Haus zurück und schritt die Strecke von der Haustür bis zum Hinterausgang ab. Anschließend stieg er die Kellertreppe hinunter und wiederholte diese Prozedur im Keller. Nach seiner groben Berechnung fehlte ungefähr ein Meter.

Byrne nahm sein Handy aus der Tasche und wählte die Nummer.

»Erzählen Sie mir etwas über dieses Haus«, sagte Byrne. »Wer wohnt hier?«

Jemand hatte die Hausbesitzerin angerufen, eine korpulente Frau aus der Ukraine, die kurz darauf mit einem schlecht erzogenen knurrenden, einäugigen Rottweiler aufgekreuzt war. John Shepherd erklärte der Frau, dass es ratsam sei, den Hund von den bewaffneten Männern fernzuhalten. Sie band ihn an einem Treppengeländer drei Häuser weiter fest und kehrte zurück.

»Hier wohnt Mr. Winter«, sagte sie.
»Beschreiben Sie ihn bitte.«
Die Frau zuckte mit den Schultern. »Ich hab ihn schon eine Weile nicht mehr gesehen. Eine ganze Weile.«
»Er hat sich sicherlich nicht stark verändert. Wie sah er aus, als Sie ihn zum letzten Mal gesehen haben?«
»Ein Weißer. Ganz normal. Ein bisschen zu dünn.«
»Wie hat er seine Miete bezahlt?«, fragte Byrne.
»Alle drei Monate per Postanweisung.«
»Haben Sie Kopien davon?«
»Was denn für Kopien? Ich zahl das Geld immer auf mein Konto ein.«
»Wie oft kommt Mr. Winter zu Ihnen?«
»Ich sehe ihn nie. Er bezahlt die Miete. Er ist ruhig, und es gibt keine Probleme.«
»Keine Vorfälle, die Sie hellhörig gemacht haben?«
»Wieso hellhörig?«
»Mein Gott«, murmelte Byrne.
Die Frau zeigte auf die aufgebrochene Tür. »Und wer bezahlt mir das?«
»Ich lasse Ihnen das Geld per Postanweisung zukommen«, sagte Byrne. »Falls wir Sie noch mal brauchen, melden wir uns.«

Die etwa drei Dutzend Hunde in der Hundestaffel K-9 des Philadelphia Police Departments waren alle Rüden und alle Deutsche Schäferhunde. Die Hunde waren in drei Disziplinen ausgebildet: das Aufspüren von Rauschgift, von Leichen und von Sprengstoff. Die Leichenspürhunde reagierten auf alle Gerüche eines Menschen, und nicht nur auf die von Toten.

Um kurz nach vier Uhr traf Sergeant Bryant Paulson mit Papa ein, einem siebenjährigen Schäferhund. Seinen Namen verdankte er den ungewöhnlich vielen grauen Haaren auf seiner Schnauze, die er schon als Welpe gehabt hatte. Trotz der grauen Haare war dieser Hund aufgrund seiner außergewöhnlichen Fähigkeit, zahlreiche Nachkommen zu zeugen, Gold wert.

Papa war der beste Leichenspürhund des Philadelphia Police Departments. Er war kaum fünf Sekunden im Keller, als er sich vor die Steinmauer an der Straßenseite setzte und anschlug.

Byrne hatte recht gehabt. Auf der Außenseite waren Fenster, nicht aber auf der Innenseite. Diese Kellerwand war nachträglich eingezogen worden.

Und dahinter lag eine Leiche.

Eine Stunde später machten sich zwei Kollegen der Kriminaltechnik an die Arbeit. Es ging langsam voran, denn sie hatten die Aufgabe, die Mauer vorsichtig zu entfernen. Zuerst vergewisserten sie sich, dass es sich bei der Mauer aus Betonblöcken um keine tragende Wand handelte. Dann begannen sie mit einer Säge mit Siliziumkarbidblatt an der unteren Fuge der obersten Reihe der Blöcke. Anschließend schnitten sie die beiden senkrechten Fugen aus und schlugen den trockenen Mörtel heraus. Nachdem sie die oberste Reihe der Betonblöcke entfernt hatten, ging es immer schneller. Sie brauchten nur noch den Mörtel zwischen den Blöcken mit Hammer und Meißel herauszuschlagen.

Als die Kriminaltechniker die fünfte Reihe der Steine entfernt hatten, sahen sie den ersten Knochen in der Wand. Byrne wusste, wessen Knochen das war.

Sie hatten die sterblichen Überreste des geheimnisvollen Mr. Lucius Winter gefunden.

41

Luther beobachtete die Polizei vom Dach des Hauses auf der gegenüberliegenden Straßenseite. Den Toronado hatte er in einem anderen Viertel der Stadt geparkt. Es war das erste Auto, das er jemals gefahren hatte, als er einmal nachts mit Lucius unterwegs gewesen war. Jetzt wusste Luther, dass er diesen Wagen nie wieder benutzen konnte. Wenn der Zeitpunkt günstig war, würde er ihn verbrennen.

Luther hatte noch einen anderen Wagen, einen unauffälligen, zehn Jahre alten Transporter. Ebenso wie Lucius war der ehemalige Besitzer einst Patient im Cold River gewesen. Vor drei Jahren hatte Luther ihn auf einer Mülldeponie in New Jersey begraben. Der Transporter stand in einer Garage, die er in Bridesburg gemietet hatte.

Jetzt brauchte er den Wagen.

Er stieg die Feuertreppe hinunter, lief durch eine Gasse und die Vierte Straße hinunter, die Hände tief in den Manteltaschen vergraben. Es war beruhigend, das schwere Messer mit dem Elfenbeingriff in der Scheide zu umfassen. Luther strich über die Seite des Messers und dachte angestrengt nach. Er stand an der Ecke Vierte und Diamond und wartete auf Grün. Als er einen Blick nach links warf, sah er einen Pferdewagen mit Holzrädern über das Kopfsteinpflaster fahren. Der Mann, der das Gefährt lenkte, war uralt. Aus seiner Maiskolbenpfeife stieg grauer Rauch in die Luft.

Luther blinzelte und begriff, dass es kein Pferdewagen war,

sondern ein Lieferwagen. Auf den Seiten waren ein junger Mann und eine junge Frau abgebildet, deren weiße Zähne im trüben Winterlicht glänzten.

Er überquerte die Straße und beschleunigte seine Schritte, während die Stimme des Arztes in seinem Kopf widerhallte.

Sie wissen, was Sie zu tun haben.

42

»Wenn das so weitergeht, nehme ich dir das Handy weg«, gebärdete Colleen Siobhan Byrne. »Das schaffe ich. Ich habe trainiert.«

Byrne lächelte. Sie hatte recht. Seine Tochter sah aus, als könnte sie gegen ihn antreten.

»Tut mir leid«, erwiderte Byrne. »Mich wollte um sieben Uhr noch jemand anrufen.«

Er hatte mit einem Anruf aus der Rechtsmedizin gerechnet. Es ging um einen vorläufigen Untersuchungsbericht der sterblichen Überreste in der nachträglich eingezogenen Mauer. In Wahrheit fiel es Byrne schwer abzuschalten, nachdem sie Lucius Winters Haus durchsucht hatten.

Die beiden Detectives, die auf den Fall angesetzt waren, hatten noch einige Details erfahren. Sie hatten mit ein paar Nachbarn gesprochen, die ihnen erzählten, dass aus dem Haus gelegentlich Stimmen und Radioklänge drangen, aber nie so laut, dass es Grund zu Beschwerden gegeben hätte.

Die Detectives machten den Bruder des Mannes ausfindig, der ihnen erklärte, dass er nichts mehr mit Lucius zu tun haben wollte, nachdem dieser zwei Mal im Gefängnis gesessen hatte.

Lucius Winter war nicht nur zu zwei Gefängnisstrafen verurteilt worden, sondern auch Patient im Delaware Valley State Hospital gewesen.

Obwohl die Abteilung für ungelöste Fälle die Ermittlungen im Mordfall von Lucius Winter übernommen hatte, stand fest, dass es eine Verbindung zwischen diesem und den anderen

Morden geben musste. Die Kriminaltechnik würde vermutlich bis in die Nacht hinein damit zu tun haben, das Haus auf den Kopf zu stellen.

Byrne schaltete sein Handy aus. »Ich bin jetzt ganz für dich da«, sagte er.

»Ich bin das glücklichste Mädchen in Philadelphia«, gebärdete Colleen.

Als der Kellner ihnen den Salat brachte, schenkte er Colleen Byrne zum fünften Mal ein freundliches Lächeln. Der junge Mann war um die zwanzig und sah gut aus. Colleen strahlte ihn an. Wenn Byrne mit seiner Tochter essen ging, wurde er immer besser bedient.

»Ich weiß nicht«, begann Colleen, als sie ihre Vorspeisen aßen. »Ich habe überlegt, ob ich nicht etwas anderes studieren soll.«

Byrne konnte sich nicht erinnern, dass Colleen jemals etwas anderes als Lehrerin werden wollte. Schon in der Mittelstufe hatte sie anderen Kindern Nachhilfeunterricht gegeben, meistens Kindern aus der Stadt mit Hörschädigungen, für die ihre Schwerhörigkeit ein größeres Problem darstellte als für Colleen. Oftmals kamen sie überhaupt nicht damit zurecht.

»Und warum?«, fragte Byrne. »Du wolltest doch immer ins Lehramt. Ich dachte, das wäre für dich klar.«

Colleen zögerte einen Moment, ehe sie antwortete. »Ich weiß nicht, ob ich die Richtige dafür bin, Dad.«

»Was redest du denn da? Du kommst großartig mit Kindern aus und mit Erwachsenen auch.«

Colleen zuckte mit den Schultern. »Ich glaube, ich habe nicht genug Geduld.«

Wenn es etwas gab, das seine Tochter hatte, dann war es

Geduld. Diese Eigenschaft war eine von vielen, die sie von ihrer Mutter geerbt hatte. Von Byrne jedenfalls nicht.
»Natürlich hast du das, mein Schatz«, widersprach Byrne ihr.
»Ich habe überlegt, ob ich nicht besser Betriebswirtschaft studieren sollte.«
Byrne nickte nur. Das war einer dieser Augenblicke, in denen es für Eltern das Beste war, das Gespräch nicht durch irgendwelche Kommentare zu unterbrechen. Alles, was seine Tochter glücklich machen würde, würde auch ihn glücklich machen, wobei er allerdings immer felsenfest davon ausgegangen war, dass sie Lehrerin werden würde.
Er hatte immer geglaubt, dass Colleen den Wunsch hatte, genau das zu tun.
»Betriebswirtschaft ist auch gut«, gebärdete Byrne.
Mann, was für eine dumme Antwort, dachte er.

Sie ließen sich Zeit mit dem Kaffee, damit der gemeinsame Abend nicht so schnell zu Ende ging. Byrne erzählte Colleen von Violet.
»Wie alt ist sie?«
»Ungefähr zweieinhalb.«
»Und sie stand mitten auf der Straße?«
Byrne nickte. »Ja, sie stand einfach da.«
»War sie unverletzt?«
»Soweit wir sehen konnten, ja«, erklärte Byrne. »Zumindest körperlich. Wir sind mit ihr zum Kinderkrankenhaus gefahren. Jessicas Cousine Angela hat sie untersucht. Die Kleine hatte keine Verletzungen. Keine Schnittwunden und keine Quetschungen.«
»Bist du sicher, dass sie nicht gehörlos ist?«

»Nein, gehörlos ist sie nicht. Während der Untersuchung hat sie alles verstanden, was Angela gesagt hat, und sofort auf alle ihre Bitten reagiert. Sie kann hören, aber sie sagt nichts.«

Byrne hielt vor dem Haus seiner Exfrau an. Dort wohnte Colleen immer, wenn sie in der Stadt war. Sie saßen im Wagen und beobachteten die Passanten im Regen.

Colleen wedelte mit der rechten Hand in der Luft. Byrne schaute auf den Silberring an ihrem Ringfinger. Sie musste ihn an den Finger gesteckt haben, ohne dass er es bemerkt hatte.

»Das ist ein Freundschaftsring. Ich bin nicht verlobt, okay?«

Dieses Wort bohrte sich wie ein Giftpfeil in Byrnes Brust. Er dachte kurz darüber nach, wie es wäre und was dann alles folgen würde: Antrag, Aufgebot, Hochzeit, Schwangerschaft, *Großvater*. Der Gedanke daran brachte ihn fast um den Verstand, auch wenn ihn sonst so schnell nichts erschüttern konnte.

»Okay«, sagte Byrne. »Als ich den Ring an deinem Finger sah, habe ich einen kleinen Schreck bekommen. Er steckte an deiner rechten Hand, aber die war auf der linken Seite des Displays. Ich bin vielleicht ein Detective.«

»Du wirst der Erste sein, der es erfährt.«

»Noch vor deiner Mutter?«

Colleen lächelte. »Ich habe zwei Hände«, gebärdete sie. »Ich werde schon eine Möglichkeit finden, es euch beiden gleichzeitig zu sagen.«

»Abgemacht.«

Colleen nahm ihren Regenschirm in die Hand. »Halt mich über das kleine Mädchen auf dem Laufenden, okay?«

»Mach ich«, versprach Byrne ihr.

»Sims mir, wenn es etwas Neues gibt.«

»Okay.«
Colleen dachte kurz nach. »Es muss sich doch jemand melden. Die Kleine muss doch Eltern haben.«
In diesem Augenblick wusste Byrne, dass seine Tochter keine Geschäftsfrau werden würde.
Colleen beugte sich zu Byrne hinüber und umarmte und küsste ihn. Dann öffnete sie die Tür, stieg aus und schlug sie wieder zu. Byrne rollte das Fenster auf der Beifahrerseite herunter.
»Wir essen also Freitagmittag zusammen?«, fragte Byrne seine Tochter.
»Klar. Ich komme um zwei Uhr ins Roundhouse.«
»Ich liebe dich, mein Schatz.«
»Ich liebe dich auch, Dad.«
Byrne sah seiner Tochter nach, als sie die Treppe hinaufstieg. Er musste an ihre Worte denken.
Die Kleine muss doch Eltern haben.

Als Byrne in der Zehnten Straße an einer roten Ampel stand, nahm er das kleine pinkfarbene Täschchen in die Hand. Er dachte daran, wie es in seinen Besitz gekommen war, und an den langen Weg, den es zurückgelegt hatte. Es war entworfen, hergestellt, an den Händler ausgeliefert, in einem Geschäft ins Regal gestellt, gekauft und diesem kleinen Mädchen geschenkt worden.
Wer hatte ihm die Tasche geschenkt? Wer hatte das halbe Sandwich gemacht?
Im Licht der Straßenbeleuchtung, das durch das Fenster schien, schaute Byrne sich den Anhänger an dem Reißverschluss genauer an. Plötzlich stockte ihm der Atem.
Die Erkenntnis traf ihn wie ein Schlag. Byrne fuhr an den

Straßenrand, drehte das Herz um und starrte auf die Gravur auf der Rückseite:

PPD 3445.

Er erinnerte sich an die Worte, als hätte er sie gestern gehört. *Wenn du jemals in Schwierigkeiten steckst, zeige das einem Polizisten in Philadelphia. Er wird sich um dich kümmern.*
Unglaublich!
Die Tasche mit dem Anhänger hatte die ganze Zeit hier in seinem Auto gelegen.
Wie war es möglich, dass er die Gravur übersehen hatte?

43

Die Fahrt Richtung Norden auf der Route 611 war eine echte Tortur. Regen, Schnee und Matsch.

In der Nähe von Tannersville hielt Byrne an einer Raststätte an, die rund um die Uhr geöffnet hatte. Sie machte einen sauberen, einladenden Eindruck.

Wenn es dort starken Kaffee gab, würde er sich über nichts beschweren.

Sie goss Byrne eine Tasse Kaffee ein, ohne dass er darum gebeten hatte. Vermutlich sah er so aus, als könnte er einen Kaffee vertragen. Seitdem er in Philadelphia losgefahren war, musste er immerzu an den Anhänger denken. Plötzlich hielt er eine Speisekarte in der Hand.

»Was kann ich Ihnen bringen, mein Lieber?«

Byrne hob den Blick. Die Kellnerin war Ende dreißig, dunkelhaarig und hübsch. Sein Blick glitt über ihre Hände. Sie trug keinen Ehering. Auf ihrem laminierten Namensschild stand NICA.

Monica? Veronica? Wenn sie lächelte, würde er sie fragen.

Byrne stellte die laminierte Speisekarte in den Ständer.

»Pfannkuchen mit Würstchen oder Frikadellen.«

»Ich würde die Frikadellen nehmen.«

Ihr Akzent verriet, dass sie aus dem Osten Pennsylvanias stammte. Byrne fragte sich, ob sie Monroe County jemals verlassen hatte.

»Und warum?«
Nica warf einen Blick aus dem Fenster. Über der Route 611 hatte sich Nebel gebildet. In dem grauen Licht glaubte Byrne Traurigkeit hinter ihrer gutgelaunten Fassade zu entdecken. Sie wandte ihm wieder den Blick zu.
»Weil ich weiß, wie sie gemacht werden.«
Sie lächelte. Byrne fragte sie.
»Ist Nica die Abkürzung von Monica oder von Veronica?«
»Die Abkürzung von Dominica.«
»Hübscher Name.«
»Danke...«
Byrne bemerkte, dass sie auf etwas zu warten schien. Dann fiel der Groschen. Mann, er wurde alt. »Kevin.«
»Kevin«, sagte sie. »Das passt zu Ihnen.«
»Zum Glück. Ich bin zu alt, um jetzt noch auf einen anderen Namen zu hören.«
Sie lächelte wieder. »Wissen Sie, mein Mann war bei der Landespolizei. Truppe N, Hazelton.«
Byrne nickte. Er beschloss, Nica nicht zu fragen, woher sie wusste, dass er ebenfalls Polizist war. Er glaubte schon seit Jahren nicht mehr daran, dass man ihn für etwas anderes halten konnte als für einen Cop.
»Ist Ihr Mann aus dem Dienst ausgeschieden?«
Byrne spürte, dass sich ihre Stimmung trübte. Er verstand auch schnell, warum. Er hatte die falsche Frage gestellt. Verdammt.
»Nein. Walt ist gestorben. 2009.«
Damit hatte Byrne nicht gerechnet. Nica sah viel zu jung aus, um schon Witwe zu sein.
Ehe er es verhindern konnte, sagte er: »Das tut mir leid.«
Byrne hatte sich immer gewundert, warum Leute so etwas zu völlig Fremden sagten. Vielleicht brachten die Eltern einem so

etwas bei, wie es bei ihm auch der Fall gewesen war. Obwohl Byrne wusste, dass er das Messer erneut in die Wunde stach, fuhr er fort: »Ist es im Job passiert?«

Nica schüttelte den Kopf. »Nein. Er hatte Krebs.«

Krebs. Das war einer der vielen Gründe, warum Byrne eines Tages gerne in eine Kleinstadt ziehen würde. Dinge wie Krebs hatten dort noch eine Bedeutung.

»Soll ich einen Schluck zugießen?«

»Bitte.«

Byrne schlang sein Essen in Windeseile hinunter. Erstens hatte er schon seit Stunden nichts mehr gegessen, und zweitens verschlechterte sich das Wetter. Er musste unbedingt weiterfahren.

Nica kam mit der Kaffeekanne an seinen Tisch, aber Byrne lehnte dankend ab.

»Die Pfannkuchen waren gut«, sagte er.

Nica stemmte eine Hand in die Hüfte. Dann zog sie ihren Block aus der Tasche, riss die Rechnung ab und legte sie vor ihn auf den Tisch.

»Bei mir zu Hause mache ich sie mit Blaubeeren«, flüsterte sie.

Byrne lächelte. Er mochte Frauen, die offen sagten, was sie dachten. »Ich liebe Blaubeeren.«

Nachdem Byrne seine Rechnung bezahlt hatte, ging er zur Tür und winkte Nica zu.

»Fahren Sie vorsichtig«, sagte sie. »Und kommen Sie mal wieder vorbei.«

Als Byrne hinaustrat, spürte er sofort, dass ein Sturm aufzog. Er warf schnell einen Blick auf den Namen der Raststätte auf dem blau-gelben Neonschild an der Straße.

Er würde ihn sich merken.

Tausend Fragen gingen ihm durch den Kopf, während er eine weitere Stunde Richtung Norden fuhr. Obwohl die Kellnerin hübsch und es schön gewesen war, dass sie mit ihm geflirtet hatte, kehrten Byrnes Gedanken, als er die Ausfahrt erreichte, wieder zu dem Grund seiner Fahrt zurück. Zudem zwang ihn die Dunkelheit, sich auf die Straße zu konzentrieren.

Er fuhr ab und bog auf den Parkplatz des Campingplatzes ein.

Als er zehn Minuten später den gewundenen Pfad hinaufstieg, begann es zu schneien.

Auf die Kälte war Byrne nicht vorbereitet gewesen und daher nicht entsprechend gekleidet. In den Schuhen mit den Ledersohlen war jeder Schritt hier im Wald eine Herausforderung. Mehrmals musste er sich an einem Ast festhalten, um nicht hinzufallen.

Byrne schaute auf den mit der Hand gezeichneten Plan. Seit zwanzig Minuten war es stockdunkel. Er nahm seine kleine Maglite aus der Tasche und richtete den Strahl auf den Plan, der im Laufe der Zeit vergilbt war. Als ein paar Schneeflocken auf das Blatt fielen und er sie wegwischte, verschmierte die grobe Zeichnung.

»Scheiße.«

Byrne drehte sich im Kreis und starrte in die Dunkelheit. Das Cleverste wäre es umzukehren, sich ein Motel für die Nacht zu suchen und die Sache morgen erneut in Angriff zu nehmen.

Plötzlich fiel sein Blick auf ein mattes Licht auf der anderen Seite der Wiese. Es war vielleicht fünf- oder sechshundert Meter entfernt. Byrne ging auf das Licht zu.

Als er in der Mitte der Wiese ankam, näherte sich ihm

jemand von der anderen Seite. Byrne legte automatisch eine Hand auf seine Waffe in dem Holster und trat hinter einen Baum. Sein Herz klopfte laut. In was für eine Situation hatte er sich da gebracht? Er war nicht mehr in der Stadt. Hier kannte er sich nicht aus.

Doch jetzt gab es kein Zurück mehr. Byrne versuchte sich zu beruhigen und trat hinter dem Baum hervor.

Keine zehn Meter von ihm entfernt stand ein Mann mit einer sehr großen Armbrust. Byrne richtete den Lichtstrahl auf ihn. Als er den Mann erkannte, stockte ihm der Atem. Er hatte langes Haar, einen langen Bart, eingefallene Wangen, rotgeränderte Augen und sah furchtbar schlecht aus. Byrne hatte ihn eine Weile nicht mehr gesehen, und der Anblick brach ihm fast das Herz. Ray Torrance war einmal ein Bär von einem Mann gewesen.

»Mein Gott«, sagte Torrance. »*Du.*«

Byrne hielt den Anhänger von Violets Tasche hoch. Vor drei Jahren hatte Ray Torrance ihm den Anhänger gezeigt und ihm erzählt, was er zu dem jungen Mädchen gesagt hatte.

Wenn du jemals in Schwierigkeiten steckst, zeige das einem Polizisten in Philadelphia. Es wird sich um dich kümmern.

Auf der Rückseite des Anhängers stand die Nummer von Rays Dienstmarke:

PPD 3445.

In den vergangenen drei Jahren waren Byrnes Gedanken von Zeit zu Zeit zu diesem Anhänger und zu Ray Torrance zurückgewandert. Hin und wieder fragte er sich, was wohl aus beiden geworden war, und auch, ob er Ray oder den Anhänger jemals wiedersehen würde.

Er hätte niemals gedacht, dass ein zweijähriges Mädchen ihn zu Ray Torrance führen würde.

»Ich habe den Anhänger gefunden«, sagte Byrne.

Auf der Fahrt von Philadelphia hierher hatte Byrne sich immer wieder ausgemalt, wie Ray Torrance wohl reagieren und was er tun würde, wenn er es ihm sagte. Als Ray auf die Knie fiel und zu schreien begann, begriff Byrne, dass sich hinter diesem Anhänger ein viel größeres Drama verbarg, als er angenommen hatte.

An diesem kalten Tag auf einem gewundenen Bergpfad konnte Kevin Byrne nichts anderes tun, als seinem Freund aufzuhelfen und ihn zurück zur Hütte zu begleiten.

DREI

44

Die Nachricht, dass Detective Raymond Torrance in die Stadt zurückgekehrt war, verbreitete sich schnell im Roundhouse und in der Mordkommission. In den mehr als zwei Jahrzehnten bei der Polizei hatte Torrance in verschiedenen Abteilungen und Revieren gearbeitet und viele Freundschaften geschlossen. Natürlich hatte er sich auch ein paar Feinde gemacht. Das blieb bei einem solchen Job nicht aus. Es war praktisch unmöglich, mehr als zwanzig Jahre als Detective zu arbeiten, ohne anderen Polizisten auf die Füße zu treten, ohne irgendjemanden zu verärgern und ohne die Kollegen in der Kriminaltechnik zu sehr unter Druck zu setzen. Auch hier machte der Ton die Musik, und das Ansehen stieg mit der Anzahl der gelösten Fälle. Bei den Detectives, die ihre Fälle lösten, drückten die Kollegen aus der Kriminaltechnik eher einmal ein Auge zu.

Dann gab es noch die Leute, die man hinter Gitter gebracht hatte. Sie erinnerten sich nicht unbedingt mit großer Zuneigung an die Detectives, denen sie die Schuld dafür gaben.

Die Ankündigung hing in allen Revieren der Stadt. Die Party fand im Finnigan's Wake statt.

Jessica beobachtete den Mann, der das Großraumbüro durchquerte. Sie hatte Ray Torrance früher ab und zu auf Partys gesehen, ihn aber nie näher kennengelernt. Die Geschichte aber kannte sie. Wenn über die Vermisstenabteilung geredet wurde, sprachen die Kollegen Ray Torrances Namen flüsternd aus.

Vor ein paar Jahren war Torrance im Dienst schwer verwundet worden, aber die Details kannte Jessica nicht. Byrne hatte ihr erzählt, was er über den Vorfall wusste, und das war nicht viel.

»Wer war das junge Mädchen?«, fragte Jessica.

»Das weiß ich nicht. Ich weiß nur, dass Ray dem Mädchen den Anhänger gegeben und ihm gesagt hat, es solle ihn irgendeinem Polizisten in Philadelphia zeigen, wenn es jemals Hilfe brauche.«

»Wusstest du davon?«

Byrne nickte. »Er hat es mir erzählt, als er im Krankenhaus lag.«

Jessica warf einen Blick auf die andere Seite des Büros, wo Ray Torrance mit Dana Westbrook sprach.

Und dann fiel bei ihr der Groschen.

»Mein Gott, Kevin. Das war der Anhänger, der...«

»Ja«, sagte Byrne. »Das kleine Herz, das an Violets Täschchen hing.«

Ehe Jessica etwas erwidern konnte, sah sie, wie Ray Torrance seinen Mantel anzog und sich von den anderen Detectives verabschiedete.

Jessica schaute auf die Uhr. Sie musste auch gehen. Wenn sie Glück hatte, konnte sie heute Nacht fünf Stunden schlafen. Sie hatte morgen ein Seminar, das sehr früh begann.

Ray Torrance ging auf Jessica und Byrne zu. Er zeigte auf die nicht besonders schicke Einrichtung der Mordkommission.

»Einige Dinge ändern sich nie«, sagte er.

»Jedenfalls nicht die guten«, erwiderte Byrne.

Torrance drehte sich zu Jessica um. Zuerst schien es so, als wollte er etwas sagen, doch er schwieg.

Aus irgendeinem Grund hätte Jessica ihn am liebsten umarmt, denn er sah so traurig und verloren aus. Doch obwohl sein trauriger Blick ihre Muttergefühle weckte, hielt sie sich zurück und streckte stattdessen die Hand aus. »Ich freue mich.«

»Ganz meinerseits.« Torrance gab ihr die Hand. Sie war voller Schwielen, aber sein Händedruck war warm und freundlich.

»Ich hoffe, wir sehen uns bald wieder«, sagte Jessica.

Torrance lächelte. »Ich komme bestimmt mal wieder vorbei.«

Den nächsten Vormittag verbrachten sie damit, Personen zu finden, die im Cold River gearbeitet hatten, jedoch ohne Erfolg. Um zwei Uhr hatten sie jedes Krankenhaus in den Countys Philadelphia, Bucks, Delaware und Montgomery angerufen. Die Mitarbeiter in den Verwaltungen waren größtenteils sehr hilfsbereit gewesen, erklärten jedoch leider allesamt, dass ihres Wissens keiner ihrer Ärzte oder Krankenschwestern irgendwann einmal im Delaware Valley State Hospital gearbeitet hatte.

Das schien zwar recht unwahrscheinlich, doch der schlechte Ruf des Cold River könnte dazu geführt haben, dass einige Leute in ihren Bewerbungsunterlagen verschwiegen hatten, eine Zeit lang dort gearbeitet zu haben.

Was hatte sich dort abgespielt?, fragte Jessica sich.

Sie schaute auf den Block auf Byrnes Schreibtisch. Bis auf zwei Krankenhäuser waren alle durchgestrichen.

»Ich wusste, dass es dort Probleme gab, aber ich hätte nicht gedacht, dass es so schlimm war«, sagte Jessica. »Niemand hat dort gearbeitet?«

Byrne starrte auf den Monitor.

Um zwei Uhr betrat Colleen das Büro und setzte sich an einen freien Schreibtisch. Byrne sah sie sofort.

»Noch zwei Telefonate, und dann können wir gehen«, gebärdete er ihr. »Alles in Ordnung?«

Colleen lächelte. »Ja, mir geht es gut.«

Jessica rief eine kleine Klinik in Chester County an. Sie wurde gleich mit der Personalabteilung verbunden. Auch hier teilte ihr die Sachbearbeiterin mit, dass keiner ihrer aktuellen oder ehemaligen Angestellten jemals im Delaware Valley State Hospital gearbeitet hatte.

Sie wollte gerade die letzte Klinik auf ihrer Liste anrufen, als Byrne die Hand hob, um ihre Aufmerksamkeit zu bekommen. Colleen sah es auch, und sie gingen beide zu ihm.

»Ja«, sagte Byrne. »Das wäre großartig.« Er streckte einen Daumen in die Luft. »Wir sind dann in ungefähr einer Stunde da. Nach wem sollen wir fragen?« Byrne kritzelte einen Namen auf seinen Block und unterstrich ihn drei Mal. »Das wäre großartig. Vielen Dank.«

Mit diesen Worten legte er auf.

»Du hast jemanden gefunden, der im Cold River gearbeitet hat?«, fragte Jessica.

»Ja. Ich habe in diesem Sunnyvale mit einer Mitarbeiterin der Personalabteilung gesprochen. Sie sagte mir, dass eine Frau in ihrer Einrichtung mal in der Verwaltung vom Cold River gearbeitet hat.«

»Was ist das Sunnyvale?«

»Ein Altenheim in Montgomery County. Diese Frau – Miriam Gale – war lange Zeit Leiterin der Personalabteilung im Cold River, bis die psychiatrische Anstalt geschlossen wurde. Miriam soll jetzt einundneunzig sein.«

»Wird sie mit uns sprechen?«

»Die Frau meinte, es sei für Miriam kein Problem, mit uns zu sprechen, aber für *uns* könnte es ein Problem sein, mit *ihr* zu sprechen.«

»Ich verstehe nicht.«
Byrnes Blick wanderte zu Colleen und zurück zu Jessica.
»Miriam Gale ist gehörlos.«
Jessica dachte darüber nach. Sie brauchten einen Dolmetscher. »Gibt es im Sunnyvale jemanden, der die Gebärdensprache beherrscht?«
»Danach habe ich nicht gefragt. Ich dachte, wir fahren hin und überlegen uns dann, wie wir das Problem lösen. Wenn es sein muss, könnten wir die Fragen aufschreiben.«
Jessica entging nicht, dass Byrne alles tat, um seine Tochter nicht anzusehen. Colleen schlug mit der Hand auf den Schreibtisch und gebärdete: »Und?«
»Was und?«, fragte Byrne.
»*Hallo?* Hier ist eine gehörlose Person.«
»Ich weiß nicht, was du meinst.«
»Ich kann euch doch helfen.«
Byrne dachte kurz darüber nach. »Wir kommen schon klar, mein Schatz. Du weißt, dass ich die Gebärdensprache selbst ziemlich gut beherrsche. Ich kriege das hin.«
Colleen legte eine Hand auf ihren Mund und versuchte ihr Lachen zu unterdrücken.
»Was ist?«
Colleen winkte ab. »Nichts.«
Byrne warf Jessica einen kurzen Blick zu, ehe er sich wieder seiner Tochter zuwandte. »Das kann ich nicht von dir verlangen, Colleen.«
»*Dad.*«
»Ich müsste das erst mit dem Boss absprechen, und ich glaube nicht, dass sie ...«
»Ich frage sie«, sagte Jessica. Sie rutschte vom Schreibtisch herunter. Ehe sie das Büro durchquerte, stießen sie und Colleen heimlich ihre Fäuste gegeneinander.

45

Das Sunnyvale Center war ein kommunales Altenheim, das von den Steuerzahlern in Montgomery County mitfinanziert wurde. Es verfügte über dreihundertsechzig Plätze für pflegebedürftige Senioren.

Auf dem Weg dorthin schrieb Jessica eine Reihe von Fragen auf einen Block. Colleen tippte sie in ihr MacBook Air ein. Sie hatten folgenden Plan: Sobald nicht nur die Verwaltung und das Pflegepersonal, sondern auch die Frau selbst zugestimmt hatten, würde Colleen ihre Fragen in der amerikanischen Gebärdensprache stellen. Die Antworten würde sie in ihren Laptop eingeben, sodass Jessica und Byrne sie lesen konnten.

Sie sprachen mit dem Leiter der Einrichtung, der wie erwartet seine Vorbehalte bekundete. Miriam Gale war einundneunzig Jahre alt und musste zahlreiche Medikamente einnehmen. Daher würde sie ihnen nur kurze Zeit für ihre Fragen zur Verfügung stehen.

Nachdem sie die erste Hürde genommen hatten, wurden Jessica, Byrne und Colleen einen breiten Flur hinunter zu dem Zimmer der Frau geführt. Ehe sie eintraten, wandte Colleen sich an Jessica und Byrne.

»Ich glaube, ich sollte zuerst alleine reingehen«, gebärdete Colleen.

»Warum?«, fragte Byrne.

Colleen dachte kurz nach. »Du wirkst auf andere manchmal einschüchternd. Ich hoffe, das war jetzt kein Schock für dich.«

Byrnes Blick wanderte zu Jessica und zurück zu Colleen. Zuerst sah es so aus, als wollte er darüber diskutieren, doch dann sagte er nur: »Okay.«

Ein paar Minuten später kam Colleen wieder heraus.
»Wie ist es gelaufen?«, fragte Byrne.
»Sie ist richtig süß. Ich habe sie nach ihrer Gehörlosigkeit gefragt. Es ist ein großer Unterschied, ob jemand wie ich gehörlos geboren oder erst später im Leben gehörlos wird.«
»Was hat sie gesagt?«
»Sie litt schon immer unter einer gewissen Schwerhörigkeit, sogar als Kind, doch als sie mit Ende vierzig eine Hirnhautentzündung bekam, hörte sie gar nichts mehr.«
»Weiß sie, warum wir mit ihr sprechen wollen?«
»Nicht alles. Ich weiß ja auch nicht alles. Ich habe ihr nur gesagt, dass du von der Polizei bist, dass sie dir helfen kann und dass du etwas über das Cold River wissen möchtest.«
»Danke, mein Schatz«, sagte Byrne. »Gut gemacht.« Er warf Jessica einen Blick zu. »Bist du bereit?«
Jessica nickte.
Jetzt betraten sie alle drei das Zimmer der alten Frau.

Es war ein Zweibettzimmer mit einem glänzenden Boden, cremefarbenen Wänden und zwei schönen Grünpflanzen auf der Fensterbank. Die Vorhänge hatten dasselbe Blumenmuster wie die Tagesdecke, und an den beiden Klapptischen hing jeweils ein glitzernder Folienballon.

Miriam Gale saß in einem Rollstuhl am Fenster. Über ihren Beinen lag eine grün-weiße Wolldecke. Sie hatte schneeweißes Haar, das zu einem langen Zopf geflochten war, der auf einer ihrer schmalen Schultern lag. Unten wurde der Zopf mit einer türkisfarbenen Spange zusammengehalten.

Colleen ging auf Miriam Gale zu und buchstabierte mit den Fingern »Jessica« und »Kevin«. Es war nicht notwendig, dass die Detectives ihre Dienstausweise vorlegten. Jessica wusste nicht, ob sie Miriam die Hand geben sollte, denn die alte Dame sah so zerbrechlich aus. Daher winkte sie nur.

Miriam Gale lächelte.

Colleen stellte ihren Laptop auf einen der Klapptische und öffnete ihn. Dann setzte sie sich vor Miriam hin und richtete den Tisch so aus, dass Jessica und Byrne auf den Bildschirm schauen konnten.

Als sie fertig war, warf sie ihrem Vater einen Blick zu. Byrne nickte. Es konnte losgehen. Colleen stellte Miriam die erste Frage.

»Wann haben Sie im Cold River gearbeitet?«

Langsam und gewissenhaft gebärdete Miriam ihre Antwort.

»Ich habe 1953 dort angefangen und dort gearbeitet, bis die psychiatrische Klinik geschlossen wurde.«

»Wann war das?«

Sie dachte kurz nach. »Das war 1992.«

»Wie kam es dazu, dass Sie im Cold River eingestellt wurden?«, fragte Colleen.

»Es war kurz nach dem Koreakrieg. Mein Mann Andrew wurde bei der Schlacht von Pork Chop Hill verwundet. Er kämpfte in der Kompanie K. Als er zurückkehrte, wies der Arzt ihn ins Cold River ein. Vergessen Sie nicht, dass das lange vor der Zeit war, als man von posttraumatischen Stresssymptomen sprach. Damals sprach man einfach von Kriegsneurosen. Wussten Sie das?«

Colleen schüttelte den Kopf.

»So wurde das früher genannt. Als ich Andrew besucht habe, erfuhr ich, dass dort Hilfsschwestern und Krankenwärter gesucht wurden.«
»Das war 1953?«, fragte Colleen.
»Ja. Im November '53.«
Während Miriam ihre Antworten gebärdete, tippte Colleen sie in den Laptop ein. Jessica war beeindruckt, wie gut die junge Dame tippen konnte. Wenn sie sich vertippte, und das passierte nicht oft, korrigierte sie die Fehler sofort.
»Als ich in der psychiatrischen Klinik anfing, war sie bereits überfüllt. Es gab ein relativ neues Küchengebäude, aber es standen nicht genügend Pflegekräfte für die vielen Patienten zur Verfügung. Für sechzig Patienten waren vier Pflegekräfte zuständig. Wir mussten irgendwie klarkommen. Das Cold River war wie eine kleine, in sich geschlossene Stadt.«
Sobald Miriam etwas gebärdet hatte, massierte sie ihre Hände. Jessica nahm an, dass ihr die Bewegungen Schmerzen bereiteten. Ohne dass Colleen eine neue Frage stellte, fuhr sie fort.
»Nachdem ich eine Weile in der Klinik gearbeitet hatte, kam N3 als neueste Errungenschaft hinzu. Es wurde das Gebäude für aktive Therapie genannt. Das Personal war begeistert, weil dies in der Patientenversorgung einen großen Fortschritt bedeutete, nachdem die psychisch Kranken bisher einfach nur untergebracht worden waren, ohne dass viel passierte.«
»Haben Sie in N3 gearbeitet?«
»Oh ja. Wissen Sie, damals gab es diesen großen Pharmakonzern in Camden. Er arbeitete an dieser neuen Wunderpille, die Chlorpromazin ähnelte. Zu jener Zeit wurden in dem Krankenhaus mehr als zweitausend Patienten behandelt, die unter der Vormundschaft des Staates standen. Leider waren viele dieser Männer – es handelte sich größtenteils um Män-

ner – ganz begierig darauf, sich freiwillig als Testpersonen anzubieten. Sie hatten keine Ahnung, auf was sie sich einließen.« Miriam Gale unterbrach das Gebärden einen Moment und massierte wieder ihre Hände.

»Die Zahlen waren uns nicht bekannt, aber es kursierten Gerüchte, dass Dutzende und vielleicht sogar Hunderte der Patienten an Krankheiten starben, die in Zusammenhang mit den Medikamententests standen.«

Die alte Dame dachte kurz nach und fuhr dann fort. Jessica fiel auf, dass Colleen nichts mehr aufschrieb. Als sie genauer hinschaute, sah sie, dass Colleens Hände zitterten, und machte Byrne darauf aufmerksam.

Byrne hob einen Finger, um Miriams Blick auf sich zu lenken. Dann durchquerte er den Raum und kniete sich vor seine Tochter hin. Während er Miriam den Rücken zuwandte, sprach er mit Colleen und formte jedes Wort so deutlich mit den Lippen, dass sie alles problemlos verstand.

»Ist alles in Ordnung?«, fragte er.

Colleen nickte, doch Jessica war sich da nicht so sicher.

»Möchtest du aufhören?«

Colleen atmete tief ein, langsam aus und schüttelte den Kopf. »Alles in Ordnung«, sagte sie.

Byrne schaute seiner Tochter in die Augen. Jessica wusste, dass es ihm schwerfiel, seiner Tochter zu erlauben fortzufahren. Sie drehte sich zu Miriam um. Diese hatte die Hände in den Schoß gelegt und blickte aus dem Fenster. In dem trüben Licht dieses Spätwintertages sah Jessica die junge Frau vor Augen, die vor sechzig Jahren im Delaware Valley State Hospital angefangen hatte zu arbeiten.

Ihr Partner stand auf und legte eine Hand auf Miriams Schulter. Sie hob den Blick zu ihm. Byrne gebärdete: »Möchten Sie fortfahren?«

Miriam musterte ihn, während ein Lächeln ihr Gesicht erhellte. Sie nahm Byrnes Hände in ihre und formte das korrekte Zeichen für *fortfahren* in der amerikanischen Gebärdensprache.

Byrne lächelte und wiederholte die Frage, diesmal ohne Fehler. Dann stellte er sich wieder neben die Tür. Colleen warf ihm einen Blick zu. Byrne nickte.

Colleen schaute ein wenig hilflos auf den Bildschirm. Schließlich hob die alte Dame die Hände und setzte ihre Schilderungen fort.

»Als ich befördert wurde und eine Stelle in der Verwaltung bekam, konnte ich nichts mehr hören. Zum Glück hatte ich schon als Kind gelernt, von den Lippen abzulesen, und ich lernte die amerikanische Gebärdensprache sehr schnell. Zu dem Zeitpunkt waren im Cold River bereits sechstausendfünfhundert Patienten in achtundfünfzig Gebäuden untergebracht. Es gab mehr als tausend Pflegekräfte und Ärzte, aber angesichts der hohen Patientenzahl waren es einfach zu wenig.«

Miriam nahm mit beiden Händen den Plastikbecher von dem Klapptisch. Jessica hätte ihr am liebsten geholfen, aber offenbar machte es sie stolz, dass sie keine fremde Hilfe dazu brauchte. Als sie ein paar Schlucke getrunken hatte, fuhr sie fort.

»In dieser Zeit wurden westlich des Krankenhauses viele Fertighäuser gebaut, und viele der Angestellten kauften eins. Einige kosteten nur viertausend Dollar. Stellen Sie sich das mal vor.«

Colleen lächelte. »Eine gute Couch kostet heute schon viertausend Dollar.«

»Tatsächlich?«

Miriam schaute zu Jessica hinüber und zwinkerte ihr zu.

»Ich habe mich dann in der Verwaltung hochgearbeitet.

Andrew starb 1978. Wir hatten keine Kinder. Die Arbeit war mein Leben. Schließlich ordnete der Gouverneur an, dass das Cold River nach und nach geschlossen werden sollte. Das war der Anfang vom Ende.« Sie trank noch einen Schluck Wasser. »In den letzten Jahren herrschten schlimme Zustände im Cold River. Das wussten wir alle.«

»Was genau meinen Sie damit?«, fragte Colleen.

»Sie müssen das verstehen. In den Siebzigern und Achtzigern wurden in der Forschung, Entwicklung und Behandlung mit neuen Medikamenten sensationelle Fortschritte gemacht. Chlorpromazin stand kurz vor seiner Zulassung. Prozac wurde gerade entwickelt.«

Colleen zeigte auf die nächste Frage auf dem Laptop und warf ihrem Vater einen Blick zu. Byrne nickte.

»Haben Sie jemals von einem Patienten gehört, der Null hieß?«

Die alte Dame sah verwirrt aus. Colleen buchstabierte das Wort Null mit den Fingern. Obwohl Miriam nicht sofort antwortete, erkannte Jessica, dass der Name ihr etwas sagte.

»In einer so großen Einrichtung wie dem Cold River gab es jede Menge Gerüchte. In Spitzenzeiten waren mehr als siebentausend Menschen in diesen Gebäuden untergebracht, und Menschen reden. Ein großer Prozentsatz dieser Menschen – und damit meine ich auf keinen Fall nur die Patienten – neigte zu Halluzinationen. Wenn man das berücksichtigt, zweifelt man stark an dem, was man so alles hört.«

Sie massierte wieder ihre Hände. Jessica spürte, dass das Gespräch dem Ende entgegenging.

»Im Laufe der Jahre arbeiteten im Cold River viele bekannte Ärzte, Klinikärzte und Forscher. Einer dieser Männer sorgte für große Aufregung, als er ins Cold River kam. Das war Dr. Godehard Kirsch. Sie bauten sogar dieses neue Gebäude für ihn. G 10. Nach der Schließung der Klinik blieb dieses Gebäude noch in Betrieb. Ein paar Jahre später brach dort ein Feuer aus, und er starb in den Flammen.«

»Wann kam Dr. Kirsch ins Cold River?«

Miriam schaute kurz aus dem Fenster, um zu überlegen. Der Regen verwandelte sich allmählich in Schnee.

»Ich glaube, das war 1991 oder 92. Allerdings war ich nur zwei Mal im G10. Und auch nur im Erdgeschoss. Zum Untergeschoss war der Zugang verboten.«

»Woran hat Dr. Kirsch gearbeitet?«

»Ich habe den Mann niemals getroffen und kannte auch niemanden, der ihn jemals gesehen hat. Ich habe niemals irgendwelche Unterlagen zu Gesicht bekommen, die sie dort angefertigt haben. Es hieß, er würde sich mit Traumforschung beschäftigten.«

Byrne trat vor und tippte eine neue Frage ein. Colleen gebärdete, was ihr Vater geschrieben hatte.

»Was meinten Sie mit ›Unterlagen, die sie dort angefertigt haben‹? Und wer sind *sie*?«

»Dr. Kirsch arbeitete mit einem kleinen Team zusammen. Ich glaube, dazu gehörten ein Anästhesist, eine psychiatrisch geschulte Krankenschwester und ein Krankenwärter. Das Team hatte einen sonderbaren Namen. Ich weiß nicht, ob es ein offizieller Name war, aber so wurden sie im ganzen Krankenhaus genannt.«

»Wie lautete der Name?«

Miriam schaute zu Jessica hinüber, als sie antwortete. »Das Team hieß *die Traumverkäufer*.« Sie buchstabierte das deutsche Wort mit den Fingern.

Colleen bemühte sich, es richtig aufzuschreiben. Als sie fertig war, fragte sie die alte Dame: »Wissen Sie, was das bedeutet?«

Sie nickte. »Ich weiß es nur, weil meine Mutter aus einer deutschen Familie stammte.«

Byrne tippte eine letzte Frage in den Laptop. »Was geschah mit den mittellosen Patienten, die im Cold River starben?«, fragte Colleen sie.

Miriam ließ sich Zeit mit der Beantwortung der Frage. Jessica dachte schon, sie würde sie vielleicht gar nicht beantworten. Doch dann gebärdete sie: »Ich weiß es nicht genau, aber wir haben gehört, dass viele jenseits der Chancel Lane begraben wurden, dort, wo der Priory-Park ist.«

Bevor sie sich verabschiedeten, zeigte Colleen Miriam eine Liste mit Namen. Robert Freitag, Joan Delacroix, Edward Richmond, Leonard Pintar, Lucius Winter. Die alte Dame las die Namen durch und schüttelte immer wieder den Kopf. Sie kannte keine dieser Personen.

Colleen umarmte sie und wandte sich dann schnell ab. Jessica sah Tränen in ihren Augen. Sie verließ das Zimmer als Erste.

Während eine Pflegerin Miriam Gales Blutdruck und Temperatur maß, schaute Jessica auf das kleine Bücherregal in einer Ecke des Zimmers.

»Kevin.«

Byrne ging zu ihr. Auf dem Regal standen eine Handvoll Bücher. Ein Titel lautete *Nightworld*, und ein Mann namens Martin Léopold hatte es geschrieben. Jessica schlug das Buch auf und sah sich den Klappentext hinten im Buch an.

Sie fand kein Foto, aber eine kurze Biografie.

Der Autor lebt in Philadelphia.

»Martin Léopold«, sagte sie. »Meinst du, das ist der Leo, über den dein Freund Lenny Pintar gesprochen hat?«

»Könnte gut sein.«

Als Byrne ging, um den Wagen zu holen, blieb Jessica noch einen Moment auf dem Gang stehen und beobachtete Miriam Gale, die am Fenster saß. Sie massierte immer wieder ihre Hände.

Als Jessica sich gerade abwenden wollte, hob die alte Dame beide Hände und gebärdete etwas. Jessica fragte sich, für wen es bestimmt war.

46

Rachel saß im ersten Stock im Flur. Sie hörte die Schritte ihrer Schwester durch den Flur rennen, denn ihre Schwester war niemals irgendwohin *gegangen*, sondern immer nur gerannt. Sie war immer so voller Energie gewesen.
Rachel stand auf. Sie atmete tief ein und nahm ihren ganzen Mut zusammen.
Zum ersten Mal seit fast drei Jahren öffnete sie die Tür. In den vergangenen drei Jahren hatte nur die Putzfrau dieses Zimmer betreten, um Staub zu wischen und die Glühbirnen zu ersetzen, falls es notwendig war.
In dem Zimmer standen keine Möbel, und es hing nichts an den Wänden. Der einzige Hinweis, dass jemals zwei kleine Mädchen hier gewohnt hatten, waren die Kerben auf dem Rahmen des Wandschranks, die das langsame, stetige Wachstum zeigten. Doch als Rachel gerade mal einen Meter fünfzig groß gewesen war, hatte sie aufgehört zu wachsen.
Sie setzte sich in die Ecke in der Nähe des Fensters. Rachel erinnerte sich an die Zeit, als sie und ihre Schwester glaubten, die Schatten, die die große Sumpfeiche neben dem Haus warf, seien die Scheren eines riesigen Hummers. Darum hatten sie beide nie mehr Hummer gegessen, und auch keine Krebse oder Krabben.
Rachel hielt das Bild ihrer Schwester in der Hand, ein Foto, das wenige Tage vor ihrem Verschwinden aufgenommen worden war. Die junge Frau stemmte die Hände in die Hüften und schürzte die Lippen wie eine Diva. Rachel erinnerte sich gut an diesen Blick.

Was soll ich tun?, fragte sie sich. All die Jahre, in denen sie sich andere Häuser angesehen hatte, durch Kriechkeller gekrochen und durch unterirdische Gänge, Kellergewölbe und die Kanalisation gelaufen war. Jahre, in denen sie versucht hatte, dem Weg zu folgen, den sie damals im Dämmerlicht gegangen waren, um den Mann in der zerlumpten Kleidung und den Mann in dem weißen Kittel zu finden.

War das alles nur ein Traum gewesen?

»Oh Bean«, sagte Rachel mit Tränen in den Augen. »Was ist nur mit dir passiert?«

47

Nach der Party saßen Byrne und Ray Torrance in einer ruhigen Ecke im ersten Stock des Finnigan's Wake. Die Fahrzeuge unten in der Spring Garden Street fuhren langsam durch den eisigen Regen, und die Wettervorhersage hatte Schnee angekündigt.
»Ich kenne nicht die ganze Geschichte, Ray«, sagte Byrne. »Ich kann nichts machen, bevor ich nicht genau weiß, was passiert ist.«
Torrance legte den Anhänger auf den Tisch und zögerte einen Moment, ehe er begann.
»Wir hatten diesen Fall im Nordosten. Eine Einbruchserie.«
Einbrüche gehörten nicht in die Zuständigkeit der Vermisstenabteilung. Es musste mehr dahinterstecken. »Über welches Jahr sprechen wir?«
»Ich glaube, es muss so '97 gewesen sein«, sagte Torrance. »Es hieß, ein fremder Mann würde mitten in der Nacht in Häuser eindringen, die Treppe hinaufsteigen und sich in die Zimmer der kleinen Mädchen setzen.«
»Es waren immer Mädchen?«
Torrance nickte. »Ja, immer Mädchen, und sie waren alle fünf oder sechs Jahre alt und blond.«
»Keine sexuellen Übergriffe?«
»Nein, ob du es glaubst oder nicht. So soll es gewesen sein. Dieser Kerl saß einfach nur in ihren Zimmern. Keine sexuellen Übergriffe, überhaupt kein körperlicher Kontakt. Der einzige

Grund, warum unsere Abteilung damals hinzugezogen wurde, war das Alter der Mädchen.
In einem Fall drang der Typ jedoch mehrmals in dasselbe Haus ein. Unseres Wissens war es das erste Mal. Wir bekamen einen Anruf vom obersten Boss und den Befehl, diesen Kerl um jeden Preis zu schnappen. Ich übernahm den Fall. Ich verabredete mich mit der Familie des Mädchens und sprach mit dem Kind.«

Torrance bestellte sich einen neuen Drink.

»Ich traf mich also mit dem Mädchen. Ein richtiges Püppchen. Es hieß Marielle Gray. Bean war ihr Spitzname. Ich sprach mit ihr, erfuhr aber nicht viel. Marielle hatte noch eine ältere Schwester. Ein Gespräch mit ihr hat die Mutter aber nicht zugelassen.«

»Warum nicht?«

Torrance zuckte mit den Schultern. »Die Mutter war Alkoholikerin. Ich glaube, sie ist einfach nicht damit klargekommen. Und das war's dann. Danach gab es keine weiteren Meldungen.«

»Was hat den Typen abgeschreckt?«

»Keine Ahnung«, sagte Torrance. »Aber wir wissen beide, dass solche Typen nicht einfach aufhören.«

Die Kellnerin brachte Torrance den Drink. Er trank einen Schluck.

»Ich überspringe jetzt zehn Jahre. Ich arbeitete an diesem Fall. Ein zwölfjähriger Junge war von zu Hause ausgerissen. Ich bin in der South Street, stelle ein paar Nachforschungen an und laufe die Straße rauf und runter. Ich hebe den Blick und sehe sie auf der anderen Straßenseite stehen.«

»Das Mädchen«, sagte Byrne. »Marielle.«

Torrance nickte. »Ich weiß nicht genau, woher ich wusste, dass sie es war. Ich stand zehn Meter von ihr entfernt. Es war dunkel, und es lagen zehn Jahre dazwischen. Irgendetwas an ihr sagte mir, dass sie es war. Ich wusste es.«

»Was ist passiert?«

Torrance trank noch einen Schluck. »Sie sah mich, und ich glaube, sie hat mich auch erkannt. Besonders stark hatte ich mich wohl in diesen Jahren nicht verändert. Etwas an Gewicht zugelegt, nehme ich an. Etwas langsamer geworden. Sie hingegen hatte sich stark verändert. Sie war kein kleines Kind mehr, sondern ein junges Mädchen.«

Byrne hörte aufmerksam zu.

»Ich wollte die South Street überqueren, aber das war nicht so einfach bei dem starken Verkehr und den vielen Passanten an einem Freitagabend. Als ich die andere Straßenseite erreichte, war sie verschwunden. An diesem Abend bin ich im Büro noch einmal die Akten durchgegangen und habe die Telefonnummer der Mutter herausgesucht. Obwohl es schon sehr spät war, rief ich sie an.«

»Du hast mit der Mutter gesprochen?«

Torrance schüttelte den Kopf. »Die Nummer gehörte mittlerweile zu einem anderen Anschluss. Der Typ war stocksauer, dass ich ihn um ein Uhr morgens geweckt hatte. Er sagte mir, dass er die Nummer schon seit fünf Jahren hatte.« Torrance trank sein Glas leer und schwenkte es hin und her, sodass die Eiswürfel klirrten. Dann bestellte er sich einen neuen Drink und sah Byrne an. Dieser schüttelte den Kopf.

»Als ich sie an diesem Abend sah, wusste ich, dass sie auf den Strich ging. Ich *wusste* es, und ich habe nicht schnell genug reagiert.«

»Was hast du gemacht?«

Torrance zuckte mit den Schultern. »Was *konnte* ich tun? Ein paar Wochen lang habe ich mich überall in der Szene umgehört und meine Informanten ausgequetscht. Ich hatte kein

Bild von ihr, und daher suchte ich praktisch irgendein fünfzehnjähriges blondes Mädchen. Das traf auf die Hälfte der Ausreißerinnen in Philly zu.«
Die Kellnerin brachte Torrance seinen Drink. Er trank das halbe Glas in einem Zug leer. Byrne hatte nie zuvor gesehen, dass Ray Torrance sich so volllaufen ließ. Irgendwie konnte er ihn verstehen. Heute redete Ray sich alles von der Seele, was ihn seit Jahren belastete.
»Sechs Monate später sah ich sie wieder. In Old City. Sie wirkte so hart, Kevin, und sie hatte zugenommen. Das Leben auf der Straße hatte sie gezeichnet.«
Byrne wusste nur zu gut, was er meinte. Er hatte es oft genug gesehen. Und es geschah viel schneller, als die meisten es für möglich hielten.
»Dieses Mal sah sie mich nicht. Sie stand in einem Hauseingang und wartete auf jemanden. Sie hielt ein paar Einkaufstaschen in den Händen. Offenbar bezahlte jemand ihre Kleidung. Ich zog meinen Hut tief in die Stirn und überquerte die Straße. Ehe sie einen Schritt gehen konnte, stand ich schon vor ihr.«
»Und da hast du ihr den Anhänger gegeben?«
Torrance nickte. »Ja. Kurz nachdem ich sie das erste Mal in der South gesehen hatte, habe ich ihn in dem kleinen Geschäft Ecke Achtzehnte und Walnut gekauft. Ich wusste nicht, ob ich sie jemals wiedersehen würde, aber ich hoffte es, verstehst du?«
»Was hat sie gesagt?«
»Zuerst wollte sie weglaufen. Ich stellte mich ihr in den Weg. Ein paar Sekunden schlug sie wild um sich. Ich sagte ihr, dass ich nur mit ihr reden wollte. Sonst nichts. Nur reden. Schließlich beruhigte sie sich.«
Torrance trank wieder einen Schluck und fuhr fort. »Ich

hatte das, was ich ihr sagen wollte, wochenlang oder sogar monatelang einstudiert. Wahrscheinlich hatte ich *zehn* Jahre darüber nachgedacht. Doch als ich den Mund öffnete, kam nichts raus. Als ich ihr in die Augen schaute, herrschte in meinem Kopf gähnende Leere. Ihre jungen alten Augen. Da sah ich das kleine Mädchen an ihrem Esstisch sitzen. Im Grunde war es vollkommen gleichgültig, was ich sagen würde. Daher griff ich in die Tasche und gab ihr nur den Anhänger.«

»Wie hat sie reagiert?«

»Zuerst wollte sie ihn nicht annehmen. Darauf war ich natürlich vorbereitet und hatte mir für diesen Fall die entsprechenden Worte zurechtgelegt.«

Ray bekam feuchte Augen. Byrne wandte den Blick ab, damit sein Freund sich wieder fassen konnte. Ein paar Sekunden später fuhr Ray fort.

»Als ich in dieser Gasse stand, meine Hände um ihre Hand legte und wusste, dass sie den Anhänger hatte, fühlte ich mich besser. Nicht gut, aber besser. Nun gab es eine Verbindung zwischen uns und die Möglichkeit, dass sie es eines Tages schaffen könnte, aus diesem Leben auszusteigen. Ich zeigte ihr einen Ausweg, und das war etwas, wozu ich in all den Jahren in der Vermisstenabteilung selten in der Lage gewesen war.«

Torrance trank sein Glas aus und bestellte sich einen neuen Drink. Er sah die Sorge in Byrnes Augen.

»Mir geht es gut, Kevin.«

Byrne schwieg.

»Ich setzte gerade zum Sprechen an, um ihr gut zuzureden, als ich die Angst in ihren Augen sah. Sie blickte über meine linke Schulter und zog ihre Hand aus meiner. In der Gasse war es schon recht dunkel, doch am Ende brannte ein Licht über einer Tür, die zur Küche eines Sandwichshops führte. Das

Licht warf einen Schatten auf die Mauer am Ende der Gasse. Ehe ich mich umdrehen konnte, wurde der Schatten größer. Jemand kam mit schnellen Schritten auf uns zu. Dann weiß ich nur noch, dass mein Kreuz wie Feuer brannte. Eine Sekunde später lag ich auf der Erde. Ich versuchte, meine Waffe aus dem Holster zu ziehen, aber plötzlich hatte ich das Gefühl, als hätte ich keine Arme mehr. Ich hob den Blick zu Marielle. Sie schlug die Hände vor den Mund und war leichenblass.«

Die Kellnerin brachte Torrance den Drink. Diesmal rührte er ihn nicht an, sondern starrte nur in die bernsteinfarbene Flüssigkeit.

»Bevor ich das Bewusstsein verlor, warf ich einen Blick auf die Mauer am Ende der Gasse und sah den Schatten des Mannes, der mich mit dem Messer angegriffen hatte. Ich erinnere mich nur an den Hut.«

»Den Hut?«

Torrance nickte. »Ja. Die Umrisse eines Schlapphuts.«

Zu den nächsten Stunden, Tagen und Wochen in Ray Torrances Leben brauchte Byrne ihm keine Fragen zu stellen. Um elf Uhr am Abend des Tages, an dem ein Fremder Ray Torrance tätlich angegriffen hatte, wusste jeder Polizist in Philadelphia, was einem ihrer Kollegen zugestoßen war.

Letztendlich kam es zu keiner Verhaftung. Von Ray Torrances Angreifer und von dem Mädchen fehlte jede Spur.

Ein paar Tage nach dem Angriff besuchten Byrne und ein Dutzend Detectives Ray im Krankenhaus. Torrance erzählte ihnen von dem Anhänger und sagte ihnen, was sie tun sollten, falls sie ihn jemals fanden.

Drei Wochen später verließ Ray Torrance das Krankenhaus und die Polizei. Soviel Byrne wusste, brach er den Kontakt zu allen Kollegen ab. Den Plan mit der Wegbeschreibung zu seiner Berghütte in den Poconos hatte Ray ihm vor einigen Jahren gegeben.

»Hast du eine Ahnung, was aus Marielle geworden ist?«, fragte Byrne.

Torrance schüttelte den Kopf.

»Vielleicht lebt sie noch«, sagte Byrne, ehe er es verhindern konnte. Für Ray hörte sich das sicherlich dumm an – genauso dumm, wie es sich für ihn angehört hätte.

»Nein, sie lebt nicht mehr«, sagte Torrance. »Sie ist tot. Du weißt es, und ich weiß es.«

»Was kann ich für dich tun, Ray?«, fragte Byrne. Kaum hatte er die Worte ausgesprochen, da wurde ihm wieder bewusst, wie unpassend sie klingen mussten. Zudem waren seine Möglichkeiten sehr begrenzt.

»Du musst mich an den Ermittlungen beteiligen, Kevin.«

Jetzt war es raus.

»Ich weiß nicht, wie viel ich da machen kann«, sagte Byrne. »Als wir bei der Polizei anfingen, war es viel einfacher, Dienstvorschriften zu umgehen. Jetzt geht das nicht mehr so leicht.«

»Ich weiß, dass ich nicht mehr in dem Job bin. Sieh mich an. Die werden mich gar nicht mehr haben wollen. Ich will einfach auf dem Laufenden sein, verstehst du? Ich muss wissen, was passiert ist.«

»Vorerst geht es nur um ein Kind, das wir mitten in der Nacht auf der Straße aufgelesen haben«, sagte Byrne. »Dieser Anhänger stellt keine Verbindung zwischen dem Kind und einem ungelösten Fall her.«

»Und der Mordanschlag auf mich zählt nicht?«

»So kommen wir doch nicht weiter.«

»Du hast recht. Tut mir leid«, sagte Torrance.

Er brauchte sich nicht zu entschuldigen. Byrne hätte vermutlich dasselbe gesagt.

Torrance stand auf und trat an das große Fenster mit Blick auf die Benjamin Franklin Bridge in der Ferne. Er schwieg eine ganze Weile, und dann sagte er die vier Worte, die ihn vermutlich seit damals regelrecht verfolgten.

»Ich habe sie umgebracht.«

Als Torrance sich wieder umdrehte, sah Byrne den Schmerz in den Augen seines Freundes. Er wusste nicht, was er tun sollte. Im Augenblick konnte er nichts anderes machen, als dort zu sitzen und ihm zuzuhören. Für ihn da zu sein. Und dazu hatte er alle Zeit der Welt.

48

Byrne und Torrance standen vor dem Finnigan's Wake in der Nähe der kleinen Treppe in der Dritten Straße. Torrance rauchte eine Zigarette. Seitdem in fast allen Kneipen und Nachtclubs in Philadelphia das Rauchverbot in Kraft getreten war (diese Regelung hatte irgendetwas damit zu tun, wie viel Prozent der Einnahmen durch Alkohol erzielt wurden, aber niemand verstand es richtig), gab es überall neben den Eingängen kleine Raucherbereiche. Man sah sie in der ganzen Stadt, ob vor kleinen Eckkneipen in Grays Ferry oder vor den vornehmsten Hotelbars in der Stadtmitte. An jedem Abend – ob bei zweiunddreißig Grad und hundert Prozent Luftfeuchtigkeit oder bei minus zwanzig Grad, die sich durch den eisigen Wind wie minus vierzig Grad anfühlten – standen dort kleine Rauchergruppen, die inmitten des grauen Rauches wie Wasserspeier förmlich an den Mauern klebten.

»Sie scheint gut zu sein«, sagte Torrance.
»Jessica?«
Torrance nickte.
»Ich wüsste nicht, was ich ohne sie machen würde«, sagte Byrne. »Durch die Zusammenarbeit mit ihr stehe ich in einem viel besseren Licht dar. Die beste Partnerin, die ich je hatte. Die beste Partnerin, die man sich wünschen kann.«

Als sich zwei Raucher näherten, gingen Byrne und Ray ein paar Schritte den Bürgersteig hinunter.

»Leider werde ich bald erfahren, wie es ist, ohne sie zu arbeiten«, fuhr Byrne fort.

»Warum? Scheidet sie aus?«
Byrne nickte.
»Sie ist doch noch viel zu jung.«
»Sie studiert nebenbei Jura.«
»Ach!«
»Glaub mir. Sie wird auf der richtigen Seite stehen.«
Torrance warf seine Kippe auf die Straße.
Hinter ihnen erklang eine Stimme.
»Sie wissen, dass Sie dafür verhaftet werden können.«
Byrne und Torrance drehten sich beide um. Zwei Frauen Mitte zwanzig stiegen gerade die Treppe hinunter. Die eine war rothaarig und die andere blond. In diesem Licht und um diese Zeit sahen sie beide umwerfend hübsch aus.
»Wirklich?«, fragte Torrance.
»Ja«, erwiderte die Blonde. »Zwingen Sie mich nicht, Sie abzutasten.«
Die beiden jungen Frauen lachten und liefen die Dritte Straße hinunter. Byrne und Torrance schauten ihnen nach.
»Das ist eine der größten Ironien des Schicksals«, sagte Torrance.
»Du meinst, dass man mit zweiundzwanzig nicht weiß, wie man Frauen ansprechen soll, und sobald man die vierzig überschritten hat, zu alt ist, um etwas daraus zu machen?«
»Genau das meine ich.«
Torrance wartete einen Moment, ehe er noch einmal versuchte, Byrne ein Versprechen abzuringen. »Ich weiß natürlich, dass du nicht viel tun kannst. Halt mich einfach auf dem Laufenden. Okay?«
»Ja.« Byrne hoffte, dass er diese Entscheidung nicht bereuen würde. »Okay.« Er knöpfte den obersten Knopf seines Mantels zu und wickelte sich den Schal fest um den Hals.
»Übrigens, ich hab Neuigkeiten für dich.« Er zeigte auf die

Straße. »Diese beiden Frauen, mit denen du gerade gesprochen hast?«

»Was ist mit ihnen?«

»Sie sind beide Polizistinnen«, sagte Byrne und verlieh dieser Information durch seine Betonung besonderen Nachdruck.

Torrance starrte ihn bestürzt an. »*Was?*«

Byrne nickte. »Ja. Beide aus dem dreiundzwanzigsten Revier. Sie sind noch nicht lange dabei.«

Torrance sah zu den beiden jungen Frauen hinüber, die Ecke Green und Dritte in einen Wagen stiegen. Für Männer, die ein gewisses Alter überschritten hatten, war es zu weit, um ihnen hinterherzulaufen. Er wandte Byrne wieder den Blick zu. »Unglaublich.«

»Da widerspreche ich dir nicht.«

Byrne warf einen Blick auf die Uhr. Am nächsten Morgen musste er vor Gericht in einem Fall als Zeuge aussagen, den er vor fast drei Jahren abgeschlossen hatte. »Wir sollten gehen.«

Torrance nickte und zeigte mit dem Daumen über die Schulter. »Ich geh noch mal schnell rein und verabschiede mich.«

»Lass dir Zeit.«

Als Torrance gegangen war, schaute Byrne die Spring Garden Street hinunter. Es war eine kalte, klare Nacht. Die Neonschilder und die Straßenbeleuchtung spiegelten sich auf der Straße. Er fragte sich, ob es wohl jemals Frühling werden würde.

Nach einer Weile wunderte Byrne sich, dass Ray Torrance noch nicht wieder aufgetaucht war. Er stieg die Stufen hinauf, betrat die Kneipe und sprach die Kellnerin an.

»War Ray noch mal hier?«

»Er ist wieder gegangen.«

Byrne stieg die Treppe hinunter in den Quiet Man's Pub, in dem sich kaum noch Gäste aufhielten.

Ray Torrance war verschwunden.

Es war schon nach drei, als Byrne seinen Kopf endlich aufs Kissen legte. Wenige Minuten später wurde er durch lautes Klopfen an der Tür geweckt. Für Byrne, der ziemlich benommen war, hörte es sich an wie Schüsse. Im ersten Augenblick überlegte er, ob er seine Dienstwaffe mit an die Tür nehmen sollte, doch er hatte viel zu viel getrunken.

Als Byrne die Tür öffnete, standen zwei junge uniformierte Polizisten vor ihm. Zwischen ihnen hing mit blutverschmiertem Gesicht ein halb benommener Ray Torrance.

»Sind Sie Detective Byrne?«, fragte einer der beiden Polizisten.

»Ja«, sagte Byrne. »Was ist passiert?«

»Das wissen wir nicht genau«, erwiderte der Polizist. »Aber Sie sollten den anderen mal sehen.«

»Wird der andere Anzeige erstatten?«

»Nein, Sir.«

Byrne trat ins Treppenhaus und packte Torrance und legte sich dessen fleischigen Arm über den Nacken.

»Danke, Jungs«, sagte er. »Wo arbeitet ihr?«

»Sechstes Revier.«

»Gut zu wissen.«

»Gute Nacht, Sir.«

Nacht, dachte Byrne, als er Ray Torrance in die Wohnung schleppte und die Tür schloss. Für junge Polizisten auf Nachtschicht war es auch um vier Uhr morgens noch Nacht.

War er jemals so jung gewesen?

Ray Torrance saß auf der Couch. Byrne setzte sich in einen Sessel. Rays Gesicht schwoll allmählich an.
»Mein Gott, Ray. Was ist passiert?«
Torrance zuckte mit den Schultern. »Ich habe ein paar Sachen in einem Lagerraum abgestellt. Es gab ein kleines Missverständnis mit dem Besitzer der Halle wegen der Öffnungszeiten.«
Byrne zeigte auf die Schnittwunde auf Torrances Stirn. »Möchtest du, dass wir zur Notaufnahme fahren?«
Torrance warf ihm diesen typischen Blick eines irischen Polizisten zu. Byrne ging in die Küche und holte das irische Erste-Hilfe-Set: eine Flasche Bushmills, Eis und eine Rolle Küchentücher. Torrance konnte alle drei Dinge gut gebrauchen.

Nachdem sie ein paar Minuten schweigend dort gesessen hatten, griff Torrance in seine Tasche und zog ein großes Blatt Papier heraus. Ray musste es unzählige Male auseinander- und wieder zusammengefaltet haben, denn die Knicke waren schmutzig und offensichtlich viele Male auf- und zugemacht worden. Auf dem Blatt standen eine Reihe von Zahlen und Wörtern, die durch Pfeile miteinander verbunden waren.
Als Torrance es umdrehte und auf dem Couchtisch glatt strich, sah Byrne, dass es sich um die Straßenkarte eines kleinen Viertels im Nordosten Philadelphias handelte. Sie war mit roten Kreuzen übersät. Ehe Torrance etwas sagen konnte, wusste Byrne schon, was es war.
»Das sind die Einbrüche, über die du gesprochen hast«, sagte Byrne. »Das sind die Häuser, in die dieser mysteriöse Mann eingedrungen ist.«
Torrance antwortete nicht sofort. Er legte eine Hand an den

Mund und starrte auf die Karte. Kurz darauf nickte er und sagte: »Ja.«

Als Torrance in der Kneipe von den zahlreichen Einbrüchen gesprochen hatte, war Byrne von fünf oder sechs ausgegangen. Wenn jedes Kreuz auf der Karte für einen Einbruch stand, waren es mehr als drei Dutzend.

»Der erste Einbruch war hier«, sagte Torrance und zeigte mit dem Finger auf die Grant Avenue. »Der letzte in Marielles Haus hier unten.« Er zeigte auf die untere linke Seite der Karte.

Byrne schaute auf das Gebiet und spürte, wie sich sein Pulsschlag beschleunigte. »Die Häuser liegen alle am Priory-Park.«

Torrance nahm die Flasche Bushmills vom Tisch und goss sich noch etwas ein. Byrne wusste, dass sein Freund mittlerweile total abgefüllt sein musste, doch er sagte nichts. Ray würde heute Nacht nirgendwo mehr hingehen.

Dutzende von Einbrüchen rings um den Priory-Park vor mehr als fünfzehn Jahren. Jetzt hatten sie dort die Leichen von drei Mordopfern gefunden, und mit Dustin Green waren es vier. Welche Verbindung bestand zwischen den Einbrüchen und den Morden?

Da Ray Torrance nicht offiziell in die Ermittlungen eingebunden war, behielt Byrne diese Frage für sich.

Torrance starrte ein paar Sekunden auf den Plan und griff dann wieder in seine Tasche. Er zog eine alte Videokassette heraus und sah Byrne an.

»Bitte sag mir, dass du noch einen Videorekorder hast.«

Byrne suchte den Videorekorder in dem Wandschrank in der Diele und brachte ihn ins Wohnzimmer. Dann wühlte er in ein paar Schubladen, bis er die passenden Kabel fand, und schloss

den Videorekorder an. Torrance gab Byrne den Film, worauf dieser den Fernseher einschaltete.
»Bist du sicher, dass ich mir das ansehen soll?«, fragte Byrne.
»Kev.«
Byrne hob eine Hand. Er hatte nur gefragt. Mehr konnte er nicht tun. Er schob die Kassette in den Rekorder und drückte auf Play.

Die Videokamera filmte das Gespräch von oben, und als Erstes rückte eine Essecke aus Kunststoff ins Blickfeld. Auf der rechten Seite des Bildes stand ein leerer Stuhl. Hinter dem Stuhl standen zwei blaue Wäschekörbe auf dem Boden.
Nach ein paar Sekunden rutscht ein kleines Mädchen auf den Stuhl. Es trägt eine rote Hose und ein langärmeliges T-Shirt mit Blumenmuster. Die Lampe über dem Esstisch verdeckt einen Teil seines Gesichts. Das Mädchen ist etwa vier Jahre alt.
Im Hintergrund hört man die Stimmen von Zeichentrickfiguren einer TV-Serie, die früher immer samstagmorgens im Fernsehen lief.
Das Mädchen verschränkt seine Finger und wartet.
Aus dem Off erklingt eine Stimme:
»Ich heiße Ray.«
Das kleine Mädchen starrt auf seine Hände und schweigt.
»Wie heißt du?«, fragt Ray.
Das Mädchen dreht den Kopf zur rechten Seite. Eine Frau sagt: »Du kannst es ruhig sagen.« Byrne nimmt an, dass es die Mutter des Mädchens ist. Jetzt wendet das Mädchen Ray den Blick zu.
»Marielle«, sagt es.
»Marielle. Das ist ein sehr schöner Name.«

»Danke.«
»Ich habe gehört, du wirst Bean genannt.«
Marielle nickt.
»Das ist ein lustiger Name. Wie bist du an diesen Namen gekommen?«
Die Kleine schaut wieder zur Seite und dann zurück zu Ray.
»Weil ich gerne grüne Bohnen esse.«
»Du isst gerne grüne Bohnen?«
»Ja.«
»Ich esse auch gerne grüne Bohnen«, sagt Ray. »Am liebsten mit Kartoffelpüree. Magst du Kartoffelpüree?«
Das kleine Mädchen nickt wieder. »Mit Butter.«
»Ja, auf jeden Fall mit Butter«, sagt Ray. »Weißt du, wer ich bin, Bean?«
»Ja. Ein Polizist.«
»Das ist richtig. Weißt du, warum ich hier bin?«
»Ja.«
»Warum bin ich hier?«
»Der Mann in dem Wandschrank.«
»Im Wandschrank war ein Mann?«
»Ja.«
»Weißt du, wie der Mann hieß?«
Marielle zuckt mit den Schultern.
»Das macht nichts«, sagt Ray. »Es gibt viele Leute, die ich ständig sehe und deren Namen ich nicht kenne.«
Marielle rutscht auf dem Stuhl hin und her.
»Ist dieser Mann aus dem Schrank gestiegen und in euer Zimmer gekommen?«
Marielle nickt.
»Was hat er gemacht?«
»Er hat Geschichten erzählt.«
»Geschichten? Was für Geschichten?«

Sie zuckt wieder mit den Schultern.
»Waren es gruselige Geschichten?«
»Nein. Einschlafgeschichten.«
»Einschlafgeschichten?«
»Ja.«
»Geschichten, die man Kindern vor dem Einschlafen erzählt?«
»Ja.«
»Wie oft hat er euch besucht?«
Marielle denkt kurz nach. Dann hebt sie beide Hände hoch und streckt alle Finger aus.
»Zehn Mal?«
Marielle zuckt mit den Schultern.
»Bist du mal mit dem Mann mitgegangen?«
»Ja.«
»Wohin bist du gegangen?«
»Er ist mit mir und Tuff spazieren gegangen. Wir haben einen anderen Mann getroffen.«
»Was war das für ein Mann?«
Marielle schaut wieder auf ihre Hände. Da sie nicht antwortet, fährt Ray fort.
»Dieser Mann«, sagt Ray. »Dieser Mann in dem Schrank. Könntest du mir sagen, wie er ausgesehen hat?«
»Ich habe ein Bild von ihm gemalt.«
»Zeigst du es mir?«
Marielle rutscht von dem Stuhl herunter. Kurz darauf kehrt sie mit einem Blatt Zeichenpapier zurück. Sie dreht es um, sodass die Zeichnung zu sehen ist, die einem Strichmännchen ähnelt.
»Das ist der Mann?«
Marielle nickt.
»Er sieht aus wie eine Vogelscheuche«, sagt Ray.

Anstatt etwas zu erwidern, faltet das Mädchen die Hände auf dem Schoß und schweigt.

Mit zwei dampfenden Tassen koffeinfreiem Kaffee kehrte Byrne aus der Küche zurück. Ray Torrance lag auf der Couch und schlief tief und fest. Er hatte das Band zu der Stelle zurückgespult, in der Marielles Gesicht im Profil zu sehen war und sie die Zeichnung mit der Vogelscheuche in der Hand hielt. Auf dem Standbild sah Byrne jetzt das kleine Mädchen und die Zeichnung.

Als er die beiden Tassen auf den Couchtisch stellte, murmelte Ray Torrance etwas im Schlaf.

»PWD, Mann.«

»Was?«, fragte Byrne.

Torrance, dessen Augen geschlossen waren, schwieg. Er drehte sich auf die Seite.

»Was hast du gesagt, Ray?«, fragte Byrne. »Ich hab dich nicht verstanden.« Es hörte sich an wie *PPD*. Philadelphia Police Department. Vielleicht dachte Ray im Traum über den Fall nach.

Nichts. Der Mann schlief wie ein Toter.

Byrne nahm Torrance die Fernbedienung aus der Hand. Dann holte er eine Wolldecke aus dem Schrank in der Diele, deckte seinen alten Freund zu und schaltete den Fernseher aus.

49

Die Polizei versuchte nun nicht mehr, die Bewachung des Priory-Parks geheim zu halten. Auf beiden Seiten der Chancel Lane standen Streifenwagen. Auf dem Dach der alten Kapelle im Nordwesten des Parks waren zwei SWAT-Polizisten der Spezialeinheit in Stellung gegangen.

Am östlichen Rand des Parks fuhren drei Streifenwagen in kurzen Abständen die Avenue entlang und beobachteten die Eingänge.

Da dieser Park unter der Verwaltung des Bundesstaates Pennsylvania stand, forderte das Philadelphia Police Department die Unterstützung der Ranger an. Vier Ranger patrouillierten zu Fuß den Park.

Um halb zehn bekam Byrne einen Anruf von der Zentrale. Er hob den Hörer ab und drückte auf die Taste. »Detective Byrne.« Er hörte einen Moment zu und warf Jessica einen Blick zu. »Okay, bringt ihn hoch.«

»Was ist los?«, fragte Jessica.

Byrne legte auf. »James Delacroix ist unten. Er will mit uns sprechen.«

Es war erst ein paar Tage her, seitdem sie James Delacroix zum ersten Mal gesehen hatten. In diesen wenigen Tagen hatte er sich völlig verändert. Jessica hätte ihn auf der Straße vielleicht gar nicht erkannt. Die Trauer und der Schock über den plötzlichen, gewaltsamen Tod eines geliebten Menschen führten oft zu einem starken Gewichtsverlust. Seine Jacke saß so locker, als wäre sie ihm zwei Nummern zu groß.

Byrne begrüßte Delacroix an der Tür und reichte ihm die Hand. »Mr. Delacroix. Wie geht es Ihnen?«

Anstatt die Frage zu beantworten – wie hätte er die Frage auch in dieser Situation ehrlich beantworten sollen? –, zuckte er nur langsam mit den Schultern.

»Kommen Sie mit«, sagte Byrne. »Ich hole Ihnen einen Stuhl.«

Der Mann schien durch das Büro zu schweben, als wäre er schwerelos. Byrne suchte einen freien Stuhl und rollte ihn zu einem der Schreibtische. Delacroix nahm Platz. Jessica setzte sich ihm gegenüber.

»Darf ich Ihnen etwas zu trinken bringen?«, fragte Jessica. »Kaffee, Wasser?«

Es dauerte ein paar Sekunden, bis Delacroix reagierte. »Nein«, sagte er. »Vielen Dank.«

Byrne zog sich auch einen Stuhl heran und setzte sich dazu. Er und Jessica warteten darauf, dass Delacroix ihnen mitteilte, was ihn hergeführt hatte. Da er von sich aus nichts sagte, fragte Byrne schließlich: »Was können wir für Sie tun?«

Delacroix beugte sich vor und drückte die Fingerspitzen gegeneinander. »Meine Schwester war zwölf Jahre älter als ich«, begann er. »Als ich klein war, hat sie mich immer beschützt. Doch als sie älter wurde und das College besuchte, änderte sich das natürlich. Sie führte ihr eigenes Leben, hatte ihre eigenen Freunde und plante ihre Zukunft.«

Jessica hatte das schon oft erlebt. Delacroix sprach zuerst über andere Dinge als die, die ihn ins Roundhouse geführt hatten. In den ersten Tagen und Wochen der Trauer, wenn das ganze Leben aus den Fugen geriet, schien das Bedürfnis zu bestehen, sich anderen mitzuteilen.

»Wir hatten beide ein Bankschließfach«, fuhr er fort.»Jeder ein eigenes. Ich brauchte eigentlich gar keins, doch meine Schwester bestand darauf. Wir hatten beide Zugang zu dem Bankschließfach des anderen, aber die stillschweigende Übereinkunft getroffen, dass das, was jeder in seinem Schließfach aufbewahrte, für den anderen tabu war. Wichtige Dokumente wie unsere Testamente, Urkunden, Fahrzeugbriefe oder die Grundbucheinträge unserer Häuser waren immer deutlich gekennzeichnet. Auf diese Dinge konnte der jeweils andere zugreifen, falls es notwendig war.«

Delacroix verstummte einen Augenblick. Jessica sah, dass seine Augen feucht wurden. Jetzt war die Situation eingetreten, dass er das Schließfach seiner Schwester öffnen und den gesamten Inhalt herausnehmen musste. Jessica stand auf und holte eine kleine Rolle Papiertücher. Als sie Delacroix die Rolle reichte, ärgerte sie sich, dass sie keine Kleenex-Tücher hatten. In diesem Raum weinten oft genug Leute. James Delacroix riss ein paar Papiertücher ab, faltete sie zusammen und tupfte sich die Augen. Er nickte dankbar. Jessica nahm wieder Platz.

Als er sich einigermaßen gefasst hatte, fuhr er fort.»Wir haben immer gesagt, dass in unseren Schließfächern ein Umschlag liegt, der erst nach dem Tod geöffnet werden darf. Ich war heute bei der Bank und habe die Sachen aus dem Schließfach meiner Schwester geholt.«

Delacroix öffnete seine Umhängetasche und griff hinein. Jessica hielt den Atem an. Sie hatte keine Ahnung, was er aus der Tasche ziehen würde. Es war eine Kassette. Auf den ersten Blick schien es eine ganz normale Kassette zu sein.

James Delacroix legte die Kassette auf den Schreibtisch. Durch die durchsichtige Plastikhülle sah Jessica, dass etwas auf dem Label stand.

»In dem Umschlag in Joans Schließfach war nur diese Kassette. Diese Kassette und ein kurzes Begleitschreiben.« Delacroix griff wieder in die Tasche und zog jetzt ein kleines Blatt Papier heraus. Er faltete es auseinander, als wollte er vorlesen, was dort stand. Als Delacroix' Hände zu zittern begannen, legte Jessica ihr Hände auf seine.

»Möchten Sie, dass ich es vorlese?«, fragte sie.

Delacroix nickte. Jessica nahm das Blatt in die Hand. Es war hochwertiges, beigefarbenes Leinenpapier. Oben stand mit burgunderroter Tinte in Druckschrift: JOAN CATHERINE DELACROIX. Jessica überflog verwundert die mit Hand geschriebenen Zeilen. Mit einer solchen Formulierung hatte sie nicht gerechnet. Sie hob den Blick und sah Delacroix an.

»Möchten Sie, dass ich es laut vorlese?«, fragte sie ihn.

Der Mann tupfte sich wieder die Augen. »Ja. Bitte.«

Jessica räusperte sich.

Mein lieber Bruder, bitte bringe das hier im Falle meines vorzeitigen Todes zur Polizei. Falls mein Bruder James vor mir stirbt, vernichten Sie die Kassette bitte, ohne sie anzuhören.

Einen Augenblick herrschte Schweigen. Byrne zeigte auf das kurze Begleitschreiben.

»Mr. Delacroix, erkennen Sie die Handschrift Ihrer Schwester?«

»Ja«, sagte er. »Das ist Joans Schrift.«

»Haben Sie eine Ahnung, warum sie das geschrieben haben könnte?«

Delacroix dachte kurz nach. Über diese Frage hatte er mit Sicherheit bereits lange nachgedacht. »Nein. Meine Schwester hat Menschen geholfen. Sie hätte niemals jemandem Schaden zugefügt. Sie hatte keine Feinde.«

»Warum, glauben Sie, könnte sie befürchtet oder geahnt haben, vorzeitig zu sterben?«

Jetzt schien es dem Mann zu dämmern. »Warten Sie. Darum wurde ihr Haus niedergebrannt, nicht wahr? Jemand wollte diese *Kassette* vernichten.«

James Delacroix begann zu weinen. Jessica reichte Byrne das Blatt und nahm Delacroix' Hände wieder in ihre.

»Haben Sie sich die Kassette angehört?«, fragte Jessica.

»Nein, ich... ich...«, begann er. »Mir fehlte der Mut dazu. Um ehrlich zu sein, weiß ich gar nicht, ob ich wissen will, was auf der Kassette zu hören ist. Einerseits natürlich schon, aber andererseits möchte ich meine Schwester lieber so in Erinnerung behalten, wie ich sie kannte. Wenn auf dieser Kassette etwas ist, das Ihnen hilft, den Menschen zu finden, der ihr das angetan hat, würde mir das reichen. Ich muss die Einzelheiten nicht wissen.«

Jessica griff in ihre Manteltasche, zog ein Paar Latexhandschuhe heraus und streifte sie über. Sie fasste die Kassettenhülle an den Ecken und öffnete sie. Dann ließ sie die Kassette auf den Schreibtisch gleiten und drehte sie so, dass sie und Byrne lesen konnten, was auf dem Label stand. Es war ein Name:

Eduard Kross

Jessica sah auf der anderen Seite nach. Dort stand nichts.

»Mr. Delacroix«, sagte sie. »Kennen Sie diesen Namen? Diesen Eduard Kross?«

Delacroix betrachtete die Kassette und das Label, als sähe er beides zum ersten Mal. Er schüttelte den Kopf. »Nein.«

»Wir wissen, dass das alles sehr schwer für Sie ist«, fuhr Jessica fort. »Wenn es Ihnen recht ist, hören wir uns die Kassette an. Ihre Schwester wollte es offenbar so. Ist es Ihnen recht, dass wir uns die Kassette anhören?«

»Ja«, sagte er. »Es ist mir recht. Es ist okay.«
Jessica warf Byrne einen Blick zu. Er hatte noch Fragen.
»Ich muss eine Sache klarstellen«, begann er. »Sobald wir uns die Kassette angehört haben, ist sie Teil unserer Ermittlungen, Teil der offiziellen Dokumente und Beweismittel in diesem Fall. Das kann nicht mehr rückgängig gemacht werden. Verstehen Sie, was ich damit sagen will?«
Delacroix musste das erst verarbeiten, doch dann nickte er wieder. »Ich verstehe.«
»Gut«, sagte Byrne. »Auf der Kassette könnte etwas aufgenommen worden sein, was uns in eine bestimmte Richtung führt, der wir folgen müssen. Wir hoffen zwar, dass wir im Interesse Ihrer Schwester und auch in *Ihrem* Interesse handeln, wenn wir diese Richtung einschlagen, aber das können wir Ihnen nicht versprechen. Verstehen Sie das?«
Plötzlich sah es so aus, als hätte Delacroix das Gefühl, es wäre vielleicht doch keine so gute Idee gewesen, die Kassette zur Polizei zu bringen. Aber jetzt war es zu spät.
»Ich verstehe«, sagte er.
»Okay. Byrne nahm seinen Notizblock heraus. »Ich habe ein paar Fragen. Fühlen Sie sich in der Lage, sie zu beantworten?«
»Sicher.«
»Wir wissen, dass Ihre Schwester Krankenschwester war. Könnten Sie uns sagen, wo sie überall gearbeitet hat?«
James Delacroix dachte kurz nach. »Sie hat als Jahrgangsbeste an der Penn State ihr Examen abgelegt und dann als Krankenschwester im Jefferson gearbeitet. Nach ein paar Jahren hat sie noch eine Zusatzausbildung für die spezielle Pflege psychisch Kranker gemacht.«
»Wissen Sie, wo sie anschließend beschäftigt war?«
»Sie zog nach Kalifornien und arbeitete im Cedars-Sinai«,

sagte Delacroix. »Sie müssen wissen, dass ich, als sie ihre Ausbildung beendet hat, gerade mal auf der Junior Highschool war. In dieser Zeit gab es natürlich Konflikte zwischen uns, weil wir in vollkommen unterschiedlichen Lebensphasen steckten. Unsere Eltern starben beide im Abstand weniger Jahre, und danach hatten wir etwa fünf Jahre lang sehr engen Kontakt.« Delacroix tupfte eine Träne von seiner Wange.

»Hat Ihre Schwester ihr ganzes Leben als Krankenschwester gearbeitet?«

Delacroix nickte. »Ja. Aber es gab eine Zeit in ihrem Leben, da hatten wir gar keinen Kontakt. Und das lag nicht an mir. Ich schrieb ihr Karten und Briefe und bekam die Post immer zurück.«

»Wie lange ging das so?«, fragte Byrne.

»Ich weiß nicht. Vier Jahre oder so. Vielleicht auch nicht ganz so lange.«

»Und Sie wissen nicht, wo Ihre Schwester in dieser Zeit gearbeitet hat?«

»Nein. Ich weiß nicht einmal, wo sie damals gewohnt hat. Als wir wieder Kontakt hatten, gab es so viele andere Dinge, worüber wir sprechen wollten, und ich habe sie nicht gefragt.«

»Erinnern Sie sich, wann das war?«, fragte Byrne.

Er wird sagen, von 1992 bis 1996, dachte Jessica. Genau die Jahre, die im Lebenslauf von Robert Freitag fehlten.

»Ich glaube, das muss so um 1992 gewesen sein«, sagte Delacroix. »Von 1992 bis 96.«

»Ist es möglich, dass Ihre Schwester in dieser Zeit im Delaware Valley State Hospital gearbeitet hat?«

»Sie meinen das Cold River?«

»Ja.«

»Möglich schon, nehme ich an. Ich weiß es nicht.«

»Ich muss Ihnen noch eine Frage stellen«, sagte Byrne. »Es könnte sein, dass auf dieser Kassette Dinge sind, die wir nicht verstehen und die nur Sie uns als Angehöriger erklären könnten. Wären Sie bereit, noch einmal mit uns in dieser Angelegenheit zu sprechen?«

James Delacroix atmete tief ein und langsam aus. Jessica spürte, dass seine Entschlossenheit zurückkehrte. Er straffte die Schultern. »Auf jeden Fall, Detective. Ich will, dass Sie den Mann finden, der ihr das angetan hat.«

»Wir tun alles, was in unserer Macht steht, Mr. Delacroix. Sie haben mein Wort.«

James Delacroix stand auf. Jetzt wirkte er gefasster als in dem Augenblick, als er das Büro betreten hatte. Sie gaben ihm zum Abschied die Hand. Byrne nutzte die Gelegenheit, um eine Bitte an ihn zu richten.

Als er Delacroix' Hand drückte, zeigte er mit der Linken auf die Kassette auf dem Schreibtisch. »Ich nehme an, Sie haben keine Handschuhe getragen, als Sie die Kassette aus dem Schließfach genommen haben.«

Delacroix schüttelte den Kopf. »Nein, natürlich nicht.«

Byrne ließ seine Hand los und begleitete ihn zur Tür. »Da Sie gerade hier sind, würden wir noch gerne Ihre Fingerabdrücke nehmen, wenn es Ihnen recht ist. Wenn wir das Band und die Hülle auf Fingerabdrücke untersuchen, können wir Ihre auf diese Weise ausschließen.«

»Verstehe«, sagte Delacroix. »Und wo soll ich hingehen?«

»Ich bringe Sie zu den Kollegen«, sagte Byrne. »Es dauert nur ein paar Minuten.«

Jessica schaute den beiden Männern nach, bis sie um die Ecke bogen und aus ihrem Blick verschwanden. Dann drehte sie sich um und kehrte an ihren Schreibtisch zurück. Sie starrte auf die Kassette und den Namen auf dem Label.

Wer ist Eduard Kross?, fragte Jessica sich. Sie nahm das Blatt in die Hand und las es noch einmal durch.
Im Falle meines vorzeitigen Todes.
Was hatte Joan Delacroix über die entsetzliche, blutige Gewalttat gewusst, die ihr Leben beenden sollte? Vielleicht fanden sie auf der Kassette eine Antwort auf diese Frage.

Sie setzten sich in eine Ecke des Büros. Byrne sprach mit leiser Stimme. »Robert Freitag hat medizinische Hilfsmittel verkauft. Joan Delacroix war Krankenschwester, und dann haben wir noch einen Arzt, Dr. Richmond. Auf den Esstischen aller drei Opfer war der Tisch gedeckt, und neben dem Geschirr lag immer ein Löffel aus dem Cold River.«

Beide Detectives hatten denselben Gedanken. Jessica sprach ihn aus.

»Meinst du, unsere Mordopfer gehörten zu dieser Forschungsgruppe, über die Miriam gesprochen hat? Zu diesen *Traumverkäufern?*«

»Möglich. Und dieser Dr. Kirsch ist bei einem Brand ums Leben gekommen. Erinnere mich daran, die Todesanzeigen im *Inquirer* zu überprüfen.«

Jessica machte sich eine Notiz. Byrne hielt die Kassette hoch.

»Hast du jemals ungeduldiger darauf gewartet, dir etwas anzuhören?«, fragte er sie.

»Vielleicht *Blind Man's Zoo*, als die Platte neunundachtzig herauskam.«

»Was ist *Blind Man's Zoo*?«

»Das war ein Album von 10 000 Maniacs.«

»Tatsächlich? 10 000 Maniacs?«

»Ja.« Jessica nahm ihm die Kassette aus der Hand. »Die Maniacs gingen richtig ab.«

Die Audio-Videoabteilung des Philadelphia Police Departments war im Untergeschoss des Roundhouse untergebracht. Dieser Abteilung fiel unter anderem die Aufgabe zu, Audio- und Videoequipment zur Verfügung zu stellen und dafür zu sorgen, dass alle Geräte immer einsatzbereit waren – Kameras, Fernseher, Aufnahmegeräte sowie Audio- und Videozubehör. Zudem wurden hier für alle Abteilungen des Philadelphia Police Departments Ton- und Videoaufzeichnungen analysiert, die als Beweismaterial dienten. Außerdem fiel es in ihren Zuständigkeitsbereich, alle öffentlichen Veranstaltungen aufzuzeichnen, in die der Bürgermeister oder das Police Department involviert waren.

Für den Leiter der Abteilung, den inzwischen vierzigjährigen Sergeant Mateo Fuentes, waren diese dunklen Kellergewölbe sein zweites Zuhause. Dummköpfe konnte er nicht ertragen, vor allem dann nicht, wenn es um seine Zeit und seine Geräte ging. Fuentes hatte mitgeholfen, die Abteilung für die Videoüberwachung in der gesamten Stadt aufzubauen. In den letzten Jahren hatte sich der unschätzbare Wert dieser Maßnahme gezeigt.

Als Jessica und Byrne die Abteilung betraten, bearbeitete Mateo Fuentes gerade die Aufzeichnung einer Rede, die der Bürgermeister kürzlich gehalten hatte.

»Wann gehen Sie nach Hollywood?«, fragte Byrne.

Mateo stoppte die Wiedergabe und drehte sich auf seinem Stuhl um. »Wenn Billy Wilder von den Toten aufersteht. Alles, was nach ihm kam, war Mist.«

Byrne lächelte. »Da widerspreche ich Ihnen nicht.«

Jessica hielt die Kassette hoch. »Wir würden uns gerne diese Kassette anhören.«

»Ich lebe dafür, anderen zu dienen.«

Jessica gab Mateo die Kassette. Mateo warf einen Blick darauf. »Ich habe diese alten C 90-Kassetten seit einer Ewigkeit nicht mehr gesehen.« Er hielt die Kassette hoch. »Wurden die Fingerabdrücke genommen?«

»Ja«, sagte Byrne.

Mateo nahm die Kassette aus der Hülle. »Sieht so aus, als wäre sie in gutem Zustand.« Er sah Byrne an. »Was haben wir denn da?«

»Das wissen wir nicht«, erwiderte Byrne. »Wir haben uns die Kassette noch nicht angehört.«

»Okay.« Mateo richtete sich auf. »Es könnten also die heimlich aufgenommenen animalischen Brunftschreie eines amtierenden Ratsherrn der Stadt Philadelphia in einem Ein-Sterne-Motel an der Küste sein?«

Byrnes Blick wanderte zu Jessica und zurück zu Mateo. »Das wäre möglich«, sagte er. »Ich glaube es aber nicht.«

»Die Hoffnung stirbt zuletzt. Was ist das für ein Fall?«

Byrne erzählte Mateo von Joan Delacroix' Ermordung und dem kurzen Begleitschreiben, das der Kassette beilag. Nachdem Mateo nun wusste, um was es ging, nahm er seine Rolle bei den Ermittlungen viel ernster.

»Und das stand in dem Begleitschreiben?«, fragte Mateo.

»*Im Falle meines Todes?*«

»Im Falle meines *vorzeitigen* Todes«, korrigierte Byrne ihn. »Wir haben das Schreiben an Hell Rohmer geschickt. Vielleicht findet er noch irgendetwas Interessantes.«

Mateo dachte kurz über den Wortlaut nach, ehe er den Blick zu den beiden Detectives hob. »Möchten Sie sich das jetzt anhören?«

363

»Wenn es möglich ist«, sagte Byrne.

Mateo legte die Kassette aus der Hand, öffnete eine Schreibtischschublade und nahm einen Kugelschreiber heraus. Zuerst glaubte Jessica, er wollte ein Formular ausfüllen, um den Empfang eines Beweisstücks zu quittieren. Stattdessen steckte er den Kugelschreiber in die linke Spule und straffte das lockere Band.

»Ich kann Ihnen gar nicht sagen, wie oft Leute schon eine Kassette ruiniert haben, weil sie das Vorspannband nicht gestrafft haben.«

Jessica kam es so vor, als hätte Mateo diese Worte an sich selbst gerichtet. Er öffnete die große Schublade in dem Aktenschrank links von ihm und nahm einen Kassettenrekorder von Panasonic heraus. Er war vermutlich ebenso alt wie diese C 90-Kassette. Mateo steckte den Stecker des Stromkabels in die Steckdose, öffnete das Kassettenfach, legte die Kassette ein und drückte das Fach wieder zu.

Er startete den Rücklauf, um sicherzustellen, dass die Kassette von Beginn an abgespielt wurde.

»Sollen wir?«, fragte Mateo.

»Auf jeden Fall«, sagte Byrne.

Mateo drückte auf Play. Ein paar Sekunden später begann die Wiedergabe. Zuerst hörten sie nur ein leises Zischen, dann ein Klicken. Obwohl Jessica keine Expertin war, konnte sie heraushören, dass sich die Akustik verändert hatte. Kurz darauf begann jemand zu sprechen.

Es war ein Mann mit einer tiefen Stimme, und er sprach kein Englisch.

»*Träumen Sie?*«

Als das Band weiterlief, mussten sie feststellen, dass die ganze Aufnahme in einer fremden Sprache war.

»Wissen Sie, welche Sprache das ist?«, fragte Byrne Mateo.

Mateo hob den Zeigefinger und regulierte die Lautstärke des Kassettenrekorders. Nach ein paar Sekunden stoppte er die Wiedergabe und spulte das Band zurück. Er griff in ein Regal hinter dem Schreibtisch, nahm ein Audiokabel heraus und verband den Kassettenrekorder mit einem der Laptops auf dem Schreibtisch. Als das Band ganz zurückgespult war, drückte er ein paar Sekunden auf den Schnellvorlauf und dann wieder auf Stopp. Anschließend öffnete er ein Programm auf dem Laptop, klickte auf eins der Symbole und spielte die Kassette wieder ab.

»Träumen Sie?«

Mateo regulierte ein paar Einstellungen in seinem Audioprogramm. Jessica und Byrne hörten eine Minute zu und verstanden kein Wort. Jessica wollte gerade etwas sagen, als nach einer kurzen Pause ein anderer Mann zu sprechen begann. Auch er sprach in einer fremden Sprache.

Großartig, dachte Jessica. Ihr Mordopfer hatte eine Berlitz-Sprachkassette in eine geheimnisvolle Notiz über den eigenen Tod eingewickelt.

»Wissen Sie, welche Sprache das ist?«, fragte Byrne noch einmal. Ehe Mateo etwas erwidern konnte, sagte jemand hinter ihnen: »Das ist Deutsch.«

Jessica und Byrne drehten sich zu Josh Bontrager um, der gerade den Raum betreten hatte.

»Deutsch?«, fragte Byrne.

»Ja.«

»Ich wusste gar nicht, dass du Deutsch sprichst«, sagte Jessica.

Bontrager ging auf sie zu und setzte sich auf einen Hocker. »Ich spreche auch kein Deutsch. Aber wenn man im Pennsylvania Dutch Country aufwächst, hört man diese Sprache oft.«

»Ah, verstehe«, sagte Jessica. »Ich dachte immer, Pennsylvania Dutch wäre eine Art Niederländisch.«

»Das glauben viele«, sagte Bontrager. »Ich bin kein Experte, aber ich bin sicher, dass Dutch von Deutsch abgeleitet wurde.«

»Amische und Mennoniten sprechen also Deutsch?«

»Das kann man so nicht sagen. Amische und Mennoniten sind Glaubensgemeinschaften. Pennsylvania Dutch ist eine Sprache, ein Mischmasch aus Englisch und Deutsch. Ob du es glaubst oder nicht, aber meines Wissens enthält die Sprache sogar ein paar jiddische Elemente. Darauf will ich mich aber nicht festlegen.«

Jessica zeigte auf den Kassettenrekorder. »Verstehst du, was diese Männer sagen?«

»Natürlich nicht. Ich kenne nur ein paar Wörter und Sätze. Zum Beispiel *Schnickelfritz* und *Wonnernaus*. Als Kinder haben wir immer *schrecklich* gesagt.«

»Was heißt das auf Englisch?«

»Ich glaube, es heißt *scary*. In Berks County ist es nachts sehr dunkel.«

»Kennst du jemanden, der uns helfen könnte?«, fragte Jessica.

Bontrager dachte kurz nach. »Seit ich aus der Kirche ausgetreten bin, gibt es in Bechtelsville nicht mehr viele Leute, die versessen darauf sind, mich zu sehen. Meine Familie ist in Ordnung, doch das war es auch schon. Ich ruf mal ein paar Leute an. Ich finde schon jemanden.«

Bontrager zog sein Handy aus der Tasche und verließ den Raum.

»*Schrecklich* heißt scary?«, sagte Jessica.

»Offenbar.«

»Hat Shrek daher seinen Namen?«

Byrne lachte. »Ich glaube, du verbringst zu viel Zeit mit kleinen Kindern.«

»Wem sagst du das!«

Als Byrne sich wieder zu Mateo umdrehte, nahm dieser die Kopfhörer ab.

»Gibt es eine Möglichkeit, den Ton zu verbessern?«, fragte Byrne ihn.

Mateo starrte ihn an.

»Okay, dumme Frage. Könnten Sie die Kassette auf eine CD übertragen oder eine MP3-Datei erstellen?«

Mateo zeigte auf den Monitor, auf dem der Fortschrittsbalken sowie die digitale Anzeige der Lautstärke zu sehen waren. Er arbeitete bereits daran.

Byrne nickte. Für einen Fachmann wie Mateo Fuentes verstand sich so etwas von selbst.

»Rufen Sie mich an«, flüsterte Byrne.

Als sie die Treppe hinaufstiegen, trafen sie Josh Bontrager, der noch immer telefonierte. Er hob einen Finger und beendete das Gespräch.

»Ich habe jemanden gefunden, der eure Aufnahme übersetzen kann«, sagte Bontrager.

»Das ging aber schnell«, freute Jessica sich.

»Das macht der Kinnbart.«

Bontrager nahm seinen Notizblock aus der Tasche, schrieb die Informationen auf, riss das Blatt ab und gab es Jessica. »Die Frau heißt Elizabeth Troyer. Sie arbeitet im Fachbereich Sprachen an der Villanova University.«

»Hast du ihr gesagt, dass wir uns mit ihr in Verbindung setzen?«, fragte Byrne.

»Ich habe gerade mit ihr gesprochen und gesagt, dass heute Nachmittag ein Detective zu ihr kommt.«

Eine Stunde später sprach Byrne mit der Frau, die gerne

bereit war, ihnen zu helfen. Eine Kopie der Kassette hatte er bereits zur Universität bringen lassen. Da das Police Department über kein Budget für Kurierdienste verfügte, hatte Byrne sie einem Detective mitgegeben, der in Radnor Township zu tun hatte.

50

Rachel war damals im zweiten Studienjahr gewesen, als sie den Anruf ihrer wütenden Mutter erhielt, die ihr sagte, dass Marielle weggelaufen war. Zu dem Zeitpunkt war ihre Mutter längst dem Alkohol verfallen. Sie drohte, Marielles Sachen einfach auf den Bürgersteig zu stellen. Die Müllabfuhr könne den ganzen Kram mitnehmen, wetterte sie.

Obwohl Rachel sofort nach Hause fuhr, kam sie zu spät. Als sie ihr altes Kinderzimmer betrat, das sie viele Jahre mit ihrer Schwester geteilt hatte und das all ihre Kindheitserinnerungen barg, war bereits alles verschwunden.

An jenem Tag saß ihre Mutter in der Küche, und vor ihr auf dem Tisch stand eine halb leere Flasche mit billigem Whiskey. Sie stritten sich fast eine Stunde, und ihre Mutter redete nur wirres Zeug.

Es sollte ihr letzter Streit gewesen sein.

Zwei Stunden später überschlug ihre Mutter sich mit 1,9 Promille in ihrem Wagen auf dem Vine Street Expressway in Richtung Westen in der Nähe der Auffahrt auf die I-76.

Sie wurde noch am Unfallort für tot erklärt.

Jahrelang fragte Rachel sich, ob ihre Mutter wohl zu ihr hatte fahren wollen. Das war die Strecke, die sie immer fuhr, wenn sie Rachel an der Drexel University besuchte.

Heute Morgen hatte Rachel mit ihrer Chefin gesprochen und von Diana die Summe erfahren, die der Käufer für ihr Haus

bot. 350 000 Dollar, das waren mindestens 75 000 Dollar mehr, als jemals für eins der anderen Häuser in dieser Straße geboten worden war.
Der Käufer wollte sich das Haus natürlich zuerst ansehen. Rachel stand in der Tür zu Beans Zimmer. Sie fragte sich, ob der neue Besitzer auch Kinder hatte und ob zwei andere kleine Mädchen in diesem Zimmer aufwachsen würden.
Sie würde es bald erfahren.
Der Käufer würde in vierundzwanzig Stunden da sein.

51

Die Villanova University verdankte ihren Namen dem heiligen Thomas von Villanova. Sie lag in Radnor Township, nordwestlich von Philadelphia, und war die älteste katholische Universität in Pennsylvania.

Byrne traf sich mit Elizabeth Troyer in ihrem kleinen Büro in der Nähe des Sprachlabors in der Mendel Hall.

Elizabeth Troyer war Mitte dreißig und Dozentin für englische Sprache.

»Es ist sehr nett von Ihnen, dass Sie Ihre Zeit opfern«, sagte Byrne.

»Ich helfe Ihnen gern, aber ich kann nicht sagen, dass es ein Vergnügen war.«

»Warum nicht?«

Sie nahm ihr Notizheft in die Hand, ohne es aufzuschlagen. »Ich habe mir die Kassette angehört. Nicht alles, aber eine ganze Menge. Obwohl ich weder Linguistin noch Audiologin bin, kann ich Ihnen sagen, dass auf der Kassette zwei Personen sprechen.«

»Nur zwei?«

»Ja. Es hört sich so an, als wäre die Kassette in einem kleinen Raum aufgenommen worden. Es ist kein Echo zu hören.«

»Können Sie etwas dazu sagen, wer da spricht?«

»Nicht viel, fürchte ich. Ich weiß nur, dass es zwei Männer sind. Der Mann, der die Fragen stellt, scheint eine gute Ausbildung genossen zu haben. Die Grammatik, sein Satzbau und die Wortwahl deuten auf einen Universitätsabschluss hin.«

»Woher könnten die Männer stammen?«

»Der Mann, der die Fragen stellt, spricht auf jeden Fall Deutsch. Die Sprache des anderen Mannes kann ich nur schwer einordnen. Ich glaube, es ist eine der uralischen Sprachen.«

Es stand Byrne wohl ins Gesicht geschrieben, dass er diesen Begriff nicht kannte. Ehe er eine Frage stellen konnte, fuhr sie fort.

»Zu den uralischen Sprachen gehören etwa drei Dutzend Sprachen, die heutzutage größtenteils als finno-ugrische Sprachen bezeichnet werden. Der Name stammt von dem Volk, das in der Nähe des Urals gelebt hat. Eine Reihe von Sprachen sind entfernt mit den uralischen Sprachen verwandt – Ungarisch, Finnisch und noch ein paar andere.«

»Der andere Mann auf der Kassette, der nicht Deutsch spricht, spricht eine dieser Sprachen?«

»Ja, ich glaube schon. Ich nehme an, es könnte Finnisch sein. Ostseefinnisch vielleicht.«

Elizabeth Troyer stoppte die Wiedergabe und spulte das Band zurück. Dann nahm sie ein Paar Kopfhörer aus einer Schublade ihres Schreibtisches und schloss sie an den Kassettenrekorder an. »Haben Sie ein bisschen Zeit mitgebracht?«

»Selbstverständlich«, sagte Byrne.

Die Dozentin stand auf und ging zu dem Bücherregal auf der anderen Seite des Büros. Sie strich mit dem Finger über die Rücken einiger Bücher, bis sie das Buch fand, das sie suchte. Mit diesem Buch kehrte sie zu ihrem Schreibtisch zurück, setzte die Kopfhörer wieder auf und startete die Wiedergabe.

Byrne hörte nun nichts mehr von der Aufnahme.

Andererseits hatte er sowieso nichts verstanden, auch als er sich das Band mehrmals angehört hatte. Wie schon so oft nahm Byrne sich vor, eine Fremdsprache zu erlernen, sobald er etwas mehr Zeit hatte.

Die Frau schloss die Augen und hörte aufmerksam zu. Nach etwa einer Minute spielte sie die Passage noch einmal ab. Sie stoppte das Band wieder und blätterte in dem Buch auf ihrem Schoß. Auf einer Seite las sie einen Augenblick und startete die Wiedergabe erneut. Eine Minute später nahm sie die Kopfhörer ab. Sie drückte auf Auswurf, nahm die Kassette heraus und gab sie Byrne.

»Das ist Estnisch.«

»Estnisch?«

»Ja. Der eine Mann spricht Deutsch und der andere Estnisch. Ich bin ganz sicher.«

Byrne machte sich ein paar Notizen. »Worüber sprechen sie denn? Alles, was Sie mir dazu sagen können, würde uns sehr helfen.«

Elizabeth Troyer setzte sich auf einen Stuhl am Fenster und wühlte in ihrer Tasche, bis sie eine kleine, silberne Pillendose fand. Sie öffnete sie, nahm eine kleine, weiße Tablette heraus und legte sie auf ihre Zunge. Anschließend goss sie sich ein halbes Glas Wasser ein und trank es aus. Das, was sie jetzt sagen würde, schien für sie sehr belastend zu sein.

Als sie noch einmal in die Tasche griff und eine Schachtel Zigaretten herauszog, wusste Byrne, dass sie ziemlich aufgewühlt war.

»Stört es Sie, wenn ich rauche?«, fragte sie und hielt die Schachtel hoch.

»Überhaupt nicht«, erwiderte Byrne. Das entsprach nicht ganz der Wahrheit, aber das hier war ihr Büro.

Die Dozentin bot Byrne eine Zigarette an. Als er den Kopf schüttelte, öffnete sie das Fenster, nahm ein Feuerzeug aus ihrer Handtasche und zündete die Zigarette an. Sie nahm einen Zug und blies den Rauch durch das Fenster hinaus.

»Das ist heutzutage ein Kündigungsgrund«, sagte sie und

hielt ihre Zigarette hoch. »Es gibt tatsächlich Situationen, da ist es mir egal.«

Byrne, der nie geraucht hatte, staunte immer wieder, wie sich das Rauchen auf einen Menschen auswirken konnte. Die Frau schien einen Teil ihrer Ängste zu verlieren, die sie allein bei dem Gedanken überkommen hatten, ihm zu erzählen, was sie auf der Kassette gehört hatte.

Nachdem Elizabeth Troyer nun all ihre Rituale durchgeführt hatte, klappte sie ihr Notizheft auf.

»Wie gesagt, habe ich mir nur Teile der Aufnahme angehört. Es war mehr als genug, um die Struktur dieser Gespräche zu verstehen, aber nicht, um was es genau geht. Ich muss Ihnen noch einmal sagen, dass ich nur die Hälfte verstehe, und auch davon nicht jedes Wort.«

»Okay.«

»Das, was ich den Aussagen des deutschen Sprechers entnommen habe, war – wie soll ich mich ausdrücken – ein wenig *beunruhigend*.«

»Beunruhigend? Warum?«

»Ich bin mir nicht ganz sicher. Sie sagten, diese Aufzeichnungen hätten mit einer Ermittlung zu tun? Mit einer Ermittlung in einem Mordfall?«

»Ja.«

Elizabeth Troyer nickte. »Ich möchte Sie nicht in die Irre führen, denn hierbei handelt es sich vermutlich nur um ein Gefühl meinerseits. Wie ich bereits erwähnt habe, spreche ich nicht fließend Deutsch. Meine Kenntnisse reichen aus, um mich zu unterhalten. Sie sind keineswegs perfekt.«

»Okay.«

»Ich glaube, ich sage nichts Falsches, wenn ich behaupte, dass der deutsche Sprecher in dieser Aufnahme die andere Person zwingt, ihre Gedanken preiszugeben.«

Zwingt, dachte Byrne. »Meinen Sie, es könnte eine Art Verhör sein?«

»Vielleicht ist ›zwingen‹ das falsche Wort«, sagte die Dozentin nach einem Moment des Schweigens und zog wieder an ihrer Zigarette. Sie griff in eine Schreibtischschublade, nahm einen kleinen Reiseaschenbecher heraus und drückte die Zigarette sorgfältig aus. Dann öffnete sie das Fenster noch ein wenig weiter. Byrne war froh darüber.

»Vielleicht irre ich mich auch«, fuhr sie fort. »Das Deutsche weist ebenso viele Dialekte auf wie das Englische. Hier an der Universität gibt es eine Reihe von Dozenten, die Ihnen den Text genau übersetzen könnten.«

Elizabeth Troyer machte einen Rückzieher. Byrne schwieg.

»Leider gibt es hier an der Universität niemanden, der Estnisch oder eine andere der finno-ugrischen Sprachen spricht oder lehrt. Die Nachfrage ist nicht sehr groß. Jedenfalls nicht an einer Universität dieser Größe.«

»Verstehe.«

»Ich gehöre einigen nationalen und internationalen Organisationen an und könnte meine Fühler ausstrecken. Ich würde bestimmt schnell jemanden finden, der Ihnen das Estnische übersetzt.«

Byrne dachte über das Angebot nach und auch über ihre Äußerung, dass die auf Deutsch gestellten Fragen ›beunruhigend‹ seien. Es bestand kein Zweifel, dass es sich bei dieser Kassette um ein Beweisstück in einem Mordfall oder sogar in einer Mordserie handelte. Byrne hatte schon gezögert, sie zur Universität zu schicken. Da er jetzt wusste, dass der Ton – wenn nicht sogar der ganze Text dieser Kassette – beunruhigend war, wäre es wohl nicht so gut, noch mehr Leute einzuweihen.

»Das ist nett von Ihnen«, sagte Byrne. »Ich weiß noch nicht

genau, welche Bedeutung diese Kassette für die Ermittlungen hat. Sie verstehen sicher, dass die Informationen vertraulich behandelt werden müssen.«

»Natürlich.«

»Ich sage Ihnen Bescheid, ob es notwendig ist, einen Ihrer Kollegen zu kontaktieren, oder nicht.«

Die Frau schien erleichtert zu sein. »Okay, sagen Sie mir Bescheid. Ich helfe Ihnen wirklich gern.«

»Haben Sie die Kassette kopiert?«

»Nein.«

Byrne schaute auf seinen Notizblock. »Ich frage mich, was der erste Satz auf der Kassette bedeutet. Gleich nach dem Datum und der Zeitangabe. Dieses *träumen*...«

»*Träumen Sie?*«

»Was heißt das auf Englisch?«

»Es ist eine Frage. *Do you dream?*«

»*Do you dream?*«, wiederholte Byrne.

»Ja.«

Byrne stand auf, worauf Elizabeth Troyer ebenfalls aufstand. Sie gaben sich zum Abschied die Hand. »Vielen Dank für Ihre Hilfe und Ihre Zeit. Das war wirklich nett von Ihnen.«

»Jederzeit.«

»Behalten Sie das bitte alles für sich.«

»Mach ich. Unter einer Bedingung.«

»Und die wäre?«

»Sie sagen niemandem, dass ich geraucht habe.«

Byrne lächelte. »Glauben Sie mir. Niemand kann besser Geheimnisse bewahren als die Polizei.«

Die Frau lächelte auch und öffnete die Tür. »Sogar unter Eid?«

»Gerade unter Eid.«

Byrne saß auf dem Parkplatz. Er beobachtete die Studenten, die in dem eisigen Regen über den Campus eilten, und fragte sich, ob er jemals so jung gewesen war. In ihrem Alter hatte er schon bei der Polizei gearbeitet. Er fragte sich, welche Berufe sie ergreifen würden und ob er selbst die richtige Wahl getroffen hatte.

Seine Gedanken kehrten schnell zu der Aufnahme zurück.

Träumen Sie?
Do you dream?

Er dachte an das Buch in Robert Freitags Haus und die Widmung: *Vielleicht zum Träumen.*

In dem großen Haus drehte sich alles um Träume, hatte Lenny Pintar gesagt.

Die Traumverkäufer.

Byrne schaute auf die Uhr. Es war ein Uhr nachts. Ehe er sich's versah, hatte er die Kurzwahltaste schon gedrückt. Jessica meldete sich nach dem zweiten Klingeln.

»Hey.«

»Hast du geschlafen?«, fragte Byrne.

»Ich schlafe nicht«, sagte Jessica. »Ich arbeite, ich studiere, und ich mache Sandwichs ohne Kruste.«

»Und was hast du gerade gemacht?«

»Okay, ich war eingeschlafen. Was gibt's?«

Byrne erzählte ihr von seinem Besuch an der Villanova University.

»Das hat sie gesagt? Beunruhigend?«

»Ja. Genau das Wort hat sie benutzt.«

Jessica dachte darüber nach. »Was glaubst du, was sie damit meinte?«

»Sie wollte nicht zu viel sagen, weil sie vermutlich Angst

hatte, ihre Erklärungen könnten ohne den entsprechenden Kontext irreführend sein. Wahrscheinlich hat sie recht. Sie glaubt, es handelt sich um Fragen und Antworten, und der Fragesteller, der Deutsch spricht, zwingt den anderen, seine Fragen zu beantworten.«

»Wissen wir, welche Sprache das ist?«

»Estnisch.«

»Wow. Okay. Und was machen wir als Nächstes?«

»Die Dozentin hat angeboten, jemanden zu suchen, der den estnischen Teil übersetzen könnte.«

»Ich glaube, wir sollten das Angebot annehmen«, überlegte Jessica.

»Ja. Wahrscheinlich hast du recht.«

»Ach übrigens, ich habe die Todesanzeige von Dr. Kirsch überprüft. Ungefähr zu dem Zeitpunkt, den Miriam Gale genannt hat, ist ein kleiner Zeitungsartikel erschienen. Doktor Kirsch starb bei einem Brand im Untergeschoss des Gebäudes G 10 und mit ihm zwei Mitarbeiter aus der Verwaltung des Krankenhauses.«

»Hört es sich so an, als könnte Kirsch in unlautere Machenschaften verwickelt gewesen sein?«

Jessica lachte. »Bist du sicher, dass du nicht doch noch Jura studieren willst?«

»Vielleicht überlege ich es mir eines Tages. Das ist bestimmt einfacher als das hier.«

»Ich schaue mir das morgen alles genauer an, wenn ich nicht vor Erschöpfung schiele.«

»Okay«, sagte Byrne. »Dann bis morgen.«

»Es ist schon morgen.«

»Bis später.«

Byrne goss sich einen Schluck Bushmills ein. Dann ging er mit dem Glas zum Esstisch und nahm die Kassette aus seiner Tasche. Er schaltete die Musik aus – Rory Gallaghers *Irish Tour 1974* – und öffnete das Kassettenfach. Ehe er die Kassette einlegte, straffte er mit einem Stift das Vorlaufband. Byrne hatte nicht vergessen, was Mateo Fuentes diesbezüglich mit ernster Miene gesagt hatte. Er drückte auf Play. Nachdem er das Licht ausgeschaltet hatte, setzte er sich auf den Stuhl am Fenster. Byrne fragte sich, ob er eines Tages so enden würde wie der alte Tony Giordano. Vermutlich gab es schlimmere Schicksale.

Nach ein paar Sekunden begann die Wiedergabe. Nach der Zeitangabe hörte er wieder die erste Frage, deren Bedeutung er nun kannte: »Träumen Sie?«

Byrne schloss die Augen. Er versuchte sich vorzustellen, in was für einem Raum dieses Gespräch aufgenommen worden war. Auf jeden Fall waren es zwei Männer, und der eine stellte dem anderen Fragen.

Saßen sie sich auf Stühlen gegenüber? Was waren das für Stühle? Bequeme, gepolsterte Stühle? Einfache Klappstühle aus Metall? Byrne lauschte auf ein Echo, irgendein Geräusch, das auf Metall hinwies. Er hörte keins.

Er trank einen Schluck Bushmills und legte die Füße auf die Fensterbank. Wurde dieses Gespräch im Cold River aufgenommen? Gehörte diese Aufnahme zu den geheimen Forschungen, die Miriam Gale erwähnt hatte?

Der zweite Mann begann zu sprechen, und Byrne ...

... sieht einen langen Waldweg, der sich durch grüne Hügel schlängelt, ein paar Bauernhöfe in der Nähe, eine idyllische Landschaft. Er hört Schritte auf dem Waldboden und das Prasseln des Regens, der auf das Laub der hohen Bäume fällt, und er riecht den Geruch von ...

... Sackleinen und nassem Stroh.

Um drei Uhr nachts gab Byrne es auf, sich schlaflos im Bett hin und her zu wälzen. Er stand auf und spritzte sich im Badezimmer kaltes Wasser ins Gesicht. Er schaute durch das Fenster auf die Straße. Draußen war alles ruhig. Byrne ging ins Wohnzimmer und schielte auf die Flasche Bushmills. Sie schielte zurück. Es war nur noch ein Schluck in der Flasche. Gab es einen traurigeren Anblick? Vielleicht. Aber nicht in diesem Augenblick.

Er fand sich mit der Tatsache ab, dass der Tag praktisch schon begonnen hatte. Darum kochte er sich Kaffee und zwang sich wach zu bleiben.

Als eine Viertelstunde später eine Kanne mit starkem Kaffee neben ihm stand, setzte er sich an den Esszimmertisch und klappte den Laptop auf. Nach zwanzig Sekunden beschloss Byrne, den letzten Schluck Whiskey in seine Tasse zu gießen. Er rechtfertigte es wie immer damit, dass Irish Coffee für ihn als Iren genau das richtige Getränk war.

Über Estland wusste Byrne nicht mehr, als dass das Land ebenso wie Lettland und Litauen zu den baltischen Staaten gehörte. Es war nicht etwa so, dass er über Deutschland viel gewusst hätte, aber über Estland wusste er praktisch gar nichts.

Ein paar Minuten später besaß er schon ein paar Grundkenntnisse. Estland hatte ungefähr die Größe von Vermont und New Hampshire zusammen und etwa 1,3 Millionen Einwohner. Die Hauptstadt hieß Tallinn, eine Hafenstadt am Finnischen Meerbusen, etwa achtzig Kilometer südlich von Helsinki gelegen. Im Land herrschte eine parlamentarische Demokratie, doch das war nicht immer so gewesen.

Vom Beginn des siebzehnten Jahrhunderts bis zum ersten Weltkrieg wurde Estland von den Russen regiert. 1917 erklärte Estland seine Unabhängigkeit, und 1920 erkannte Russland Estland als souveränen Staat an. Unglücklicherweise war diese

Unabhängigkeit von kurzer Dauer. Der zweite Weltkrieg führte zu dem dunkelsten Kapitel in der Geschichte Estlands. Zwischen 1939 und 1945 starben durch die Nazis und die sowjetische Besatzung 180 000 Einwohner.

Diese dunklen Jahre der Unterdrückung, der Hungersnöte und der Gewalt zogen sich über Jahrzehnte hin. Mit dem Beginn der Perestroika wurden Ende der Achtzigerjahre die Einschränkungen in der freien Meinungsäußerung gelockert. In ganz Estland erklangen die Gesänge verbotener Lieder, um die Unabhängigkeit des Landes durchzusetzen. Diese Zeit ging als »singende Revolution« in die Geschichte ein.

1991 erkannten die Russen Estland erneut als souveränen Staat an. Drei Jahre später verließen die letzten russischen Truppen das Land.

Byrne suchte Bilder von Estland. Tallinn, die Hauptstadt, war sehr schön. Sie sah aus wie aus einer anderen Zeit, eine gut erhaltene, restaurierte mittelalterliche Stadt. Die Menschen hatten freundliche Gesichter, und alles war sauber – kein Müll auf den Straßen und keine Graffiti.

Während der Recherchen im Netz hatte Byrne einen Geistesblitz, was möglicherweise auch mit dem Bushmills zu tun hatte. Jedenfalls suchte er eine Webseite der Behörden in Tallinn. Es dauerte eine Weile, bis er schließlich die Webseite der Polizeibehörde fand. Byrne suchte die E-Mail-Adresse heraus und öffnete sein E-Mail-Programm.

Er rechtfertigte das, was er vorhatte, folgendermaßen: Falls der Inhalt der Kassette »beunruhigend« war, wie die Dozentin an der Villanova University gesagt hatte, war es sicherlich nicht gut, den Text von jemandem, der nicht in einer Strafverfolgungsbehörde arbeitete, übersetzen zu lassen.

Jeder wusste, dass die Welt heutzutage große Ohren hatte.

Byrne schrieb eine kurze E-Mail an einen Mann namens

Peeter Tamm, den Leiter der Pressestelle der Polizeibehörde in Tallinn, und bat ihn um Hilfe bei der Übersetzung einer Tonaufzeichnung. Er wusste nicht, ob er sich mit diesem Schritt an die Dienstvorschriften des Philadelphia Police Departments hielt, denn er war nie zuvor in einer solchen Situation gewesen.

Ehe Byrne es sich anders überlegen konnte, drückte er auf Senden und hörte, dass die E-Mail zu ihrer Reise über den Atlantik aufbrach.

52

Die Beweise in den vier Mordfällen – Robert Freitag, Joan Delacroix, Edward Richmond und Dustin Green – hingen an einer großen weißen Tafel im Büro der Mordkommission. Pfeile kennzeichneten die wenigen Verbindungen, die es gab.

Nach Edward Richmonds Autopsie stand fest, dass der Mann infolge der Strangulation erstickt war. Das mutmaßliche Mordinstrument, der Stahldraht, an dem er im Priory-Park zwischen den Bäumen aufgehängt worden war, hatte seine Luftröhre durchtrennt. Die Art des Schnitts deutete darauf hin, dass die Strangulation erfolgt war, als das Opfer von seinem Gewicht nach unten gezogen wurde. Die Rechtsmedizin gab als Todeszeitpunkt 21.30 Uhr an. Der Mann war also praktisch wenige Minuten, nachdem Police Officer Weldon den Funkspruch erhalten hatte und von seinem Posten weggelockt worden war, getötet worden.

Die Stimmung im Erdgeschoss des Roundhouse war, was diese Fälle betraf, gelinde gesagt nicht besonders gut.

Da das FBI in die Ermittlungen mit einbezogen worden war, erhielt das Philadelphia Police Department nun Zugang zu Bereichen, die ihnen vorher verschlossen geblieben waren. Überprüfungen beim Finanzamt ergaben, dass Edward Richmond, Joan Delacroix und Robert Freitag in den Jahren 1992 bis 1996 im Delaware Valley State Hospital gearbeitet hatten.

Jessica und Byrne saßen an einem der Schreibtische und betrachteten die Tatortfotos.

»Das hat alles mit diesem Gebäude zu tun«, sagte Byrne.
»Mit diesem G 10.«
»In G 10 wurden also Traumexperimente durchgeführt. Was waren das für Traumexperimente?«
»Keine Ahnung. Ich habe bei dem Verleger von Martin Léopold angerufen und warte auf einen Rückruf – falls er überhaupt mit uns sprechen will.«
»Inzwischen informiere ich mich, ob es in der Bücherei ein Exemplar seines Buches gibt.«
Ehe Jessica sich vor einen der Computer gesetzt hatte, klingelte Byrnes iPhone. Er schaute aufs Display.
»Wow«, sagte er. »Ich bekomme einen Anruf aus Estland.«
»Aus Estland?«
Byrne schaute ein wenig verlegen drein. Er erklärte Jessica schnell, dass er an die Polizeibehörde in Tallinn eine E-Mail geschickt hatte. »Okay. Ich dachte, es sei eine gute Idee.«
»Sieht so aus, als hätte es sich gelohnt.«
»Könntest du mal fragen, ob Mateo zu uns kommen kann?«, bat Byrne sie. Während Jessica in der Audio-Videoabteilung anrief, nahm Byrne den Anruf entgegen. Er startete die FaceTime-App und stellte sein iPhone auf eine der Trennwände zwischen den Schreibtischen. Dann drückte er auf die entsprechenden Icons.

Auf dem Display erschien ein Mann, der auf einem Bürostuhl saß.

Peeter Tamm war Ende vierzig und hatte blondes Haar, grüne Augen und einen gepflegten Schnurrbart. Er trug einen dunklen Pullunder, ein frisch gebügeltes weißes Hemd und eine gestreifte Krawatte. Im Hintergrund sah man ein paar Aktenschränke und die Ecke einer weißen Tafel. Byrne stellte fest, dass die Polizeibehörden in Estland genauso schick eingerichtet waren wie die in den Vereinigten Staaten.

»Guten Tag«, sagte Tamm. »Sind Sie Detective Byrne?«
»Ja«, erwiderte Byrne. »Soll ich Sie mit Detective ansprechen?«
Der Mann lächelte. »Nennen Sie mich Peeter.«
»Okay. Ich heiße Kevin.«
»Gut, Kevin also. Ich gebe zu, dass ich nicht oft Post aus den Vereinigten Staaten bekomme. Ich war überrascht und erfreut über Ihre E-Mail.«
»Ja, wir könnten ein bisschen Hilfe gebrauchen.«
Tamm nickte. »Am besten Sie sagen mir zuerst, um was es genau geht, und dann sage ich Ihnen, wie wir Ihnen helfen können.«
Byrne berichtete dem Mann grob von den Mordfällen und der Kassette. Peeter Tamm hörte aufmerksam zu.
»Ich nehme an, Sie haben es nicht allzu oft mit Fällen zu tun, die eine Verbindung zu Estland aufweisen«, sagte Tamm.
»Es ist das erste Mal.«
»Hier läuft das ein bisschen anders. Soll ich es Ihnen erklären?«
Wow, dachte Jessica. Ein ausgesprochen höflicher Polizist. Vielleicht sollte sie nach Estland ziehen.
»Gerne«, sagte Byrne.
»In Estland wurden die Polizeibehörden kürzlich mit dem Grenzschutz zusammengelegt, der in gewisser Weise Ihrer Heimatschutzbehörde ähnelt, sodass dadurch die Behörde PBGB entstand. Die zentrale Polizeibehörde ist in Tallinn, aber die Ermittlungen bei Kapitalverbrechen wie zum Beispiel Tötungsdelikten werden in anderen Polizeidienststellen in anderen Regionen des Landes geführt.«
»Und Ihre kriminaltechnischen Untersuchungen?«, fragte Byrne. »Wie wird das gehandhabt?«
»Das macht das estnische kriminaltechnische Institut, das

dem Justizministerium unterstellt ist. Das größte Institut ist hier in Tallinn, doch in Tartu, Kohtla-Järve und Pärnu gibt es kleinere kriminaltechnische Labore.«

»Haben Sie auch einen Übersetzungsdienst?«

»Oh ja. Wie Sie sich sicher vorstellen können, werden hier viele Sprachen gesprochen.« Jessica fiel auf, dass der Mann fast akzentfrei Englisch sprach.

»Sie haben in Ihrer E-Mail den Namen Eduard Kross erwähnt«, sagte Tamm.

»Ja. Der Name tauchte in Verbindung mit einer laufenden Mordermittlung auf. Er steht auf dem Label der Kassette, die uns vorliegt.«

»Ich muss gestehen, dass ich diesen Namen schon eine Weile nicht mehr gehört habe. Der Name Eduard Kross, den jüngere Esten kaum kennen, beschwört bei den Älteren die Erinnerung an ein Monster herauf.«

»Und warum?«

Tamm atmete tief ein. »Ich glaube, den Namen Eduard Kross und die Geschichten, die über ihn erzählt wurden, könnte man mit denen über Jack the Ripper aus England vergleichen. Obwohl über Kross viel weniger geschrieben wurde. Im Grunde fast nichts.«

»Er war ein Mörder?«

»Ja. Leider sieht es aber so aus, als rankten sich um seinen Namen mehr Legenden als dokumentierte Fakten.«

»Was sind das für Legenden?«

»Er soll in einem Zeitraum von etwa dreißig Jahren in den Wäldern und Bergen aller drei baltischen Staaten sein Unwesen getrieben haben. In dieser Zeit beging er eine Reihe von Straftaten – Brandstiftung, Betrug, Raubüberfälle.«

»Und Morde.«

»Ja«, sagte Tamm. »Der Legende nach soll er mehr als hundert Menschen getötet haben.«
»Und er wurde nie gefasst?«
»Doch. Ich weiß nicht genau, wann. Es muss in der Zeit der sowjetischen Besatzung gewesen sein. Vielleicht Anfang der Achtzigerjahre.«
»Was ist aus ihm geworden?«
»Soviel ich weiß, kam er in einen Gulag, wo er kurze Zeit später starb. Ich muss dazu sagen, das sind alles Vermutungen, Geschichten, wie man sie sich am Lagerfeuer erzählt.«
»Und warum hat er all diese Morde begangen?«
»Auch das weiß ich nicht genau. Sein Vater soll ein bekannter Zahnarzt gewesen sein. Als er einen hochrangigen Offizier der deutschen Armee darüber informierte, dass er alle Zähne verlieren würde, ermordete dieser Offizier die Mutter, den Vater und die Schwester von Kross. Eduard soll sich versteckt haben und entkommen sein.«

Byrne machte sich Notizen. »Das hilft uns sehr. Vielen Dank.«

»Gerne. Kann ich sonst noch etwas für Sie tun?«

Byrne sprach über die Kassette und die Notwendigkeit einer Übersetzung.

»Das machen wir gern«, sagte Tamm. »Wir haben hier einige der besten Übersetzer der Welt. Schicken Sie mir die Datei, sobald es möglich ist.«

»Wir können sie Ihnen sofort schicken.«

Tamm nannte Byrne eine E-Mail-Adresse. Mateo Fuentes saß in der Nähe an einem Computer und schickte die komprimierte Audio-Datei an die angegebene Adresse.

»Die Datei ist angekommen«, sagte Tamm wenige Sekunden später. »Wie soll ich Ihnen die Übersetzung schicken, wenn wir sie fertig haben?«

»Per Fax wäre gut«, erwiderte Byrne. »Oder wenn Sie den

Text einscannen und an eine E-Mail anhängen möchten, wäre das auch okay.«
»Wahrscheinlich wäre eine PDF-Datei am besten.«
»Großartig. Noch eine Frage. Waren Sie schon mal in Amerika?«
»Ja, aber das ist viele Jahre her. Ich habe meine Hochzeitsreise nach Miami Beach gemacht.«
»Miami ist wunderschön.«
»Sie müssen mal nach Tallinn kommen. Es ist eine schöne Stadt. Und es gibt ein paar Vorteile, wenn man hier bei der Polizei arbeitet.«
»Und welche?«
»Wir fahren hier bei der Polizei alle Autos von BMW.«
Byrne schaute aus dem Fenster auf den Parkplatz hinter dem Roundhouse, auf dem die Polizeifahrzeuge mit den vereisten Scheiben standen. Es handelte sich größtenteils um den Ford Taurus. Er wandte den Blick wieder dem iPhone zu. »Stellen Sie noch Leute ein?«
Tamm lächelte. »Ich melde mich bei Ihnen«, sagte er. »Passen Sie auf sich auf.«
»Danke«, sagte Byrne. »Sie auch.«

Das Gespräch mit dem estnischen Detective brachte neuen Schwung in die Ermittlungen. Sie hatten das Gefühl, Fortschritte zu machen. Während sie auf die Antwort warteten, betrat Ray Torrance das Büro.
Jessica hatte den Eindruck, dass Ray Torrance heute trotz des Pflasters auf der Stirn viel besser aussah. Er war rasiert und hatte wieder etwas Farbe im Gesicht. Er erkundigte sich nach den Ermittlungen. Byrne sagte ihm, dass er Kontakt zur estnischen Polizei aufgenommen hatte.

»Was für eine Welt«, sagte Torrance. »Ich erinnere mich noch gut, dass die Vermisstenabteilung in dem alten Polizeipferdestall untergebracht war, als wir damals anfingen. Jetzt nimmst du den Hörer ab und rufst in Estland an.«

Als diese beiden Dinosaurier sich anschickten, in alten Erinnerungen zu schwelgen, kam Josh Bontrager schnellen Schrittes auf sie zu.

»Wie ist es an der Villanova University gelaufen?«, fragte Bontrager Byrne.

»Gut. Die Dame war sehr hilfsbereit. Danke, dass du sie angerufen hast.«

»Keine Ursache.«

»Josh, kennst du Ray Torrance?«, fragte Byrne.

Bontrager legte seine Unterlagen auf einen Schreibtisch.

»Ich hatte noch nicht das Vergnügen«, sagte er.

»Josh Bontrager, Ray Torrance.« Die beiden Männer reichten sich die Hand.

»Ich habe viel von Ihnen gehört«, sagte Bontrager.

»Alles hat zwei Seiten«, erwiderte Torrance lächelnd. »Ich hoffe, ich bekomme die Gelegenheit, mich zu verteidigen.«

Bontrager lachte. »Ich freue mich, Sie kennenzulernen.«

»Ich freue mich auch.«

»Josh ermittelt in einem üblen Mordfall«, erklärte Byrne seinem alten Freund.

»Und sonderbar dazu.« Bontrager wollte gerade die Mappe aufschlagen, die er auf den Schreibtisch gelegt hatte, als er plötzlich innehielt. Er warf Byrne einen verstohlenen Blick zu. Diesen Blick kannte Jessica gut. Byrne nickte fast unmerklich, was niemandem in dieser Ecke des Büros entging, auch nicht Ray Torrance.

Joshs Blick bedeutete: Kann ich vor diesem Mann frei sprechen?

Byrnes Nicken bedeutete: ja.

Josh Bontrager schlug die Akte auf.

»Ich habe aus der Kriminaltechnik die Untersuchungsergebnisse erhalten. Wir kennen jetzt die Identität des Mordopfers. Der Mann hieß Ezequiel ›Cheque‹ Marquez, achtzehn Jahre alt, wohnhaft in der Ludlow Street.«

»Gehörte er einer Gang an?«, fragte Byrne.

Bontrager schüttelte den Kopf. »Offiziell nicht. Hat wohl eher sein eigenes Ding durchgezogen. Ein paar kleinere Delikte, einige davon als Jugendlicher. Keine schweren Straftaten.« Er öffnete einen der Umschläge. »Es dauerte eine Weile, den Raum, in dem er gefunden wurde, auf den Kopf zu stellen, aber dann haben wir das hier gefunden.«

Er zog ein Foto aus dem Umschlag. Es war die Nahaufnahme einer Zigarrenbox mit vier Dutch Masters Coronas. Sie war nicht geöffnet.

»Gehörten die Zigarren Marquez?«, fragte Byrne.

»Ja. Wir haben auf der ganzen Box seine Fingerabdrücke gefunden.«

»Irgendwelche Joints?«, fragte Jessica. Dutch Masters Coronas waren ebenso wie El Productos und White Owls die Zigarren der Wahl, um sich einen Joint zu drehen.

»Wir haben keine gefunden.« Bontrager zog ein anderes Foto aus dem Umschlag, auf dem die Rückseite der Zigarrenbox abgebildet war. In der oberen linken Ecke klebte ein Preisschild. Darauf stand nur der Preis und sonst nichts. »In fußläufiger Nähe zum Tatort gibt es sechs Geschäfte, die diese Zigarren verkaufen. Wir haben sie alle überprüft, und das einzige Geschäft, das diese Preisschilder benutzt, ist der City Fresh Market in der Oxford Street.«

»Du glaubst also, dass Marquez diese Zigarren am Tag seines Todes dort gekauft hat?«

»Ich weiß es sogar genau. In diesem Geschäft gab es in den letzten Jahren zahlreiche Einbrüche. Daher haben sie dort ein sehr gutes Überwachungssystem installiert. Sie löschen ihre Festplatte ein Mal im Monat.«

Bontrager zog einen USB-Stick aus der Tasche, setzte sich vor einen der Computer und steckte den Stick in einen freien USB-Anschluss. Sekunden später erschien ein Bild auf dem Monitor. Es war eine aus einem hohen Winkel aufgenommene Aufnahme der Schlange vor der Kasse. In der oberen rechten Ecke wurden das Datum und die Zeit angezeigt.

Nach ein paar Sekunden tritt ein junger Mann von rechts ins Bild. Er steht als Zweiter in der Schlange hinter einer Frau mit einem schlafenden Säugling.

»Ist das unser Opfer?«, fragte Byrne und zeigte auf den Monitor.

»Ja«, sagte Bontrager. »Das ist Cheque Marquez.«

Die Frau mit dem Baby bezahlt ihre Einkäufe und verlässt das Geschäft. Marquez rückt weiter vor. Er wirft einen Geldschein auf das Warenband, und die Kassiererin scannt die Zigarren. Marquez steckt das Wechselgeld in seine rechte Hosentasche und die Zigarren in die linke Gesäßtasche.

Die Schlange rückt weiter vor. Als Nächstes steht eine junge Frau mit einer Dose Babynahrung in der Schlange.

»Jetzt schaut euch das an«, sagte Bontrager.

Anstatt das Geschäft zu verlassen, geht Marquez zum Videoautomaten hinüber und lehnt sich dagegen. Er nimmt eins der Gutscheinhefte in die Hand und blättert darin. Keiner der Detectives glaubte, dass sich der junge Mann tatsächlich für diese Gutscheine interessierte. Er musste diesen Platz aus einem anderen Grund aufgesucht haben.

Die Aufnahme springt von den Eingangstüren zu der Stelle, an der Marquez steht. Offenbar wartet er auf jemanden oder etwas.

Dann wechselt die Aufnahme für etwa zehn Sekunden zum Parkplatz und wieder zurück zur Kasse. Dort steht nun eine ältere Frau und hinter ihr ein großer Mann in einem Regenmantel. Die Frau lässt sich Zeit beim Bezahlen. Sie starrt die ganze Zeit auf den LCD-Monitor, um sicherzustellen, dass alle eingescannten Beträge korrekt sind. Schließlich gibt sie der Kassiererin ihre Kreditkarte, unterschreibt und nimmt ihre Taschen.

Sie geht weiter, und der große Mann rückt vor.

Die Aufnahme zeigt wieder die Eingangstür. Marquez beobachtet die Frau, die ihre Taschen abstellt und ihren Mantel zuknöpft. Als sie die Taschen wieder in die Hand nimmt, fällt ihre Kreditkarte auf den Boden. Sie bemerkt es nicht und geht weiter.

Marquez sieht die Karte und stellt einen Fuß darauf.

Ehe die Frau das Geschäft verlässt, blickt sie zur Kamera hoch.

Jessica hatte das Gefühl, als würde ihr der Boden unter den Füßen weggezogen. Bontrager stoppte den Film.

»Das ist Joan Delacroix«, sagte Jessica.

»Ja, das ist sie«, erwiderte Bontrager.

»Warte mal. Dein Opfer und unser Opfer sind zur selben *Zeit* am selben *Ort?*«

»Ja. Und es kommt noch besser.«

Bontrager klickte auf Start. Der Film lief weiter. Joan Delacroix verlässt mit ihren Taschen das Geschäft, ohne sich umzudrehen. Ein paar Sekunden später bückt sich Marquez und hebt die Kreditkarte auf.

Bontrager stoppte den Film wieder.

»Hatte er die Kreditkarte bei sich, als er gefunden wurde?«, fragte Byrne.

»Nein. Sie wurde weder bei ihm noch am Tatort gefunden.«

Jessicas Blick wanderte zu Byrne und weiter zu Ray Torrance. Sie hoffte, dass einer der beiden einen Geistesblitz hatte. Beide starrten wie gebannt auf den Monitor.

»Kann der Rechtsmediziner sagen, wann der Tod bei Marquez eingetreten ist?«, fragte Jessica.

Bontrager blätterte in seinen Notizen und wiederholte die Untersuchungsergebnisse aus der Rechtsmedizin.

»Vierundzwanzig Stunden, bevor die Frau getötet wurde«, sagte Jessica. »Marquez kann Joan Delacroix also nicht ermordet haben.«

»In der Tat«, sagte Bontrager. »Eine Frage: Wurde, als ihr Joan Delacroix im Priory-Park gefunden habt, auch ihre Brieftasche am Tatort sichergestellt?«

Jessica schüttelte den Kopf. »Nein. Ihre Brieftasche war zu Hause. Sie liegt jetzt bei den Beweismitteln.«

»Hast du eine Liste des Inhalts?«

»Haben wir.« Jessica stand auf und holte die Akte im Mordfall Joan Delacroix. Sie blätterte in den Unterlagen, bis sie das Formular fand, das sie suchte. »Außer dem Führerschein waren in der Brieftasche eine Kundenkarte von Macy's, hundertsiebzehn Dollar in bar und eine MasterCard von Edward Jones.«

Bontrager griff in den Umschlag und zog eine Kopie eines Kassenbons aus dem City Fresh Market mit der exakten Zeitangabe heraus. Sie wussten also genau, wann Joan Delacroix ihre Einkäufe an jenem Tag bezahlt hatte, und zwar mit der MasterCard von Edward Jones. Die Nummer stimmte mit der Nummer der Kreditkarte überein, die sie in der Brieftasche gefunden hatten.

»Das wird ja immer besser, nicht wahr?«, sagte Jessica. »Wenn Marquez die Kreditkarte der Frau aufgehoben hat, wie zum Teufel hat sie dann den Weg zurück in die Brieftasche gefunden?«

»Vielleicht ist er ihr gefolgt und hat sie ihr zurückgegeben«, sagte Torrance.
Bontrager ließ den Film weiterlaufen. Die Aufnahme zeigt nun den Parkplatz. Joan Delacroix verlässt das Geschäft und verschwindet am linken Bildrand. Kurz darauf tritt auch Marquez aus dem Geschäft und rennt fast davon, doch in die entgegengesetzte Richtung, sodass er am rechten Bildrand verschwindet.
»Jetzt versteht ihr auch, warum ich nicht mehr als Detective arbeite«, sagte Torrance.
Bontrager klickte auf Pause. »Ich wünschte, ich könnte hier ein paar Antworten finden, aber ich bin genauso aufgeschmissen wie ihr. Erinnert ihr euch, was ich über verquerer und verquerer gesagt habe?«
Jessica konnte sich nicht vorstellen, was jetzt kam.
»Ich war gerade unten im Labor und habe die vorläufigen Untersuchungsergebnisse im Mordfall Marquez abgeholt«, sagte Bontrager. »Ich habe mit dem Techniker im Labor gesprochen, der die Blutuntersuchungen durchgeführt hat. Er bat mich, ihm ein paar Dokumente vom Fall Delacroix zu bringen. Es stellte sich heraus, dass die Frau Blutgruppe AB negativ hat. Wie ihr wisst, ist das extrem selten.«
Das wussten sie alle. Weniger als ein Prozent der Bevölkerung der Vereinigten Staaten hatte AB negativ.
»Der Kollege im Labor meinte, dass AB negativ höchstens ein Mal im Jahr vorkommt oder alle zwei Jahre«, fuhr Bontrager fort. »Das hat er mir erzählt, weil er an einem Tag mit zwei verschiedenen Fällen zu tun hatte, in denen er auf AB negativ gestoßen ist.«
Bontrager griff in den Umschlag und zog zwei verschiedene Bluttests heraus.
»Es stellte sich heraus, dass Blut der Blutgruppe AB negativ

auch in einem anderen unserer Fälle gefunden wurde«, sagte Bontrager.

»Du meinst jemand anderes als Joan Delacroix?«, fragte Jessica.

»Ja. Auf der Innenseite der Sandwichtüte waren winzige Blutspuren.«

»Welche Sandwichtüte?«

»Die Sandwichtüte in dem Täschchen des kleinen Mädchens.«

»*Violet*?«, fragte Jessica. »In der Plastiktüte in ihrem Täschchen war Blut?«

»Ja«, sagte Bontrager. »Und das Blut in der Plastiktüte ist nicht nur AB negativ. Es stimmt mit dem anderen genau überein. Das Blut an der Sandwichtüte stammte von Joan Delacroix.«

Jessica war sprachlos. In all den Jahren, in denen sie schon als Detective in der Mordkommission arbeitete, hatte sie noch nie erlebt, dass in einem Fall dermaßen viele Paukenschläge aufeinanderfolgten wie in diesem. Ihr Blick wanderte zu Byrne und dann zu Ray Torrance.

Byrne starrte auf die Unterlagen auf dem Schreibtisch.

Ray Torrance starrte Kevin Byrne an.

53

Die Wohngruppen waren in zwei Doppelhaushälften in Francisville in Nord-Philadelphia untergebracht.

Byrne und Ray Torrance wurden an der Tür von einer Frau Anfang vierzig empfangen. Sie sah aus, als wäre sie nicht aus der Ruhe zu bringen, und das war auch gut so. Diese Frau verbrachte jeden Tag damit, auf kleine Kinder aufzupassen, die ihr gerade mal bis zur Hüfte reichten und die auf ihr herumkletterten, sabberten, sich ihr widersetzten und sie beschmutzten.

Jetzt bestand offiziell eine Verbindung zwischen dem kleinen Mädchen und einer laufenden Ermittlung in einem Mordfall. Aus diesem Grund und vielen anderen – nicht zuletzt auch, weil es nicht gut für Violet war, ständig mit neuen unbekannten Erwachsenen konfrontiert zu werden – bat Byrne Ray Torrance, sich im Hintergrund zu halten.

Torrance erhob keine Einwände.

Im Aufenthaltsraum spielten vier Kinder. Violet trug ein violettes Sweatshirt und eine Jogginghose, die gut dazu passte, wenn auch nicht hundertprozentig. Die beiden Kleidungsstücke passten so gut zusammen, wie es der Fall war, wenn man versuchte, bei Walmart ein Geburtstagsgeschenk für ein Mädchen zu kaufen, das Violet hieß.

Violet saß allein an einem kleinen Tisch und baute eine Burg aus Bauklötzen.

Von der Frau, die diese Gruppe leitete, erfuhren sie, dass die Kleine noch kein einziges Wort gesagt hatte. Violet reagierte auf Anweisungen und schlief nachts, hatte aber noch keine einzige Frage beantwortet.

Als das Mädchen Byrne sah, zögerte es zuerst. Byrne beobachtete es aufmerksam. Violet sah ihn, schaute weg, stand auf, lief durch den Raum und streckte die Arme aus. Als Byrne sie hochhob, schlang sie die Arme um seinen Hals. Er kehrte mit ihr zu dem Tisch zurück.

»Was baust du da?«, fragte er.

Keine Antwort. Er stellte das kleine Mädchen auf den Boden, worauf es sich sofort wieder den Bauklötzen zuwandte. Violet ordnete die Bauklötze pyramidenförmig an, doch als sie sie zu hoch stapelte, fiel alles um.

Auch darauf reagierte die Kleine nicht. Keine Wut, keine Enttäuschung, keine Freude. Sie stapelte die Bauklötze einfach wieder aufeinander. Byrne fiel auf, wie blass sie war. Ihre Haut war fast weiß und das Haar weißblond. Jemand hatte ihr eine Spange besorgt, damit ihr das Haar nicht immer ins Gesicht fiel. Die Spange in der Form einer Blume war natürlich auch violett.

Byrne beobachtete Violet eine Weile, und wusste nicht, was er sagen sollte. Was sollte er sie fragen? Ein Kinderpsychologe war schon bei ihr gewesen, und auch mit ihm hatte sie nicht gesprochen. Wenn ein Verhaltenstherapeut kein Wort aus ihr herausbekam, welche Chance hatte dann ein großer, dummer Cop?

Vermutlich keine.

Als es Zeit war zu gehen, nahm Byrne Violet noch einmal in die Arme.

Sie stand neben dem Tisch und schaute ihm nach. Als Byrne sich umdrehte, um zu winken, wurde sie von irgendetwas abgelenkt. Sie starrte auf den Fernseher.

Violet stand direkt davor. Sie warf Byrne einen kurzen Blick

zu, doch dann konzentrierte sie sich wieder auf den Fernseher und legte ihre kleine Hand auf den Bildschirm. Es lief *Der Zauberer von Oz*, die Szene, in der Judy Garland auf der Straße aus gelben Backsteinen um die Ecke biegt und zum ersten Mal Ray Bolger trifft.
Die Vogelscheuche.
Violet versuchte, die Vogelscheuche zu berühren.

Sie standen vor dem Haus auf dem Bürgersteig. Als es wieder zu regnen begann, traten sie unter die Markise des Bäckers nebenan. Der Duft von frischem Brot und Gebäck weckte ihren Appetit. Byrne hatte den ganzen Tag noch nichts gegessen.
»Ich bitte dich, Ray. Das ist doch ein bisschen weit hergeholt.«
»Komm, Kevin. Du hast doch das Bild gesehen, das Marielle gemalt hat. Sie hat gesagt, der Mann sah aus wie eine Vogelscheuche.«
»Hör mal, Ray, *du* hast gesagt, er sah aus wie eine Vogelscheuche. Sie hat dir nur nicht widersprochen.«
»Willst du behaupten, es gibt da keinen Zusammenhang?«
Byrne dachte über das nach, was Torrance gesagt hatte. Er hätte es gerne zurückgewiesen, aber ihm fehlten die Argumente.
»Eine Nacht«, bat Torrance ihn. »Gib mir eine Nacht auf den Straßen. Wenn es mir nicht gelingt, eine Verbindung zwischen den beiden Fällen herzustellen, gehe ich zurück in meine Berghütte.«
»Das möchte ich nicht, Ray. Niemand möchte das.«
»Hör zu. Ich will dir nicht zu nahe treten, indem ich dich frage, ob du vielleicht den einen oder anderen Fall hast, mit dem du nicht weiterkommst. Mein Gott, ich weiß es genau.

Man kann es sich nicht aussuchen, welcher Fall einem an die Nieren geht.«

Byrne schaute seinen alten Freund an, der mit gebeugtem Rücken vor ihm stand. Er wollte diesen großartigen Cop von einst nicht zwingen zu betteln.

»Eine Nacht«, sagte Byrne und legte ihm eine Hand auf die Schulter.

Ray Torrance lächelte.

»Aber erst mal kaufen wir uns hier beim Bäcker was von diesem Brot.«

Es war eine Weile her, dass Byrne Nachtschichten auf der Straße geschoben hatte. Er hatte sich nie darum gerissen. Meistens lief es nur darauf hinaus, Kaffee zu trinken, sich nicht nur krampfhaft wach zu halten, sondern auch noch aufmerksam zu bleiben, abwechselnd pinkeln zu gehen und im Morgengrauen nach Hause zu fahren, ohne irgendetwas erreicht zu haben. Manchmal hatte man Glück, und die Person, nach der man Ausschau hielt, machte den Fehler, wider besseres Wissen einen Ort aufzusuchen, den sie nicht hätte aufsuchen sollen, und dann hatte man sie.

Das war selten.

Es gab ein paar Orte in Philadelphia, wo sich Straßenkinder gerne aufhielten. Wenn sie von zu Hause ausrissen, landeten sie zuerst am Busbahnhof in der Filbert oder in dem riesigen, imposanten Bahnhof an der Dreißigsten Straße. Von dort aus ging es weiter.

Später hingen sie oft in der South Street herum, vor allem nach Einbruch der Dunkelheit. Tagsüber trieben sie sich in den Einkaufszentren herum, bis sie geschlossen wurden, und dann ging es zur South Street.

Byrne und Torrance zogen sich so leger an wie möglich. Byrne trug eine Lederjacke, eine Jeans und seine bequemen schwarzen Stiefel. Er wusste nicht, ob er heute Nacht viel laufen musste. Am besten gar nicht, hoffte er. Torrance, der im Augenblick nichts Passendes anzuziehen hatte, lieh sich von Byrne eine alte Caban-Jacke und eine dunkelgraue Kordhose. Sie hatten ungefähr dieselbe Größe, und die Sachen standen ihm, auch wenn sie ein bisschen altmodisch waren.

Am unteren Ende der South Street, vor Downey's, begannen sie mit der Suche. Nach einer Stunde trennten sie sich für eine Weile. Torrance blieb über ein Prepaid-Handy, das Byrne ihm gekauft hatte, mit ihm in Kontakt.

Als sie sich gegen zehn Uhr trafen, hatten sie mit drei Dutzend Jugendlichen gesprochen und nichts erfahren. Die Versuchung, sich in eine der vielen Kneipen in der South zu setzen, war groß, doch sie beschlossen, bis Mitternacht weiterzumachen.

Die Mädchen waren nicht älter als fünfzehn oder sechzehn. Sie standen beide mit ihren Handys in der Hand da und starrten alle paar Sekunden auf die Displays, als wären alle Antworten des Lebens dort zu finden.

Vielleicht war es wirklich so, dachte Byrne. Er hatte schon überall gesucht und nichts gefunden.

»Sie sind Cops, nicht wahr?«, fragte eins der Mädchen.

»Ich bin kein Cop«, erwiderte Torrance.

Das entsprach der Wahrheit. Ray war ein Ex-Cop. Byrne hatte ihnen keine Dienstmarke und keinen Dienstausweis gezeigt.

Torrance nahm das Foto aus der Tasche. »Ich suche dieses Mädchen«, sagte er. »Es steckt nicht in Schwierigkeiten. Und ihr bekommt keine Schwierigkeiten, wenn ihr mir helft.«

Dieses Foto aus der Highschool von Marielle Gray war ein paar Wochen, bevor sie von zu Hause abgehauen war, aufgenommen worden. Ray Torrance hatte es aus einem Jahrbuch, das er Online gekauft hatte.

Eines der Mädchen, das größere von beiden, nahm das Foto in die Hand und schaute es sich aufmerksam an. Dann reichte es das Bild seiner Freundin, die es ebenfalls betrachtete.

»Ich mag ihre Ohrringe«, sagte das kleinere der beiden Mädchen. »Wissen Sie, wo sie sie gekauft hat?«

Byrne hörte, wie Ray Torrance tief einatmete und langsam ausatmete. »Nein«, sagte er. »Ich glaube, das war ein Geschenk. Kommt das Mädchen euch bekannt vor?«

Das Mädchen gab ihm das Bild zurück und schüttelte den Kopf. »Nein. Tut mir leid.«

Torrance griff in die Manteltasche und zog einen Gutschein für eine Pizzeria in der South Street heraus. Ein alter Freund, ein ehemaliger Detective aus der Abteilung für Kapitalverbrechen, hatte die Pizzeria kürzlich eröffnet und ihm die Gutscheine gegeben. Torrance verteilte sie schon die ganze Nacht.

Er nahm einen Stift aus der Tasche, legte den Gutschein auf einen Zeitungsautomaten und schrieb seine Handynummer auf die Rückseite. »Wenn euch noch irgendetwas einfällt, zum Beispiel wo ihr das Mädchen mal gesehen haben könntet oder mit wem, ruft mich an.« Er gab dem größeren Mädchen den Gutschein. »Auf jeden Fall bekommst du hierfür ein Stück Pizza.«

Das andere Mädchen machte ein beleidigtes Gesicht. Ray Torrance griff wieder in die Tasche, zog einen zweiten Gutschein heraus und gab ihn ihm. »Hier hast du auch einen.«

Die beiden Mädchen lächelten.

»Eine Frage hätte ich noch«, sagte Torrance. Er griff in die

Innentasche seiner Jacke und zog ein Foto von Dustin Green heraus. »Kennt ihr den?«

Die beiden Mädchen warfen sich einen Blick zu und starrten dann auf den Boden.

»Kennt ihr ihn?«, fragte Torrance noch einmal.

»Ja«, sagte das größere Mädchen. »Wir kennen Dusty. Ich habe gehört, dass er gestorben ist. Stimmt das?«

Es gab keinen Grund zu lügen. Vermutlich hatte es in der Zeitung gestanden. »Ja«, sagte Byrne. »Er ist tot.«

»Er hat gesagt, dass er ab und zu für so einen Typen was erledigt hat«, sagte Torrance. »Der war schon etwas älter.«

»Ich weiß, wen Sie meinen«, sagte das größere Mädchen.

»Du weißt es?«

»Ich glaub schon. Der Typ taucht ab und zu bei uns auf. Er hat immer Geld und fährt diesen coolen alten Wagen.«

»Einen schwarzen Wagen?«, fragte Byrne.

»Ja.«

»Dieser Typ, dieser Typ mit dem schwarzen Wagen«, sagte Torrance. »Könntet ihr ihn beschreiben, damit ein Phantomzeichner ein Bild von ihm anfertigt?«

»Kein Problem.«

»Wisst ihr, wie er heißt?«

»Klar«, sagte eins der Mädchen. »Er heißt Luther.«

54

Jessica stand am Drucker. Sie war hundemüde. An diesem Morgen hatte sie zwei Seminare besucht und es geschafft, um zehn Uhr im Roundhouse zu sein.

Um sieben Uhr früh hatte der Polizist aus Estland Byrne die Übersetzung der auf der Kassette aufgenommenen Gespräche per Mail geschickt. Jessica machte gerade für alle acht Detectives der Sondereinheit Kopien.

Der Mann, den die beiden Straßenmädchen Luther nannten, stand in keiner Datenbank der Polizei. Im System gab es viele Männer, die Luther hießen, aber keiner glich dem Phantombild, nach der Beschreibung der beiden Mädchen.

In allen Streifenwagen lag eine Kopie des Phantombilds.

Sie hatten die MasterCard überprüft, die in Joan Delacroix' Brieftasche steckte, und weder Blutspuren noch Fingerabdrücke gefunden. Die Karte war mit einem starken Putzmittel gereinigt worden. Dafür konnte es nur eine Erklärung geben. Der Mann, der Cheque Marquez ermordet hatte, war auch der Mörder von Joan Delacroix.

Welche Verbindung zwischen den beiden Morden bestand, mussten sie noch herausfinden.

Acht Detectives, Sergeant Dana Westbrook und der Captain der Mordkommission drängten sich in Westbrooks Büro. Jeder hielt eine Kopie der Übersetzung in der Hand. Es waren insgesamt fünfundfünfzig Seiten.

Kevin Byrne stand vor den anderen vorne in dem Raum.
Er begann zu lesen:

12. Januar 14.15 Uhr
Gebäude G10
Versuchsperson: Eduard Kross

Träumen Sie?
Ja, ich träume.
Wo sind Sie?
Ich bin in Riisipere, einem kleinen Dorf in der Gemeinde Nissi. In der Nähe des Dorfplatzes. Ich bin seit Tagen auf den Beinen. Ich rieche nach dem Leben auf der Straße.
Welches Jahr haben wir?
Es ist Frühjahr 1964.
Was sehen Sie?
Ich sehe einen kleinen Dorfplatz, der in vier Teile unterteilt ist. In der Mitte steht ein verfallender Pavillon. Er stammt aus der frühen Stalinära, eine furchtbare Konstruktion, die schon einzustürzen droht. Es gab nicht genug Sand für den Mörtel. Rechter Hand ist eine Kneipe. Davor stehen vier Tische ohne Sonnenschirme. So warm ist es noch nicht.
Wer sitzt an den Tischen?
Ein älteres Paar. Der Mann trägt einen blauen Flanellmantel, der an den Ellbogen aufgerissen ist. Die Frau ist dick. Unter dem Mantel sieht es so aus, als hätte sie gar keine Formen. Sie hat ihr Haar rot gefärbt. Es ist ein ungewöhnlicher Farbton, der eher zu einer jüngeren Frau gepasst hätte. Sie haben beide dicke Bäuche und sind ein wenig begriffsstutzig. Bauern. Der Mann trinkt einen Krug Bier. Die Frau starrt in die Luft.
Wer sitzt sonst noch an den Tischen?
Niemand.

Können Sie in die Kneipe hineinsehen?
Ja. Ich sehe eine junge Frau. Sie wischt einen der Tische neben der Tür ab.
Arbeitet sie in der Kneipe?
Ja.
Werden Sie in die Kneipe hineingehen?
Ja.
Sagen Sie mir, was Sie sehen.
Ich betrete die Kneipe. Links ist die Theke mit fünf oder sechs Hockern. Am Ende sitzt ein alter Mann. Vor ihm steht ein kleines Schnapsglas, das bis zum Rand gefüllt ist. Er starrt auf das Glas und hebt nicht den Blick, als ich eintrete.
Setzen Sie sich hin?
Ja. Ich setze mich an einen Tisch, der weit von der Tür und vom Licht entfernt ist.
Was riechen Sie?
Kohl, rote Beete, fettes Rindfleisch. Ganz schwach im Hintergrund rieche ich den Gestank der Provinz, den von billigem Wodka und dem Schweiß der Felder.
Was ist mit der jungen Frau?
Sie steht jetzt neben meinem Tisch, stemmt die rechte Hand in die Hüfte und wartet. Sie trägt ein verwaschenes Kleid, und um ihre Taille ist eine schmutzige Schürze gebunden. Sie ist sehr hübsch und hat slawische Gesichtszüge. Ihre Augen sind eisgrau und ihre Lippen korallenrot.
Sprechen Sie mit ihr?
Ja. Ich bestelle mein Essen. Rindfleischeintopf. Ohne ein Wort zu sagen, durchquert die junge Frau die Kneipe und geht durch die Schwingtür in die Küche. Eine Dunstwolke schlägt ihr entgegen. Es dauert nicht lange, bis sie mit meinem Essen zurückkehrt. Der Suppenteller ist angeschlagen und hat Sprünge. Ich sehe, dass sie einen Ring an der linken Hand trägt, einen

einfachen Silberring, der angelaufen ist. Ich esse meinen Eintopf auf und lasse den Knorpel als Trinkgeld auf dem Tisch liegen.
Was machen Sie anschließend?
Ich lege den passenden Betrag auf die Theke und trete hinaus in den frühen Abend. Ich überquere den Platz und betrete den Pavillon. Ich drehe mir eine Zigarette und rauche sie.
Sind Sie allein?
Ja.
Was fühlen Sie?
Ich spüre, dass die Bestie in mir erwacht.
Können Sie das Gefühl beschreiben?
Nicht besser als meine eigene Geburt.
Was machen Sie jetzt?
Ich bleibe in dem Pavillon sitzen, bis es stockdunkel ist. Kurz darauf gehen die Lichter in der Kneipe aus. Jetzt brennen nur noch die Laternen auf dem Platz. Die junge Frau verlässt die Kneipe und verschließt den Eingang mit einem Vorhängeschloss. Sie schlingt einen Schal um ihren Hals und geht Richtung Norden in die Dunkelheit.
Folgen Sie ihr?
Ja.
Wohin führt sie Sie?
Durch den Wald. Sie scheint den Weg zu kennen und geht einen schmalen Pfad entlang. Bald gelangen wir auf eine Lichtung und dann auf einen Schotterweg, der parallel zu den Schienen verläuft. Das ist die Strecke, die nach Tartu führt. Wir folgen diesem Weg einen Kilometer.
Was sehen Sie?
Ich sehe Licht in der Ferne.
Ein Bauernhof?
Nein. Es ist ein kleines Haus, das in der Nähe der Bahn-

schienen steht. Ich beobachte sie, während sie das Haus betritt. Als ich glaube, dass mich niemand sieht, gehe ich auf das Haus zu und schaue durch das Fenster hinein.
Was sehen Sie?
Ich sehe, dass sie Essen kocht. Sie schält Karotten. Sie ist die Frau des Stationsvorstehers. Ich habe nicht vor, ihnen etwas anzutun. Ich will sie nur bestehlen. Doch der Mann sieht mich, als ich durch das Fenster spähe. Er nimmt ein Gewehr und hält es mir an den Kopf. Sein Name ist Toomas Sepp.
Was passiert dann?
Er führt mich zum Stall und zwingt mich, mich mitten in einem frischen Haufen Mist auf den Boden zu legen. Er sagt, genau da gehöre ich hin. Der Mann beleidigt meine Mutter aufs Schlimmste. Er sieht das stählerne Nackenjoch nicht, das auf dem Boden unter dem nassen Heu liegt. Es gelingt mir, ihn damit zu überwältigen.
Was machen Sie dann?
Ich fessle die Frau im Stall. Als ich herauskomme, betrete ich das Haus und hole einen Holzstuhl. Ich stelle den Stuhl mitten auf ein kleines Feld neben der Scheune.
Wo ist der Mann?
Ich habe ihn an die Stoßstange eines alten Wagens gebunden. Ich binde den Mann los und führe ihn zu dem Stuhl. Aus dem Stall habe ich einen Hammer mitgenommen. Unterwegs hebe ich einen alten Schienennagel auf, der neben den Schienen liegt. Als er auf dem Stuhl sitzt, sage ich, er soll ein Gebet sprechen, wenn er eins kennt.
Betet er?
Ja. Ich sage zu dem Mann, dass ich seine Frau verschone, wenn er sein Leben opfert.
Stimmt er zu?
Ja. Er sitzt mitten im Feld auf dem Stuhl und hält sich den

Schienennagel an seinen Hinterkopf. Ich hebe den Hammer hoch in die Luft und schlage mit aller Kraft zu.
Träumen Sie?
Ja, Doktor, ich träume.

Eine ganze Weile sagte niemand ein Wort. Byrne hatte ihnen soeben den genauen Tathergang von Robert Freitags Ermordung vorgelesen, einem Mord, der vor fast fünfzig Jahren am anderen Ende der Welt verübt worden war. Die Umstände waren nicht dieselben, aber die Mordmethode war identisch.
In den nächsten zehn Minuten las jeder für sich die übrigen Seiten des Textes.
1966 erschlug Eduard Kross eine Frau namens Etti Koppel und ließ ihren Leichnam am Ufer der Narva liegen. Er legte dicke Steine in ihre Hände. Er hatte sie im Dunkeln angezogen und die Schuhe dabei verwechselt. Daher trug sie sie verkehrt herum.
1970 ermordete er einen lettischen Geschäftsmann namens Juris Spalva. Er schlang einen Stahldraht um seinen Hals und hängte ihn zwischen zwei Bäumen auf.
1977 tötete er einen Dieb namens Jaak Männik, indem er ihm die Augen ausstach.
Robert Freitag war Toomas Sepp.
Joan Delacroix war Etti Koppel.
Edward Richmond war Juris Spalva.
Ezequiel Marquez war Jaak Männik.

»Soviel ich weiß, wurde über diese Verbrechen niemals irgendwo etwas geschrieben. Weder in Büchern noch in Zeitungen«, sagte Byrne. »Nach Peeter Tamms Informationen werden diese Morde in Estland als Teil alter, estnischer Historie betrachtet. Ich habe ihn gebeten nachzuforschen, ob über diesen Eduard Kross irgendein Buch geschrieben wurde. Er hat in den Bibliotheken und Buchhandlungen nichts gefunden.«

Dana Westbrook schaute eine ganze Weile auf die Übersetzung. »Verzeihen Sie die dumme Frage, aber wo liegt Estland genau?«

Byrne griff in seine Mappe und zog einen Ausdruck heraus, den er bei Google Maps gemacht hatte.

»Tamm hat mir erzählt, dass viele Urkunden – Vorstrafenregister, Geburts- und Sterbeurkunden, Heiratsurkunden und dergleichen – aus der Zeit der sowjetischen Besatzung vernichtet wurden.«

»Wir glauben also, dass jemand – dieser Luther – seine Morde nach dem Vorbild der Morde auf dieser Kassette begeht?«, fragte Westbrook.

»Das ist möglich.«

Westbrook hielt ihr Exemplar der Übersetzung hoch. »Und was bedeutet das hier? Er nennt ihn am Ende jeder Sitzung ›Doktor‹. Ist das eine Therapiesitzung bei einem Psychiater?«

»Das glaube ich nicht«, sagte Byrne. »Meiner Meinung nach ist es Eduard Kross' Stimme auf dem Band, und ich glaube, er hat geträumt, als diese Aufnahme entstand. Ich nehme an, das sind Erinnerungen aus seinem Leben.«

»Und wie ist unser Täter an diese Informationen gekommen?«

»Ich glaube, er war Patient im Cold River«, fuhr Byrne fort. »Ich glaube, dass er eine Versuchsperson dieser *Traumverkäufer* war, der Gruppe, die im Cold River Traumforschungen betrieben hat. Sie haben dieses Monster erschaffen, und jetzt zahlt er ihnen ihre Brutalität zurück.«

»Aber warum jetzt?«, fragte Westbrook. »Das ist viele Jahre her. Die Klinik ist schon lange geschlossen.«
Byrne schaute aus dem Fenster und dachte kurz nach. Es regnete in Strömen. In den Nachrichten war vor Überschwemmungen in der Stadt gewarnt worden. Er wandte sich wieder seinen Kollegen zu und sagte: »Ich weiß es nicht.«
Ein paar Minuten später klingelte Jessicas Handy. Sie ging hinaus und meldete sich. Als sie in Westbrooks Büro zurückkehrte, packten gerade alle ihre Sachen zusammen. Sie ging auf Byrne zu.
»Martin Léopolds Verleger hat angerufen. Sie haben mit ihm gesprochen, und er hat gesagt, dass es ihm eine große Freude sei, mit uns zu sprechen.«
»Eine große Freude?«
»Seine Worte.«
»Das ist ja mal ganz was Neues.«

55

Torresdale war ein Viertel im Nordosten der Stadt. Es wurde im Osten vom Delaware River, im Süden von Holmesburg und von Bensalem in Bucks County begrenzt. Lange bevor eine direkte Bahnverbindung dorthin gebaut worden war, hatte dieser Teil der Stadt als die nobelste Wohngegend von Philadelphia gegolten. In Torresdale gab es noch immer die Holy Family University.

Es war eine große, edwardianische Villa auf einem kleinen Hügel, eins der letzten Anwesen am Flussufer, nicht weit von dem historischen Herrenhaus Glen Foerd entfernt. Ein Seerosenteich, ein Rosengarten und eine riesige Trauer-Hemlocktanne zierten den Vorgarten. Rechter Hand, am Ufer des Delaware, stand ein Bootshaus, das offenbar gerade instand gesetzt wurde.

Als Jessica und Byrne in die Einfahrt einbogen, staunte Jessica, wie gepflegt das Grundstück war. Ein Gärtner schnitt die Hecken, die den Weg hinunter zum Fluss säumten.

»Ich glaube, wir sind nicht schick genug gekleidet«, bemerkte Jessica.

Byrne schaltete den Motor aus und erwiderte: »Mit einer Dienstmarke in der Hand spielt die Kleidung keine Rolle.«

Eine Frau in den Sechzigern öffnete ihnen die Tür. Sie trug ein schwarzes Kleid mit einem hohen Kragen, der am Hals mit einer hübschen Kamee-Brosche geschlossen wurde. Sie hatte lange, schmale Hände und ein makelloses, gepudertes Gesicht.

»Was kann ich für Sie tun?«, fragte sie.

Jessica zeigte ihr ihren Dienstausweis. »Ich bin Jessica Balzano, und das ist mein Partner Detective Byrne.«

»Die Polizei?«, fragte sie mit leicht bebender Stimme, nachdem sie die beiden Detectives einen Moment fassungslos angestarrt hatte.

»Ja, Ma'am«, sagte Jessica. »Machen Sie sich keine Sorgen. Es ist alles in Ordnung.«

Die Frau schwieg.

»Wohnt Martin Léopold hier?«, fragte Jessica.

»Ja«, erwiderte die Frau, während sie über ihre Brosche am Hals strich.

»Ist er zu Hause?«

Sie zögerte kurz. »Ich ... natürlich. Ja.«

»Wir würden gerne mit ihm sprechen. Wenn er es einrichten kann.«

Sie zögerte wieder eine Sekunde, ehe sie die Tür weit öffnete.

»Darf ich Ihnen die Mäntel abnehmen?«

»Das ist nicht nötig«, sagte Byrne. »Wir bleiben nicht lange.«

Die Eingangshalle hatte eine achteckige Form. Die Wände waren mit Holz getäfelt und der Boden mit strahlend weißen Natursteinplatten ausgelegt. Jessica sah nirgendwo ein einziges Staubkorn.

Die Frau führte sie zu einem Raum am Ende der Eingangshalle.

»Warten Sie bitte hier.«

Die Bibliothek war beeindruckend. Bücherregale aus glänzendem Mahagoni säumten drei Wände vom Boden bis zur Decke. Im Kamin brannte ein Feuer. Zwei junge Weimaraner liefen um Jessica und Byrne herum und schnüffelten an ihnen.

Dann kehrten sie an ihren Platz unter dem Tisch zurück. Ihre kakaobraunen Augen wanderten hin und her, und sie wedelten vor Aufregung mit den Schwänzen.

Während Byrne sich die Bücher in den Regalen anschaute, sah Jessica sich ein wenig um. An den Wänden hingen Ölgemälde. Auf einem großen Bild war ein imposanter Mann mit einem weißen Bart in der Uniform eines Marineoffiziers abgebildet, wie sie Ende des neunzehnten Jahrhunderts getragen wurde. Auf einem anderen Ölgemälde wurde ein wunderschönes Tal mit einem Kirchturm in der Ferne dargestellt. Auf dem glänzenden Hartholzfußboden lag eine prächtige Saruk-Brücke. Dieses Haus war zu einer Zeit gebaut worden, als die Eisenbahner ihr Vermögen machten.

Es dauerte nicht lange, bis sie Schritte auf den Fliesen in der Eingangshalle hörten.

»Detectives.«

Jessica und Byrne drehten sich zu der Stimme um.

Der Mann, der die Bibliothek betrat, war vermutlich in den Siebzigern, doch er hielt sich sehr aufrecht und hatte helle, strahlende Augen. Er trug eine dunkelgraue Strickjacke, eine schwarze Hose und Slipper aus geschmeidigem Leder. Sein Haar war silbergrau und seidenweich, als hätte er es soeben gewaschen. Er ging zuerst auf Jessica zu und reichte ihr die Hand.

»Ich bin Martin Léopold.«

Jessica drückte seine zarte Hand, die nach einer teuren Pflegelotion duftete. Einen Augenblick lang glaubte sie schon, der Mann würde ihre Hand küssen. Er war eine unglaublich vornehme und elegante Erscheinung.

»Jessica Balzano, Philadelphia Police Department«, sagte sie. »Danke, dass Sie sich Zeit für uns nehmen.«

»Gerne.« Er drehte sich zu Byrne um. »Martin Léopold.«

Byrne stellte sich ebenfalls vor und drückte dem Mann die Hand.

Die Frau stand in der Tür. Sie schien erleichtert, dass Léopold nun im Zimmer war und offenbar kein Weltuntergang bevorstand. Jedenfalls nicht unmittelbar.

Dennoch stand sie dort wie angewurzelt.

»Es ist alles in Ordnung, Astrid«, sagte Léopold zu ihr.

Darauf wandte er sich seinen beiden Gästen zu. »Darf ich Ihnen etwas anbieten? Kaffee? Tee?«

Jessica und Byrne hoben die Hand. »Nein, vielen Dank«, sagte Jessica.

»Wir haben einen Fazenda Santa Inês«, fuhr Léopold fort. »Einen Yellow Bourbon. Astrid kocht hervorragenden Kaffee. Wollen Sie es sich nicht noch einmal überlegen?«

Jessicas Blick wanderte zu Byrne und wieder zurück zu Léopold. »Das wäre reizend.«

Reizend? Wer zum Teufel sagt *reizend?* Dieses Haus und dieser Mann schienen sie zu verwirren.

Astrid wartete ein paar Sekunden. Erst als Léopold sie mit einem Nicken entließ, schloss sie die Doppeltür. Sie blieb noch einen Moment hinter der Mattglasscheibe stehen, bis sie schließlich zögernd davonging.

Ehe sie auf den Grund ihres Besuches zu sprechen kamen, warf Jessica schnell einen Blick auf die Fotos an der Wand gegenüber dem Kamin. Die Bilder, die in dieser Bibliothek aufgenommen worden waren, zeigten Martin Léopold mit drei ehemaligen Bürgermeistern von Philadelphia, dem amtierenden Gouverneur und verschiedenen Persönlichkeiten aus der Welt der Kunst, der Medizin und der Industrie in Philadelphia.

Léopold wandte sich wieder seinen Gästen zu.

»Wie kann ich der Polizei von Philadelphia helfen?«, fragte er.

»Wir haben gehört, dass Sie ein Buch über Traumtherapie geschrieben haben«, sagte Byrne.
»Ja«, erwiderte Léopold. »Vor ein paar Jahren.«
»Könnten Sie uns erklären, was Traumtherapie ist?«
Léopold dachte einen Augenblick nach. »Verkürzt dargestellt könnte man sagen, dass die Traumtherapie von Verhaltenstherapeuten angewandt wird, um die Psychologie eines Patienten zu verstehen, indem seine Träume aufgezeichnet und analysiert werden.«
»Wie verbreitet ist diese Therapie?«, fragte Byrne.
»Die Traumdeutung gab es schon bei den Ägyptern und Griechen. Allerdings muss ich dazu sagen, dass ihr das größte Interesse im Laufe der Jahre von Schamanen zuteilwurde, die sie für Prophezeiungen benutzt haben.«
»Wollen Sie damit sagen, dass diese Wissenschaft nicht ernstgenommen wird?«
»Doch, größtenteils schon. In den letzten hundert Jahren gab es große Fortschritte, vor allem auf dem Gebiet des luziden Träumens.«
»Was ist luzides Träumen?«, fragte Byrne.
»Wir sprechen von luzidem oder bewusstem Träumen, wenn jemand *weiß*, dass er träumt.«
Jessica machte sich ein paar Notizen. »Was können Sie uns über die Forschungen sagen, die im Delaware Valley State Hospital durchgeführt wurden?«
Léopold zögerte einen Moment, ehe er antwortete. »Ich nehme an, Sie beziehen sich auf einen Mann namens Godehard Kirsch.«
»Ja«, sagte Jessica.
Léopold ging zum Kamin, schürte das Feuer und stellte den Schürhaken zurück in den Behälter für das Kaminbesteck. Dann griff er in die Tasche seiner Strickjacke und zog einen

ledernen Tabaksbeutel heraus. Er hielt seine Pfeife hoch, eine Calabash, die sehr teuer aussah. »Stört es Sie, wenn ich rauche?«

»Keineswegs«, sagte Byrne.

»Das ist mein einziges Laster, das ich noch habe. Zudem ist es in meinem Alter eines der wenigen, denen ich mich noch hingeben kann.« Léopold setzte sich neben dem Kamin in einen hohen Ohrensessel und bedeutete Jessica und Byrne, ebenfalls Platz zu nehmen. »Bitte.«

Jessica setzte sich in einen Ledersessel und Byrne auf die Couch. Martin Léopold widmete sich den Ritualen eines Pfeifenrauchers – Reinigung und Stopfen der Pfeife. Kurz darauf kehrte Astrid mit dem Kaffee zurück und schenkte ihnen ein. Léopold hatte recht, dachte Jessica. Er schmeckte hervorragend.

»Sie haben nach Godehard Kirsch gefragt«, sagte Léopold.

»Leider weiß ich nicht viel über ihn. Kirsch war ein rätselhafter Mann. Er stammte aus Ostdeutschland, und vieles von dem, was er publiziert hat – vor allem seine ersten Arbeiten –, wurde niemals in anderen Ländern veröffentlicht.«

»Er hat auf dem Gebiet der Traumtherapie geforscht?«

»Ja. Meines Wissens kam er im Rahmen eines Austauschprogramms in dieses Land. Ich glaube, das war Anfang der Neunziger.«

»Das war der Zeitpunkt, als er seine Arbeit im Cold River aufnahm?«

»Ja.«

Jessica schaute in ihre Notizen. Das stimmte mit dem überein, was sie von Miriam Gale erfahren hatten.

»Haben Sie den Mann kennengelernt?«, fragte Byrne.

»Ja. Ich habe ihn nur ein Mal getroffen, und das auch nur sehr kurz. Er war sehr höflich und engagiert. Ich hätte gerne stundenlang mit ihm geplaudert, aber ich war da, um mit einigen seiner Patienten zu sprechen.«

»Sagen Ihnen die Namen Leonard Pintar und Lucius Winter etwas?«

Léopold dachte kurz nach. »Nein, tut mir leid.«

»Und ein Mann namens Luther?«

»Der Name sagt mir auch nichts. Vergessen Sie nicht, dass es lange her ist und ich keinen uneingeschränkten Zugang zu den Patienten hatte. Eher das Gegenteil war der Fall. Bei den Gesprächen, die ich führen konnte, waren immer zwei Mitarbeiter anwesend. In der Regel ein Therapeut und ein Krankenwärter.«

»Mit wie vielen Patienten haben Sie im Cold River Gespräche geführt?«, fragte Byrne.

»Ich würde sagen, nicht mehr als ein paar Dutzend. Das war in der Zeit, bevor die Klinik geschlossen wurde. Sie sahen mich dort tatsächlich als eine Art Journalist an, und das obwohl sie wussten, dass ich ein Buch schreibe. Es war zwar keine rein wissenschaftliche Abhandlung, aber sie stützte sich auf meine Forschungen. Gelinde gesagt, brachten sie mir kein großes Vertrauen entgegen.«

»War es möglich, Fragen zu der dort durchgeführten Traumforschung zu stellen?«

Léopold nickte. »Schon, aber nur sehr allgemein.«

»Darf ich fragen, welches Ihre Spezialgebiete sind?«

»Ich habe sowohl Psychologie als auch Neurologie studiert.« Er schlug die Beine übereinander und zog an seiner Pfeife, die offenbar ausgegangen war.

»Aber jetzt ist man natürlich viel weiter. Heutzutage werden auf diesem Gebiet hochinteressante Forschungen betrieben. In jüngster Zeit ist es Neurowissenschaftlern am Massachusetts Institute of Technology gelungen, den Inhalt von Träumen erfolgreich zu manipulieren. Zu diesem Zweck wurden bestimmte akustische Reize mehrfach abgespielt, die sich auf Ereignisse des vergangenen Tages bezogen.«

»Diese Versuche wurden mit Menschen durchgeführt?«, fragte Byrne.

Léopold lächelte. »Nein, mit Ratten. Die Forschungen konzentrierten sich auf den Hippocampus und die Art, wie dieser Teil des Gehirns die Dinge, die wir erlebt haben, speichert. Das fasziniert die Wissenschaftler schon seit hundert Jahren und vielleicht sogar noch länger.«

»Sie sagen also, dass im Cold River auf diesem Gebiet Forschungen betrieben wurden?«

»Genau weiß ich es nicht. Vergessen Sie nicht, dass das über zwanzig Jahre her ist. Falls es auf diesem Gebiet Forschungen mit Menschen gab, wurden diese Arbeiten mit Sicherheit nicht publiziert. Diese Experimente am MIT wurden erst vor einem Jahr durchgeführt. Für Ratten interessiert sich niemand richtig, verstehen Sie. Aber ihre Träume...«

Jessica überprüfte ihre Notizen. »Mr. Léopold, wir möchten Sie nicht zu lange aufhalten. Ein paar Fragen haben wir aber noch.«

»Kein Problem.«

»Als Sie im Cold River waren, haben Sie da von einem Patienten gehört, der Null hieß?«

»Null? Wie Zero?«

»Zero?«

»Ja. Null ist das deutsche Wort für Zero. Um auf Ihre Frage zurückzukommen, ja, es gab einen Patienten, auf den sich die geheimen Forschungen konzentrierten. Ich kann mir vorstellen, dass ein Arzt deutscher Abstammung ihn Null oder Patient Zero genannt haben könnte.«

Jessica machte sich eine Notiz. »Noch eine letzte Frage. Wissen Sie, was aus Dr. Kirsch geworden ist?«

»Dr. Kirsch starb bei einem Brand im Cold River. Ich habe gehört, dass an jenem Tag fast alle seine Forschungsarbeiten verbrannten. Schade, in beiderlei Hinsicht.«

Jessica warf Byrne einen Blick zu. Er hatte keine Fragen mehr.

Sie standen alle auf.

Als sie die Eingangstür erreichten, blieb Léopold unschlüssig stehen. »Warten Sie doch bitte einen Moment.«

Er ging langsam in die Bibliothek zurück und tauchte wenige Minuten später mit einem dicken Buch in der Hand wieder auf. Er gab es Byrne. Jessica schaute auf den Titel. *Nightworld*.

»Das ist Ihr Buch«, sagte Byrne.

Léopold nickte. »Die Seiten 515 und 516 betreffen Godehard Kirsch«, sagte er. »Ich hätte mehr über ihn geschrieben, aber ich hatte einfach nicht genug Material.«

»Vielen Dank«, sagte Byrne. »Ich werde gut auf das Buch aufpassen und es Ihnen so bald wie möglich zurückgeben.«

Léopold hob die Hände. »Betrachten Sie es als Geschenk. Wenn es Ihnen bei den Ermittlungen irgendwie hilft, würde ich mich freuen.«

»Danke, Sir.«

Léopold lächelte. »Vielleicht kommen Sie eines Tages noch einmal zu mir, wenn Sie mehr Zeit haben. Ich würde gerne mit Ihnen über Menschen mit feindseliger Gesinnung sprechen.«

»Es wäre mir eine Ehre.« Ehe Byrne auf die Veranda trat, stellte er Léopold noch eine letzte Frage. »Sagt Ihnen der Name *Die Traumverkäufer* etwas?«

»*Die Traumverkäufer?*«

»Ja. Erinnern Sie sich, das Wort jemals gehört zu haben?«

»Nein«, sagte Léopold. »Aber ich glaube, jetzt habe ich einen Titel, falls ich jemals eine Fortsetzung meines Buches schreiben sollte.«

Jessica und Byrne fuhren schweigend zum Roundhouse zurück. Sie dachten beide über das nach, was sie von Martin Léopold erfahren hatten. Byrnes Theorie, wo Luther die Vorlagen für seine Morde gefunden haben könnte, schien sich zu bewahrheiten.

Dennoch wussten sie nicht, was als Nächstes geschehen würde.

56

Rachel hatte sich schon vier Mal umgezogen, und sie war noch immer nicht zufrieden. Sie hatte noch immer nicht richtig begriffen, dass es sich dieses Mal nicht um die Besichtigung eines fremden Hauses handelte. Das war *ihr* Haus. *Beans Haus.*

Der Käufer wollte in einer Stunde kommen.

Sie hatte überlegt, Denise anzurufen, damit sie das Innere des Hauses ein wenig verschönerte, sich aber dagegen entschieden. Wozu sollte es gut sein? Der Käufer bot ihr 75 000 Dollar mehr, als das Haus wert war. Warum sollte sie jetzt versuchen, noch mehr herauszuschlagen?

Am Vormittag hatte Rachel in einem feierlichen Zeremoniell alle gesammelten Informationen und angefertigten Skizzen über die Häuser in der Nachbarschaft verbrannt. Ebenso die Akten, die sie über jeden, der in den letzten Jahren in ihr Viertel gezogen war, angelegt hatte. Die ganze Zeit hatte sie nach jemandem gesucht, der dieser große Mann in der zerlumpten Kleidung gewesen sein könnte, und natürlich nach dem Weg, den sie in jener Nacht gegangen waren.

Diese Episode ihres Lebens, als der zerlumpte Mann sie besucht und sie und Marielle mitgenommen hatte, war ein Teil ihrer Vergangenheit.

Sie musste sich irgendwann damit abfinden, dass sie möglicherweise niemals erfahren würde, was ihrer Schwester zugestoßen war. Dieses Haus mit all seinen Geistern zu verkaufen war ein erster Schritt.

Rachel schaute zum hundertsten Male aus dem Fenster. Jetzt hatte sie das Gefühl, dass es vielleicht doch besser gewesen wäre, einen Kollegen von der Immobilienagentur hinzuzubitten, um dieses Geschäft abzuwickeln. Aber dazu war es jetzt zu spät.

Sie überlegte, ob sie ein Glas Wein trinken sollte, um sich zu beruhigen, entschied sich aber dagegen.

Stattdessen lief sie im Wohnzimmer auf dem Läufer vor dem Terrassenfenster hin und her. Plötzlich wurde ihr bewusst, dass ihre Mutter genau das immer getan hatte, wenn sie betrunken gewesen war.

Rachel setzte sich hin und wartete.

57

Luther hockte im Gang unter dem Eingangsbereich des ehemaligen Gebäudes G10. Die Stimmen aller Menschen, die jemals über diese Gänge gelaufen waren, hallten in seinem Kopf. Hubert Tilton, der in seinem Bett dahinsiechte. Die weiße Rita, die tot am Ende des Ganges lag. Die Spuren ihrer Nachgeburt, die im flackernden Licht glitzerte. Luther rannte los. Die Vergangenheit und die Gegenwart verschmolzen miteinander. Die Lichter der Traumarkaden glühten. Die Augen von tausend Toten beobachteten ihn und richteten über ihn.
Sie wissen, was Sie zu tun haben.

Er kroch durch den Kriechkeller. Dieser war so eng, dass er kaum hindurchpasste und sein zerlumpter Anzug an weiteren Stellen aufriss.

Einen kurzen Augenblick spielte Luther mit dem Gedanken, aufzuhören und den Rest seines Lebens hier zu verbringen. Wie der alte Hubert Tilton würde er in dieser Enge dahinsiechen, sodass irgendein Bauunternehmer eines Tages seine Knochen finden würde.

Er hörte schon das Dröhnen der Baumaschinen.

Die Bagger waren nah.

Luther hob den Blick. Er hatte kaum noch Energie. Er sah das matte Licht, das durch das Lüftungsgitter schien. Früher hatte er sich immer die Zeit genommen, das Gitter vorsichtig herauszunehmen. Heute suchte er stattdessen festen Stand auf dem Lehmboden und schlug das Aluminiumgitter mit einem kräftigen Schlag heraus.

Er sprang in den Raum hinunter, griff in die Tasche und zog den verschlossenen Beutel mit dem Knebel heraus. Sogar durch den Plastikbeutel konnte er den Geruch des Äthers riechen. Wenige Minuten später stieg er langsam die Treppe hinauf.

Träumen Sie?
Ja.
Wo sind Sie?
Im Hotel Telegraaf.
Welches Jahr ist es?
1980. Ich bin hier, um jemanden zu treffen.
Wen?
Eine Frau aus meiner Vergangenheit. Sie ist die Witwe des Mannes, der meine Mutter und meinen Vater getötet hat. Des Mannes, der Kaisa getötet hat. Frau Abendrof.
Was wird mit ihr geschehen?
Ich nehme sie mit nach Hause, und dort wird sie bleiben, bis sie stirbt.
Sie nehmen sie mit in den schwarzen Raum?
Ja.

Luther öffnete die Augen. Er stand mitten im Raum.

Er schaute nach rechts und sah eine Frau in seiner Nähe stehen, genauso wie viele Jahre zuvor.

Die Frau drehte sich überrascht zu ihm um.

Mit dem Lappen in der Hand trat Luther vor und sagte: »Hallo, Tuff.«

58

Jessica machte sich Notizen über das Gespräch mit Martin Léopold. Sie war sich nicht sicher, ob sie überhaupt etwas Neues erfahren hatten. Jedenfalls wurden die drei Akten immer dicker. Allein für den Fall Robert Freitag hatte sie bereits zwei Notizhefte vollgeschrieben.

Ray Torrances Mithilfe bei den Ermittlungen erwies sich als sehr wertvoll. Byrne hatte ihr erzählt, wie die beiden Männer in der vergangenen Nacht an die Informationen über diesen Mann namens Luther gekommen waren. So nannten sie den Mann, den sie nun jagten. Offiziell war Torrance nicht in die Ermittlungen eingebunden, und er hatte auch keine Dienstmarke mehr. Dennoch respektierten alle – angefangen von den Polizisten der Schutzpolizei bis zu den Bossen – seine Anwesenheit.

Jessica, Byrne und Ray Torrance hatten vor, irgendwo eine Kleinigkeit zu essen und dann ins Roundhouse zurückkehren, um all diese Informationen in das Puzzle einzufügen.

Um kurz vor einundzwanzig Uhr zerfiel das Puzzle in seine Einzelteile.

Byrnes iPhone klingelte. Sie schauten alle auf das Display.

Der Anruf kam von Joan Delacroix. Ein Anruf aus dem Totenreich.

»Mateo soll sofort hochkommen«, schrie Byrne.

Ein paar Sekunden später meldete er sich. Er sah das Bild eines Mannes auf dem Display.

Es war das Gesicht eines Mörders.

VIER

59

In all den Jahren bei der Mordkommission hatte Jessica Balzano gelernt, dass man einen Verdächtigen nicht nach seinem äußeren Erscheinungsbild beurteilen konnte.

Der Mann auf dem iPhone, der mindestens vier Morde begangen hatte, sah in jeder Beziehung vollkommen normal aus. Sie schätzte ihn auf Ende dreißig. Er hatte dunkles Haar und dunkle Augen und war sauber rasiert.

Dana Westbrook, Josh Bontrager, Maria Caruso, John Shepherd, Mateo Fuentes und Ray Torrance standen außerhalb des Kamerawinkels, sodass der Anrufer sie nicht sehen konnte.

»Sie heißen Luther?«, fragte Byrne.

»Nein«, sagte der Mann. »Luther schläft.«

»Verstehe. Und wer sind Sie?«

»Ich bin Eduard Kross.«

Er war nicht mehr richtig bei Verstand, dachte Jessica, und der Irre aus seinen Träumen geworden.

»Wie können wir uns treffen, Mr. Kross?«, fragte Byrne.

Luther starrte in die Kamera. »Wir werden uns bald treffen. Zuerst müssen Sie etwas für mich tun.«

»Ich werde tun, was ich kann«, sagte Byrne. »Ich muss aber wissen, was es ist, ehe ich zusage.«

»Ich will das kleine Mädchen.«

In dem Büro herrschte angespannte Stille.

»Ich weiß nicht, was Sie meinen«, sagte Byrne.

»Das kleine Mädchen. Es ist durch ein Versehen meinerseits weggelaufen. Ich habe die Türen nicht verschlossen. Das Mäd-

chen ist aus dem Bett geklettert, die Stufen eines alten Geräteschuppens der Verkehrsbetriebe hinaufgestiegen und in der Dunkelheit verschwunden. Sie wissen ja, wie Kinder sind.«
»Sicher. Man muss sie ständig im Auge behalten.«
»Ich möchte, dass Sie das kleine Mädchen zum Bahnhof Priory-Park bringen. Ich möchte, dass Sie es unten an der Straße neben die Treppe stellen und dann weggehen. Sie kommen allein. Ich will, dass das Kind in genau einer Stunde dort steht.«

Jessica schaute auf die Wanduhr. Der Bahnhof war keine dreihundert Meter vom östlichen Rand des Priory-Parks entfernt. Selbst wenn sie in Erwägung zögen, es zu tun – was niemals passieren würde –, wäre die Zeit zu knapp.

»Sehen Sie auf die Uhr, Detective.«
Byrne folgte der Aufforderung.
»Wie spät haben Sie es?«, fragte Luther.
»21.01 Uhr.«
»Gut.« Byrne sah, dass Luther seine Uhr stellte. »Wir haben jetzt beide dieselbe Zeit. Es kann also keine Missverständnisse geben. Ich hasse so etwas. Sie auch?«
»Ja«, erwiderte Byrne.
»Sie – nur Sie allein – bringen sie zum Bahnhof. Ich beobachte Sie.«

Jessica schaute auf die Wand hinter dem Mann. Sie war grau und ein wenig verschrammt, vermutlich eine gestrichene Betonwand. Das half ihnen nicht weiter. Er konnte sich überall in der Stadt aufhalten.

Wenn er allerdings in einer Stunde am Treffpunkt sein wollte, konnte er so weit nicht entfernt sein, dachte Jessica. Sie hörte ein Knistern auf der anderen Seite des Büros. Maria Caruso hängte einen großen Stadtplan an die Wand.

»Sechzig Minuten sind nicht sehr lang«, sagte Byrne.

»Wenn Sie es wirklich wollen, werden Sie es schaffen.«
»Ich kenne meine Vorgesetzten, und einer solchen Sache werden sie *niemals* zustimmen. Ich bin nicht sehr optimistisch.«

Luther trat aus dem Blickfeld heraus und kehrte kurz darauf zurück.

»Im Laufe der Jahre habe ich viele Polizisten kennengelernt, Detective. Ich würde sagen, die meisten waren ehrenwerte Männer. Einige trieb die Macht an, die es ihnen dank der Autorität, die ihnen ihre Dienstmarke verlieh, erlaubte, anderen Menschen gegenüber ihre Überlegenheit zu demonstrieren. Viele wurden durch ihr Pflichtgefühl angetrieben. Ich glaube, zu diesen gehören Sie auch.«

Byrne sagte nichts dazu. Alle im Büro warteten darauf, dass Luther ihnen mitteilte, was auf dem Spiel stand. Irre wie dieser Mann stellten keine Forderungen ohne ein »Anderenfalls« hinzuzufügen.

Luther hielt einen dicken Stapel alter Computerausdrucke hoch. Sie hatten noch diese Löcher an den Seiten und waren auf einem Nadeldrucker ausgedruckt worden. Er blätterte in dem Stapel.

»Wissen Sie, was ich hier habe, Detective?«

Byrne zog sein Jackett aus und hängte es über die Stuhllehne. »Nein«, sagte er. »Das weiß ich nicht.«

»Auf diesen Ausdrucken stehen die Namen und Adressen von mehr als eintausendzweihundert ehemaligen Angestellten des Cold River. Diese Liste wurde 1992 in der Verwaltung ausgedruckt. Da das über zwanzig Jahre her ist, muss man davon ausgehen, dass einige dieser Leute mittlerweile tot sind. Ich denke, das steht außer Frage. Wir kennen beide die tragische Unvermeidbarkeit des Todes. Würden Sie mir in diesem Punkt zustimmen?«

»Ja«, sagte Byrne.
Luther blätterte wieder durch die Seiten. »Man kann wohl auch davon ausgehen, dass einige aus Philadelphia weggezogen sind. So viel steht fest. Stimmen Sie mir zu?«
»Ja, ich stimme Ihnen zu.«
»Wir sollten eine großzügige Schätzung vornehmen. Sagen wir einfach, dass die Hälfte der Personen auf dieser Liste in den letzten zwanzig Jahren gestorben oder aus der Stadt weggezogen sind. Dann bleiben noch sechshundert.«
Byrne wartete ein paar Sekunden, ehe er antwortete. »Ich weiß nicht, worauf Sie hinauswollen, Mr. Kross. Helfen Sie mir bitte auf die Sprünge.«
»Verzeihen Sie mir. Wir sind uns sicherlich einig, dass diese sechshundert Personen eine Familie haben – Ehefrauen, Ehemänner, Söhne und Töchter. Sie alle sitzen nun gemütlich in ihren Häusern. Sie fühlen sich sicher und schauen ihrer wunderbaren Zukunft entgegen. Und das zum Teil auch dank der guten Arbeit und der Wachsamkeit des Philadelphia Police Departments.«
Jessica fiel auf, dass der Mann noch nicht ein einziges Mal die Stimme gehoben oder Nervosität gezeigt hatte.
»Ich schweife ab«, fuhr Luther fort. »Hier mein Vorschlag, Detective. Jetzt bleiben Ihnen keine sechzig Minuten mehr, um mir das Mädchen zu übergeben. Es gehört mir und nicht Ihnen. Wenn Sie mir das Kind nicht übergeben, arbeite ich diese Liste systematisch ab.«
Byrne schwieg.
Dana Westbrook ging zu einem Telefon auf der anderen Seite des Büros. Sie hob den Hörer ab und wählte eine Nummer, um in aller Eile die für diese Operation notwendigen Einsatzkräfte zu mobilisieren.
»Ich weiß genau, wo ich beginnen werde«, sagte Luther. »In

weiser Voraussicht auf eine derartige Zwangslage habe ich viele dieser Leute schon zu Hause besucht. Zugegeben, ich wusste nicht, dass der Einsatz so hoch sein würde. Jetzt stehen wir uns an einem Abgrund gegenüber und müssen versuchen, die Kluft zwischen uns zu überwinden.«

Jessica sah, dass Byrnes Halsmuskeln angespannt waren. Sie wusste, dass er am liebsten durch das iPhone gesprungen wäre und den Kerl zur Strecke gebracht hätte. Allerdings hatte Byrne mehr als zwanzig Jahre Erfahrung. Verhandlungen waren Teil des Jobs.

»Mr. Kross, Sie können sich wahrscheinlich vorstellen, dass Sie mich in eine schwierige Situation gebracht haben. Mein Job, den ich schon seit langer Zeit ausübe, verpflichtet mich, Leben zu retten und das zu verhindern, worüber Sie sprechen.«

»Ich verstehe. Meinen Sie, ich bluffe?«

»Nein, keineswegs, aber mir sind die Hände gebunden. Ich bin nur ein einfacher Polizist. Entscheidungen über derartige Dinge werden auf einer Ebene weit über meiner Besoldungsgruppe getroffen.«

Luther schaute direkt in die Kamera. »Vielleicht habe ich Sie überschätzt. Eigentlich bin ich davon ausgegangen, dass Sie ein würdiger Gegner sind. Man hat mich dreißig Jahre lang erfolglos in Estland und Lettland gejagt.«

Mein Gott, dachte Jessica. Dieser Mann glaubte tatsächlich, er wäre Eduard Kross. Die Grenze zwischen seinem Ich und den Träumen, die ihm ins Gehirn gepflanzt worden waren, existierte nicht mehr. Sogar seine Sprache wies nun einen baltischen Akzent auf.

»Mal sehen, wer als Erster auf meiner Liste steht.« Luther hob den dicken Stapel Computerausdrucke hoch und schaute auf die erste Seite. »Lillian White. Einundsiebzig Jahre alt.«

Aus den Augenwinkeln sah Jessica, dass Josh Bontrager sich an einen Computer setzte und auf ein paar Tasten drückte. Er suchte Lillian White.

»Sie hat fast vierzehn Jahre im Cold River gearbeitet. In der Verwaltung. Ich erinnere mich an sie. Sie roch immer nach Salbe und Pfefferminzbonbons. Mir hat sie nie welche angeboten.«

Byrne hörte ihm zu. Jessica spähte zu Josh Bontrager hinüber. Er schüttelte den Kopf. Er hatte Lillian Whites Adresse noch nicht gefunden und tippte weiter auf die Tastatur.

Luther stand auf, lehnte sich gegen die Wand hinter ihm und verschränkte die Arme. »Lillian Georgette White. Ich nehme an, Sie kennen die Frau nicht, Detective. Ich meine persönlich. Ist das richtig?«

Nachdem Josh Bontrager nun auch den zweiten Vornamen der Frau kannte, fand er ihre Adresse. Er klickte auf Drucken und rannte hinaus. Draußen vor dem Büro, wo Luther ihn nicht hören konnte, rief Bontrager sofort die Kollegen an. Innerhalb von Sekunden würden die Streifenwagen auf dem Weg zu der Adresse sein.

»Ja«, sagte Byrne. »Ich kenne sie nicht.«

»Ich kann Ihnen versichern, dass das nicht lange so bleiben wird. Wenn Sie so gut sind, wie ich glaube, war es Ihnen bestimmt mit dem vollständigen Namen der Frau möglich, ihre Adresse zu finden. Glauben Sie, Sie werden rechtzeitig bei ihr sein, um ihr Leben zu retten?«

Byrne zögerte kurz, um ein paar Sekunden Zeit zu gewinnen. »Das weiß ich nicht. Vielleicht ja, vielleicht nein. Andererseits müssen Sie das nicht tun. Warum treffen wir uns nicht und sprechen über alles?«

»Die Zeit ist eine unfassbare Größe. Was ein kurzer Augenblick für Sie ist, kann für jemand anderen eine Ewigkeit bedeuten.«

Jessica spähte zur Tür des Büros. Josh Bontrager gab ihr ein Zeichen, dass die Streifenwagen unterwegs waren. Jessica schrieb diese Information auf einen Zettel und legte ihn vor Byrne auf den Schreibtisch.

»Warum wollen Sie dieser Frau Schaden zufügen?«, fragte Byrne. »War sie auf irgendeine Weise verantwortlich für das, was Ihnen im Cold River widerfahren ist?«

»Nein«, sagte Luther. »Aber sie ist Ihre Spielfigur und nicht meine.«

Spiel, dachte Jessica. Dieser Mann hielt das alles für ein Spiel.

»Ich fürchte, Sie werden nicht rechtzeitig bei ihr ankommen, Detective.«

Byrne räusperte sich, um wieder ein paar Sekunden Zeit zu gewinnen. »Und warum nicht?«

»Weil ich bereits bei ihr bin.«

Mit diesen Worten veränderte der Mann den Kamerawinkel. Jetzt war auf dem Display eine dünne, weißhaarige Frau zu sehen, die auf einem gepolsterten Stuhl am Esstisch saß. Um ihre Brust war Klebeband gebunden, und sie war mit beiden Armen an die Stuhllehnen gefesselt.

Neben ihr auf einem kleinen Klapptisch lag eine Geflügelschere.

Luther trat hinter die Frau. »Haben Sie jemals einem Landschaftsgärtner bei der Arbeit zugesehen?«

»Warten Sie«, sagte Byrne.

»Geben Sie mir das Mädchen, Detective.«

Ohne ein weiteres Wort nahm Luther die Geflügelschere in die Hand, führte sie an den linken Daumen der alten Frau und schnitt ihn ab.

Die Frau begann zu schreien. Das Blut spritzte in die Höhe und färbte die Kameralinse rot.

Luther hielt die Frau an den Haaren fest, bis sie zusammensackte. Er wischte die Geflügelschere an ihrem Kleid ab.

»Sie hat noch neun Finger und zehn Zehen«, sagte er. »Vielleicht mache ich einen Delfin aus ihr.«

Er stellte sich vor die Kamera und blickte genau in die Linse.

»Das Leben besteht aus einer Aneinanderreihung bedauerlicher Entscheidungen, Detective. Man kann es sich vorstellen wie eine Leiter. Eine Sprosse nach oben für die Dinge, die Sie getan haben, und zwei nach unten für die, die Sie nicht getan haben.«

»Mr. Kross«, begann Byrne. »Hören Sie auf damit.«

»Sie haben nicht eingewilligt, mir das zu geben, was ich haben will. Zwei Sprossen nach unten, Detective Byrne«, sagte Luther und warf einen Blick auf seine Uhr.

»Falls Sie in Erwägung ziehen, die Medien zu kontaktieren, um eine Warnung an alle ehemaligen Mitarbeiter des Delaware Valley State Hospitals veröffentlichen zu lassen, würde ich Ihnen davon abraten.« Er hielt die Namensliste hoch. »Hunderte von Personen, die alle an unterschiedlichen Orten wohnen. Ich werde sie alle nacheinander besuchen, falls ich in den Medien etwas davon höre.«

Luther senkte den Kopf und drückte auf ein paar Tasten seines iPhones. Sekunden später waren auf dem Display Live-Bilder einer Webcam zu sehen. Eine junge Frau saß auf dem Boden, eine relativ kleine Frau mit blondem Haar und einem jungenhaften Haarschnitt. Ihre Augen waren geschlossen, aber sie schien zu atmen. Jessica sah kein Blut und keine Verletzungen.

»Schauen Sie sie an, und sagen Sie mir, was Sie sehen.«

»Ich sehe einen unschuldigen Menschen«, sagte Byrne.

»Richtig. Jetzt hören Sie mir mal gut zu, Detective. Wenn Sie mir nicht geben, was ich haben will, wird diese junge Frau die Letzte sein, die heute Nacht stirbt. Und Sie werden jede Sekunde Ihres Todeskampfes mit ansehen.«

»Warten Sie«, sagte Byrne. »Das müssen Sie nicht tun.«

Luther sah wieder auf die Uhr. »Jetzt bleiben Ihnen noch fünfundvierzig Minuten. Wir treffen uns gleich.«

»*Warten Sie.*«

»Sie wissen, was Sie zu tun haben.«

Als das Display schwarz wurde, starrten alle Detectives zu Mateo. Er hatte neben Ray Torrance hinter Byrne gestanden, sodass er von der Kamera nicht erfasst wurde. Mateo hielt einen kleinen HD-Camcorder in der Hand, mit dem er das Gespräch aufgezeichnet hatte.

»Haben wir sein Bild?«, fragte Westbrook.

»Ja«, erwiderte Mateo. »Die Qualität ist nicht besonders gut, aber wir haben es.«

»Machen Sie ein Standbild von seinem Gesicht und schicken Sie es an jedes Revier.«

Jessicas Blick wanderte zu Byrne und dann zu der großen Wanduhr.

Zweiundvierzig Minuten.

60

Die acht Detectives drängten sich vor einem großen Stadtplan von Philadelphia, der im Büro der Mordkommission an der Wand hing. Dana Westbrook markierte das Gebiet rund um den Bahnhof Priory-Park mit vier Pinnnadeln. Sie band eine Schnur um die vier Nadeln und grenzte das Gebiet ein.

»Wir gehen hier und hier und hier in Position«, sagte Westbrook und zeigte auf die Nord-, Ost- und Westseite des Bahnhofs. »Kennt sich jemand dort aus?«

Niemand antwortete.

Westbrook wandte sich an Maria Caruso. »Bitten Sie jemanden von den Verkehrsbetrieben hierher. Sie sollen Pläne mitbringen, auf denen alle Zugangstunnel und alle Gleise, die zu den Bahnsteigen führen, verzeichnet sind.«

Maria Caruso rollte auf ihrem Stuhl zu einem Schreibtisch und griff nach dem Telefonhörer.

»Ich glaube, ich sollte alleine hingehen«, sagte Byrne. »Meines Erachtens besteht nicht der geringste Zweifel, dass er seine Drohungen wahrmacht.«

Westbrook dachte darüber nach. »Auf jeden Fall geben wir ihm nicht das Mädchen«, sagte sie. »Er muss aber glauben, dass wir es tun.«

»Ich wüsste nicht, wie wir das anstellen sollen«, sagte Byrne. »Ich glaube, er ist zu clever, um auf irgendwelche Tricks hereinzufallen.«

»Können wir Luther orten, wenn er noch einmal anruft?«, fragte Westbrook.

»Wenn er wieder Joan Delacroix' iPhone benutzt, können wir ihn mit der App *Finde mein iPhone* orten.«

Westbrook wandte sich an Mateo. »Können wir das hier am Computer machen?«

»Ja, das können wir von jedem Computer aus machen, aber wir brauchen die Apple-ID und das Passwort.«

»Haben wir die?«, fragte Westbrook.

Jessica schüttelte den Kopf. »James Delacroix ist der Einzige, der sie hat. Ich ruf ihn an.« Sie durchquerte das Büro und zog ihr Handy aus der Tasche. Dann suchte sie James Delacroix' Nummer und rief dort an. Es meldete sich nur die Mailbox. Sie hinterließ eine Nachricht und sagte, dass sie dringend um Rückruf bat. Ein paar Minuten später versuchte sie es noch einmal. Wieder sprang die Mailbox an.

Sie kehrte zu den anderen zurück. »Er meldet sich nicht.«

»Gibt es auch eine Möglichkeit, ihn zu orten, wenn wir diese Informationen nicht haben?«, fragte Westbrook.

»Das müsste gehen«, sagte Jessica. »Wenn er das iPhone nicht ausschaltet, müssten wir ihn orten können.«

Westbrook dachte kurz nach.

»Jess, fahren Sie bitte zum RCFL. Die sind für solche Dinge viel besser ausgerüstet als wir hier.«

Das regionale kriminaltechnische Computerlabor befand sich in der Nähe der Villanova University.

»Ich rufe den Leiter des Labors sofort an«, sagte Westbrook. »Ich bitte ihn, uns seinen besten Mann zur Verfügung zu stellen. Versuchen Sie inzwischen, James Delacroix zu erreichen.«

»Ich denke, Kevin sollte mein iPhone, sein iPhone und ein TracFone mitnehmen«, sagte Jessica. »Wenn er mein iPhone hat, können wir ihn über GPS orten. Sein iPhone braucht er, falls der Killer ihn noch einmal anruft.«

»Schreiben Sie alle Nummern auf, bevor Sie gehen.« Westbrook wandte sich nun an alle Detectives. »Weiß jeder, was er zu tun hat?«

Alle nickten.

»An vier Beobachtungsposten gehen SWAT-Polizisten in Stellung. Jessica, Sie fahren ins Computerlabor. Josh, Sie halten hier die Stellung. Maria, Sie überwachen den Funk. In den nächsten Stunden wird es eine Menge zu besprechen geben. Ich verlasse mich darauf, dass Sie alles hören, was ich nicht mitbekomme.«

Westbrook ging zu John Shepherd. »John, Sie sollten zu der Wohngruppe fahren, in der das kleine Mädchen untergebracht ist. Wir wissen nicht, was der Kerl alles weiß oder was er herausfindet. Holen Sie das Mädchen ab und bringen es hierher.«

»Okay.«

Byrne überflog seine Notizen. Er schrieb die Adresse der Wohngruppe auf ein leeres Blatt auf seinem Notizblock, riss es ab und gab es John Shepherd. Shepherd nahm es und verließ das Büro.

Westbrooks Blick wanderte von einem Detective zum anderen.

»Wir verhandeln nicht«, sagte sie. »Wir bringen diesen Kerl zur Strecke und treffen uns alle wohlbehalten hier wieder.«

Als Jessica ihren Mantel anzog und eins der Funkgeräte von der Ladestation nahm, warf sie einen Blick auf die Uhr, die über der Tür hing. Es war 21.22 Uhr. Wenn sie den Killer beim Wort nahmen, würde in achtunddreißig Minuten jemand sterben.

Byrne zog eine schusssichere Weste an. Als er die Klettverschlüsse schloss, dachte er an Luthers Opfer. Robert Freitag, Joan Delacroix, Edward Richmond. Das waren drei der vier Personen, die zu den *Traumverkäufern* gehört hatten, einer Forschungsgruppe, die das Böse aus dem Gehirn eines Mannes in das eines anderen gepflanzt hatte.

Der Leiter der Gruppe starb im Feuer, und der Mann, der sich nun selbst Eduard Kross nannte, wurde auf die Menschheit losgelassen. Byrne fragte sich, ob Godehard Kirsch im Sterben Frieden geschlossen hatte mit seinen Experimenten und mit dem, was sie nach sich ziehen könnten.

Hatte er es gewusst? War Luther der Erste? Gab es noch andere Patienten, die nicht das Potenzial hatten oder nicht so empfänglich waren wie Luther?

Und warum gerade jetzt?

Das Leben besteht aus einer Aneinanderreihung bedauerlicher Entscheidungen.

Als Byrne seine Glock 17 überprüfte und sie ins Holster steckte, ging ihm plötzlich ein Licht auf. Die Antwort auf die Frage hatte in dem staubigen Schuhkarton in der Zwischendecke in Robert Freitags Reihenhaus gelegen. Darum hatte er die Seite aus dem *Inquirer* aufgehoben. Der einzige Artikel, um den es ging, war der Bau der neuen Eigentumswohnungen im Nordosten.

Das war das Grundstück, auf dem einst das Cold River gestanden hatte.

Die Bagger würden die Leichen zutage fördern.

Luther – oder wie auch immer er wirklich hieß – beseitigte Menschen, die die Geheimnisse kannten, die sich hinter den in diesem Park vergrabenen Toten verbargen. Und das bedeutete, dass er es nicht nur auf die Mitglieder der Forschungsgruppe – die *Traumverkäufer* – abgesehen hatte, sondern vielleicht auch auf alle anderen Mitarbeiter in der Verwaltung des Cold River.

Byrne wollte es nicht tun, aber er hatte keine andere Wahl. Er lief zurück ins Büro zu Dana Westbrook und erläuterte ihr seinen Plan. Sie überlegte zuerst eine Weile, ehe sie einwilligte, die obersten Bosse um Zustimmung zu bitten.

Auf dem Weg zum Parkplatz hinter dem Roundhouse verschickte Byrne die SMS.

61

Als Rachel aufwachte, war es um sie herum stockdunkel. Ihr dröhnte der Schädel.

Diesen Traum hatte sie seit Jahren nicht mehr gehabt, diesen Traum, Hand in Hand mit dem Mann in der zerlumpten Kleidung durch Tunnel zu laufen. Es hatte eine Zeit in ihrem Leben gegeben, als sie nie etwas anderes geträumt hatte. In all diesen Träumen hatte sie versucht, dem Mann ins Gesicht zu sehen. Doch in seinem Gesicht war nichts – weder Augen noch ein Mund. Rachel erinnerte sich nur an seine sanfte Stimme und an seine Sprache, die sie nicht verstand.

Ihr Schädel pochte, und ihre Augen brannten.

Sie saß auf dem Boden und tastete mit den Händen über die Oberfläche. Es war ein kalter, löchriger Betonboden.

Rachel wagte es nicht, sich zu bewegen. An ihrer Atmung erkannte sie, dass sie sich in einem sehr kleinen Raum aufhielt.

»Marielle«, sagte sie leise, um ein Gefühl für das Echo zu bekommen. Sie hörte keins. Langsam hob sie die rechte Hand und berührte etwas Weiches. Sie schloss die Hand um den Stoff. Es war ein angenehmes Material, vielleicht Wolle. Ein Mantel.

Sie saß in einem Schrank.

Als sich ihre Augen an die Dunkelheit gewöhnt hatten, sah sie einen matten Lichtstrahl, der unter der Tür hindurchschien. Rechts neben ihr an der Wand standen mehrere Paar Schuhe. Kleine Schuhe. Die Farben konnte Rachel nicht erkennen, wohl aber, dass es sich um zwei Paar Turnschuhe und zwei Paar Schuhe mit Ledersohlen handelte.

Sie erkannte die Umrisse der Kleidungsstücke an den Haken über ihrem Kopf. An einem Haken schien ein Bademantel aus Frottee zu hängen. An einem anderen hing etwas Glänzendes. Rachel berührte es. Es war ein Regenmantel.

Nein, dachte Rachel. Das kann nicht sein.

Dann hörte sie Geräusche in dem Raum hinter der Tür, den leisen Ton eines Fernsehers, eine alte Sendung, die sie sich als Kind immer angesehen hatte.

Langsam hob Rachel die Hand, tastete nach dem Türknauf und drehte ihn. Die Tür war nicht verschlossen. Sie stand auf, öffnete vorsichtig die Tür und betrat den Raum.

Der Raum war hell erleuchtet, und es dauerte einen kurzen Moment, bis sich ihre Augen an das grelle Licht gewöhnt hatten. Rechter Hand standen eine weiße Kommode und eine Truhe. Sie sah zwei Einzelbetten an der hinteren Wand und zwischen den beiden niedrigen Kopfteilen einen Nachtschrank. Auf dem Nachtschrank stand eine Lampe. Daneben lagen ein paar kleine Schildkröten und ein Buch.

Rachels Augen wurden feucht, als sie auf den Nachtschrank zuging. Sie nahm das Buch in die Hand. Es war *Goodnight, Moon* von Margaret Wise Brown.

Das war unmöglich, doch es lag alles dort.

Sie stand in ihrem Kinderzimmer, das sie als Kind mit Marielle geteilt hatte. Es war ihr Zimmer, alles stimmte bis auf das kleinste Detail überein.

Rachel hörte noch immer den leisen Ton des Fernsehers. Kurz darauf hörte sie noch etwas, die Stimme einer Person, die hinter ihr stand.

»Es waren einmal zwei kleine Mädchen, Tuff und Bean«, sagte die Stimme, und diese Stimme kannte Rachel sehr gut. Sie hatte sie seit vielen Jahren nicht mehr gehört.

Es war die Stimme ihrer Mutter.

62

Byrne stand auf dem oberen Bahnsteig am Bahnhof Priory-Park. Es regnete in Strömen. Das Wasser plätscherte vom Dach des Unterstands auf die Erde. Aufgrund des Unwetters hatten die städtischen Verkehrsbetriebe SEPTA den Betrieb eingestellt. Die wenigen Autos, die unterwegs waren, krochen die Straße entlang.

Weder auf dem oberen noch auf dem unteren Bahnsteig stand jemand.

Von seinem Standort auf dem oberen Bahnsteig aus konnte Byrne die Stelle neben der Treppe auf Höhe der Straße sehen, wohin er Violet bringen sollte. Alle paar Sekunden überprüfte er seine Geräte, um sicherzustellen, dass sie alle eingeschaltet waren. Zum Glück waren alle Akkus voll aufgeladen.

Auf dem Weg zum Bahnhof hatte Byrne erfahren, dass ein Streifenwagen aus dem dritten Revier seine Tochter Colleen zum Sunnyvale fuhr, wo sie sich mit Miriam Gale treffen würde. Die Entscheidung, eine Zivilperson in die Sache hineinzuziehen, hatte Dana Westbrook nicht alleine treffen können. Aufgrund der Dringlichkeit der Angelegenheit und der Möglichkeit, dass diese Operation vollkommen aus dem Ruder lief – und die Chance, dass das geschah, war groß –, brauchte sie in diesem Fall die Zustimmung höherer Vorgesetzter. Zuerst hatten sie versucht, ein paar Leute zu erreichen, die die amerikanische Gebärdensprache beherrschten und mit denen die Polizei normalerweise zusammenarbeitete. Von ihnen stand jedoch niemand so schnell zur Verfügung.

Für den Plan, Colleen Byrnes Hilfe in Anspruch zu nehmen, sprach die Tatsache, dass sie die alte Dame kannte, wenn auch erst seit wenigen Tagen.

Um sich vor dem Regen zu schützen, stellte Byrne sich unter dem Unterstand mit dem Rücken dicht an die Mauer. Er sah auf die Uhr.

Es war 21.50 Uhr.

63

Das regionale kriminaltechnische Computerlabor in Radnor, Pennsylvania, war mit hochmodernen Geräten ausgestattet. Es wurde vom FBI finanziert. Das Labor hatte die Aufgabe, alle staatlichen und lokalen Strafverfolgungsbehörden bei der Untersuchung digitaler Beweismittel zu unterstützen – Computer, Navigationsgeräte, Handys, PDAs und Videoaufnahmen. Ein großer Teil der Arbeit in diesem Labor bestand darin, gelöschte Daten von Computer-Festplatten oder Handys wiederherzustellen.

Anstatt ein Zivilfahrzeug der Mordkommission zu benutzen und die Gefahr einzugehen, im Verkehr stecken zu bleiben, fuhr Jessica in einem Streifenwagen mit eingeschaltetem Blaulicht und Sirene. Sie fuhr auf dem Schuylkill Expressway Richtung Norden und musste aufgrund der überschwemmten Straße mehrmals das Tempo drosseln.

Der stellvertretende Leiter des Computerlabors, Lieutenant Christopher Gavin, begrüßte Jessica an der Tür und schleuste sie durch die Sicherheitskontrolle.

»Weißt du, worum es geht?«, fragte Jessica ihn.

»Ja, ich habe gerade mit Sergeant Westbrook gesprochen. Das scheint ja ein ganz übler Typ zu sein.«

In ihren ersten Jahren bei der Polizei hatte Jessica im sechsten Revier mit Chris Gavin zusammengearbeitet und dann später noch einmal beim Dezernat für Autodiebstahl.

Gavin hatte seine Karriere als Funker bei der Navy begonnen und war anschließend zur Polizei gegangen. Er bewährte sich beim Richard-Allen-Projekt in den Achtzigern, als die Drogenkriege in Philadelphia einen ihrer Höhepunkte erreichten, und stieg innerhalb kurzer Zeit zum Sergeant auf. Als Ende der Neunziger feststand, dass sie eine Computerabteilung brauchten, war es Chris Gavin, der diese im Untergeschoss des ersten Reviers einrichtete. 2006 wurden dann öffentliche Mittel bereitgestellt, und er baute das regionale kriminaltechnische Computerlabor auf. Seit dieser Zeit spielte sein Labor bei Ermittlungen und Strafverfolgung jeglicher Form von Internetkriminalität eine entscheidende Rolle.

»Wie geht's deinem Vater?«, fragte Gavin.

»Gut«, sagte Jessica. »Danke für die Nachfrage.«

Um zehn Minuten vor zehn betraten sie das Computerlabor. Es war ein großer, matt beleuchteter Raum mit einem Dutzend Arbeitsplätzen. Um diese Zeit hielten sich nur noch drei Analytiker hier auf.

»Was weißt du über dieses Verfahren?«, fragte Gavin.

»Nicht viel. Wir haben es ein paar Mal angewandt, aber das war damals in der Steinzeit.«

»Du meinst vor etwa drei Jahren?«

Jessica lächelte. »So ungefähr. Als Handys noch mittels Triangulation geortet wurden.«

Die Methode der Triangulation, um ein Handy zu orten, basierte, wie der Name schon sagte, auf den Signalen von drei Funktürmen. Während die Genauigkeit bei der Triangulation manchmal sogar bei weniger als ein paar hundert Metern lag, konnte mit GPS ein Signal oft mit äußerster Präzision geortet werden.

»Ab und zu wenden wir die Methode der Triangulation noch an«, sagte Gavin. »Aber du hast recht. Heute läuft fast alles über GPS. Bei den meisten Smartphones ist die GPS-Funktion integriert.«

»Was brauchen wir, damit es funktioniert?«

»Es gibt eine Voraussetzung, die zwingend erfüllt sein muss, und zwar muss das Handy eingeschaltet sein. Wenn das Handy ausgeschaltet ist oder der Akku herausgenommen wurde, sind wir aufgeschmissen.«

Jessica erklärte Gavin, wie sie Joan Delacroix' Handy im Priory-Park aufgespürt hatten.

»Das ist gut«, sagte Gavin. »Bist du sicher, dass der Täter es jetzt benutzt?«

»Ja. Mein Partner hat die Kontaktinformationen der Frau auf seinem Handy eingegeben, und als der Täter ihn angerufen hat, wurden sie angezeigt. Es ist dasselbe Handy.«

»Das ist auch gut. Denk dran, wenn er die SIM-Karte austauscht, ist er für uns verschwunden.«

»Wenn er das tut, können wir ihn nicht mehr orten?«

»Nein.« Gavin setzte sich an einen Computer mit einem Dreißig-Zoll-Monitor. Jessica zog sich einen Stuhl heran und setzte sich neben ihn.

»Wie lautet die Apple-ID?«, fragte Gavin.

»Von meinem iPhone?«

»Von dem anderen Nutzer. Dem Täter.«

»Die kenne ich nicht«, sagte Jessica. »Als wir das Handy des Mordopfers im Priory-Park geortet haben, hat der Bruder der Frau die Nummer eingegeben. Ich habe ihn schon zwei Mal angerufen, aber er hat noch nicht zurückgerufen.«

»Wir brauchen die ID, um das Handy ohne richterlichen Beschluss orten zu können.«

Jessica zog hektisch ihr Notizheft aus der Tasche und blätterte die Seiten durch, bis sie fand, was sie suchte. James

Delacroix' Handynummer. Sie wählte die Nummer, doch nach vier Mal Klingeln schaltete sich die Mailbox ein.

»Mr. Delacroix, hier ist noch einmal Jessica Balzano. Bitte rufen Sie mich sofort zurück.«

Jessica hinterließ alle Telefonnummern, die er anrufen konnte, und auch die des Telefons auf dem Schreibtisch, an dem sie saß.

»Was können wir tun, während wir warten?«, fragte Jessica.

»Wir können alles vorbereiten, um dein iPhone und Detective Byrnes iPhone zu orten.«

Jessica schrieb die Informationen in ihr Notizheft und reichte es Gavin, der alles eingab. Jessica war verblüfft, wie schnell er tippen konnte. Eine Minute später erschien ein Split Screen auf dem LCD-Monitor. Gavin gab noch etwas ein. Jessica sah auf beiden Seiten des Monitors identische Ausschnitte des Stadtplans. Gavin holte die Bilder näher heran. Auf beiden Seiten wurde ein Bereich von etwa fünf Straßenzügen gezeigt. Auf beiden Karten war an denselben Stellen ein kleines blaues Icon zu sehen.

Gavin zeigte auf das linke Fenster. »Hier haben wir Detective Byrnes Position, nachdem ich dein iPhone geortet habe.« Er zeigte auf das rechte Fenster. »Das ist sein iPhone. Solange beide iPhones eingeschaltet sind, können wir seine Bewegungen verfolgen. Falls die beiden Geräte sich aus irgendeinem Grunde in verschiedene Richtungen bewegen, können wir sehen, wohin.«

Jessica rief noch einmal auf James Delacroix' Handy an, und wieder schaltete sich die Mailbox ein. Länger konnten sie nicht warten. Sie rief in der Zentrale an, gab Delacroix' Adresse durch und bat, einen Streifenwagen zu ihm zu schicken.

Gavin stand auf. »Möchtest du einen Kaffee? Ich habe gerade frischen gekocht.«

Jessica dachte kurz nach. Sie war schon jetzt ziemlich aufgedreht, aber dennoch konnte sie der Versuchung nicht widerstehen. »Ja«, sagte sie. »Das wäre gut.«

Als Chris Gavin aufstand, um den Kaffee zu holen, wandte Jessica sich wieder dem Monitor zu.

64

Es regnete in Strömen. Von seinem Standort oberhalb der Straße sah Byrne ein paar Straßen entfernt den Transporter der Verkehrsgesellschaft. Die Arbeiter legten Holzplatten auf die Lüftungsgitter auf den Bürgersteigen, um Überschwemmungen in der U-Bahn zu verhindern.

Um 21.55 Uhr klingelte Byrnes iPhone. Er schaute aufs Display. Es war ein FaceTime-Anruf von Colleen. Byrne wusste nicht, ob genug Licht auf das iPhone fiel, damit seine Tochter ihn sehen konnte. Wenn er unter der Überdachung hervortrat, wäre er in wenigen Sekunden nass bis auf die Knochen.

Er meldete sich und hielt das iPhone auf Armlänge von sich weg. Dann wurde ihm klar, dass er mit einer Hand nicht gebärden konnte. Er sah sich um. Unter der Überdachung stand ein Zeitungsautomat, an dem man das Boulevardblatt *The Report* kaufen konnte.

Endlich ist diese komische Zeitung auch mal für was gut, dachte Byrne. Er ging zu dem Automaten und lehnte das Handy oben gegen den Griff.

Er blickte aufs Display. Colleen stand im Trocknen. In diesem Moment sah sie wieder aus wie sein kleines Mädchen. Es war ein Fehler, sie in diese Sache hineinzuziehen, dachte er. Jetzt war es zu spät.

»Hey, Dad«, gebärdete Colleen.

»Bist du im Sunnyvale?«

Colleen nickte. »Ja, bin ich. Als ich hierhergefahren bin,

hat jemand den Heimleiter angerufen. Sie wecken Miriam gerade.«

»Weißt du, was du sie fragen musst?«

»Ich glaube schon«, antwortete Colleen. »Wir müssen wissen, ob sie sich an die Namen der Leute erinnert, die in den letzten Jahren im Cold River in der Verwaltung gearbeitet haben.«

Wir, dachte Kevin. Plötzlich wurde ihm bewusst, dass er seine Tochter möglicherweise großen Gefahren aussetzte.

»Sind die Polizisten bei dir?«

Colleen lächelte. Sie hob ihr iPhone hoch und richtete die Kamera auf den Gang. Dort standen zwei ziemlich große junge Polizisten. Colleen richtete die Kamera wieder auf ihr Gesicht.

»Mir geht es gut, Dad. Eddie und Rich kennen dich. Sie passen gut auf mich auf.«

Eddie und Rich. Seine Tochter lernte alle Menschen innerhalb von zwei Minuten kennen. »Okay.«

»Soll ich Miriam sonst noch etwas fragen?«

Byrne dachte kurz nach. »Frag sie als Erstes nach den Namen der Mitarbeiter in der Verwaltung, die etwas mit dem Gebäude G10 zu tun hatten. Diese Namen brauchen wir zuerst, falls sie sie kennt. Die vollständigen Namen. Es wäre gut, wenn sie gegebenenfalls auch den zweiten Vornamen kennt. Auch die Initialen würden uns helfen.«

Colleen nickte. »Und wie soll ich dir die Namen schicken, falls sie sich an sie erinnert?«

»Schick mir einfach eine SMS. Ich leite sie an die Zentrale weiter. Vergiss nicht, sie zuerst nach den Angestellten zu fragen, die etwas mit G 10 zu tun hatten, und dann nach weiteren Angestellten. Es wäre auch hilfreich, wenn sie zufällig weiß, ob diese Personen noch in Philadelphia leben.«

Colleen hob kurz den Blick. Byrne hörte, dass jemand mit ihr sprach. Colleen hatte offenbar verstanden, um was es ging. Sie nickte und hob einen Finger, was bedeutete, dass sie sofort kommen würde.

»Ich habe gerade erfahren, dass Miriam schon wach ist. Sie sitzt auf ihrem Bett und wartet auf mich.«

»Okay, mein Schatz«, sagte Byrne. Fast hätte er gesagt, sei vorsichtig, aber seine Tochter hielt sich heute Abend vermutlich an einem der sichersten Plätze in ganz Philadelphia auf. Vor allem mit Eddie und Rich an ihrer Seite.

»Schreib mir eine SMS, wenn du etwas erfahren hast.«

»Mach ich«, gebärdete Colleen. »Ich liebe dich.«

»Ich liebe dich auch«, erwiderte Byrne, doch sein Display war schon schwarz.

Wenn er davon ausging, dass Luther seine Drohungen und Versprechungen tatsächlich wahrmachen wollte, konnte er sich nicht weiter als zehn Minuten vom Treffpunkt entfernt aufhalten. Es sei denn, er hatte Komplizen, und darüber wussten sie rein gar nichts. Mehr als ein Dutzend Detectives hatten in einem großen Umkreis rund um den Bahnhof Position bezogen. Zudem waren alle Streifenwagen in dem Gebiet in Alarmbereitschaft, und sie würden im Bruchteil einer Sekunde auf einen Notruf reagieren.

Wenn man allerdings bedachte, dass das Unwetter seinen Höhepunkt noch nicht erreicht hatte, war die Gefahr groß, dass alles schiefging und noch mehr Menschen starben.

Während der Wind den kalten Regen unter den Unterstand peitschte, starrte Byrne auf sein iPhone und wartete auf den Klingelton, der eine neue SMS ankündigte.

Das iPhone schwieg.

Das Warten machte Byrne verrückt.

Er fragte sich, ob Jessica im Computerlabor angekommen war und ob sie seine iPhones bereits geortet hatten.

Byrne trat zurück in den Schatten und nahm das Handy der Mordkommission heraus, ein TracFone, das nicht geortet werden konnte. Er wählte Jessicas Nummer auf der Kurzwahltaste.

»Ich bin hier«, sagte sie.

»Habt ihr mich auf dem Monitor?«

»Ja, haben wir. Alle sind in Position. Alle sind in Alarmbereitschaft.«

»Konntet ihr den Täter orten?«

»Nein«, sagte Jessica. »Wir haben die Apple-ID von dem iPhone nicht. Ohne diese Information können wir ihn nicht orten.«

»Wir wissen also nicht, wo er sich im Augenblick aufhält?«

»Nein. Ein Streifenwagen ist unterwegs zu James Delacroix. Er müsste jede Sekunde da ankommen.«

»Und wenn wir ihn nicht finden, wird das hier eine Art Blindflug?«

Jessica gefiel es gar nicht, einem Kollegen – und schon gar nicht ihrem Partner – sagen zu müssen, dass er sich selbst zur Zielscheibe machte. »Leider ja.«

Byrne hörte, dass ein Telefon in Jessicas Nähe klingelte. Jessica meldete sich. »Ja, Sergeant.«

Es war ihr Boss, Dana Westbrook. Jessica sagte mehrmals *okay*. Byrne kannte seine Partnerin gut. Sie war nicht glücklich.

Jessica meldete sich wieder. »Wir haben ein Problem, Kevin.«

»Was ist los?«

»Zwei Polizisten sind zu James Delacroix' Haus gefahren.

Sie haben geklopft und geklingelt. Er hat sich nicht gemeldet. Sie sind um das Haus herumgegangen, haben durch das Fenster gespäht und Blut auf dem Boden gesehen. Daraufhin haben sie die Tür aufgebrochen und ihn im Keller gefunden.«

»Was ist passiert?«

»Schwer zu sagen. Jedenfalls lag er dort in einer Blutlache.« Byrne umklammerte das TracFone so fest, dass es fast zerbrach. »Wie geht es ihm?«

»Sein Herz schlägt noch. Ein Rettungswagen ist unterwegs, aber das kann dauern, denn die Hälfte der Hauptstraßen ist überschwemmt.«

Byrne hasste es, die Frage zu stellen, die er stellen musste. »Was ist mit der Information, die wir brauchen?«

»Die Polizisten haben das Haus durchsucht und seinen Laptop nicht gefunden. Das Ladekabel lag im Esszimmer auf dem Fußboden.«

»Da hat er an dem Laptop gesessen, als wir bei ihm waren.«

»Genau.«

»Was machen wir jetzt?«

»Wir müssen sofort einen richterlichen Beschluss erwirken, damit wir Joan Delacroix' iPhone orten können.«

»Ist der in Arbeit?«

»Ja. Maria Caruso tippt den Beschluss gerade. Paul DiCarlo wartet in der Bezirksstaatsanwaltschaft bereits darauf, und ein Richter ist unterwegs zu ihm. Sobald er das Formular unterschrieben hat, ruft Chris bei Delacroix' Handybetreiber an.«

Jessica sah alle zehn Sekunden auf die Uhr. Auch das Wissen, dass sie dadurch noch nie einen Vorgang hatte beschleunigen können, hielt sie nicht davon ab. Schließlich wandte sie ihren

Blick wieder dem LCD-Monitor zu und schaute auf die beiden identischen Kartenausschnitte mit den Icons in der Mitte.

Sie wusste, dass Byrne sich nicht alleine da draußen aufhielt. In seiner Nähe waren ein Dutzend bewaffnete Polizisten. Als sie jedoch auf die beiden Kartenausschnitte starrte, hatte sie das Gefühl, er wäre dort ganz allein.

Als um 21.59 Uhr das Telefon auf dem Schreibtisch klingelte, zuckte Jessica zusammen.

»Balzano.«

»Wir haben den Beschluss«, sagte Westbrook.

Eine Minute später hatten sie die GPS-Koordinaten von Joan Delacroix' iPhone. Sekunden später sahen sie ein zweites Icon auf beiden Kartenausschnitten. Ein rotes Icon.

Das war Luther. Jessica rief Byrne auf dem TracFone an.

»Kevin. Wir haben den Beschluss vorliegen.«

»Wissen wir jetzt, wo der Täter sich aufhält?«

»Ja. Er ist eine Straße von dir entfernt und bewegt sich auf der Chancel Lane Richtung Osten.«

»Kann ihn einer von uns sehen?«

Jessica rief den Leiter des Spezialeinsatzkommandos an.

»Nein, noch nicht.«

Das rote Icon näherte sich immer weiter dem blauen Icon in der Mitte der Karte.

»Der Täter nähert sich«, sagte Jessica. »Er ist noch hundert Meter entfernt.«

»Noch immer auf der Chancel Lane?«

»Ja.«

»Ich sehe nichts.«

Das rote Icon auf dem Monitor bewegte sich jetzt langsamer. Kurzfristig sah es so aus, als würde Luther nach Norden abbiegen. Jessica rief den Leiter des Spezialeinsatzkommandos noch einmal an. Weder die Spezialeinsatzkräfte auf den

Dächern noch die auf dem Boden hatten Sichtkontakt zum Täter.

Plötzlich bewegte sich das Icon wieder schneller. Sehr schnell. Direkt auf Byrnes Position zu.

»Kevin, er bewegt sich wieder und kommt genau auf dich zu.«

Keine Antwort.

»Kevin.«

Jessica hörte nur noch ein Rauschen.

Das rote Icon auf dem Monitor verschwand. Jessica drehte sich zu Chris Gavin um.

»Was ist passiert?«, fragte sie ihn.

»Er muss das Handy ausgeschaltet haben. Wir haben ihn verloren.«

65

Luther stand auf dem Dach eines geschlossenen Textilwarengeschäfts, einen Block vom Bahnhof Priory-Park entfernt. Das Wasser strömte die Chancel Lane hinunter. Sonst bewegte sich nichts.

Er schaute auf die Uhr. Es war genau zehn.

Vor ein paar Minuten hatte er das iPhone ausgeschaltet, denn er wusste, dass sie ihn sehen und seinen Weg verfolgen konnten, wenn es eingeschaltet war.

Luther spähte zum Bahnsteig am Ende der Straße hinüber und sah auf dem oberen Gleis jemanden stehen, eine verschwommene dunkelblaue Gestalt vor dem noch dunkleren Unterstand. Eine kleine Gestalt in der Nähe des Mannes sah er nicht.

Vielleicht stand das Mädchen hinter ihm, vielleicht auch auf der Treppe, die zu dem unteren Bahnsteig führte. Luther hätte das gerne geglaubt, doch das tat er nicht.

Sie hatten ihn reingelegt. Sie glaubten, dass er seine Drohungen nicht wahrmachen würde.

Sie würden ihn noch kennenlernen. Wenn sie die Legende von Eduard Kross jetzt noch nicht kannten, würde das bald der Fall sein.

Als er den Eingang auf der State Road erreichte, nahm er sich nicht die Zeit, die Tür mit seinem Schlüssel zu öffnen. Stattdessen holte er Schwung und zerschlug mit der Faust die Glasscheibe.

Luther betrat den staubigen Raum und stieg die Stufen in den Keller hinunter. Er hörte, wie der Regen auf das Dach prasselte und das Wasser durch die Löcher in der Decke tropfte.

Er zog das Lüftungsgitter aus der Wand und kroch hindurch.

Träumen Sie?
   Ja, ich träume.
   Wo sind Sie?
   Ich bin in Tartu. In der Nähe der Universität. Es ist Nacht.
   Welches Jahr haben wir?
   Es ist Herbst 1957. Es regnet stark. Die Straßen sind überschwemmt.
   Wohin gehen Sie?
   Ich gehe in das Haus eines Straßenbahnschaffners.
   Warum gehen Sie dorthin?
   Ich gehe zu ihm, weil er mich gedemütigt hat. Mein Geld reichte nicht aus, um den Fahrpreis für eine kurze Strecke zu bezahlen. Anstatt mich aufzufordern, wieder auszusteigen, hatte er das Bedürfnis, mich lächerlich zu machen. Über meine Kleidung zu spotten. Er nannte mich *Kerjus*.
   Einen Bettler.
   Ja.
   Was werden Sie tun, wenn Sie ihn sehen?
   Ich bringe ihm gutes Benehmen bei.
   Wie erteilen Sie ihm diese Lehre?
   Meine Klinge ist scharf. Ich glaube, er wird es verstehen.
   Machen Sie seine Kinder zu Waisen?
   Nein. Ich mache seine Kinder nicht zu Waisen.
   Und wie soll das gehen?
   Ich erteile ihnen auch eine Lehre.

Fünf Minuten später stand Luther gegenüber dem Reihenhaus. Durch den strömenden Regen sah er die Schatten, die sich hinter den Fensterscheiben bewegten. Der Schaffner schien zu Hause zu sein. Als Luther die kleinen Gestalten hinter dem Fenster sah, wusste er, dass die Kinder des Mannes ebenfalls zu Hause waren.

66

Um 22.05 Uhr hörte Byrne ein Knistern in seinem Funkgerät. Er zog es aus der Tasche.
»Byrne.«
»Kevin, hier ist John Shepherd.«
»Was gibt's, John?«
»Wer hört mit?«, fragte Shepherd.
»Jessica, Chris Gavin und alle in der Einsatzzentrale.«
»Okay. Wir haben ein Problem.«
Einen kurzen entsetzlichen Augenblick lang blitzte Colleens Bild vor Byrnes Augen auf.
»Was ist los, John?«, fragte Westbrook.
»Ich bin in der Wohngruppe und habe gerade mit der Leiterin gesprochen. Das kleine Mädchen ist nicht mehr hier.«
»Was soll das heißen?«, fragte Byrne. »Violet *muss* da sein.«
»Sie ist nicht da. Die Leiterin sagt, dass zehn Minuten vor mir ein Detective vom Philadelphia Police Department dort war. Der Mann sagte ihr, das kleine Mädchen könnte in Gefahr sein, und er würde daher die Aufsicht über das Kind übernehmen.«
»Haben Sie jemanden dahin geschickt, Dana?«, fragte Byrne.
»Nein«, sagte Westbrook. »Das war keiner von uns.«
»Hat dieser Detective ihr seine Dienstmarke und seinen Dienstausweis gezeigt?«, fragte Byrne.
»Ja«, sagte Shepherd. »Die Leiterin hat sich das Bild nicht genau angesehen, und der Mann hat es ihr nur flüchtig gezeigt.«

Zwei Sekunden herrschte Stille.

»Wie sah dieser Detective denn aus?«, fragte Westbrook.

»Warten Sie mal.«

Byrne und alle anderen am Funkgerät warteten, als John Shepherd die Leiterin nach dem Aussehen des Mannes fragte. Sie hörten, was die Frau sagte. Byrne war fassungslos. Er griff in die Tasche und suchte seinen Dienstausweis. Er war weg. Er wühlte in allen Taschen.

Verschwunden.

Als Shepherd wieder ans Funkgerät zurückkehrte, wussten Byrne und alle anderen, die mithörten, was geschehen war.

»Es war Ray Torrance«, sagte Shepherd.

»Es war Ray«, wiederholte Byrne. »Er hat sie zehn Minuten, bevor du da warst, abgeholt?«

»Ja. Die Arch Street ist überschwemmt. Ich musste einen Umweg fahren. Die ganze Stadt steht unter Wasser.«

»Wir müssen Ray und Violet zur Fahndung ausschreiben«, sagte Jessica.

»Wissen wir, was für einen Wagen er fährt?«, fragte Shepherd.

Byrne suchte seinen Autoschlüssel, obwohl er ahnte, dass er ebenfalls verschwunden war. »Ja«, sagte er. »Er fährt meinen Wagen.«

»Okay. Wie lautet dein Autokennzeichen?«, fragte Jessica.

Mein Gott. Byrne wusste es nicht. Er sagte es Jessica. Falls er die heutige Nacht überlebte, hatte er Zeit genug, um sich stundenlang in den Hintern zu treten. Was war er nur für ein Detective!

»Ich krieg das raus. Warte«, sagte Jessica.

Während Byrne wartete, überlegte er angestrengt, wann Ray Torrance ihm den Dienstausweis und die Schlüssel entwendet haben könnte. Es musste passiert sein, während er das

FaceTime-Gespräch mit Luther geführt hatte. Sein Jackett hatte über der Stuhllehne gehangen, und Ray hatte die ganze Zeit neben ihm gestanden.

Byrne hörte, dass Jessica auf der Tastatur herumtippte und dann eine Telefonnummer wählte. Sie schrieb Byrnes Wagen zur Fahndung aus. Byrne hätte nie gedacht, dass er das einmal erleben würde.

Kurz darauf war Jessica wieder da. »Okay, die Fahndung ist raus. Ray ist bewaffnet, nicht wahr?«

Byrne erinnerte sich, dass Ray Torrance in der Nacht, als er ihm das Video gezeigt hatte, vorher noch in seinem Lagerraum gewesen war. Vermutlich hatte er dort eine Waffe deponiert. Vielleicht sogar mehrere. Byrne war sich ziemlich sicher. »Ja. Ist er.«

»Das dachte ich mir. Ich habe das bei der Fahndung angegeben.«

»Ich will nicht, dass ihm etwas zustößt«, sagte Byrne.

»Das verstehen wir«, sagte Westbrook. »Das will keiner von uns.«

Nachdem John Shepherd das Gespräch beendet hatte, steckte Byrne sein Funkgerät wieder ein. Er schaute auf die Chancel Lane. Das Wasser strömte die Straße hinunter. Sonst bewegte sich nichts.

67

Er stand vor dem Badezimmerfenster. Die Jalousien waren nicht ganz heruntergelassen, und daher konnte Luther in den hell erleuchteten Raum sehen. Es dauerte nicht lange, bis jemand das Badezimmer betrat. Es war ein acht- oder neunjähriges Mädchen in einem Flanellpyjama mit Blumenmuster. Das Mädchen stellte sich vor den Spiegel und schnitt lustige Grimassen. Dann nahm es eine Zahnbürste, drückte etwas Zahnpasta auf die Bürste und putzte sich die Zähne.

Luther dachte an Marielle und die Abende, als er sie an die Hand genommen und zugesehen hatte, während sie genau das auch getan hatte.

Um 22.10 Uhr klingelte Byrnes iPhone. Er hatte eine SMS von Colleen erhalten. In der Nachricht standen drei Namen. Die beiden ersten Personen hatten einen zweiten Vornamen und einen Doktortitel. Der dritte Name bestand nur aus dem Vornamen und Nachnamen.

Keine Adressen.

Byrne wischte über das Display. Seine Hände zitterten vor Kälte. Er leitete die SMS an Jessica weiter.

Die SMS kam um 22.12 Uhr im Computerlabor an. Jessica las die Namen.

»Ich übernehme die ersten beiden«, sagte sie zu Chris Gavin.

Sie durchsuchten die Datenbanken der Polizei.

Die erste Person auf der Liste war Dr. Elijah D. Ditmar. Er wohnte in der Siebenundvierzigsten Straße Süd in der Nähe der Chester Avenue in Squirrel Hill im Westen von Philadelphia.

Nein, dachte Jessica. Das war zu weit. Wenn Luther um 23.00 Uhr wieder am Übergabeort sein wollte, falls das seine nächste Deadline war, würde er das niemals schaffen, nicht einmal bei gutem Wetter.

Und heute hätte das Wetter kaum schlechter sein können. Das Licht im Labor hatte in den letzten Minuten mehrmals geflackert.

»Die Adresse der dritten Person auf der Liste kann nicht mehr stimmen«, sagte Gavin. »Die Häuser, die dort standen, wurden vor drei Jahren abgerissen. Da sind jetzt ein Drogeriemarkt und ein Starbucks.«

»Ich habe einen Treffer beim zweiten Namen. Dr. Ronald B. Lewison. Er wohnt 3223 Ralston Street. Die ist nur vier Straßen vom Übergabeort entfernt.«

»Dahin muss er unterwegs sein«, sagte Gavin. »Wenn er nicht schon da ist.«

Jessica rief in der Zentrale an. Sie würden eine ganze Kompanie zu der Adresse schicken. Dann scrollte sie zu der Telefonnummer, die auf dem Monitor stand.

Sie wählte die Nummer. Es sprang sofort der Anrufbeantworter an.

Der Apparat war besetzt.

Luther ging ganz nah ans Fenster heran. In dem kleinen Mädchen erkannte er Marielle und dann seine geliebte Schwester Kaisa, die ihm vor so vielen Jahren entrissen wurde.

Er zog das iPhone der alten Frau aus der Tasche.

»Jess.«
Jessica drehte sich zu Chris Gavin um. Er zeigte auf den großen LCD-Monitor. Das rote Icon war wieder auf den Kartenausschnitten zu sehen. Doch jetzt befand es sich nicht mehr in der Nähe des blauen Icons, das Byrnes Position anzeigte, sondern vier Straßen entfernt.
»Das ist das Haus, in dem Lewison wohnt«, sagte Jessica.
»Er ist da.«

Luther rief den Detective an. Dieser meldete sich innerhalb von Sekunden.
»Ich habe Sie gesehen«, sagte Luther. »Sie waren allein.«
»Darüber müssen wir sprechen«, sagte Byrne. »Wir werden eine Lösung finden.«
»Sie haben meine Anweisungen nicht befolgt.«
»Wir haben das kleine Mädchen nicht.«
»Ich glaube Ihnen nicht«, sagte Luther. »Ich habe Ihnen klar und deutlich gesagt, wann Sie das Mädchen wohin bringen sollen. Ich habe Ihnen auch gesagt, welche Konsequenzen Sie zu erwarten haben, wenn Sie meine Anweisungen nicht befolgen. Wenn sich alles blutrot färbt, werden Sie begreifen, was ich meine.«
»Sie verstehen nicht ...«
»Nein, Sir. Ich fürchte, *Sie* sind es, der hier etwas nicht versteht. Alle Menschen, die heute Nacht sterben, gehen auf Ihr Konto. Zum Beispiel ...«
Byrne konnte das Gesicht des Mannes in der Dunkelheit kaum erkennen. Ab und zu wurde die rechte Seite seines Gesichts von hellem Licht beleuchtet, doch es reichte nicht aus, um Byrne irgendeinen Hinweis darauf zu geben, wo er sich aufhielt. Er konnte überall sein.

Das Bild auf dem Display begann zu wackeln, und dann erschien ein anderes Bild. Zuerst war das Licht so hell, dass es überbelichtet wurde. Ein paar Sekunden später sah Byrne durch ein Fenster in einen Raum. Immer wieder fielen Regentropfen auf die Linse und verwandelten das Bild in eine schillernde Aquarellmalerei.

Als es wieder klarer wurde, setzte Byrnes Herz für einen Moment aus. In dem Raum war ein kleines Mädchen, das sich gerade die Zähne putzte.

Das Bild wackelte, ehe Luthers Gesicht wieder zu sehen war.

»Ich möchte, dass das kleine Mädchen – das kleine Mädchen, das mir gehört – eines Tages so alt sein wird wie dieses Mädchen.«

Byrnes TracFone klingelte. Er zog es schnell aus der Tasche und stellte sofort den Ton ab, ehe Luther etwas hören konnte.

»Ich möchte, dass Sie etwas versprechen, Detective«, sagte Luther.

»Ich werde tun, was ich kann«, erwiderte Byrne, der keine Ahnung hatte, was jetzt kommen würde. Er musste versuchen, das Gespräch in die Länge zu ziehen. Er wischte das TracFone an seinem Mantel ab und schaute auf das Display. Jetzt war es vollkommen verschmiert.

»Ich möchte, dass Sie etwas versprechen«, wiederholte Luther. »Nicht mir und nicht sich selbst, sondern den Menschen in diesem Haus. Ich möchte, dass Sie ihnen versprechen, dass ihnen nichts zustoßen wird und dass Sie alles tun werden, was in Ihrer Macht steht, um mir das zu geben, was ich haben will und was mir gehört.«

»Ja«, sagte Byrne. »Das kann ich versprechen.«

»Ich möchte, dass Sie es laut sagen.«

Als das Display des TracFones trocken war, las Byrne die

Nachricht: *Tätr geortet. Wgn untrwgs. Sprch so lnge wi mglch mt ihm.*

Luther wartete auf die Antwort des Detectives.

»Ich habe gerade eine Nachricht vom Commander meiner Abteilung bekommen«, sagte Byrne. »Wir wissen, wo das Mädchen ist. Wir haben es.«

»Wo ist es?«

»Es gab ein Missverständnis«, fuhr Byrne fort. »Der Polizist, der das kleine Mädchen abholen und zu mir bringen sollte, ist zu dem falschen Ort gefahren. Er ist jetzt auf dem Weg hierher.«

Lügner, dachte Luther.

»Der Straßenbahnschaffner war genauso unhöflich zu mir«, sagte Luther. »Er dachte wohl, das hätte keine Konsequenzen. Für ihn war es nur eine kurze Begegnung, die er schnell vergessen hat. Aber ich erinnere mich ständig daran.«

»Warten Sie«, sagte Byrne. »Was reden Sie da? Das mit dem Straßenbahnschaffner und seiner Familie, das ist nicht Ihnen widerfahren, sondern einem anderen. Das sind nicht Ihre Erinnerungen.«

Das laute Prasseln des Regens auf dem Dach des Reihenhauses übertönte Byrnes Worte, sodass Luther ihn kaum verstehen konnte.

Er drehte die Kamera wieder zum Fenster. Das Mädchen trocknete sich die Hände an einem Handtuch ab. Dieses Mal schaute es auf die dunkle Fensterscheibe und schnitt Grimassen.

»Sehen Sie das, Detective?«

»Tun Sie es nicht.« Die ferne Stimme hallte durch Luthers Lautsprecher.

Luther stand dem Mädchen nun gegenüber, nur wenige Zentimeter von ihm entfernt. Er hörte im Haus das Telefon klingeln. Es war der Festanschluss.

»Ich gehe ran!«, schrie das kleine Mädchen. Es hängte das Handtuch auf die Stange unter dem Fenster und drehte sich zur Badezimmertür um.

Ehe es sie erreichen konnte, zerschlug Eduard Kross mit der Faust die Glasscheibe, packte das Mädchen an den Haaren und zog es hinaus in den peitschenden Regen.

68

Der Kassettenrekorder stand auf Rachels Schoß. Sie hatte ihn unter dem Bett entdeckt. Unter Beans Bett.
Drei Mal hörte sie sich die Kassette an, auf der ihre Mutter ein Märchen vorlas. Ihre Mutter hatte das Märchen an einem Nachmittag aufgenommen, als sie nüchtern gewesen war. Sie wusste, dass sie um neun oder zehn Uhr abends oder noch später zu betrunken sein würde, um es vorzulesen.
Rachel hasste ihre Mutter dafür, dass sie dem Alkohol verfallen und bei einem Autounfall ums Leben gekommen war. Aber sie liebte sie dafür, dass sie das Märchen aufgenommen hatte.
Sie stand auf, stellte den Kassettenrekorder aufs Bett und schaute sich noch einmal um. Jetzt begriff sie, was geschehen war. Die Erinnerungen an all die Nächte, als der zerlumpte Mann in ihr Haus und ihr Zimmer gekommen war, kehrten zurück. Jahre später hatte er zugesehen, wie ihre Mutter Beans Sachen aus dem Fenster auf den Grünstreifen vor dem Haus geworfen hatte. Der zerlumpte Mann musste in der Nacht zurückgekommen sein, alles mitgenommen und für Bean in diesen unterirdischen Gewölben ein Zimmer eingerichtet haben.
Rachel ging zur Tür und legte eine Hand auf den Türgriff. Wie erwartet, war sie verschlossen. Sie spähte auf die Kamera in dem Metalldrahtgitter über der Tür. Dann schaute sie sich um und dachte angestrengt nach.
Sie ging zu der Truhe und öffnete sie. Es wäre auch zu schön gewesen, wenn der Inhalt noch in der Truhe gelegen

hätte. Sie war ebenso wie die kleine Schublade im Schreibtisch leer.

In dem Raum waren keine Fenster, nur die Tür und das Lüftungsgitter in der Wand links von der Tür auf Höhe des Fußbodens.

Rachel starrte wieder auf die Webcam. An der Kamera brannte kein rotes oder grünes Licht, und daher wusste sie nicht, ob sie beobachtet wurde. Plötzlich fiel ihr etwas ein, das sie vielleicht tun konnte.

Der Lichtschalter neben der Tür verfügte über keine Schalter zum Ein- und Ausschalten des Lichts und bestand nur aus einer kleinen, weißen Abdeckplatte. Rachel kehrte zum Schreibtisch zurück und hob die Schreibplatte hoch. In dem Schreibtisch war ein Schloss eingebaut, aber der Schlüssel war längst verschwunden, vermutlich noch bevor Rachels Eltern ihn gekauft hatten. Rachel erinnerte sich, dass das Schlüsselschild jedes Mal herunterfiel, wenn sie die aufklappbare Schreibplatte des Tischs aufklappte und von oben hinunterfallen ließ. Bean hatte immer einen furchtbaren Schreck bekommen.

Rachel schloss die Augen und hoffte inständig, dass es funktionierte.

Sie öffnete die Schreibplatte und ließ sie von oben hinunterfallen, woraufhin das dünne Schlüsselschild aus Metall auf den Boden fiel. Rachel sah wieder zu der Webcam hinüber und stieß die kleine Metallplatte mit dem Fuß Richtung Tür.

Zwei Minuten später hatte sie die beiden Schrauben in der Abdeckplatte herausgeschraubt und die Drähte getrennt.

Im Raum wurde es dunkel.

Es war relativ einfach gewesen, die Abdeckplatte abzuschrauben, aber bei den Schrauben, mit denen das Lüftungsgitter festgeschraubt war, sah die Sache leider anders aus. Aufgrund der zahlreichen Anstriche war es fast unmöglich, in der

Dunkelheit die Schlitze in den Schrauben zu finden. Ein paar entsetzliche Sekunden lang befürchtete Rachel, dass es sich um Kreuzschlitzschrauben handeln könnte, was ihren Plan vereitelt hätte.

Schließlich fand sie die Schlitze und drehte die Schrauben vorsichtig nach links. Es dauerte nicht lange, bis sie alle Schrauben herausgedreht hatte. Dann kratzte Rachel mit der kleinen Metallplatte die getrocknete Farbe an den Seiten des Lüftungsgitters heraus. Zwischendurch versuchte sie immer wieder, das Gitter aus der Wand herauszuziehen, doch leider ohne Erfolg.

Nachdem Rachel die Farbe herausgekratzt hatte, benutzte sie die kleine Metallplatte als Hebel und versuchte wieder, das Lüftungsgitter aus der Wand herauszuziehen. Als sie glaubte, dass es sich schon ein wenig gelockert hatte, schob sie die Fingernägel auf beiden Seiten unter das Gitter und zog mit aller Kraft.

Endlich gelang es ihr, es herauszuziehen.

Rachel drückte ein Ohr an die Wand und lauschte. Sie hörte nichts.

Durch die Öffnung starrte sie in den angrenzenden Raum und hoffte, dass die Rohre entfernt worden waren, damit sie sich hindurchquetschen konnte. Sie hatte Glück. Der Raum auf der anderen Seite war dunkel, aber sie musste es versuchen.

Sie zog Jacke und Schuhe aus, nahm den Gürtel ab und schob alles in die Öffnung. Dann streckte sie beide Arme hinein und quetschte sich hindurch.

Fünf Minuten später war Rachel auf der anderen Seite der Mauer. Zum ersten Mal in ihrem Leben war sie froh, so klein zu sein.

In dem Raum war es stockdunkel. Sie tastete sich an der Wand entlang, bis sie an der Stelle ankam, wo sich in dem Raum, den sie gerade verlassen hatte, die Tür befand. Sekunden später fand Rachel einen Lichtschalter und drückte darauf.

Der Raum war viel größer als der andere, den sie gerade verlassen hatte. Sie sah ein großes Bett, einen Kühlschrank und eine Kochnische. Hier standen auch ein Fernseher und ein Regal mit Büchern und DVDs.

Hier lebt er, dachte Rachel. Hier lebt der Mann in der zerlumpten Kleidung.

Rachel drehte sich zu der Tür um, durch die man auf einen Gang gelangte. Im Schloss steckte kein Schlüssel, nur ein offenes Vorhängeschloss hing an einem Riegel an der Tür. Schnell zog sie ihre Schuhe und die Jacke wieder an und band den Gürtel um. Dann atmete sie tief ein und bereitete sich innerlich auf das vor, was sie auf der anderen Seite der Tür erwarten würde.

Sie war noch nie besonders ängstlich gewesen.

Rachel Anne Gray öffnete die Tür und stellte fest, dass sie nicht im Entferntesten auf das vorbereitet war, was sie erwartete. Ein paar Schritte von ihr entfernt stand jemand auf dem Gang.

»Hey«, sagte die Person.

Es war ihre kleine Schwester.

Es war Bean.

69

Ein paar Sekunden lang war das Display schwarz. Byrne hörte Glas splittern und sah, wie sich das Bild auf dem Display unkontrolliert im Kreis drehte.

Dann hörte er den Schrei.

Byrne rannte die Treppe hinunter. Als er auf der Straße ankam, reichte ihm das Wasser bis zu den Knöcheln. Er versuchte sich zu orientieren und rief Jessica auf dem TracFone an.

»Er hat das Kind«, schrie Byrne ins Handy.

»Wen?«, fragte Jessica. »*Wen* hat er?«

»Das Mädchen. In dem Haus der Lewisons. Wo zum Teufel bleiben die Streifenwagen?«

»Sie müssen jede Minute da sein.«

Byrne schaute auf die Uhr. Das Haus war fast vier Straßen entfernt. Er würde niemals rechtzeitig dort ankommen.

»Bleib dran«, sagte Byrne.

Er lief über den Bahnsteig zu einem Abfalleimer und schüttete den Inhalt auf den Boden. Hektisch wühlte er in dem Müll zwischen Fastfoodverpackungen, Dosen und Zeitungen. Endlich fand Byrne ein paar Papierservietten. Er warf die nassen weg, zog das iPhone aus der Tasche und wischte das Display ab.

Es war dunkel, doch Luther hatte nicht aufgelegt. Jetzt sah Byrne eine Straßenlaterne und den Regen in dem beleuchteten Bereich. Die Straße war überflutet und menschenleer.

Luther richtete die Kamera auf sein Gesicht. Byrne kam es so vor, als hätte er jetzt vollkommen den Verstand verloren.

»Träumen Sie, Detective?«

Byrne musste versuchen, so lange wie möglich mit dem Mann zu sprechen. »Ja, Mr. Kross. Immer.«

»Sind Sie immer der Held, wenn Sie träumen? Der Retter in der Not?«

»Nein«, sagte Byrne. »Bin ich nicht.«

Die Kamera bewegte sich. Auf dem wackeligen Bild war das Mädchen zu sehen, das sich die Zähne geputzt hatte. Es wurde gegen eine Straßenlaterne gedrückt und bewegte sich nicht. Sofort darauf sah Byrne wieder Luthers Gesicht. Er trug jetzt einen schwarzen Schlapphut, der völlig durchnässt war.

»Ich fürchte, in diesem Traum werden Sie verlieren«, sagte er.

Luther drehte die Kamera und richtete sie wieder auf das Mädchen. Byrne konnte nicht erkennen, ob es tot war oder lebte. Am linken Bildrand sah er die Klinge eines langen Messers mit einem Elfenbeingriff.

Nein, dachte Byrne. Bitte nicht.

Luther zog das Haar des Mädchens auf der rechten Seite des Nackens weg und drückte ihm die lange Klinge unten gegen die Kehle.

»Das ist Ihr Albtraum, Detective. Für den Rest Ihres Lebens.«

»Lassen Sie die Waffe fallen! Auf den Boden!«

Im ersten Moment wusste Byrne nicht, woher die lauten Befehle kamen. Dann begriff er, dass er sie am anderen Ende der Leitung gehört hatte.

Die Polizisten vom achten Revier waren bei den Lewisons angekommen.

Das Bild wackelte und wurde schwarz.

Das Letzte, was Byrne durch den kleinen Lautsprecher seines Handys hörte, waren Schüsse.

70

Jessica bekam den Anruf vom Leiter des achten Reviers, Sergeant Cullen Sweeney. Sie rief Byrne auf seinem iPhone an.
»Wurde er verhaftet?«, fragte Byrne.
»Nein«, sagte Jessica. »Er ist verschwunden. Der Polizist, der auf ihn geschossen hat, glaubt, dass er ihn getroffen hat, aber er ist sich nicht sicher. Falls Blut aus der Wunde auf den Bürgersteig getropft ist, hätte der Regen es sofort weggespült.«
»Wie ist es möglich, dass sie ihn verloren haben?«
»Es ist dunkel, und es regnet. Sie haben ihn einfach verloren. Sie sagen, gerade war er noch da, und in der nächsten Sekunde war er verschwunden.«
»Was ist mit dem Mädchen?«
»Ein Rettungswagen ist vor Ort. Die Sanitäter untersuchen es.«
»Er hat es nicht verletzt?«
»Nein, hat er nicht.«
Byrne schwieg einen Augenblick. »Können wir den Täter orten?«
»Nein. Er muss sein iPhone ausgeschaltet oder weggeworfen haben.«
»Er hat es nicht weggeworfen«, sagte Byrne.
»Woher willst du das wissen?«
»Weil er noch nicht hat, was er will.«
Jessica schaute auf die Kartenausschnitte auf dem Monitor. »Wir haben fünf Straßen in alle Richtungen abgesperrt. Wenn

er getroffen wurde, kann er sich nicht schnell bewegen. Wir kriegen ihn.«

Byrne steckte das iPhone ein und starrte in den Eisenbahntunnel und in die undurchdringliche Dunkelheit.

Er schloss die Augen und dachte an den letzten Anruf von Luther, als die Videoaufnahme auf dessen iPhone hin und her geschwenkt war und er kurz die Straße gesehen hatte. Irgendetwas war ihm aufgefallen, ohne dass er hätte sagen können, was es war.

Dann sah er es im Geiste vor Augen. Hinter dem Mädchen war der Kanaldeckel herausgenommen und an den Bordstein gestellt worden.

Sie sagen, gerade war er noch da, und in der nächsten Sekunde war er verschwunden.

Byrne dachte an die Nacht, als Ray Torrance auf seiner Couch geschlafen hatte. Nachdem sie sich das Video mit dem kleinen Mädchen namens Bean angesehen hatten, war Ray eingeschlafen. Im Schlaf hatte er etwas gemurmelt, das Byrne nicht richtig verstanden hatte.

Jetzt ging ihm ein Licht auf. Ray hatte nicht *PPD*, sondern *PWD* gesagt.

Er meinte nicht das Philadelphia Police Department, sondern die Wasserwerke von Philadelphia.

Detective Ray Torrance hatte vermutet, dass der Mann, der in die Häuser eindrang, die kilometerlangen Kanäle und Gänge unter der Stadt benutzte.

Jetzt wusste Byrne, wohin der Irre gegangen war.

71

Im ersten Moment glaubte Rachel, sie litte unter Halluzinationen. Ihre kleine Schwester stand in der Tür des Raums. Sie trug einen kleinen, rosafarbenen Regenmantel.

»Mein Gott«, sagte Rachel. »Bean.«

Langsam sank Rachel auf die Knie und streckte die Arme aus.

Das Mädchen lief auf sie zu und umarmte sie. Das waren keine Halluzinationen und keine Träume. Das war Bean, und sie sah genauso aus wie das kleine Mädchen, an das sie sich erinnerte. Sie hatte dieselben blauen Augen und dasselbe feine blonde Haar.

Als ein Schatten auf den Boden fiel, hob Rachel den Blick.

Hinter dem Mädchen stand ein Mann. Ein großer Mann. Er trug einen langen, dunklen Mantel. Das war nicht der Mann in der zerlumpten Kleidung, sondern ein anderer Mann, an den Rachel sich vage erinnerte. Die Erinnerung an ihn war eng mit den Träumen verknüpft, die sie jahrelang gequält hatten.

Dann erinnerte sie sich. Es war sechzehn Jahre her, und jetzt hatte er Falten im Gesicht und sah sehr abgespannt aus, aber sie erinnerte sich an seine Augen. Seine freundlichen, traurigen Augen.

Er durchquerte den Raum und setzte sich auf den Rand des Betts. Bean ging auf ihn zu und legte ihre winzige Hand in seine.

»Ich heiße Ray«, sagte der Mann und setzte das kleine Mädchen auf seinen Schoß. »Und das ist deine Nichte.«

72

Träumen Sie?
 Ich sehe sie.
 Wen sehen Sie?
 Meine Mutter und meinen Vater. Sie liegen mit den Gesichtern nach unten auf dem Fußboden im Keller. Rings um sie herum ist eine große Blutlache.
 Wo sind Sie?
 Ich habe mich im Kriechkeller versteckt, als ich die Soldaten an der Tür gehört habe. Ich habe gesehen, dass Major Abendrof meine Eltern in den Keller gebracht hat. Er hat ihnen eine Waffe an den Kopf gehalten und abgedrückt.
 Was sehen Sie jetzt?
 Ich sehe Kaisa, meine Schwester. Sie steht hinten an der Wand. Sie weint und singt.
 Was singt sie?
 Sie singt *Pdramaja*. Das ist ein Kinderlied über einen bösen Jäger, der an die Tür eines Hasenhauses im Wald klopft. Das Lied singt sie immer, wenn sie Angst hat. Der Major steht mit der Waffe in der Hand vor ihr.
 Können Sie ihr helfen?
 Ich weiß es nicht.
 Träumen Sie?
 Nein, Doktor. Ich träume nicht.

73

Byrne stand am Eingang des Tunnels. Er nahm sein TracFone heraus und wählte die Nummer des Prepaid-Handys, das er Ray Torrance gekauft hatte. Er rechnete nicht damit, dass Ray sich meldete, doch er meldete sich.

»Wo bist du, Ray?«

Es dauerte eine ganze Weile, bis Ray antwortete. Byrne hörte Wasser rauschen.

»Ich bin da, wo ich vor drei Jahren hätte sein müssen. Vor *sechzehn* Jahren«, sagte er schließlich.

»Du hast gewusst, dass dieser Kerl im Untergrund lebt. In dem Kanalsystem unter der Stadt. Du wusstest es.«

»Nein, ich wusste es nicht, Kevin. Aber ich habe in vielen schlaflosen Nächten darüber nachgedacht. Alles andere ergab keinen Sinn.«

»Warum hast du das kleine Mädchen da hineingezogen?«

»Du hast gehört, was er gesagt hat. Wenn er das Mädchen nicht sieht, verhandelt er nicht. Ich musste es tun. Die Kleine ist bei mir. Sie ist in Sicherheit.«

»Du hast sie in Gefahr gebracht.«

»Ihr wird nichts zustoßen. Wenn das alles vorbei ist, bringe ich sie an einen sicheren Ort. Das hätte ich schon vor drei Jahren für Marielle tun sollen, aber ich habe es nicht getan. Jetzt habe ich die Chance, es wieder gutzumachen.«

»Ich kann dir helfen.« Byrne sprach in einem fast flehenden Ton, was Torrance gewiss nicht entging.

»Lass gut sein, Kevin«, erwiderte Torrance. »Das hier ist meine Sache.«
»Ray, du kannst nicht ...«
»Ich liebe dich, Bruder.«
Mit diesen Worten legte Ray auf.
Byrne versuchte noch einmal, ihn anzurufen, doch es sprang nur die Mailbox an. Er nahm sein iPhone aus der Tasche, steckte die Ohrhörer mit dem In-Line-Mikrofon ins Ohr und rief Jessica an.
»Ich suche Ray«, sagte Byrne.
»Ich schicke dir Verstärkung. Ich komme.«
»Dazu fehlt die Zeit.«
Byrne schaltete sein Handy aus, zog die Waffe und stieg in den dunklen Tunnel.

Das Wasser in dem Abwasserkanal reichte ihm bis zu den Knöcheln. Zuerst ging Byrne am Rand entlang, aber das war keine gute Idee. Er musste in der Mitte des Abwasserkanals laufen, um das Gleichgewicht nicht zu verlieren.
Seine kleine Maglite war hier in der Dunkelheit der Kanalisation keine große Hilfe.
Nach ein paar hundert Metern erreichte Byrne einen Gang, der in den Haupttunnel einmündete. In der Ferne sah er mattes Licht. Er bog in den schmalen Gang ein und bemühte sich, die Orientierung nicht zu verlieren. Immer wieder kam er an Türen vorbei, die größtenteils ohne besonders große Sorgfalt in die Mauern eingebaut worden waren. Die meisten hatten keine Türgriffe.
Etwa dreißig Meter vom Haupttunnel entfernt gelangte Byrne an eine Tür, die nur angelehnt war. Er stieß sie mit der Schulter auf und leuchtete mit der Taschenlampe hinein. In

dem großen Raum waren vom Boden bis zur Decke Möbel, Kleidung, Lampen und Spielzeug gestapelt. Als er tiefer in den Tunnel hineinging, entdeckte er weitere Türen. In allen Räumen türmten sich ausrangierte Sachen, die vermutlich über Jahrzehnte gesammelt worden waren. Alles roch muffig und schimmelig. Ein kleiner Raum sah aus wie ein provisorischer Operationssaal. Auf dem Boden waren lange, braune Streifen getrockneten Blutes.

Das Wasser in dem Abwasserkanal reichte Byrne jetzt bis zu den Waden, und es stieg schnell. Bald gelangte er zu einem Durchgang, einer breiten Einmündung auf zwei Ebenen mit Abwasserleitungen über und einem Regenwasserkanal unter ihm. Über seinem Kopf hingen zwei in Metalldrahtgitter eingefasste Lampen, die mattes Licht spendeten. Byrne überprüfte seine Handys. Kein Empfang. Er schaute sich um und blickte zurück in die Richtung, aus der er gekommen war.

Es war ein Fehler gewesen, allein in den Kanal einzudringen. Er brauchte Verstärkung.

Als Byrne sich wieder umdrehte, sah er drei Schatten an der Wand. Mit der Waffe im Anschlag wirbelte er herum.

Ray Torrance stand auf der anderen Seite des Durchgangs. Violet war bei ihm und die junge Frau, die Byrne in dem Raum auf Luthers iPhone gesehen hatte. Torrance trat einen Schritt zurück. Er hatte keine Waffe in der Hand.

»Bring sie hier weg«, sagte Torrance.

»Mach ich«, erwiderte Byrne. »Und du kommst mit.«

Torrance schüttelte den Kopf. »Nein, das geht nicht.«

»Was redest du denn da, Ray? Es ist vorbei. An jedem Ausgang steht ein Polizist. Hier kommt er nicht mehr raus. Es ist vorbei.«

»Es ist nicht vorbei. Du verstehst das nicht.«

Byrne ging langsam auf Torrance zu. »Dann erkläre es mir.

Wir gehen hoch auf die Straße, trocknen uns ab, genehmigen uns ein paar Drinks, und du erklärst es mir.«

»Du weißt genauso gut wie ich, dass das nicht passieren wird«, sagte Torrance. »Ich habe dir deinen Dienstausweis und deinen Wagen gestohlen.«

»Du hast dir meinen Wagen *ausgeliehen*, Ray. Und du hast meinen Dienstausweis gefunden, nachdem ich ihn verloren hatte. Du hast dir nichts zu Schulden kommen lassen. So ist es und nicht anders.«

»Dann habe ich der Frau in der Wohngruppe den Dienstausweis gezeigt. Komm, Kevin. Ich habe das Mädchen entführt.«

»Ich spreche mit dem Staatsanwalt«, sagte Byrne. »Du weißt, dass mein irischer Charme sehr überzeugend sein kann.«

Torrance schüttelte den Kopf. »Du gehst voraus. Ich bleibe hier und beendete die Sache. Sie hat vor sechzehn Jahren begonnen, und heute Nacht bringe ich sie zu Ende.«

»Ray, das kann ich nicht ...«

»Er hat mich mit einem Messer angegriffen, Kevin. In dieser dreckigen Gasse. Ich habe einen Monat lang Blut gepinkelt. Die Geschichte endet hier. Und zwar jetzt.«

Als Torrance zurücktrat, huschte ein Schatten über die Mauer an ihren Köpfen. Ehe jemand reagieren konnte, sprang Luther von dem Abwasserkanal oben an der Decke zu ihnen herunter. Er landete genau hinter Violet. Byrne hörte, wie einer seiner Armknochen brach.

Luthers Hemd war blutgetränkt. Selbst in dem matten Licht konnte Byrne die Wunde an seiner Schulter sehen. Er war von einer Kugel getroffen worden.

In der rechten Hand hielt er das Messer mit dem Elfenbeingriff.

Luther zog Violet zu sich heran und schaute auf sie hinunter.

»Bean.«

»Nein«, sagte die junge Frau, und Byrne stellte fest, dass sie älter war, als er zunächst vermutet hatte. »*Ich* bin Bean.«

Luther starrte sie verwirrt an, als hätte er die junge Frau nie zuvor gesehen. »Aber du ...«

»Ja«, sagte sie. »Ich bin älter geworden.«

Luthers Griff lockerte sich, ohne dass er Violets Schulter ganz losließ.

»Ich habe dir gesagt, dass ich eines Tages zurückkommen werde«, sagte Luther. »Warum hast du nicht gewartet?«

»Jetzt bist du da.« Sie streckte die Hand aus. »Komm mit mir. Wir gehen zurück.«

Zuerst hörten sie ein leises Surren, und es war fast mehr eine Empfindung als ein Geräusch. Das Kopfsteinpflaster unter ihren Füßen schien zu beben.

»Zurück?«, fragte Luther.

»Ja«, sagte die junge Frau. »Wir werden eine Familie sein.«

Das Geräusch wurde lauter. Die Glühbirne in dem Metalldrahtgitter flackerte.

Luther ließ seine Hand ein Stück sinken. Das Messer war jetzt nur noch ein paar Zentimeter von Violets Wange entfernt.

»Nach Tallinn?«

Die junge Frau ging zwei Schritte auf Luther und Violet zu.

»Ja«, sagte sie. »Nach Tallinn.«

Luther schaute sie an. Er ließ seine Hand noch weiter sinken und schlug mit der Klinge auf seinen Oberschenkel.

Das war der Augenblick, auf den Ray Torrance gewartet hatte.

Er stürzte sich mit voller Wucht auf den Mann. Luther holte Schwung und schlitzte Torrances Oberkörper von der rechten Schulter bis zur linken Hüfte mit seinem Messer auf. Torrance brüllte vor Schmerzen, und das Blut spritzte an die Wand.

Torrance presste Luther an sich, während dieser weiterhin

mit dem Messer auf ihn einstach und die Klinge tief in sein Fleisch stieß.

»Haut ab!«, brüllte Torrance.

Rachel nahm Violet an die Hand und ging mit ihr durch das steigende Wasser auf Byrne zu.

Torrance hatte den Mann im Würgegriff und zerrte ihn zum Ende der hohen Mauer über dem Regenwasserkanal.

Unter ihnen strömten die Wassermassen durch die Kanalisation.

Als sie sich dem Rand näherten, sah Ray Torrance Byrne direkt in die Augen. Byrne kannte diesen Blick. Er hatte ihn bei Bekannten gesehen, die jahrelang an einer unheilbaren Krankheit gelitten hatten. Dieser Blick bedeutete, dass sie ihr Schicksal akzeptierten.

Torrance schloss die Augen, ließ sich rückwärts über die Mauer fallen und riss Luther mit sich. Unter ihnen rauschte das Wasser durch den Regenwasserkanal. Der Lärm in den Gewölben der Kanalisation war ohrenbetäubend.

Das Echo des tosenden Wassers in dem unterirdischen Fluss hallte von den Steinmauern wider, und dann waren die beiden Männer verschwunden.

74

Bei den Aufräumarbeiten nach dem Unwetter, das von New Jersey bis nach Ohio hinein gewütet hatte, wurde das ganze Ausmaß der Katastrophe offenbar. Das Commonwealth of Pennsylvania berechnete die Schäden an Straßen, Gebäuden und Infrastruktur auf fast dreihundert Millionen Dollar. Am schlimmsten hatte es den Osten von Pennsylvania getroffen.

Die Wasserschutzpolizei des Philadelphia Police Departments hatte in den Tagen nach dem Sturm alle Hände voll zu tun. Der Delaware River war eine bedeutende Wasserstraße, und die Trümmer mussten aus dem Fluss entfernt werden, ohne die Fahrrinnen zu blockieren.

Schließlich fand die Küstenwache die Leiche eines unbekannten Mannes Ende dreißig oder Anfang vierzig in der Nähe der großen Wasseraufbereitungsanlage am Delaware River. Etwa zweihundert Meter weiter südlich fanden sie den Leichnam von Raymond Torrance, eines Detectives des Philadelphia Police Departments im Ruhestand.

Die Männer waren zwar beide schwer verwundet, aber die Obduktionen ergaben, dass beide letztendlich ertrunken waren.

75

Das Wetter in Philadelphia am ersten Frühlingstag sorgte immer wieder für Überraschungen. Es hatte Jahre gegeben, da war die Stadt in zehn Zentimeter hohem Schnee, Sturm und Eisregen versunken. In anderen Jahren hatte die Sonne an einem wolkenlosen blauen Himmel gestanden. In diesem Jahr war am 21. März wunderschönes Wetter. Um acht Uhr morgens zeigte das Thermometer bereits sechzehn Grad.

Das Leben des Mannes namens Luther und sein blindwütiges Morden waren noch immer nicht ganz aufgeklärt. Der *Inquirer* brachte eine Reihe von Artikeln über das Cold River und berichtete auch über den Neubau der Eigentumswohnungen. Die Bauarbeiten wurden vorübergehend unterbrochen, während in dem Park und den Waldgebieten in der Nähe nach sterblichen Überresten gesucht wurde.

Das Philadelphia Police Department und das FBI versuchten mit Hilfe von Methanuntersuchungen und mittels anderer moderner Methoden festzustellen, ob hier weitere Leichen vergraben lagen. Das würde Wochen, wenn nicht sogar Monate dauern.

Inzwischen veröffentlichten die Zeitungen unscharfe Schwarz-Weiß-Fotos, die die entsetzlichen Zustände in der psychiatrischen Anstalt dokumentierten. Auf einem Gruppenfoto waren Dr. Godehard Kirsch, Joan Catherine Delacroix, Robert Freitag und Dr. Edward Richmond zu sehen.

Die Traumverkäufer.

Während die Ermittler davon ausgingen, dass die ganze

Wahrheit über das, was sich in den letzten Jahren im Delaware Valley State Hospital abgespielt hatte, niemals ans Licht kommen würde, meldeten sich nach und nach immer mehr ehemalige Angestellte und Patienten.

Das Philadelphia Police Department übergab die Tonaufzeichnung mit Eduard Kross' Träumen der Abteilung für Verhaltensforschung des FBI. Sie hofften, dass sie vielleicht bestimmte Muster erkennen und mit Hilfe dieser Ergebnisse andere ungelöste Mordfälle würden aufklären können, die in den letzten zwanzig Jahren in Philadelphia County und Umgebung verübt worden waren.

James Delacroix und Edward Richmonds Sohn Timothy konnten beide wieder aus dem Krankenhaus entlassen werden.

Zu der Beerdigung kamen sogar Polizisten aus so fernen Orten wie Chicago.

Ray Torrance wurde neben seinen Eltern auf dem Holy Cross Cemetery in Lansdowne beigesetzt.

Obwohl Jessica den Mann kaum gekannt hatte, konnte sie die Tränen nicht zurückhalten. Sein Tod war so unnötig. Der Gedanke, mit welchen Gewissensnöten Ray Torrance jahrelang gelebt hatte, brach ihr fast das Herz. Als sie zusah, wie der Sarg in die Erde hinabgelassen wurde, legte Byrne einen Arm um sie. Sie hatten das beide schon viel zu oft erlebt.

Als die erste Blume auf den Sarg fiel, spähte Jessica zu ihrem Vater hinüber. Peter Giovanni stand dort in seiner blauen Uniform und verzog wie immer keine Miene. Doch Jessica wusste, dass es ihn jedes Mal, wenn ein Kollege starb und die Dudelsackmusik ertönte, furchtbar mitnahm.

Es nahm sie alle immer furchtbar mit.

76

Zwei Tage nach Ray Torrances Beerdigung, als Jessica gerade ihren Bericht beendete, klingelte das Telefon.
»Balzano, Mordkommission.«
»Detective Balzano, hier ist Jane Wickstrom vom Jugendamt.«
Der Name sagte Jessica nichts. Die Frau, die das zu bemerken schien, fuhr fort.
»Ich bin die Vorgesetzte von Pat Mazzello. Wir haben uns im letzten Jahr auf der großen Wohltätigkeitsveranstaltung kennengelernt.«
Jetzt erinnerte Jessica sich wieder. Blond, um die fünfzig, ein wenig geschwätzig. »Ja, natürlich. Wie geht es Ihnen?«
»Sehr gut, danke. Haben Sie eine Minute Zeit?«
»Selbstverständlich. Was kann ich für Sie tun?«
»Ich habe eine gute Nachricht für Violet.«
Offenbar hatte das kleine Mädchen seinen Namen behalten. Jessica hatte gehört, dass Violet allmählich auf den Namen reagierte.
»Und um was geht es?«
»Ich habe ein gutes Therapieangebot für kleine Kinder gefunden, die kürzlich ein Trauma erlebt haben.«
»Das trifft auf Violet sicherlich zu.«
»Ich habe mit der Leiterin der Traumatherapie gesprochen und erfahren, dass es noch freie Plätze gibt. Die Maßnahme findet in der Nähe von New York statt. Sie dauert drei Wochen, und die Kinder werden in dieser Zeit dort untergebracht.«

»Hört sich großartig an«, sagte Jessica. »Wann beginnt die Therapie?«

»Darum rufe ich an«, sagte Jane. »Ich will noch heute Abend mit Violet nach New York fliegen.«

»Heute Abend?«

»Ja, manchmal muss alles sehr schnell gehen. Sie stimmen mir gewiss zu, dass das kleine Mädchen genug durchgemacht hat. Je eher es eine Therapie beginnen kann, desto eher kann es nach Philadelphia zurückkehren und in einer liebevollen Pflegefamilie untergebracht werden.«

Jessica wusste, dass Violets Tante, Rachel Gray, die junge Frau, die Luther entführt hatte, das Sorgerecht für Violet beantragt hatte. »Und was kann ich für Sie tun?«

»Violet ist jetzt beim Jugendamt. Da sie Sie und Detective Byrne kennt, hatte ich gehofft, dass einer von Ihnen Violet dort abholen und zu mir nach Hause bringen könnte. Es ist noch Zeit genug. Der Flug geht erst um einundzwanzig Uhr. Ich wohne nicht weit vom Flughafen entfernt.«

Jessica schaute auf die Uhr. Sie hatte sich auf ein Schaumbad, ein leckeres Essen, eine halbe Flasche Pinot Grigio, wilden Sex und zehn Stunden Schlaf gefreut. Genau in dieser Reihenfolge. Doch der Job ging vor.

»Klar«, sagte Jessica. »Ich kann sie abholen. Wo wohnen Sie?«

Jane Wickstrom nannte ihr die Adresse.

»Soll ich noch irgendetwas für Violet besorgen?«, fragte Jessica. »Vielleicht etwas für den Flug?«

»Danke, das ist nicht nötig. Ich wollte sowieso gleich schnell ein paar Besorgungen machen.«

»Okay«, sagte Jessica. »In zehn Minuten müsste ich beim Jugendamt sein. Bis zu Ihnen brauchen wir dann ungefähr eine halbe Stunde.«

Als Jessica beim Jugendamt ankam, hielt sich dort kaum noch jemand auf. Sie meldete sich an und fuhr mit dem Aufzug in die Aufnahme.

Das kleine Mädchen saß im Wartezimmer auf einem Stuhl. Als Jessica den Raum betrat, hob Violet den Blick und lächelte. Das war gut.

Auf dem Weg zu Jane Wickstroms Haus versuchte Jessica mehrmals, ein Gespräch mit Violet zu beginnen. Das kleine Mädchen reagierte meist nur, indem es nickte oder den Kopf schüttelte. Als sie von der I-95 abfuhren, summte Violet ein Lied. Jessica kam die Melodie bekannt vor, aber sie hätte im Augenblick nicht sagen können, welches Lied es war.

Vor dem Reihenhaus hielt sie an.

»Bist du bereit?«

Violet schaute aus dem Fenster und dann zurück zu Jessica. Sie begriff, dass das kleine Mädchen die Frage bestimmt nicht verstanden hatte. Wozu bereit?

»Wir besuchen Jane. Erinnerst du dich an Jane?«

Violet starrte auf ihre Hände und schwieg. Jessica wusste nicht so recht, wie sie ihr erklären konnte, wer Jane war. Es war eine Weile her, dass sie einem so kleinen Kind etwas erklärt hatte.

»Jane ist die nette Frau mit dem blonden Haar. Sie hat so hübsches blondes Haar wie du, und sie ist wirklich sehr nett.«

Violet richtete den Blick wieder auf das Fenster. Ein paar Minuten später stieg Jessica aus, öffnete die hintere Tür und löste den Sicherheitsgurt von Violets Kindersitz.

Ohne dass Jessica Violet darum bitten musste, stieg sie aus und stellte sich auf den Bürgersteig. Jessica nahm das kleine Mädchen an die Hand und ging mit ihm auf die Tür zu.

Sie wollte gerade klingeln, als sie den Post-it-Zettel sah: *Detective Balzano. Ich mache noch schnell ein paar Besorgungen. Machen Sie es sich bequem. Bin gleich wieder da.*

Jessica öffnete die Tür und trat ein. Sie drehte sich zu Violet um, die an der Tür stehen geblieben war. Unglaublich, wie klein sie war.

»Komm rein, mein Schatz. Es ist alles in Ordnung.«

Zögernd betrat Violet das Wohnzimmer. Sie schaute auf die Bücherregale, auf die Zeitschriften auf dem Couchtisch und die Bilder an der Wand. Jessica folgte ihrem Blick. Auf einem der gerahmten Fotos an der Wand im Wohnzimmer war Jane offenbar mit ihrer Schwester und den Kindern ihrer Schwester abgebildet. Jessica schätzte die Kinder auf circa drei, fünf und acht Jahre. Sie standen alle an einem Strand. Violet starrte wie gebannt auf das Foto.

Jessica sah auf die Uhr. Wenn der Flug um einundzwanzig Uhr ging und sie eineinhalb Stunden für das Check-in und all die anderen Dinge einrechnete, die man heutzutage bei einem Flug einkalkulieren musste, mussten sie allmählich losfahren. Daran änderte auch die Tatsache nichts, dass der Flughafen nur zehn Minuten entfernt war.

»Hast du Durst, mein Schatz?«, fragte Jessica.

Violet antwortete ihr nicht.

»Ich sehe mal nach, ob Jane irgendwo Saft hat.« Jessica zeigte auf den großen Ohrensessel neben dem Kamin. »Setz dich doch in den Sessel, okay?« Ohne etwas zu erwidern, durchquerte Violet den Raum und kletterte in den Sessel.

»Ich bin gleich wieder da«, rief Jessica, ehe sie das Wohnzimmer verließ.

Sie ging durch den kleinen Flur in die Küche und öffnete den Kühlschrank, in dem Apfelsaft, Orangensaft und Traubensaft standen. Jessica erwartete zwar keine Antwort, aber sie versuchte es dennoch. Vielleicht antwortete das kleine Mädchen, wenn sie sich nicht beide in demselben Raum aufhielten.

»Violet? Möchtest du Apfelsaft oder Traubensaft?«

Jessica schloss die Augen und wartete. Keine Reaktion.

Okay, dachte sie. Den Versuch war es wert gewesen. Sie beschloss, zwei Flaschen und ein Glas mit ins Wohnzimmer zu nehmen.

Sie durchquerte die Küche, öffnete den Schrank mit den Glastüren neben der Spüle und nahm ein kleines Glas heraus. Als sie die Tür schloss, sah sie den Schatten hinter sich, und dann spürte sie, den Lauf einer Waffe an ihrem Hinterkopf.

77

Um neunzehn Uhr war Byrne endlich mit seinen Berichten fertig. Er konnte sich nicht vorstellen, dass irgendetwas in seinem Job noch nervtötender sein könnte als dieser endlose Papierkram. Höchstens eine Observierung im Hochsommer nach einem üppigen mexikanischen Essen.

Als Byrne alle Formulare noch einmal sorgfältig durchsah, achtete er darauf, dass auch wirklich kein Punkt und kein Komma fehlten. Er überprüfte die Daten, die Adressen, die Namen, die internen Verschlüsselungen und suchte nach Fehlern, ohne welche zu finden. Obwohl er hundemüde war, schien er alles richtig gemacht zu haben.

Byrne unterschrieb die Formulare und den Bericht, drückte auf die Mine des Kugelschreibers und stand auf. Dann durchquerte er das Büro und legte alles auf den Schreibtisch seiner Vorgesetzten.

Als er seinen Mantel anzog, schaute er auf sein Handy. Jessica hatte ihm vor einer halben Stunde eine SMS geschickt. Sie schrieb, dass sie Violet beim Jugendamt abholte und sie zu Jane Wickstrom brachte – wer auch immer das war. Diese Frau wollte mit Violet nach New York fliegen, wo das Mädchen an einer Therapie teilnehmen konnte.

Byrne steckte den aktuellen *Inquirer* und das iPhone in seine Umhängetasche und wollte gerade den Reißverschluss zuziehen, als er hörte, dass er eine neue E-Mail bekommen hatte.

Nein, dachte Byrne. Mir reicht es für heute. Verdammt, mir

reicht es für die ganze Woche und für den ganzen Monat. Jetzt habe ich Feierabend. Irgendwo in der Stadt warten ein Burger und ein Guinness auf mich.

Dabei wusste er natürlich genau, dass er die E-Mail lesen würde.

Byrne setzte sich wieder hin und nahm das iPhone aus der Tasche. Er öffnete das E-Mail-Programm und wunderte sich, wie schnell er sich an das Mac-Interface gewöhnt hatte. Das Programm wurde geöffnet und zeigte eine neue E-Mail von Peeter Tamm an. In der Betreffzeile stand: *Nachtrag zum Fall Eduard Kross.*

Byrne tippte auf das E-Mail-Icon und begann zu lesen.

Kevin,

ich hoffe, es geht Ihnen gut. Mit meinen sechsundvierzig Jahren (unglaublich) bin ich noch immer erstaunt, welche Möglichkeiten das Internet bietet. Obwohl die Esten zu den ersten Nutzern des Internets gehörten, bin ich, was das Konzept und den Gebrauch betrifft, eher ein Nachzügler. Das erwähne ich nur, weil ich heute die Zeitungen aus Ihrer Heimat ebenso problemlos lesen kann wie den Eesti Ekspress. Es geht um den Fall, der Sie veranlasst hat, Kontakt zu unserer Polizeibehörde aufzunehmen. Mit großem Interesse, großer Sorge und äußerst betrübt habe ich die Informationen – oder zumindest die, über die Ihre Zeitungen berichtet haben – gelesen.

Offenbar hat alles ein tragisches Ende genommen, das so nicht vorhersehbar gewesen ist. Es tut mir sehr leid, dass Detective Raymond Torrance ums Leben gekommen ist.

Der andere Grund für diese Nachricht ist die beigefügte Anlage. Es ist vielleicht keine Überraschung, dass infolge unserer Recherchen über den berühmt-berüchtigten Eduard Kross die Erinnerungen vieler Menschen geweckt wurden. Während

vieles, wenn nicht sogar das meiste, was seine Vergangenheit und seine schrecklichen Morde betrifft, im Dunkeln bleiben wird, war er doch nicht der große Unbekannte, für den wir ihn hielten. Es existiert tatsächlich ein Foto von Eduard Kross als Jugendlicher von etwa siebzehn Jahren. Möglicherweise das letzte Bild von ihm, bevor er in einem Steinbruch im Nordosten von Estland geschnappt wurde.
Für die schlechte Qualität des beigefügten Fotos möchte ich mich entschuldigen. Das Foto wurde mir von einem Mann aus Litauen gefaxt. Es ist gewissermaßen eine Kopie einer Kopie.
Es wäre schön, wenn unser Kontakt nicht sofort wieder abbrechen würde. Nachdem ich in den vergangenen Jahren nur Unterlagen hin- und hergeschoben habe, hat es mir viel Freude gemacht, wieder als Detective zu arbeiten, wenn auch nur für ein paar Tage. Ich hoffe, ich konnte Ihnen helfen.
Ich würde mich freuen, bald mal wieder etwas von Ihnen zu hören, und verbleibe mit herzlichen Grüßen.
Nägemist!
Peeter

Byrne öffnete die Anlage mit dem beigefügten Foto. Auf dem Bild war ein junger Mann in einem staubigen Anzug abgebildet. Unter den Ärmeln des Jacketts mit vier Knöpfen schauten die schmutzigen Manschetten seines Hemds hervor. Sein dunkles Haar war unfachmännisch und scheinbar in aller Eile geschnitten worden. Er stand an einer Landstraße. Hinter ihm waren die Ecke eines zerfallenen Hauses und die hintere Stoßstange eines LKWs zu sehen.

Auf den ersten Blick sah er aus wie ein ganz normaler Jugendlicher. Abgesehen von seinen Augen. Die waren vollkommen ausdruckslos.

Byrne wollte das Büro gerade verlassen, als das Handy in seiner Hand vibrierte. Er hatte für heute Abend ein FaceTime-Gespräch mit Colleen vereinbart, aber jetzt passte es ihm ebenso gut. Vielleicht sogar noch besser. Er musste mit jemandem sprechen, der ihn liebte.

Er drückte auf das Icon. Es war nicht Colleen, sondern ein Anruf von Peeter Tamm. Byrne legte das iPhone auf den Schreibtisch und meldete sich.

Tamm war fast genauso gekleidet wie bei ihrem letzten Gespräch, nur dass er heute eine kastanienbraune Krawatte trug.

»Peeter«, sagte Byrne.

»Hallo, Kevin. *Tervist* aus Tallinn.«

»Ich grüße Sie aus Philly.«

»Ich hoffe, ich nerve Sie nicht. Meine Frau sagt zu jedem, der es hören will, dass man jemanden wie mich nicht allzu lange ertragen kann.«

»Da muss ich aber widersprechen«, erwiderte Byrne. »Ich habe gerade Ihre E-Mail gelesen.«

»Ich weiß, dass Sie längst Feierabend haben, und darum möchte ich Sie nicht lange aufhalten. Ich habe in meiner E-Mail etwas vergessen.«

»Kein Problem. Um was geht es?«

»Wie gesagt, haben die Nachforschungen im Fall Eduard Kross wieder den Detective in mir geweckt. Heute habe ich mit der jungen Frau gesprochen, die den Text der Audio-Datei über Eduard Kross' mörderische Träume, die Sie mir geschickt haben, übersetzt hat.«

»Das war eine sehr große Hilfe für uns«, sagte Byrne. »Wenn Sie sie sehen, bestellen Sie ihr bitte herzliche Grüße vom Philadelphia Police Department. Wir sind ihr sehr dankbar.«

»Mach ich.« Tamm stand kurz auf und beugte sich zur Seite. Als er sich wieder hinsetzte, hatte er einen kleinen Stapel

Unterlagen in der Hand. »Ich habe hier etwas, das die Aufnahme betrifft und das Sie sicherlich genauso faszinierend finden werden wie ich.«

»Was haben Sie da?«

»Ich weiß nicht, wie gut Sie das sehen können und ob Sie Erfahrungen mit solchen Dingen haben.« Tamm drehte die Schreibtischlampe so, dass das Licht auf ihn fiel. Dann hielt er eins der Blätter ins Licht. Im ersten Augenblick war das Bild ein wenig verschwommen, aber es wurde schnell deutlicher. Byrne sah, dass es sich um den Ausdruck eines Diagramms handelte, das dem eines Lügendetektors ähnelte.

»Nachdem die Aufnahme übersetzt worden war, habe ich sie in unser Audiolabor gebracht«, fuhr Tamm fort. »Die Techniker und Analytiker dort arbeiten auch für die Zentralregierung. Es sind ausgezeichnete Leute. Das Diagramm, das Sie auf diesem Blatt sehen, ist die Stimmaufzeichnung des deutschen Sprechers auf der Aufnahme.«

Obwohl Tamm sich vermutlich bemühte, das Blatt gerade in die Kamera zu halten, schien seine Hand zu zittern.

»Damit kenne ich mich nicht so gut aus«, sagte Byrne.

»Ich auch nicht«, erwiderte Tamm. »Ich erkläre es Ihnen. Versuchen Sie einfach, mir zu folgen.«

»Okay.«

Tamm nahm ein zweites Blatt in die Hand und hielt es in die Kamera. »Das ist die Stimmaufzeichnung des zweiten Sprechers, der Estnisch spricht.«

Byrne versuchte sich zu konzentrieren.

»Hm, Peeter, von hier aus sehen die beiden Kurven fast gleich aus, sodass ich nichts dazu sagen kann.« Diese Erfahrung hatte Byrne schon oft gemacht, wenn es um den Vergleich von Fingerabdrücken ging. Für ihn sahen sie immer alle gleich aus.

»Diese beiden Stimmaufzeichnungen sind nicht gleich«, sagte Tamm.

»Ach ja? Für mich sehen sie beide gleich aus.«

»Was ich sagen will, ist, dass sie nicht gleich sind, sondern identisch.«

Byrne war sicher, dass er etwas falsch verstanden hatte.

»Ich glaube, ich habe Sie nicht richtig verstanden«, sagte er. »Würden Sie es wohl noch einmal wiederholen?«

»Die beiden Stimmen auf der Aufnahme«, sagte Tamm. »Der Analytiker in unserem Audiolabor hat die Aufnahme analysiert und ist zu dem Schluss gekommen, dass es sich bei den beiden Sprechern auf Ihrer Kassette um einen einzigen Mann handelt.«

»Wollen Sie damit sagen, dass die beiden Männer – der Mann, der Deutsch spricht, und der andere, der Estnisch spricht – *dieselbe Person* sind?«

»Ja. Der Analytiker in unserem Labor ist sehr gut, unbestritten einer der besten in Estland. Für ihn besteht nicht der geringste Zweifel, dass es sich um ein und dieselbe Person handelt.«

Fast wäre Byrne vom Stuhl aufgesprungen. Dann erinnerte er sich, dass er ein FaceTime-Gespräch führte. Er bedankte sich bei Peeter Tamm für dessen Zeit und Mühe. Tamm, der als Detective begriff, dass für Byrne nun Eile angesagt war, verabschiedete sich.

Byrne schaute sich noch einmal das Foto von Eduard Kross an, das Tamm ihm als Anlage zugeschickt hatte. Jetzt sah er es. Diese *Augen*. Er hatte sie schon einmal gesehen.

Zwei Mal.

78

Im Gegensatz zu seinem ersten Besuch in diesem Haus standen hier heute keine Fahrzeuge, und auf dem Grundstück war niemand zu sehen. Dieses Mal lag Sackleinen auf den Hecken, und das Baumaterial war aus dem teilweise instand gesetzten Bootshaus verschwunden.

Langsam ging Byrne um das Haus herum und spähte durch das Küchenfenster. Der Tisch und die Stühle waren entfernt worden. Hinter der Küche sah er weiße Tücher über dem großen Tisch im Esszimmer.

Er ging weiter und schaute durch alle Fenster. Die Räume waren leer.

Anschließend folgte Byrne dem Weg hinter dem Anwesen, der zu dem Gartenhäuschen führte. Die Tür war nur angelehnt. Byrne hob seine Waffe und stieß die Tür mit dem Fuß auf.

Jessica saß in der kleinen Küche an einem Tisch. Hinter ihr stand ein Mann mit einer Waffe in der Hand. Byrne erkannte den Mann. Es war der Gärtner, der bei ihrem ersten Besuch in Martin Léopolds Haus die Hecken geschnitten hatte.

Byrne hatte keine andere Wahl.

Er legte seine Waffe auf den Boden und hob die Hände über den Kopf.

Sie saßen Rücken an Rücken auf dem Boden des Weinkellers. Ihre Handschellen waren an einer Eisenstange befestigt. Der

Mann, der bei ihrem ersten Besuch die Hecken geschnitten hatte, saß mit einem Colt Defender in der Hand auf der schmalen Treppe. Die beiden Dienstwaffen von Jessica und Byrne lagen auf einem Tisch auf der anderen Seite des Kellerraums. Die Magazine waren herausgenommen worden.

Es dauerte nicht lange, bis Jessica in der Ferne Polizeisirenen hörte und dann den Lärm von über einem Dutzend Detectives und Polizisten, die ausschwärmten. Auf dem Weg nach Torresdale hatte Byrne Verstärkung angefordert. Die Chance, dass die Kollegen sie fanden, war jedoch gering. Der Mann hatte sie durch eine hinter einem Bücherregal im Arbeitszimmer versteckte Tür in den Weinkeller gebracht.

Die Person, die sich oben im Haus aufhielt, würde den Polizisten sagen, dass Byrne wieder gegangen war, und ihnen erlauben, das Grundstück zu durchsuchen. Jessica nahm an, dass Byrnes Wagen bereits auf dem Grund des Delaware River lag.

Nach etwa zwanzig Minuten hörte Jessica, wie die Wagen wieder davonfuhren.

Kurz darauf wurde die Tür oben an der Treppe geöffnet. Jessica sah zuerst die glänzenden Schuhe, als jemand die Treppe hinunterstieg. Der Mann, der sie hier festhielt, hatte sich das Haar kurz geschnitten und es in einem dunklen Mahagoni gefärbt. Er trug einen dunklen Anzug und einen Mantel.

Martin Léopold war Eduard Kross.

»Die Zeit zwischen unserer ersten und zweiten Unabhängigkeit waren entsetzliche Jahre«, begann Kross. »Stellen Sie sich eine Stadt wie Helsinki vor – eine freie Stadt –, die nur achtzig Kilometer entfernt ist. Ich glaube, wir fühlten uns wie die Gefangenen in Ihrem Alcatraz in San Francisco.«

»Zweihundert Jahre, und dann die Freiheit«, sagte Byrne.

»Ja«, fuhr Kross fort. »Von Peter dem Großen bis zum Ersten Weltkrieg, und dann die Unabhängigkeit bis zum Hitlerregime. In den Neunzigerjahren herrschte in den Stadtarchiven das totale Chaos. Geburtsurkunden, Sterbeurkunden, Heiratsurkunden. Eine neue Identität anzunehmen war nicht besonders schwierig, vor allem nicht während einer so langen Schiffsreise, wie es bei mir der Fall war. Das Personal im Cold River akzeptierte meine Identität, ohne Fragen zu stellen.«

»Sie haben die Identität von Godehard Kirsch angenommen?«

»Ich *wurde* Dr. Kirsch.«

»Und Kirsch hielt man für Sie. Für Eduard Kross.«

Kross lächelte. »In höheren Dosen schwächt Lithium den Patienten massiv. Von dem Augenblick an, als ich ihn überwältigt hatte, bis zu seinem Tod, sprach er kein einziges Wort mehr.«

»Sie haben Ihre Träume im Cold River selbst aufgenommen?«

»Ja«, sagte Kross. »Wir haben ein kleines Aufnahmestudio mit einer sehr kostspieligen Akustik eingerichtet. Ich war der Einzige, der Zutritt zu diesem Raum hatte. Abgesehen von unserer Versuchsperson natürlich.«

»Dem richtigen Dr. Kirsch.«

Kross nickte. »Zunächst. Nach ihm kamen viele andere. Im Cold River gab es Versuchspersonen wie Sand am Meer.«

»Und sie wurden alle im Priory-Park begraben.«

»Nicht alle.« Kross knöpfte seinen Mantel zu und setzte sich einen Homburger auf den Kopf.

»Und wer ist in dem Feuer gestorben?«, fragte Jessica.

Kross zuckte mit den Schultern. »Das war nicht weiter von

Belang. Wichtig war nur, dass die beiden Verwaltungsangestellten, die Einzigen, die mich im Cold River als Godehard Kirsch identifizieren konnten, in dem Feuer starben. An dem Tag wurde ich Martin Léopold.«

»Und was ist mit Luther?«

»Ach, Luther. Er war die perfekte Versuchsperson. Ein unbeschriebenes Blatt sozusagen.«

»Sie haben Ihre eigenen Träume in sein Gehirn gepflanzt?«, fragte Byrne ihn.

»Das wäre etwas zu stark vereinfacht dargestellt, Detective.«

»Und das kleine Mädchen. Sie ist Ihre Tochter, nicht wahr?« Byrne schaute sich in dem Kellerraum um und wies mit dem Kinn auf eine Tür in der Steinmauer. »Sie haben sie hier unten aufgezogen. Diese Tür führt zu den unterirdischen Gewölben.«

Kross schwieg.

»Warum Marielle Gray?«, fragte Byrne. »Warum haben Sie gerade sie ausgewählt?«

Kross antwortete nicht sofort. Stattdessen griff er in seine Manteltasche und zog ein paar Fotos heraus. Er trat zu den beiden Detectives und zeigte sie ihnen. Eins der Fotos war schon sehr alt, vergilbt und zerknittert. Das andere war noch nicht so alt. Auf beiden Bildern waren Mädchen im Alter von circa fünf Jahren abgebildet. Zwischen den beiden bestand eine verblüffende Ähnlichkeit.

»Das ist Ihre Schwester«, sagte Byrne und wies mit dem Kopf auf das alte Foto. »Wir haben von dem Kriminalkommissar aus Tallinn erfahren, dass sie ermordet wurde.«

»Ja«, sagte Kross. »Kaisa.«

»Was ist mit Marielle geschehen?«

Kross antwortete nicht. Das brauchte er auch nicht. Jessica

entging weder das fast unmerkliche Blinzeln seiner kalten Augen noch sein kurzer Blick auf die weiße Blume im Revers seines Mantels. Es war dieselbe Blume, die sie an allen Tatorten gefunden hatten.

Jessica wusste nicht, wie viel Zeit vergangen war, seitdem Kross den Keller verlassen hatte. Sie döste immer wieder ein und schrak aus dem Schlaf auf. Der Weinkeller hatte keine Fenster, aber Jessica nahm an, dass sie schon seit über fünf Stunden dort waren. Ihre Arme und Beine waren taub.

Der Mann saß schweigend mit seiner Waffe in der Hand auf der Treppe und behielt sie die ganze Zeit im Auge. Als sein Handy vibrierte, schaute er auf die Textnachricht und stand auf. Er steckte die Waffe ins Holster, stieg die Treppe hinauf und verschwand durch die Tür.

Kurz darauf hörte Jessica, wie ein Wagen wegfuhr. Das Dröhnen des Motors verhallte schnell in der Ferne.

Zwanzig Minuten später gelang es Byrne, sein Handy aus der Tasche zu fischen.

79

An der Jagd nach Martin Léopold – dem Serienkiller Eduard Olev Kross – waren Polizisten des Bundes, des Landes, der Stadt und des Countys beteiligt. Auch der Heimatschutz wurde alarmiert. Es war möglich, dass Kross in den vergangenen sechs Stunden bereits die Grenze nach Kanada überquert hatte. Wenn es ihm gelungen war, mehr als zwei Jahrzehnte lang seine wahre Identität in den Vereinigten Staaten zu verbergen, war die Chance groß, dass er Papiere besaß, mit denen er mühelos die Grenze überqueren konnte.

Von seinen Unterlagen – persönliche und ärztliche Dokumente und sogar Strom- und Wasserrechnungen – war nur ein Haufen Asche in dem großen Kamin im Salon der Villa in Torresdale übrig geblieben.

Die vom FBI hinzugezogenen Buchhalter überprüften die Dutzenden von Konten, die in den Wochen, bevor Kross verschwand, aufgelöst worden waren. Sie nahmen an, dass Kross in den vergangenen zwanzig Jahren Godehard Kirschs Schweizer Konten nach und nach geplündert hatte.

Jane Wickstrom, die Mitarbeiterin des Jugendamts, zu der Jessica Violet hatte bringen sollen, wurde gefesselt und geknebelt im Keller des Reihenhauses gefunden. Sie erholte sich vollständig von dem Schock und den Strapazen. Die Ermittler gingen davon aus, dass Eduard Kross' Hausangestellte, Astrid, Jessica angerufen hatte.

80

Als er sie das erste Mal in den unirdischen Gewölben gesehen hatte, hatte er sie für eine Jugendliche gehalten. Jetzt sah er, wie alt sie in Wahrheit war. Längst kein Kind mehr, sondern eine junge Frau.

Der gemietete Lastwagen stand ganz in der Nähe.

»Wohin ziehen Sie?«, fragte Byrne.

»Nach Center City«, erwiderte Rachel. »Es ist höchste Zeit. Hier leben nur noch Geister.«

Sie verstummte und warf einen Blick auf das Haus. Byrne wusste, dass sie es kürzlich unter Marktwert verkauft hatte. Luther war es gewesen, der im Auftrag von Eduard Kross bei ihrer Immobilienagentur angerufen und das Angebot für ihr Haus gemacht hatte. Als Rachel den Preis auf dem offenen Markt senkte, erhielt sie innerhalb von wenigen Tagen ein Angebot.

»Ich wusste nichts, wissen Sie?«, sagte sie. »Das war das Schlimmste.«

Die Ermittler des FBI brauchten nicht lange, um herauszufinden, wo auf dem Grundstück in Torresdale die Silberimmortelle wuchs. Unter den weißen Blumen fanden sie Marielle Grays sterbliche Überreste. Nach den vorläufigen Untersuchungsergebnissen war sie vermutlich bei der Geburt gestorben. Byrne erinnerte sich an den kleinen provisorischen Operationssaal, den er in einem der Räume in der Kanalisation entdeckt hatte. Vermutlich war Violet dort geboren worden. Byrne versuchte, das Bild des getrockneten Blutes auf dem Boden zu verdrängen.

Obwohl sie es niemals erfahren würden, gingen sie davon aus, dass Luther die weißen Blumen zu Ehren von Marielle an den Tatorten zurückgelassen hatte.

»Jahrelang habe ich die Gefühle nicht verstanden«, sagte Rachel. »Als Marielle damals verschwand, wusste ich genau, dass sie nicht gegangen wäre, ohne mir etwas zu sagen.«

Rachel Gray knöpfte ihren Mantel zu und zog Handschuhe an. »Ich habe in den letzten drei Jahren nie richtig geschlafen«, fügte sie hinzu. »Ich weiß nicht, ob es mir jemals wieder gelingen wird.«

»Das wird es«, sagte Byrne.

Sie warf ihm einen entschlossenen Blick zu, der sie älter wirken ließ. »Ich werde nicht aufgeben, nach meiner Nichte zu suchen.«

Byrne konnte sie gut verstehen. »Das werde ich auch nicht.«

Er breitete die Arme aus. Rachel ging auf ihn zu und schmiegte sich an seine Brust.

Als sie sich aus der Umarmung löste, griff Byrne in seine Tasche und zog einen großen, wattierten Umschlag heraus. Er reichte ihn ihr.

»Was ist das?«, fragte Rachel.

»Ein Wiegenlied.«

Als sie davonfuhr, drehte Byrne sich noch einmal zu dem Haus um. Er dachte an die Videokassette, die er der jungen Frau gerade gegeben hatte. Es war der Film, den Ray ihm in jener Nacht vorgespielt hatte und der vor vielen Jahren in der Küche dieses Hauses aufgenommen worden war.

Das Vermächtnis eines kleinen Mädchens namens Bean.

81

Der Nebel über dem Delaware River schuf eine gespenstische Atmosphäre.

Eines Tages würden sie sicher wieder über Violet sprechen, aber vorläufig nicht. Sie wussten beide, dass es in dem Leben, für das sie sich entschieden hatten, große Siege und entsetzliche Verluste gab.

Schweigend standen sie auf dem Race Street Pier, der neuen Promenade am Delaware, und schauten einem Kahn nach, der langsam flussaufwärts fuhr. Schließlich ergriff Byrne das Wort.

»Ich werde dich vermissen«, sagte er.

Jetzt war es raus. Jessica hatte gewusst, dass dieser Augenblick kommen würde, aber dennoch setzte ihr der Abschied arg zu.

»Ich gehe nicht weg.«

»Doch, das tust du.«

Jessica hatte sich vorgenommen, nicht zu weinen, wenn dieser Moment kommen würde, und sie hasste es, sich etwas vorzunehmen, das sie nicht halten konnte.

»Ich weiß noch nicht einmal, ob ich schon zum Juraexamen antreten werde«, sagte sie. »Und selbst, wenn ich es tue, muss ich es noch bestehen. Dafür gibt es keine Garantie.«

Byrne warf ihr diesen Blick zu, der ihr sagen sollte: »Vergiss nicht, mit wem du sprichst.« Vielleicht sollte er sie daran erinnern, dass sie während ihrer gesamten Schul- und Studienzeit praktisch nur Einsen geschrieben hatte. Angefangen von der

Vorschule über die Highschool und das Bachelorstudium bis zur juristischen Fakultät hatte sie nur ein Mal eine Zwei geschrieben. Ein einziges Mal. Und mit dieser einzigen Zwei, die sie in der achten Klasse in einem Aufsatz in amerikanischer Geschichte bekommen hatte, war sie immer noch nicht ganz einverstanden. Jessica hatte vor, Schwester Mary Assumpta eines Tages aufzuspüren und sie zur Rede zu stellen.

»Okay«, sagte Jessica. »Ich werde es vermutlich bestehen. Aber wenn du mal überlegst, ist das sogar besser.«

Byrne lächelte. »Tatsächlich?«

»Sicher. Du schnappst sie, und ich sperre sie ein.«

»So einfach, hm?«

»Wer sollte uns aufhalten?«

»Sollen sie es versuchen.«

»Außerdem kannst du viel schneller laufen, wenn du mich nicht ständig tragen musst.«

Byrne beugte sich vor und küsste sie auf die Wange. »Wir sehen uns im Gerichtssaal, Frau Staatsanwältin.«

Als Jessica Byrne nachschaute, der die Promenade hinunterging und in der von Neonlicht erhellten Stadt verschwand, dachte sie an seine Worte.

Wir sehen uns im Gerichtssaal, Frau Staatsanwältin.

Das hörte sich in Jessica Balzanos Ohren gut an.

Epilog

Das erste Geräusch, das der Jäger hörte, war das Surren des Pfeils einer Maxima-Armbrust, dann das leise Rascheln eines Nylonstoffs an der Borke einer Birke.
Der Mann ging geräuschlos zu Boden.
Als der Mann ihn entdeckt und drei Mal auf ihn geschossen hatte, hallte das Echo des Colt Defender 9-mm durch das Tal.
Der Jäger wartete einen Moment und kroch durch das Gras. Er fühlte den Puls des Mannes. Er war tot. Der Jäger zog sein Handy aus der Tasche und machte Bilder von dem Toten und der Umgebung.
Im Schutz des Bergrückens ging der Jäger geräuschlos weiter.
Der Brief aus dem Anwaltsbüro kam fast sechs Wochen nach der Beerdigung. Er hatte nicht damit gerechnet, die Berghütte und deren gesamten Inhalt zu erben. Mit der Armbrust war er noch nicht besonders treffsicher, aber das würde mit der Zeit bestimmt besser werden.

Als der Jäger sich dem Haus näherte, fiel sein Blick auf das kleine Mädchen, das am Fenster eines Zimmers saß, das aussah wie ein Arbeitszimmer. Die Kleine blätterte in einem Bilderbuch. Obwohl es noch nicht lange her war, schien sie in dieser kurzen Zeit gewachsen zu sein. Byrne hatte vergessen, wie schnell das bei Kindern ging.
Er spähte in den großen Raum rechter Hand. Martin Léo-

pold – Eduard Kross – saß am Kamin. Die Frau namens Astrid schenkte ihm aus einer silbernen Kanne Tee ein.

Der Jäger drehte sich um und blickte ins Tal. Das Gemälde, das er in der Bibliothek von Eduard Kross gesehen hatte, war eine schöne, realitätsgetreue Darstellung dieses Tals mit dem unverkennbaren Kirchturm von St. Catherine in der Ferne.

Es dauerte einen Augenblick, bis er das Motiv wiedererkannte.

Als Kevin Byrne sich darauf vorbereitete, auf die Dunkelheit der Nacht zu warten, schaute er auf die Armbrust. Er hatte noch zwei Pfeile.

Mehr brauchte er nicht.